BLAUE KRIMIS

HEYNE

D1729596

John
Katzenbach

DAS
MÖRDERISCHE
PARADIES

Kriminalroman

Deutsche Erstveröffentlichung

WILHELM HEYNE VERLAG
MÜNCHEN

HEYNE BLAUE KRIMIS
Nr. 02/2189

Titel der amerikanischen Originalausgabe
IN THE HEAT OF THE SUMMER
Deutsche Übersetzung von Sepp Leeb

Herausgegeben
von
Bernhard Matt

Copyright © 1982 by John Katzenbach
Copyright © 1988 der deutschen Taschenbuchausgabe
by Wilhelm Heyne Verlag GmbH & Co. KG., München
Printed in Germany 1988
Umschlagfoto: Twentieth Century Fox, Frankfurt
Umschlagherstellung: Atelier Ingrid Schütz, München
Gesamtherstellung: Elsnerdruck, Berlin
ISBN 3-453-10792-6

Für Maddy

1

Das erste Opfer fand ein Jogger in der Nähe des dreizehnten Lochs.

Er war ein völlig unauffälliger Mann mittleren Alters, der sich seines Herzens und seines Bauchs wegen Sorgen zu machen begann – ein Makler, der ansonsten in Gedanken bei seinen Zahlen, Dividenden und Renditen war, während er seine Runden um den Golfplatz drehte. Dieser gehörte einem Privatclub und lag in einer höchst exklusiven Gegend; seine sorgsam gepflegten Rasenflächen waren von hohen Kiefern und elegant geschwungenen Palmen durchsetzt. Es war schon am Morgen sehr heiß, und der einsame Läufer durchmaß den ihm längst Meter für Meter vertrauten Kurs um den Golfplatz, ohne auf seine Schritte zu achten. Er hatte eben die dritte Runde hinter sich und achtete, in Gedanken in seine Arbeit und seinen noch ausstehenden Urlaub versunken, kaum auf seine Umgebung. Als er nun am Rand des Grüns vorbeitrabte, fuhr er sich reflexartig über die Stirn, um sich den Schweiß von den Brauen zu wischen, und dabei stach ihm ein Farbtupfer zwischen den Farnen und Sträuchern, die sich an die Rasenfläche anschlossen, in die Augen – eine deutlich umrissene Kontur unter den diffusen, frühmorgendlichen Schatten.

Der Makler lief weiter. In seinen Ohren hallte das gedämpfte Geräusch seiner Schritte auf dem Weg wider, der um das Gelände führte. Und während er nun die vierte Runde drehte, ließ ihm dieser Farbtupfer, den er im Unterholz bemerkt hatte, keine Ruhe mehr.

Als er sich schließlich der Stelle wieder näherte, um zu seiner fünften und letzten Runde anzusetzen, verlangsamte er seine Schritte etwas, um besser sehen zu können. Und dann war er sich mit einem Mal, ganz plötzlich, sehr deutlich der Hitze und der Sonne bewußt, die wie eine Lampe über dem Golfplatz zu hängen schien. Denn diesmal erhaschte er einen kurzen Blick auf menschliche Haut und eine Strähne blonden Haares. Er blieb stehen, um für einen Moment gierig den Atem in seine Lungen zu saugen, und bahnte sich dann durch das Gestrüpp einen Weg auf die Gestalt unter den Farnen zu. »Gütiger Gott«, entfuhr es ihm laut, obwohl niemand in der Nähe war, der ihn hätte hören können. Später erzählte der Mann mir, die plötzliche Erkenntnis, was da vor ihm lag, hätte ihm wie bei einem scharfen Spurt schlagartig den Atem geraubt, so daß er für einen Moment, mühsam nach Atem ringend und wie festgewurzelt, einfach nur dastand und wie betäubt zu Boden starrte. Seinen Aussagen zufolge hatte er noch nie vorher einen ermordeten Menschen gesehen, und so hatte er eine Minute oder auch zwei, voller Entsetzen, doch nicht ohne eine gewisse Neugier auf die Leiche gestarrt, um schließlich, so schnell er konnte, auf das nächste Haus zuzulaufen und von dort die Polizei anzurufen.

Das Opfer war ein junges Mädchen.

Damals war mir weder bewußt, daß dies die größte Story meines Lebens werden sollte, noch sagte mir eine Art sechster Sinn, wie er Reportern häufig zu eigen ist, daß ich in einem Maß in diese Geschichte hineingezogen werden sollte, das mich meine gewohnte Distanz und Unbeteiligtheit in einem nie geahnten Umfang aufgeben ließ. Das Ganze ereignete sich während der Hurrikansaison jenes Jahres. Sie begann im Juli, als sich weit draußen auf dem Atlantik die ersten schweren Sommerstürme zusammenzubrauen begannen. Dann bricht in Miami die schlimmste Zeit des Jahres an; gnadenlos auf die Stadt herunterbrennend, durchdringt die Sonne jeglichen kühlenden Schatten und heizt die stehende, zum Schneiden dicke Luft unerträglich auf.

Auf ihre Weise verlief die ganze Geschichte in ähnlichen Bahnen wie ein Hurrikan, der mit wachsender Heftigkeit auch zusehends an Geschwindigkeit gewinnt. Ich kann mich noch erinnern, daß sich damals gerade in der Karibik vor der Küste Venezuelas ein gewaltiger Hurrikan zusammenbraute. Ursprünglich an der afrikanischen Küste entstanden und als ein häßliches Unwetter aus Sturm und Regen über den Atlantik getrieben, näherte sich diese Naturgewalt schließlich als erster Hurrikan der Saison den Küsten Floridas und wurde vom *National Weather Service* mit dem Namen *Amy* belegt. Wie sich später herausstellen sollte, war dies auch der Name des ersten Opfers des Sturms.

An der Rückwand der Nachrichtenredaktion hing eine riesige Wetterkarte, auf der während der Hurrikansaison die Verläufe sämtlicher Stürme eingezeichnet waren. Dem Pfad dieser Hurrikane zu folgen, gehörte zum täglichen Brot der Lokalreporter; Tag für Tag verfolgten wir die Bahnen der bedrohlich heranrückenden Unwetter, wogen die möglichen Auswirkungen ab und studierten die jeweils neuesten Satellitenfotos. Ich kann mich noch erinnern, daß auf dem Foto jenes Hurrikans mit dem schönen Namen *Amy* eine gewaltige, diffuse Wolkenmasse zu sehen war, die drohend über der Karibik hing und auf welche die langgestreckte Halbinsel Florida wie ein riesiger Zeigefinger hinabzudeuten schien. Wir suchten die Fotos auf irgendwelche Anzeichen ab, ob sich diese Unwetterzone zu einem Hurrikan verdichten würde, um dann mit wachsender Geschwindigkeit übers Meer auf die schutzlose Stadt zuzurasen.

Neben der Wetterkarte hing auch noch eine vergilbte alte Fotografie, die allen Mitarbeitern des *Journal* als Warnung dienen sollte. Sie war während eines Hurrikans von der Stärke drei im Jahr 1939 aufgenommen worden und zeigte eine riesige Palme, die sich unter der Gewalt des Sturms so stark bog, daß ihr Stamm fast auf dem Erdboden lag. Im Hintergrund konnte man eine etwa dreieinhalb Meter hohe Flutwelle erkennen, die über den Miami Beach und die Bay gefegt war, um sich erst in der Innenstadt auf dem Biscayne Boulevard zu verlaufen.

Natürlich dreht sich meine Story nicht um einen Hurrikan, aber auf seine Art wies der Mord, wie ich nachträglich fand, doch verblüffende Ähnlichkeiten mit einem solchen auf. Auch sein Ursprung war an einem fernen, exotischen Ort zu suchen, von dem er dann durch mächtige Naturgewalten auf Miami zugetrieben wurde, um sich in einer verheerenden Flutwelle über die Stadt zu ergießen. Ich kann mich noch gut erinnern, daß am Tag des ersten Mordes, einem vierten Juli, ein Jahr vor der Zweihundertjahrfeier, unser aller Aufmerksamkeit jenem ersten großen Unwetter vor der venezolanischen Küste galt, das sich an den warmen Gewässern der Karibik näherte. Der Sturm war Gesprächsthema Nummer eins in der Nachrichtenredaktion, zumal alles darauf hindeutete, daß er sich zu einem Hurrikan der Stärke fünf, wie er tödlicher nicht vorstellbar war, entwickeln würde. Unser Blatt brachte spekulative Berichte über das mörderische Potential des Sturms. Zudem war es längst fällig, daß es uns wieder mal ordentlich erwischte, wie die älteren Mitarbeiter es auszudrücken pflegten. Wir waren also alle von düsteren Vorahnungen heimgesucht, daß dieses im Augenblick noch ferne Chaos aus Wind und Regen uns galt.

Natürlich sollten sich unsere Befürchtungen nicht bewahrheiten; der Hurrikan *Amy* zog an Miami vorbei und fegte statt dessen über Mittelamerika hinweg, wo er zahlreiche Menschen tötete und noch mehr ihres Obdachs beraubte. Das war allerdings einige Wochen später. Anfang Juli galt unser aller ungeteilte Aufmerksamkeit jedoch noch dem bedrohlich sich zusammenbrauenden Wirbelsturm, und ich ziehe, zumindest in meiner Erinnerung, diesen Umstand als Erklärung – und Entschuldigung – dafür heran, daß unsere Augen anderswo waren, als mitten unter uns der wahre Sturm dieser Saison ausbrach.

Ich war an besagtem vierten Juli schon sehr früh in der Redaktion; die Tage zuvor hatte ich mir freigenommen, um an der Beerdigung eines Onkels teilnehmen zu können. Eigentlich hätte ich auch an diesem Tag noch nicht zur Arbeit zu erscheinen gebraucht, aber ich war innerlich ziemlich aufgewühlt von meiner Reise nach dem Norden zurückgekehrt und wollte mich möglichst von den noch recht intensiv nachhallenden Erinnerungen an das Familientreffen der letzten Tage ablenken. Inzwischen ist mir bewußt geworden, daß ich unverkennbar dazu tendiere, den Mord an dem jungen Mädchen und den Selbstmord meines Onkels in einen gewissen Zusammenhang zu stellen, als wären die beiden Ereignisse Bestandteile eines und desselben Dramas, obwohl sie sich in einem zeitlichen Abstand von einigen Tagen und einer Entfernung von mehreren hundert Meilen zutrugen. Wegen des Nationalfeiertags und der frühen Stunde war es in der Redaktion ziemlich leer. Ich sah in mein Postfach – es war leer – und überflog dann die Frühausgabe der *Miami Post*. Während ich dabei hinter meinem Schreibtisch saß, überlegte ich, ob ich nicht Christine anrufen sollte, um ihr zu sagen, daß ich wieder zurück war; aber vermutlich war sie schon in der Klinik, um den Chirurgen im Operationssaal die Klammern und Skalpelle zu reichen, wenn sie gerade wieder ein Krebsgeschwür entfernten. Ich beschloß, sie später anzurufen und mich zum Abendessen mit ihr zu verabreden. Eben schlug ich die Sportseiten der *Post* auf, um nach den Baseballergebnissen zu sehen, als mein Blick auf Nolan, den leitenden Lokalredakteur, fiel.

Nolan war ein gutes Stück über eins achtzig groß und wirkte wegen seiner vornübergebeugten Haltung wesentlich breiter und träger, als er tatsächlich war. Doch sobald er von einer guten Story

Wind bekam, richtete er sich unvermutet zu voller Größe auf, als hätte er seine Sorgen und seine überzähligen Pfunde gleichzeitig abgeworfen, und seine ganze Aufmerksamkeit galt nur noch den einzelnen Details des Falles. Im Zuge dieser plötzlichen Verwandlung trat auch anstelle seines ansonsten recht jovialen Tons eine Entschlossenheit und Zielstrebigkeit, die unangenehm an einen Schleifer beim Militär erinnerte. Aufgrund seiner Fähigkeit, im einen Augenblick einen Witz zu reißen, im nächsten absolut kompetente Anweisungen zu geben, erfreute er sich in der Nachrichtenredaktion enormer Beliebtheit.

Im Augenblick saß er gerade hinter einer Gruppe von Schreibtischen in der Mitte des Raums und telefonierte. Nachdem er sich ein paar kurze Notizen gemacht hatte, hängte er schließlich mit zufriedenem, elegantem Schwung den Hörer auf, um sich gleichzeitig in der Nachrichtenredaktion umzusehen, wer von den Reportern da war. Unsere Blicke trafen sich, worauf er aufstand und rasch auf meinen Schreibtisch zukam.

»Mit Ihnen hatte ich eigentlich noch gar nicht gerechnet.« Er zog sich einen Stuhl heran. »Wie war's?« Eine besonders widerspenstige Locke seines kräftigen, schwarzen Haars hing ihm tief in die Stirn hinein und wippte beim Sprechen leicht auf und ab, als wollte sie seine Worte unterstreichen.

»Ziemlich genau so, wie man sich so was vorstellt. Eine Menge Tränen. Eine Menge Gerede über die Sinnlosigkeit des Lebens, Gottes unerschöpflichen Ratschluß und die Hoffnung auf ein besseres Leben im Jenseits.«

»Klingt ja nicht gerade sonderlich erheiternd.«

»War es auch nicht.«

»Und mit Ihnen ist ansonsten alles in Ordnung?«

»Wäre ich sonst hier?« grinste ich. »Guterhaltener Journalist, Baujahr 1970; hat schon einige Kilometer auf dem Buckel, aber läuft und läuft und läuft . . .«

»Na, wunderbar.« Er zögerte kurz. »Ich hätte da eine interessante Story – hört sich zumindest ganz gut an. Oder wollen Sie lieber noch ein paar Tage etwas leiser treten?«

»Eine Story. Ein Königreich für eine Story. Zumindest, wenn an der Sache wirklich was dran ist.«

»Wie wär's mit einem Mord?« Nolan sah mich scharf an.

»Wollen Sie, daß ich einen begehe?«

»Meine Güte«, stöhnte er. »Seit wann sind Sie unter die Komiker gegangen?«

»Entschuldigung, ich versuche nur, diese unerfreuliche Geschichte, so gut es geht, zu vergessen.«

Nolans Augenbrauen hoben sich, und er sah mich prüfend an. »Klar, wie Sie wollen. Wir könnten uns ja auch bei einem Bier über die Sache unterhalten ... das Bier können wir uns natürlich auch so genehmigen, ohne in den Tiefen unserer Seele schürfen zu müssen.«

Ich mußte lachen, und er grinste zurück.

»Aber im Augenblick hätten wir da einen Mord«, wechselte Nolan abrupt das Thema. »Einen richtig schönen, klassischen Mord.«

»Was für eine Sorte?«

»Ein junges Mädchen. Vermutlich aus einer wohlhabenden Familie. Ihre Leiche wurde gerade auf dem Gelände des Riviera Golf Club entdeckt.«

»Bis jetzt klingt die Sache nicht schlecht«, nickte ich. »Und was wissen Sie sonst noch?«

»Nicht gerade viel. Können Sie sich noch an diesen Lieutenant von der Mordkommission erinnern, der mir einen Gefallen schuldig ist, weil wir in dieser Entführungsgeschichte die Klappe gehalten haben? Jedenfalls hat der mich gerade angerufen. Er hat ein paar von seinen Leuten losgeschickt. Außer dem Ort und der Tatsache, daß das Opfer ein junges Mädchen ist, weiß er daher selbst noch nichts über die Sache. Jedenfalls hört sich das Ganze nicht schlecht an, und ich habe mit Sicherheit vor, diesen Lieutenant seine Schulden noch eine Weile abzahlen zu lassen.«

»Ist sie vergewaltigt worden?«

»Keine Ahnung. Warum fahren Sie nicht mit einem unserer Fotografen los und vergewissern sich an Ort und Stelle? Setzen Sie sich über Funk mit mir in Verbindung, sobald Sie etwas Näheres wissen.«

»Gut.« Ich stand auf, griff nach einem der Notizbücher auf meinem Schreibtisch und machte mich auf den Weg in die Bildredaktion.

»Hey«, rief mir Nolan hinterher, »standen Sie Ihrem Onkel eigentlich nahe?«

»Als ich klein war«, antwortete ich. »Und selbst dann nicht sonderlich.«

Andrew Porter gefiel sich darin, die schwere Limousine nur mit einer Hand zu steuern, während er mit der anderen nach draußen auf den frühmorgendlichen Verkehr deutete, der den Anschein erweckte, als bestünde die Welt hauptsächlich aus jungen Leuten, die zum Strand unterwegs waren. Einige Wagen zogen Boote hinter sich her, und in Höhe der Einfahrt zum McArthur Causeway kam es bereits zu Stauungen. Wir fuhren jedoch in der entgegengesetzten Richtung, wo kaum Verkehr herrschte, so daß wir zügig vorankamen, weshalb ich auch die Gesichter in den im Stau wartenden Autos kaum erkennen konnte. Währenddessen plätscherte die Stimme des Fotografen gemächlich dahin; er erzählte mir gerade von einem anderen Mordfall, den er früher mal bearbeitet hatte. Irgendwann beobachtete ich ihn dann, wie er, die Kamera in seinem Schoß, mit der einen Hand einen neuen Film einlegte, während die andere locker auf dem Steuer ruhte. »Das habe ich schon mal bei hundertfünfzig gemacht – auf der Route 441. Ich habe mit einer Verkehrsstreife ein paar junge Burschen in einem gestohlenen Wagen verfolgt. Zum Fürchten blieb mir dabei zum Glück keine Zeit.« Er lachte.

Ich mußte unwillkürlich daran denken, wie langsam sich die Wagenkolonne von der Kirche zum Friedhof fortbewegt hatte. Ich konnte noch immer den Leichenwagen vor mir sehen, wie er um die Ecke gebogen war, gefolgt von dem langen, schwarzen Cadillac, in dem mein Vater und die Frau seines Bruders gesessen hatten. Es hatte den ganzen Vormittag ohne Unterbrechung geregnet, und die Scheibenwischer hatten leise klopfend ihre starren Bahnen gezogen. In meinen Ohren hallten noch immer die Orgelklänge der ›Marine Corps Hymn‹ wider, welche die Kirche erfüllt hatten; ein gewaltiges, behäbiges Tönen, die vertraute Kadenz kaum mehr wiederzuerkennen, wenn sie zum Gedenken der Toten und nicht der Lebenden gespielt wurde. Und dann meine Überraschung, als ich sah, wie der Sarg mit der Fahne ins Grab hinabgelassen wurde; die leuchtenden Farben waren mir fehl am Platze erschienen; sie hatten so gar nicht zu dem düsteren, verregneten Wetter und dem Halbdunkel im Innern der Kirche gepaßt.

Als erster hatte der Geistliche gesprochen. »Erhöre unsere Gebete, o Herr, die wir für unseren Mitbruder Lewis Anderson an dich richten, und gewähre ihm im Himmel den Frieden, den er auf Erden gesucht hat . . .«

Frieden, dachte ich. Das Gegenteil von Krieg.

Mein Onkel war ein Bär von einem Mann gewesen, mit langen, muskelbepackten Armen und einem Brustkorb, so breit wie der Schild eines Ritters. Seine Stimme war auffallend tief gewesen, und selbst in seinem Lachen schwang immer ein drohender Unterton mit. Und vor allem war das noch sein eines gesundes Auge gewesen. Er brauchte mich nur damit anzusehen, und schon bekam ich es mit der Angst zu tun.

Er hatte sein rechtes Auge auf Iwo Jima verloren. Auf halbem Weg zum Suribachi, hatte er behauptet, kurz bevor sie die amerikanische Flagge aufgepflanzt hatten; mit Morphium betäubt und von dem Schock noch ganz benommen, war er zwar Zeuge dieses historischen Augenblicks gewesen, ohne jedoch zu begreifen, was eigentlich um ihn herum vorging. Es wäre ein sehr eigenartiges Gefühl, ein Auge zu verlieren, hat er mir einmal erzählt; erst hatte er gedacht, er müßte sterben, und dann war es, als passierte das alles einem anderen.

Er konnte das Blut fühlen, hatte er mir gesagt, und den Schmerz – wie eine Explosion im Kopf. Aber dennoch war er überzeugt gewesen, daß das alles nicht ihn betraf. Zumindest nicht damals. Das alles geschah jemand anderem.

Er schenkte mir alles mögliche, als ich noch klein war – Bücher über das Marine Corps, ein Purple Heart, eine japanische Flagge mit der aufgehenden Sonne, die er auf Tarawa erbeutet hatte. Einmal schenkte er mir zu Weihnachten ein langes Jagdmesser mit gekrümmter Klinge in einem teuren Lederfutteral. »Das wirst du eines Tages brauchen können«, meinte er dazu. Das Messer sollte jahrelang auf meiner Kommode liegen. Außerdem versicherte mir mein Onkel: »Wenn du etwas brauchst, ganz gleich was, dann weißt du ja, an wen du dich zu wenden hast.«

Aber ich sollte nie auf dieses Angebot zurückgreifen.

Dann verlas der Geistliche den bekannten Bibelabschnitt aus dem Buch Salomo, demzufolge alles seine Zeit hat.

Mein Onkel kam meistens an besonderen Feiertagen mit seiner Frau zu Besuch – an Thanksgiving und Weihnachten, manchmal auch zu Geburtstagen – eben die üblichen Familienfeste. Eigene Kinder hatte er nicht; warum, sollte ich nie erfahren.

An jenen Abenden bei uns zu Hause trank er immer zu viel; selbstvergessen summte er dann vor sich hin, sein gesundes Auge zunehmend stärker getrübt, sein falsches dagegen weit aufgerissen, ohne etwas zu sehen.

Nachts hörte ich ihn manchmal im Schlaf schreien.

Nach der Ansprache des Geistlichen herrschte eine Weile Schweigen, bis schließlich mein Vater vor den Altar trat. Die Farben der Fahne warfen das Licht zurück, so daß ihr blauer und roter Widerschein auf das Gesicht meines Vaters fiel. »1941 zog mein Bruder in den Krieg«, begann er. Ich hörte angespannt zu. »Ich weiß allerdings nicht so recht, ob er wirklich jemals zurückgekehrt ist . . .«

Ich dachte: Wir machen den Krieg verantwortlich. Den Krieg und Iwo Jima. Und wir gehen davon aus, daß er dort mehr verlor als nur sein Auge. Ich legte meine Hand an meine Stirn, bedeckte meine Augen. Ich konnte die Stimme meines Vaters, einmal leiser, einmal lauter, durch das Kirchenschiff hallen hören.

Am Telefon war er ganz sachlich gewesen. »Dein Onkel hat Selbstmord begangen«, hatte er mir mitgeteilt. »Tut mir leid, daß ich dir das sagen muß.«

»Wie ist das passiert?« wollte ich wissen. Typisch Journalist.

»Keinerlei besondere Vorkommnisse. Im Gegenteil, er hatte sogar gerade eine neue Stelle von einer Universität unten im Süden angeboten bekommen. Er sollte die Kontrolle akademischer Projekte übernehmen und die Aufbringung der hierfür nötigen Geldmittel. Du weißt ja, genau das, worauf er sich verstand.«

»Hat er getrunken?«

»Den Aussagen deiner Tante zufolge, nein. Sie behauptet, daß er vollkommen nüchtern war; allerdings hatte er wieder einmal seine alten Fotoalben aus der Zeit bei den Marines hervorgeholt. Er hat kein Wort zu ihr gesagt, hat sie mir erzählt, sondern ist einfach nur nach oben gegangen. Dort hat er aus seinem Arbeitszimmer seine Pistole geholt – eine alte Zweiundzwanziger, die er dort schon immer verwahrt hatte. Dann ist er ins Bad, hat die Tür abgeschlossen und hat sich erschossen.«

»Und er hat keinen Abschiedsbrief hinterlassen? Keine Nachricht?«

»Nichts.«

»Das tut mir sehr leid – vor allem für dich.«

»In gewisser Hinsicht muß es auch eine Erlösung für ihn gewesen sein«, seufzte mein Vater. »Er war schon so lange so fürchterlich unglücklich.«

»Warum eigentlich?«

»Wenn ich das nur wüßte.«

Aber du weißt es doch, hatte ich damals gedacht. Wer sonst sollte die Gründe kennen?

Als mein Vater zu sprechen aufhörte, setzte der Organist mit den ersten Akkorden der Totenhymne ein. Eine Ehrenwache trug den Sarg zum Leichenwagen hinaus. Ich ging hinter ihnen her. Sie schoben den Sarg auf die Ladefläche und traten zur Seite. Ihre Bewegungen waren genau abgezirkelt, übertrieben. Dieser militärische Zack, dachte ich, verleiht allem einen aufdringlichen Pomp. Meine Tante weinte, aber die Augen meines Vaters waren trocken. Er schien den Verkehr zu regeln, während wir anderen in die bereitstehenden Wagen stiegen, um zum Friedhof zu fahren.

Die Zeremonie am Grab war kürzer, als ich erwartet hatte. Der Geistliche teilte uns erneut altvertraute Erkenntnisse mit – Asche zu Asche, Staub zu Staub. Ich hörte gar nicht hin, sondern ließ meine Blicke über die Gesichter der Trauergäste wandern. Als ich meinen Bruder ansah, dachte ich, was ich wohl fühlen würde, wenn er tot wäre. Der Regen trommelte auf die Plane, die über das Grab gespannt war. Etwas abseits warteten die Totengräber – geduldig. Und dann war es auch schon vorbei. Wir schüttelten uns die Hände und sprachen uns das Beileid aus. Ich trat auf meinen Vater zu. »Ich muß wieder zurück«, verabschiedete ich mich.

»Wir treffen uns noch bei deiner Tante. Es wäre schön, wenn du wenigstens noch kurz kommen könntest.«

»Ich muß wieder zurück«, wiederholte ich. »Mein Flug geht heute nachmittag. Ich kann mir ein Taxi zum Flughafen nehmen.«

»Na gut«, nickte er und wandte sich ab.

Ich mußte an den Sturm denken, der sich vor der venezolanischen Küste zusammenbraute. Dabei versuchte ich mir die Luftwirbel im Zentrum des Unwetters vorzustellen, die in immer engeren, sich zunehmend verdichtenden Kreisen zu toben begannen. Ich mußte zurück.

»Da wären wir«, riß mich Porter aus meinen Gedanken.

Vor uns waren ein halbes Dutzend Polizeiautos am Straßenrand geparkt; ihre Rotlichter blitzten gegen das Sonnenlicht an. Ein paar Meter entfernt stand auf dem Rasen eines großen, herrschaftlichen Hauses eine Gruppe von Schaulustigen. Ich sah den gelben

Wagen des Polizeiarztes und den grün-weißen Kombi der Spurensicherung. Wir hielten hinter dem ersten Streifenwagen. »Ist das etwa nichts? Wir sind diesmal die ersten. Noch nicht eine Fernsehkamera in Sicht.« Porter hatte sich bereits eine Kamera um den Hals geschlungen und machte gerade eine zweite bereit. »Sehen wir uns das Ganze mal an«, schlug er dann vor, »bevor die hier alle Spuren verwischt haben.« Er sprang aus dem Wagen und stürmte über den Rasen davon. Ich folgte ihm, halb gehend, halb laufend, in ein paar Metern Abstand. Am dreizehnten Grün bellte uns ein uniformierter Polizist entgegen: »Halt!« Er kam auf uns zu: »Näher dürfen Sie nicht ran.«

»Wie soll ich denn von hier ein Foto machen«, beschwerte sich Porter. »Etwas näher müssen wir schon ran. Und keine Angst – ich fotografiere nichts, was ich nicht fotografieren soll.«

Als der Polizist den Kopf schüttelte, schaltete ich mich ein.

»Wer leitet die Untersuchung?«

»Detective Martinez«, antwortete der Uniformierte. »Zusammen mit Detective Wilson. Sie können mit den beiden sprechen, sobald sie hier fertig sind. Aber vorerst warten Sie hier.« Damit kehrte er uns den Rücken.

»Ich gehe mal da rüber.« Porter deutete auf das Gestrüpp. »Von dort habe ich einen besseren Blickwinkel.« Während er sich entfernte, sah ich einen der Detektive in meine Richtung schauen. Als ich ihm zuwinkte, kam er auf mich zu.

»Wie geht's, Martinez?« begrüßte ich ihn. »Haben Sie schon irgendwelche Anhaltspunkte?«

»Lange nicht mehr gesehen«, entgegnete er. »Nicht seit diesem Prozeß im März.« Damals hatte er als Kronzeuge in einem Prozeß gegen einen Jugendlichen ausgesagt, der des Mordes an einem Touristen angeklagt war, der ihn nach dem Weg gefragt hatte. Der Fall hatte einiges Aufsehen erregt, und dies vor allem, nachdem der Verteidiger angeführt hatte, der Junge wäre durch das Leben im Ghetto an den Rand geistiger Unzurechnungsfähigkeit gebracht worden. Jedenfalls war das eine völlig neuartige Verteidigungsstrategie gewesen; die Geschworenen mußten sich erst zwei Stunden beraten, bevor sie sich schließlich dagegen aussprachen. Wir in der Nachrichtenredaktion hatten das alle reichlich komisch gefunden.

»Es gibt einfach nicht genügend hochkarätige Verbrechen, wenn Sie wissen, was ich meine.«

Martinez mußte lachen. »Tja, immer nur die ewig gleichen Standardmorde, Vergewaltigungen und Raubüberfälle. Nichts Gescheites.«

»Ganz genau«, nickte ich. »Aber vielleicht haben wir ja hier mal wieder was Ordentliches?«

Er sah mich an. »Eine ziemlich blutige Angelegenheit. Ein junges Mädchen, vermutlich sechzehn oder siebzehn – zumindest, soweit man das von hinten beurteilen kann. Dr. Smith ist auch schon hier, aber er hat sie noch nicht auf den Rücken gedreht. Alles deutet darauf hin, daß sie mit einer großkalibrigen Handfeuerwaffe in den Hinterkopf geschossen wurde. Vielleicht mit einer Magnum dreifünfundsiebzig. Möglicherweise auch mit einer Fünfundvierziger oder einer Vierundvierziger Special. Jedenfalls mit einem Mordsding; von ihrem Hinterkopf ist kaum mehr was zu sehen.«

Ich machte mir ein paar Notizen. Der Detektiv sah mich kurz an und fuhr dann fort: »Ganz schön übel, ansehen zu müssen, wie so ein junges Ding so brutal umgebracht worden ist.«

Den letzten Satz hielt ich wortwörtlich fest.

»Eines ist seltsam; allerdings ist das noch nicht für die Veröffentlichung bestimmt.«

»Und das wäre?«

»Sie werden es auch wirklich noch nicht verwenden?« Er sah mich eindringlich an.

»Also gut, ich verspreche es Ihnen. Aber jetzt machen Sie's schon nicht so spannend.«

»Sie hatte ihre Hände auf den Rücken gefesselt. So einen Mord habe ich nicht mehr gesehen, seit«, er dachte kurz nach, »seit wir diesen toten Gangster, diesen Spieler in den Glades gefunden haben. Wissen Sie, welchen ich meine?«

»Sie meinen offensichtlich eine von diesen ›Hinrichtungen‹, wie sie im Fachjargon so schön heißen?«

Er lachte. »Ganz richtig. Aber weshalb sollte jemand ein junges Mädchen hinrichten wollen?«

»Ist sie vergewaltigt worden?«

»Das läßt sich bis jetzt nicht mit Sicherheit sagen. Ihre Kleider scheinen jedenfalls noch an Ort und Stelle und intakt zu sein.«

»Was hat sie denn an?«

»Jeans, ein T-Shirt, Sandalen. Was Mädchen in dem Alter eben so tragen.« Er machte eine kurze Pause und sah schließlich auf. »Na, da haben wir's«, stöhnte er. »Hier kommen Ihre Brüder und Schwestern.« Ich drehte mich um und sah, daß die ersten Fernsehteams eingetroffen waren. Sie rückten in regelrechten Trupps an – Tontechniker, Kameramann und Reporter. »Wir können uns später noch unterhalten«, verabschiedete sich Martinez nun von mir. »Sie können ja währenddessen mit dem Doktor sprechen – und mit dem Mann dort drüben, in den Shorts. Er hat die Leiche gefunden. Reden Sie mal mit ihm. Und noch was . . .«

»Ja?«

»Lassen Sie Wilson lieber in Ruhe. Er hat selbst eine Tochter in dem Alter, und wenn mich nicht alles täuscht, geht ihm die ganze Sache ziemlich zu Herzen.«

»Gut«, nickte ich. »Hat sie irgendeinen Ausweis oder sonst etwas zu ihrer Identifizierung bei sich?«

»Nachher.« Der Detektiv entfernte sich eilends wieder.

Die Ankunft der Fernsehleute hatte mehrere uniformierte Polizisten auf den Plan gerufen, die bis dahin das Gestrüpp durchsucht hatten. Sie hielten die Fernsehleute zurück. Währenddessen ging ich zu unserem Wagen zurück und setzte mich über Funk mit der Redaktion in Verbindung. Eine Sekretärin verband mich, und wenige Augenblicke später scheppterte Nolans Stimme aus dem Lautsprecher. »Na, haben Sie schon was?«

»Klingt ganz gut. Vielleicht eine Entführung. Jedenfalls macht das Ganze einen reichlich seltsamen Eindruck. Dem Mädchen wurden die Hände auf den Rücken gefesselt. Und sie wurde im Stil einer Hinrichtung erschossen. Im Moment ist dieses Detail jedoch noch nicht für die Veröffentlichung freigegeben.«

»Und wie sieht's mit der künstlerischen Ausgestaltung aus?«

»Nicht schlecht. Andy Porter hat sich schon mit einem Tele in die Büsche geschlagen. Im Augenblick suchen gerade eine Menge Polizisten die nähere Umgebung ab.«

»Klingt wirklich nicht übel. Jedenfalls interessanter als unser Bericht über die große Parade anläßlich des vierten Juli.« Ich konnte ihn lachen hören.

»Hören Sie, Nolan, ich bräuchte noch jemanden, der ein paar Dinge für mich erledigt.«

»Schießen Sie schon los. Ihr Wunsch ist mir Befehl.«

»Lassen Sie jemanden in der Meldestelle für vermißte Personen und bei den einzelnen Polizeirevieren anrufen. Vielleicht hat gestern abend jemand seine Tochter vermißt gemeldet. Ganz ausgeschlossen wäre so etwas jedenfalls nicht.«

»Gute Idee. Ich werde gleich jemanden damit beauftragen, bevor die Polizei auf dieselbe Idee kommt. Bis dann also.«

Als ich wieder aus dem Wagen stieg, wurde mir plötzlich der klebrige Schweiß in meinen Achselhöhlen bewußt. Der Himmel über mir erstreckte sich in unermeßlichem Blau. Nicht eine Wolke war zu sehen – nur die Sonne, der blaue Himmel und die Hitze. Ich ging auf den Mann zu, der die Leiche entdeckt hatte.

Er stand neben einem der Streifenwagen. Als ich mich ihm vorstellte, erzählte er mir gleich, daß er täglich das *Journal* lese. Er war ein kleiner, untersetzter Mann mit einem militärisch kurzen Haarschnitt. »So etwas ist mir noch nie passiert. Nicht einmal vierundfünfzig, beim Militär, habe ich je so was gesehen.«

»Wie war es denn genau?« wollte ich wissen. Ich notierte mir seine Worte in meinem Notizbuch.

»Vor allem ihre Arme sind mir aufgefallen – zart und schmal, wie die eines Kindes. Sie waren nach hinten gezogen, aber nicht fest; eher locker, als hätte ihr der Mörder nicht weh tun wollen. Ich hätte eigentlich erwartet, daß sie brutal nach hinten gezerrt worden wären.« Er hielt dabei seine Arme hinter seinen Rücken und drückte die Schultern durch, um mir zu demonstrieren, was er meinte. »So, wissen Sie. Aber so war es nicht.« Ich machte mir weiter meine Notizen, während er redete.

»Ich konnte auch ihr Gesicht sehen. Es war, als würde sie ausruhen, obwohl mir natürlich keinesfalls entgangen war, daß fast ihr ganzer Hinterkopf fehlte.« Er schluckte. »Das klingt doch ziemlich kalt und gefühllos, finden Sie nicht auch. Ich weiß auch nicht, was plötzlich über mich gekommen war. Jedenfalls stand ich einfach da, und während ich sie ansah, registrierte ich in Gedanken sämtliche klinischen Details – wie sie auf dem Boden lag, welche Stellung ihr Kopf einnahm, wie ihr Haar vom Blut verklebt war . . . sie hatte übrigens blondes Haar.

Ich habe das alles ja schon in aller Ausführlichkeit mit dem Detektiv durchgesprochen, wie Sie sich sicher denken können; immer nur das, worauf es ankommt, die einzelnen Fakten und ohne irgendwelche persönlichen Ausschmückungen. Und wissen Sie, was dann passiert ist? Plötzlich wurde mir speiübel – dort drüben.«

Er deutete auf ein paar Büsche. »Sie haben ja vermutlich ständig mit Leichen zu tun – ich meine, mit Ermordeten.«

»Na ja, nicht gerade ständig. Entschuldigen Sie, aber was machen Sie eigentlich beruflich?«

Ich hörte nur mit halbem Ohr hin, als er seine Lebensgeschichte vor mir ausbreitete. Er erzählte mir auch von seinen morgendlichen Jogging-Runden und der Sonne und daß er mindestens dreimal an ihr vorbeigelaufen sein mußte. »Meine eigenen Kinder sind noch nicht so alt.«

»Könnten wir ein Foto von Ihnen machen?«

»Lieber nicht«, winkte er nach kurzem Nachdenken ab. »Müssen Sie eigentlich meinen Namen in Ihrem Bericht erwähnen?«

»Aber sicher«, erklärte ich. »Das auf jeden Fall.«

»Mir wäre es lieber, wenn mein Name nicht genannt würde. Ich kann mir nicht vorstellen, daß ich sonderlich gut werde schlafen können, solange sie den Täter nicht gefaßt haben.«

»Deswegen würde ich mir mal keine Sorgen machen«, versuchte ich ihn zu beruhigen.

»Warum nicht?«

»Na ja, weil kaum anzunehmen ist, daß ein Mann, der es darauf abgesehen hat, junge Mädchen zu fesseln und dann zu erschießen, sich auch an Erwachsene heranmachen wird.« Er nickte. »Aber eines möchte ich Ihnen trotzdem raten«, fuhr ich fort, »halten Sie sich lieber von den Fernsehleuten fern, sonst sind Sie heute abend auf sämtlichen Bildschirmen zu sehen.«

»Danke«, erwiderte er. »Das werde ich mir merken.« Als ich ihn darauf verließ, um Porter aufzusuchen, sah ich noch, wie er sich tiefer in das Gehölz neben der Straße verdrückte. Porter stand vor unserem Wagen und sprach über Funk mit dem Fotostudio.

»Ich habe von dem Mann, mit dem Sie eben gesprochen haben, ein Foto gemacht. Ich mußte natürlich das Tele nehmen, aber die Aufnahme dürfte trotzdem ganz brauchbar sein. Glauben Sie, er läßt sich auch aus der Nähe fotografieren?«

»Das halte ich für vollkommen ausgeschlossen. Außerdem würden dadurch nur die Leute vom Fernsehen auf ihn aufmerksam werden.«

»Na, dann eben nicht. Warten wir, bis sie die Leiche wegschaffen. Das sehen die in der Bildredaktion immer am liebsten – den Sack auf der Tragbahre. Genau wie in Vietnam – ein schwarzer

Sack mit einem Reißverschluß. Ich sag's ja immer: Wenn wir die Technik nicht hätten!«

»Sie sind ein ganz schöner Zyniker.«

»Wer ist das nicht?«

Wir warteten im Schatten der Bäume neben der Straße und sahen den Polizisten bei der Arbeit zu. Nach einer Weile trugen sie eine Tragbahre davon. »Jetzt ist mein großer Augenblick gekommen«, rief Porter und zückte die Kamera. Inzwischen rannten auch schon die Fernsehkameramänner aufgeregt neben den Polizisten her, welche die Leiche wegschafften. Ich sah ihnen zu, wie sie den schwarzen Sack in einen der wartenden Krankenwagen schoben. Porter hatte sich indessen zu den Fernsehleuten gestellt und schoß ein Foto nach dem anderen. Zwischen zwei Fotos sah er zu mir herüber, grinste und deutete auf den Sack mit der Leiche. Als der Polizeiarzt zur Straße herunterkam, ging ich auf ihn zu, um mich mit ihm zu unterhalten. Er steckte sich gerade eine Pfeife an, als ich ihn erreichte. »Was haben Sie bisher alles herausgefunden?« fragte ich ihn.

»Dazu kann ich noch nicht allzuviel sagen, bis wir nicht eine Obduktion vorgenommen haben. Offensichtlich wurde sie mit einer großkalibrigen Handfeuerwaffe getötet. Vermutlich mit einem einzigen Schuß – zumindest dem Ausmaß der Verletzung nach zu schließen. Der Schuß dürfte auch aus sehr geringer Entfernung abgefeuert worden sein – etwa aus dreißig Zentimetern.«

»Woraus können Sie das schließen?«

»Aus den Pulverrückständen am Rand der Wunde. Um zu diesem Punkt jedoch genauere Angaben machen zu können, muß ich mir das Ganze erst noch unter dem Mikroskop ansehen. Im Augenblick stütze ich mich nur auf Vermutungen – aber normalerweise habe ich für so was ein ziemlich gutes Gefühl.«

»Irgendwelche Anzeichen, daß sie sexuell mißbraucht wurde?«

»Seltsamerweise nein. Dieser Umstand läßt einen doch unwillkürlich stutzig werden. Ich meine, in der Regel werden junge Mädchen doch nicht so umgebracht.«

»Was können Sie mir über die Art sagen, in der ihre Hände gefesselt waren?«

»Nicht viel. Das Seil haben die Leute vom Labor bereits mitgenommen.«

»Sind Sie sicher, daß das Mädchen hier getötet wurde – und nicht nur erst nach dem Mord hierher gebracht wurde?«

»In diesem Punkt bin ich mir absolut sicher. Auf ein paar Palmwedeln in der näheren Umgebung habe ich mehrere Blut- und Gehirnspritzer entdeckt, die nur durch die Wucht der Explosion dorthin gelangt sein können.«

»Haben Sie sonst schon irgendwelche Anhaltspunkte – irgendeine Theorie?«

Der Arzt lachte. »Höchstwahrscheinlich war es entweder ein eifersüchtiger Freund oder ein sexbesessener Stiefvater. Sie können also beruhigt sein. Das Ganze wird auf jeden Fall eine prima Geschichte abgeben.«

Ich machte keine Anstalten, auf seinen Scherz einzugehen. Der Doktor sog an seiner Pfeife, und ich roch, wie sich der Tabakduft mit dem Geruch des frisch gemähten Grases mischte. »Haben Sie eine Ahnung, wer sie ist?«

»Das müssen Sie schon die Detektive fragen. Und im übrigen, rufen Sie mich doch später noch mal an, wenn ich mit der Obduktion fertig bin. Da sie in unserer Dringlichkeitsliste ganz oben rangiert, kann ich sicher schon am frühen Nachmittag mit den ersten Ergebnissen aufwarten.«

»Na gut«, nickte ich. »Dann werden Sie also heute nachmittag noch mal von mir hören.«

Da ich Martinez und seinen Partner Wilson gerade neben einer Zivilstreife stehen und sich mit den Fernsehreportern herumschlagen sah, ging ich zu den beiden hinüber, um mir anzuhören, was sie zu erzählen hatten. Martinez schien ziemlich verärgert. Offensichtlich war irgendwie durchgedrungen, daß dem Mädchen die Hände auf den Rücken gefesselt waren. Im Augenblick redete gerade Wilson. Er ging schon auf die Fünfzig zu, womit er für einen Detektiv der Mordkommission ziemlich alt war. Sein schwarzes Haar war von einigen grauen Strähnen durchzogen, und sein Kinn reckte sich in einem Zustand ständigen Trotzes unablässig weit nach vorn. Er trug einen altmodischen, dunkelblauen Anzug mit einer kleinen amerikanischen Flagge am Aufschlag, und sein Gesicht war von den vielen Fragen und der Sonne rot angelaufen. Als ich auf die Gruppe zutrat, hörte ich ihn gerade sagen: »Sie werden hier von mir keine Details erfahren. Das Ganze ist einfach unfaßbar. Ich meine«, er hielt kurz inne und sah in die Kameras, »was hat denn so ein junges Ding schon irgend jemandem getan? Teenager haben doch genauso wie wir das Recht, heranzuwachsen und alt zu werden. Es ist einfach schrecklich, so etwas sehen zu müssen. Mir zumindest geht das ganz schön an die Nieren.« Er starrte inzwischen wütend vor sich hin. »So etwas ist einfach wirklich eine Schande. Und ich bin mir sicher, daß es den meisten von Ihnen ähnlich ergeht.«

An diesem Punkt unterbrach ihn Martinez. »Ist ja schon gut, Phil. Das wäre genug für heute. Komm, wir gehen!« Als er darauf kurz zu mir herübersah, entging mir nicht, daß sich kaum merklich seine Augenbrauen hoben. Ich notierte mir, was Wilson gesagt hatte, und schüttelte den Kopf.

Für sie ist das genauso ein Job wie für uns, dachte ich. Wo war da der Unterschied?

»Wir werden diesen Kerl schnappen«, redete Wilson weiter. »Und ich hoffe nur, daß er für immer hinter Gitter wandert. Aber eigentlich wünsche ich mir bei solchen Gelegenheiten mehr und mehr, wir hätten noch den elektrischen Stuhl.«

»Jetzt reicht's aber endgültig, Phil.« Martinez war hinter das Steuer der Zivilstreife geglitten und drückte den Anlasser. »Fahren wir endlich.«

Wilson warf ihm einen kurzen Blick zu. »Ich komme ja schon.« Dann wandte er sich noch einmal den Kameras zu. »Sie können demnächst mit einer offiziellen Stellungnahme rechnen.« Damit ließ er sich auf den Beifahrersitz plumpsen und warf die Tür hinter sich zu. Das Geräusch erinnerte an einen Startschuß. Die Fernsehteams zerstreuten sich. Porter wartete im Wagen auf mich. Er hatte die Klimaanlage angestellt.

»Verdammt heißer Tag für einen Mord«, stöhnte er. »Ich möchte noch kurz bei der Parade ein paar Fotos schießen, bevor wir in die Redaktion fahren. Einverstanden?«

»Meinetwegen.«

Unter lautem Protest der Reifen jagte Porter davon.

»Unser glorreicher Vierter Juli«, sagte der Fotograf mehr zu sich selbst. »Letztes Jahr war es Watergate. Das Jahr zuvor das Ende des Vietnamkriegs. Nächstes Jahr wird es die Zweihundertjahrfeier sein. Eine Menge Leute haben sich als George Washington verkleidet. Vermutlich lauter Transvestiten.« Er lachte. »Aber ich meine, wen kümmert das schon?« Er dachte kurz nach. »Ach, den Pfadfindern ist es vielleicht doch nicht ganz egal. Ich weiß noch, wie ich als kleiner Junge bei so einer Parade mitmarschiert bin.«

Ich mußte an meinen Onkel in seiner Uniform denken. Mein Vater hatte das Foto auf dem Schreibtisch in seinem Arbeitszimmer stehen. Mein Onkel hatte so jung und stark darauf gewirkt. Der blauen und roten Uniform hatte etwas Starres und Beeindruckendes angehaftet; sie war jedenfalls mehr als nur ein Kleidungsstück. Als kleiner Junge hatte ich dieses Foto immer voller Ehrfurcht und Bewunderung betrachtet, als wäre es möglich, sich mit dem Anlegen der Uniform gleichzeitig Tapferkeit und Mut und Stärke anzueignen. Die Farben auf dem Foto waren für mich so lebendig wie Emotionen. In Gedanken hörte ich die Musik, die sie beim Begräbnis gespielt hatten, bis mir bewußt wurde, daß ich das Fenster heruntergekurbelt hatte und Klangfetzen einer Militärkapelle mit dem dröhnenden Marschtakt der Trommeln aus der Ferne zu uns herüberdrangen. Wir stellten den Wagen ab.

»Wenn wir noch näher ranfahren«, meinte Porter, »kommen wir hier nie wieder raus. Los, wir sind sowieso nur noch drei Blocks weg. Später ist zwar noch ein größerer Umzug, aber ich fotografiere sowieso lieber die High-School-Kapellen; die haben irgendwie mehr Schwung als so eine professionelle College-Band.«

Für einen Augenblick mußte ich an das Mädchen auf dem Golfplatz denken. Vermutlich hätte sie heute unter den Zuschauermassen gestanden, wenn sie nicht sogar in einer Gruppe mitmarschiert war, mit ihrem blonden Haar und voller jugendlichem Elan die Straße hinunterstolzierend. Ich folgte Porter auf die lauter werdende Musik zu, die sich schließlich als ›Stars and Stripes Forever‹ entpuppte. Was wäre schon eine Parade ohne diese Sousa-Komposition gewesen?

Die Menge am Straßenrand hielt sich zwar in Grenzen, was ihrer Begeisterung jedoch keinerlei Abbruch tat. Es waren viele Kinder in Kinderwagen und mit Luftballonen darunter. Die Kapelle spielte einen bekannten Hit, der in dieser Instrumentation jedoch kaum wiederzuerkennen war. Die Sonne brach sich in den funkelnden Blasinstrumenten. Porter drängte sich durch die Zuschauer auf die Straße und huschte dann hektisch um die marschierenden Musiker herum, während er seine Fotos schoß. Als die Kapelle sich wieder entfernte und die Musik leiser wurde, fielen meine Blicke auf eine Gruppe von Tambourmajorinnen, die ihre blitzenden Silberstäbe durch die Luft wirbeln ließen. Die goldenen Uniformen, welche die Mädchen trugen, ließen ihre Trägerinnen wie in gleißendes Licht getaucht erscheinen. Vor allem ein Mädchen, das am Rand marschierte, lenkte meine Aufmerksamkeit auf sich. Ihr Tambourstock schien wie von selbst ihre Gestalt zu umwirbeln, und aller Augen waren auf sie gerichtet. Im nächsten Augenblick trat sie einen Schritt zurück und schleuderte den Stab hoch in die Luft, wo er sich, gegen den tiefblauen Himmel deutlich abgehoben, im Takt der Musik weiterdrehte, bis er wieder der Erde entgegensank. Die Hand des Mädchens streckte sich ihm entgegen, um genau im richtigen Augenblick zuzupacken.

Für einen Moment schien es, als hätte sie ihn sicher im Griff, doch das Eigenleben, welches dem Stab innegewohnt zu haben schien, als er durch die Luft gewirbelt war, schien auch jetzt noch nicht ganz von ihm gewichen, da er sich der Hand des Mädchens entwand und zu Boden plumpste. Das Mädchen fiel aus dem Takt, um sich kurz nach dem Stab zu bücken. Und im nächsten Augenblick wirbelte er auch schon wieder an ihrer Hand durch die Luft, als wäre nichts geschehen; die Falten auf der Stirn des Mädchens gaben jedoch unmißverständlich zu verstehen, daß sie nur mühsam ihre Tränen zurückhalten konnte. Während sie dann weitermarschierte und langsam meinen Blicken entschwand, mußte ich wieder an das Mädchen auf dem Golfplatz denken. In diesem Alter war alles noch ganz anders. So konnte einen zum Beispiel ein fallengelassener Tambourstock in Tränen ausbrechen lassen. Was sonst noch? Eine nicht eingehaltene Verabredung, ein hartes Wort, eine schlechte Note. Keine Zeit für den Tod, keine Tränen für die Sterbenden.

Ich lauschte dem Scheppern der Marschtrommeln, als mich plötzlich Porter an der Schulter antippte. »Wieder zurück in der wirklichen Welt?« schmunzelte er.

2

Es war bereits Nachmittag geworden, als wir in die Redaktion zurückkehrten. Porter machte sich im Studio gleich daran, seine Fotos zu entwickeln und zu vergrößern, während ich langsam zu meinem Schreibtisch ging. Als Nolan mich sah, tänzelte er, übers ganze Gesicht strahlend, auf mich zu. »Volltreffer!« verkündete er gut gelaunt.

»Aha?«

»Auf dem Polizeirevier draußen in den Gables sind gestern abend tatsächlich ein halbes Dutzend besorgter Anrufe von einem gewissen Mr. Jerry Hooks und seiner Frau eingegangen. Er ist ein hohes Tier bei der Eastern Airlines und hat ein stattliches Haus in den Gables, ganz zu schweigen von einer sechzehnjährigen Tochter namens Amy. Sie ist gestern abend mit Freunden auf eine Party gegangen, von der sie allerdings nicht nach Hause gekommen ist. Ist das etwa kein Volltreffer?«

»Mal abwarten.«

»Mein Freund, der Lieutenant, hat mir das Ganze eben bestätigt, bevor Sie zurückgekommen sind. Er hat bereits zwei Detektive zu den Leuten rausgeschickt. Ich würde vorschlagen, Sie fahren ihnen am besten gleich mal hinterher.«

Genau das war das Unangenehmste an jedem Verbrechen, besonders natürlich nach einem Mord. Die verstümmelte Leiche ansehen zu müssen war nichts dagegen – einfach nur ein kühles Absorbieren der Einzelheiten. Die Familie des Opfers aufzusuchen war dagegen schon etwas anderes. Ich hatte keine Ahnung, was mich dort erwarten würde. Bei früheren ähnlichen Anlässen war ich bedroht oder weinend in die Arme geschlossen, beschimpft oder beschluchzt worden. So leicht es mit den Toten war, so schwer war es mit den Lebenden. Ich ging neuerlich nach Porter sehen, der eben mit dem Vergrößern begonnen hatte, um gemeinsam mit ihm zu der vom Schicksal geschlagenen Familie hinauszufahren.

Martinez und Wilson standen vor der Haustür, als wir am Straßenrand vor dem Haus parkten. Martinez trug eine verspiegelte Sonnenbrille, so daß man nur sich selbst sah, wenn man ihm in die Augen blickte. Wilson trocknete sich mit einem weißen Taschentuch den Schweiß von der Stirn. Irgendwie schien der weiße Stoff das Sonnenlicht und die Hitze zu bündeln; es leuchtete fast in seiner Hand. »Willkommen in der Wirklichkeit«, sagte Porter noch, und dann schritten wir über den Rasen auf das Haus zu.

»Ihr beide seid ja wirklich verdammt schnell«, rief uns Wilson entgegen. »Ihr könnt es wohl gar nicht erwarten, wie?«

Ich starrte ihn kurz an, um mich dann Martinez zuzuwenden. »Wie sieht es denn da drinnen aus?«

Er sah mich durch seine undurchdringliche Sonnenbrille an.

»Offensichtlich haben sie einen Schock erlitten. Ich mußte ihnen sagen, daß einer von ihnen im Leichenschauhaus die Identifizierung vornehmen muß. Wir warten im Augenblick gerade auf den Vater.«

»Wie haben sie die Nachricht aufgenommen?«

»Sie haben kein Wort gesagt. Es war fast so, als hätten sie bereits mit dem Schlimmsten gerechnet, als das Mädchen gestern abend nicht nach Hause kam. Offensichtlich war sie sehr zuverlässig und machte ihren Eltern nie Sorgen. Jedenfalls scheint sie sonst nie zu spät nach Hause gekommen zu sein.«

»Irgendwelche verdächtigen Personen? Hatte sie einen Freund?«

»Keinen festen. Die Eltern können sich auch niemanden denken, der ihr etwas Böses hätte wollen können. Ich meine, kein Freund, dem sie den Laufpaß gegeben hat.«

An diesem Punkt schaltete sich Wilson ein. »Sie war ein ganz normales, anständiges Mädchen. Keine Drogen. Kein Sex. Sie war Cheerleader an der Sunset-High-School. Immer gute Noten, nichts als Einsen und Zweien. Sie wollte studieren und Tierärztin werden. Mein Gott, schon allein bei dem Gedanken daran könnte mir übel werden.« Immer noch mit dem Taschentuch seine Stirn wischend, sah er mich an. »Wie wollen Sie darüber schreiben? Hören Sie, Sie brauchen diesen Leuten nur noch mehr Leid zuzufügen, aber dann . . .«

»Was aber dann?« fiel ich ihm ins Wort. »Für wen halten Sie uns eigentlich, verdammt noch mal?« Ich wandte mich wieder Martinez zu. »Was haben Sie als nächstes vor?«

»Wir werden die Teilnehmer an dieser Party überprüfen. Aber demnach zu schließen, was die Eltern gesagt haben, wird uns das kaum weiterbringen. Nichts als ein paar harmlose Teenager. Dann warten wir natürlich auf das Ergebnis der Obduktion. Außerdem werden wir uns mal die Liste der Sexualtäter vornehmen, obwohl ich mir davon nicht sonderlich viel verspreche. In meinen Augen sieht das Ganze jedenfalls nicht nach einem Sexualverbrechen aus.«

Ich wandte mich Wilson zu. »Was halten Sie von der ganzen Sache?« Da er nicht gleich antwortete, schrieb ich erst noch meine Notizen zu Ende.

»Wenn Sie mich fragen, muß es irgendein Psychopath gewesen

sein. Wer käme denn sonst für so was in Frage? Vorerst haben wir allerdings noch keinerlei Anhaltspunkte. Aber die werden wir bald haben, das verspreche ich Ihnen.« Martinez wandte sich ab, als wäre ihm das emotionale Engagement seines Partners zuwider.

»Wissen Sie«, ergriff der jüngere der beiden Detektive dann wieder das Wort, »in der Regel wissen wir bereits, wer es war, wenn wir bloß am Schauplatz eines Mordes auftauchen. Das Opfer liegt auf dem Boden, während der Täter mit der noch rauchenden Pistole in seiner Hand wie ein Schloßhund heulend über ihm steht. Oder eine geplagte Ehefrau hat endgültig ihren Alten satt bekommen, nachdem er sie nach einem anstrengenden Tag wieder mal nach Strich und Faden verprügelt hat, und sie knallt ihn einfach über den Haufen. Oder ein Vater hat vergessen, die Kanone einzuschließen, mit der er seine Familie im Notfall beschützen will, um dann mitansehen zu müssen, wie sein fünfjähriger Sohn sich selbst damit erschießt. Dann wären da noch die selteneren Fälle derjenigen, zu denen zum Beispiel der Verkäufer hinter der Theke eines Lebensmittelgeschäfts im Ghetto gehört, der für ein paar Dollar aus der Ladenkasse eben mal kaltgemacht wird. Aber in der Regel schnappen wir auch die, weil früher oder später irgend jemand sein Maul nicht mehr halten kann, worauf wir es ihm dann kräftig schließen. Oder natürlich die Drogenfälle. In dieser Szene beißt schon öfter mal einer ins Gras. Da wird mit verdammt harten Bandagen gekämpft. Sie wissen schon, dieser ganze Kram wie professionelle Killer und so weiter. Aber eine ungefähre Vorstellung haben wir auch dann, wer es gewesen sein könnte. Und wen interessiert das Ganze schließlich auch schon?

Den geringsten Anteil machen die eher zufälligen Morde aus. Dazu gehören auch die ganzen Sexualdelikte. Opfer und Täter kennen einander in der Regel gar nicht. Oft treffen sie nur dieses eine Mal aufeinander. Nichts als zwei Leben, die für diesen einen entscheidenden Augenblick aufeinanderprallen. Keine Anhaltspunkte, keine Zeugen, keine Spuren. Für uns ist das immer höchst unerfreulich. Und mit genau so einem Fall haben wir es hier zu tun – mit Ausnahme der sexuellen Komponente, was die Sache nur noch zusätzlich erschwert.«

»Und was ist mit den gefesselten Händen?« fragte ich.

»Was weiß ich?« Martinez zuckte mit den Achseln.

Ich sah die beiden eindringlich an. »Irgend etwas verheimlichen

Sie mir doch, stimmt's etwa nicht? Erst erzählen Sie mir die ganze Zeit, von wegen Sie hätten noch keinerlei Anhaltspunkte, und dann haben Sie den Kerl mit einem Schlag morgen früh verhaftet – wenn die *Post* rauskommt. Irgend etwas verheimlichen Sie mir. Meinetwegen brauchen Sie mir ja gar nicht zu erzählen, was das nun genau ist, aber sagen Sie mir wenigstens ungefähr, was ich zu erwarten habe.«

Martinez ging merklich hoch, während Wilson sich abwandte. »Ich sage Ihnen doch, daß wir bis jetzt nicht den geringsten Anhaltspunkt haben!« fuhr er mich an. »Eine Leiche, die Hände auf den Rücken gefesselt, irgendwo im Gebüsch. Das wär's dann auch schon. Leider! Der Mörder hat nun mal nicht seine Visitenkarte mit Namen, Telefonnummer und Adresse am Tatort zurückgelassen. Sie sind an einer raschen Festnahme interessiert? Bitte, dann sehen Sie doch zu, daß Sie den Mörder finden. Meine Güte!«

Mir blieb keine Zeit mehr, darauf etwas zu erwidern, da die Haustür aufging. Die zwei Detektive traten zurück, so daß ich freie Bahn hatte. Ich scheuchte meinen Ärger aus meinem Gesicht und bediente mich des feierlichsten und ernstesten Tonfalls, der mir zu Gebote stand. Darauf griff ich immer zurück, wenn ich mit einer vom Schicksal schwer heimgesuchten Familie zu tun hatte, sei es, daß sie Opfer eines Verbrechens, eines Unfalls oder eines Einwirkens höherer Gewalt geworden war. Mir lag daran, dadurch zum Ausdruck zu bringen, daß ich voll und ganz mit den Betroffenen mitfühlen konnte, gleichzeitig aber auch entschlossen war, ein paar brauchbare Informationen für meine Story zu bekommen. Erst stellte ich mich dem Mann vor, der durch die Tür nach draußen trat, um mich dann seiner Frau zuzuwenden, die ihm dichtauf folgte. Mir entgingen ihre rotgeweinten Augen keineswegs.

»Mir ist selbstverständlich klar, welch schwere Stunde das für Sie ist«, setzte ich an, »aber Sie könnten mir dennoch einen sehr großen Gefallen erweisen, wenn einer von Ihnen sich bereit erklären würde, mir ein wenig über Ihre Tochter, über Ihre Träume und Hoffnungen zu erzählen.«

Der Vater nickte. Er schien immer noch unter einem Schock zu leiden; jedenfalls achtete er kaum auf das, was ich sagte. Er warf den beiden Detektiven einen kurzen Blick zu, auf den diese jedoch nicht reagierten. »Sie ist ein wunderbares Mädchen«, erklärte er schließlich. Im Präsens. »Wir konnten uns wirklich glücklich schätzen, eine solche Tochter zu haben. Alle, die sie kennen, mögen Amy sehr gern. Und wir machen uns große Sorgen.«

Martinez nahm ihn am Arm. »Das wird bestimmt nicht leicht für Sie werden«, redete er dem Vater gut zu. »Sehen wir lieber zu, daß wir es möglichst rasch hinter uns bringen.« Der Mann nickte, worauf ihn Wilson und Martinez zu ihrem Wagen führten. Ich blickte den dreien hinterher; das Licht schien jeden ihrer schweren Schritte über den Rasen zu akzentuieren. Als ich hinter mir das Klicken und Surren der Kameras hörte, wandte ich mich der Mutter zu. »Könnten wir uns vielleicht ein wenig hinsetzen und uns unterhalten«, schlug ich vor. »Es wird sicher eine Weile dauern, bis Ihr Mann wieder zurück ist.« Sie nickte, worauf ich mich hinter ihr durch die Tür quetschte, die ich jedoch offen ließ, damit Porter nachkommen konnte.

Langsam ging die Mutter durch den Flur in das geräumige Wohnzimmer. Ich sah mir die Einrichtung ganz genau an und ließ mir kein Detail entgehen. »Könnte ich vielleicht einen Schluck Wasser haben?« ersuchte ich die Frau dann. »Eine schreckliche Hitze ist das heute.«

Sie sah mich einen Moment etwas verwirrt an, erwiderte dann aber: »Selbstverständlich. Ich hole Ihnen gleich eines.« Sie verließ den Raum durch eine andere Tür, die, wie ich annahm, in die Küche führte. Die nun eintretende Verschnaufpause nutzte ich, um meine Gedanken zu sammeln und zu ordnen. An einer Wand des Wohnraums hingen mehrere Familienfotos. Außerdem war mir gleich die geschmackvolle Aufstellung der schlichten, modernen Möbel aufgefallen. Nicht gerade billig, dachte ich unwillkürlich. In einer Ecke des Raums stand ein Klavier. Ich nahm mir vor, diesbezüglich eine Frage zu stellen. Vor dem Rack mit der Stereoanlage lagen mehrere Platten – zum Teil klassische Musik, zum Teil Rock. Ein Fernsehgerät konnte ich nicht entdecken. Ich trat auf das große Glasschiebefenster zu und sah in den Garten hinaus – ein paar Bäume und ein Swimmingpool inmitten des üppigen Rasens. In Florida sagt ein grüner Rasen einiges über die Bemühungen eines Hausbesitzers in dem unerbittlichen Kampf gegen die sengende Sonne. Als ich die Mutter zurückkommen hörte, drehte ich mich zu ihr um. »Ich habe eben Ihren Rasen bewundert. Er erinnert mich an den Norden.«

Sie brachte ein zaghaftes Lächeln zustande, als sie mir das Glas reichte, und warf dann Porter einen kurzen Blick zu, der im Hintergrund unauffällig ein paar Fotos zu machen versuchte. Die Frau zuckte nur resigniert mit den Achseln und ließ sich in einen Sessel sinken. Für einen Augenblick vergrub sie ihr Gesicht in ihren Händen, um mich dann jedoch unverwandt anzusehen.

»Sie können sich wohl kaum vorstellen, was für Sorgen ich mir mache. Ich habe schreckliche Angst.« Ihre Stimme war ruhig, aber ihre Augen überzog ein feuchter Schimmer. Sie legte eine erstaunliche Selbstbeherrschung an den Tag. »Ich habe die ganze Nacht kein Auge zugedrückt. Und auch Jerry nicht. Einmal ist er einfach aufgestanden und mit dem Wagen einmal um den Block gefahren – nur so. Ihm war völlig klar, daß er sie nicht sehen würde, aber er wollte einfach irgend etwas tun. Sie müssen wissen, daß sie so etwas noch nie zuvor getan hatte; ich meine, daß sie die ganze Nacht wegblieb. Keines unserer Kinder hat das je getan.« (Die Art, wie sie über ihre Tochter sprach, gab eindeutig zu verstehen, daß sie sich wie ihr Mann noch keineswegs in das Unvermeidliche gefügt hatte.)

»Wie viele Kinder haben Sie?« unterbrach ich, während ich mir gleichzeitig hastige Notizen machte. Ich mußte einfach nur dafür sorgen, daß sie nicht zu reden aufhörte. Die Story würde sich dann wie von selbst schreiben.

»Drei«, antwortete sie. »Amy ist die Jüngste. Jerry junior hat eben in Stanford zu studieren angefangen, und sein älterer Bruder Stephen studiert in Boston Medizin.«

»In Harvard?«

Sie lächelte. »Nein, leider nicht; in Tufts.«

»Immerhin. Auch das ist keine schlechte Leistung.«

Sie nickte. »Er war in Vietnam, wissen Sie. Als Sanitäter der Americal Division. Die genaue Nummer weiß ich nicht mehr. Ich glaube, dabei hat er einiges mitgemacht, und diese Erfahrungen waren dann wohl ausschlaggebend für seinen Entschluß. Als er zurückkam, hat er Sommerschulkurse in Chemie und was weiß ich sonst noch allem belegt, so daß er schließlich zum Medizinstudium zugelassen wurde. Er ist inzwischen im dritten Semester.«

»Erzählen Sie mir von Ihrer Tochter.«

Wie in plötzlichem Erstaunen stockte ihr für einen Moment der Atem. »Sie waren alle sehr gute Kinder. Ich hatte nie irgendwelche ernsthaften Probleme mit ihnen. Stephen ging gegen unseren Willen zum Militär; er hatte gerade die High School abgeschlossen und hielt es für seine Pflicht einzurücken. Jerry junior hat uns während seiner High-School-Zeit etwas Sorgen gemacht – wegen seiner langen Haare und seiner Teilnahme an allen möglichen Demonstrationen. Aber sonderlich stark schien er sich dafür doch nicht zu engagieren. Wir machten uns eigentlich mehr Sorgen, daß er Drogen nehmen könnte, da das an seiner Schule schon fast zum guten Ton gehörte. Aber seine schulischen Leistungen konnten sich immer sehen lassen; das gleiche galt übrigens auch für seinen Bruder. Manchmal mache ich mir Sorgen, daß Amy sich durch das Vorbild ihrer beiden Brüder etwas überfordert fühlen könnte. Sie waren für sie immer sehr wichtig, und sie hat ihnen in allem sehr stark nachgeeifert. Manchmal war es sicher nicht ganz einfach für sie, feststellen zu müssen, daß sie ein Mädchen und eben anders war. Sie war schon immer wie ein Junge und sehr lebhaft; sie liebte es mehr, herumzutollen und zu reiten, als mit ihren Puppen zu spielen oder was kleine Mädchen angeblich sonst noch alles gern tun. Als wir hierher gezogen sind . . . Jerry arbeitete früher für Northwest, und wir haben lange in Minneapolis gewohnt. Wir sind noch nicht lange hier . . . diesen Oktober werden es zwei Jahre . . . jedenfalls war ich sehr froh, daß Amy sich hier viel im Freien aufhalten konnte, was sie ja schon immer gern mochte. Das war etwas anderes, als wenn wir nach New York oder sonstwohin gezogen wären – Sie wissen schon, wo man sich ständig Sorgen machen muß. Und sie ist ja so ein sensibles Mädchen.«

»Sie ist doch Cheerleader?«

»Ganz richtig.« Die Mutter lachte kurz, ein unvermutetes, abruptes Geräusch in der Stille des Raums. »Und außerdem stellvertretende Klassensprecherin. Sie möchte mal Tierärztin werden, womit sie in etwa in die Fußstapfen ihres großen Bruders treten kann, ohne gleich an seinen Leistungen gemessen zu werden. Ich glaube, sie wird auch Medizin studieren . . .« Und dann hielt sie mit einem Mal erschrocken inne, wie ein Turmspringer, der plötzlich mitten im Sprung vor dem Wasser tief unter ihm zurückschreckt. »Das heißt natürlich nur . . . ach, ich weiß nicht. Mein Gott, was ist nur passiert?« Und nun strömten die lange zurückgedrängten Tränen haltlos aus ihr heraus. Sie stöhnte leise und schien plötzlich in ihrem Sessel in sich zusammenzusacken. Schlagartig war die Erkenntnis des schrecklichen Ausmaßes der

Katastrophe über sie hereingebrochen, und ihre Augen nahmen plötzlich wieder diesen verlorenen, verständnislosen Ausdruck an, den ich schon früher an ihr bemerkt hatte. Bis auf das Klicken der Kamera war es vollkommen still im Raum. Die Frau vergrub ihr Gesicht in ihren Händen und begann vor und zurück zu schaukeln, als hätte sie eine schwere körperliche Verletzung erlitten. »Mein Gott«, stieß sie hervor. »Mein Kind.«

»Bitte, Madam«, versuchte ich, sie ihrem Schmerz zu entreißen. »Nur noch ein paar Minuten. Haben Sie vielleicht ein Foto von Amy, das wir mitnehmen könnten? Wir werden es Ihnen auch bestimmt wieder zurücksenden. Irgendeines, das erst in jüngster Zeit aufgenommen worden ist?«

Die Mutter nahm ihre Hände vom Gesicht und starrte mich an. »Ein Foto?«

»Ja. Vielleicht ein Klassenfoto oder einen Schnappschuß?«

»Warten Sie, ich hole Ihnen eines.« Sie stand auf und wandte sich Porter zu. »Möchten Sie auch ein Glas Wasser.«

Selbst ich war beeindruckt. Ich fand, daß ich schon einige Kämpfernaturen gesehen hatte, die es verstanden hatten, einen harten Schlag einzustecken, ohne den Kopf zu verlieren. Und als Porter nun nickte, ging die Frau neuerlich in die Küche. Sie war ziemlich groß und trug ein schlichtes, modisches Kleid; ihr braunes Haar hatte sie aus dem Gesicht frisiert. Mir fiel auf, daß sie kaum Make-up trug. Es wäre von den Tränen nur verschmiert worden. Sie bewegte sich mit eleganter Leichtigkeit. Als sie den Raum verließ, sah ich zu Porter hinüber, der jedoch in die Betrachtung der Fotografien an der Wand versunken war. »Wirklich nicht übel, diese Aufnahmen«, bemerkte er anerkennend. »Entweder versteht hier jemand etwas vom Fotografieren, oder sie sind von einem Profi gemacht worden. Gute Bildaufteilung, gekonnte Beleuchtung – wirklich nichts daran auszusetzen.«

Mit einem Foto in der einen und einem Glas Wasser in der anderen trat die Mutter wieder in den Raum. »Die meisten stammen von Jerry junior.« Offensichtlich hatte sie Porters Kommentar gehört und reagierte nun wie jede stolze Mutter.

»Vielleicht versucht er sich sogar in Ihrem Fach, wenn er mit der Universität fertig ist.«

»Sagen Sie ihm jedenfalls«, erwiderte Porter, »daß ich seine Fotos sehr gut finde.«

»Danke.« Sie lächelte. »Das wird ihn bestimmt sehr freuen.«

Sie reichte mir das Foto. »Geht das?« Ich sah es mir näher an. Ein hübsches, blondes Mädchen mit einem natürlichen Lächeln und einem offenen Gesichtsausdruck. Sie trug Jeans und stand neben dem Swimmingpool. Zu ihren Füßen lag eine Collie-Hündin. »Das ist Lady. Leider mußten wir sie vor ein paar Monaten einschläfern lassen. Amy kam nur sehr schwer darüber hinweg. Ich glaube, das war auch der Grund, weshalb sie Tierärztin werden wollte. Das Foto hat übrigens auch Jerry junior gemacht.«

»Das ist genau das Richtige«, erklärte ich und dachte insgeheim: Das wird unseren Lesern das Herz brechen. »Ich schicke es Ihnen sofort zurück, sobald wir es nicht mehr brauchen.«

»Das wäre nett.« Für einen Augenblick standen wir drei etwas ratlos im Raum. »Glauben Sie eigentlich, daß eine Chance besteht, ich meine, die Möglichkeit, daß die Polizei sich getäuscht hat?« Ich konnte sehen, wie sich in ihren Augen neuerlich Tränen zu bilden begannen. »Schließlich haben sie sich doch in solchen Dingen schon öfter getäuscht. Haben Sie, äh, haben Sie sie schon gesehen; ich meine die . . .« Sie brachte das Wort nicht über die Lippen.

Ich beschloß zu lügen. »Natürlich kommt es bei so etwas oft zu Mißverständnissen. Warten Sie lieber ab, bis Sie endgültig Bescheid bekommen. Ich habe das Opfer zwar gesehen, aber«, ich deutete auf das Bild, »anhand des Fotos kann man das wirklich nicht sagen.«

»Sie trug Blue jeans und ein blau-rot gestreiftes Hemd, als sie gestern abend das Haus verließ.«

Ich warf Porter einen flüchtigen Blick zu. Offensichtlich war aus seiner Erinnerung dasselbe Bild hochgezuckt, da er sich abwandte. »So nahe habe ich sie leider nicht gesehen.«

Aber ich hatte sie selbstverständlich deutlich genug gesehen.

Die Mutter setzte sich wieder. »Mir erscheint das alles so unwirklich. Ich kann das Ganze noch immer nicht so recht begreifen, wenn mir auch klar ist, daß es sich dabei um etwas sehr Einschneidendes handelt. Es ist, als passierte das alles jemand anderem – nicht mir. Als wären Sie wegen ganz anderer Leute hier, als wäre alles nur ein gigantisches Mißverständnis. Mein Gott! Ich weiß wirklich nicht, was ich von alldem halten soll, was ich fühlen soll.« Sie sah zu mir auf. »Wie soll ich noch vernünftig reagieren, wenn die ganze Welt aus den Fugen geraten zu sein scheint?« Ich wußte nicht, was ich darauf hätte erwidern sollen.

Und dann klingelte das Telefon. Es war ein forderndes, bedrohliches Geräusch.

Die Mutter trat auf den Apparat zu und nahm den Hörer ab. Ich lauschte angespannt. Mir war selbstverständlich klar, worum es ging, obwohl ich nur ihre Antworten hören konnte.

»Ja, Liebling«, sagte sie. »Natürlich ist alles in Ordnung.«

Plötzlich schien ihr Gesicht sich zusammenzuziehen, während ihre Augen sich gleichzeitig weiteten.

»So sag es mir doch endlich!« schrie sie. »So sag doch schon!«

Ich sah sie die Augen schließen und mit den Zähnen knirschen. Dann setzte sie sich in einen Sessel, ihr Rücken stocksteif, ihr Kopf nach vorn gereckt.

»Ich habe mich gesetzt! Jetzt sag doch schon! Sag es mir endlich!«

Und dann zuckte ihre Hand abrupt zu ihrem Mund hoch – eine einzige kurze Bewegung des Entsetzens.

»Oh, mein Gott«, stieß sie hervor. »Mein Kind.«

Danach legte sie den Hörer ganz langsam und behutsam auf die Gabel zurück, als wollte sie möglichst alles beim alten lassen. Sie sah mich an.

»Sie ist es.« Ihre Stimme war bar jeden Ausdrucks. »Mein Kind, mein Herz.«

»Können wir irgend etwas für Sie tun, Madam«, fragte ich sie vorsichtig. »Sollten wir vielleicht eine Nachbarin holen – oder sonst jemanden?«

Sie schien mich gar nicht zu hören. »Meine Kleine«, flüsterte sie. Porter deutete mit dem Kopf in Richtung Tür, und ich nickte.

»Wir lassen Sie jetzt lieber allein, Madam«, sagte ich. »Es tut uns wirklich sehr leid.«

Ihre Stimme war nach wie vor kalt und monoton. »Wie kann man nur so etwas tun? Was für ein Tier muß das gewesen sein? Oh, mein Gott, wie konnte so etwas nur möglich sein? Welchen Grund hätte jemand haben können, mein Kind umzubringen? Meine Amy, mein ein und alles.« Zuletzt schienen ihre Worte zu zerbrechen, als wären sie aus einem kristallinen Stoff, und sie fing an, in ihrem Sessel vor und zurück zu schaukeln. Dabei hielt sie sich den Bauch. Das Telefon begann neuerlich zu klingeln, aber sie machte keine Anstalten, den Hörer abzuheben. Schließlich ging ich an den Apparat und nahm ab. Es war noch einmal ihr Mann.

»Hallo, hallo, Liebling?« Er schrie fast in den Hörer.

»Nein«, antwortete ich. »Hier spricht der Reporter vom *Journal*. Hören Sie, Ihre Frau braucht jemanden, der sich ihrer ein wenig annimmt. Sollten wir vielleicht eine Nachbarin verständigen?«

Für einen Augenblick schien es, als wüßte der Mann nicht, was er sagen sollte, bis er schließlich hervorstieß: »Ja, sagen Sie den Allens Bescheid. Sie wohnen gleich rechts nebenan. Ich muß hier bei der Polizei noch meine Aussage zu Protokoll geben. Und sagen Sie bitte meiner Frau, daß ich so schnell wie möglich nach Hause kommen werde. Und vielen Dank, äh, für Ihre Hilfe.«

»Wir werden den Nachbarn sofort Bescheid sagen.« Damit hängte ich auf. Porter hatte inzwischen der Frau sein Glas Wasser gereicht, dessen Inhalt sie krampfhaft hinunterschluckte. »Wir gehen jetzt, Madam, und beruhigen Sie sich doch wieder.« Aber sie schien uns gar nicht zu hören. Sie stöhnte nur leise vor sich hin.

Als wir ins Freie traten, schien es noch heißer geworden zu sein, wenn das überhaupt möglich war. »Die Allens«, sagte ich. »Sie wohnen gleich nebenan.«

Porter nickte und rannte auf das nächste Haus zu. Ich sah ihn darin verschwinden und wenige Augenblicke später wieder in der Tür erscheinen, gefolgt von einem Mann und einer Frau. Er führte sie ins Haus und kam dann auf mich zu.

»Haben Sie sie vor den Fernsehleuten gewarnt? Sie werden jeden Augenblick hier sein.«

»Ich habe sie darauf aufmerksam gemacht«, antwortete er. »Aber ich weiß nicht, ob sie es in der Aufregung mitbekommen haben. Außerdem werden sie es früh genug selbst herausfinden.«

»Gut, dann fahren wir mal. Vielleicht treffen wir ja den Vater noch bei der Polizei an. Zudem wird die Zeit langsam knapp.«

Als wir dann losfuhren, sagte Porter kaum noch etwas. Offensichtlich war auch ihm das Ganze ein wenig zu Herzen gegangen, dachte ich und mußte lächeln. Nach einer Weile griff er nach dem Mikrophon unseres Autofunks und gab an das Fotolabor durch, daß wir dorthin unterwegs waren. Anscheinend hatte Nolan unsere Durchsage mitbekommen, da plötzlich seine Stimme aus dem Lautsprecher drang. Er wollte mich sprechen. »Und? Wie sieht es aus?« hörte ich ihn fragen.

»Nolan.« Meine Stimme klang fest und überzeugt. »Eines kann ich Ihnen jetzt schon sagen: Das gibt eine irre Story.«

Sogar der Straßenbelag schien das Sonnenlicht zu reflektieren, das sich in grellen Schwaden über die Windschutzscheibe ergoß. Bis auf das leise Summen der Klimaanlage und der Reifen war kein Geräusch zu hören, als wir in Richtung Stadtmitte fuhren.

Ich sah die zwei Detektive mit dem Vater aus einem Seiteneingang des Polizeihauptquartiers kommen. Porter parkte gerade ein, und ich war schon aus dem Wagen, bevor er noch richtig zum Stehen gekommen war. Es gelang mir, die drei abzufangen, bevor sie den Streifenwagen erreichten, und postierte mich zwischen ihnen und dem Auto. Hinter mir konnte ich bereits Porters Schritte hören. »Mr. Hooks«, begann ich, »könnte ich Sie kurz sprechen?« Die beiden Polizisten bedachten mich mit ärgerlichen Blicken und zögerten. Ganz offensichtlich konnte mich der Vater nicht recht einordnen. »Ich bin der Mann vom *Journal*«, half ich deshalb seinem Gedächtnis etwas nach. »Wir haben vor kurzem miteinander telefoniert. Ihre Nachbarn kümmern sich inzwischen um Ihre Frau.«

Jetzt erst leuchtete Wiedererkennen in seinem Gesicht auf. Doch er war unschlüssig. »Ich weiß wirklich nicht, was ich sagen soll. Jedenfalls möchte ich Ihnen sehr herzlich dafür danken, daß Sie sich so nett um meine Frau gekümmert haben, aber ansonsten habe ich im Augenblick absolut nichts zu sagen. Ich hoffe nur, daß der Täter gefaßt wird. Ich begreife einfach nicht, wie jemand so etwas tun konnte ... Aber ansonsten habe ich wirklich nichts zu sagen. Können Sie das verstehen?«

»Natürlich.« Dennoch wich ich nicht von meinem strategisch sehr günstigen Standort. »Hatten Sie eigentlich gestern nacht schon etwas Derartiges befürchtet?«

»Wie hätte ich das? Wie könnte jemand auf so eine Idee kommen? Ich meine, natürlich habe ich mir Sorgen gemacht. Wer hätte das nicht? Ich habe die Notaufnahmen sämtlicher Krankenhäuser in der Stadt angerufen, ob sie vielleicht irgendwo eingeliefert worden war. Ich dachte eher an einen Autounfall. Davor hatte ich wirklich Angst – daß sie in einen Verkehrsunfall verwickelt worden sein könnte. Aber weiter will ich mich dazu wirklich nicht äußern, einverstanden?«

Ich notierte mir seine Worte. »Sähen Sie die Person, die Ihre Tochter ermordet hat, gern bestraft?«

»Mein Gott! Ja! Und wie ich mir wünsche, daß dieser Mensch

dafür büßt!« Seine Stimme brach, als er dies sagte. »Er soll spüren, was ich im Augenblick durchmache! Und ich hoffe nur, daß er wenigstens annäherungsweise etwas davon zu spüren bekommt.« Und dann hielt der Vater inne und sah mich an. »Aber ich kann im Augenblick wirklich nichts mehr dazu sagen.«

»Natürlich«, nickte ich. »Das kann ich sehr gut verstehen.« Und dann trat ich zur Seite. Wilson warf mir noch einen wütenden Blick zu, während er hinters Steuer glitt. Der Vater legte seine Hände über seine Augen, als die Zivilstreife losfuhr. Fast die gleiche Handbewegung hatte ich seine Frau machen sehen, als wollten sie beide ihre Augen vor einer inneren Vision, einem schrecklichen Bild in ihrer Fantasie abschirmen. Ich wandte mich Porter zu. »Na, wird das keine Superstory?«

»Absolute Spitzenklasse.«

»Titelseite?«

»Absolut.«

»Allerdings«, mußte auch ich zugestehen. Es war schon ziemlich spät am Nachmittag, und die Hitze ließ bereits langsam nach, als wollte sie sich für die Nacht irgendwo verkriechen. Wir wendeten und fuhren in die Redaktion zurück.

Nolan kam gerade aus der Redaktionssitzung, als ich eintrudelte. Er winkte mir zu, worauf ich grinsend auf ihn zutrat. »Na, taugt die Story was?« erkundigte er sich.

»Ich glaube schon«, erwiderte ich bescheiden.

»Dann schießen Sie schon mal los. Ich hole mir nur noch eine Tasse Kaffee.« Er ging auf einen Getränkeautomaten in einer Ecke der Nachrichtenredaktion zu. Ich weihte ihn kurz in die näheren Einzelheiten ein, wobei ich jedoch einige Details aus dem Spiel ließ. Ich erzählte ihm von der Leiche auf dem Golfplatz und dem Jogger, dem ein Farbfleck im Gestrüpp aufgefallen war. Ich erzählte ihm von der Mutter und den Fotos an der Wand und dem Anruf und wie sie unter der seelischen Belastung zusammengebrochen war. Dann schilderte ich ihm den Vater und die zwei Detektive und las ihm ein paar Zitate vor. Als ich schließlich fertig war, nahm Nolan einen Schluck von seinem Kaffee und dachte kurz nach. »Also«, begann er schließlich, »ich habe für die Titelseite plädiert und bin damit auch durchgekommen. Sie haben deswegen einen anderen Artikel zurückgestellt. Und so viel möchte

ich etwa haben – siebzig Zentimeter für den Hauptartikel und dreißig für den Begleitbericht. Bringen Sie den Jogger mitsamt seinen
Aussagen und dieser Sache mit dem Farbfleck im Hauptartikel.
Über die Mutter und den Vater schreiben Sie am besten gesondert.
Aber sparen Sie sich ein paar Zitate von den beiden für die eigentliche Story auf. Fangen Sie mit der Leiche und dem Stand der polizeilichen Ermittlungen an, aber bringen Sie auch die Sache mit
dem Farbfleck und die Reaktion der Eltern möglichst bald ins
Spiel. Alles klar?«

»Klingt ganz gut. Aber ich würde ganz gern einen eigenen Artikel über den Mann bringen, der die Leiche entdeckt hat. Kriege ich
dafür Platz?«

»Ich will Ihnen mal was sagen.« Nolan grinste. »Holen Sie ruhig
ein wenig aus – aber nur bei der Ausschmückung. Ich meine, die
Leute sollen ein echtes Gefühl für das Mädchen bekommen. Und
es bleibt bei *einem* Begleitartikel. Über die Eltern. Sie können ja in
ein paar Tagen noch mal zu dem Golfplatz rausfahren und mit dem
Mann reden, der die Leiche entdeckt hat. Mal sehen, ob er immer
noch dieselbe Strecke läuft. Das gäbe sicher einen interessanten
Artikel zum Nachschieben.«

Ich nickte. »Ich werde ihn aber trotzdem ein bißchen in den
Hauptartikel hineinbringen.«

»Natürlich«, pflichtete mir Nolan bei. »Lassen Sie bloß nichts
weg. Das wird mit Sicherheit die meistgelesene Story in der morgi-
gen Ausgabe. Und wie sieht's mit der künstlerischen Ausgestaltung aus? Kann die sich auch sehen lassen?«

Ich reichte ihm das Foto, das die Mutter mir gegeben hatte. Er
sah es sich kurz an. »Mein Gott«, seufzte er, »das war ja ein richtig
hübsches Ding. Läßt sich wirklich nicht schlecht an. Ich werde
gleich noch mal versuchen, ob ich nicht doch etwas mehr Platz herausschinden kann. Fangen Sie währenddessen schon mal zu
schreiben an; um alles Weitere werde ich mich kümmern.«

»Gut«, nickte ich. »Aber verlieren Sie das Foto nicht. Ich habe
versprochen, es zurückzuschicken.«

»Wer hat es denn aufgenommen?«

»Ihr Bruder. Jerry Hooks junior.«

»Das werden wir natürlich vermerken«, meinte Nolan. »Einverstanden?«

»Ja, gute Idee.«

Dann rief ich Christine an; ich erwischte sie gerade noch, bevor sie das Krankenhaus verließ. »Wie geht's dir?« erkundigte sie sich. »Und wie war die Beerdigung?«

»Ich hab's überlebt – wie alle anderen.«

»Wann können wir uns sehen?«

»Das wird leider noch eine Weile dauern. Ich habe da nämlich gerade eine Mordsstory am Haken, die ich erst noch fertigschreiben muß.«

»Du bist gleich in die Redaktion?« Sie klang überrascht.

»Ja, ich hatte irgendwie Lust. Jedenfalls wollte ich nicht irgendwo allein herumsitzen und mich meinen düsteren Gedanken hingeben. Die Arbeit lenkt mich wenigstens etwas davon ab und bringt mich auf andere Gedanken. Und ich muß sagen, es klappt wirklich wunderbar.«

»Du willst es ja auch gar nicht anders.« Das kam in leicht vorwurfsvollem Ton.

»Mir bleibt schließlich auch gar keine andere Wahl.« Ich mußte lachen, und dann fiel auch sie mit ein.

»Soll ich etwas zum Essen einkaufen?«

»Ich hätte Lust auf ein Steak.«

»Also gut, dann bis nachher«, verabschiedete sie sich. »Das klingt ja ganz so, als hättest du Grund zum Feiern.«

»Ich habe nur mal wieder eine gute Story.« Ich hängte auf und wandte mich meiner Schreibmaschine zu. Um mich herum arbeiteten mehrere andere Reporter, und der Raum war vom Geräusch ihrer Stimmen und dem Stakkato ihrer elektrischen Schreibmaschinen erfüllt. Durch die hohen Fenster auf der Westseite des Raums fiel das warme Licht der Abendsonne herein. Ich konnte von meinem Platz aus auf die Innenstadt hinausschauen. Die hohen Gebäude schienen sich nach den langen Abendschatten zu recken. Ich riß mich von diesem Anblick los und starrte auf die alte Fotografie von der Palme, die sich unter dem Ansturm des Hurrikans bog. Auf der Wetterkarte war zu erkennen, daß das Unwetter etwas von seiner Bahn abgewichen war und nun nicht mehr genau auf Miami zustürmte. Ich schloß kurz meine Augen und rief verschiedene Eindrücke in meiner Erinnerung wach, als jonglierte ich mit den einzelnen Fakten. Ich sah plötzlich die Leiche vor mir – und das Sonnenlicht, das sich in ihrem blonden Haar brach. Dann stellte ich mir die Mutter und den Vater vor, beide in dem Zustand, welcher ihre Panik am besten zum Ausdruck brachte. Schließlich zog ich ein Blatt Papier in die Schreibmaschine ein und begann, auf die Tasten einzuhämmern, Worte zu formen, Sätze zu bauen, Abschnitte zusammenzustellen. Es war, als wäre die Maschine ein Musikinstrument und ich ein Musiker. Die Worte strömten wie von selbst aus mir heraus.

Ich schrieb:

Ein sechzehnjähriges Mädchen, Cheerleader ihrer High School . . .
   Entdeckt von einem morgendlichen Jogger . . .
   Die Hände waren ihr auf den Rücken gefesselt, während sie im Stil einer Hinrichtung erschossen worden war . . .
   Das Gesicht ihrer Mutter war von Angst und Entsetzen verzerrt . . .
   Ihr Vater schrie seinen Schmerz in verzweifelter Wut hinaus . . .
   Die Polizei sucht immer noch nach Anhaltspunkten und Tatverdächtigen . . .

Ein Blatt nach dem anderen lief durch die Schreibmaschine, und mehr und mehr verschwanden die Geräusche um mich herum aus meinem Bewußtsein; ich spürte nur noch, daß ich in meinem Element war, während ich die Eindrücke und Gedanken des Tages verarbeitete. Ich schloß den Hauptartikel ab und machte mich an den Begleitbericht über die Eltern. Ich bekam kaum mit, daß ein Redaktionsassistent die fertigen Seiten von meinem Schreibtisch nahm. Fünfzehn Minuten vor Abgabetermin war ich dann auch mit dem Begleitbericht fertig. Ich ließ ihn mit einem Ausspruch der Mutter enden: »Wie kann man nur so etwas tun?«

Meine Blicke blieben eine Weile auf diesem letzten Satz haften, und plötzlich stiegen Erinnerungen an meinen Onkel in mir hoch. Ich konnte ihn ganz deutlich vor mir sehen, wie er, in der einen Hand einen Highball, in der anderen ein Fotoalbum, in Erinnerungen schwelgte. Ich konnte sein Gesicht ganz deutlich vor meinem inneren Auge sehen, wie seine Lippen unter der Macht seiner Erinnerungen erzitterten und sein gesundes Auge sich mit Tränen füllte. Und ich sah auch die militärisch zackigen Bewegungen seiner Hand, als sie das Fotoalbum zuklappen ließ, als schlösse sie damit auch das Buch seines Lebens. Seine Schritte waren mit Sicherheit bedächtig und gemessen gewesen, ähnlich der feierlichen Ruhe eines langsam dahingleitenden Leichenwagens. Ich konnte ihn die Stufen zum Bad hinaufsteigen sehen, die Pistole, sorgsam gereinigt und geölt, in seiner Hand. Das Krachen des Schusses muß in seinen Ohren wie ein Zapfenstreich geklungen haben.

Nolan beugte sich über mich. »Der Artikel ist verdammt gut«, erklärte er anerkennend. »Sind Sie fertig?«

Ich reichte ihm die letzte Seite. Ich folgte den Bewegungen seiner Augen, während sie die Zeilen überflogen. »Gut«, nickte er schließlich. »Kommen Sie mit hoch. Ich zeige Ihnen, welche Veränderungen ich vorgenommen habe.« Er gab die letzte Seite dem Mann, der für den Nachrichtencomputer zuständig war, und trat dann an seinen Schreibtisch, neben dem ein kleiner Bildschirm angebracht war – der Nachrichtencomputer-Terminal. Er drückte ein paar Knöpfe, und dann erschien meine Story auf dem Bildschirm. »Lesen Sie mal!« Er hatte nur wenige Korrekturen vorgenommen; ein paar Worte waren umgestellt worden. Außerdem waren ein paar Abschnitte anders eingeteilt – jedenfalls nichts von Belang. Als nächstes rief er den Begleitbericht ab, den wir gemeinsam lasen. »Wirklich nicht übel.« Er lächelte anerkennend. »Ach ja, daß ich's nicht vergesse.« Mit ein paar raschen Fingerbewegungen tippte er noch hinzu:

VON MALCOLM ANDERSON
Redaktionsmitglied des *Journal*

Darauf ging er die beiden Artikel noch einmal von Anfang an durch, bis er zum Schlußsatz der Mutter des Mädchens kam. »Ich finde, das ist ein sehr guter Abschluß«, bemerkte ich dazu.

Er war ganz meiner Meinung. »Ja, irgendwie faßt dieser einfache Satz noch einmal all das zusammen, was Sie vorher in dem Artikel geschrieben haben.«

Ich nickte.

Aber natürlich sollten wir uns beide gründlich täuschen.

3

Am nächsten Morgen sah ich nicht gleich auf die erste Seite. Christine war vor mir aufgestanden und hatte die Zeitung von der Wohnungstür geholt. Sie machte das Frühstück, während ich duschte, und dann hörte ich sie durch die Badezimmertür dieselbe Frage rufen, die sich auch schon die Mutter des Mädchens gestellt hatte: »Gütiger Gott, wie kann man nur so etwas tun?« Ich rief zurück, daß sich der Täter bestimmt als der übliche verlassene Freund entpuppen würde, von dem die Eltern nichts gewußt hatten. Doch sie schrie zurück: »Das erklärt das Ganze noch lange nicht.« Ohne etwas zu erwidern, spülte ich weiter den Seifenschaum von meiner Haut. Ich spürte das lauwarme Wasser durch mein Haar und über mein Gesicht fließen. Das Badezimmerfenster stand offen, und ich konnte bereits fühlen, wie sich der Tag draußen langsam aufheizte – wie ein sich warmlaufender Motor.

»Von so was könnte einem wirklich übel werden«, meinte sie, als ich aus dem Bad kam.

»Von was?«

»Von so einer Art Verbrechen. Man kann sich natürlich zig Gründe für ein Verbrechen denken – Leidenschaft, irgendein perverses Verhalten, Geldgier und weiß Gott was sonst noch alles; aber keiner dieser Gründe erscheint doch ausreichend, diesem armen Ding das Leben zu rauben. Allein von dem Gedanken daran wird mir schon übel. Geht dir das denn nicht an die Nieren?«

»Ich sehe das etwas anders.«

»Aha«, konterte Christine. »Und wie anders, wenn ich fragen darf?«

Sie bestrich gerade ein Rosinenbrötchen mit Butter und Marmelade. Als sie das Messer auf den Tisch zurücklegte, sah ich einen Sonnenstrahl durch das Küchenfenster fallen und sich in dem blanken Metall der Klinge brechen. Christine hatte rötlichbraunes Haar, das ihr Gesicht umrahmte und bis auf ihre Schultern herabfiel. Das Sonnenlicht im Raum betonte den Rotton in ihren Haaren, so daß ihr Gesicht plötzlich von Farbe umflossen schien. »Und?« drängte sie. »Ich höre.«

»Für mich ist das nur eine Story«, erklärte ich. »Das gehört eben zu meinem Beruf. Die Zeitungen melden doch tagaus, tagein mehr oder weniger nichts anderes als irgendwelche Tragödien. Und ge-

stern war eben ich an der Reihe, über solch eine Tragödie zu berichten und sie für die Menschen auf unserer Welt – oder zumindest im Verbreitungsgebiet des *Journal* – so aufzubereiten, daß sie
ihre Köpfe schütteln und ein gewisses Maß an Betroffenheit verspüren. Deine Reaktion eben war sicher genau die, wie sie heute in
den meisten Haushalten von Miami und Umgebung bei der Lektüre der Morgenzeitung zu beobachten gewesen wäre. Aber zumindest wird jeder, der den Artikel gelesen hat, sagen: ›Gott sei
Dank ist mir das nicht passiert.‹ Und zum Teil ist das der Grund,
weshalb wir über den Vorfall berichten. Geht es dir in deinem Beruf denn nicht ähnlich? Geschieht das, was du während einer Operation machst, nicht so, als hätte das alles nichts mit dir zu tun?
Hast du dabei nicht auch das Gefühl, als ginge dich das Ganze gar
nichts an?«

»Nein«, entgegnete sie. »Nicht ganz.«

Ich trank einen Schluck Orangensaft und schlug die Sportseite
auf. Durch einen vernichtenden Sieg über die Red Sox hatten die
Yankees ihre Führung weiter ausgebaut.

Als ich dann in der Redaktion auftauchte, standen die meisten Reporter herum, tranken Kaffee und studierten die Zeitungen. Am
Eingang lag immer ein großer Stapel mit Tageszeitungen. Ich
nahm mir eine und warf einen kurzen Blick auf die erste Seite,
ohne jedoch gleich zu lesen anzufangen. Ich wollte es mir erst an
meinem Schreibtisch gemütlich machen, bevor ich mich in die
Lektüre vertiefte. Ich holte mir auch eine Nachmittagsausgabe der
Post, um zu sehen, was man dort aus der Story gemacht hatte. Zwar
konnte ich mich nicht erinnern, im Verlauf des gestrigen Tages irgendwelche Reporter dieses Blatts gesehen zu haben, was jedoch
keineswegs bedeutete, daß sie sich des Falls nicht angenommen
hatten. Während ich auf meinen Schreibtisch zuging, riefen mir
ein paar Kollegen zu. Einer erklärte anerkennend: »Wirklich gut,
diese Story.« Und ein anderer witzelte: »Zugabe, Zugabe!« So war
es eigentlich immer, wenn jemand einen interessanten Fall bearbeitete, der es auf die erste Seite schaffte. Ich nickte in einer spöttischen Geste des Dankes und setzte mich an meinen Schreibtisch.

Mein Artikel hatte tatsächlich voll eingeschlagen. JUNGES
MÄDCHEN IM ›HINRICHTUNGSSTIL‹ ERMORDET. POLIZEI
SUCHT MÖRDER. Die Schlagzeile erstreckte sich über sämtliche

sechs Spalten der ersten Seite. Darunter befand sich das Foto des Mädchens. Selbst durch das verschwommene Zeitungsfoto war ihre natürliche Schönheit nicht ganz verlorengegangen. Auch der Begleitbericht begann noch auf der ersten Seite. Seine Überschrift war nicht ganz so gigantisch: EIN ANRUF . . . UND DAS SCHICK-SAL SCHLÄGT ZU. Das fand ich zwar arg dick aufgetragen, aber die Zeitungen lebten nun einmal davon, daß sie solche Tragödien in etwas reißerischer Aufmachung an den Mann zu bringen versuchten. Mit einem Gefühl der Befriedigung und zugleich Vertrautheit überflog ich die beiden Artikel. Es schien, als hätten sich die Erinnerungen des vergangenen Tages verflüchtigt, als wären sie durch das Gedruckte ersetzt worden und als wären anstelle der wirklichen Menschen die Beschreibungen in dem Bericht getreten. Während ich noch las, klingelte das Telefon auf meinem Schreibtisch. Es war Christine.

»Ich wollte unser Gespräch vorhin nicht zu einem Streit ausarten lassen«, sagte sie.

»Bestand denn dazu Grund?« fragte ich lachend.

»Eigentlich nicht. Ich wollte dir nur nicht vorwerfen, daß du gefühlskalt bist.«

»Aber das bin ich doch – sozusagen von Berufs wegen.«

»Ich meine doch nur . . . in Wirklichkeit bist du doch gar nicht so.«

»Aber natürlich bin ich so.« Ich lachte erneut.

»Das glaube ich nicht.« Sie klang leicht verärgert.

»Wo bist du gerade?«

»Im Krankenhaus. Ich habe nur ein paar Minuten Zeit. Die Ärzte werden gleich anrücken, und ich muß noch verschiedenes überprüfen. Ich wollte nur kurz mit dir sprechen, weil du . . . na ja, weil dich das Ganze so wenig zu berühren schien.«

»Es berührt mich tatsächlich nicht. Wenn ich mir die Hintergründe jeder Story so zu Herzen gehen ließe, würde ich auf schnellstem Wege verrückt werden. Das ginge jedem so. Für mich ist diese Einstellung lediglich ein Abwehrmechanismus.«

»Irgendwie finde ich das trotzdem nicht richtig.«

»Dann sag mir doch mal eines«, erwiderte ich, »wen hattest du denn heute unter dem Messer?«

»Einen Geschäftsmann. Oder auch einen Anwalt. Ich weiß auch nicht genau. Jedenfalls einen Mann mittleren Alters.«

»Mit Familie?«

»Natürlich.«

»Überlebenschancen?«

»Keine Ahnung. Sie wollen sich mal seinen Magen ansehen. Ich glaube nicht, daß sie wissen, was sie dort feststellen werden, aber mit Sicherheit wird es nichts Gutes sein.«

»Hast du schon mit ihm gesprochen, ihn im Kreis seiner Familie gesehen?«

»Etwas. Gestern kamen seine Frau und sein Sohn zu Besuch, wobei die beiden fast kränker wirkten als der Vater.«

»Und was hast du dir dabei gedacht?«

»Was weiß ich. Sie haben mir vielleicht etwas leid getan. Und auch ein Gefühl der Hoffnungslosigkeit überkam mich. Am liebsten wäre ich auf sie zugegangen, um ihnen zu sagen, daß sie sich keine Sorgen zu machen bräuchten, weil auf die Ärzte absoluter Verlaß sei und das Krankheitsbild sich allmählich besserte. Ich wollte ihnen sagen, sie sollten sich nicht unnötig beunruhigen, sondern die Zeit miteinander genießen, da sie doch noch eine Zukunft hätten.«

»Und weshalb hast du es nicht getan?«

»Weil es eine Lüge gewesen wäre.« In dem darauf eintretenden Schweigen konnte ich im Hintergrund Stimmen hören. »Ich muß jetzt Schluß machen«, sagte sie schließlich.

»Das ist doch genau dasselbe, worauf ich hinauswill. Ich möchte mir einfach nicht vorwerfen müssen, ein Lügner zu sein.«

»So einfach ist das für dich?«

»Ja. Ich mache nur meine Augen auf und registriere, was ich sehe. Manchmal betrachte ich mich selbst als eine Art Kamera. Meine Augen sind die Linse, meine Worte das fertige Bild. Verstehst du in etwa, was ich damit sagen will?«

»Ich muß jetzt Schluß machen.«

»Gut, dann also bis heute abend.«

»Bis heute abend.«

Als ich aufhängte, sah ich sie für einen Augenblick ganz deutlich vor mir, in dem grünblauen OP-Kittel, das Haar streng nach hinten gebunden und unter der Haube verborgen, der Mundschutz lose von ihrem Hals baumelnd. Christine war sehr schlank, so daß sie selbst in der weiten OP-Kleidung noch zierlich wirkte. Sobald sie den Mundschutz angelegt hatte, würden nur noch ihre Augen zu sehen sein.

Nicht, daß ich sie für außergewöhnlich gut aussehend gehalten hätte, aber ihre Augen waren wirklich umwerfend. Sie waren so lebendig und drückten ihre Gefühle oft viel besser aus, als ihre Worte dies vermochten. Und wie sie manchmal strahlen konnten! Wenn ich mir über ihre jeweilige Stimmung Klarheit verschaffen wollte, achtete ich vor allem auf ihre Augen. Wir waren nun schon einige Zeit zusammen. Eigentlich lebten wir sogar zusammen, auch wenn sie ihr Apartment in der Nähe der Klinik nicht aufgegeben hatte. In der Regel wohnte sie dort jedoch nur noch, wenn ich verreisen mußte.

Als wir uns dann am Abend trafen, quetschte sie mich erst wegen der Beerdigung meines Onkels aus, obwohl ich viel lieber über meine Story geredet hätte. Aber sie wollte unbedingt über die Reaktionen der einzelnen Familienmitglieder auf den Tod meines Onkels Bescheid wissen.

»Wirklich interessant war in dieser Hinsicht eigentlich nur mein Vater«, gab ich mir Mühe, ihre Neugier zu stillen.

»Wieso?«

»Weil er am meisten betroffen war und es am wenigsten zeigte.«

»Wieso das? Stand er seinem Bruder sehr nahe?«

»Alle Brüder stehen sich nahe, wie unterschiedlich sie auch sein mögen. Und selbst wenn sie sich nicht ausstehen können, dann stellt doch auch ihr Haß eine gewisse Nähe her.«

Darauf hatte sie genickt und keine weiteren Fragen mehr gestellt.

Christine und ich hatten uns vor einem Jahr kennengelernt. Ich hörte damals aushilfsweise den Polizeifunk ab, weil der Mann, der in der Redaktion dafür zuständig war, gerade Urlaub hatte, und bekam bei dieser Gelegenheit mit, wie ein paar Funkstreifen einen Wagen wegen Geschwindigkeitsüberschreitung durch Miami jagten. Da ich gerade nichts Besseres zu tun hatte, als sie den Verkehrssünder ganz in der Nähe der Redaktion schließlich stellten, beschloß ich, seine Festnahme aus nächster Nähe zu beobachten.

Wie sich herausstellte, handelte es sich dabei um den achtzehnjährigen Sohn eines Untersuchungsrichters. Und bevor ihn das Dutzend Funkstreifen nach einer wilden Jagd durch die halbe Stadt stellen konnte, hatte der junge Bursche es immerhin noch geschafft, zwei andere Fahrzeuge von der Straße zu scheuchen, mehrere Streifenwagen zu rammen und sein Gefährt schließlich um einen Telegrafenmasten zu wickeln. Ich mischte mich unter die Schar der wütenden Verletzten in der Unfallstation der Klinik im Stadtzentrum. Ein uniformierter Polizist, der sich einen blutigen Verband gegen die Stirn drückte, beobachtete gerade, wie der junge Bursche auf einer Bahre hereingetragen wurde. »Ich hoffe nur, dieser kleine Drecksskerl hat auch ordentlich was abbekommen.« Während ich mir noch seine Worte notierte, wurde ich von einer Krankenschwester beiseite geschoben.

»Bitte«, forderte sie mich auf, »stehen Sie hier nicht im Weg rum.«

»Das ist aber mein Job«, gab ich zurück.

Sie bedachte mich mit einem seltsamen Blick und versuchte sich dann in einem kurzen Lachen. »Wenn man Sie so rumstehen sieht, könnte man das fast glauben.«

Ich folgte ihr mit meinen Blicken, wie sie sich mit ihrer schlanken Gestalt geschmeidig zwischen den verängstigten und aufgeregten Menschen in der Notaufnahme hindurchschlängelte. Sie kümmerte sich kurz um den Jungen auf der Bahre, um sich dann einem anderen Verletzten zuzuwenden. Erst bewunderte ich vor allem ihre selbstverständliche, zupackende Art, und dann vor allem ihre unerschütterliche Ruhe. Sie wirkte wie die sprichwörtliche Insel im Sturm, mußte ich unwillkürlich denken, um dann über mich selbst zu schmunzeln. Sie fing meinen Blick auf und lächelte zurück. »Was gibt's denn hier zu lachen?« Das war jedoch nicht vorwurfsvoll gemeint.

»Ich habe Sie nur eben beobachtet«, gestand ich.

»Aha.« Sie lächelte wieder. Ich kann mich noch gut erinnern, wie fehl am Platz dieses Lächeln in dieser Umgebung war; es schien sich einfach über all das Leid und die Schmerzen im Raum zu erheben. »Ich finde auch, man sollte nie ganz den Humor verlieren.«

»Allerdings«, pflichtete ich ihr bei.

Dann wandte sie sich ab, um sich um einen Patienten zu kümmern. Meine Zeit wurde langsam knapp; ich mußte irgendwo ein Telefon auftreiben und dann eine Schreibmaschine. Bevor ich die Klinik jedoch verließ, blieb ich noch kurz vor dem Schwesternzimmer stehen, wo ich auf dem Dienstplan am Schwarzen Brett ihren Namen fand. Dahinter stand ihre Telefonnummer, die ich mir notierte. Am nächsten Vormittag rief ich sie an.

Meine Augen wanderten wieder zu der Zeitung vor mir auf dem Schreibtisch zurück. Als ich sie aufschlug, stachen mir sofort die Fotos von den Eltern und dem Mann, der die Leiche entdeckt hatte, in die Augen. Der Vater war abgebildet, wie er vor dem Polizeihauptquartier in die Zivilstreife stieg. Sein Gesicht war zu einer starren, erbitterten Maske verzerrt. Die Mutter des Mädchens war abgebildet, wie sie gerade den Hörer auflegte, ihre Miene von Fassungslosigkeit gezeichnet. Die Fotos waren sehr ausdrucksstark. Ich griff nach dem Telefon auf meinem Schreibtisch und wählte die Nummer des Fotolabors. Ich verlangte nach Porter, der wenig später an den Apparat kam. »Die Fotos sind wirklich gut geworden«, gratulierte ich ihm.

»Danke. Ich hatte ja auch eine Menge gutes Material zur Auswahl. Aber natürlich haben sie das Foto von der Leiche in dem schwarzen Sack nicht gebracht – genau, wie ich gesagt habe. Immerhin waren sie schon kurz davor. Aber dann haben sie das Foto gesehen, das uns die Mutter gegeben hat. Wie dem auch sei, diese Geschichte war wirklich lohnend – sowohl für die Kamera wie für die Schreibmaschine.«

»Allerdings.«

»Und wie sieht's mit einer kleinen Zugabe aus?« erkundigte er sich. »Haben Sie sich schon wegen eines weiteren Berichts Gedanken gemacht?«

»Ich weiß noch nicht so recht. Ich will erst mit Nolan reden.«

»Wenn Sie jedenfalls einen Fotografen brauchen, dann sagen Sie mir Bescheid. Wenn es geht, würde ich in dieser Sache gern am Ball bleiben.«

»Klar. Ich werde mich gegebenenfalls melden.« Damit hängte ich auf.

Dann schlug ich die *Post* auf, um zu sehen, wie das Konkurrenzblatt über den Mord berichtet hatte. Auch dort hatte man den Artikel auf die erste Seite gesetzt, wenn er auch nicht alle Details enthielt, die ich gebracht hatte. Sie hatten allerdings ein Mädchen aus der Nachbarschaft aufgetrieben, welches die Ermordete am Abend zuvor noch gesehen hatte. Es hatte behauptet, das Mädchen allein auf der Straße gesehen zu haben. Das hatte im Grunde genommen nicht viel zu bedeuten, aber die Art der Berichterstattung legte doch den Schluß nahe, daß das Mädchen danach von niemandem mehr gesehen worden und wohl im Zuge dieses Abendspaziergangs dem Täter in die Hände gefallen war. Der Schreiber verstand wirklich etwas von seinem Metier; er hatte es geschafft, den Eindruck zu erwecken, als wüßte er etwas, während er in Wirklichkeit völlig im dunkeln tappte. Mir entging auch nicht, daß sie kein Foto von dem Mädchen hatten; sie hatten auf ein Foto des Rettungspersonals zurückgreifen müssen, als dieses die Leiche vom Golfplatz schaffte. Außerdem hatten sie nur die Allens interviewt – die Nachbarn, die wir gerufen hatten. Lächelnd und mit einem Gefühl der Zufriedenheit legte ich die Zeitung beiseite. Ich kannte diese Stimmung nur zu gut, diese Kombination aus Aggressivität und Stolz, wenn man der Konkurrenz zuvorgekommen ist. Und in diesem Fall war dieser Vorsprung ganz deutlich zu erkennen.

Ich zog mir das Telefon heran und machte mich an die Arbeit. Es konnte auf keinen Fall schaden, wenn ich mich erst mit den Detektiven, die den Fall bearbeiteten, in Verbindung setzte, bevor ich mit Nolan über unser weiteres Vorgehen sprach. »Mordkommission«, meldete sich eine Stimme.

»Hier spricht Anderson vom *Journal*. Könnte ich bitte Detective Martinez sprechen?«

Aus der Leitung drang ein leises Klicken, während ich durchgestellt wurde. Schließlich meldete sich Martinez. »Na, da haben Sie ja einen großen Fisch an Land gezogen. Ich kann schon die nächste Schlagzeile sehen: *Journal*-Reporter erhält wegen Sensationsberichts Stellung bei der *New York Times*.« Er lachte.

»Wie könnte ich Sie jemals im Stich lassen«, witzelte ich zurück. »Zumal ich wohl kaum an diese tollen Storys rankäme, wenn Sie nicht wären.«

»Dann würden Sie sie eben erfinden«, lachte er. »Mehr oder weniger machen Sie das doch sowieso schon.«

»Was soll ich dagegen noch sagen?«

»Was kann ich für Sie tun? Übrigens, ich finde, an Ihrer Berichterstattung ist wirklich nichts auszusetzen. Das findet sogar Wilson, auch wenn er es nicht zugeben will. Er ist immer noch ganz schön aufgebracht über die ganze Geschichte.«

»Was gibt es Neues? Ich würde noch gern einen Artikel nachschieben.«

»Tja, der Autopsiebericht muß noch heute vormittag reinkommen, und die ballistischen Untersuchungen dürften ebenfalls in Bälde abgeschlossen sein. Abgesehen davon haben wir bis auf weiteres nichts anderes vor, als uns die Nachbarschaft etwas vorzunehmen. Reine Routineangelegenheit. Vielleicht hat jemand das Mädchen in ein fremdes Auto steigen gesehen, oder vielleicht ist jemandem eine verdächtige Person aufgefallen. Dann werden wir uns mit ihren Freunden und Freundinnen unterhalten. Ob jemand etwas gegen sie hatte. Also kaum irgendwelche aufregenden Geschichten, wie sie Ihre Leser gern haben wollen.«

»Wie lange wird das in Anspruch nehmen?«

»Vermutlich den ganzen Tag. Wilson und ich stehen natürlich unter ziemlichem Druck. Man erwartet von uns, daß wir diesen Kerl auf jeden Fall fassen; allerdings halte ich das für ziemlich unwahrscheinlich. Das ist selbstverständlich nicht für die Veröffentlichung gedacht. Wir haben da natürlich so gewisse Vorstellungen – zum Beispiel, daß es sich mit ziemlicher Sicherheit um irgend so einen Irren handeln muß. Allerdings möchte ich mich darüber im folgenden nicht weiter auslassen.«

»Na gut«, erwiderte ich. »Im Moment habe ich es ja auch noch nicht sonderlich eilig. Ich werde mich am Nachmittag noch mal bei Ihnen melden, einverstanden?«

»In Ordnung. Mal sehen, was bei der Autopsie herauskommt. Ich nehme nicht an, daß irgendwelche Resultate vertraulich behandelt werden müssen. Aber das wird sich ja zeigen.«

Ich hängte auf und überflog die Notizen, die ich mir zu dem Telefonat gemacht hatte. Ein Irrer, dachte ich. Vielleicht sollten wir in dieser Richtung weitermachen. Ich stand auf und ging mit meinen Notizen zu Nolans Schreibtisch hinüber, der gerade mit einem anderen Reporter wegen der Berichterstattung über einen Prozeß telefonierte. Als er schließlich nach ein paar Minuten einhängte, wandte er sich mir zu. »Dieser Mistkerl findet doch tatsächlich, daß ein Mordprozeß nichts für eine ordentliche Story hergibt. Das Schlimme an der Sache ist nur, daß er möglicherweise sogar recht hat; immerhin weiß er einiges mehr über die Hintergründe als ich. Wie gesagt, gestern haben Sie ganze Arbeit geleistet, aber das gehört bereits der Vergangenheit an. Im Augenblick zählt nur, womit Sie für heute aufwarten können.«

Ich grinste. »Wir kriegen noch heute den Autopsiebericht und die Ergebnisse der ballistischen Untersuchungen. Außerdem hat mir Martinez erzählt, daß er sich bei den Leuten in der Nachbarschaft ein wenig umhören will. Allerdings erwartet er sich davon nicht sonderlich viel.«

»Vielleicht sollten wir das auch machen?«

Ich stöhnte. »Bei der Hitze? Außerdem – wenn meine Mutter gewollt hätte, daß ich als Vertreter Klinken putze, hätte sie mir sicher ein paar Lexika mit auf meinen Berufsweg gegeben.«

Nolan mußte lachen. »Tja, ich habe heute morgen mal wieder meine Grausamkeitspillen genommen, nicht zu vergessen meine tägliche Dosis Sadismus und eine Spritze mit Gallensekret – für meine gute Laune. Ich würde also vorschlagen, daß Sie mir mit einem besseren Vorschlag kommen, bevor ich ernst mache und Sie da rausschicke.«

»Martinez hat gemeint, bei dem Mörder könnte es sich um eine Art Psychopathen gehandelt haben. Vielleicht einen Sexualtäter. Ich könnte doch mal mit ein paar Gerichtspsychiatern reden, was die darüber denken.«

»Keine schlechte Idee. Allerdings kann ich mir nicht vorstellen, daß sie mit den wenigen Informationen, über die wir im Augenblick noch verfügen, viel anfangen werden können. Jedenfalls können Sie ja schon mal ein paar anrufen und sehen, daß Sie für einen der nächsten Tage einen Termin bekommen. Dann werden wir etwas mehr wissen, und die Gemüter werden sich wieder einigermaßen beruhigt haben. Und dann können Sie sich ja immer noch in der Nachbarschaft umhören, was die Leute so denken. Ob sich plötzlich alle einen Wachhund zulegen oder sonst etwas in der Art.«

»Die Angst greift um sich.«

Nolan lachte. »Genau. Nach Mord an jungem Mädchen greift in ruhiger Wohngegend die Angst um sich. Das sind natürlich alles olle Kamellen, die aber nach wie vor gut bei den Lesern ankommen, wie abgedroschen das alles auch sein mag. Außerdem bleibt Ihre Story auf diese Weise einen Tag länger auf der ersten Seite. Nehmen Sie sich auch einen Fotografen mit.«

Ich wartete vor dem Redaktionsgebäude auf Porter, der den Wagen holen gegangen war. Die Redaktion des *Journal* lag direkt am Beach, und ich spürte die warme Brise, welche das Wasser leicht kräuselte, in meinem Gesicht. Das Meer schien von derselben Farbe wie der Himmel – ein blasses Blau –, und für einen Augenblick hatte ich das Gefühl, als schwebte ich zwischen diesen beiden Elementen, während mich die Hitze wie Nebel langsam einhüllte. Ich hörte ein Auto hupen, und als ich mich umdrehte, war es der Fotograf. »Na, jetzt aber mal schnell rein in den Kühlschrank«, rief er mir zu, während ich mit einem mürrischen Grunzen, die Stirn bereits naß von Schweiß, auf den Beifahrersitz sank.

Wir fuhren am Haus der Eltern des ermordeten Mädchens vorbei. Es wirkte verlassen; die Vorhänge waren zugezogen, die Eingangstür verschlossen. Allerdings standen mehrere Autos in der Auffahrt – Freunde vermutlich, die Brüder des Mädchens und wen der grausige Tod sonst noch gerufen hatte. Wir parkten ein Stück weiter die Straße hinunter. Ich sah zwei junge Mädchen auf uns zukommen und trat ihnen entgegen.

»Sind Sie ein richtiger Reporter?« wollte die eine von ihnen wissen. Ich zeigte ihr meinen Presseausweis. Sie sah erst den Ausweis an, dann mich. »Das ist aber kein gutes Foto«, bemängelte sie. Ihre Freundin beugte sich über ihre Schulter und begutachtete es wortlos.

»Habt ihr das ermordete Mädchen gekannt?« fragte ich die beiden.

»Aber klar«, sagte das erste Mädchen, während ihre Begleiterin nur stumm mit dem Kopf nickte. »Alle hier aus der Gegend haben sie gekannt. Sie war sehr beliebt.«

»War sie auch in eurer Klasse?«

»Nein, sie war eine Klasse über uns.« Das war das erste Mal, daß auch das andere Mädchen etwas sagte. »Aber wir kannten sie trotzdem ganz gut.«

»Habt ihr eigentlich keine Angst? Ich meine, lauft ihr einfach weiter so durch die Gegend, als ob nichts geschehen wäre? Oder wie ist das für euch?«

Die beiden Mädchen sahen sich an. In ihren abgeschnittenen Blue jeans und ihren T-Shirts sahen sie wie Zwillinge aus. Außerdem hatten sie dieselben schulterlangen Haare und schienen nichts sagen zu können, ohne daß sie ihre Worte mit einer Geste oder einem Grinsen oder einem Schürzen der Lippen unterstrichen. »Mein Daddy hat gesagt«, meldete sich das erste Mädchen nun wieder zu Wort, »daß ich nachts nicht mehr allein weg darf, solange der Mörder nicht gefaßt ist.«

»Und du?« wandte ich mich an das andere Mädchen.

»Mir hat meine Mutter des langen und breiten erklärt, daß ich nirgendwohin gehen darf, wenn ich nicht in Begleitung einer

Freundin bin – nicht mal ins Schwimmbad. Und außerdem muß ich meinen Eltern immer sagen, wohin ich abends gehe. Aber ich glaube sowieso nicht, daß sie mich dann noch aus dem Haus lassen.«

»Wann haben deine Eltern denn darüber mit dir gesprochen?«

»Heute morgen, gleich nachdem sie in der Zeitung über den Mord gelesen hatten. Aber wir wußten schon gestern abend darüber Bescheid. Alle redeten nur über dieses eine Thema. Ich kann es noch immer nicht glauben.«

»Ich meine«, schaltete sich nun das erste Mädchen wieder ein, »wer hätte je an so etwas gedacht. Und vor allem, wer wird ihren Platz als Cheerleader einnehmen?«

Besser hätte es gar nicht kommen können, dachte ich. Die typischen Teenagergedanken. »Glaubt ihr, daß jetzt alle etwas Angst haben?« fragte ich dann.

»Sicher«, erwiderten die beiden wie aus der Pistole geschossen. »Zumindest die Erwachsenen«, fügte das zweite Mädchen dann noch hinzu.

»Hast du denn keine Angst?«

»Ach, ein bißchen vielleicht schon. Aber am Tag ist es gar nicht so einfach, Angst zu haben. Nachts, wenn es dunkel wird, werde ich mich wahrscheinlich schon ein wenig fürchten.«

Ich notierte mir ihre Worte, noch während sie sprachen, und versuchte dabei auch, Einzelheiten bezüglich ihres jeweiligen Gesichtsausdrucks festzuhalten. Inzwischen hatte sich eine Reihe anderer Kinder, deren Alter ich zwischen neun und vierzehn schätzte, um uns geschart. Vor allem die Kamera übt bei solchen Gelegenheiten immer einen besonderen Reiz auf die Schaulustigen aus. Als ich dann auch einigen der neu Hinzugekommenen zunickte, drängten sich mit einem Mal an die zehn Kinder aus der Nachbarschaft um mich. Während ich ihnen meine Fragen stellte, umkreiste Porter die kleine Ansammlung, um von den Kindern Fotos zu machen.

»Ich habe Angst. Ich will nicht, daß mir so was passiert«, meldete sich ein Junge zu Wort.

»Ich glaube, ich würde dem Mörder so richtig eine reinhauen, damit es weh tut«, erklärte ein Mädchen im Pubertätsalter. Ihre Worte entlockten den anderen Kindern ein verlegenes Kichern.

»Ich glaube nicht, daß der Mörder zurückkommt«, sagte ein

kleiner, etwa neunjähriger Junge, dem das Ganze offensichtlich sehr zu Herzen ging. »Ein Mörder kehrt doch nie an den Schauplatz des Verbrechens zurück. Das habe ich mal gelesen.«

Während sie also weiter auf mich einredeten, notierte ich mir ihre Namen und Adressen. Mein Notizbuch füllte sich zusehends mit hastig hingeworfenen Hieroglyphen, die nur ich zu entziffern vermochte. Ihre Stimmen brachen aufgeregt und in rascher Aufeinanderfolge über mich herein; wahrscheinlich kleideten die meisten von ihnen ihre Meinung zum erstenmal in Worte. Mir wurde die Diskrepanz bewußt, die Ort und Zeit in ihren Gefühlen verursachen mußten: Hier, auf der Straße, unter der heißen Mittagssonne, mit dem Reporter und dem Fotografen, war das Ganze fürchterlich aufregend und spannend. Aber nachts, allein in ihren Betten, konnten die meisten vermutlich vor Angst nicht schlafen. Die Fantasie eines Kindes, dachte ich. Wirklich bemerkenswert.

Als sie plötzlich verstummten und ich von meinen Notizen aufblickte, war eine Frau durch den Vorgarten ihres Hauses auf uns zugekommen. »Wer sind Sie?« fragte sie mich, während aller Blicke auf sie gerichtet waren.

»Anderson, vom *Journal*«, antwortete ich ihr. »Ich stelle nur den Kindern ein paar Fragen.«

»Joey!« befahl die Frau darauf. »Komm sofort hierher!«

Der neunjährige Junge, der ängstliche, löste sich von der Gruppe. »Geh nach drinnen spielen!« Gehorsam schritt er über den Rasen auf das Haus zu. »Ich hoffe, Sie wissen, was Sie da tun«, wandte die Frau sich dann wieder mir zu.

»Wie meinen Sie das?«

»Vermutlich jagen Sie den Kleinen eine Heidenangst ein.« Jetzt erst fiel mir das leichte Zittern in ihrer Stimme auf.

»Ich fürchte, ich verstehe Sie nicht ganz, Ma'am.« Ich trat auf sie zu.

»Es ist wegen dieses Mordes. Sie jagen den Leuten hier nur noch mehr Angst ein, indem Sie hierher kommen. Mein Gott, Sie haben doch nicht etwa vor, auch noch ihre Namen zu veröffentlichen?«

»Wahrscheinlich nur ihre Vornamen, Ma'am«, log ich. »Kein Mensch könnte daraus irgendwelche Rückschlüsse ziehen.«

Sie schüttelte energisch ihren Kopf, als wollte sie einen beängstigenden Gedanken loswerden. »Ich kann das alles immer noch nicht fassen. Wir sind hier doch keine Affen im Zoo. Woher nehmen Sie sich eigentlich das Recht, hier herumzuschnüffeln, hier einzudringen?«

»Aber regen Sie sich doch nicht gleich so auf.«

»Ich soll mich nicht aufregen?« Die Panik in ihrer Stimme war inzwischen unverkennbar. »Ich soll mich nicht aufregen? Nach alldem, was hier geschehen ist? Ich konnte letzte Nacht kaum ein Auge zudrücken, nachdem ich von dieser schrecklichen Geschichte gehört hatte. Und dann heute morgen die Zeitungen. Mitten unter uns ist ein Mörder auf freiem Fuß, ein Verrückter! Und ich möchte auf keinen Fall, daß er hier noch einmal sein Unwesen treibt.« Darauf drehte sie sich zum Haus um und schrie: »Joey! Ich habe dir doch gesagt, du sollst im Haus bleiben!«

Ich machte mir weiter meine Notizen.

»Sie müssen entschuldigen«, wandte sich die Frau, plötzlich in beherrschterem Tonfall, wieder mir zu. »Aber wir alle hier sind wegen der Tochter der Hooks' in großer Aufregung. Ich habe heute morgen mit einigen Eltern aus der Nachbarschaft telefoniert; sie wollen sich zusammentun und in den Straßen Wache halten. Daraus ist dann zwar nichts geworden, aber jedenfalls sind die Leute hier sehr in Sorge. Auch ich habe schreckliche Angst.«

Die Frau verstummte und sah mir in die Augen, als suchte sie darin nach einer Art Antwort.

»Das dürfte doch sicher einer dieser Fälle sein, wie sie nur einmal unter einer Million vorkommen, finden Sie nicht auch?«

»Mir ist natürlich klar«, erwiderte die Frau, »daß Sie damit vermutlich recht haben. Übrigens hat das auch mein Mann gesagt. Aber ich kann mir nicht helfen; irgendwie bringt das doch zum Ausdruck, wie ausgeliefert und wehrlos wir alle gegen derlei Übergriffe sind. Und deshalb habe ich Angst. Für mich ist das wie eine Invasion irgendwelcher unsichtbaren, uns übelgesonnenen Wesen. Man weiß zwar, daß sie da sind, aber man kann sie nicht sehen, um sich gegen sie zur Wehr zu setzen, und das macht mir Angst. Ich weiß, ich sollte Joey nicht so anbrüllen; er hat auch so schon genügend Angst, und mich und seinen Vater so nervös zu sehen macht die Sache für ihn auch nicht gerade leichter. Aber diese Gefühle sind nun mal in mir. Lieber lasse ich den Jungen so lange nicht aus dem Haus gehen, bis dieser Fall geklärt ist; ich meine, wir sind hier nicht in der Innenstadt, wo immer wieder so etwas passiert. Hier draußen, in den Vororten, haben wir vielleicht Einbrüche und Diebstähle, aber nicht . . .« Ihre Stimme erstarb. Sie dachte kurz nach, um mir eine Frage zu stellen. »Sie kennen sich doch mit so etwas aus. Was wird jetzt weiter geschehen? Wann wird die Polizei den Täter fassen?«

Ich schwankte, ob ich der Frau Trost zusprechen oder ob ich sie noch mehr ängstigen sollte. Dabei ertappte ich mich, daß ich meine Entscheidung vor allem davon abhängig machte, welchen Effekt die zwei verschiedenen Antwortmöglichkeiten auf den weiteren Verlauf meiner Story haben könnten.

»Meiner Meinung nach besteht durchaus berechtigter Anlaß zur Besorgnis«, entschied ich mich schließlich für die zweite Möglichkeit. »Niemand kann natürlich mit Sicherheit voraussagen, was diese Art von Täter im weiteren unternehmen wird. Ich halte es für absolut unzulässig, sich diesbezüglich irgendwelchen Spekulationen hinzugeben.« Mir entging keineswegs, wie die Besorgnis sich in ihrem Gesicht noch stärker ausbreitete.

»Sie glauben, er könnte noch einmal zurückkommen.« Das war nur halb eine Frage. Ihre Stimme war angesichts einer Angst, die mir fast wie ein Hinnehmen des Unvermeidlichen erschien, völlig ausdruckslos geworden.

Ich zuckte mit den Achseln.

»Kann sich denn niemand mehr sicher fühlen – ich meine, wirklich sicher. Oh, mein Gott«, stieß sie hervor, »ist das nicht entsetzlich?«

Ich nickte. Ich spürte den heißen Wind in meinem Rücken, wie er das verschwitzte Hemd noch stärker gegen meine Haut preßte.

»Gütiger Gott.« Die Frau starrte verzweifelt zu Boden. »Was soll das noch werden?«

Später, im Wagen, sagte Porter: »Diese Frau war doch genau das Richtige. Die ideale Mischung aus Pathos und Angst, aus Rationalem und Irrationalem. Sie wußte nicht, ob es vernünftiger wäre, klaren Kopf zu bewahren oder in Panik auszubrechen.«

»Das trifft den Nagel auf den Kopf.«

Wir unterhielten uns während der Fahrt noch weiter. Doch wir waren beide noch jung, und das Erlebte glitt rasch von uns ab. Der Wagen war hermetisch gegen die Außenwelt abgeriegelt; die Hitze und der Lärm der Stadt wurden durch das Summen der Klimaanlage und das Kratzen und Rauschen unseres Autofunks auf Abstand gehalten.

Zurück in der Redaktion, machte ich es mir hinter meinem Schreibtisch bequem und wählte die Nummer der Mordkommission. Nach kurzem Warten bekam ich Martinez an den Apparat. Ich hörte ein leises Klicken in der Leitung, woraus ich schloß, daß sich auch Wilson in das Gespräch eingeschaltet hatte. »Also«, kam ich gleich zur Sache, »was gibt es Neues? Haben Sie schon den Autopsiebericht?«

»Rufen Sie deswegen lieber den Arzt selber an«, schlug der Detektiv vor. »Die Sache ist ziemlich ungewöhnlich. Aber zumindest so viel kann ich Ihnen jetzt schon sagen: Sie wurde mit einem einzigen Schuß aus einer Fünfundvierziger Automatik getötet; und der Täter hat sich nicht sexuell an ihr vergangen. Etwas Ähnliches hatten wir ja auch erwartet.«

»Und was soll daran so ungewöhnlich sein?«

Martinez zögerte. »Na ja, ich meine – was soll's? Wieso sollen Sie es eigentlich nicht erfahren? Der Arzt sagt, daß sie erst in den frühen Morgenstunden getötet wurde. Vermutlich gegen halb fünf oder fünf Uhr früh. Er ist zu diesem Schluß anhand des Absinkens der Körpertemperatur gelangt. Jedenfalls ist das nicht uninteressant.«

»Und was soll daran so Besonderes sein?«

»Weil sie«, schaltete sich nun Wilson ungeduldig in das Gespräch ein, »bereits am Abend zuvor gegen zweiundzwanzig Uhr in die Hände des Täters gefallen sein muß. Wo hat sie also die ganze Zeit gesteckt? Und wenn er sie gewaltsam entführt hat, warum hat er sich dann nicht an ihr vergangen? Oder sollte es vielleicht eine Entführung gewesen sein, bei der irgend etwas schiefging? Sie muß jedenfalls während dieser Zeit irgendwo gewesen sein. Nur wird es nicht gerade einfach werden, das herauszufinden.«

»Wo wurde sie denn getötet?«

»Das wissen Sie doch bereits«, meldete sich nun wieder Martinez zu Wort. »Genau an der Stelle, wo sie entdeckt wurde. Das stand doch in Ihrem Bericht.«

»Lesen Sie eigentlich, was Sie schreiben?« hackte nun auch noch Wilson auf mich ein.

Ich hatte das Ganze völlig vergessen. Manchmal stellte ich auch Fragen, auf die ich die Antwort bereits kannte, um auf diese Weise Zeit zu gewinnen und mir eine andere Frage ausdenken zu können. Die Frage allerdings, die ich jetzt stellte, gehörte nicht zu dieser Kategorie. »Wie ist das mit der Mordwaffe? Ich dachte, ein Schuß aus einer Fünfundvierziger hätte ihr aus dieser Entfernung den ganzen Kopf weggerissen.«

»Der Schuß wurde schräg von unten abgefeuert«, antwortete Martinez.

»Eines steht jedenfalls fest«, schaltete sich Wilson wieder ein. »Dieses Schwein kennt sich mit Schußwaffen aus. Das kann man richtig spüren.«

»Vielleicht eine professionelle Entführung?« fragte ich.

»Sagen wir mal, wir ziehen sämtliche Möglichkeiten in Erwägung.« Darauf trat kurzes Schweigen ein. »Hören Sie«, fuhr Martinez schließlich fort, »wir geben uns Mühe, Ihnen, so gut es geht, behilflich zu sein. Das gleiche erwarten wir selbstverständlich von Ihnen. Entsprechend bleibt es auch Ihnen überlassen, ob Sie das Folgende für die Veröffentlichung geeignet finden. Jedenfalls stellen wir die halbe Stadt auf den Kopf. Wir lassen von Tauchern sämtliche Gewässer in der Nähe des Tatorts nach der Mordwaffe absuchen, und natürlich vor allem die Wasserhindernisse auf dem Golfplatz selbst. Das Problem ist nur, daß wir immer noch nicht wissen, mit was für einer Art von Verbrechen wir es hier eigentlich zu tun haben. Aber irgendein Anhaltspunkt wird sich schon finden; darauf können Sie Gift nehmen. Das wäre das erste Mal, daß das nicht der Fall wäre. Wir werden zwar nicht unbedingt weiterkommen, aber irgend etwas wird sich auf jeden Fall noch tun.«

»Ja«, fiel Wilson ein, »auf alle Fälle.«

Da ich den Arzt, der die Obduktion vorgenommen hatte, nicht erreichen konnte, hinterließ ich ihm eine Nachricht, er möchte mich zurückrufen. Als ich wegen des Artikels dann kurz mit Nolan sprach, schlug er vor, ich sollte den Stand der polizeilichen Ermittlungen irgendwie in die Befragung der Kinder auf der Straße einbauen. Ich saß an meinem Schreibtisch und starrte auf das leere Blatt in meiner Schreibmaschine. Auch wenn die Zeit noch so knapp war, gönnte ich mir erst noch eine kurze Pause, um die Gedanken in meinem Kopf sich sammeln zu lassen. In rascher Aufeinanderfolge zogen die Bilder des unbewohnt erscheinenden Hauses der Eltern und der Kinder auf der Straße an mir vorüber. Ich hörte ihre Stimmen und sah ihre aufgeregten Gesichter, während sie mich mit ihren Fragen bestürmten. Dann stellte ich mir die Mutter des kleinen Jungen vor, wie sie über den Rasen auf uns zukam und, ihre Stimme vor Angst und Verwirrung kaum merklich zitternd, noch zusätzlich zu dem Gefühl der Panik beitrug. Und dann begann ich zu schreiben:

Das Haus in der Southwest 62nd Street wirkt abweisend; die Vorhänge sind zugezogen, um neugierige Blicke abzuhalten – stummes Zeugnis der Tragödie, die über seine Bewohner hereingebrochen ist.

Und auch in den sonnenbeschienenen Straßen dieser exklusiven Wohngegend hat ein neuer Geist Einzug gehalten, herrscht eine andere Atmosphäre. In einer Gegend, wo sonst die Luft von den typischen Vorstadtgeräuschen spielender Kinder erfüllt ist, herrscht lähmende Stille.

Die Menschen haben Angst.

Anlaß dieses Stimmungsumschwungs ist der Mord an dem sechzehnjährigen Mädchen, das in einem dieser Häuser gewohnt hat, an Amy Hooks. Während die Polizei weiterhin ihre Untersuchungen anstellt, schweißt die gemeinsame Angst die Menschen dieser Wohngegend zusammen . . .

Nolan trat hinter mich und beobachtete, wie die Worte sich auf dem Papier aneinanderreihten. Ich machte eine kurze Pause, während er schweigend weiterlas. Dann nickte er. »Gut, sehr gut. Jetzt bauen Sie noch ein paar Aussagen der Kinder ein, und dann die Sache mit der Polizei und der Autopsie. Halten Sie die Leser über den Stand der Ermittlungen auf dem laufenden, und dann können Sie sich wieder der Schilderung der allgemeinen Situation in der Nachbarschaft zuwenden.« Er entfernte sich, um mit ein paar anderen Reportern zu sprechen, doch ich rief ihm hinterher:

»Hey, Nolan, wohnen Sie nicht auch da draußen?«

»Nein«, gab er mir zur Antwort. »Ich lebe in Kendall, das liegt noch ein Stück weiter südlich. Bei uns hat die Angst die Straßen nicht leergefegt.« Er lachte. »Zumindest *noch* nicht.«

Ich beugte mich wieder über die Schreibmaschine, um mich dann jedoch in Erinnerung dessen, was Martinez mir gesagt hatte, meinen Aufzeichnungen zuzuwenden. Ich hielt es für das beste, die Unfähigkeit der Polizei, die Sache in den Griff zu bekommen, möglichst herunterzuspielen und statt dessen besonders hervorzuheben, daß sie allen Möglichkeiten und Eventualitäten Rechnung trug. Außerdem wollte ich ein paar eigene Gedanken hinsichtlich der Schwierigkeiten beisteuern, welche die Aufklärung des Falls mit sich brachte; das hörten die Detektive bestimmt gern. Außerdem würde sich dadurch der Mörder in verstärktem Maße in Sicherheit wiegen, was nie schaden konnte, und die Polizei stand von seiten der Öffentlichkeit nicht mehr unter so starkem Druck. Und wenn es ihnen tatsächlich gelingen sollte, den Mörder zu fassen, stünden sie im nachhinein um so besser da. Ich stellte mir erneut die Frau auf dem Rasen vor ihrem Haus vor, den angstvollen Blick ihrer Augen, das leichte Zittern ihrer Stimme, die Mischung aus Angst und Hinnahme des Unvermeidlichen. Wie viele Menschen gab es dort draußen wohl noch, denen es ganz ähnlich ging?

Ich konzentrierte mich wieder auf das Blatt Papier in der Schreibmaschine, und meine Finger begannen, über die Tasten zu huschen. Die Beschreibungen gingen mir leicht von der Hand, und binnen weniger Sekunden hatte ich mich wieder voll in den Rhythmus der Worte und der Story eingefühlt.

Nach Redaktionsschluß wollte Nolan noch etwas mit mir trinken gehen. Ich rief Christine an, um ihr zu sagen, daß es etwas später werden würde. Sie war bereits zur Genüge an diese ›Überstunden‹ gewöhnt und sagte wenig dazu. »Ich werde auf dich warten. Ich lese gerade ein gutes Buch.«

»Ja, was?« erkundigte ich mich.

»*Die Pest* von Camus. Ein paar der Ärzte waren heute nach einer Operation in eine ziemlich heiße Diskussion verwickelt. Einer von ihnen hat die Auffassung vertreten, daß wir trotz all unserer Kenntnisse und unserer technischen Errungenschaften manchmal noch immer so hilflos wären wie im vierzehnten Jahrhundert, als die Pest die mittelalterlichen Städte heimsuchte. Er meinte, vielleicht sollten wir uns wieder mehr den traditionellen Naturheilverfahren zuwenden . . . Und als ich dann nach Hause kam, fiel mein Blick zufällig auf dieses Buch im Bücherregal; ich muß es noch aus meiner Schulzeit haben . . . Kannst du dich noch an den Anfang erinnern? Der Arzt entdeckt auf dem Flur des Hauses, in dem er wohnt, eine tote Ratte, und dann kommen plötzlich alle aus ihren Wohnungen und beklagen sich über die Ratten; sie quellen aus jedem Loch und jeder Öffnung in der Erde hervor, um im hellen Licht der Sonne zu sterben. Wie diese Stadt in dem Buch beschrieben wird, erinnert sie mich fatal an Miami. Und dann fangen auch die Menschen zu sterben an . . .«

»Worüber haben die Ärzte sich denn so aufgeregt?«

»Als wir diesen Geschäftsmann zu operieren begannen – du weißt schon, von dem ich dir heute morgen erzählt habe –, stellte sich gleich heraus, daß nichts mehr zu machen war. Sein Magen war schon ganz zerfressen. Sie versuchten, den Krebs wegzuoperieren, aber er war überall – schwarz und rot und eklig; jedenfalls unverkennbar.« Ihre Stimme belegte sich.

»Und?« unterbrach ich sie. »Was ist dann passiert?«

»Er ist gestorben.«

»Oh, das tut mir leid.«

»Ist schon gut«, entgegnete sie darauf. »Ich habe mich schon ausgeheult. Das war, nachdem sie seine Familie verständigt hatten. Ich weiß auch nicht, warum mich das Ganze so mitgenommen hat. Manchmal geht mir so etwas einfach sehr nahe, und dann möchte ich möglichst allein sein. Deshalb bin ich in eine der Abstellkammern gegangen und habe dort ein wenig geweint. Aber jetzt geht es mir schon wieder besser.«

Nachdem ich aufgehängt hatte, überkam mich ein momentanes Gefühl der Schuld, gefolgt von der Erleichterung, daß ich sie nicht hatte trösten müssen. Manchmal nahm sie sich die Dinge einfach zu sehr zu Herzen, fand ich, wenn ich ihr das andererseits auch nicht zum Vorwurf machen wollte, da sie vermutlich gerade der Umstand, daß sie noch Gefühle hatte, zu einer guten Krankenschwester machte; das und ihr unbestreitbares fachliches Können. Als ich aufsah, stand Nolan in der Tür. Er winkte mir zu und leerte mit der anderen Hand ein imaginäres Glas Bier. Ich griff nach meiner Jacke und verließ mit ihm die Redaktion.

Die Bar am Biscayne Boulevard war ein beliebter Treffpunkt für Presseleute. Nolan und ich holten uns an der Bar ein Bier und setzten uns an einen Tisch. Kurz darauf gesellte sich auch Porter zu uns. »Also, wie sieht es aus?« wollte Nolan von uns wissen. »Haben Sie schon irgendwelche Ideen, wie es weitergehen soll?«

Porter zuckte mit den Achseln. »Vielleicht wird ja bald jemand verhaftet.«

»Diesmal konnte ich noch einmal die erste Seite für Ihren Bericht und die Fotos herausschinden«, fuhr Nolan darauf fort. »Aber ab morgen werden wir damit unweigerlich in den Lokalteil abgedrängt, wenn wir uns nichts einfallen lassen. Und irgendwann wird die Geschichte dann ganz fallengelassen. Also, was meinen Sie dazu?«

Ich dachte kurz nach. »Vielleicht wäre das wirklich das beste«, erklärte ich schließlich mit einem kurzen Blick auf Porter, der jedoch ganz in den Anblick seines Glases versunken war. »Mir ist natürlich klar, daß diese Tat die Leute ganz schön berührt hat; dies gilt vor allem für die Menschen in der unmittelbaren Umgebung der Hooks'. Aber vielleicht läßt sich das Interesse an dem Fall trotzdem nicht künstlich wachhalten, solange die Polizei keinen Verdächtigen festgenommen hat.«

»Kann schon sein«, nickte Nolan. »Aber trotzdem lasse ich diese Story nur ungern sausen. Wieso versuchen Sie morgen nicht, mit ein paar Ärzten zu sprechen? Mal sehen, ob wir nicht mit einem interessanten Profil des Täters aufwarten können – auch wenn es rein spekulativer Natur ist.«

»Ich weiß nicht so recht. Die Polizei scheint ja von ihrer Psychopathentheorie wieder etwas Abstand genommen zu haben. Immerhin sind die Eltern des ermordeten Mädchens ziemlich begütert. Vielleicht hat es sich doch um eine fehlgeschlagene Entführung gehandelt.«

»Na, ich weiß nicht«, wandte Porter nachdenklich ein. »Kann natürlich sein, daß ich mich täusche, aber irgendwie erscheint mir das doch höchst unwahrscheinlich. Wenn dem wirklich so gewesen wäre, hätten die Kidnapper die Leiche doch genausogut irgendwo draußen in den Everglades loswerden können, wo es Wochen gedauert hätte, bis man sie entdeckt hätte – wenn überhaupt. Und selbst dann hätte man sie einfach für irgendeine junge Ausreißerin gehalten. Zudem hätten sie die Eltern auch erpressen können, wenn das Mädchen schon lange tot gewesen wäre. Sie hätten doch nichts mehr zu verlieren gehabt.«

»Das finde ich durchaus einleuchtend«, nickte Nolan. »Versuchen wir es also noch einmal mit der Theorie, daß der Täter irgendwie geistesgestört war. Auf diese Weise läßt sich die Story zumindest noch einen weiteren Tag über Wasser halten, wenn auch nicht unbedingt auf der ersten Seite. Und sehen Sie vor allem zu, daß Sie Martinez und Wilson noch ein paar Informationen abluchsen können. Ich kenne doch die beiden. Die haben bestimmt noch irgend etwas auf Lager.«

Porter stand auf, um drei Biere zu holen. Ich drehte mich um und sah ihm nach, wie er sich durch die dunkle Bar einen Weg an die Theke bahnte. Das gedämpfte Stimmengewirr der Gäste wurde nur durch das Klingeln der Registrierkasse übertönt. Aus einer Ecke des Raums erschallte lautes Gelächter.

»Und wie geht es sonst?« erkundigte sich Nolan.

»Im großen und ganzen nicht schlecht«, erwiderte ich. »Ach, ich soll Sie übrigens von Christine grüßen.«

»Danke, richten Sie ihr auch von mir einen Gruß aus. Aber ich habe eigentlich diese Sache mit der Beerdigung Ihres Onkels gemeint – Sie wissen schon.« Nolan beugte sich über den Tisch und sah mir in die Augen, als könnte er in ihnen lesen.

»Ich finde es schön, daß Sie fragen, aber eigentlich gibt es dazu wirklich nicht viel zu sagen.«

»Na gut, dann lassen wir das eben. Ich wollte nur noch einmal ganz sichergehen. Als Sie zurückkamen, schien Sie das Ganze doch etwas zu belasten, zumal ich keineswegs so früh mit Ihnen gerechnet hatte.«

»Dafür habe ich ja auch eine erstklassige Story aufgetan, oder etwa nicht?«

»Das steht allerdings völlig außer Zweifel. Und vor allem kann einem so eine gute Story über einige persönliche Probleme hinweghelfen.« Er lachte. »Es gibt überhaupt eine Menge Dinge, die sich mit einer guten Story kurieren lassen.«

»Zum Beispiel eine Menge Leid.« Ich hob mein Glas.

Porter war inzwischen mit drei frischen Gläsern an unseren Tisch zurückgekehrt und stieß mit uns an. »Auf das Leid!«

»Ja, auf all das Leid in der Welt, das uns zu Arbeit verhilft«, fiel ich ein.

»Auf diese gute Story«, fügte Nolan noch hinzu.

Und dann tranken wir und lachten.

Später, als wir im Bett lagen, sagte Christine: »Ich habe ganz vergessen, dir zu sagen, daß dein Vater angerufen hat. Er wollte dich morgen zu erreichen versuchen – vielleicht auch in der Redaktion. Ich habe ihm erzählt, daß du gerade eine große Story hast, aber daß er es auf jeden Fall versuchen sollte.« Wir lagen nackt in der Dunkelheit. Ich hatte die Fenster geöffnet, und von draußen drang das Summen und Zirpen der nächtlichen Insekten herein. In der Ferne erklang das Jaulen eines Martinshorns; das Geräusch schien unendlich weit entfernt, als hätte es nichts mit der unmittelbaren Nacht zu tun, die uns umhüllte. Christine hatte das Laken abgestreift, so daß ich in dem schwachen Mondlicht ihre Brüste und ihr Schamhaar erkennen konnte. Ich streichelte sie vorsichtig, worauf sie sich mir zuwandte. »Ich weiß nie, was ich sagen soll, wenn er hier anruft«, flüsterte sie. »Er ist zwar immer sehr nett, aber irgendwie schüchtert er mich doch ein.« Ich spürte ihren Atem und die zarte Berührung ihrer Hand an meiner Schulter, als sie sprach.

»Das sind nur seine typischen Anwaltsmanieren«, erklärte ich ihr. »Manchmal denke ich wirklich, er muß wie Athene als voll ausgereifter, erwachsener Mensch dem Kopf seines Vaters entsprungen sein und gleich mit Schriftsätzen, Paragraphen und sonstigen juristischen Feinheiten um sich geworfen haben.« Christine lachte. »Er hat schon immer wie ein Anwalt geredet und gehandelt; er ist eben nun mal aus ganzer Seele Anwalt. Er hat dieses Gehabe auch zu Hause nie abgelegt.« Dann schilderte ich ihr meinen Vater – groß und kräftig gebaut, selbst sonntags zu Hause in seinem Arbeitszimmer über seine Aufzeichnungen und Akten gebeugt, sein Schreibtisch überquellend von aufgeschlagenen juristischen Wälzern. So sah ich meinen Vater über Jahre hinweg unverändert vor mir, als machte es nicht den geringsten Unterschied, ob ich ihn nun durch die Augen des Kindes, des Heranwachsenden und schließlich des Erwachsenen betrachtete.

»Warum hast du eigentlich nicht Jura studiert?« fragte sie.

»Wegen meines Bruders. Wir haben zwar nie darüber gesprochen, aber irgendwie war es einfach klar, daß er als der Älteste in Vaters Fußstapfen treten würde. Außerdem hat er es auch wirklich zu etwas gebracht.«

»Was solltest du denn werden?«

»Nichts.«

»Das verstehe ich nicht.«

»Für meinen Vater gab es nur Jura«, versuchte ich ihr den Sachverhalt zu erklären. »Alles andere galt in seinen Augen nichts. Und da ich kein Anwalt wurde, sondern mein Bruder, gab es nichts mehr von Bedeutung, was ich noch hätte erreichen können. Damit will ich keineswegs sagen, daß mein Vater nichts vom Beruf eines Journalisten hält; das ist absolut nicht der Fall. Aber für ihn geht eben nichts über einen Anwalt.«

»Für dich muß das doch ganz schön schlimm sein.« Ihre Hand knetete meine Schultermuskeln, und ich wandte mich ihr zu.

»Ach, ich habe schon längst aufgehört, mir darüber den Kopf zu zerbrechen«, log ich.

Und dann zog sie mich an sich. Ihre Finger fuhren, leicht über die Haut hinwegstreichend, meinen Rücken hinunter. Das entlockte mir ein leises Stöhnen, worauf sie triumphierend bemerkte: »Siehst du, wie gut wir Krankenschwestern über den menschlichen Körper Bescheid wissen?«

Als ich morgens aufwachte, war Christine schon weg. Sie war für einen Notdienst in die Klinik bestellt worden, hatte sie mir mit Lippenstift auf den Badezimmerspiegel geschrieben. Ich ließ mir Zeit, machte mir ein ausgiebiges Frühstück mit Toast und gebratenem Speck und las die Zeitung. Die Red Sox hatten am Vortag die Yankees überlegen geschlagen.

In der Redaktion steckte ein Zettel in meiner Schreibmaschine mit der Nachricht, daß der Gerichtsmediziner und mein Vater angerufen hatten. Ich beschloß, daß diese beiden Anrufe noch etwas Zeit hatten, und wählte statt dessen die Nummer des Gerichtspsychiaters. Er war eine Koryphäe seines Fachs, hatte früher in New York praktiziert und sich nun auf Gerichtsgutachten spezialisiert. Ich hatte ihn schon in Zusammenhang mit verschiedenen anderen Storys zu Rate gezogen, und es hätte mich sehr gewundert, wenn er nicht bereitwillig die Gelegenheit wahrgenommen hätte, zu diesem Fall Stellung zu nehmen. Da er jedoch gerade einen Patienten therapierte, hinterließ ich auf seinem Anrufbeantworter eine Nachricht. Danach vertiefte ich mich erst einmal in die Lektüre der *Post*, bevor ich mich an die Arbeit machte. In der *Post* war die Story bereits in den Mittelteil verbannt worden, und man brachte dort auch kaum neue Informationen. Nachdem sie gleich zu Beginn eine deutliche Schlappe in der Berichterstattung über den Fall hatten einstecken müssen, schien es, als hätten sie nun bereits das Handtuch geworfen. Um so besser, dachte ich.

Ich las noch etwas in der *Post* herum, als das Telefon auf meinem Schreibtisch klingelte.

Ich kann mich noch gut erinnern, daß ich nicht, wie üblich, sofort nach dem Hörer griff, um abzunehmen. Vermutlich ging ich davon aus, daß es mein Vater war. Statt dessen sah ich erst noch auf die Uhr; es war zehn Uhr vormittags. Dann blieben meine Blicke auf der Hurrikan-Karte an der Rückwand der Redaktion haften. Ich konnte sehen, daß der Sturm seinen Kurs weiter geändert hatte und sich nun Mittelamerika näherte. Meine Augen wanderten zu dem Foto von der sturmgepeitschten Palme weiter, als ich schließlich den Hörer abnahm. »Anderson. *Journal.*«

»Hallo«, meldete sich am anderen Ende eine mir unbekannte Stimme. »Ich wollte Ihnen nur sagen, daß ich Ihre Artikel über den Mord gelesen habe. Ich fand sie wirklich gut.«

»Danke.« Der Stimme nach zu schließen, war der Anrufer noch ziemlich jung. Ich stellte mir jemanden unter dreißig vor – etwa in meinem Alter.

»Ich finde sie sehr präzise und einfühlsam geschrieben«, fuhr er fort.

»Oh, das freut mich natürlich.« Allerdings wurde ich langsam ungeduldig. »Hören Sie, ich bin Ihnen für Ihre Wertschätzung selbstverständlich sehr dankbar, aber leider habe ich im Augenblick schrecklich viel zu tun . . .«

Er schnitt mir jedoch in unverändert ruhigem und sachlichem Ton das Wort ab. »Sie müssen wissen, daß ich ein ganz besonderes Interesse für Ihre Artikel zeige.« Im Gegensatz zu sonstigen Anrufern dieser Art, die entweder wütend und aufgebracht oder eher etwas verlegen klangen, war diese Stimme gelassen und freundlich. Wenn diesem Anrufer eine gewisse Hartnäckigkeit auch nicht ganz abzusprechen war, schien er sich zumindest nicht so leicht aus der Ruhe bringen zu lassen.

»Wieso das?« fragte ich. »Was interessiert Sie an dieser Sache so sehr?«

An diesem Punkt zögerte die Stimme am anderen Ende der Leitung kurz. Doch schließlich sagte sie:

»Weil ich der bin, der sie umgebracht hat.«

4

Mir wurde plötzlich sehr heiß, als hätte die zunehmende Hitze draußen mit einem Mal die Mauern des Gebäudes eingedrückt und sich wie eine Flutwelle über den Raum ergossen. Automatisch zuckte meine Hand nach Papier und Bleistift.

Doch inzwischen drang nur noch Schweigen aus der Leitung.

Ich nutzte diese wenigen Augenblicke, um meine Fassung wiederzuerlangen und folgenden Satz auf meinen Notizblock zu kritzeln: *Ich zeige besonderes Interesse an Ihren Artikeln, weil ich der bin, der sie umgebracht hat.*

Während ich dann auf die Worte auf der ansonsten leeren Seite starrte, war ich mir die ganze Zeit der Stille bewußt, die aus der Leitung kam. Für einen Moment war ich mir nicht einmal mehr sicher, ob ich die Stimme überhaupt gehört hatte – gerade so, als wäre sie nie dagewesen. Krampfhaft versuchte ich mir irgendwelche Fragen zurechtzulegen; im nachhinein erscheint es mir äußerst verwunderlich, daß ich in diesen Momenten, als sich in meinem Kopf die Möglichkeiten überschlugen, die simpelsten Grundregeln meines Jobs mit einem Mal vollkommen vergessen hatte. Ich brauchte mehrere Sekunden, bis ich schließlich die einfachsten und nächstliegenden Fragen hervorbrachte, und noch etwas länger, bis ich meine Fassung halbwegs wiedererlangt hatte. Doch der Anrufer wartete geduldig, bis ich schließlich hervorstieß:

»Wer sind Sie eigentlich?«

Ein kurzes Lachen. »Sie erwarten doch nicht im Ernst, daß ich diese Frage beantworte?«

»Allerdings nicht. Trotzdem könnten Sie sich vielleicht etwas näher dazu äußern, mit wem ich eigentlich spreche.«

»Das läßt sich schon eher hören.« Darauf trat wieder kurzes Schweigen ein, als müßte er sich erst eine Antwort zurechtlegen. »Ich bin ein ganz gewöhnlicher Mann. Auch meine Eltern waren ganz gewöhnliche Leute. Ich kann mich überall einfügen und anpassen, ohne aufzufallen, ohne irgendwo anzuecken. Ich gleiche mich jeder beliebigen Umgebung an – wie ein Chamäleon. Der typische Durchschnittsamerikaner.«

»Durchschnittsamerikaner«, hielt ich ihm entgegen, »bringen in der Regel keine jungen Mädchen um.«

»Tatsächlich nicht?«

Darauf trat erneut kurzes Schweigen ein.

»Wieso haben Sie das getan?« fragte ich schließlich.

»Diese Frage ist nicht ganz einfach zu beantworten.« Er hielt erneut inne, als müßte er erst seine Gedanken ordnen. Ganz offensichtlich war dieser Mann auf der Hut. Seine Stimme war tief, aber klar. Ich stellte ihn mir in einem Zimmer vor, die Tür verriegelt, die Fenster fest verschlossen, die Klimaanlage mühsam gegen die

Hitze ankämpfend – und er, den Hörer in der Hand, auf eine kahle Wand starrend. Der Anrufer sprach ruhig und sicher und mit einer unverkennbaren Wortgewandtheit. Die Stimme schien so gelassen und unbeteiligt, als unterhielten wir uns über irgendwelche Belanglosigkeiten. An diesem Punkt überkam mich zum ersten Mal das Gefühl, es mit einer Person von außergewöhnlicher Bösartigkeit zu tun zu haben.

»Mit dieser Frage habe ich selbstverständlich gerechnet«, fuhr die Stimme am anderen Ende der Leitung schließlich fort. »Und ich habe mich auch einige Zeit mit der Frage beschäftigt, wie ich am besten darauf antworten sollte. Ich hätte Ihnen zum Beispiel sagen können, daß ich den Mord wegen dieses ganz gewissen Kitzels begangen habe; daran wäre durchaus ein Fünkchen Wahrheit. Genausogut hätte ich sagen können, daß es sich hierbei um ein erstes Experiment in Sachen Terror – sozusagen in Anlehnung an Leopold und Loeb – gehandelt hat; auch daran wäre etwas Wahres gewesen. Schließlich hätte ich auch anführen können, daß die Wahl rein zufällig auf dieses Mädchen fiel und sein Tod ein Akt reiner Willkür war, und auch das wäre nicht gelogen. Dennoch würde Ihnen all dies einen falschen und höchst unvollständigen Eindruck von der Komplexität des wahren Sachverhalts vermitteln. Und nicht zuletzt könnte ich auch noch sagen, daß dieses Mädchen ein Opfer der Rache, einer privaten Vendetta, geworden ist, womit die ganze Angelegenheit in ein völlig neues Licht gerückt würde.

Richtig ist auch – obwohl Sie dieser Umstand nur verwirren dürfte –, daß ich dieses Mädchen vor jener Nacht nicht gekannt habe – ebensowenig wie ihre Eltern – und daß ich auch nicht das geringste gegen sie hatte. Ganz im Gegenteil, ich war regelrecht gerührt, als ich las, wie Sie in Ihrem Artikel ihr Leid geschildert haben, und ich kann Ihnen versichern, daß die Eltern meines Mitgefühls gewiß sein können. Ich habe für alle Opfer nichts als Mitgefühl. Daraus könnten Sie vielleicht schließen, daß das Mädchen sozusagen symbolisch getötet wurde, worin ich Sie nur bestätigen kann und womit wir der Sache wieder einen Schritt näher gekommen wären.

Versuchen Sie das Ganze doch mal von dieser Seite zu betrachten: Ich könnte eine ganze Reihe solcher Aspekte aufführen, und sie würden alle als Wegweiser auf dem Weg zur Wahrheit dienen.

Aber wirklich begreifen würden Sie das alles trotzdem erst, wenn Sie diesen Weg auch selbst gegangen wären. Und wenn ich Ihnen nun schon gleich zu Beginn alles erzähle, was ich im weiteren vorhabe, würde ich Ihnen doch nur das Vergnügen verderben, es selbst herauszufinden. Verständlicherweise hegen Sie unter Umständen Zweifel an meiner Glaubwürdigkeit; schließlich kennen wir uns kaum. Zweck meines Anrufs ist es daher, mir ein ungefähres Bild von Ihnen machen zu können und Sie gleichzeitig wissen zu lassen, daß es mich gibt, daß ich auf freiem Fuß bin und vor allem – daß es jetzt erst richtig losgeht.«

Ich notierte einzelne Stichpunkte seines Monologs. Er klang wie ein Mensch, dem jedes Gefühl für die Realität dessen, was er getan hatte, abhanden gekommen war. Es war, als diskutierten wir über ein Buch, das irgendwelche politischen Fragen zum Inhalt hatte, und nicht über einen Mord. Und an diesem Punkt befielen mich plötzlich Zweifel.

»Weshalb sollte ich Ihnen Glauben schenken?« fragte ich. »Können Sie mir beweisen, daß Sie wirklich der Mörder sind?«

»Beweisen?«

»Ja. Außerdem verstehe ich nicht recht, weshalb Sie mich angerufen haben. Oder auch, weshalb Sie das Mädchen umgebracht haben – falls Sie es tatsächlich waren.«

»Ach so.« Wieder dieses kurze, explosionsartige Gelächter – ein kaltes Lachen, bar jeglichen Humors. »Der skeptische Reporter. Fast, wie ich es mir gedacht habe.«

»Ganz richtig«, hakte ich nach. »Woher soll ich wissen, daß Sie nicht nur irgendein armer Irrer sind, der sich auf diese Weise interessant machen will? Schließlich kommt so etwas ja häufig genug vor. Ständig bekennen sich irgendwelche Leute irgendwelcher Verbrechen für schuldig, die sie nie im Leben begangen haben. Infolge fehlgeleiteter Schuldgefühle oder irgendwelcher psychischer Störungen.«

»Ich bin alles andere als verrückt«, unterbrach er mich. »Wollen wir das gleich mal von vornherein klarstellen.« Zum ersten Mal hatte sich in seiner Stimme so etwas wie Ärger bemerkbar gemacht. Sein Tonfall wurde mit einem Mal etwas schärfer. »Sind wir uns in diesem Punkt einig?«

Ich reizte ihn. »Sagen wir mal, ich bin bereit, Ihnen noch eine Weile aufmerksam zuzuhören.« Darauf trat wieder Schweigen ein.

»Also gut.« Sein Tonfall hatte sich abrupt geändert. An die Stelle seines Ärgers war nun etwas wie Resignation getreten. »Ich habe auch mit dieser Reaktion gerechnet. Gehen wir mal davon aus, daß ich Ihnen die Möglichkeit geboten habe, sich klar darüber zu werden, daß ich bin, wer ich bin und wer ich zu sein behaupte. Doch dazu gleich noch mehr. Was nunmehr die Gründe meines Anrufs und die Gründe für die Erschießung des Mädchens betrifft, so wird in dieser Hinsicht in Bälde absolute Klarheit herrschen. Einen Teil dieser Gründe haben Sie bereits zu hören bekommen, allerdings in etwas abstrakter Form. Sie werden sich jetzt daranmachen müssen, die einzelnen Aspekte zu einem einheitlichen Ganzen zusammenzufügen. Dafür werden Sie doch schließlich auch bezahlt – daß Sie aus vereinzelten Fakten ein stimmiges Gesamtbild entwerfen.«

»Woher soll ich wissen, daß Sie die Wahrheit sagen?« Langsam wurde ich ungeduldig. Ich hatte keine Lust, meine kostbare Zeit mit einem Irren zu verplempern, wie gewählt er sich auch ausdrücken mochte. Wenn er tatsächlich der Mann war, der zu sein er behauptete, dann würde das eine absolut umwerfende Story geben. Wenn nicht, na gut, es wäre nicht das erste Mal gewesen, daß ich meine Zeit vergeudete.

»Also gut«, lenkte der Anrufer ein. »Offensichtlich haben Sie einen ganz guten Draht zur Polizei. Ich gebe Ihnen deshalb einen ganz simplen Anhaltspunkt. Fragen Sie die Herren Detektive doch mal, was das Mädchen in seiner rechten Gesäßtasche hatte. Haben Sie gehört?«

»In der rechten Gesäßtasche. Was soll dort gewesen sein? Irgendeine Nachricht?«

»Sie brauchen nur bei der Polizei nachzufragen. Ich werde Sie in einer halben Stunde noch einmal anrufen; dann können wir uns weiter unterhalten. Aber sehen Sie zu, daß Sie am Apparat sind. Sollte jemand anderer den Hörer abnehmen, hänge ich sofort ein.«

»In der rechten Gesäßtasche«, wiederholte ich noch einmal.

»Bleiben Sie in der Nähe Ihres Telefons. In einer halben Stunde.«

»Einverstanden.«

»Sehr gut«, erwiderte er. »Langsam kommen wir also voran.«
Im nächsten Augenblick hörte ich ein leises Klicken; er hatte

eingehängt. Ich lauschte noch einen Moment in die Stille, die plötzlich aus dem Hörer drang. Dann legte ich ihn wie in Zeitlupe auf die Gabel zurück, während ich gleichzeitig an die rechte Gesäßtasche des ermordeten Mädchens dachte. In einem kurz aufzuckenden Erinnerungsblitz sah ich das Grün des Gebüschs im grellen Sonnenlicht vor mir. Ich konnte die Männer vor mir sehen, die sich um die Leiche geschart hatten. Dann sah ich das Mädchen, wie es auf dem Boden lag; mein Blick wanderte wie die Linse einer Kamera näher, bis ihre Beine und ihr Rücken das Blickfeld ausfüllten. An ihre zu einem hellen Blau verblichenen Jeans konnte ich mich noch erinnern. Und nun versuchte ich, mir ihre Gesäßtasche vorzustellen. Schließlich blickte ich auf und starrte in den Raum. Überall waren Reporter an der Arbeit, und jetzt nahm ich wieder die Geräusche um mich herum wahr – die Schreibmaschinen und Telefone, und die Stimmen, die kreuz und quer durch die Nachrichtenredaktion hallten. Nolan arbeitete an seinem Schreibtisch, inmitten seiner Papiere und seiner Computerschirme. Ich wollte ihm schon von dem seltsamen Anruf erzählen, besann mich dann aber doch eines Besseren. Ich hielt es für klüger, erst die alles entscheidende Frage zu klären, indem ich Martinez und Wilson anrief. Ich griff mit einem Gefühl nach meinem Telefon, als stellte es eine Art Nabelschnur dar, welche die Verbindung zwischen mir und der Welt herstellte. Die Nummer der Mordkommission wußte ich inzwischen auswendig, und dann wartete ich, bis einer der beiden Detektive an den Apparat kam. Schließlich meldete sich Martinez; allerdings spürte ich, daß sich auch Wilson in das Gespräch eingeschaltet hatte.

»Wir haben noch nichts Neues zu berichten«, kam der Detektiv meiner ersten Frage zuvor. »Leider. Und ich fürchte auch, daß es noch eine Weile dauern dürfte, bis wir Ihnen mitteilen können, daß wir den Täter geschnappt haben und ein unterzeichnetes Schuldgeständnis in Händen haben. Vielleicht sollten Sie solange lieber an einer anderen Story arbeiten.« Er lachte.

»Sie haben mir bestimmte Informationen vorenthalten.« Ich hatte beschlossen, ohne Umschweife zur Sache zu kommen.

»Was soll das denn nun wieder heißen?« brauste Wilson auf.

»Was sollen wir Ihnen denn vorenthalten haben?« Martinez war das Lachen schnell vergangen.

»Was in der rechten Gesäßtasche war«, erklärte ich.

Darauf wurde es am anderen Ende der Leitung erst einmal still. Ich konnte die beiden richtig vor mir sehen, wie sie sich über ihren Schreibtisch hinweg verdutzt anstarrten. Als dann Martinez wieder das Wort ergriff, entging mir keineswegs, wie betont beherrscht und ruhig seine Stimme plötzlich war: »Was soll denn in der rechten Gesäßtasche gewesen sein?«

»Das würde ich gern von Ihnen wissen.« Langsam wurde auch meine Stimme etwas lauter.

»Von wem wissen Sie darüber Bescheid?« Wilson hatte wesentlich größere Schwierigkeiten, seine Stimme unter Kontrolle zu halten, als sein Partner.

»Das sage ich Ihnen, sobald Sie mir meine Frage beantwortet haben. Also, was war in dieser Gesäßtasche?«

»Scheiße«, platzte Martinez heraus.

»Wer hat Ihnen das gesagt?« redete Wilson fast gleichzeitig auf mich ein. »Hören Sie, verdammt noch mal; es geht hier um einen Mord – einen hochkarätigen Mord – und Sie wollen hier Ihre Spielchen mit uns treiben. Also raus mit der Sprache! Wer hat Ihnen das gesagt?«

»Was war in der Tasche?« ließ ich nicht locker. Ich gab mir Mühe, meiner Stimme einen ruhigen, aber entschlossenen Tonfall zu verleihen.

»Scheiße«, fluchte Martinez erneut. »Hören Sie, Anderson, diese Sache ist keineswegs zum Spaßen. Erst reden Sie, dann reden wir. So war es schon immer, das wissen Sie ganz genau . . .«

An diesem Punkt unterbrach ihn Wilson. Er brüllte inzwischen ins Telefon. »Wer hat Ihnen das gesagt? Woher wissen Sie das?«

»Sagen Sie mir erst, was in der Tasche war«, beharrte ich. »Sonst können Sie mit mir nicht ins Geschäft kommen.«

»Warten Sie einen Augenblick«, sagte dann Martinez. Da es am anderen Ende der Leitung plötzlich ganz still wurde, nahm ich an, daß er seine Hand über die Sprechmuschel gelegt hatte, um sich mit Wilson zu beraten. Wenig später kamen ihre Stimmen wieder zurück. »Also gut«, lenkte er ein. »Wir gehen auf Ihren Tauschhandel ein. Aber diese Informationen sind auf keinen Fall für die Veröffentlichung gedacht. Ist das klar?«

»Das kann ich erst sagen, wenn ich weiß, worum es sich dreht.«

»Was ist eigentlich plötzlich in Sie gefahren, verdammt noch mal«, polterte Wilson los. »Wollen Sie vielleicht, daß eine Panik ausbricht? Sind Sie plötzlich auch noch verrückt geworden?«

Darauf gab ich keine Antwort. Ich konnte allerdings spüren, wie mir unter den Achselhöhlen der Schweiß ausbrach und unter dem Hemd an meinem Oberkörper hinuntertropfte. Ich drückte meine Arme fest an mich, während es in der Leitung erneut still wurde und die zwei Detektive sich beratschlagten. Als sie sich schließlich wieder meldeten, konnte ich im Hintergrund Wilsons kurzen, heftigen Atem hören.

»Also gut«, begann Martinez. »Wie Sie wissen, wird die Umgebung jeder Stelle, an der ein Mord geschehen ist, routinemäßig untersucht. Das gleiche gilt für die Leiche selbst; das heißt, ihre Kleidung und ihre Körperöffnungen. Letzteres geschieht selbstverständlich bei der offiziellen Autopsie, deren Ergebnisse von einem Fotografen festgehalten werden, damit sie gegebenenfalls vor Gericht als Beweismaterial hinzugezogen werden können. Genauso sind wir also kürzlich mit der Leiche des ermordeten Mädchens vorgegangen. Und während sich der Arzt daranmachte, sie zu sezieren, haben wir uns ihre Kleidung vorgenommen. Dabei haben wir in ihrer rechten Gesäßtasche etwas entdeckt, was wir für eine Art verschlüsselter Nachricht gehalten haben, wenn wir uns auch hinsichtlich ihrer genauen Bedeutung nicht ganz sicher sind.«

»Was für eine Nachricht war das?« Meine Nervosität war inzwischen heftiger Erregung gewichen. Ich dachte bereits an den nächsten Anruf des Mörders.

»Eigentlich nichts Besonderes«, begann Martinez zögernd. »Wir sind nicht einmal ganz sicher, was das Ganze bedeuten soll. Jedenfalls klingt es nicht sonderlich gut.«

»Jetzt machen Sie's doch nicht so spannend.« Ich konnte meine Aufregung kaum mehr im Zaum halten.

»Die Nachricht war auf ein kleines Stück Papier geschrieben.« Martinez machte mich halb wahnsinnig mit seiner umständlichen Art. »Wie man es in jedem Laden kaufen kann. Das Blatt war mehrere Male zu einem kleinen Quadrat zusammengefaltet. Und auf die Mitte des Papiers waren mit Bleistift zwei Worte geschrieben. Die handgeschriebenen Druckbuchstaben waren mehrmals mit dem Stift nachgezogen worden, womit sie für einen künftigen Schriftvergleich im Fall ähnlicher Botschaften kaum mehr von Nutzen sein dürften.«

»Um Himmels willen, Martinez, was stand denn nun auf dem Zettel?«

Er rückte noch immer nicht mit der Sprache heraus. Ich konnte mir genau vorstellen, was in seinem Kopf vorging. Sein Verstand arbeitete auf die für einen Polizisten typische Weise. In seiner Erinnerung ging er noch einmal durch, wie er zum ersten Mal die schwache Erhöhung in der Gesäßtasche des Mädchens ertastet hatte und wie er den Zettel dann ganz vorsichtig mit der Pinzette herausgeholt und in aller Behutsamkeit entfaltet hatte, um ihn dann in dem grellen Neonlicht des Leichenschauhauses zu untersuchen.

»Auf dem Zettel stand *Nummer eins* – weiter nichts.«

»In Worten ausgeschrieben?«

»Ja. Aber ziehen Sie daraus bitte noch keine voreiligen Schlüsse – und schon gar nicht den nächstliegenden.«

»Gütiger Gott«, entfuhr es mir. Was für eine Story.

»Hören Sie«, redete Martinez weiter auf mich ein. Ich konnte ihn mir sehr gut vorstellen, wie er seinen massigen Oberkörper über den Schreibtisch beugte und den Hörer gegen sein Ohr preßte. »Bei einem Mord wie diesem kann diese Nachricht mehr oder weniger alles heißen, falls es sich dabei überhaupt um eine Nachricht handelt. Der Zettel wird gegenwärtig im Labor noch näher untersucht. Jedenfalls heißt das alles noch lange nicht, daß es auch eine Nummer zwei geben wird oder was auch immer. Diese Nachricht könnte ebensogut lediglich dem Zweck dienen, uns auf eine falsche Fährte zu locken oder von etwas anderem abzulenken. Sehen Sie das ein?«

»Haben Sie den Eltern davon erzählt? Ich meine . . .«

»Halten Sie uns eigentlich für vollkommen unfähig?« Wilson hatte sich wieder einmal eingeschaltet. »Natürlich haben wir das. Wie nicht anders zu erwarten, hatten sie den Zettel nie zuvor gesehen, und sie hatten auch keine Ahnung, woher sie ihn gehabt haben könnte. Das gilt im übrigen ebenso für ihre Freunde. Demnach kann der Zettel eigentlich nur von einer Person stammen – vom Mörder. Und aus eben diesem Grund haben wir auch niemandem von dem Zettel erzählt. Woher, verdammt noch mal, wissen Sie also darüber schon wieder Bescheid?«

Erst zog ich in Erwägung, ihnen irgendein Märchen aufzutischen; aber mir war selbstverständlich klar, daß die Detektive früh genug die richtigen Schlüsse ziehen würden, auf welchem Weg ich davon erfahren hatte. Zudem hätte ich mir damit Martinez' und Wilsons weitere Unterstützung verscherzt. Eines stand also fest: Ich durfte mir die beiden Detektive unter keinen Umständen vergrätzen, wenn ich ihnen auch keineswegs alles erzählen durfte, was ich wußte. Falls diese Story wirklich ein Knüller werden sollte, war ich im weiteren auf jeden Fall auf ihre Mitarbeit angewiesen.

»Ich habe einen Anruf bekommen«, rückte ich schließlich mit der Sprache heraus.

»Was für einen Anruf?« Wilson gab sich keine Mühe mehr, seine Ungeduld im Zaum zu halten.

»Eine Stimme am Telefon. Ich habe sie nicht erkannt.«

»Was hat der Kerl gesagt – genau.«

»Leider«, log ich, »habe ich mir keine Notizen gemacht.« Ich blickte auf den Notizblock auf meinem Schreibtisch nieder, der über und über von nur für mich entzifferbaren Schriftzeichen bedeckt war.

»Was hat er gesagt?« Wilson konnte kaum mehr an sich halten.

»Er hat gesagt: ›Ich bin der, der sie umgebracht hat.‹ Und dann hat er mich aufgefordert, Sie wegen der rechten Gesäßtasche zu fragen. Er hat noch gesagt, daß er meine Berichte in der Zeitung gelesen hätte. Dann hat er aufgehängt. Und da ich nicht recht wußte, was ich von dem Ganzen halten sollte, habe ich eben Sie angerufen.«

»Wollte er sich noch einmal mit Ihnen in Verbindung setzen?« bestürmte mich Wilson.

»Das weiß ich nicht«, log ich, zumal ich, im Grunde genommen, wirklich nicht sicher sein konnte, ob der Mörder sich noch einmal bei mir melden würde, auch wenn er dies versprochen hatte.

»Meine Güte«, seufzte Wilson, »haben Sie irgendeine Idee . . .«

»Nein«, unterbrach ich ihn schroff. »Ich habe keine Idee, wer der Anrufer war oder von wo er angerufen haben könnte. Seine Stimme war angenehm, nicht verkrampft. Er könnte sie selbstverständlich verstellt haben, damit ich sie nicht wiedererkennen würde. Tut mir leid, daß ich Ihnen in diesem Punkt nicht groß weiterhelfen kann.«

»Was war sonst noch?« wollte nun Martinez wissen, während ich im Hintergrund Wilson leise fluchen hörte.

»Ich habe Ihnen doch schon alles erzählt.«

»Denken Sie etwas nach«, drängte Martinez. »Vielleicht hat er irgendeine kurze Bemerkung fallen gelassen, anhand deren sich gewisse Rückschlüsse ziehen lassen könnten – irgend etwas, das uns vielleicht weiterhelfen könnte.«

»Ich werde mir das Ganze noch mal gründlich durch den Kopf gehen lassen«, erklärte ich mich bereit, »und falls mir noch irgend etwas Interessantes einfällt, rufe ich Sie selbstverständlich sofort an.«

»Verdammter Mist«, hörte ich Wilson noch schimpfen, bevor ich einhängte. Ich sah auf die Wanduhr. Nur noch wenige Minuten bis zum Ablauf der halben Stunde, nach der mich der Mörder noch einmal anrufen wollte. Ich sprang auf und stürzte auf Nolans Schreibtisch zu, der verblüfft von seinem Papierkram aufsah. Ich starrte auf den Wust von Worten um ihn herum, und für einen Moment hatte ich das Gefühl, als könnte ich nicht mehr lesen.

»Nolan, der Mörder hat mich eben angerufen«, sprudelte es aufgeregt aus mir heraus. Ich sah, wie ein paar Reporter und Redakteure ihre Köpfe hoben und mich anstarrten. Ich grinste und fuchtelte mit den Händen aufgeregt durch die Luft, als könnte ich durch diese Bewegung meine Gedanken schneller durch meine Gehirnwindungen und über meine Lippen scheuchen. »Er wird gleich noch mal anrufen. Ich brauche unbedingt ein Tonbandgerät – Sie wissen schon, eines von den Dingern, deren Mikrophon man direkt am Hörer anbringen kann. Ich muß dieses Gespräch unbedingt auf Band aufnehmen, ohne daß es dieser Kerl merkt.« Ich beobachtete, wie nach einem kurzen Augenblick der Verblüffung ein breites Grinsen Nolans Gesicht überzog.

»Sind Sie auch sicher, daß es wirklich der Mörder ist?«

»Ja.« Ich versprach ihm, daß ich ihm den genauen Sachverhalt später erklären würde – der Zeitpunkt des Anrufs rückte immer näher. Nolan nickte, und dann rannten wir in die Bibliothek, wo wir ein Tonbandgerät aus einem Schrank holten. Wir stellten es neben meinem Schreibtisch auf, und während ich das Gerät an mein Telefon anschloß, war ich gleichzeitig damit beschäftigt, Nolans aufgeregte Fragen zu beantworten. Er wollte immer noch wissen, ob der Anrufer auch tatsächlich der Mörder war. Ich schilderte ihm in groben Zügen den Verlauf unseres Telefongesprächs und hielt ihm meine hastig hingeworfenen Aufzeichnungen hin. Er studierte sie eindringlich und sah mich dann mit gerunzelter

Stirn an. Er wollte vor allem wissen, was es mit dieser Gesäßtasche auf sich hatte. Als ich ihm darauf von meinem Poker um diese Information erzählte, den ich mit den beiden Detektiven geführt hatte, blickte ich immer wieder nervös zur Uhr hoch. Der Minutenzeiger rückte der Dreißig-Minuten-Grenze immer näher. Ich hörte, wie Nolan mehr zu sich selbst »Nummer eins« murmelte und den Kopf schüttelte.

Die halbe Stunde war um. Der Minutenzeiger war das letzte Stück auf dem Ziffernblatt weitergerückt.

Währenddessen huschte der Sekundenzeiger geschäftig weiter an den einzelnen Strichen vorbei. Zehn Sekunden. Zwanzig Sekunden.

Das Telefon klingelte.

Ich warf Nolan einen kurzen Blick zu, worauf er nickte. Ich drückte die Aufnahmetaste und nahm den Hörer ab. »Anderson«, meldete ich mich leise.

»Hallo«, drang die Stimme des Mörders aus dem Hörer. »Sie haben sich bestimmt Sorgen gemacht, ich könnte nicht mehr anrufen.«

»Ich war mir dessen zumindest nicht ganz sicher.«

Er lachte. »Tja, Gewißheit ist in letzter Zeit eine sehr seltene Sache auf unserer Welt geworden.«

Er zögerte kurz.

»Haben Sie mit den Detektiven gesprochen?« fragte er dann.

»Ja, ich habe sie wegen der rechten Gesäßtasche gefragt.«

»Und?«

»Warum verraten Sie mir nicht, was ich von ihnen erfahren habe?«

»Ah, Sie sind ja ein ganz Schlauer!« Wieder dieses kurze, eisige Lachen, das ich zunehmend bedrohlicher fand, je öfter ich es hörte. »Na gut«, fuhr er fort. »Im Grunde genommen kann ich Ihre Vorsicht ja durchaus verstehen. Bei dem Gegenstand, den die Polizei in der rechten Gesäßtasche der jungen Dame entdeckt hat, handelt es sich um ein mehrfach zusammengefaltetes Blatt Papier – ganz normales Schreibmaschinenpapier. Und auf dieses Blatt Papier waren zwei Worte geschrieben. Diese Worte waren *Nummer eins*. Ist das richtig?«

»Genau das haben sie gesagt.«

»Sind Sie jetzt endlich zufrieden?«

»Ja.«

»Sehr gut. Dann können wir ja nun endlich weitermachen.«

»Was wollen Sie eigentlich?« fragte ich.

Die Stimme stockte; aus dem Hörer drang ein heftiges Atemgeräusch. Offensichtlich legte der Mann am anderen Ende der Leitung sich eine Antwort zurecht. Als ich Nolan einen kurzen Blick zuwarf, starrte dieser wie gebannt auf das Tonbandgerät. Erst jetzt wurde mir bewußt, daß er den Mörder nicht hören konnte.

»Ich brauche Sie«, ertönte schließlich die Stimme wieder. »Sie – und Ihre Zeitung.«

»Das verstehe ich nicht ganz.«

»Die Leute sollen begreifen.«

»Was sollen sie begreifen?«

»Weshalb es eine Nummer eins gegeben hat. Und weshalb es eine Nummer zwei geben wird – und eine Nummer drei und vier und fünf und sechs . . . aber was rechne ich Ihnen hier lange vor; Sie können doch selbst zählen.«

Ich griff nach einem Stift und schrieb auf meinen Notizblock: *Er plant weitere Morde.* Dann schob ich den Block Nolan zu, der kurz auf das Geschriebene starrte. Er nahm mir den Bleistift aus der Hand, schrieb *Warum?* darunter und unterstrich es dreimal.

»Welche Gründe haben Sie dafür?« fragte ich.

Er schwieg erneut eine Weile, um nachzudenken. Dann begann er mit ruhiger, tiefer Stimme zu sprechen.

»Als ich ein kleiner Junge war, lebten wir in Ohio auf dem Land. Die Farben, welche in unserer Umgebung vorherrschten, waren Grün und Braun. Ich kann die Felder im Frühling noch ganz deutlich vor mir sehen – Hektar um Hektar tiefbrauner Erde, von riesigen Traktoren mit ebenso riesigen Pflügen zu mächtigen Furchen aufgeworfen. Manchmal blieb ich auf dem Heimweg von der Schule stehen, um den Farmern auf ihren schweren Maschinen zuzusehen, wie sie in endlosen Reihen ihre Bahnen über die weiten Felder zogen und sich dabei immer wieder nach den Furchen, die sie hinter sich aufwarfen, umdrehten, als vermöchten sie daraus die Zukunft zu lesen.

Das war eine sehr sinnliche Zeit damals, während der Aussaat; die Bäume schlugen aus, und das Grau und Schwarz des Winters wich überall dem Sprießen neuen Lebens. Die Luft war warm, und ich beobachtete alles um mich herum sehr genau, während ich darauf wartete, daß die Zeit der Aussaat zu Ende ging. Ich kann jetzt noch das ferne Brummen der schweren Landmaschinen hören, wenn sie auf den Feldern unablässig ihre Bahnen zogen.

Wir lebten damals in einem kleinen Haus, nicht weit von einer großen Farm. Die Haltestelle des Schulbus lag etwa eine Meile entfernt, so daß ich jedesmal ein gutes Stück zu Fuß zu gehen hatte.

Wir waren nur zu dritt – meine Mutter, mein Vater und ich. Er war Lehrer und unterrichtete in der Schule, die auch ich besuchte; allerdings hatte er eine höhere Klasse. In unserem Haus gab es nur zwei Schlafzimmer, und ich kann mich noch erinnern, wie ich nachts im Bett dem Geräusch des einlaufenden Badewassers lauschte und mir vorzustellen versuchte, ob es nun meine Mutter oder mein Vater war, der gerade in das heiße Naß stieg. Er hat mich ständig geschlagen, als Strafe für meine wirklichen Vergehen und für die, welche er sich nur einbildete. Er war ein kleiner, drahtiger Mann – muskulös. Allerdings sah er nicht gerade wie ein Lehrer aus – schon eher wie einer der Farmarbeiter. An den Abenden saß er im Wohnzimmer und las, und zwar fast ausschließlich große Werke der Weltliteratur wie Tolstoi, Dostojewski, Dickens, Melville. Gelegentlich blickte er von seiner Lektüre auf und las uns eine Passage laut vor.

Und danach sah er mich ausnahmslos eindringlich und prüfend an und ließ mich die eben gehörten Worte wiederholen, um mein Erinnerungsvermögen auf die Probe zu stellen. Wenn er mich züchtigte, geschah dies immer in der Küche. Er hatte eine Art alten Rohrstock, vermutlich ein Relikt inzwischen überholter Unterrichtsmethoden. Meine Mutter stand am Herd – oft rührte sie in den Töpfen mit dem Abendessen – und beobachtete uns, ohne jedoch etwas zu sagen. Mein Vater ließ mich dabei immer wieder laut die Natur meines Vergehens wiederholen: Ich bin zu spät nach Hause gekommen; ich habe mit Freunden gespielt, mit denen mir der Umgang untersagt ist; ich habe irgend etwas angestellt – Sie wissen ja, was man sich als kleiner Junge so zuschulden kommen läßt.

Er sagte mir immer schon im voraus, wie oft er mich schlagen würde. Ich bekam allmählich ein sehr genaues Gefühl dafür, wieviel ich aushalten konnte, wie weit die Grenzen meiner physischen Belastbarkeit gingen. In diesem Zusammenhang wurde es mir zur Gewohnheit, zuvor immer erst abzuwägen, ob mir die Tat die

Strafe wert war, für den Fall, daß ich dabei ertappt wurde. Mein Vater führte die Schläge mit maschinenmäßiger Gleichmäßigkeit aus – immer mit derselben Stärke und Intensität. Gleichzeitig ließ er mich laut mitzählen. Er war ein sehr strenger Mann. In seiner Stimme schwingt auch heute noch dieser ständige mißbilligende Unterton mit. Wenn er mich schlug, sah ich aus dem Küchenfenster, und ich kann mich noch erinnern, daß ich dabei immer zu einem Baum aufblickte, durch dessen Zweige man den Himmel erkennen konnte. Die Schläge schienen weniger zu schmerzen, wenn ich mich von meiner Fantasie in das Blau, Grau, Schwarz oder welche Farbe der Himmel gerade hatte, davontragen lassen konnte.

Am härtesten wurden meine Züchtigungen in dem Sommer, in dem ich dreizehn wurde; die Zahl und die Heftigkeit seiner Schläge nahmen zu, seine Stimme wurde noch schneidender. In diesem Sommer wuchs ich ihm über den Kopf; ich war mit einem Mal größer und breiter als er, und auch meine Stimme wurde tiefer als die seine. Eines Tages, als er wieder einmal seinen Rohrstock gegen mich hob und mich strafend ansah, trafen sich unsere Blicke, und ich sagte: ›Jetzt ist es genug.‹ Worauf er den Stock beiseitelegte und nickte. Ich glaube, das war das erste Mal, daß er Angst vor mir bekam. Als ich meine Mutter ansah, lächelte sie und sagte mit ihrer leisen Stimme: ›Gut so.‹

Nachdem ich an jenem Abend zu Bett gegangen war, lauschte ich auf das Geräusch des Badewassers. Aber an diesem Abend wurde kein Wasser eingelassen. Ich schlief tief und fest, bis ich im Morgengrauen aus einem Alptraum hochschreckte. Ich kann mich noch heute an diesen Traum erinnern: Mein Vater schlug mich wieder einmal, von Mal zu Mal härter und fester; gleichzeitig wurde er mit jedem Schlag größer. Ich verspürte eine fürchterliche, verzehrende Angst in diesem Traum, als könnte ich nicht mehr atmen, als würde mir mit jedem Schlag systematisch die Luft aus den Lungen geprügelt, so daß ich schließlich ersticken würde, während meine Mutter liebevoll zusah.

Am darauffolgenden Nachmittag trödelte ich auf dem Nachhauseweg und kam zu spät zum Abendessen. Mein Vater schrie und tobte und schimpfte, ohne jedoch nach seinem Rohrstock zu greifen. Mich überkam ein Gefühl, als fehlte mir etwas, als hätte ich mit meiner Bestrafung gerechnet; und so seltsam es klingen mag, verspürte ich damals tatsächlich so etwas wie Bedauern, daß mein Vater mich nicht schlug. Also tat ich während der nächsten Tage absichtlich ein paar Dinge, für die ich bis dahin unweigerlich bestraft worden war.

Doch ohne Erfolg. Es war, als hätte ich damit meine Kindheit ganz plötzlich hinter mir zurückgelassen. Danach schlief ich nur noch sehr schlecht. Das Dunkel der Nacht gebar nun unweigerlich die schrecklichsten Alpträume; die Laken feucht und kalt, schreckte ich schweißüberströmt aus dem Schlaf hoch. Dann lag ich manchmal endlos lange wach und lauschte mit weit aufgerissenen Augen in das Dunkel. Jedes noch so leise Geräusch erschien in meinen Ohren wie ein entsetzlicher Aufschrei. Selbst als wir dann in die Stadt zogen, wich diese Ruhelosigkeit nicht mehr von mir. Manchmal hatte ich des Nachts das Gefühl, als könnte ich meinen eigenen Körper wachsen hören, und ich gab mir alle Mühe, dieses Gefühl zu verdrängen. Auch die Alpträume versuchte ich von mir fernzuhalten.

Später teilten sie mich mit Vorliebe während der finstersten Nachtstunden für einen Horchposten ein, da der Lieutenant wußte, daß ich kaum einschlafen würde und daß vor allem meine Ohren das leiseste Geräusch wahrzunehmen vermochten. Und auf diese Weise trug ich dazu bei, den anderen zu einem ruhigeren Schlaf zu verhelfen, da sie sich darauf verlassen konnten, daß mir kein verdächtiges Geräusch entgehen würde, wenn zum Beispiel ein feindliches Kommando auf unser Lager zuzuschleichen versucht hätte.

Die Füße ausgestreckt, den Kopf in den Nacken zurückgesunken, lehnte ich mit dem Rücken gegen die Wand des Erdlochs und lauschte. Die meiste Zeit starrte ich zum Himmel hoch. Ich weiß noch, wie eigenartig ich es damals fand, daß der Himmel dort genauso aussah wie damals vor vielen Jahren und Tausende von Meilen entfernt in Ohio. Hin und wieder drehte ich mich langsam in meinem Schützenloch herum – genauso, als läge ich zu Hause in meinm Bett –, um dann weiter in das Dunkel der Verteidigungslinie hinauszustarren. Für die anderen schien der Dschungel nachts immer voller Leben und Bewegung. Für mich strahlte er jedoch eine unnachahmliche Ruhe aus. Ich hatte auch keine Angst, was man von den anderen nicht hätte behaupten können. Mir machten diese nächtlichen Wachen regelrecht Spaß, und hin und wieder fuhr ich zärtlich über den Lauf meines Gewehrs, während ich auf der Lauer lag.

Ich verspürte damals ein herrliches Gefühl des Friedens. Ich glaube, das war das Paradoxe an der ganzen Situation: Was den anderen Angst einjagte, übte auf mich eher eine beruhigende Wirkung aus. Jedenfalls bin ich im nachhinein zu dieser Auffassung gelangt. Ich weiß noch gut, daß ich später, als es wirklich losging, das Gefühl hatte, als wäre das Ganze lediglich ein Teil eines Spiels, einer Theateraufführung. Mir erschien das Grauen, das sich meinen Augen darbot, nicht wirklich. Doch darauf möchte ich später noch ausführlicher zu sprechen kommen. Jedenfalls war dies der Zeitpunkt, an dem ich den Entschluß faßte, daß ich irgend etwas tun mußte. Sie fragen vielleicht, warum? Nun, ich will es Ihnen sagen. Das Ganze ist nur Theater, ein Schauspiel. Und es soll für jeden, der hier in dieser sonnendurchfluteten Stadt lebt, eine Chance sein, einen Eindruck von dieser nächtlichen Leere zu gewinnen, von diesem Alptraum.

Wollen Sie wissen, wer ich bin? Ich werde es Ihnen sagen. Ich bin das schlechteste Wesen auf Gottes Erdboden.«

An diesem Punkt brach er ab.

Sein Atem ging regelmäßig, seine Stimme hatte sich kaum verändert. Für einen Moment suchte ich nach einer Antwort, einer Frage, um jedoch rasch aufzugeben und statt dessen nur noch dem leisen Summen des Tonbands zu lauschen. Gemächlich und unbeirrt drehten die Spulen sich weiter.

»Warum erzählen Sie mir das alles?« fragte ich schließlich.

»Sie sollen mein Sprachrohr sein.« Die Stimme war deutlich, ruhig, bestimmt. »Meine Worte werden durch Ihre Artikel sicher in der ganzen Stadt weite Verbreitung finden. Willkommen«, er machte eine kurze Pause, »an den Parametern eines schrecklichen Alptraums.«

5

Neuerlich beherrschte Stille die Leitung. Nur sein Atem war zu hören. Bevor ich etwas sagen konnte, begann jedoch er wieder zu sprechen.

»Versuchen Sie sich doch kurz vorzustellen, wie es für das erste Opfer gewesen sein muß – die Tiefe und Intensität der Gefühle, die das Mädchen während seiner letzten Stunden durchlebt haben muß. Wir haben miteinander gesprochen – sie und ich. Wir haben sogar gemeinsam geweint. Es gab Momente, in denen ich mir wünschte, diese Nacht würde nie ein Ende nehmen.

Am Anfang hatte sie, glaube ich, nur etwas Angst; zumindest hatte sie sich erstaunlich gut unter Kontrolle. Sie wollte wissen, wohin ich sie brächte, und ihr stockte kurz der Atem, als ich ihr sagte, zu einem Platz, an dem wir ungestört wären. Ich nehme an, sie dachte, daß ich sie vergewaltigen wollte. Deshalb versicherte ich ihr, daß ich sie nicht anrühren würde und daß ich mich lediglich mit ihr unterhalten wollte. Das schien sie etwas zu beruhigen, denn sie sagte für eine Weile nichts mehr. Dann bat sie mich, ich sollte ihr die Fesseln um ihre Handgelenke lösen; aber ich erklärte ihr, das ginge nicht, weil ich dazu noch nicht genügend Vertrauen zu ihr hätte; aber später würde ich vielleicht in diesem Punkt mit mir reden lassen. Sie wollte wissen, ob das eine Entführung sei. Das bejahte ich. In gewisser Weise stimmte es ja auch, und außerdem dachte ich, es würde sie etwas beruhigen, wenn sie sich ein ungefähres Bild von dem machen konnte, was sie erwartete. Ich fuhr mit ihr durch die Nacht. Obwohl der Wagen keine Klimaanlage besaß, hatte ich die Fenster hochgekurbelt. Trotzdem konnte ich die Nachthitze, eine unheimliche Art von Hitze, durch die Fenster ins Wageninnere dringen spüren. Es war, als würfe die Straßenbeleuchtung groteske Gestalten über die Fahrbahn; sie schienen so real, daß ich mich richtig beherrschen mußte, ihnen nicht auszuweichen.

Als wir dann anhielten – an einer einsamen Stelle, nicht weit vom Strand, damit sie das Meer riechen könnte, von dem ich annahm, daß es einen tröstlichen Effekt auf sie ausüben würde –, fragte sie mich, weshalb ich das täte, worauf ich ihr erklärte, daß dies erst der erste Akt eines längeren Schauspiels wäre. Sie verstand nicht recht, was ich meinte; vermutlich drückte ich mich ziemlich abstrakt aus, so daß sie in ihrer Panik Schwierigkeiten hatte, meinen Gedankengängen zu folgen. Dennoch ließ sie nicht locker; sie stellte mir andauernd Fragen und drängte mich, mich klarer auszudrücken. Mein Gott, wie schön sie war, als sie gegen die Seite des Wagens gelehnt auf dem Boden saß und ihren Kopf meiner Stimme zuneigte, um mich besser verstehen zu können. Und gleichzeitig war sie sich ständig der Gegenwart des Ozeans bewußt.

Und in dieser Situation überfiel mich eine unerbittliche Ruhe, und wieder kamen mir Tränen. Ich fragte mich, ob wohl alle Opfer so gefaßt sein würden. Ich begann zu weinen, und auch ihr kamen die Tränen. Sie versuchte sogar, mich etwas zu trösten. Als ich ihr dann vom Krieg erzählte, kam sie auf ihren Bruder zu sprechen, der etwa zur gleichen Zeit wie ich in Vietnam gewesen war. Wir unterhielten uns übers Erwachsenwerden. Ich weiß noch, wie wir beide lachen mußten, als sie behauptete, daß Eltern, wie verständnisvoll sie auch sein mochten, immer irgendwie lästig waren, weil sie einem ständig auf die eine oder andere Weise dreinredeten. Ich konnte ihr in diesem Punkt nur zustimmen. Sie war überhaupt eine erstaunliche junge Frau, so daß ich sogar schon in Erwägung zog, von meinem Vorhaben abzulassen.

Aber nachdem ich schon einmal angefangen hatte, konnte ich nicht mehr aufhören.«

An diesem Punkt verstummte die Stimme wieder, als ließe er noch einmal die Erinnerungen jener Nacht an sich vorbeiziehen. Ich hatte während seiner Schilderungen die ganze Zeit an all die einsamen, verlassenen Stellen am Meer gedacht, die er aufgesucht haben könnte. Doch es gab Tausende von Plätzen, die hierfür in Frage gekommen wären.

»Wissen Sie, genau die Gefühle, die mich so weit brachten, daß ich mein Vorhaben, sie zu töten, aufgeben wollte, waren dieselben, die mir schließlich zu Bewußtsein brachten, daß ich mit diesem Mädchen die ideale Wahl getroffen hatte. Ich weiß noch, wie ich angesichts dieses Gedankens nachdenklich den Kopf schüttelte. Ich bin dann ans Wasser hinuntergegangen und habe meine Hand hineingestreckt. Es fühlte sich warm an, wie ein nächtliches Bad. Träge konnte ich die Wellen sich am Strand brechen hören; über der Bucht lag ein leises Rauschen. Die Lichter der Stadt und die Lichter des Himmels, der Mond und die Sterne, brachen sich auf dem Wasser. Ich ging wieder zum Wagen zurück und setzte mich ihr gegenüber, um sie im Dunkel zu beobachten. Ich glaube, daß sie mich im Finstern nicht sehen konnte; jedenfalls machte sie ein paar schwache Anstrengungen, sich von ihren Fesseln zu befreien.

Ich wartete bis kurz vor Tagesanbruch. In Vietnam war das die Zeit, zu der alle immer am meisten Angst hatten; als typische Tagmenschen wiegten wir uns in der meiner Ansicht nach trügerischen Sicherheit des Tageslichts. Jedenfalls konnten wir es gar nicht erwarten, bis es hell wurde. Die Australier – wußten Sie eigentlich, daß sie auch Truppen in Vietnam stationiert hatten? Jedenfalls hatten die Australier unmittelbar vor Tagesanbruch immer höchste Alarmbereitschaft. Alle Mann waren auf den Beinen und suchten in voller Bewaffnung die Verteidigungslinie ab.

Und sie bekamen auch nie eine aufs Dach.«

Seinen Erinnerungen nachhängend, schwieg er kurz.

»Durch das letzte Dunkel der Nacht fuhren wir dann zu dem Golfplatz. Ich glaube, das beunruhigte sie etwas, da sie wissen wollte, was ich dort vorhätte. Ich glaube, sie bekam wieder Angst, daß ich sie doch vergewaltigen wollte, weshalb ich ihr erneut das Gegenteil versicherte. Als wir dann die Stelle im Gestrüpp erreichten, wo ihre Leiche gefunden wurde, ließ ich sie mit dem Gesicht nach Osten niederknien. Ich erklärte, daß ich wollte, daß sie die Sonne aufgehen sah; es würde wie eine Explosion von Licht sein, sagte ich ihr. Als sie dann auf dem Boden kniete, holte ich die Fünfundvierziger heraus und zielte von schräg unten auf ihren Hinterkopf, damit ihr nicht der ganze Kopf weggerissen wurde; ich wollte, daß der Ausdruck auf ihrem Gesicht erhalten blieb. Dann sagte ich zu ihr: ›Schau, die Sonne geht auf.‹ Und als sie den Kopf vorstreckte, um besser sehen zu können, drückte ich ab.

Sie hat absolut nichts gespürt. Dessen bin ich völlig sicher. Und sie hatte am Ende auch keine Angst mehr.«

Er dachte kurz nach. »Vielleicht hätte sie mir sogar vergeben, wenn sie es gewußt hätte.«

Darauf wurde es neuerlich still.

»Als ich dann Ihren Artikel las – über ihre Eltern und wer sie war, wurde mir klar, daß ich enormes Glück gehabt hatte. Durch einen glücklichen Zufall hatte ich mit meinem ersten Opfer die perfekte Wahl getroffen.«

Ich begann zu sprechen. »Wie haben Sie sie . . .«

»Alles schön der Reihe nach«, bremste er meinen Eifer. »Sie ging auf der Straße, und ich hielt an, als wollte ich sie nach dem Weg fragen. Es war ganz einfach, sie in den Wagen zu zerren und zu fesseln.«

Mein Kopf war mit einem Mal leer von Gedanken. Die Worte und Bilder, welche der Mörder mit seiner Erzählung heraufbeschworen hatte, verflüchtigten sich in der Stille, die nun wieder aus der Leitung drang. Nach mehreren Sekunden brachte ich schließlich hervor: »Ich verstehe das Ganze trotzdem nicht.«

»Ich glaube, diese Geschichte ist für jeden nur sehr schwer zu verstehen.« Er dachte kurz nach. »Während der Zeit in Vietnam gab es ein paar Momente, in denen jedes Denken einfach außer Kraft gesetzt war, da ich von einer wilden, unzähmbaren Triebhaftigkeit gelenkt wurde. Das kann ich im Augenblick noch nicht so recht in Worte fassen.

Jedenfalls hat diese Erfahrung sich über all die Jahre hinweg wie ein Krebs in meinem Kopf festgesetzt. Man denkt dabei an die üblichen Gefühle wie Leid, Trauer, Schuld, was auch immer. Aber keines davon konnte diese Eindrücke vertreiben. Sie waren wie die Alpträume, die ich als Kind hatte, nur daß sie wirklich waren und mich im Wachzustand quälten.

Und dann sah ich in diesem Frühling, in der Zeit des Erwachens, im Fernsehen, wie dort drüben plötzlich die Hölle losbrach. Ich sah nichts anderes mehr als die verzweifelt strampelnden Beine der Männer und Frauen, die sich an die Landekufen der Hubschrauber klammerten, um sich von ihnen in die Freiheit bringen zu lassen. Ich beobachtete, wie das Land aufgegeben wurde. Und als ich im Fernsehen die angstverzerrten Gesichter sah, kam das ganze Entsetzen wieder in mir hoch.

Keiner kann sich das wirklich vorstellen, dachte ich. Niemand begreift so richtig, was dort drüben vor sich geht. Für die anderen ist das nichts weiter als ein Fernsehbericht, eine Schlagzeile oder ein grobkörniges Funkfoto in der Zeitung.

Und an diesem Punkt beschloß ich dann, diesen Leuten einen Eindruck von meinem Entsetzen zu vermitteln, diesem selbstgefälligen Pack, das mich völlig umsonst in diese Hölle hinübergeschickt hatte.

Und genau das ist es, worum es hier geht.«

Er lachte.

»Aber nun genug für heute. Sie werden nach Nummer zwei wieder von mir hören.«

»Warten Sie noch einen Moment«, versuchte ich, ihn zurückzuhalten.

Aber er hatte bereits aufgehängt.

Ich legte ebenfalls den Hörer auf die Gabel zurück und schaltete das Tonbandgerät aus. Die meisten der anwesenden Reporter hatten sich mir zugewandt. Ich rutschte auf meinem Stuhl ein Stück zurück, während in meinem Kopf ein kunterbunter Wirrwarr von Satzfetzen aus meinem Gespräch mit dem Mörder durcheinanderschwirrte.

Nach einem kurzen Blick auf das Tonband deutete Nolan auf die Tür zum Sitzungszimmer, das sich an die Nachrichtenredaktion anschloß. Kein Mensch sagte etwas, während wir darauf zugingen. Für einen Moment fiel mein Blick durch die Fenster der Nachrichtenredaktion. Die Sonne heizte die Stadt mit tropischer Glut auf, und die weißen Bauten der Innenstadt warfen das blendend grelle Licht in unzähligen kleinen Explosionen zurück. Währenddessen erwachte die Redaktion hinter mir langsam wieder zum Leben.

Ich spürte, wie ich meine Gefühle im Zaum hielt. Während Nolan in dem leeren Sitzungszimmer die Tonbandaufnahme abhörte, schritt ich unruhig auf und ab und legte mir in Gedanken bereits die Worte für den nächsten Artikel zurecht. Nolans Kinn war tief auf seine Brust hinabgesunken, als wollte er sich noch stärker in sich zurückziehen und die Worte noch tiefer in sich eindringen lassen, während er der Stimme des Mörders aus dem Lautsprecher des Abspielgeräts lauschte. Hin und wieder griff er nach einem Bleistift, um sich ein paar Notizen zu machen. Ich dagegen war in Gedanken bereits bei meinem Artikel für die nächste Ausgabe, und die Worte aus dem Tonband drangen kaum mehr in mein Bewußtsein vor. Aufgeregt wartete ich auf eine Reaktion von seiten Nolans. Endlich ertönte das leise Klicken, das anzeigte, daß der Mörder den Hörer aufgelegt hatte; darauf folgte nur noch ein leises, gleichmäßiges Summen.

»Das ist ja ein Ding.« Nolan richtete sich langsam wieder in seinem Stuhl auf.

Auf den Hinterbeinen des Stuhls schaukelnd, streckte er sich nach hinten und verschränkte die Hände im Nacken. Als er langsam ausatmete, war der Raum ganz von dem leisen Zischen der entweichenden Luft erfüllt. Er steckte sich eine Zigarette an und ließ seine Blicke nachdenklich dem aufsteigenden Rauch folgen.

»Das wird keine leichte Entscheidung werden«, erklärte er schließlich.

»Was heißt hier: ›keine leichte Entscheidung‹?« platzte ich heraus. »Meine Güte! Was soll es hier schon groß zu entscheiden geben? Wir müssen auf jeden Fall einen großaufgemachten Artikel über die Sache bringen. Ich meine, Sie haben diesen Burschen doch selbst gehört und was er da eben für eine Geschichte erzählt hat. Die ganze Stadt wird kopfstehen, wenn unsere Leser erfahren, was dieser Kerl zu sagen hat.«

»Genau das ist doch der springende Punkt.«

»Herr im Himmel, Nolan, so eine Story können wir doch nicht zurückhalten.«

»Von Zurückhalten war ja auch nicht die Rede.« In Nolans Stimme schlich sich ein gereizter Unterton. »Ich fände es nur besser, wenn sie Ihren Enthusiasmus etwas zügeln könnten.«

»Ich . . .«, setzte ich aufgebracht an, um mich dann aber doch zurückzuhalten.

Ich wartete einen Augenblick, währenddessen ich den Rauch von Nolans Zigarette beobachtete, wie er zur Zimmerdecke hochstieg. Und dann holte ich erst einmal tief Luft und versuchte, meiner Stimme einen möglichst neutralen Ausdruck zu verleihen. »Also, ich finde, wir sollten uns keinen Zwang antun und die Story einfach bringen.«

»Natürlich werden wir sie bringen«, brummte Nolan. »Das ist nicht das Problem. Die Frage ist nur: wie?«

»Was wollen Sie eigentlich, Nolan? Das ist doch nichts weiter als eine Superstory.«

»Ganz richtig. Eine Superstory – die beträchtliche Folgen nach sich ziehen wird.« Er verstummte neuerlich für eine Weile, um nachzudenken. Schließlich schüttelte er den Kopf. »Tja, genau das ist, glaube ich, der springende Punkt. Ich wünschte wahrhaftig, die Sache wäre so simpel, wie Sie sie sehen.«

Bevor ich darauf noch etwas erwidern konnte, klingelte das Telefon im Sitzungszimmer. Nolan riß den Hörer von der Gabel und drückte ihn gegen sein Ohr. Nachdem er kurz hineingehört hatte, wandte er sich mir zu. »Ihre Freunde Martinez und Wilson wünschen Sie zu sprechen. Sie sind mit ihrem – wie heißt er doch gleich wieder? – Chef hier.« Dann sprach er wieder ins Telefon: »Halten Sie sie noch eine Weile hin. Sagen Sie ihnen, wir hätten gerade eine wichtige Besprechung, und es würde noch zehn, fünfzehn Minuten dauern, bevor wir sie empfangen können. Bringen Sie ihnen Kaffee und halten Sie sie irgendwie bei Laune. Versichern Sie ihnen, daß wir auf jeden Fall mit ihnen sprechen werden, aber daß es eben noch ein Weilchen dauern wird. Und seien Sie vor allem freundlich zu ihnen.«

Dann wandte er sich wieder mir zu. »Inzwischen beginnen die Ereignisse sich zu überstürzen. Ich werde das Tonband zur Chefetage raufbringen, damit die Herren sich das Ganze mal anhören können. Sie können währenddessen schon mal in groben Zügen Ihren Artikel entwerfen. Tippen Sie zuerst Ihre Notizen von dem ersten Telefongespräch ab. Das zweite werde ich von einer Sekretärin nach der Tonbandaufnahme tippen lassen, damit wir das Ganze schriftlich vorliegen haben. Trotzdem glaube ich, daß wir es nicht veröffentlichen werden.«

Als ich das erste Telefongespräch zu Papier gebracht hatte, sah ich die zwei Detektive mit einem untersetzten Mann durch die Nachrichtenredaktion eilen. Martinez, der als letzter ging, winkte mir kurz zu. Wenige Sekunden, nachdem sie im Büro des Chefredakteurs verschwunden waren, kam einer der für den Lokalteil zuständigen Redakteure auf mich zu und forderte mich auf, ihnen zu folgen.

Ich wurde von Nolan und vom Chefredakteur vor dessen Büro in Empfang genommen. Durch die offene Tür konnte ich die Detektive auf der Ledercouch im Büro des Chefredakteurs sitzen sehen. Sie schienen sich etwas unbehaglich zu fühlen. »Kommen Sie«, forderte mich Nolan auf, worauf wir dem Chefredakteur in einen anschließenden Raum folgten. Der Chefredakteur – er schloß die Tür hinter uns – war ein kleiner Mann, der sein dichtes, graues Haar streng nach hinten gekämmt hatte. Seine Brille ruhte auf seiner Nasenspitze, und wenn er in Aufregung war, sah er einen über den Rand seiner Brille hinweg an, als wollte er sagen, daß er einen aus einem völlig anderen Blickwinkel betrachtete. Unter den Reportern genoß er den Ruf, ebenso unerbittlich zu sein, wenn es um die Veröffentlichung eines Artikels ging, wie er seiner

Belegschaft gegenüber kulant war. In der Regel ließ er es sich nicht nehmen, einem Reporter zu einer guten Story ausdrücklich zu gratulieren. Diese kurzen Augenblicke, die einen in ihrer Intensität fast ein wenig verlegen machen konnten, bedeuteten den Reportern und seinen sonstigen Mitarbeitern sehr viel.

Und nun ließ er seinen lächelnden Blick auf mir ruhen. »Wenn ich mir diese etwas klischeehafte Ausdrucksweise erlauben darf«, erklärte er, »dann scheinen wir hier einen ganz dicken Fisch am Haken zu haben.« Nolan lachte, und auch ich konnte mir ein Schmunzeln nicht verkneifen. »Aber nun zur Sache«, fuhr der Chefredakteur fort. »Ich hätte da noch ein paar Fragen. Haben Sie dem Mörder je zugesichert, seine Identität geheimzuhalten, nicht mit der Polizei zu sprechen oder den Inhalt Ihrer beiden Gespräche streng vertraulich zu behandeln?«

»Nein«, antwortete ich.

»Dann wäre da nur noch eine mögliche Hürde«, fuhr der Chefredakteur erleichtert fort. »Haben Sie ihm je versprochen, einen Artikel über ihn zu schreiben oder ihn in irgendeiner Weise zu zitieren?«

»Nein. Er hat mich sowieso kaum zu Wort kommen lassen. Jedenfalls konnte ich mich nicht ganz des Eindrucks erwehren, daß er stillschweigend davon ausging, wir würden den Inhalt der beiden Gespräche für uns behalten.«

»Tja«, lächelte der Chefredakteur, »damit sollte er durchaus recht behalten haben.«

»Haben Sie etwas dagegen, mit der Polizei zusammenzuarbeiten?« schaltete sich nun Nolan in das Gespräch ein.

»Nein«, entgegnete ich. »Zumindest nicht bis zu einem gewissen Grad.«

Nolan nickte. »Das gilt im gleichen Maß auch für mich.«

Der Chefredakteur schüttelte nachdenklich den Kopf. »Wir benötigen erst noch etwas Zeit, um uns über eine Reihe von wichtigen Entscheidungen klarzuwerden. Eine werde ich allerdings wohl oder übel jetzt auf der Stelle fällen müssen. Wir werden den Detektiven eine Abschrift der Tonbandaufnahme aushändigen – freilich unter der Bedingung, daß sie unter keinen Umständen der Konkurrenz zukommen darf. Wenn diese Story veröffentlicht wird, dann nur von uns.« Er wandte sich mir zu. »Wir sind doch auf diese Detektive angewiesen, oder nicht?«

»Natürlich. Sie tragen die Verantwortung«, nickte ich. »Sie könnten uns für den Fall, daß der Mörder noch einmal zuschlägt, ohne weiteres wichtige Informationen vorenthalten.«

»Ganz richtig«, nickte er. »Genau das habe ich auch gedacht. Also gut.« Er klatschte wie ein Grundschullehrer in die Hände. In seinem Fall war dies jedoch eine Geste angespannter Erwartung. »Dann wollen wir mal sehen, was bei unserer Roßtäuscherei herauskommt. Aber vergessen Sie eines nicht: Machen Sie auf keinen Fall den Mund auf, bevor Sie nicht mit mir Rücksprache gehalten haben.«

Ich nickte den zwei Detektiven kurz zu; ihrem Chef schüttelte ich die Hand. Nach einem kurzen Moment angespannten Schweigens fragte der Chefredakteur die Herren von der Polizei geradeheraus, was sie wollten.

»Wir hätten gern eine Aussage Ihres Reporters da zu Protokoll genommen«, erklärte der Chef der Detektive. »Außerdem hätten wir gern Einblick in seine sämtlichen Aufzeichnungen. Und vor allem möchten wir Sie natürlich um Ihre uneingeschränkte Unterstützung bitten; wir ermitteln hier schließlich in einem Mordfall, und ich sehe nicht im geringsten ein, weshalb wir uns deshalb an die Staatsanwaltschaft wenden sollten, um von dort eine gerichtliche Vorladung zu erwirken.«

Der Chefredakteur richtete sich zu voller Größe auf und nickte. »Dafür sehe auch ich keine Notwendigkeit. Allerdings können wir Ihnen auf keinen Fall irgendwelche Aufzeichnungen ausliefern. Lassen Sie mich dazu gleich noch etwas sagen, bevor Sie sich unnötig aufregen. Es ist uns gelungen, ein zweites Telefongespräch mit dem Mörder auf Band aufzunehmen. Wir werden Ihnen für Ihre Ermittlungen eine Kopie dieser Bandaufnahme zur Verfügung stellen – allerdings nur, wenn Sie Ihrerseits auf bestimmte Bedingungen eingehen.«

»Wie lauten diese Bedingungen?«

»Nichts weiter, als daß Sie dieses Material nicht an andere Zeitungen oder an das Fernsehen weiterleiten«, erklärte der Chefredakteur. »Außerdem erbitten wir uns als Gegenleistung die Zusicherung aus, daß Sie uns im weiteren hinsichtlich des jeweiligen Stands der Ermittlungen bevorzugt auf dem laufenden halten. Schließlich ist keineswegs ausgeschlossen, daß sich der Mörder noch einmal bei uns meldet.«

Nach kurzem Schweigen erklärte der Polizist mit einem Lächeln: »Ich glaube, diese Bedingungen sind akzeptabel.«

»Gut«, nickte der Chefredakteur und stand auf.

»Schließlich sitzen wir alle im selben Boot.«

»Das ist allerdings wahr«, pflichtete ihm der Chefredakteur bei.

»Das gilt sogar für den Mörder«, meldete sich Martinez zum ersten Mal seit Beginn der Unterredung zu Wort.

Auf dem Weg zu meinem Schreibtisch hielt mich Wilson zurück, indem er mir seine Hand auf die Schulter legte. Ich starrte solange darauf, bis er sie wegnahm. »Hören Sie.« Er sprach sehr leise. »Wir würden immer noch gern mehr über den Inhalt Ihres ersten Telefonats wissen. Wir wollen schließlich auch was für unser Geld sehen.«

»Also gut, ich rufe Sie an, sobald ich meine Erinnerungen zu Papier gebracht habe.« Ich stutzte kurz. Es war höchst ungewohnt für mich, Informationen – *meine* Informationen – an andere weiterzugeben. Eine journalistische Grundregel lautet: Man sammelt Informationen, aber man gibt keine weiter.

Wenig später kam eine Sekretärin an meinen Schreibtisch und brachte mir den maschinengeschriebenen Text des zweiten Telefongesprächs. Während ich die Sätze überflog, versuchte ich mir die Stimme zu vergegenwärtigen, die sie gesprochen hatte. Ich versuchte mir die Umgebung des Anrufers vorzustellen – den Raum, in dem er sich aufhielt, das Telefon, vielleicht auch die Schußwaffe auf dem Tisch vor ihm.

Nolan kam an meinem Schreibtisch vorbei. »Lassen Sie das Tonbandgerät von jetzt an ständig an Ihr Telefon angeschlossen. Und sehen Sie zu, daß immer ein leeres Band eingelegt ist.«

Ich überlegte kurz, wie weit das alles noch führen würde, wie weit ich mit meiner Story kommen würde. Doch dann schüttelte ich den Kopf, spannte ein neues Blatt in die Maschine ein und begann mit dem Schreiben des Artikels:

Der Mörder der sechzehnjährigen Amy Hooks hat in der Redaktion des Miami Journal angerufen und bei dieser Gelegenheit erklärt, daß der Tod des jungen Mädchens nur der erste einer Reihe von Morden ist, die er begehen wird. »Willkommen«, sagte der Mörder am Telefon, »an den Parametern eines schrecklichen Alptraums.«

Nachdem ich die ersten beiden Abschnitte zu Papier gebracht hatte, floß mir der Rest sehr leicht von der Hand. Ich bezog mich vorwiegend auf des Mörders eigene Worte. Allerdings erwähnte ich seine ausführliche Lebensgeschichte nur andeutungsweise. Als ich wiedergab, wie der Mörder die letzten Augenblicke des Mädchens geschildert hatte, nagten kurz Gewissensbisse an mir. Ich mußte unwillkürlich an die Eltern der Ermordeten denken. Wie würden sie wohl diese Schilderungen aufnehmen? Der Gedanke an das neuerliche Leid, das sie auf diese Weise erfahren würden, ließ mich kurz die Augen schließen, doch im nächsten Augenblick waren meine Bedenken ebenso schnell, wie sie gekommen waren, wieder verflogen, und ich brachte weiter die Worte und Gedankengänge des Mörders zu Papier.

Nolan las sich das Geschriebene sorgfältig durch. Der Bildschirm des Computers gab leise elektronische Geräusche von sich, während der Text Zeile für Zeile darüber hinwegwanderte. »Nicht zu fassen«, seufzte Nolan nach einer Weile.

»Was?«

»Sehen Sie doch selbst. Dieser Kerl redet wie gedruckt. Seine Beschreibungen, sein Satzbau, seine Gedankengänge. Keinerlei unvollständige Sätze. Kein Stocken. Haben Sie je einen Menschen so reden gehört?«

»Er ist jedenfalls alles andere als dumm«, pflichtete ich ihm bei.

»Und was hat das zu bedeuten?«

»Keine Ahnung.« Nolan wandte sich mir zu. »Aber seien Sie auf jeden Fall auf der Hut vor diesem Burschen, Malcolm, ja?«

»Klar«, nickte ich, während ich dachte: Auf der Hut – aber wovor?

Nolan wandte sich wieder dem Bildschirm zu. »Ich würde nur zu gerne wissen«, seufzte er, »wie das noch enden wird.«

6

Am Morgen darauf sprang den Lesern des *Journal* folgende Überschrift in riesigen Lettern von der ersten Seite entgegen: MÖRDER PROPHEZEIT ›ALPTRAUM‹ UND KÜNDIGT WEITERE MORDE AN.

Um fünf Uhr dreißig, als die Morgenausgabe des *Journal* frisch aus der Druckerei kam, klingelte mein Telefon. Der Anrufer war ein Reporter aus dem Büro der Associated Press in Miami. Christine versuchte ihm zu erklären, daß ich noch schlief, aber ich rappelte mich mühsam aus dem Bett hoch und beantwortete verschlafen seine Fragen. Während der Nacht hatte ich immer wieder geträumt, daß ich meinem Onkel durch die Stadt nachgejagt war. Die Gestalten und Gebäude waren bizarr verzerrt erschienen, als sähe ich sie in einem gekrümmten Spiegel, wie in einem Gemälde von Dali.

Und dann stand das Telefon den ganzen Morgen nicht mehr still. Christine hatte inzwischen die Zeitung vor sich auf dem Küchentisch ausgebreitet und trank ihren Frühstückskaffee. Hin und wieder sah sie kopfschüttelnd zu mir herüber, während ich geduldig die bohrenden Fragen der Konkurrenz abwimmelte. Natürlich wollten alle eine Kopie der Bandaufnahme haben. Als es mir nach einer Weile zu dumm wurde, legte ich einfach den Hörer neben die Gabel. Christine blickte von ihrer Zeitung auf. »Du bist dir hoffentlich im klaren darüber, daß das erst der Anfang ist.«

Ich legte meine Hände auf ihre Schultern und massierte kurz ihre Muskeln. Dann glitten meine Hände unter ihren Bademantel und legten sich behutsam um ihre Brüste. Ich spürte, wie ihre Brustwarzen steif wurden, aber im nächsten Augenblick zog sie meine Hände weg. »Nachdem ich das gelesen habe, bin ich leider nicht in Stimmung«, meinte sie dazu. »Ich begreife sowieso nicht, wie du das so einfach wegstecken kannst. Ich an deiner Stelle hätte wahrscheinlich einen Schreikrampf gekriegt.« Darauf verfiel sie kurz in nachdenkliches Schweigen. »Hast du diesem Kerl eigentlich gesagt, er solle sich stellen?«

»Nein.« Dieser Gedanke war mir in diesem Augenblick zum ersten Mal gekommen. »Daran habe ich bisher noch kein einziges Mal gedacht. Er schien sich seiner Sache absolut sicher zu sein; er hörte sich so entschlossen an, so bestimmt. Und ganz sicher klang er nicht wie jemand, der sich so schnell freiwillig stellen wird.«

»Aber es wäre doch nicht das erste Mal, daß so etwas passiert. Ich meine, es ist doch schon des öfteren vorgekommen, daß Verbrecher sich einem Reporter gestellt haben, weil sie der Polizei nicht trauten. Oder nimm zum Beispiel diese Männer in Attica, die einfach Beobachter dabeihaben wollten.«

»Letztendlich sollte das aber nicht viel ändern, oder etwa nicht?«

»Natürlich nicht. Aber du weißt ganz genau, was ich meine.«

»Schade, daß ich nicht ein einziges Mal daran gedacht habe. Es wäre wirklich interessant zu wissen, wie er auf einen solchen Vorschlag reagiert hätte.«

»Und wie, glaubst du, hätte er reagiert?«

»Sicher hätte er nur gelacht.«

Christine dachte kurz nach. Dann stand sie auf und trat ans Fenster. Plötzlich fiel die Morgensonne auf ihr Gesicht und ließ ihre Augen aufleuchten. Ich suchte nach den passenden Worten, um sie der depressiven Stimmung zu entreißen, in die sie abzusinken drohte. Ich wollte nicht, daß sie niedergeschlagen war. Das würde die Story meines Lebens werden. Ich fieberte vor innerer Erregung. Insgeheim wollte ich gar nicht, daß der Mörder gefaßt wurde oder sich stellte – zumindest noch nicht jetzt. Ihre Gedanken mußten wohl in ähnlichen Bahnen verlaufen sein, da sie mich unvermittelt fragte: »Glaubst du, daß er das wirklich tun wird – ich meine, noch mehr Morde begehen?«

»Ich sehe nicht, was dagegen spräche«, erwiderte ich.

Sie drehte sich abrupt zu mir um. »Möchtest du denn, daß er weitermacht?«

Ich zuckte mit den Achseln.

»In jedem Fall wird es eine bessere Story, wenn er weitermacht, nicht wahr?«

»Ja«, gab ich wahrheitsgemäß zu.

»Vielleicht gewinnst du damit ja sogar einen Preis?« bohrte sie weiter.

»Schon möglich.«

»Möglicherweise sogar den Pulitzer-Preis? Ist es das, was dir vorschwebt?«

»Jetzt übertreib aber mal nicht gleich so.« Dennoch war mir dieser Gedanke bereits des öfteren durch den Kopf gegangen.

Christine lachte bitter. Ich glaube, sie spürte, daß ich log.

»Macht dir das alles eigentlich nicht das geringste aus?«

Ich konnte nur erneut mit den Achseln zucken. Doch nun ließ sie nicht mehr locker. Sie bombardierte mich mit ihren Fragen: »Ist dir vielleicht schon mal der Gedanke gekommen, daß dieser Irre die Aufmerksamkeit braucht, die ihm in der Presse und im Fernsehen zuteil wird? Daß er sich ohne diese Aufmerksamkeit unbeachtet und bedeutungslos vorkäme? Daß ihn die allgemeine Aufmerksamkeit nur zu noch größeren und aufsehenerregenderen Taten anspornt?«

»Ja«, gab ich zu, »dieser Gedanke ist auch mir schon gekommen. Aber kannst du mir vielleicht sagen, was ich dagegen tun soll? Das Ganze einfach ignorieren? Und wer weiß, möglicherweise mordet er einfach weiter – ganz gleich, was ich oder sonst jemand über ihn schreibt.«

»Aber beunruhigt dich das denn nicht?«

»Im Augenblick zumindest noch nicht.«

Ich stellte meinen Wagen auf dem Parkplatz hinter dem Redaktionsgebäude ab. Der blaßblaue Himmel über mir schien grenzenlos. Andrew Porter kam über die Asphaltfläche auf mich zu. »Lassen Sie also auch die Berühmtheiten zur Arbeit antanzen«, begrüßte er mich lachend.

»Wie soll ich das verstehen?«

»Na, das werden Sie gleich sehen.«

Vor dem Haupteingang des Gebäudes hatten sich mindestens ein halbes Dutzend Fernsehkamerateams aufgepflanzt. »Bis nachher«, verabschiedete sich Porter. »Und nicht vergessen: immer schön lächeln.« Im nächsten Augenblick hatte ihn auch schon die Menge verschluckt, die mich umringte. Während ich mir unbeirrt einen Weg auf den Eingang zu bahnte, schien sich die Hitze durch die Scheinwerfer mit einem Mal verdoppelt zu haben. Und dann reckten sich mir die ersten Mikrophone entgegen. Ich blieb stehen. Wie Wellen brachen die Fragen stakkatoartig über mich herein. Ich hatte kaum die erste beantwortet, als schon die nächste auf mich abgefeuert wurde.

»Wie hat er sich angehört?«

»Hat er gesagt, wann er wieder zuschlägt?«

»Warum, glauben Sie, hat er ausgerechnet Sie angerufen?«

»Denken Sie, er ist verrückt?«

»Glauben Sie, er wird Sie wieder anrufen?«

»Warum tut er das?«

Schließlich hob ich meine Hand. »Tut mir leid, aber alles, was ich dazu zu sagen habe, steht in meinem Artikel in der heutigen Ausgabe des *Journal*. Darüber hinaus habe ich keine Ahnung, was als nächstes passieren wird.« Damit betrat ich das Gebäude, wo ein paar Kollegen am Eingang warteten, die mich auf ähnliche Weise wie Porter begrüßten. »Was wollen Sie eigentlich?« grinste ich zurück. »Das ist eben meine Methode, eine Gehaltserhöhung durchzudrücken.« Ich spürte, wie mir von der Aufmerksamkeit, die mir zuteil wurde, innerlich warm wurde. Ich hatte es durchaus genossen, mit Fragen bestürmt, von surrenden Kameras umringt zu werden.

Auf dem Weg zu meinem Schreibtisch kam mir der Chefredakteur entgegen. »Wirklich großartig, diese Story«, nickte er anerkennend. »Sehen Sie zu, daß Sie weiter am Ball bleiben.« Dann versetzte er mir noch einen freundschaftlichen Klaps auf die Schulter.

Nolan grinste mir durch die Nachrichtenredaktion entgegen. »Gut haben Sie das wieder hingekriegt, Anderson.« Und als er dann noch witzelte: »Jetzt spekulieren Sie sicher schon auf einen Vertrag beim Fernsehen«, brach in der Redaktion schallendes Gelächter aus.

Ich setzte mich hinter meinen Schreibtisch und überflog die Morgenausgabe der *Post*. Auch hier galt der Leitartikel dem Anruf des Mörders; er war von dem Reporter geschrieben worden, der mich an diesem Morgen zu Hause angerufen hatte. Nach einigen Zitaten des Mörders, die meinem Artikel entnommen waren, wurde auch meine Person erwähnt. ›Malcolm Anderson, 27, seit drei Jahren als Reporter für das *Journal* tätig, tat seine Verwunderung über die ruhige Entschlossenheit und Zielstrebigkeit des Mörders kund. ›Er schien mir seiner Sache vollkommen sicher und zum Äußersten entschlossen‹, hat Anderson sich heute dazu geäußert.‹ Ich las den Artikel mehrere Male.

Plötzlich klingelte das Telefon.

Für einen Augenblick schien alles um mich herum zu erstarren.

Ich legte die Zeitung beiseite und spürte mein Herz rascher schlagen. Nachdem ich auf den Aufnahmeknopf des Tonbands gedrückt hatte, nahm ich den Hörer ab. »Anderson. *Journal*.«

Meine Aufregung verflog ebenso schnell, wie sie mich überfallen hatte. Langsam fielen meine Körperfunktionen wieder in ihre normale Gangart zurück. »Mr. Anderson«, drang die Stimme unserer Telefonistin aus dem Hörer. Ich schaltete das Tonbandgerät wieder aus. »Was soll ich mit den ganzen Anrufen machen?«

»Mit welchen Anrufen?«

»Bisher haben mindestens ein Dutzend Reporter der verschiedensten Zeitungen Nachrichten für Sie hinterlassen. Darüber hinaus rufen auch alle möglichen anderen Leute ständig hier an und wollen Sie sprechen. Hauptsächlich handelt es sich dabei wohl um Leute, die wegen Ihres heutigen Artikels mit Ihnen sprechen wollen.« Sie hatte eine gepreßte, blecherne Stimme.

Darauf verbrachte ich die nächste Stunde damit, alle möglichen Fragen zu beantworten und aufgebrachte Leser zu beruhigen. Es war schon fast Mittag, als die Anrufe endlich spärlicher wurden. Jedes Mal drückte ich von neuem auf die Aufnahmetaste, jedes Mal mußte ich das Ganze wieder löschen. Allerdings machte ich mir Notizen, da ich vorhatte, einen kleinen Artikel über die Anrufer und ihre Meinungen zu schreiben.

Nolan wollte jedoch einen größeren Artikel über die Reaktionen in der Öffentlichkeit bringen. Er schickte ein paar Reporter los, um die Leute auf der Straße nach ihrer Meinung zu fragen. Ein paar andere beauftragte er damit, alle möglichen in Miami ansässigen Prominenten zu diesem Thema telefonisch zu interviewen. Ich sollte das Ganze dann auswerten – auf ausdrücklichen Wunsch des Chefredakteurs, wie Nolan mir zu verstehen gab. Für sämtliche Artikel sollte ich verantwortlich zeichnen, damit der Mörder weiter in dem Eindruck bestärkt wurde, daß dies vor allem meine Story war. Nolan hatte nämlich Angst, der Mörder könnte sich mit einer anderen Zeitung oder dem Rundfunk oder – noch schlimmer – dem Fernsehen in Verbindung setzen. »Wir müssen unter allen Umständen dafür sorgen, daß der Kerl schön bei der Stange bleibt«, meinte Nolan.

Der Tag schien wie im Flug zu vergehen.

Für den Nachmittag hatte ich einen Termin mit dem Psychiater vereinbart. Allerdings verließ ich die Redaktion nur höchst ungern. Was war, wenn der Mörder anrief und ich nicht zu erreichen war? Nach reiflicher Überlegung gelangte ich jedoch zu der Erkenntnis, daß mir keine andere Wahl blieb, als dieses Risiko einzugehen.

Ich versuchte, Martinez und Wilson zu erreichen; sie waren jedoch unterwegs.

Ich betrachtete das Telefon auf meinem Schreibtisch. Es war ein ganz gewöhnlicher schwarzer Apparat. Die Wählscheibe war vom ständigen Gebrauch so abgenutzt, daß ich einige der Zahlen mit Kugelschreiber nachgetragen hatte. Auf einer Seite hatte das Gehäuse einen Sprung – ein Andenken an eine hitzige Diskussion mit einem Politiker, nach der ich den Apparat wütend auf den Schreibtisch geknallt hatte, so daß er zu Boden gefallen war. Jedenfalls schien es mir, als besäße das Telefon ein Eigenleben, als kauerte es ruhig atmend vor mir auf dem Schreibtisch und wartete geduldig auf diesen einen Anruf. Bevor ich ging, starrte ich es noch einmal eindringlich an, als könnte ich es dadurch dazu bringen, nicht zu läuten, während ich weg war.

Der Psychiater aß gerade ein Sandwich, als ich in sein Sprechzimmer trat. »Hoffentlich stört es Sie nicht, wenn ich esse?« Er deutete auf das Sandwich in seiner Hand. »Das ist meine Mittagspause.« Ich schüttelte den Kopf und sah mich kurz im Raum um. Die Praxis lag in einem Ärztehaus in der Innenstadt, umringt von Wolkenkratzern und hochaufragenden Glasflächen, welche die Sonne reflektierten. Von seinem Schreibtisch aus konnte man auf den Miami Beach und das Meer hinaussehen.

Eine Wand des kleinen Sprechzimmers zierten mehrere gerahmte Diplome; in einem Rahmen steckte eine kleine Tuschezeichnung mit einem Porträt von Freud. Eine andere Wand nahm ein großes Bücherregal ein. An der Wand über der Ledercouch hing ein Druck von Picassos *Die drei Musikanten,* einem Werk aus den Anfängen der kubistischen Phase des Malers. Ich nahm in einem Sessel vor dem Schreibtisch Platz. Er bemerkte, wie ich mich im Raum umsah, und fragte: »Macht Sie die Umgebung hier nervös?« Ich lachte, ohne zu antworten. »Die Leute haben die eigenartigsten Vorstellungen, wie das Sprechzimmer eines Psychiaters aussieht. Selbstverständlich wissen sie, daß irgendwo eine Couch steht, aber was den Rest betrifft . . . Übrigens habe ich bereits mit Ihrem Kommen gerechnet«, wechselte er unvermittelt das Thema. »Sie wollen sicher über Ihren Anrufer mit mir sprechen.«

»Ganz richtig«, nickte ich.

»Tja, das Ganze sieht nicht gerade einfach aus.« Er nahm einen

Bissen von seinem Sandwich. Der dunkelblaue Anzug, den er trug, mußte ziemlich warm sein, wenn er damit seine Praxis verließ. Er war ein kleiner Mann mit einer Nickelbrille und dichtem, ergrautem Haar, das er sich streng nach hinten gekämmt hatte. Sein Gesicht wirkte kindlich, offen und arglos. Wir hatten uns schon mehrere Male bei Gericht getroffen, wo er für verschiedene Richter als Gutachter tätig war.

»Würde es Sie weiterbringen, wenn Sie sich das Band anhören?« fragte ich.

Er lächelte. »Was glauben Sie?«

Statt einer Antwort holte ich einen Kassettenrecorder und eine Tonbandkassette aus meiner Aktentasche. Der Arzt zog einen Füllfederhalter aus seiner Brusttasche und legte ein frisches Blatt Papier vor sich auf den Schreibtisch. Auf sein Nicken hin schaltete ich das Tonband ein.

»Tja, Gewißheit ist in letzter Zeit eine sehr seltene Sache auf unserer Welt geworden ...«, setzte die Stimme des Mörders ein. Vom Tonband klang sie zurückhaltend, aber dennoch nachdrücklich; meine eigene dagegen wirkte eher zögernd und abwartend.

Während der nächsten Minuten waren die einzigen Geräusche, die ich hörte, die Stimme des Mörders und das leise Kratzen des Füllfederhalters auf dem weißen Papier. Der Doktor machte sich die ganze Zeit über Notizen und warf mir nur gelegentlich einen flüchtigen Blick zu. Lediglich einmal zuckten seine Augenbrauen überrascht hoch. Ich drehte mich herum und sah aus dem Fenster, wo gerade ein riesiger Tanker durch das transparente Blau der Bucht glitt; die Farben des Picasso an der Wand waren fast dieselben wie die des Wassers. Im Hintergrund kam weiter die Stimme des Mörders vom Tonband; seinen Worten haftete eine kalte Leidenschaftlichkeit an. Als das Band zu Ende war, wandte ich mich wieder dem Psychiater zu. Er atmete geräuschvoll aus, als hätte er die ganze Zeit über den Atem angehalten.

»Tja«, begann er schließlich zögernd, »der Sachverhalt ist nicht gerade einfach.«

»Wieso?«

»Erst einmal sollte ich Ihnen vielleicht etwas sagen, was selbstverständlich unter uns bleiben sollte.« Ich nickte. »Ich weiß, daß die Polizei bereits an zwei Kollegen herangetreten ist, um ihre Meinung zu dem Band zu hören. Ich habe gestern abend mit ihnen gesprochen, und wie Sie wissen, neige ich dazu, mit meinen Kollegen nicht immer einer Meinung zu sein.« Er lachte. »Nicht so in diesem Fall.«

»Und wie lautet Ihre Meinung? Ich meine, was können Sie mir über diesen Mann sagen? Ich möchte hier die Dinge keineswegs grob vereinfacht darstellen, aber in meinen Augen deutet doch alles darauf hin, daß es diesem Mann ernst ist, daß er gefährlich ist.«

»Nun, ich würde sagen, daß Sie in beiden Punkten richtig vermuten.« Er sah auf seine Notizen nieder. »Allerdings fürchte ich, daß ich nicht mit einer griffigen Standardtypisierung aufwarten kann, mit der Sie Ihren Lesern ein allgemeinverständliches Psychogramm des Mörders entwerfen könnten. Dafür verfüge ich einfach nicht über ausreichend Informationen, obwohl diese Bandaufnahme wirklich beachtlich ist.

Wir werfen häufig mit Begriffen um uns wie psychotisch, psychopathisch und soziopathisch, wobei letztere beide in etwa das gleiche bedeuten. Wir sprechen von sexuellen Deformierungen, fehlgeleitetem Verhalten, Paranoia, Schizophrenie und wie diese abgegriffenen Termini, mit denen heute schon fast jeder vertraut ist, noch lauten mögen. Dieser Mörder scheint nun verschiedene hervorstechende Wesensmerkmale aufzuweisen, die eine ganze Reihe von psychologischen Deutungsmöglichkeiten zulassen. Obwohl ich in seinem Fall keine offensichtlichen Anzeichen von Paranoia feststellen konnte, heißt das keineswegs, daß dieser Aspekt keine Rolle spielt, zumal bestimmte Elemente des Gesprächs mit dem Opfer, wie der Mörder es schildert, eine solche Deutung naheliegend erscheinen lassen könnten. Jedenfalls ist das psychische Gleichgewicht dieses Mannes nachhaltigst gestört – in einem Maß, in dem man durchaus den Begriff psychopathisch heranziehen . . .«

Der Arzt brach mitten im Satz ab und sah mich eindringlich an. »Lassen wir diese Theoretisiererein lieber mal, ja?«

Ich nickte.

»Wir Psychiater sehen es in der Regel nicht als unsere Aufgabe an, Prognosen hinsichtlich der relativen Gefährlichkeit bestimmter psychischer Störungen zu stellen. In diesem Fall bin ich jedoch der festen Überzeugung, daß dieser Mörder in höchstem Maße gefährlich ist – und daß er ein zweites Mal morden wird. Und auch ein drittes.« Er senkte seinen Blick auf seine Notizen.

»Die Leute sollen begreifen . . .«« las er daraus vor. »Nun, damit kommt sicherlich ein starker Wunsch nach Anerkennung zum Ausdruck. Dieser Mann ist sich durchaus der Tatsache bewußt, daß sein Verhalten außerhalb der Norm steht, aber gerade deshalb ist es für ihn von vorrangiger Bedeutung, dennoch Verständnis dafür zu wecken.

Entsprechend schildert er in aller Ausführlichkeit seine harte Kindheit auf dem Land in Ohio. Ungewöhnlich daran ist vor allem der Umstand, daß er sich der Mißhandlungen bewußt ist, die ihm als Kind widerfuhren; in der Regel werden solche Erfahrungen verdrängt. Er betont den willkürlichen Charakter seiner Bestrafungen, wobei ich fast annehme, daß er noch grausamer und willkürlicher mißhandelt wurde, als er selbst angibt. Dann kommt es zu einer Krise: Er wagt es, sich dem Vater zu widersetzen. Und die Krise spitzt sich noch weiter zu, da ihm mit seinem Widerstand Erfolg beschieden ist. In diesem Augenblick stand die Welt mit einem Mal kopf für ihn. Welche Gefühle er bis dahin hinsichtlich Schuld und Strafe, Gut und Böse auch gehabt haben mochte, sie erfuhren in diesem Moment eine radikale Umkehrung um hundertachtzig Grad. Beachten Sie zum Beispiel auch, wie er ausdrücklich darauf hinweist, daß ihn sein Vater die Schläge laut mitzählen ließ; das findet sich in der Numerierung seiner Opfer wiederholt. Das Mädchen ist für ihn Nummer eins.

Auch die Mutter gibt mir zu denken. Sie tritt kein einziges Mal als eine handelnde Persönlichkeit in Erscheinung; sie beobachtet immer nur. Allerdings bezweifle ich, daß das tatsächlich so war. Eher ginge ich davon aus, daß vermutlich auch sie ein in irgendeiner Weise abnormes Verhalten an den Tag legte. Diesbezüglich jedoch irgendwelche Spekulationen anzustellen, halte ich für müßig.

Dann folgt eine lange Phase der Ruhelosigkeit, in der er nachts lange wachliegt. Psychologisch fällt dieses Entwicklungsstadium mit seiner Pubertät zusammen. Allerdings ist er an diesem Punkt bereits erheblich gestört – ich frage mich zum Beispiel, ob es wirklich das einlaufende Badewasser war, das er Nacht für Nacht in seinem Bett hörte, und nicht irgendein anderes nächtliches Geräusch, das seine Eltern verursachten. Aber auch hierbei handelt es sich selbstverständlich nur um Vermutungen.

Und dann kommt ein wirklich äußerst bemerkenswerter Abschnitt. Hier, sehen Sie, wie ich mir das notiert habe: ›. . . Auch die Alpträume versuchte ich von mir fernzuhalten. Später teilten sie mich für einen Horchposten ein . . .‹ Sehen Sie diesen abrupten Übergang von seiner Kindheit direkt nach Vietnam. Möglicherweise haben wir es mit einer Art von Frontneurose zu tun. Ich habe mich in den fünfziger Jahren nach dem Koreakrieg ausführlicher mit diesem Thema befaßt. Dabei stieß ich auf bestimmte psychotische Symptome, die in Zusammenhang mit speziellen Formen von Streß und Überanstrengung auftraten. In der Regel waren diese Symptome relativ kurzlebig und verschwanden, wenn die betreffende Person diesen Belastungen nicht mehr länger ausgesetzt war. Einige Kollegen, die Vietnamveteranen behandelt haben, wußten von einem ähnlichen Syndrom zu berichten – mit dem einen Unterschied, daß die verschiedenen Symptome wesentlich langsamer abklangen. Hinsichtlich der Gründe hierfür wurden die unterschiedlichsten Theorien aufgestellt, die sich jedoch vorwiegend auf die andersgearteten Kriegsbedingungen in Vietnam stützten – das Fehlen eines deutlich umrissenen Feindes, die zunehmende Brutalität, das unsichere Verhältnis der Zivilbevölkerung gegenüber, das Fehlen einer klaren Front, eben die durchgängige Vagheit der Umstände, und dies alles verstärkt durch die Widersprüchlichkeiten des Krieges. Ich meine, wir haben es hier mit Männern im Feld zu tun, die einerseits Routinepflichten erfüllten, andererseits ständig mit verheerenden Folgen rechnen mußten; sie konnten jeden Augenblick auf eine Mine treten, die ihnen die Beine und Genitalien wegreißen würde; sie konnten sich jederzeit in dem ihnen in keiner Weise vertrauten Gelände verirren; sie konnten jeden Augenblick aus dem Hinterhalt beschossen werden, ohne den Feind auch nur ein einziges Mal zu Gesicht zu bekommen; kurzum, sie waren ständig vom Tod umgeben. Und dann konnte, nur wenige Augenblicke später, auf irgendeinem Hügel ein Hubschrauber landen, und alle würden sich ein Coke oder ein Bier genehmigen, als wären sie plötzlich wieder zu Hause. Diese Erfahrungen müssen zu einer enormen Desorientierung beigetragen haben, so daß diese Männer tatsächlich nicht mehr wußten, wo sie nun eigentlich waren.

Und inmitten dieser Hölle findet unser Mann seinen inneren Frieden wieder. ›. . . Ich verspürte damals ein herrliches Gefühl des Friedens . . .‹ Das ist wirklich höchst interessant.

Aber – ich bitte Sie, die Betonung auf diesem Aber zu beachten – dann passiert etwas. Ganz kurz geht er auf den ›wirklichen Schrekken‹ ein. Er betrachtet ihn als eine Art Schauspiel. Wir nennen so etwas eine dissoziative Reaktion. Er betrachtet das Geschehen, als ob er nicht davon betroffen wäre, als stünde er außerhalb seiner selbst. Und dann sagt er, daß er darüber noch nicht sprechen möchte.

Und genau hier liegt meiner Meinung nach die Schlüsselstelle zum Verständnis dieses Menschen. Wäre ich ein Spieler, würde ich darauf wetten, daß der Mordkurs, den dieser Mann verfolgt, in gewisser Weise auf einer Wiederholung basiert. Er durchlebt sozusagen ein bestimmtes persönliches Erlebnis noch einmal von neuem, ähnlich wie bei diesen Amokschützen, von denen man in letzter Zeit gelegentlich in den Zeitungen liest; auch dabei handelt es sich meistens um unbewußte Wiederholungen von Kriegserlebnissen. In seiner geistigen Verwirrung verwechselt der ehemalige Soldat den Frieden mit dem Krieg. Und entsprechend reagiert er dann.

Ich nehme an, daß wir im Verständnis der Störung des Mörders einen wesentlichen Schritt weiterkämen, wenn Sie herausfinden könnten, worin dieses ›Grauen‹ besteht. Um jedoch voreiligen Schlüssen vorzubeugen – sein Denken ist immer noch anpassungsfähig, und es hat eine Vorliebe für symbolische Umschreibungen. Der wahre Sachverhalt dürfte ihm also keineswegs so einfach und vor allem auf eine eindeutige Weise zu entlocken sein.«

Der Psychiater drehte sich auf seinem Stuhl um neunzig Grad herum und stand abrupt auf. Dann trat er an das große Fenster und sah aufs Meer hinaus. Seine Hand fuhr zu seiner Stirn hoch, um das Haar zurückzustreichen. Immer noch aus dem Fenster blickend, begann er weiterzusprechen.

»Ich kann mich noch gut an meine Zeit beim Militär erinnern. Ich war einer psychiatrischen Spezialklinik in der Nähe von Vacaville in Kalifornien zugeteilt. Wir haben dort sicherlich einige tausend Fälle von Frontneurose behandelt – Nachwirkungen des Koreakrieges. Mein Gott, ich habe keineswegs das Gefühl, als läge das alles bereits ein Vierteljahrhundert zurück. Nicht wenige dieser Fälle habe ich noch ganz deutlich in Erinnerung; sie hatten etwas von einem fließbandgefertigten Gebrauchsgegenstand, schnell und korrekt zusammengesetzt und dennoch bereits mit einer unsichtbaren Fehlerquelle behaftet, die ein reibungsloses Funktionieren von vornherein unmöglich macht.

Auf einer Station mußten wir die ganze Nacht hindurch die Lichter brennen lassen, da die dort untergebrachten Männer eine unbezähmbare Angst vor der Dunkelheit hatten – erwachsene Männer, wohlgemerkt, die im Krieg Schreckliches durchgemacht, aber dennoch überlebt hatten; doch plötzlich wurden sie ihrer eigenen Angst nicht mehr Herr, wenn das Licht ausging. Da war ein Fall, an den ich mich noch besonders gut erinnern kann; inwieweit er allerdings zur Erhellung dieses gegenwärtigen Falles beiträgt, möchte ich dahingestellt sein lassen. Das überlasse ich am besten Ihrer Entscheidung.

Er wurde kurz nach der Invasion durch die Chinesen eingeliefert, als diese den Yalu-Fluß überquerten und ganze Divisionen vom Rest der Truppe abgeschnitten wurden, bevor sich unsere Reihen wieder formieren konnten. Sie können sich vermutlich nicht mehr daran erinnern, und vermutlich konnten sich damals nur die wenigsten in der Heimat eine wirkliche Vorstellung von der Plötzlichkeit und enormen Bedrohlichkeit dieses Angriffs machen. In ihren Grundzügen spielten schon damals die rassistischen Vorurteile eine gewisse Rolle, wie sie dann in Vietnam in verstärktem Maße zur Geltung gelangen sollten – die durch die Propaganda geschürte Angst vor der gelben Gefahr und den undurchschaubaren, tierähnlichen Asiaten. Jedenfalls waren im Koreakrieg diese antiasiatischen Ressentiments aus dem Zweiten Weltkrieg noch keineswegs vergessen – und dann plötzlich von den gelben Horden überrannt zu werden. Es genügt wohl zu sagen, daß dies eine schlimme Zeit gewesen ist.

Jedenfalls erinnern mich diese Desorientierung und die darauffolgende Neuorientierung der Werte und Emotionen, die ich an dem Mörder zu erkennen glaube, an einen Fall, den ich damals behandelt habe. Es war ein junger Mann, blond, mit hohen Backenknochen – kurzweg, ein Gesicht, das eindeutig zu erkennen gab, daß man hier einen jungen Mann aus gutem Hause vor sich hatte, was auch tatsächlich zutraf. Die Mutter gehörte der höheren Gesellschaft New Yorks an, der Vater war ein Großindustrieller. Der junge Mann war als einziges Kind seiner Eltern in New York aufgewachsen; mit allem, was in diesen Kreisen eben dazugehört – Besuch verschiedener Privatschulen, Chauffeur, Klavierunterricht und die Oper. Mit siebzehn begann er in Harvard zu studieren, wo er seinen Abschluß in Geschichte mit Nebenfach Politologie machte. Eigentlich sollte er eine Diplomatenkarriere einschlagen – zumindest sah es zuerst so aus –, vielleicht ein Jurastudium, möglicherweise sogar eine politische Laufbahn. Ein begabter junger Mann also, dem alle Möglichkeiten offenstanden. Er erzählte mir in aller Ausführlichkeit über ein Gepräch mit seinem Vater, in dem sie beide zu der Überzeugung gelangt waren, daß es für seine berufliche Zukunft in jedem Fall förderlich, ja sogar unerläßlich wäre, sich freiwillig zum Militär zu melden.

Kurz nach Abschluß seines Studiums erhielt der junge Mann einen Einberufungsbefehl, worauf er sich, durchaus im Sinne seines Vaters, freiwillig an die Front in Korea meldete. Die beiden dachten in diesem Zusammenhang wohl vor allem an die eine oder andere Tapferkeitsauszeichnung, die sich auf die spätere Karriere unseres jungen Mannes nur positiv auswirken konnte. Da der Vater seinen Militärdienst in Friedenszeiten, zwischen den beiden Kriegen, abgeleistet hatte, war er sich der Risiken, auf die sein Sohn sich einließ, wohl nicht bewußt. Ich kann diese Naivität nicht genügend hervorheben; dieser Punkt kam in unseren Gesprächen immer und immer wieder zur Sprache. Und als dann die Chinesen über den Yalu kamen, befehligte dieser junge Mann in unmittelbarer Nähe der Frontlinie eine Schützenkompanie.

Sie wurden von der restlichen Truppe abgeschnitten, von einer feindlichen Übermacht eingekreist und buchstäblich bis auf den letzten Mann niedergemacht. Als schließlich der massive feindliche Beschuß eingestellt wurde, war er der einzige Überlebende. Doch nun mußte er feststellen, daß die Chinesen das Blutbad, das sie angerichtet hatten, systematisch durchstreiften und jede Leiche genau untersuchten.

Angesichts dessen gelangte er zu dem raschen Entschluß, daß er sich würde totstellen müssen, um nicht erschossen oder gefangengenommen zu werden. Also beschmierte er seine Uniform mit dem Blut einiger seiner Männer, die tot um ihn herumlagen. Er erzählte mir, daß er dies ohne großes Nachdenken tat und ohne daß er sich seines Tuns bewußt war. Als seine Verwundungen schließlich glaubhaft genug aussahen, zog er noch zwei Leichen über sich, so daß er halb unter ihnen verborgen lag. Zuletzt schmierte er sich noch eine Handvoll blutvermischte Gehirnmasse auf Stirn und Haare.

Dann schloß er die Augen und wartete, von der ständigen Angst geplagt, sein Atem könnte in der Kälte zu sehen sein. Währenddessen lasteten die beiden Toten schwerer und schwerer auf ihm.

Es kam also zu einer abrupten Unterbrechung seiner sämtlichen Wahrnehmungen; seine Sinneseindrücke waren auf das beschränkt, was er hören und riechen könnte – ähnlich einem Blinden, umgeben von gänzlich unbekannten, beängstigenden und in jeder Weise bedrohlichen Geräuschen. Er hörte Stimmen näher kommen und das Geräusch von Schritten. Einmal vernahm er ein paar Worte Englisch, gefolgt von gutturalen Antworten auf chinesisch. Und dann fielen Schüsse; sie schienen näher und näher zu kommen. Währenddessen kroch die Kälte aus dem Boden wie der Tod selbst in seinen Körper. Über ihm lagen die Leichen seiner Männer – Männer, mit denen er noch kurz zuvor gesprochen, die er über Monate hinweg befehligt hatte. Seine Glieder waren vor Angst erstarrt, wie er es ausdrückte, und er rechnete jeden Augenblick damit, in ein Dunkel gerissen zu werden, das noch viel bedrohlicher und intensiver war als das Dunkel hinter seinen krampfhaft zusammengepreßten Lidern. Schließlich hörte er in unmittelbarer Nähe Schritte. Gleichzeitig spürte er, wie die Leichen über ihm sich zu bewegen begannen, als stieße sie jemand etwas hin und her. Dann entfernten sich die Schritte. Er blieb jedoch noch stundenlang weiter vollkommen steif und reglos liegen und lauschte angestrengt in die Stille hinaus. Seinen Aussagen zufolge kostete es ihn wesentlich größere Überwindung, als er sich hätte vorstellen können, seine Augen schließlich wieder zu öffnen und sich umzublicken. Bis auf die Leichen um ihn herum war er vollkommen allein.

Darauf wanderte er zwei Tage lang, meistens unter Sträuchern oder Bäumen verborgen, hinter den feindlichen Linien umher. Nachts deckte er sich, so gut es ging, mit Zweigen zu, um nicht eingeschneit zu werden. Da er nichts Eßbares fand, nahm er die ganze Zeit keinen einzigen Bissen zu sich. Am dritten Tag stieß er auf einen versprengten Trupp Amerikaner, der ebenfalls abgeschnitten war, aber zumindest in Funkkontakt mit der Truppe stand. Und wenige Stunden später waren sie dann hinter unseren Linien in Sicherheit. Er erstattete seinen Vorgesetzten einen detaillierten Bericht über die Vorkommnisse der letzten Tage und vor allem über den Verlust seiner Männer. Soviel ich weiß, konnte er die Namen von fast allen aus dem Gedächtnis nennen. Er wurde von einem Arzt untersucht, der ihm trotz des Schrecklichen, das er durchgemacht hatte, eine unangegriffene Gesundheit bescheinigte. Wenig später wurde er in die Heimat zurückgeschickt, wo ihm die Distinguished Service Medal verliehen wurde.

Während der ersten Nacht zu Hause schreckte er schreiend aus dem Schlaf hoch. Er hatte das Gefühl, als machte ihm ein furchtbares Gewicht, das auf seinen Lungen lastete, das Atmen unmöglich. Er begann am ganzen Körper heftig zu zittern, ungeachtet der Temperatur im Raum oder der Anzahl der Decken, mit denen er zugedeckt wurde. Er bekam Angst, seine Augen zu schließen, da er fürchtete, er könnte sie dann nicht mehr öffnen. Ein paar Tage später schließlich – er saß gerade im Kreise seiner Familie zu Tisch – schloß er für ein, zwei Minuten krampfhaft seine Augen; und als er sie dann wieder öffnete, konnte er nicht mehr sehen. Er war blind. Kurz darauf wurde er in Vacaville eingeliefert.

Hysterische Reaktion lautete die offizielle Diagnose. Ihr lag die Gleichsetzung von Blindheit und Tod zugrunde. Und indem er sich selbst mit Blindheit schlug, kompensierte er seine Schuldgefühle dafür, daß er einen Angriff überlebt hatte, dem alle seine Kameraden zum Opfer gefallen waren.

Wir sprachen viel miteinander. Wir arbeiteten an seinem Problem. Doch selbst als er so weit war, daß er die psychischen Ursachen seiner Blindheit akzeptieren konnte, kehrte seine Sehfähigkeit nicht zurück. An diesem Punkt stellte sich mir unweigerlich die Frage, welche tieferliegende Bestrafung er sich wohl noch zugedacht haben mußte.

Schließlich erhielt er die Erlaubnis, seine Eltern zu besuchen. Er fuhr nach New York, wo er von seinem Vater und von seiner Mutter empfangen wurde. Nach der Begrüßung, nachdem er seinen Eltern versichert hatte, daß er gewillt sei, sich zu ändern – fürwahr prophetische Worte –, ging er in sein Zimmer. Er legte seinen Blindenstock beiseite, suchte nach seinem Revolver, der sich schon seit Jahren in seinem Besitz befunden hatte, und erschoß sich damit. Er richtete die Waffe genau an der Stelle gegen seinen Kopf, wo er sich mit dem Blut und der Gehirnmasse seiner Kameraden beschmiert hatte.«

Der Doktor sah zu mir herüber. Draußen konnte ich die Bucht im Sonnenlicht glitzern sehen. Ein Schwarm Möwen schoß am Fenster vorbei.

»Folglich«, fuhr der Psychiater fort, »sollte man das Potential einer solchen Verbindung keineswegs unterschätzen; ich meine damit, wenn zu einer tiefliegenden psychischen Störung noch eine Frontneurose hinzutritt.«

»Und wie lautet Ihre Prognose?«

»Es sieht sehr übel aus – sowohl für die Opfer als auch für den Mörder. Und noch etwas ...«

»Ja?«

»Sie werden ihn nicht fassen können.«

»Wie meinen Sie das?«

»Diese Art von Mörder ist besonders schwer zu fassen. Mit psychotischen Mördern hat die Polizei erwiesenermaßen die größten Probleme. Nehmen Sie zum Beispiel Jack the Ripper. Er wurde nie gefaßt. Diese Mörder entziehen sich aufgrund ihrer vollkommen irrationalen Vorgehensweise den üblichen Nachforschungsmethoden. Ihre Motive sind nicht Gier oder Wut oder wie die Emotionen sonst heißen mögen, aus denen heraus Menschen in der Regel morden. Ihre Motive sind in den Tiefen ihres für uns nicht nachvollziehbaren, fehlgeleiteten Denkens verankert.«

Ich starrte den Doktor wortlos an. Er wandte sich wieder von mir ab, um aufs Meer hinauszuschauen. »Wenn der Mörder keinen Fehler macht – ich meine damit eine Art von Fehler, wie ihn auch ein normaler Verbrecher machen könnte –, dürfte er kaum zu fassen sein. Es besteht selbstverständlich die Möglichkeit, daß ihn jemand auf frischer Tat ertappt, daß einem Nachbarn sein Verhalten verdächtig vorkommt oder daß man ihm über die Identifizierung der Tatwaffe auf die Schliche kommt. In diesem Fall könnte es natürlich zu seiner Festnahme kommen. Aber dazu bedarf es einer Menge Glück.

Wissen Sie, diese Art von Mörder begibt sich in eine höchst paradoxe Grundsituation; einerseits zieht er unverkennbare Befriedigung aus dem Umstand, daß er die Polizei – und damit die gesamte Gesellschaft – herausfordert, ihn doch zu entlarven – hierin ist das Motiv für die Anrufe bei Ihnen zu sehen –, während er sich gleichzeitig, unbewußt natürlich, wünscht, endlich gefaßt und an seinem Tun gehindert zu werden. Die Oberhand behält dabei freilich sein bewußtes Denken, welches bis ins kleinste Detail seiner Entlarvung entgegenarbeitet. Und jetzt sagen Sie mir, was die Polizei in diesem Fall unternehmen soll?«

»Das dürfen Sie mich nicht fragen«, entgegnete ich. »Glauben Sie, daß er sich im Telefon mal verspricht?«

»Das ist durchaus möglich; muß aber nicht sein.« Unter dem Schreibtisch des Psychiaters ertönte ein Summton. Er bückte sich, drückte auf einen Knopf und sah wieder mich an. »Ein Patient«, erklärte er dann. Ich packte meinen Kassettenrecorder ein, worauf er mich an die Tür brachte. »Ich hoffe selbstverständlich, daß sich das, was ich Ihnen gesagt habe, als falsch erweist«, verabschiedete er sich. »Und legen Sie nicht jedes meiner Worte auf die Goldwaage. Wir haben es hier mit einem psychisch schwerstgestörten Menschen zu tun, dem sozusagen alles zuzutrauen ist. Es mag vielleicht gefühllos klingen, aber ich halte auch die Möglichkeit, daß er Selbstmord begeht, nicht für ausgeschlossen. Ein Mensch wie dieser Mörder verfügt über ein gehöriges Maß an Selbsthaß. Sie haben doch selbst gehört. ›Ich bin das schlechteste Wesen auf Gottes Erdboden‹, hat er unter anderem erklärt. Uns bleibt wohl nichts anderes übrig, als einfach abzuwarten, was er im weiteren unternehmen wird.«

»Vielen Dank für Ihre freundliche Unterstützung.«

»Bitte, gern geschehen.« Und bevor er die Tür seines Sprechzimmers schloß, erhaschte ich durch das große Fenster noch einen letzten, flüchtigen Blick auf das Blau des Meeres.

Am Spätnachmittag machte ich mich daran, den Artikel über die Reaktion in der Bevölkerung zusammenzustellen. Die Kollegen hatten in der Zwischenzeit eine ganze Reihe von Zetteln auf meinem Schreibtisch hinterlassen, auf denen sie die Aussagen der Befragten, Persönlichkeiten des öffentlichen Lebens ebenso wie Leute von der Straße, notiert hatten. Ein Großteil davon war von Skepsis, wenn nicht sogar von ohnmächtiger Wut geprägt. Viele hörten sich wie eine regelrechte Herausforderung an den Mörder an, indem sie seine Ankündigung weiterer Morde als bloße Wichtigtuerei hinstellten. Diese Reaktionen der Bevölkerung stellte ich nun in meinem Artikel den Ansichten des Psychiaters gegenüber.

»Dieser armselige Irre kann mir noch lange keine Angst einjagen . . .« Dies aus dem Mund eines Halbwüchsigen am Rand eines Spielplatzes.

»Dieser Bursche möchte doch nur auf sich aufmerksam machen. Ich glaube nicht, daß er seine Drohungen wahrmachen wird . . .« Ein Geschäftsmann, auf der Straße angehalten.

»Ich bin sicher, daß die Polizei den Mörder bald fassen wird . . .«
Eine Hausfrau in einem Vorort Miamis.

»Sämtliche Streifenpolizisten haben Anweisung erhalten, besonders auf Personen zu achten, die sich in irgendeiner Weise auffällig benehmen. Wir haben alle verfügbaren Kräfte im Einsatz. In den besonders gefährdeten Gebieten werden zusätzliche Streifen eingesetzt . . .« Der Leiter einer Polizeidienststelle.

Ich versuchte mir die zu den jeweiligen Äußerungen passenden Gesichter vorzustellen, die wut- und angstverzerrten Mienen. Ich kam mir vor, als wäre ich zwischen den Worten des Mörders und denen der Öffentlichkeit eingequetscht. Ich tippte rasch weiter und griff mir nur hin und wieder einen Zettel aus dem Stapel von Aussagen. Plötzlich ließ mich aufgeregtes Stimmengewirr von der Maschine aufschauen. Als ich mich auf meinem Stuhl herumdrehte, fiel mein Blick auf einen jungen Mann, den ich auf Anfang Zwanzig schätzte und der sich verzweifelt dem Zugriff eines Sicherheitsbeamten des *Journal* zu entwinden versuchte.

Alle Köpfe in der Nachrichtenredaktion drehten sich in Richtung des Aufruhrs herum, während die Rufe plötzlich deutlich verständlich wurden wie ein scharfgestelltes Bild. »Ich möchte mit dem Mann sprechen, der das geschrieben hat!« brüllte der Eindringling. »Jetzt lassen Sie mich, verdammt noch mal, endlich los!« Der Sicherheitsbeamte hielt ihn jedoch weiterhin fest am Arm gepackt. Aus dem Augenwinkel sah ich Andrew Porter aus dem Fotolabor kommen, um zu sehen, was hier los war. Irgendwie schaffte ich es, seine Aufmerksamkeit auf mich zu lenken, worauf ich eine kleine Pantomime vollführte, als schösse ich ein Foto. Er nickte knapp, um wenige Sekunden später mit seiner Kamera wieder aufzutauchen. Er stellte rasch die Entfernung ein und machte dann möglichst unauffällig ein paar Aufnahmen. Währenddessen hatte sich der junge Mann etwas beruhigt; er redete auf den Sicherheitsbeamten ein, der ihn immer noch am Arm hielt. Ich stand auf und trat auf die beiden zu, worauf deren Aufmerksamkeit sich schlagartig mir zuwandte. »Ich nehme an, Sie wollen mit mir sprechen«, sagte ich so behutsam wie möglich.

Die Augen des jungen Mannes waren rot gerändert. Sein ungekämmtes, zerzaustes blondes Haar fiel ihm wirr in die Stirn. Er sah mich kurz an. Und dann schien er mit einem Mal in sich zusammenzusinken, als wäre irgendeine Feder in seinem Innern gesprungen. Seine Arme baumelten schlaff an seinen Seiten herab, und er setzte sich nicht mehr zur Wehr. Der Sicherheitsbeamte, ein muskulöser Kubaner mit einem mächtigen Schnauzer, warf mir einen fragenden Blick zu. Ich nickte ihm kurz zu, worauf er den jungen Mann losließ. Allerdings blieb er weiterhin angespannt neben dem unerwünschten Besucher stehen.

»Sind Sie Anderson?« wandte sich dieser nun an mich.

Ich nickte.

»Ich bin ihr Bruder«, stellte er sich vor.

»Das habe ich mir bereits gedacht.«

»Wieso?«

Ich zuckte mit den Achseln. »Nehmen Sie doch erst mal Platz.« Der junge Mann ließ seinen Kopf auf seine Brust sinken. Ich deutete auf einen unbesetzten Schreibtisch. Er ließ sich auf den Stuhl niedersinken, als wäre er mit seinen Kräften am Ende.

»Ich verstehe das einfach nicht«, begann er schließlich. »Ich habe Ihren Artikel immer und immer wieder gelesen, und trotzdem verstehe ich das Ganze einfach nicht. Was soll sie denn getan haben? Weshalb sollte sie für . . . mein Gott, weshalb sollte sie für etwas büßen, das ganz woanders passiert ist? Ich meine, was kann sie dafür?«

»Sie müssen Ihre Schwester sehr geliebt haben«, warf ich ein.

Er starrte mich an. »Sie war sehr . . .« Er stockte, als suchte er nach den passenden Worten. »Ich weiß auch nicht, wie ich es ausdrücken soll. Sie war . . . sie hatte etwas ganz Besonderes an sich. Wir mochten sie alle sehr. Sie war unser aller Liebling.« Seine Augen füllten sich mit Tränen.

»Und was wollen Sie nun von mir wissen?« fragte ich.

»Ich weiß selbst nicht so recht, weshalb ich eigentlich hierher gekommen bin. Wahrscheinlich habe ich für einen Moment gedacht, daß Sie und er ein und dieselbe Person sind. Ich meine, Sie waren schließlich das Verbindungsglied; Sie sind es, den er angerufen hat, und vermutlich dachte ich deshalb, ich sollte vielleicht Sie aufsuchen und mit Ihnen sprechen, als wären Sie er.« Er stockte. »Das klingt reichlich verworren, finden Sie nicht auch? Ich meine, mir ist jetzt natürlich klargeworden . . .« Er ließ seine Blicke durch die Nachrichtenredaktion wandern. »Denken Sie, er wird wieder anrufen?«

»Ich glaube schon«, erwiderte ich. »Aber mit Sicherheit läßt sich das selbstverständlich nicht sagen.«

»Ich wünschte mir nur, daß ich fünf Minuten mit diesem Schwein allein sein könnte. Es ist mir völlig egal, wie gut er ausgebildet ist – beim Militär oder wo auch immer. Und es ist mir auch völlig egal, zu was für einer Art Killer sie ihn gemacht haben. Eines kann ich Ihnen versprechen: Mit diesem Kerl würde ich fertig werden! Ich möchte nur eine Chance haben. Hören Sie?« Er sah mich eindringlich an. »Ich schreibe Ihnen hier meine Adresse auf«, fuhr er schließlich zunehmend aufgeregter fort. »Geben Sie sie dem Mörder, ja? Wenn er wirklich eine ganze Serie von Morden begehen will – warum sollte er dann nicht bei mir den Anfang machen? Dann wird sich ja zeigen, wer wen das Fürchten lehrt.« Der junge Mann riß ein Blatt Papier von einem Block und begann hastig zu schreiben. »Da, geben Sie ihm das«, forderte er mich schließlich auf und reckte mir den Zettel entgegen.

Ich las die Adresse. Es war die seiner Eltern im Süden der Stadt. »Gut«, nickte ich. Mir war natürlich klar, daß ich nicht tun würde, was er von mir verlangte.

Darauf sank der junge Mann wieder kraftlos auf seinem Stuhl zusammen. »Nur fünf Minuten.« Er sah mich an. »Warum hat er das getan? Sie haben doch mit diesem Kerl gesprochen. Warum hat er das getan?«

Ich schüttelte den Kopf. »Dieser Mensch ist verrückt. Und Verrückte tun nun einmal verrückte Dinge. Was soll ich mehr dazu sagen?« Ich zuckte übertrieben mit den Schultern. Auch diesmal war mir bewußt, daß ich log.

»Es ist mir völlig egal, ob dieser Mensch krank ist«, fuhr der junge Mann auf. »Ich bringe diese Bestie um – genau so, wie er meine Schwester umgebracht hat.«

»Natürlich, das kann ich sehr gut verstehen.«

Er preßte seine Handflächen heftig in seine Augenhöhlen und rieb sich damit die Augen. »Das ist einfach nicht gerecht. Wie konnte Gott so etwas zulassen? Sie hat in ihrem ganzen Leben keiner Fliege etwas zuleide getan. Sie hat sogar schon mit zehn Jahren an einer Friedensdemonstration teilgenommen. Können Sie sich das vorstellen? Sie marschierte mit all den anderen mit – sie hatte Schwierigkeiten, mit ihnen Schritt zu halten – und sang: ›Wir wollen Frieden – keinen Krieg!‹ Und das als kleines Mädchen. Danach kam sie mit Tränen in den Augen nach Hause, weil die Polizisten so gemein gewesen waren. Können Sie sich das vorstellen? Gemein – genau das war das Wort, das sie dabei gebraucht hat. Und das waren sie auch gewesen. Sie hatte vor nichts und niemandem Angst. Und ich bin sicher, daß sie nicht einmal am Ende Angst hatte.«

»Damit haben Sie vermutlich sogar recht.«

Der junge Mann sah sich in der Redaktion um. »Ich halte Sie bestimmt von Ihrer Arbeit ab. Sie werden doch bestimmt einen weiteren Artikel schreiben?«

»Ja. Über die Reaktion der Leute. Er wird morgen erscheinen.«

»Jedenfalls«, er stand auf, »wenn dieses Schwein wieder anruft, dann sagen Sie ihm, daß Jerry Hooks es auf ihn abgesehen hat. Und sehen Sie bitte zu, daß er begreift, daß es mir mit dieser Herausforderung ernst ist. Sagen Sie ihm, daß ich auf ihn warte.« Er ballte seine Hand zur Faust und fuchtelte damit drohend durch die Luft. »Ich werde dieses Schwein mit meinen bloßen Händen umbringen.«

»Ich werde es ihm jedenfalls sagen«, nickte ich. Vielleicht tue ich das auch wirklich, dachte ich, vielleicht aber auch nicht.

»Gut.« Der junge Mann wandte sich dem Sicherheitsbeamten zu. »Ich hoffe, Sie entschuldigen – wegen vorhin.« Der Sicherheitsbeamte nickte, mit steinerner Miene. »Es tut mir wirklich leid«, wandte sich der junge Mann dann wieder mir zu. »Ich meine, daß ich Sie gestört habe. Sie müssen verstehen, daß mich der Tod meiner Schwester doch ziemlich aufgewühlt hat.« Ich ergriff seine ausgestreckte Hand und schüttelte sie.

Und dann sagte er: »Ihnen kann man jedenfalls keinen Vorwurf machen.«

Darauf verließ er in Begleitung des Sicherheitsbeamten die Redaktion.

Sobald die Tür sich hinter den beiden geschlossen hatte, trat Nolan auf mich zu. »Wirklich stark«, erklärte er, worin ich ihm nur beipflichten konnte. Er sah mich eindringlich an. »Schreiben Sie darüber! Lassen Sie kein Wort aus, das er gesagt hat! Räumen Sie ihm den größten Teil innerhalb des Artikels über die allgemeine Reaktion auf die Tat ein!«

Ich nickte. »Gut.«

»Wirklich prima Material«, fuhr Nolan fort. »Mein Gott, dem armen Kerl muß durch diese Tragödie glatt eine Sicherung durchgebrannt sein.« Er sah mich erneut an. »Halten Sie alles fest – seinen

Gesichtsausdruck, die Art, wie er seine Adresse aufgeschrieben hat – einfach alles. Wirklich großartig.«

Ich ging zu meinem Schreibtisch zurück. Doch bevor ich mich wieder ans Schreiben machte, mußte ich immer und immer wieder an die letzten Worte des jungen Mannes denken. Sie hallten wie eine Anklage in meinen Ohren wider.

Schließlich schüttelte ich ein paarmal heftig den Kopf, als wollte ich damit diese Erscheinung von mir abschütteln, und begann mit der Rekonstruktion unseres Gesprächs. Minus der letzten Worte.

Christine wartete auf mich, als ich nach Hause kam. Der Abendhimmel hatte sich zu einem giftigroten Violett verdunkelt. Das letzte Tageslicht fiel bedrohlich auf die gewaltigen Gewitterwolken, die sich im Westen der Stadt über den Everglades auftürmten. »Ich habe dich im Fernsehen gesehen«, begrüßte sie mich. »In den Abendnachrichten. Cronkite, Brinkley und Chancellor haben dich ebenfalls gesehen. Und auch dein Vater. Er hat vor ein paar Minuten angerufen.« Sie schlang mir die Arme um den Hals. »Ich für meine Person bin mir im Augenblick noch nicht so recht sicher, ob ich nun stolz sein soll oder Angst haben sollte. Vermutlich trifft beides etwas zu.«

Ich ging in die Küche und holte mir ein Bier aus dem Kühlschrank. Christine schenkte sich ein Glas Wein ein. Dann setzten wir uns, um uns zu unterhalten. Es war eine Angewohnheit Christines, sich seitlich am Kopf mit den Fingern durchs Haar zu fahren, als wollte sie es von ihren Ohren fortstreichen. Ich lockerte meine Krawatte etwas, ließ mich auf einen Stuhl niedersinken und hob mein Glas. »Auf dich.« Wir stießen mit unseren Gläsern an. »So«, fuhr ich dann fort, »und jetzt erzähl mal, was bei dir heute war.«

»Ach, nichts Besonderes. Wir hatten ein Kind. Nein, eigentlich kein Kind mehr, sondern einen Jungen in dem schwierigen Alter, wenn sie Stimmbruch bekommen. Du kennst doch das sicher auch noch: Gerade in dem Augenblick, wo einem zum ersten Mal ein Mädchen so richtig zu gefallen beginnt, bekommt man auch prompt einen riesigen Pickel mitten auf der Stirn.« Sie grinste, und ich mußte lachen.

»Und?«

»Ach, es war gleichzeitig traurig und auch schön. Manchmal

mache ich mir wirklich Sorgen, daß ich mir das Schicksal jedes einzelnen Patienten, der bei uns eingeliefert wird, zu sehr zu Herzen gehen lasse. Du weißt ja, daß sie gefragt haben, ob ich bereit wäre, mich in die Station mit den hoffnungslosen Fällen versetzen zu lassen. Dort liegen wirklich nur die Leute, für die es keine Hoffnung mehr gibt. Ich habe mich geweigert, dort zu arbeiten. Auf meiner Station haben die Leute zumindest noch eine Chance. Wenn es auch nicht gerade rosig für sie aussieht, haben sie immerhin noch eine Chance.«

»Und was war mit dem Jungen?«

»Er hatte einen großen Tumor am Knöchel. Bevor man so was nicht aufschneidet, läßt sich nun mal nicht sagen, ob die Geschwulst gut- oder bösartig ist. Ich meine, auf den Röntgenaufnahmen ist selbstverständlich in aller Deutlichkeit zu erkennen, daß das Ding da ist und wie groß es ist und so weiter. Aber ein genaues Bild von seinem Charakter kann man sich erst machen, wenn man den Tumor operativ freigelegt hat und unter dem unerbittlichen Licht der Scheinwerfer über dem Operationstisch vor sich hat. Und so einem Tumor haftet in jedem Fall eine ganz eigentümliche Häßlichkeit, ja Bösartigkeit an.

Jedenfalls«, fuhr sie fort, »wurde der Junge also eingeliefert. Und das Erstaunliche an Jugendlichen in diesem Alter ist ja diese Aura von Unsterblichkeit, die sie zu umgeben scheint; du kannst ihnen die Zukunft in den allerdüstersten Farben schildern – daß sie nur noch Tage, Stunden oder Minuten zu leben haben –, und trotzdem denken sie, sie hätten noch eine Ewigkeit vor sich. Sie verfügen über ein unglaubliches Vertrauen in ihren Körper. Vermutlich sind sie einfach noch nicht alt genug, um schon zu wissen, wie übel einem sein Körper mitspielen kann.

Der Junge hat also die Nacht bei uns verbracht. Er hat die ganze Station unsicher gemacht. Die Nachtschwester hat mir erzählt, daß er, obwohl er ein Beruhigungsmittel bekam, fast die ganze Nacht wach lag und ständig geredet hat. Sie hat ein paar Stunden an seinem Bett gesessen. Am meisten schien ihn Baseball zu interessieren; am liebsten hätte er die ganze Zeit über nichts anderes als über die Yankees und die Red Sox gesprochen. Schade, daß du nicht da warst. Ihr beide hättet sicher eine Menge Gesprächsstoff gehabt.

Am Morgen wurde er dann für die Operation fertig gemacht.

Und als er in den OP gerollt wurde, schaute er zu den Ärzten auf und sagte: ›Ich vertraue Ihnen, aber werden Sie deswegen nicht gleich übermütig.‹ Und dann lachte er laut los. Wir anderen konnten gar nicht anders, als mit einzufallen. Ich stand hinter seinem Kopf und sollte dafür sorgen, daß er nicht nervös wurde. Aber der Junge war ruhiger als ich. Ich weiß noch genau, wie ich darum gebetet habe, daß der Befund negativ lauten würde, während an der Gewebeprobe die histologische Untersuchung vorgenommen wurde.

In diesem Beruf werde ich noch zu einer religiösen Fanatikerin. Ich ertappe mich immer wieder bei Gesprächen wie: ›Sieh doch, Gott, das ist ein guter Junge. Gib ihm eine Chance! Er hat sie verdient.‹ Jedenfalls hat er sich diesmal überzeugen lassen. Der Tumor war gutartig. Der Pathologe strahlte übers ganze Gesicht, als er mit der guten Nachricht in den OP kam, und auch wir mußten alle grinsen. Die Ärzte sehen wirklich komisch aus, wenn sie hinter ihren Gesichtsmasken lächeln; sie nehmen dann selbst die Form eines Lächelns an.

Die schlechte Nachricht war allerdings, daß wir dem Jungen das Bein brechen mußten, um die ganze Geschwulst herauszubekommen. Unser Chirurg hat sich eine ganze Stunde lang abgemüht, das Ding herauszuschneiden, bevor wir schließlich auf die Brechzange zurückgreifen mußten. Er hat ganz schön geflucht; er hat nämlich einen Sohn im gleichen Alter.

Und als der Junge dann aus der Narkose aufwachte, konnte er das Ganze erst natürlich gar nicht begreifen. Er war furchtbar enttäuscht – vor allem, weil er nun die ganze Baseballsaison versäumen würde. Er sah uns alle ganz verdutzt an, weil er nicht begreifen konnte, weshalb wir so zufriedene Mienen hatten. Aber wir waren natürlich froh, daß der Tumor gutartig gewesen war und er sein Bein nicht verloren hatte. Dagegen sah er nur sein gebrochenes Bein; und er würde nicht einmal irgendeine abenteuerliche Geschichte zu erzählen haben, wie er dazu gekommen war.«

Sie hatte inzwischen ihr Glas leergetrunken und schenkte sich nach. Sie sah mich über den Tisch hinweg an. »Kannst du dich eigentlich noch erinnern, wie du dich in diesem Alter gefühlt hast? Ich kann dich mir als Dreizehn-, Vierzehnjährigen so schwer vorstellen.«

Ich dachte kurz nach. Doch anstatt einer Erinnerung an meine

Jugend sah ich einen schlaksigen Jungen auf einem staubigen Feldweg. Ein Bild vom Gesicht des Mörders bildete sich vor meinem geistigen Auge zwar nicht, aber dafür sah ich einen engen Raum und hörte das leise Keuchen des Vaters, der mit einem Rohrstock den Rücken seines Sohnes blutig prügelte.

»Hast du eigentlich auch Baseball gespielt?« fragte Christine.

»Klar«, nickte ich. »Das Leben bestand damals für mich mehr oder weniger nur aus Baseball. Ich kann mich heute noch erinnern, daß ich mit meinem Bruder mal eine Woche kein Wort mehr gesprochen habe, weil er in einem Spiel einen entscheidenden Punkt für unsere Mannschaft verloren hatte, indem er einen todsicheren Ball verfehlte.«

Die Erinnerung daran zauberte ein Lächeln auf meine Lippen. Doch Christines Stirn legte sich in Falten. »Ich finde das ganz schön brutal.«

»Erwachsen zu werden, ist nun mal ziemlich brutal.«

Ich mußte erneut an den Mörder denken. Aber nicht so brutal. Doch das Telefon riß mich aus meinen Gedanken.

»Das ist wahrscheinlich dein Vater.« Christine ging in die Küche, um mir ein Sandwich zu machen.

»Ich habe dich im Fernsehen gesehen«, lachte mein Vater aus dem Hörer. »Du schienst gar nicht so sonderlich glücklich darüber zu sein, selbst mal Opfer deines Berufsstandes zu sein.«

»Damit dürftest du keineswegs so unrecht haben.«

»Das ist ja wirklich eine höchst außergewöhnliche Story. Hat der Mörder sich schon wieder bei dir gemeldet?«

»Bis jetzt noch nicht. Aber ich nehme an, daß ich demnächst wieder von ihm hören werde.«

»Ich finde das schon sehr aufregend. Glaubst du, daß morgen auch die *Times* über den Fall berichten wird?«

»Kann schon sein. Zumindest hat mich einer ihrer Reporter heute früh angerufen.«

»Und«, wollte er dann wissen, »wie kommst du mit dieser plötzlichen Berühmtheit zurecht?«

Mir schossen verschiedene Antworten auf diese Frage durch den Kopf. Ich wollte schon sagen, daß mich das Ganze völlig kalt ließe und daß ich nach wie vor derselbe objektive und unparteiische Beobachter geblieben wäre – ungeachtet dieser Superstory und der damit verbundenen Publizität. Oder auch, daß es sich dabei lediglich um eine ganz gewöhnliche Story handelte, um die nur im Augenblick viel Aufhebens gemacht wurde. Letzteres wäre allerdings eine zu offensichtliche Lüge gewesen. Deshalb sagte ich ihm schließlich, daß ich das alles sehr aufregend fände und daß ich das auf mich gerichtete Interesse durchaus genösse. »Mich erinnert das Ganze mehr und mehr an die Situation eines Anwalts in einem aufsehenerregenden Prozeß. Plötzlich steht man in der Mitte des Gerichtssaals und spürt das Gewicht und den Einfluß seiner eigenen Worte. Und eine ähnliche Erfahrung mache auch ich gerade; ich habe zum ersten Mal den Eindruck, als ginge von dem, was ich schreibe, eine Wirkung aus. Der Mörder hat mehrere Male darauf angespielt, daß er beabsichtigt, eine Art Schauspiel zu inszenieren. Und im Augenblick deutet alles darauf hin, daß er mir darin etwas mehr als nur eine Nebenrolle zuzuteilen gedenkt.«

»Aha«, meinte mein Vater. »Dir scheint das Ganze also durchaus Spaß zu machen?«

»Das kann ich keineswegs ganz verleugnen«, mußte ich eingestehen.

»Weißt du, ich kann mich noch gut erinnern, wie es mir erging, als ich zu Beginn meiner beruflichen Laufbahn meine ersten größeren Fälle als Strafverteidiger hatte – die Anklagepunkte, die Verhandlung, die Argumente der Verteidigung, all das schien zweitrangig im Vergleich zu der Aufmerksamkeit, die mir im Gerichtssaal von allen Seiten zuteil wurde. Ich war damals kaum älter als du, und für mich war das damals eine wunderbar prickelnde, erregende Erfahrung – fast so, als wäre man mit einer schönen Frau zusammen.« Er lachte über seine Jugenderinnerungen.

Doch dann schlug mein Vater unvermittelt eine ernstere Tonart an. »Eines kann ich dir jetzt schon sagen: Sowohl der Ankläger wie der Verteidiger, der diesen Fall übernimmt, falls der Mörder je gefaßt werden sollte, kann einem jetzt schon leid tun, wobei ich«, er zögerte kurz, »jedoch nicht annehme, daß sie ihn fassen werden.«

»Warum nicht?«

»Einerseits ist er zu verrückt und andrerseits zu intelligent. Ich halte das für eine außerordentlich gefährliche Mischung. Du solltest auf jeden Fall vorsichtig sein.«

Er schwieg kurz. »Doch noch einmal zurück zu dieser Berühmtheit. Das hat nicht das geringste zu bedeuten. Ich habe es im nachhinein sogar bereut. Und dir wird es sicher ähnlich ergehen.«

»Schon möglich«, antwortete ich, wenn ich mir dessen auch nicht so sicher war. Ich versuchte mir meinen Vater an seinem Schreibtisch in seinem Arbeitszimmer zu Hause vorzustellen. Bestimmt hatte er einen Martini inmitten der Stapel von juristischen Fachbüchern und Papieren mit Exzerpten und eigenen Gedanken stehen. Seine Liebe galt den Feinheiten des Rechts. Er ging an Statuten und Bestimmungen heran wie ein Chirurg, der an lebendigem Gewebe arbeitet. Das Rechtswesen war eine Welt, die mir sehr wenig vertraut war. Einmal, als ich noch ziemlich klein war, versuchte ich einen seiner Schriftsätze zu lesen; ich dachte, daß ich darin etwas über ihn erfahren müßte, nachdem er ihn selbst geschrieben hatte. Ich erhoffte mir davon einen besseren Blick hinter seine Fassade. Über Tage hinweg kämpfte ich mich durch den Text, Seite um Seite, Verweis um Verweis, Fußnote um Fußnote, immer auf der Suche nach meinem Vater. In gewisser Weise, sollte mir wesentlich später bewußt werden, hatte ich ihn auch gefunden, ohne es jedoch selbst zu merken. Er war auch der Grund, weshalb ich Journalist geworden war. Mich voll und ganz auf meine Fähigkeit, mich schriftlich auszudrücken, verlassend, hatte ich mich durch die Schule gemogelt, ohne im Unterricht je sonderlich aufzupassen. Und als er mich am Ende fragte, was ich eigentlich gelernt hätte, sagte ich: nicht viel. Aber du kannst doch schreiben, hatte er darauf gemeint. Sicher, hatte ich erwidert. Dann, hatte er vorgeschlagen, mach doch etwas, wo man viel schreiben muß. Und eine Woche später suchte er auf dem Nachhauseweg von der Kanzlei eine städtische Bücherei auf, um mir ein Exemplar des *Jahrbuchs für Verlagswesen* mitzubringen, in dem sämtliche Zeitungen und Nachrichtenagenturen aufgeführt waren.

»Und noch etwas«, erteilte er mir über Telefon einen weiteren guten Rat, »ich weiß nicht so recht, ob ich ihm diesen ganzen Vietnamkram abnehmen soll.«

»Wie das?«

»Es erscheint mir irgendwie einfach zu bequem. Es ist, als würde jeder alles auf diesen verdammten Krieg schieben. Die Wirtschaftslage, die Rezession, die Inflation. An allem ist Vietnam schuld. Watergate, dieser verfluchte Präsident. Alles wegen Vietnam, heißt es. Und nun kommt dieser Bursche daher und bringt reihenweise Leute um. Und auch daran soll der Krieg schuld sein. Ich sehe das absolut nicht ein. Dein Onkel hat sicher im Krieg sehr

Schlimmes durchgemacht. Ich glaube, daß man das ohne Übertreibung sagen kann. Aber er ist auch nicht nach Hause gekommen und hat angefangen, irgendwelche x-beliebigen Leute umzubringen.«

»Mit Ausnahme seiner selbst.« Die Worte waren mir entschlüpft, bevor ich sie noch hätte zurückhalten können.

Mein Vater zögerte kurz. »Daran ist selbstverständlich etwas Wahres.«

Danach fragte ich ihn nach meiner Mutter, meinem Bruder und meiner Schwester. Nachdem wir so noch kurz geplaudert hatten, verabschiedete er sich von mir mit dem Ratschlag: »Sieh zu, daß du nicht zu abhängig von diesem Burschen wirst, und sei vorsichtig.« Mir war klar, was er mit dem zweiten Teil meinte, wenn ich auch aus dem ersten nicht recht klug wurde.

Nachts im Bett versuchte Christine mir zu erklären, weshalb sie keine rechte Lust hätte. Sie erklärte, die Nähe des Mörders beunruhigte sie und brächte sie aus dem Takt. Dann glitten ihre Hände über meine Brust und begannen, mich behutsam, gekonnt zu liebkosen. Schließlich packte sie mich und zog mich auf sich und im selben Zug auch in sich hinein. Die Initiative war also damit ganz ihr überlassen. Danach schlief sie sofort ein, während ich noch lange wach lag. Immer wieder gingen mir meine Gespräche mit dem Psychiater, dem Bruder der Ermordeten und meinem Vater durch den Kopf. Ich stand auf und trat ans Fenster, um in die Nacht hinauszusehen. Hinter den Bäumen lag die verlassene Straße. In der Ferne wurde das Heulen einer Sirene laut, um jedoch rasch wieder im Zirpen und Summen der nächtlichen Insekten unterzugehen. Die Straßenbeleuchtung schien im Vergleich mit dem Mondlicht ziemlich schwach, da über allem ein fahler Schein lag. Ich war in Gedanken bei der mondbeschienenen Stadt und fragte mich, ob wohl auch der Mörder jetzt noch wach war.

Ich sah einen Mann langsam die Straße hinuntergehen. Ich verfolgte seine silhouettenhafte Gestalt, die sich deutlich gegen das Dunkel abhob. Er erweckte den Eindruck, als suchte er eine bestimmte Adresse, und dann blieb er fast genau vor dem Haus stehen, in dem ich wohnte. Er blickte auf, aber unsere Blicke trafen sich nicht. Dann ging er, das Haus weiter beobachtend, langsam weiter. Ich sah ihm nach, bis er an der nächsten Ecke durch den fahl-orangen Schein einer Straßenbeleuchtung verschwand. Unwillkürlich mußte ich an das Telefon auf meinem Schreibtisch in der Redaktion denken, und ich fragte mich, wann es wohl das nächste Mal läuten würde.

Und dann wurde mir bewußt, daß ich mir wünschte, der Mörder würde anrufen. Gleichzeitig sah ich schon die nächste Folge von sensationellen Schlagzeilen und das Blitzlicht unzähliger Kameras in meinen Augen, begleitet von der Phalanx von Mikrofonen an meinen Lippen. Die Vorstellung daran ließ mich laut loslachen.

Ruf bloß an, verdammt noch mal, dachte ich.

Tu, was du nicht lassen kannst, aber ruf verdammt noch mal an.

Aber den Gefallen tat er mir nicht.

Drei Tage lang stand das Telefon still. Ich schrieb währenddessen zwei weitere Artikel, von denen einer die Arbeit der Polizei zum Inhalt hatte, während sich der zweite noch einmal mit den Reaktionen der Öffentlichkeit befaßte. Am dritten Tag kam Nolan zu mir und sagte: »So was Dummes. Dem Mörder scheint der Boden wohl doch etwas zu heiß unter den Füßen geworden zu sein. Offensichtlich hat er sich aus dem Staub gemacht.« Er warf einen kurzen Blick auf das Tonbandgerät, das immer noch an mein Telefon angeschlossen war. »Na ja, wir werden sehen.«

Das Klingeln des Telefons ließ mich zusammenzucken.

Ich wartete kurz und ließ es noch einmal klingeln, um dann mitten in das dritte Läuten hinein abzuheben. »Anderson, *Journal.*«

Nichts.

Angespannt vergewisserte ich mich, daß das Tonbandgerät reibungslos funktionierte. Ich holte tief Atem und wiederholte, was ich eben gesagt hatte. Dann konnte ich am anderen Ende der Leitung Atmen hören. Mein Bleistift schwebte über einem leeren Blatt Papier.

»Wer ist bitte am Apparat?« fragte ich.

Und dann Gelächter, hoch, schrill.

»Christine!«

»Richtig geraten.«

»Verdammt noch mal, was soll das?« Ich schaltete das Tonbandgerät aus. »Bist du verrückt geworden?«

»Ach«, erwiderte sie, »ich dachte nur, ich könnte dich etwas aufheitern.«

»Jetzt hör aber mal, Christine, diese Sache ist verdammt ernst.« Ich war außer mir vor Wut. Zur Unterstreichung meiner Worte hieb ich mit der geballten Faust mehrmals hintereinander auf die Schreibtischplatte.

»Ich weiß, ich weiß. Es tut mir ja auch leid. Es ist einfach nur, na ja, du bist in letzter Zeit zu sehr in diese Sache verstrickt. Ich wollte eigentlich nur – ich weiß auch nicht – ich wollte damit wohl bezwecken, daß du das Ganze nicht zu ernst nimmst.«

»Aber die Sache ist nun mal verdammt ernst! Genau das versuchst du mir doch nun schon seit Tagen selbst einzureden.«

»Ich weiß«, gestand sie ein. »Aber es gibt doch auch noch andere Dinge in deinem Leben, oder etwa nicht?«

»Na, im Moment wäre ich mir dessen gar nicht mal so sicher.«

»Das darfst du nicht sagen.« Sie klang plötzlich sehr niedergeschlagen. »Ach, Malcolm, das ist doch nicht das Ende der Welt – sondern nur irgendeine Story. Das hast du doch selbst gesagt.«

»Dann habe ich mich eben getäuscht.«

»Heuchler.« Sie war nicht wütend. Es war eher eine neutrale Feststellung.

Ich spürte, wie sich die Muskeln in meinem Nacken und in meinem Rücken wieder entspannten. »Das bin ich allerdings«, mußte ich nun ihr beipflichten. »In diesem Punkt hast du recht.«

»Trotzdem Entschuldigung. Ich hätte auf keinen Fall so anrufen sollen. Aber diese schreckliche Situation verliert nicht einen einzigen Augenblick wenigstens etwas von ihrem Schrecken.« In jedem einzelnen ihrer Worte schwang eine tiefe Traurigkeit mit.

»Ist ja schon gut«, versuchte ich sie zu trösten.

Darauf hängte sie ein, während ich weiter wartete. Ich bemerkte, wie ich vor Aufregung in Schweiß ausgebrochen war. Das Telefon klingelte noch mehrere Male, und jedesmal griff ich nach dem Hörer wie ein Ertrinkender nach dem rettenden Seil. Es fiel mir von Mal zu Mal schwerer, die Enttäuschung aus meiner Stimme zu bannen. Abends dann, wieder zu Hause, beobachtete mich Christine, wie ich einen Anruf entgegennahm. Angespannt riß ich den Hörer von der Gabel, um ihn im nächsten Augenblick enttäuscht zurückzuknallen. »Gott sei Dank«, meinte Christine dazu, »wenigstens ist niemand ermordet worden.«

Sie legte eine Platte auf – Country and Western. Dann zog sie mich vom Stuhl hoch und begann mich spielerisch zu umtänzeln. ›Ta-tamm, ta-tamm, ta-tamm‹, klatschte sie mit den Händen den Rhythmus. »Lang, lang, kurz, kurz; lang, lang, kurz, kurz. Und rechts herum, und links herum. Und lang, lang, kurz, kurz.« Ich stand in der Mitte des Raums. Sie hatte mich an der Hand gefaßt und wirbelte um mich herum. »Ach, komm doch endlich«, bettelte sie. »Versuch dich doch wenigstens ein bißchen zu entspannen. Nur ein ganz kleines bißchen.« Sie hielt inne und schlang ihre Arme um mich. »Steh deinem Mann zur Seite«, sang sie dann, obwohl der Text nicht zur Musik paßte. Und als ich nun lachen mußte, legte sich ein glückliches Lächeln über ihre Lippen.

»Seh sich das mal einer an«, verkündete sie triumphierend. »Das achte Weltwunder! Hier, mitten in unserem Wohnzimmer! Der große Reporter mit dem Gesicht aus Stein – nichts als Tatsachen, Gnädigste, nackte Tatsachen – er hat tatsächlich gelächelt! Ein Meilenstein in der Geschichte! Er hat gelächelt!« Und wir brachen beide in heiteres Gelächter aus.

Aber als ich dann später neben Christine im Bett lag – sie schlief tief und fest –, konnte ich an nichts anderes denken als an den Mörder. Ich versuchte ihm durch Gedankenübertragung einen Befehl zu übermitteln: Ruf an, verdammt noch mal! Auch wenn du mir nur sagen willst, daß es endgültig vorbei ist. Ich streckte meinen Arm aus und streichelte vorsichtig Christines Rücken. Sie gab im Schlaf ein leises Geräusch von sich und veränderte etwas ihre Stellung. Tja, dachte ich, wir sind beide verschmähte Liebhaber.

Am Nachmittag des folgenden Tages, als der Himmel sich bereits zu verfärben begann und die Hitze langsam verflog, klingelte erneut das Telefon. Unmittelbar davor hatte ich drei Anrufe bekommen – zwei von irgendwelchen Verrückten und einen von einem Politiker. Lustlos und gleichzeitig wütend hob ich den Hörer ab. »Anderson.« Mein Zeigefinger ruhte noch weiter auf der Aufnahmetaste des Tonbandgeräts, um es gleich wieder abstellen zu können.

»Habe ich Ihren Glauben auf eine harte Probe gestellt?« drang die Stimme aus dem Hörer. Die Worte schienen einen kalten Luftzug mit sich zu bringen.

»Ich habe eigentlich nicht mehr mit einem Anruf gerechnet.«

»Aber ich habe Ihnen doch gesagt, das wäre erst der Anfang.«

Darauf schwieg er kurz.

»Ich habe Sie im Fernsehen gesehen«, fuhr er schließlich fort. »Nicht übel. Wirklich nicht übel. Ich habe beschlossen, daß künftig nur noch wir beide diese Sache ausmachen werden – Sie und ich.«

»Das verstehe ich nicht ganz.«

»Erst wird zur Tat geschritten. Die Erklärungen heben wir uns für später auf. Genau wie beim Militär. Dort heißt es doch auch: Erst wird geschossen; Fragen können später gestellt werden.«

»Ich fürchte, ich begreife noch immer nicht so recht.«

»Keine Sorge, das werden Sie noch früh genug. Ich hätte da eine Adresse. Zwoundzwanzig fünfundneunzig Nautilus Avenue am Strand.«

»Was soll damit sein?«

»Tja, eigentlich brauchen Sie gar nichts zu tun. Ich nehme an, die Nachbarn werden demnächst argwöhnisch werden. Und dann werden sie vorsichtshalber mal an die Tür klopfen. Bei dieser Gelegenheit wird ihnen vermutlich auch der Geruch auffallen. Es ist wirklich ein ganz außergewöhnlicher Geruch; obwohl ihm unverkennbar auch etwas Süßliches anhaftet, dreht er einem doch gleichzeitig das Unterste zuoberst, sobald er einem in die Nase dringt. Wenn man diesen Geruch einmal gerochen hat, kann man ihn nie wieder vergessen. Und das Komische daran ist: Wenn er einem in die Nase dringt, weiß man ganz genau – ohne hinsehen zu müssen –, was einen erwartet. Selbst wenn man es nicht weiß, weiß man es.«

Wieder eine kurze Pause.

»Sie werden bald wieder von mir hören«, schloß er. »Bis dann.«

Darauf ertönte ein leises Klicken, und ich war allein mit der Leere in der Leitung.

7

Mit der Entdeckung der Leichen der beiden alten Leute nahm das Ganze eine neue Wendung. Ihr Tod veränderte auch meine Wahrnehmung der Ereignisse jenes Sommers. Ein Großteil der Bestätigung und der lustvollen Erregung, die ich aus dem Umstand meiner plötzlichen Berühmtheit gewonnen hatte – die Auftritte im Fernsehen, die Verbreitung meiner Worte auch im Konkurrenzblatt und im Rundfunk –, dies alles schien sich in den Schatten einer ruhigen Seitenstraße im älteren Teil Miamis mit einem Mal in nichts zu verflüchtigen. Bis dahin hatte ich den Mörder lediglich als psychisch schwer gestört betrachtet. Aber nun war seine Brutalität offenkundig geworden.

Der Tod des alten Paares übte auch auf die Öffentlichkeit eine enorme Wirkung aus. Ab diesem Punkt machten sich unverkennbar die ersten Anzeichen einer allgemeinen Unruhe und Panik bemerkbar. Ich glaube, daß ich ursprünglich wie auch sonst alle gedacht hatte, der Mörder würde sich in der Wahl seiner Opfer auf junge Mädchen beschränken, und daß seinem Tötungsdrang irgendein unerklärlicher fehlgeleiteter Sexualtrieb zugrunde lag. Doch der Tod des alten Paares traf die Bewohner Miamis wie ein Schock, nicht unähnlich einem Erdbeben, das den Boden unter den Füßen zum Erzittern bringt und ein Gefühl des Schwindels in einem aufsteigen läßt. Plötzlich schien nur noch ein einziger Gedanke durch alle Köpfe zu spuken: Mein Gott, der nächste könnte ich sein.

Jedesmal wenn das Telefon auf meinem Schreibtisch klingelte, wurde es in der Nachrichtenredaktion unverhältnismäßig still. Ich konnte förmlich spüren, wie die ungeteilte Aufmerksamkeit der Reporter und Redakteure sich unmittelbar auf mich richtete, wie ihre Blicke jeder Regung meines Gesichts folgten. Ich fühlte mich dadurch in einen Zustand zunehmender Isolation versetzt, als wäre ich mit dem Mörder ganz allein.

Nachdem ich wieder eingehängt hatte, sprang ich auf und eilte auf Nolan zu, der hinter seinem Schreibtisch saß. Offensichtlich sprach mein Gesicht Bände. »War er es wieder?«

»Ja. Ich glaube, er hat wieder zugeschlagen. Jedenfalls hat er mir eine Adresse hinterlassen. Zweiundzwanzig fünfundneunzig Nautilus Avenue.«

Nolan zögerte einen Moment. »Sagen Sie Porter Bescheid, und dann fahren Sie gleich los. Ich werde währenddessen die Polizei verständigen.« Er griff nach dem Telefon, und wenige Augenblicke später hörte ich ihn mit Martinez und Wilson sprechen. Er sagte ihnen, sie sollten sich in der Twenty-second, Ecke Nautilus Avenue mit mir treffen. Obwohl er ihnen den Grund dafür nicht nannte, dürfte für die Detektive ziemlich außer Frage gestanden sein, worum es ging. Dann wandte er sich wieder mir zu und fuchtelte aufgeregt durch die Luft. »Was stehen Sie hier noch herum«, drängte er. »So gehen Sie doch endlich!«

Als wir am vereinbarten Treffpunkt eintrafen, waren die Detektive noch nicht da. Porter nutzte die Zeit, um seine Ausrüstung fertigzumachen. Er hatte sich zwei Kameras umgehängt – eine mit einem Blitzlicht für die Innenaufnahmen, eine mit einem hochempfindlichen Film für außen. Er bestürmte mich mit Fragen. Ihm schien viel daran gelegen, sich ein möglichst klares Bild von dem machen zu können, was uns nun erwartete. »Diese Momente, bevor es losgeht, liebe ich ganz besonders«, erklärte er dazu. »Mich erinnert das immer an die Anspannung, kurz bevor der Schiedsrichter das Spiel anpfeift. Das ist wie damals bei diesem großen Unwetter in der Karibik, über das ich eine Reportage gemacht habe. Kein Telefon funktionierte mehr; jede Verbindung zur Außenwelt war abgeschnitten. Ich bin einfach nur mit einem klapprigen alten Land-Rover von Ortschaft zu Ortschaft gefahren. Der Sturm hatte alles dem Erdboden gleichgemacht. Bäume waren umgeknickt, Häuser eingestürzt, Dächer abgehoben. Und es gab immer einen ganz speziellen Moment, wenn ich mich der letzten Straßenbiegung vor der Einfahrt in einen Ort näherte. Dann beschlichen mich diese Vorahnungen, was mich dort erwarten würde – wie viele Leichen wohl auf den Straßen herumliegen würden. Sie waren von der Hitze immer fürchterlich aufgedunsen. Und ganz ähnlich ergeht es mir jetzt; es ist, als würde ich gerade um die letzte Kurve biegen.«

Ohne etwas zu erwidern, starrte ich auf das Blatt Papier in meinen Händen nieder, auf dem außer zwei Namen nichts stand – Mr. Ira Stein, Mrs. Ruth Stein. Ich hatte sie aus dem Adreßbuch. Es war eine ruhige Straße, typisch für diese Gegend am Beach. Die weißen Häuser – die meisten stammten noch aus den dreißiger Jahren – standen ein Stück von der Straße zurückversetzt. Mit ihren Rundbogentüren, ihrer spanisch angehauchten Architektur und mit ihren Obstbäumen in den sorgfältig gepflegten Vorgärten strahlten sie etwas sehr Anheimelndes aus. Als ich die Straße hinuntersah, war kein Mensch zu sehen. Vor ein paar Häusern stand ein Auto geparkt. Aber mit Ausnahme des Winds, der die Wedel einer Palme sich leise aneinanderreiben ließ, herrschte vollkommene Stille. »Da sind sie«, machte mich Porter auf die Ankunft der beiden Detektive aufmerksam.

Martinez stieg, gefolgt von Wilson, aus einer Zivilstreife. Sie hatten ein Rotlicht auf dem Armaturenbrett befestigt. Auf die Sirene hatten sie allerdings verzichtet. Die Männer von der Spurensicherung blieben in ihrem Wagen sitzen.

»Also«, trat Martinez auf mich zu, »was gibt's?«

»Der Mörder hat wieder angerufen und mir eine Adresse durchgegeben.« Ich deutete die Straße hinunter. »Es muß irgendwo dort unten sein.«

Wilsons Blicke folgten der Bewegung meines Fingers. »Na gut, dann sehen wir gleich mal nach.« Er warf Porter einen kurzen Blick zu. »Sie können mitkommen, aber ich möchte wissen, was Sie alles aufnehmen. Ich möchte morgen nämlich nicht die Zeitung aufschlagen und gleich ein wichtiges Beweisstück von der ersten Seite prangen sehen.«

Porter nickte. »Kann ich verstehen.«

Wir stiegen wieder in unsere Wagen und fuhren langsam die Straße hinunter. Die Nummer zweiundzwanzig fünfundneunzig war das letzte Haus auf der linken Seite. Porter hielt direkt davor am Straßenrand. »Los!« drängte ich. »Sehen wir gleich mal nach.« Wir eilten durch den Vorgarten auf die Eingangstür zu.

Der Mörder hatte recht gehabt. Ich konnte es bereits riechen. Ich blieb stehen, um auf die Detektive zu warten.

Wilson wandte sich, nachdem er mich erreicht hatte, sofort Martinez zu. »Fordere schon gleich mal über Funk einen Arzt an!« Dann winkte er den Männern von der Spurensicherung zu. Die Tür war leicht angelehnt. Einer von ihnen holte ein Taschenmesser heraus und stieß sie vorsichtig damit auf. »Nichts anfassen«, warnte Wilson. »Behaltet die Hände in den Hosentaschen. Und falls einem von euch da drinnen schlecht werden sollte, dann soll er gefälligst zusehen, daß er sich draußen im Garten auskotzt.« Er zog ein Taschentuch heraus. »Habt ihr so was?« fragte er. »Nein?

Dann nehmt etwas Kleenex. Wenn ihr euch das Zeug fest an die Nase haltet, hilft es zumindest ein bißchen. Fertig?« Er warf Porter einen kurzen Blick zu. »Ich nehme an, Sie werden gleich ein paar tolle Motive vor Ihre Kamera bekommen, hm?« Er wartete jedoch nicht mehr auf die Antwort des Fotografen.

Der Gestank im Innern war überwältigend. Ich hatte schon über andere Mordfälle berichtet und schon einige Leichen zu riechen bekommen, aber so etwas hatte ich noch nicht erlebt. Sämtliche Fenster waren geschlossen; die Luft im Haus war von einer drükkenden Schwere. Der Mörder hatte recht gehabt; es roch eindeutig süßlich. Wir traten ins Wohnzimmer.

Ich hätte auf den Anblick, der sich uns dort bot, unmöglich vorbereitet sein können. Schlimmer als der schlimmste Alptraum.

Überall waren Blutspritzer – an den Wänden, auf dem Boden, auf der Couch, auf dem Teppich, auf der gesamten Einrichtung. Über einen großen Wandspiegel waren mit dunkelbraunem getrocknetem Blut die Ziffern ›2‹ und ›3‹ geschmiert. Auf den ersten Blick sah der Raum aus, als hätte ein ganzer Kindergarten eine Fingerfarben-Malorgie veranstaltet.

Die zwei alten Leute lagen dicht nebeneinander auf dem Boden. Sie waren nackt. Ihre Köpfe waren von einer Pfütze getrockneten Bluts umgeben. In einer Ecke bemerkte ich einen Haushaltsschwamm, der kaum mehr als solcher zu erkennen war; er hatte dieselbe Farbe. Die zwei Leichen waren stark aufgedunsen.

»Gütiger Gott«, hörte ich Martinez hinter mir hauchen. Ich sah, wie Porter seine Kamera kurz hob, um sie jedoch im nächsten Augenblick wieder sinken zu lassen. Nachdem er langsam seine Fassung wiedererlangt hatte, hob er die Kamera erneut. Und diesmal erfüllte das Zucken seines Elektronenblitzes den Raum. Ich hörte das kurze Sirren der Kamera, als sie den Film weitertransportierte. Ein neuerliches Aufblitzen; noch eines und noch eines. Jetzt erst schritt Wilson ein. »Schluß jetzt! Keine Fotos mehr! Mein Gott, sehen Sie sich das mal an!« Er wandte sich mir zu. »Sehen Sie sich alles genau an, und dann verschwinden Sie hier, damit Sie die Jungs von der Spurensicherung nicht bei der Arbeit stören. Nicht gerade ein berauschender Anblick, was?«

Anstatt einer Antwort konzentrierte ich mich bereits voll auf die Details der grausigen Szenerie – die Lage der Leichen, die Blutspuren. Wie dem jungen Mädchen waren auch den beiden Alten die

Hände auf den Rücken gefesselt. An einer Wand hing ein Gemälde, das meine Aufmerksamkeit auf sich lenkte; es zeigte eine Möwe, die im Flug über die Wellen hinwegschoß. Ich betrachtete das altmodische Mobiliar, die Nippes, die Andenken an ein langes Leben. Schließlich drehte ich mich um und winkte Porter zu. »Gehen wir!«

Draußen sog ich die frische Luft in gierigen Zügen in meine Lungen. Ich roch den Salzgeruch des nahen Ozeans, während ich mehrmals heftig den Kopf schüttelte, um den Gestank loszuwerden.

Porter war bereits wieder mit seiner Kamera beschäftigt und nahm die aus und ein gehenden Polizisten auf. Inzwischen waren mehrere alte Leute aus ihren Häusern gekommen, um zu schauen, was hier vor sich ging. In der Ferne konnte ich das Geräusch mehrerer Sirenen hören – vermutlich polizeiliche Verstärkung, ein Krankenwagen, der Polizeiarzt. Möglicherweise sogar ein paar hohe Polizeibeamte. Ich trat an den Briefkasten des alten Paars. Er enthielt einen Brief, der in New York abgeschickt worden war. Die Namen stimmten mit denen überein, die ich dem Adreßbuch entnommen hatte.

»Sie sind es«, teilte ich Nolan über Funk mit. Nachdem ein kurzes Störgeräusch die Verbindung unterbrochen hatte, kam schließlich seine Stimme durch. »Und?«

»Mausetot. Und mindestens schon seit ein paar Tagen. Wenn nicht sogar noch länger. Der Gestank war im wahrsten Sinne des Wortes umwerfend. Sie waren nackt, und alles war mit Blut verschmiert. Wirklich übel.«

»Gütiger Gott.« Unwillkürlich zuckte mir der Gedanke durch den Kopf, wie doch alle gleich reagierten, wie alle denselben Namen nannten. »Reden Sie mit den Nachbarn. Versuchen Sie sich einen ungefähren Eindruck zu verschaffen, wer diese Leute waren – Sie wissen schon, was ich meine. Wir werden den Redaktionsschluß etwas rausschieben. Setzen Sie sich also baldmöglichst mit mir in Verbindung.«

Ich hängte das Funkmikrofon in seine Halterung zurück, und als ich dann aufsah, ging gerade der Polizeiarzt auf das Haus zu. Er sah mich und winkte mir zu. »Langsam wird es Zeit, daß wir uns mal zu einem anderen Anlaß treffen.« Er grinste und betrat das Haus. Ich holte Bleistift und Notizblock hervor und machte mich daran, die Nachbarn zu interviewen. Ihre Gesichter spiegelten der Reihe nach die ganze Gefühlspalette von Verblüffung über Schokkiertheit bis zu nacktem Entsetzen wider, während ihnen zu Bewußtsein kam, was sich hinter den verschlossenen Türen des Hauses in ihrer unmittelbaren Nachbarschaft zugetragen hatte. Ich blieb am Tatort, bis die Leichen aus dem Haus geschafft wurden – in denselben schwarzen Säcken wie schon das junge Mädchen. In der Zwischenzeit waren auch das Fernsehen, der Rundfunk, die Konkurrenz und all die anderen – Freiberufliche und Fotografen – angerückt. Die meisten wollten von mir wissen, ob der Mörder wieder angerufen hätte. Ich bestätigte das; er hätte mir die Adresse durchgegeben. Hin und wieder spürte ich die Hitze der Fernsehscheinwerfer, wenn sie sich inmitten des Gewimmels von Journalisten auf mich konzentrierten. Ich erwähnte mit keinem Wort, daß ich im Haus gewesen war – nur, daß ich wußte, daß es zwei Tote waren und daß alles mit Blut verschmiert war.

Während wir vor dem Haus warteten, fiel mir eine alte Frau auf, die etwas abseits stand. Ich konnte sehen, wie sie aufmerksam die Leute von der Polizei bei der Arbeit beobachtete und gelegentlich auch ihre Blicke über die versammelten Vertreter von Presse, Rundfunk und Fernsehen wandern ließ. Sie trug ein weißes Hauskleid, das in mächtigen, sich bauschenden Falten vom Hals und Schultern zu fallen schien. Wenn der Wind den Stoff gegen ihren Körper preßte, kamen die Umrisse ihres ausgemergelten, knochigen alten Körpers zum Vorschein. Ihre Lippen bewegten sich; sie sprach ein Gebet – vermutlich das Kaddish. Das graue Haar flatterte ihr im Wind in dünnen Strähnen um den Kopf. Nachdem die Leichen aus dem Haus gebracht worden waren, wandte sie sich ab und ging langsam die Straße hinunter. Ihr Körper schwankte von einer Seite auf die andere, während sie sich mit kurzen, unsicheren Schritten entfernte. Ich mußte an die Leichen in den schwarzen Säcken denken; aufgrund ihres aufgedunsenen Zustands war es schwierig gewesen, die ursprüngliche körperliche Verfassung der Toten richtig einzuschätzen. Aber ich nahm doch an, daß auch sie schon sehr gebrechlich gewesen waren und deshalb dem Wüten des Mörders kaum etwas entgegenzusetzen gehabt hatten. Ich stellte mir ihre Körper vor, wie sie nackt nebeneinander gelegen waren, und ich fragte mich, wie oft und mit wie großer Leidenschaft sie in ihrem langen Leben in ihrer gegenseitigen Nacktheit Trost, Freude und Lust gefunden hatten.

Dem Polizeiarzt war nicht mehr zum Spaßen zumute, als er wieder aus dem Haus kam. »Warten Sie erst den Obduktionsbefund ab«, fertigte er die Schar der Reporter, die ihn mit Fragen bestürmten, schroff ab. Auf dem Weg zu seinem Wagen sah er kurz zu mir herüber, um jedoch nur wortlos den Kopf zu schütteln, bevor er einstieg.

Martinez und Wilson waren ebenso rasch von einer Menge Neugieriger umringt, als sie aus dem Haus traten. Unwillkürlich fühlte ich mich an einen Schwarm Möwen erinnert, die sich kreischend um ein Stück Abfall auf dem Strand zankten. Martinez schilderte den Wartenden die Sachlage nur in den gröbsten Zügen. Ohne auf nähere Fragen einzugehen, schritt er auf seinen Wagen zu. Dabei fuchtelte er heftig mit den Armen durch die Luft, als könnte er dadurch die wie Vögel auf ihn zuschwirrenden Fragen verscheuchen. Nachdem er sich auf den Beifahrersitz hatte sinken lassen, fuhr Wilson, der schon vor ihm eingestiegen war, los. Ich sah ihnen noch kurz hinterher, um dann Porter zu suchen und ihrem Beispiel zu folgen. Der Fotograf hörte die ganze Fahrt hindurch nicht auf, leise vor sich hin zu murmeln und zu schimpfen. Ich sah auf das Meer und die Wellen hinaus, als wir am Wasser entlangfuhren. Es begann bereits zu dämmern, und auf dem Wasser der Bucht brachen sich die ersten Lichter der Stadt.

Vor der Redaktion wurde ich von den beiden Detektiven erwartet. »Wir wollen das Band hören«, erklärte Wilson. »Und zwar jetzt sofort.« Ich nickte und führte sie in die Nachrichtenredaktion.

Als Nolan uns eintreten sah, sprang er von seinem Platz auf und kam uns entgegen. Auch die anderen Reporter blickten von ihrer Arbeit auf, um uns zu beobachten. »Sie wollen das Band?« fragte Nolan. Und als Wilson nickte, fuhr er fort: »Ich lasse Ihnen sofort eine Kopie anfertigen.« Er holte die Kassette aus dem Recorder. »Selbstverständlich werden wir Ihnen bei Ihrer Arbeit jede nur erdenkliche Unterstützung zukommen lassen.« Darauf übergab Nolan das Band einem Botenjungen und trug ihm auf, es überspielen zu lassen. Währenddessen ließen sich die Detektive auf zwei Stühle vor einem unbesetzten Schreibtisch niedersinken. Es war eigenartig festzustellen, welche Nervosität allein ihre Anwesenheit in der Nachrichtenredaktion verbreitete. Obwohl wir mehr oder weniger täglich mit ihnen zu tun hatten – schließlich spielt das Verbrechen eine wesentliche Rolle im Alltag einer Zeitung –, empfanden wir ihre Anwesenheit in unserem Territorium doch als einen unwillkommenen Übergriff, eine kleine Invasion. Es war, als wollten wir den Prozeß der Herstellung der nächsten Ausgabe vor ihnen geheimhalten, als würde durch ihre Anwesenheit die Aura des Geheimnisvollen gestört, die diesen Vorgang umgab. Ich beobachtete, wie Wilson seine Schußwaffe in eine bequemere Position brachte; es war eine 357er Magnum mit kurzem Lauf; häßlich und zugleich bedrohlich ruhte ihr braun polierter Griff an seiner Hüfte.

Nolan nahm ihnen gegenüber Platz. »Haben Sie eigentlich noch nicht daran gedacht, die Leitung anzuzapfen?«

Überrascht sah Wilson auf. »Wozu das denn? Wir kriegen doch die Bänder von Ihnen.«

»Na, ich dachte, Sie könnten vielleicht feststellen, von wo der Mörder anruft«, meinte Nolan.

Statt einer Antwort brachen die beiden Detektive nur in erheitertes Gelächter aus. Martinez lehnte sich in seinem Stuhl zurück, während Wilson verächtlich grinsend bemerkte: »Sie haben wohl ein bißchen zu viele Krimis im Fernsehen gesehen, was? Feststellen, von wo er anruft! Daß ich nicht lache.«

»Das verstehe ich nicht ganz«, ließ Nolan nicht locker.

»Also gut.« Wilson nahm plötzlich einen betont geduldigen und belehrenden Tonfall an, als müßte er einem kleinen Kind etwas erklären. Mir entging nicht, wie es in Nolan zu arbeiten begann. »Allein in dieses Gebäude dürften etwa tausend Telefonanschlüsse führen. Sie wissen doch selbst, wie viele Apparate Sie hier rumstehen haben. Nun müßten wir genau feststellen, welche Leitung zu diesem Telefon, zu diesem Schreibtisch führt – über welche Leitung der Mörder also anruft.« Er fuhr mit der Hand vage durch die Luft. »Und angenommen, wir hätten hier die richtige Leitung angezapft, dann müßten wir an sämtlichen Schaltstellen im ganzen Stadtgebiet einen Mann postiert haben, um herauszufinden, über welche Leitung der Anruf hier hereinkommt.

In der Praxis erwiese sich das als absolut undurchführbar. Selbst wenn der Mörder, sagen wir mal, sechs bis acht Stunden am Apparat bleiben würde und unsere Leute auf ihrem Posten wären, würde es trotzdem noch einmal so lange dauern, bis wir die genaue Nummer herausgefunden hätten, von der er angerufen hat. Dabei ist nicht einmal gesagt, daß er überhaupt von einem Privatanschluß aus anruft. Wenn alles glattginge, könnten wir – rein theoretisch selbstverständlich – sogar einen Anruf aus einer Zelle orten. Aber was würde uns das schon groß nützen? Trotz all dieser Computergeschichten und dieses elektronischen Krimskrams, wie er während des Krieges entwickelt worden ist, stünden unsere Chancen, zufällig über den Mörder zu stolpern, immer noch besser, wenn wir uns einfach völlig willkürlich in irgendwelche Anrufe innerhalb des Stadtgebiets einschalten würden. Sie brauchen sich also keine Sorgen zu machen, Sie könnten abgehört werden – und wenn wirklich, dann höchstens vom Mörder persönlich.«

Nun erschien wieder der Laufbursche mit dem Band, das Wilson an sich nahm. Die beiden Detektive wollten eben aufstehen, um zu gehen, als ich sie fragte: »Warum waren die beiden Alten nackt?«

Martinez zuckte mit den Achseln und wandte sich ab, weshalb Wilson das Wort ergriff. »Ich glaube, dieser Kerl ist einfach ein Sadist. Er hat sich zwar sexuell nicht an ihnen vergangen, aber vermutlich wollte er sie einfach noch zusätzlich demütigen. Das ist allerdings nur eine Vermutung meinerseits.« Ich nickte.

Der Artikel kristallisierte sich diesmal langsamer heraus. Nolan blieb eine Weile hinter mir stehen, um zu sehen, wie ich vorankam, ging dann aber wieder an seinen Schreibtisch zurück. Ich probierte erst noch eine Weile herum, indem ich immer wieder dieselben Wortgruppen auf das Papier tippte – altes Ehepaar, blutverschmierter Schauplatz des Verbrechens, Hinrichtungsmorde, Telefonanruf. Alles, was ich hören konnte, war die Stimme des Mörders, als er mir die Adresse durchgab. Alles, was ich sehen konnte, waren die zwei Leichen auf dem Fußboden.

Ich dachte über die beiden Opfer nach, Mr. und Mrs. Stein. Er hatte in Long Island ein Herrenbekleidungsgeschäft besessen; sie war Hausfrau gewesen. Sie hatten zwei Kinder; der Sohn arbeitete in New York als Arzt. Vor zwölf Jahren, als ihnen der kalte Winter im Nordwesten der Staaten zum ersten Mal empfindlich in die Knochen gefahren war, hatten sie sich in das Haus am Beach zurückgezogen. Mir entging nicht, wie beängstigend typisch der Lebenslauf dieser Leute war, wie stereotyp er auf den ersten Blick erschien.

Andrew Porter kam aus dem Fotolabor und steuerte auf mich zu. Er hatte eine sorgenvolle Miene aufgesetzt, und in seinen Augen lag ein wütendes Funkeln. Er blieb kurz vor meinem Schreibtisch stehen und blickte auf den Text in meiner Schreibmaschine herab. »Hier.« Er legte einen Packen Abzüge auf den Schreibtisch. »Das wird Ihnen helfen, sich an den Tatort zurückzuversetzen.« Nun gesellte sich auch Nolan zu uns, und binnen weniger Sekunden waren wir von weiteren Reportern und Redakteuren umringt. Ich sah mir die Fotos an; es waren die, welche er im Haus aufgenommen hatte. In Schwarzweiß verstärkten sie die Wirkung des Dargestellten noch; hätte es sich dabei um Farbaufnahmen gehandelt, hätte ihnen etwas Surrealistisches, Unwirkliches angehaftet, während die unerbittlichen Grautöne der Schwarzweißabzüge den wahren Schrecken des Geschehens ungebrochen zu vermitteln vermochten.

Beim Herumreichen der Fotos wurde der eine oder andere entsetzte Ausruf, fassungslose Fluch oder anerkennende Pfiff laut. Da war eine Aufnahme von den zwei Leichen, ein Bild von den blutigen Schmierereien an der Wand, eine Nahaufnahme von den Schußverletzungen an den Schädeln der beiden Toten und ein Foto des Spiegels mit den mit Blut geschriebenen Zahlen, das Porter von der Seite aufgenommen hatte, damit der Blitz nicht in die Kamera zurückgeworfen wurde. Dieses Foto hielt Nolan schließlich in die Höhe. »Das da nehmen wir.« Er sah Porter an. »Ich nehme an, Sie entwickeln auch noch ein paar Außenaufnahmen, die wir für die morgige Ausgabe verwenden können?« Porter nickte. »Gut«, wandte Nolan sich dann mir zu. »Die Zeit wird langsam knapp. Sehen Sie zu, daß Sie mit Ihrem Artikel fertig werden.«

Ich beugte mich über meine Schreibmaschine und zog ein frisches Blatt ein. Die Ansammlung um meinen Schreibtisch löste sich rasch auf, und für einen Augenblick verfiel ich in einen eigenartigen Schwebezustand, währenddessen die Worte ohne jede erkennbare Ordnung durch meinen Kopf schwirrten. Doch plötzlich schien es, als fügten sie sich mit einem Mal zu sinnvollen Gruppierungen zusammen, und im nächsten Augenblick huschten auch schon meine Finger über die Tastatur der Schreibmaschine, während gleichzeitig die Worte auf das Weiß des Papiers hüpften. Ich drängte meine Gedanken über die letzten Minuten des ermordeten Paares zurück und ersetzte sie durch kurze Satzsalven. Es schien, als würde all das, was ich gesehen, gerochen, gehört hatte, für mich unwirklicher, indem ich es beschrieb und zu einem Artikel verarbeitete, konsumgerecht aufbereitet für die Morgenlektüre der Hunderttausende von Lesern, die in der langsam hereinbrechenden Nacht der Morgenausgabe unseres Blattes entgegenharrten.

Schreibend hatte ich mich wieder einmal in Sicherheit gebracht.

Bevor ich an diesem Abend nach Hause fuhr, ging ich noch mit Nolan, Porter und ein paar anderen Kollegen in unsere Stammkneipe. Wir ergatterten einen Tisch in der Ecke, die am weitesten von der Musikbox mit ihren lärmenden Country- und Western-Songs entfernt war. Das Mädchen hinter der Bar brachte uns unsere Drinks an den Tisch und schüttelte einen anerkennenden Kommentar eines Redakteurs über ihre Beine mit einem knappen Lächeln und gehobenen Augenbrauen ab. Während die anderen noch über diesen kleinen Schlagabtausch lachten, ließ ich mich müde in meinen Stuhl zurücksinken. Ich hielt mir meine Bierflasche gegen die Stirn und spürte, wie ihre Kühle meine Haut durchdrang. Die Flüssigkeit schoß regelrecht meine Kehle hinab, und bereits der erste Schluck war mit einem seltsam erhebenden Gefühl der Erleichterung verbunden.

»Glauben Sie eigentlich, daß wir durch unser Vorgehen diesen Kerl nur noch stärker ermutigen?« hörte ich Nolan in die Runde fragen. »Wäre es nicht möglich, daß er durch die enorme Publicity nur noch verstärkt zu seinen Morden motiviert wird?« Mehrere Stimmen antworteten gleichzeitig. Auf meinem Stuhl balancierend, schloß ich die Augen und hörte zu.

»Natürlich nicht«, erklärte eine Stimme entschieden. »Wir berichten doch lediglich über diesen Fall.«

Und eine andere Meinung: »Ich weiß nicht so recht, ob wir darüber wirklich nur berichten oder nicht auch in gewisser Weise an dieser Sache beteiligt sind.«

»Dazu möchte ich mal was sagen«, meldete sich Porter zu Wort. »Demnach zu schließen, was ich heute gesehen habe, deutet eigentlich alles darauf hin, daß dieser Kerl erst dabei ist, sich aufzuwärmen.«

»Und was wollen Sie damit sagen?« warf einer der anderen ein. »Daß wir die ganze Geschichte einfach ignorieren sollten, um ihn nicht zu weiteren Morden anzustacheln? Selbst wenn dieser Kerl tausend Leute umbringen sollte, müssen wir von der Presse darauf eingehen. Wir sind doch nicht die Polizei, verdammt noch mal.«

»Aber im Fall einer Entführung«, schaltete sich nun Nolan ein, »arbeiten wir doch auch mit der Polizei zusammen und berichten nicht über die näheren Umstände des Verbrechens, bis es nicht zur Übergabe des Lösegelds gekommen ist oder die entführte Person in Sicherheit ist – oder ermordet, je nachdem. Jedenfalls arbeiten wir in solchen Fällen mit der Polizei zusammen, um die Betroffenen nicht unnötig zu gefährden. Angenommen, wir stellen sämtliche Veröffentlichungen über diesen Fall ein – wir ermitteln zwar weiter, interviewen nach wie vor die Leute, aber veröffentlichen die Sachen nicht mehr. Und wenn der Mörder dann gefaßt ist, bringen wir das Ganze in aller Ausführlichkeit. Was wäre daran eigentlich auszusetzen?«

Darauf meldeten sich gleich mehrere Stimmen gleichzeitig zu Wort: »Die Konkurrenz würde doch in so einem Fall nie mitmachen. Die anderen Zeitungen, das Fernsehen, der Rundfunk – sie würden alle weiter über den Fall berichten, und wir stünden mit unserer Zurückhaltung ganz allein da.«

»Ich weiß nicht«, warf Nolan ein.

»Dann würde der Mörder eben anderswo anrufen«, machte jemand geltend. »Und wir könnten in die Röhre gucken.«

Darauf trat eine Weile Stille ein, so daß ich wieder die Klänge der Musikbox, die Geräusche von der Bar, das leise Klirren von Gläsern hören konnte. Genau, dachte ich, das war der springende Punkt. Ich schlug die Augen auf, und nun trug auch ich zum ersten Mal etwas zu der Diskussion bei. »Das sind doch alles nur Lippenbekenntnisse.«

Nolan wandte sich mir abrupt zu. »Wie bitte?«

»Lippenbekenntnisse, müßige Spekulationen, eitle Träumereien, oder wie auch immer Sie es sonst nennen wollen. Wie Sie es auch drehen und wenden – am Ende läuft es doch darauf hinaus: Ganz egal, wie viele Menschen dieser Kerl umbringt, wie brutal er dabei vorgeht, wie tief wir in die ganze Angelegenheit verstrickt sein mögen, die Zeitung wird die Story in jedem Fall bringen. Und dagegen können wir absolut nichts unternehmen. Wir sind nun mal keine straff organisierte Institution wie die Behörden oder die Polizei. Die Dinge nehmen ihren Lauf, und wir berichten darüber. Für uns wird es immer eine neue Story geben – eine noch größer angelegte, eine noch packendere, welche die Öffentlichkeit noch mehr ansprechen wird. Das kann einen Monat dauern – oder auch ein ganzes Jahr –, aber irgendwann wird es soweit sein. Und dann stürzen wir uns auf diese Story, und sie läßt alles, was noch am Tag zuvor die Gemüter erregt hat, über der neuen Sensationsmeldung in Vergessenheit geraten. Vor einem Jahr hat die *Washington Post* in Zusammenhang mit der Watergate-Affäre dem Präsidenten den Garaus gemacht, aber inzwischen müssen sie sich dort schon lange wieder die Frage anhören: ›Und was habt ihr in letzter Zeit gebracht?‹ So ist es nun mal in diesem Geschäft. ›Was habt ihr in letzter Zeit gebracht?‹ ist das einzige, was die Leute interessiert. Wir können letztlich von Glück reden, daß immer wieder ein Irrer wie dieser Mörder auftaucht und uns einen sensationellen Stoff zum Schreiben liefert.«

Als ich mit meiner Suada zu Ende war, goß ich den letzten Rest Bier in mein Glas. Ich beobachtete, wie es kurz aufschäumte, um im nächsten Augenblick wieder in sich zusammenzusinken und einen schmalen weißen Rand an der Innenseite des Glases zu hinterlassen. Als nun die ersten Kommentare zu meinen Äußerungen laut wurden, waren die meisten davon zustimmend. Nolan sah mich jedoch über den Rand seines Glases hinweg prüfend an.

Als ich später gemeinsam mit ihm das Lokal verließ, fragte er mich: »Sind Sie tatsächlich so ein Zyniker?«

»Wer sagt, daß ich ein Zyniker bin?«

»Zumindest deutet alles darauf hin. Und ein Lügner sind Sie außerdem.«

»Tatsächlich?« Ich lachte. Er nicht.

»Ich habe Sie doch heute abend gesehen, wie Sie auf das Papier vor Ihnen gestarrt haben. Ich weiß genau, was in diesem Augenblick in Ihnen vorging. Wenn ein Polizist den Schauplatz eines Verbrechens aufsucht, macht er seine Witze und wirft mit sarkastischen Bemerkungen um sich – das ist seine Methode, eine gewisse Distanz zu dem Geschehen um ihn herum zu schaffen. Er redet sich damit sozusagen ein: ›Das ist eine Welt, mit der ich nichts zu tun habe.‹ Wir haben es in diesem Punkt etwas leichter. Wir machen das mit Worten. Ich weiß noch gut, als ich bei der *L.A. Times* war, hatten wir einen Mitarbeiter – ein älterer Typ mit Brandlöchern von seinen Zigaretten in der Hose und Soßenflecken im Hemd; Sie wissen schon, welche Sorte ich meine. Sein Job war es, die einzelnen Artikel zu überarbeiten. Er behauptete immer, er müßte nicht Zeuge des Mordes, des Unfalls, des Einbruchs oder was auch immer sein, um darüber schreiben zu können; ihm würden die passenden ausschmückenden Details immer sozusagen von selbst einfallen. Er telefonierte nur kurz mit ein paar Leuten, um sich dann über seine Schreibmaschine zu beugen und den absolut stimmigsten und zutreffendsten Bericht herunterzuhacken. Er lebte total zurückgezogen, erschien täglich, fünf Tage die Woche, jahraus, jahrein, morgens pünktlich in der Redaktion und schrieb die besten, packendsten und mitreißendsten Artikel von uns allen. Und ich glaube, daß sich insgeheim jeder von uns wünscht, so zu werden wie dieser Alte. So distanziert und unbehelligt von allem.«

Er schwieg eine Weile, um nachzudenken. Der Mond war bereits aufgegangen. Sein blasser Schein vermischte sich mit dem fluoreszierenden Licht der Parkplatzbeleuchtung und tauchte die Welt in ein purpurnes Blau.

»Sie haben vollkommen recht«, fuhr Nolan schließlich fort. »Wir würden diese Story nie und nimmer fallenlassen, selbst wenn Sie der Mörder morgen anrufen und Ihnen bei dieser Gelegenheit versichern sollte, daß er einzig und allein wegen der Publicity weitermordet. Genau das halte ich für den entscheidenden Haken an unserer ganzen Existenz; das ist das grundlegende Dilemma.

Ich frage mich natürlich, wo sind wir eigentlich angelangt, wenn wir unsere Mittäterschaft mit der achselzuckenden Feststellung zu rechtfertigen beginnen: ›So ist das nun mal mit der Presse.‹ Und kommen Sie mir nicht damit, wir machten uns nicht der Mittäterschaft schuldig. Immerhin waren wir es, die er an den Schauplatz des Verbrechens geschickt hat – und nicht die Polizei oder die Feuerwehr oder wen auch immer.

Trotzdem – was im weiteren auch noch passieren mag, für uns wird es eine Superstory.«

Darauf verfielen wir in längeres Schweigen. Die Lichter der Bogenlampen durchschnitten den Abendhimmel. Schließlich verabschiedete sich Nolan mit den Worten: »Dann also bis morgen. Ich nehme an, daß er wieder anrufen wird.« Als er dann auf seinen Wagen zuschritt, blieb ich noch eine Weile stehen und ließ die Dunkelheit auf mich eindringen. Ich wendete den Kopf, um den Hauch einer kühlenden Brise einzufangen. Doch das einzige, was ich spürte, war der letzte Rest von der Hitze des Tages, der vom Gehsteig hochstieg und mich wie eine Woge umschloß.

Christine saß im Wohnzimmer vor dem Fernseher, als ich nach Hause kam. »Schnell«, rief sie mir entgegen. »Die Nachrichten fangen gerade an.« Ich ließ mich in einen Sessel sinken, während ein Fernsehsprecher ein paar einleitende Worte zu dem Mordfall sprach. Christine lag nur in Unterwäsche auf der Couch; ihre weiße Schwesterntracht lag achtlos über die Rückenlehne geworfen. Ich betrachtete ihre Beine, während die Stimme des Fernsehsprechers weiter dahinplätscherte. »Da bist du«, entfuhr es ihr aufgeregt.

Ich sah auf den Bildschirm. In grelles Scheinwerferlicht getaucht, war ich von zahlreichen Mikrofonen umringt. Der Wind blies mir ins Gesicht, und ich beobachtete mich, wie ich eine Hand hob und damit mein Haar gegen meinen Kopf drückte. Ich sah mir zu, wie ich über den letzten Anruf sprach, und dann erfolgte ein abrupter Schnitt auf die zwei Leichen, die gerade aus dem Haus getragen wurden. Ein neuerlicher Schnitt, und diesmal war Martinez zu sehen, wie er sich durch die Schar der Reporter einen Weg auf seinen Wagen zu bahnte. Zum Schluß resümierte ein Fernsehreporter mit Blick in die Kamera die Einzelheiten der letzten beiden Morde, um mit der kryptischen Feststellung zu schließen: »Niemand kann sagen, wann dies ein Ende nehmen wird.«

Darauf stand ich mit einem mürrischen Brummen auf und schaltete den Fernseher aus. Christine hob ihre Arme über den Kopf und streckte sich. Meine Blicke glitten bedächtig über ihren Körper, um schließlich vor allem um ihre Beine, ihren Bauch und ihre Schultern zu kreisen. »Mein Gott, ist das eine Hitze heute nacht«, seufzte sie. »Ich finde, du hast einen guten Eindruck gemacht. War es eigentlich wirklich so schrecklich?«

»Eigentlich war doch im Fernsehen gar nicht davon die Rede, was sich im Haus abgespielt hat.«

»Aber sie wurden doch auch erschossen wie das Mädchen, oder nicht?« wollte Christine wissen.

»Ja und nein. Den beiden Alten waren die Hände auf den Rücken gefesselt – wie bei dem Mädchen. Sie wurden in den Hinterkopf geschossen – wie das Mädchen. Aber hier hört dann die Ähnlichkeit zwischen den beiden Morden auch schon auf.«

»Wieso?«

»Wegen des Bluts.«

Christines Hand fuhr an ihren Mund. »Wieso? Was ist passiert?«

»Du hättest die Wohnung sehen sollen. Alles war mit Blut verschmiert. Es sah aus wie in einem Schlachthaus. Und die zwei waren völlig nackt. Es sah aus, als hätte er plötzlich durchgedreht, nachdem er sie erschossen hatte. Wirklich ein Wunder, daß die Nachbarn nichts gehört haben.«

Christine war plötzlich blaß geworden. »Warum hat er das getan?«

»Genau das fragen sich eine ganze Menge anderer Leute auch.«

»Aber du müßtest das doch wissen. Schließlich hast du mit ihm gesprochen. Was denkst du darüber?«

»Leider weiht er mich nicht in die genaueren Hintergründe seiner Tat ein«, fuhr ich sie unerwartet heftig an. »Er redet, ich höre zu! Woher soll ich also so genau über seine Motive Bescheid wissen. Ich bin schließlich kein Psychologe.«

»Aber vielleicht wird er mit dir über seine Gründe sprechen«, ließ Christine nicht locker.

»Hoffentlich, verdammt noch mal, hoffentlich!« Die Worte kamen mir über die Lippen, bevor ich noch recht wußte, was ich eigentlich sagte.

»Und dann?«

»Was und dann?«

»Was willst du tun, wenn er dir von seinen Gründen erzählt? Wirst du versuchen, ihn von seinem Vorhaben abzubringen?«

»Das ist nicht meine Aufgabe.«

»Ich finde das abscheulich.«

Christine entfuhr ein leiser Schrei, als ich sie am Arm packte und heftig schüttelte. »Was willst du damit sagen?«

Sie riß ihren Arm los und griff nach einem Kissen, um es in ihren Schoß zu legen, als wollte sie damit wenigstens zum Teil ihre Blöße bedecken. »Ich will damit sagen, daß dieser Mann herumgeht und Menschen umbringt. Umbringt – hast du mich verstanden. Und du bist diejenige Person, die sich dieser Mörder als Gesprächspartner ausgesucht hat. Und dir fällt in diesem Zusammenhang nichts Besseres ein, als dir deine Notizen zu machen und einen Artikel nach dem anderen zu schreiben, wobei letztere aller Wahrscheinlichkeit nach zu nichts anderem gut sind, als diesen Irren förmlich dazu anzustacheln, immer weiter zu morden. Was um alles in der Welt ist eigentlich in dich gefahren?«

»Was soll denn mit mir sein?« Meine Stimme wurde bedenklich lauter. »Das ist nun mal mein Job. Ich bin kein Polizist – und auch kein Arzt. Leider steht es nicht in meiner Macht, die Welt wieder heil zu machen. Ich tue nichts anderes, als über das zu berichten, was ich höre und sehe.«

»Wie ein Roboter.«

»Nein, verdammt noch mal, die Leute sind auf mich genau so angewiesen wie auf dich. Sie brauchen Informationen, Wissen. Wie sollten sie sich sonst schützen?«

»Ach«, entgegnete sie, »der Fürsprecher der Selbsthilfekommandos.«

»Du weißt ganz genau, daß du im Augenblick nur Unsinn redest«, ging ich nicht weiter auf ihre Provokationen ein. Darauf drehte sie sich um und nahm ein Glas Wein von einem Beistelltischchen. Mir war nicht aufgefallen, daß sie getrunken hatte. Nachdem sie einen kräftigen Schluck genommen hatte, ließ sie sich, den Kopf weit nach hinten gestreckt, in die Couch zurücksinken. Unwillkürlich wurden meine Blicke von ihrer langgestreckten Kehle mit den deutlich hervortretenden Sehnen und der Luftröhre angezogen. Mich überkam plötzliche Leidenschaft, ein starkes sexuelles Verlangen. »Es tut mir leid.« Ich setzte mich neben sie. »Ich weiß auch nicht, was ich sonst hätte sagen sollen.«

Sie sah mich an und legte mir die Hand auf den Arm.

»Was ich nicht verstehen kann«, murmelte sie dann, »weshalb glaubst du eigentlich, der Umstand, daß du die Position des neutralen Beobachters einnimmst, könnte dich immun machen?«

Nachdem ich mir das eine Weile durch den Kopf gehen hatte lassen, gelangte ich zu dem Schluß, daß es darauf tatsächlich keine Antwort gab. »Vermutlich ist jeder in meinem Job davon überzeugt, auf diese Weise eine gewisse Schutzwand um sich errichten zu können. Niemand macht sich darüber gern zu viele Gedanken. Wir verschließen uns vor dieser Erkenntnis. Während des Kriegs sind eine ganze Reihe von Korrespondenten umgekommen. Zum Beispiel Sean Flynn, der Sohn des Schauspielers. Er war als Fotograf in Kambodscha. Als er hörte, daß es ein Stück die Straße runter zu Kampfhandlungen gekommen war, fuhr er, begleitet von einem Freund, auf einem Motorrad los. Die beiden sind nie wieder aufgetaucht. Für das *Journal* arbeitet zum Beispiel dieser ältere Reporter, der über die Kämpfe in der Dominikanischen Republik berichtet hat; du weißt schon, als die Marines dort anrückten. Dabei hat es ihn ziemlich übel erwischt. Die Zeitung hat ihm zu Ehren eine Gedenkfeier veranstaltet, aber dann haben sie ihn, glaube ich, schleunigst aufs Altenteil abgeschoben. In diesem Job sieht man zu, daß die alten, angeschlagenen Krieger den Überlebenden nicht etwa den ungebrochenen Elan für ihren nächsten Auftrag anknacksen. Und irgendwie leben wir alle in dem Glauben, der Akt des Zusammentragens und Aussortierens von Informationen stelle eine Art Schutzschild dar – weil wir angeblich das Geschehen vollkommen neutral beobachten und keinerlei parteiisches Interesse am Fortgang der Dinge haben. Und aus eben diesen Gründen werden uns die Kugeln unweigerlich verfehlen und statt dessen einen von den wirklich Beteiligten treffen.«

»Du redest vom Krieg«, entgegnete sie. »Ich rede von einem Verrückten.«

»Aber genau das beabsichtigt er doch. Er will uns so weit bringen, daß wir alle denken, wir lebten im Kriegszustand.«

Darauf verfiel sie einen Augenblick in Schweigen.

»Ich glaube fast«, entgegnete sie schließlich, »daß ihm das gelingen wird. Ich habe Angst – um dich, und auch um mich. Ich habe das Gefühl, als wären wir besonders gefährdet.«

»Weshalb?«

»Deinetwegen. Woher willst du wissen, daß er sich auf Dauer damit zufriedengeben wird, dich lediglich in der Redaktion anzurufen? Offensichtlich liegt ihm viel daran, dich in diese Geschichte hineinzuziehen. Woher willst du wissen, daß er es am Ende nicht auch auf dich abgesehen hat? Und angenommen, du schreibst etwas, was ihm nicht in den Kram paßt? Was, glaubst du, wird er dann tun?«

»Daran möchte ich lieber erst gar nicht denken. Sonst könnte ich auch gar nichts mehr schreiben.«

»Aha«, trumpfte sie nun auf. »Würde das dein Freund, der Psychiater, nicht als einen Akt der Verdrängung bezeichnen?«

»Das gehört nun mal zu meinem Job.«

»Ein sauberer Job«, entgegnete sie verächtlich, um dann zu lachen. »Schenk mir noch ein Glas Wein ein.« Doch anstatt mir ihr Glas zu reichen, schlang sie ihre Arme um mich und legte ihren Kopf an meine Brust. Ich versuchte, in ihr Gesicht zu schauen, aber alles, was ich sehen konnte, war das Licht, das in ihrem Haar spielte und seine Farbe zum Leuchten brachte. Ich konnte ihren Atem spüren, während sie sich an mich drückte. Dann löste sie sich von mir, reichte mir ihr Glas und ließ das Kissen auf den Boden fallen.

Wir liebten uns ruckartig und unkoordiniert, als wären unsere Körper aus dem Takt geraten. Danach lag sie auf dem Rücken und sah aus dem Schlafzimmerfenster. Ich saß auf der Bettkante und sah sie an. Sie sagte nichts. Wenig später drehte sie sich auf die Seite und knipste die Nachttischlampe aus. Ich setzte mich in einen Sessel am Fenster und ließ die nächtlichen Gestalten sich um mich herum erheben. Ich dachte an Mr. und Mrs. Ira Stein und mein Zögern über der Schreibmaschine. Ich versuchte sie mir lebend vorzustellen, wie sie die paar Häuserblocks von ihrem Haus zum Beach hinuntergegangen waren, hin und wieder mit der typischen Abruptheit des Alters stehenbleibend, um kurz zur Sonne aufzublicken. Doch das Bild von ihnen, wie sie nackt auf dem Boden ihres Wohnzimmers lagen, wollte sich nicht aus meinem Kopf vertreiben lassen. Ich überlegte, wer wohl als erster erschossen worden war und was wohl demjenigen, der noch lebte, während seiner letzten Augenblicke durch den Kopf gegangen war. Hatten sie den Knall und den Schock und die Finsternis der Explosion an ihrem Hinterkopf herbeigesehnt? Oder hatte sich der Überlebende auch dann noch verzweifelt an seine letzten Augenblicke geklammert, als der Partner bereits tot neben ihm lag? Ich dachte: Das werde ich den Mörder fragen, wenn er wieder anruft. Und dann sah ich wieder die Leichen vor mir. Diesmal hatten sie jedoch ihre Arme von sich gestreckt, als suchten ihre Hände den anderen. Wie Liebende.

8

Die Schlagzeile erstreckte sich in riesigen Lettern über die ganze Breite der ersten Seite: NUMMERNMÖRDER SCHLÄGT ERNEUT ZU. RENTNEREHEPAAR ERMORDET. Unter der Überschrift prangten in Fettdruck mein Name und ein vierspaltiges Foto von dem Wandspiegel im Wohnzimmer mit den beiden Zahlen, die der Mörder mit dem Blut der Ermordeten auf das Glas geschmier hatte. Darunter befand sich ein kleineres Foto von den Sanitätern, welche die Tragbahren mit den in die schwarzen Säcke gehüllten Leichen aus dem Haus zum Krankenwagen trugen.

Auch der Begleitartikel begann auf der ersten Seite; ich schilderte darin das ungläubige Entsetzen der Anwohner über die Tat, begleitet von zahlreichen wörtlichen Zitaten. Im Vergleich zu dem Tod des jungen Mädchens herrschte hier jedoch aufgrund des hohen Alters der Befragten ein etwas anderer Grundton vor, der eindeutig durch die größere Hilflosigkeit und Gebrechlichkeit des Alters geprägt wurde; diese Menschen hatten mehr Angst, fand ich. Ihnen war der Tod wesentlich vertrauter; sie spürten ihn deutlicher. Fast schien es, als ließen sich diejenigen, welche sowieso nur noch über sehr wenig Zeit verfügten, das Leben noch weniger gern rauben.

Beide Artikel wurden auf der zweiten Seite fortgesetzt, und auch im Mittelteil der Zeitung war noch eine ganze Seite der Berichterstattung über den Mord gewidmet.

Christine trug ihre weiße Schwesterntracht. »Gott sei Dank operieren wir heute nicht«, erklärte sie. »Nachdem ich das alles gelesen habe, würde ich das nicht verkraften.« Sie nahm einen Schluck von ihrem Kaffee, ohne von der Zeitung aufzublicken.

Währenddessen wandte ich mich der Sportseite und den Baseballergebnissen zu. Die Red Sox schienen von Spiel zu Spiel besser zu werden und hatten in Baltimore 1 : 0 gewonnen.

»Mein Gott«, entfuhr es Christine, »das ist ja schrecklich.«

An diesem Tag konnte ich zum ersten Mal die allgegenwärtige Präsenz des Mörders in der ganzen Stadt spüren. Die Luft war von ihr erfüllt wie von einem plötzlich aufkommenden Wind vor einem nachmittäglichen Gewitter. Kaum war ich in der Redaktion angekommen, winkte mich Nolan auch schon beiseite, um mir zu sagen, ich sollte am besten gleich losgehen und mich umhören, wie die Leute auf der Straße auf die neuerliche Schreckensmeldung reagierten. Während er dies noch sagte, wandten wir uns gleichzeitig nach meinem Schreibtisch um und starrten kurz wie gebannt auf das Telefon. Nolan meinte jedoch, wir könnten es uns in der augenblicklichen Situation nicht leisten, untätig herumzusitzen und auf einen Anruf des Mörders zu warten. Dabei zog er nachdenklich an seiner Krawatte, die ihm lose vom Kragen hing. Das tat er immer, wenn er nervös war. Er schlug jedoch vor, den Hörer meines Apparates abzunehmen, damit der Mörder, falls er doch anrufen sollte, den Eindruck gewänne, ich wäre am Telefonieren und nicht außer Haus. Ich nickte zustimmend, verspürte dann aber doch leichte Schuldgefühle, als ich den Hörer von der Gabel nahm. Indessen war Porter angekommen, worauf wir gemeinsam die Redaktion verließen.

Wir nahmen einen städtischen Bus. Der Fahrer, ein Schwarzer mit einem Kranz grauer Haare um die Ohren, wandte sich auf meine Frage hin nach mir um. »Weshalb ich vor diesem Mann Angst haben sollte? Eigentlich besteht dazu kein Grund, aber ich habe trotzdem Angst. Ich sehe mir die Gesichter der Leute an, die in meinen Bus steigen, und frage mich: Ist das wohl der nächste? Oder ich selbst? Und ich mache mir Gedanken über die Fahrgäste, vor allem die Fremden, wenn sie einsteigen und das Fahrgeld in den Schlitz stecken. Vor allem die jüngeren Männer sehe ich mir genau an und frage mich, ob er das vielleicht ist.« Der Fahrer hatte mächtige, muskelbepackte Arme und steuerte den Bus mit einer Leichtigkeit durch den dichten Innenstadtverkehr, als führe er in Trance. »Die Leute«, erzählte er weiter, »wirken alle plötzlich etwas nervös. Ich kann das an meinen Fahrgästen ganz deutlich feststellen. In so einem Bus, tagaus, tagein die gleiche Strecke fahrend, bekommt man ja einen recht guten Eindruck von der allgemeinen Stimmung in der Stadt. Mir ist zum Beispiel aufgefallen, daß sich kaum mehr jemand neben einen anderen Fahrgast setzt, wenn ein Platz schon besetzt ist. Die Leute scheinen plötzlich sehr auf Abstand bedacht.«

Wir durchstreiften die Straßen von Little Havana, wo uns die Leute mit teils argwöhnischen, teils neugierigen Blicken folgten. Immer wieder bemerkten wir, wie ein Gast in einem der zahlreichen Straßencafés eben sein kleines Glas mit starkem kubanischen Kaffee an die Lippen führen wollte, um jedoch mitten in der

Bewegung innezuhalten und uns auf diese unnachahmliche latein-amerikanische Art über den Rand seines Glases hinweg anzublik-ken.

Schließlich blieben wir vor einem kleinen kubanischen Restaurant stehen, wo ein paar alte Männer an einem Tisch vor dem Eingang Domino spielten. »Früher oder später«, erklärte ein alter Kubaner in stockendem Englisch, »ereilt jeden der Tod. Weshalb sich also groß aufregen?« Er hob kurz seinen Hemdzipfel an, so daß darunter eine rötliche Narbe auf seinem Bauch zum Vorschein kam. »Playa Giron«, erklärte er dazu. »La Brigada.« Er spuckte auf den Gehsteig, sein Speichel ein dunkler Fleck auf dem hellen Beton. »Warum schifft sich dieser Kerl nicht nach Havanna ein und lehrt die dort drüben ein bißchen das Fürchten?« Während ein paar der anderen Männer lachten, ließ der Alte seine Blicke zum Himmel emporwandern. »Wir lassen uns von so einem Mann nicht so leicht einschüchtern«, fuhr er dann fort. »Aber ein Teil der Frauen und Kinder haben schon etwas Angst. Sie fragen sich natürlich, ob er auch hierher kommen wird, wie er diese alten Leute am Beach überfallen hat. Aber ich meine, wie kann irgend jemand sagen, was dieser Verrückte noch alles tun wird? Obwohl viele der Überzeugung sind, daß dieser Mörder sich an die Leute seiner Rasse halten wird, was auch immer er von ihnen will, so haben sie doch ein wenig Angst. Wenn Sie meine Meinung wissen wollen, dann glaube ich, daß dieser Mann bald den Tod finden wird. Oder er hält das alles nicht mehr aus und bringt sich selbst um.« Der alte Mann zuckte mit den Achseln und senkte seinen Blick wieder auf die Dominosteine auf dem Tisch vor ihm. Er nahm einen Stein aus dem Haufen und stellte ihn behutsam auf die schmale, hohe Kante. Dann schnippte er ihn ganz leicht mit der Fingerspitze an, so daß der Stein umfiel. Er legte ihn schließlich an das Ende der Kette, und das Spiel ging weiter.

Am Nachmittag fuhren wir zu einem Einkaufszentrum, das nicht weit von dem Haus der Familie des ersten Opfers entfernt lag. Ich hatte während der letzten Tage kaum mehr an sie gedacht. Was wohl inzwischen in ihnen vorging? Ob sie sich bewußt geworden waren, daß sie da in eine Sache verwickelt worden waren, bei der es um mehr ging als nur um den Tod ihrer Tochter? Doch was hätte sie, dachte ich andererseits, überhaupt mehr berühren können als eben der Tod ihrer Tochter?

Als nächstes suchten wir ein Waffengeschäft auf. An der Theke warteten etwa ein halbes Dutzend Leute darauf, bedient zu werden. Der Verkäufer deutete mit dem Daumen über seine Schulter nach hinten, als ich ihn nach dem Inhaber fragte. Ich fand ihn in einer kleinen Werkstatt, die sich rückwärts an den Laden anschloß. Er saß an einem von Lumpen übersäten Tisch, von dem der stechende Geruch von Reinigungsflüssigkeit aufstieg. Der Inhaber des Geschäfts – er war gerade mit einer kleinkalibrigen Automatik beschäftigt, die zerlegt vor ihm auf dem Tisch lag – grinste mich amüsiert an, als ich mich vorstellte und ihm die Gründe meines Besuchs nannte.

»Wir sind hier nun mal in einer Vorstadtgegend«, erklärte er. »Und sobald sich in der Stadt irgend etwas Ungewöhnliches tut, werden die Leute hier nervös. Und wenn die Leute nervös werden, heißt das, daß sie losmarschieren und sich eine Schußwaffe zulegen. Um also auf Ihre Frage zurückzukommen – seit heute morgen die Zeitungen über diesen zweiten Mord berichtet haben, geben sich bei mir die Leute die Türklinke in die Hand. Wenn mich nicht alles täuscht, wird das Geschäft gegen Abend sogar noch weiter zunehmen, ganz zu schweigen von morgen. Und falls dieser Kerl tatsächlich auf die Idee kommen sollte, noch einmal jemanden umzubringen – tja . . .« Der Inhaber schwieg einen Moment und lächelte in sich hinein. »Es mag vielleicht brutal klingen, aber eine bessere Reklame könnte ich mir gar nicht wünschen.« Er war ein hagerer, fast ausgemergelter Mann mit auffälligen Koteletten und glatt zurückfrisiertem Haar, eine Reminiszenz an die fünfziger Jahre. »Fast jeder beklagt sich über diese Dreitagesbestimmung. Sie wissen ja, wenn Sie heute bei mir eine Waffe kaufen, können Sie sie erst übermorgen abholen. Eine Menge Leute sagen: ›Und was ist, wenn dieser Kerl heute schon auftaucht?‹ Ich sage ihnen dann einfach: ›Keine Sorge, so geht der nicht vor. Sie haben nichts zu befürchten.‹ Und die meisten lassen sich damit auch tatsächlich beruhigen, wobei Sie mich, weiß Gott, nicht fragen dürfen, wie die Leute auf die Idee kommen, ich könnte in dieser Sache ein kompetentes Urteil abgeben.«

Der Inhaber des Waffengeschäfts hielt einen Moment inne und warf einen kurzen Blick in den Laden hinaus, von wo ein ständiges Klicken von metallischen Teilen hereindrang, das davon herrührte, daß sich die Kunden die Funktionsweise der einzelnen

Waffen genauestens erklären ließen. Dann nahm der Inhaber des Ladens die Automatik vom Tisch und begann sie mit einem Tuch zu polieren. »Ich habe wirklich eine Menge erlebt, als ich beim Militär war. Und ich habe dort auch nicht wenige Kerle kennengelernt, die hart an der Grenze waren – Sie wissen schon, diese Typen, die bereits mit einem Fuß in der Klapsmühle stehen. Besonders an einen kann ich mich noch gut erinnern; das war damals während der Grundausbildung oben in Fort Dix. Kalt war es da vielleicht – die ganze Zeit. Ich dachte schon, ich würde nie mehr aufhören zu frieren.

Jedenfalls stellt sich unser Spieß am ersten Tag vor uns hin und brüllt uns an: ›Wenn ihr künftig eine Antwort gebt, dann will ich auch was hören. Immer schön laut und deutlich, verstanden!‹ Wir hatten so ein mickriges Bürschchen dabei, vielleicht siebzehn oder achtzehn; und er sah aus, als hätte er noch nie seinen Fuß vor die Tür gesetzt. Und genau auf ihn hatte es der Unteroffizier abgesehen. Und dieser Bursche immer schön brav geantwortet: ›Jawohl, Sir! Zu Befehl, Sir!‹ Und das von Tag zu Tag lauter und lauter. Nach einer Weile fing er damit sogar in der Kaserne an. Man konnte mit dem armen Teufel gar nicht mehr normal reden; ständig brüllte er im Kommandoton herum. Nach ein paar weiteren Tagen roch der Unteroffizier schließlich den Braten. Der Kerl marschierte nur noch durch die Gegend – die Augen stur geradeaus –, obwohl ich bezweifle, daß er irgend etwas sah; und dazu brüllte er ständig mit voller Lautstärke vor sich hin. Daraufhin haben sie ihn fortgeschafft, und ich habe ihn nie wiedergesehen. Und nun stellen Sie sich mal vor, so jemanden schicken die nach Vietnam rüber. Dieser Gedanke ist mir erst neulich gekommen, als ich von dem ersten Mord gelesen habe.«

Der Inhaber des Ladens schwieg wieder eine Weile und lauschte dem Klicken der Waffen. »Tja, und nun wollen sich natürlich alle vor diesem Irren schützen. Eine Waffe zu kaufen ist freilich nur eine Möglichkeit. Rufen Sie doch mal im Zwinger an; die erzählen Ihnen sicher, daß sie inzwischen jeden Köter verkauft haben, der sich einigermaßen als Wachhund eignet. Aber so eine Knarre ist auch nicht das schlechteste. Und eines kann ich Ihnen sagen: Die Kanone, die dieser Kerl hat, kann sich wirklich sehen lassen. Vermutlich die übliche Fünfundvierziger Automatik, die Armeestandardausführung. Und wissen Sie auch, wieso diese

Waffe entwickelt wurde? Das war zu Beginn dieses Jahrhunderts, als unsere Marines auf den Philippinen einrückten. Die gewöhnlichen Soldaten waren damals noch mit Gewehren mit Bajonett ausgerüstet, aber die Offiziere hatten nur die alten Achtunddreißiger Colts, wie sie die Cowboys hatten. Tja, und eine ganze Menge von ihnen wurden getötet, weil sich ein Einheimischer mit einem Schwert aus dem Hinterhalt auf sie stürzte. Sie jagten dem Angreifer zwar ein paar Kugeln in die Brust, und der Kerl war auch schon längst mausetot; aber die Schüsse konnten ihn nicht stoppen, und er hatte immer noch so viel Schwung drauf, daß er den Offizier einfach in Stücke säbelte. Und deshalb entwickelten sie nun eine wirklich schnelle Handfeuerwaffe, die einen Angreifer auch zum Stehen brachte – Sie wissen schon, so richtig. Und das war die Fünfundvierziger Colt-Automatik. In der Army haben sie diese Waffe heute noch. Was Besseres gibt es schließlich auch nicht. Und deshalb wird die Polizei diese Waffe oder die verwendete Munition auch nie identifizieren können. Von diesem Waffentyp müssen noch Tausende von Exemplaren in Umlauf sein. Vermutlich hat noch jeder zweite Veteran aus dem Zweiten Weltkrieg in dieser Stadt so ein Ding in seiner Schreibtischschublade rumliegen.«

Er sah mich an, während seine Worte Seite für Seite meines Notizbuchs füllten. »Haben Sie überhaupt schon mal einen Schuß abgefeuert mit so einem Ding?« Ich schüttelte den Kopf. »Wollen Sie's mal versuchen?« Er grinste mich an und führte mich auf mein Nicken hin durch den Hinterausgang in einen Anbau hinter dem Laden. Die Wände waren schalldicht isoliert, und an der mit Sandsäcken gesicherten Rückwand war eine Zielscheibe angebracht. Er zog eine Schublade heraus und reichte mir ein Paar Ohrenschützer.

»Und hier hätten wir unser kleines Wunderding.« Er hielt eine Automatik hoch. Für den Bruchteil einer Sekunde blitzte die matte Oberfläche der Waffe unter dem kalten Neonlicht auf. Doch dann lag sie schwarz und häßlich in seiner Hand. Nachdem er sie mir gereicht hatte, legte er mir seine Hände auf die Schultern und rückte mich in die richtige Position. Das Ziel waren die schwarzen Umrisse einer menschlichen Gestalt, wie man sie von Polizeischießständen kennt. Die Waffe fühlte sich extrem schwer in meiner Hand an, und für einen Augenblick war ich mir nicht sicher, ob ich sie überhaupt würde heben können. Der Inhaber des Ladens zeigte mir, wie ich mich hinstellen sollte, die Waffe mit beiden Händen haltend. Ich hob sie und visierte über den kurzen Lauf hinweg das Ziel an. Mein Blickfeld schien sich mit einem Mal zu einem schmalen Schlauch zu verengen, der zwischen mir und dem Ziel verlief. Der Ladeninhaber drückte mir grinsend ein Magazin in die Hand. Nachdem ich es eingelegt hatte, fühlte sich die Waffe noch schwerer an. »Und jetzt mal los!« hörte ich seine Stimme an meinem Ellbogen. »Nur ganz leicht drücken. Alles klar?« Ich zielte und schoß.

Das Krachen des Schusses erfüllte den Raum, und der Korditgeruch stieg mir in die Nase. Meine Hände fühlten sich an, als hätte jemand mit dem Hammer auf sie geschlagen. Die Finger durchlief ein elektrisches Prickeln. Ich ließ die Waffe sinken und zog mir die Ohrenschützer vom Kopf.

»Für einen Anfänger kein schlechter Schuß«, nickte der Waffenhändler anerkennend. Er nahm mir die Automatik ab und entfernte das Magazin. Dann packte er die Waffe weg und deutete auf die Zielscheibe. »Na, was sagen Sie dazu?«

Mein Schuß hatte der schwarzen Gestalt den Kopf weggerissen. Ich warf einen kurzen Blick darauf, um mich dann abrupt umzuwenden und dem Ladeninhaber zurück in das Geschäft zu folgen. »Verstehen Sie jetzt, was ich meine?« sagte er. »Mit so einem Ding ist nicht zu spaßen. Das ist etwas anderes als diese kleinen Spielzeugpistolen wie diese Fünfundzwanziger Automatiks oder diese billigen Saturday Night Specials. Eine Fünfundvierziger ist vor allem für eines gut – einen Menschen rasch und hundertprozentig zu töten.«

Als uns der Waffenhändler dann durch den Laden zum Ausgang begleitete, blieb er kurz an der Kasse stehen, um mit einem Mann mit Anzug zu sprechen, der eine große Handfeuerwaffe prüfend in seiner Hand wog. »Was Sie hier haben, Sir«, sprach er den Kunden an, »ist sozusagen der Cadillac unter den Handfeuerwaffen. Ein Colt Python, dreisiebenundfünfzig Magnum mit langem Lauf. Ein höheres Maß an Zielgenauigkeit, Präzision und Durchschlagskraft können Sie sich nicht denken. Die meisten Polizisten unter unseren Kunden kaufen diese Waffe, allerdings ein Modell mit kürzerem Lauf. Für Zielübungen würde ich Ihnen die reguläre Achtunddreißiger-Munition empfehlen. Ich nehme doch an, die Waffe ist für Sie persönlich gedacht?«

Der Geschäftsmann schüttelte den Kopf. »Nein, eigentlich wollte ich etwas für meine Frau haben.« Er sah zum Inhaber des Ladens auf, der gerade dem Verkäufer hinter der Theke einen eisigen Blick zuwarf.

»In diesem Fall würde ich Ihnen allerdings etwas empfehlen, womit Ihre Frau auch umgehen kann. Vermutlich ist sie nicht sehr groß und kräftig.«

»Nein, eher zierlich. Wissen Sie, sie hat einfach Angst, und ich hätte gern etwas für sie, damit sie sich wenigstens etwas sicherer fühlt.« Der Mann wandte sich mir und den anderen wartenden Kunden zu. »Ich glaube, sie macht sich wegen dieses Nummernmörders Sorgen.«

»Durchaus zu Recht«, erklärte eine Frau in der Schlange.

»So geht es uns doch allen«, fiel ein Mann in einem Sporthemd ein.

»Aber es ist ja nicht nur dieser Mörder«, meldete sich wieder die Frau zu Wort. »Es ist diese ganze Gesetzlosigkeit. Und die Polizei scheint dagegen völlig machtlos zu sein. Sie kommen nur an und nehmen eine Anzeige auf. Jedenfalls war das bei mir der Fall, als in mein Haus eingebrochen wurde.« Die Frau bemerkte, daß ich mir Notizen machte. »Sind Sie etwa von der Zeitung?«

»Ja.«

»Sie können mich ruhig zitieren, aber erwähnen Sie bitte nicht meinen Namen.«

Nun schaltete sich wieder der Geschäftsmann in das Gespräch ein. »Was mir am meisten Sorgen macht, ist der Umstand, daß nun jeder miese kleine Ganove, der sich hier rumtreibt, aufgrund dieser Mordfälle eine Chance wittert, schnell mal jemanden um die Ecke zu bringen, der ihm gerade im Weg ist. Ich meine, wenn heute jemand erschossen aufgefunden wird, denkt doch alle Welt gleich wieder, es wäre dieser Nummernmörder gewesen. Und die Polizei tappt weiter völlig im dunkeln.«

Diese Feststellung trug ihm allgemeine Zustimmung ein. Der Mann in dem Sporthemd hob eine gedrungene Achtunddreißiger Special. »Vielleicht erweist sich das hier als wirksame Abschreckung. Ich werde jedenfalls nicht mit ansehen, wie irgend so ein Irrer mir nichts, dir nichts meine Familie auslöscht.«

Auch diese Meinung fand vollste Zustimmung. Nun schaltete sich der Ladeninhaber wieder ein. »Vielleicht darf ich Ihnen mal eine geeignete leichtere Automatik zeigen, Sir?« wandte er sich an den Geschäftsmann.

»Ja, natürlich«, entgegnete dieser. »Aber ich nehme trotzdem diese Python. Und etwas Munition dafür. Wo kann ich denn mit dem Ding ein bißchen üben? Schließlich habe ich seit meiner Militärzeit keine Waffe mehr in der Hand gehabt.«

»Kein Problem, Sir.« Der Waffenhändler warf mir einen flüchtigen Blick zu. »Wir haben einen Schießstand, auf dem Sie die Waffe jederzeit testen können. Und wenn Sie es wünschen, kann ich Sie jederzeit auf einem Schießstand anmelden. Und hier«, er griff in eine Glasvitrine, »hätten wir etwas für Ihre Gattin.« Er hielt dem Geschäftsmann eine kleine vernickelte Pistole hin. »Das ist eine etwas schwerere Waffe, als ich sonst empfehlen würde«, erklärte er dazu. »Aber andererseits haben wir im Augenblick ja auch etwas ungewöhnliche Zeiten. Oder wie wäre es zum Beispiel damit?« Er nahm eine zierliche Fünfundzwanziger Automatik aus einer Vitrine, deren schwarze Politur matt schimmerte.

Darauf wandte sich der Geschäftsmann zu der hinter ihm wartenden Frau um. »Könnten Sie mir bitte bei der Auswahl helfen; meine Frau ist nur ein bißchen kleiner als Sie.«

Sie trat an die Theke und griff nach der Automatik.

Die Reaktionen der Leute in dem Waffengeschäft entsprachen ziemlich genau meinen Erwartungen. Ganz ähnlich erging es mir dann auf dem Spielplatz am Rand des Morningside Park. Auf den Bänken an den Sandkästen saßen mehrere Mütter. Sie hatten sich dort wie wachsame Vögel niedergelassen. »Die Kinder müssen schließlich irgendwo spielen«, erklärte eine von ihnen und sah dabei an mir vorbei zu der Gruppe von Schaukeln hinüber, von denen fröhliche Kinderstimmen zu uns herübergetragen wurden. »Im Gegensatz zu uns sind sie sich der Gefahr nicht bewußt. Und außerdem müssen sie doch ins Freie, um zu spielen. Also kommen wir wie jeden Tag hierher und sehen den Kindern beim Spielen zu, als wäre nichts. Aber irgend etwas stimmt ganz und gar nicht; ich kann das regelrecht spüren.«

Nun kam eine der anderen Frauen, die bis dahin aufmerksam zugehört und gelegentlich zustimmend genickt hatte, auf uns zu. »Und was soll man tun, wenn man ältere Kinder hat? Elf-, Zwölfjährige; oder noch älter. Man kann sie doch nicht den ganzen Tag ins Haus sperren. Was kann man zu ihrem Schutz tun?« Sie strich sich eine Strähne grauen Haars aus dem Gesicht und sah über den Rasen hinweg, auf den die Bäume ihre dunklen Schatten warfen, in die Ferne. »Ich mache mir solche Sorgen. Natürlich habe ich meinen Jungen eingeschärft, nirgendwohin allein zu gehen und auf jeden Fall vor Einbruch der Dunkelheit zu Hause zu sein. Ich habe ihnen auch gesagt, sie sollen sofort zu Hause oder die Polizei anrufen, falls ihnen etwas Verdächtiges auffällt; sie sollen auf jeden Fall *etwas* tun. Aber was nutzen letztlich alle guten Ratschläge und Vorsichtsmaßregeln? In diesem Alter kennen Kinder so etwas wie Angst einfach noch nicht. Mein Gott, wenn ich mir nur vorstelle, daß dieses Mädchen nachts mutterseelenallein noch unterwegs war und dann zu diesem Menschen ins Auto gestiegen ist. Wie soll man den Kindern nur so etwas wie Vorsicht beibringen?«

»Es ist wie eine Seuche«, fiel nun die andere Frau wieder ein. »Als wäre mit einem Mal all das Übel, das sich im Verlauf der letzten zehn Jahre angestaut hat, über uns hereingebrochen. Ausgerechnet in Miami. In New York oder Washington oder Chikago hätte ich so etwas noch verstehen können – aber ausgerechnet in Miami.« Sie blickte zum Himmel hoch.

»Was bringt einen Menschen dazu, so etwas zu tun?« fuhr sie schließlich fort. »Und wie lange wird er noch so weitermachen?«

Porter sah kurz von seinen Kameras und Objektiven auf. »Wieso sollte er auch aufhören?«

»Wie bitte?« Man konnte richtig sehen, wie die beiden Frauen zusammenzuckten.

»Dieser Kerl will uns doch allen ordentlich Angst einjagen.« Porter zuckte mit den Achseln. »Er will uns alle in einen gigantischen Alptraum versetzen. Deshalb tut er das. Solange wir alle wie ganz normale Menschen reagieren, das heißt mit Angst und Schrecken, mit – na ja, solange wir eben alle ordentlich die Hosen voll haben, so lange wird er auch seinen Spaß an der Sache haben. Und dazu tragen *wir*, weiß Gott, auch unseren Teil bei.« Dabei warf Porter mir einen unmißverständlichen Blick zu.

Auf der Rückfahrt fragte ich ihn, worauf sein plötzlicher Gesinnungswandel zurückzuführen sei. »Ich dachte, für Sie wäre das Ganze nichts weiter als eben eine Story.«

»Ich entwickle mich eben zum Zyniker«, entgegnete der Fotograf. »Und dies in einem Maß, wie ich es mir selbst nicht vorstellen konnte.«

»Genau das hat mich Nolan genannt«, erklärte ich. »Einen Zyniker.«

»Damit hat er vollkommen recht. Schließlich sind wir das alle.
Nur sehe ich nicht ein, warum ich mir darauf auch noch etwas ein-
bilden sollte.«

»Sie würden auf der Stelle verrückt werden.«

Porters Hände legten sich fester um das Lenkrad, als er auf die
rechte Fahrspur überwechselte, ein paar Wagen überholte und sich
dann wieder in die linke Fahrbahn einordnete. Wir fuhren gerade
den Biscayne Boulevard hinunter – eine Gegend voller Gegensätze. Auf einen Block mit hochmodernen Geschäftsgebäuden, vor
denen das Straßenbild durch auffallend modisch gekleidete Männer und Frauen geprägt war, folgte eine Häuserzeile mit zweideu-
tigen Motels, die ihre Kunden mit Wasserbetten und Pornofilmvor-
führungen anlockten. An einer Straßenecke stach mir eine
schwarze Prostituierte mit einer gigantisch auftoupierten Perücke
in die Augen. Ihr rosa Top hatte Mühe, ihre Brüste im Zaum zu
halten, und unter den Rändern ihrer roten Shorts quoll das Fleisch
ihrer Pobacken hervor. Sie fing meinen Blick auf und lächelte mich
in einem Aufblitzen weißer Zähne an, um mir gleichzeitig mit dem
Finger auffordernd zuzuwinken. Als ich den Kopf schüttelte,
machte sie einen Schmollmund. Währenddessen hatte die Ampel
auf Grün geschaltet, und wir schossen über die Kreuzung davon
und ließen sie hinter uns zurück.

»Kann gut sein«, nickte Porter nachdenklich. »Manchmal habe
ich wirklich Mühe, diese Gegensätze zu verkraften. Wissen Sie,
was ich gerade gemacht habe, als Sie im Fotolabor angerufen haben und wir zum Beach rausgefahren sind?« Er warf mir einen kurzen Blick zu. »Ich habe die Modefotos entwickelt, die ich für die
Samstagsausgabe gemacht habe: ›Mode für heiße Sommertage‹
sollte die Überschrift, glaube ich, heißen. Wir machten die Aufnahmen in einem Park: mit einer Moderedakteurin, drei Modellen
und ein paar PR-Leuten. Die Mädchen führten Badeanzüge und
sonst allerlei von diesem durchsichtigen Zeug vor. Das Hauptpro-
blem war nun, sie auf eine Art zu fotografieren, die gerade so frei-
zügig war, daß die Bilder in einer ›Zeitung für die ganze Familie‹

nicht zu provozierend wirkten.« Seine Stimme hatte während des letzten Satzes einen zunehmend sarkastischeren Unterton angenommen. »Später wurde mir die Absurdität des Unternehmens erst so richtig bewußt. Welche Mühe wir uns gegeben hatten, damit diese Mädchen nicht zu sexy aussahen, und im nächsten Augenblick werde ich abberufen, um den abscheulichsten Mord im Bild festzuhalten, den ich je gesehen habe. Und daran stört sich dann kein Mensch; das ist eben was für die erste Seite. Das ist doch alles Heuchelei. Ich kam mir richtig mies vor, als ich die Leichen der beiden alten Leute auf dem Boden fotografiert habe. Es war, als wäre ich selbst dieser Irre gewesen, während ich meine Kamera auf sie richtete, die Entfernung scharfstellte, sie des letzten bißchens Würde beraubte, das ihnen vielleicht noch geblieben war. Manchmal halte ich mich für einen üblen Parasiten. Und das gilt nicht nur für mich, sondern für uns alle.«

»Wenn Sie diese Story abgeben wollen«, entgegnete ich bedächtig, »könnte ich problemlos mit Nolan reden. Er wird das dann mit dem Chef der Bildabteilung schon irgendwie regeln.«

»Nein.« Seine Stimme war mit einem Mal wieder von all ihrer Anspannung befreit. »Genau das ist doch das Verrückte an der ganzen Sache. Ich brächte es nie im Leben über mich, die Story abzugeben, weil ich es einfach nicht aushielte, nicht dabeizusein, nicht zu wissen, wie es weitergeht.« Er lachte. »Wir werden noch alle verrückt. Eine Story wie diese gibt uns letztlich allen den Rest. Nehmen Sie doch nur mal diesen Geschäftsmann von eben, der die Schußwaffen gekauft hat. Vermutlich wird er eine davon eines Abends nach einem Streit im Suff gegen seine Frau richten und das Magazin leerballern. Mein Gott, zumindest sind alle bestens bewaffnet. Ob sich der Mörder all dessen bewußt ist?«

»Ja.«

»Ganz sicher sogar«, stimmte Porter mir zu. »Sehen Sie? Kein Mensch hat wirklich noch so etwas wie ein Gewissen.«

Wir bogen auf den Parkplatz des Redaktionsgebäudes ein.

Während ich wartete, bis Porter seine Ausrüstung aus dem Kofferraum geholt und diesen mit einem dumpfen Knall wieder zugeschlagen hatte, sah ich auf das Wasser der Bucht hinaus. Ich dachte an das herrliche Gefühl, mit einem Boot zum Angeln aufs Meer hinauszufahren, vorbei an den Scharen von spielenden Tümmlern, deren graue Rücken das Wasser durchpflügten. Sie machten sich einen Spaß daraus, im Kielwasser der großen Sportfischerboote zu springen, die auf der Suche nach den großen Fischen weiter aufs Meer hinausfuhren. Mit einer eleganten Drehbewegung schnellen sich die Tümmler aus den mächtigen Bugwellen, um dann mit laut klatschendem Spritzen auf die Wasseroberfläche zu schlagen und mit einer raschen Wendung erneut auf die Welle zuzujagen. Manchmal scheint das Wasser sich wie etwas Lebendiges dem Blau des Morgenhimmels entgegenzurecken.

Der Mörder rief nicht an – weder an diesem Tag noch am nächsten.

Christine war nichts von ihrem früheren Optimismus geblieben. Sie meinte, er würde auf jeden Fall wieder anrufen; er wolle nur sein Spiel mit uns treiben; er würde warten, bis uns langsam der Stoff für unsere Artikel ausging, um uns dann mit einer neuerlichen Aktion wieder Öl auf die langsam erlöschenden Flammen zu gießen und sich erneut auf die Titelseite zu katapultieren. Sie erzählte, daß die Patienten auf ihrer Station über nichts anderes als den Mörder sprachen; sie fühlten sich in der Klinik jedoch in Sicherheit, da sie wußten, daß er unmöglich durch das Labyrinth aus sterilen Krankenhauskorridoren zu ihnen würde vordringen können. Auch unter den Chirurgen war der Mörder Gesprächsthema Nummer eins. Christine wies mich darauf hin, daß sie plötzlich eine neue Art von Angst kennengelernt hätte, nicht die abrupt von einem Besitz ergreifende Panik, wenn ein entgegenkommender Wagen auf einen zuschleudert, sondern eine düstere Vorahnung drohenden Unheils, die jeder noch so alltäglichen Handlung, und sei es nur das Waschen der Hände, etwas Bedeutungsvolles verlieh. Jeder Atemzug schien mit einem Mal ein bewußter, bedeutungsschwangerer Akt der Entscheidung. Es war, als träte sie auf der Stelle, während sie darauf wartete, daß sich der Vorhang wieder hob und die Handlung des Dramas in eine neue Phase der Entwicklung eintrat.

Die Anspannung wich inzwischen keinen Augenblick mehr von mir. Wenn das Telefon klingelte, krampfte sich unwillkürlich alles in mir zusammen. Klingelte es nicht, saß ich angespannt wartend an meinem Schreibtisch. Hin und wieder nahm ich den Hörer von der Gabel und ging, das Notizbuch in meiner Tasche, durch die Straßen. Wenn Porter mich begleitete, interviewten wir die Leute auf der Straße.

Die Stadt war wie ein Raubtier, das aus dem Winterschlaf erwachte und dessen Sinne sich allmählich wieder mit voller Wachsamkeit auf die Umwelt einstellten.

Im Verlauf eines Gesprächs mit Christine kam ich wieder einmal auf meinen Vater mit seinen Paragraphen und juristischen Definitionen zu sprechen. »Ein Mörder wie dieser setzt jedes Recht außer Kraft. Einer solchen Situation ist mit Paragraphen nicht mehr beizukommen.« Christine war ganz meiner Meinung. Sie streckte ihre Arme aus, die Finger angespannt von sich gespreizt. Dann warf sie ihren Kopf in den Nacken und fragte: »Ob eine solche Gefahrensituation die Leute wohl enger aneinanderschweißt oder eher noch weiter auseinandertreibt?« Ich erhob mich aus meinem Sessel und setzte mich neben sie auf die Couch. Sie bettete ihren Kopf in meinen Schoß, und ich streichelte ihr eine Weile schweigend den Rücken.

Und dann klingelte das Telefon.

»Geh nicht dran«, bat Christine. »Wir sind doch jetzt zu Hause.«

Es klingelte weiter. Mit jedem Mal schien das Läuten lauter zu werden.

»Bitte«, bedrängte sie mich, »geh nicht dran!«

Aber ich stand auf und ging auf das Telefon zu. Für einen Moment zögerte ich noch, während ich gleichzeitig das Läuten unter meinen Fingern zu spüren glaubte. Und dann nahm ich den Hörer ab. »Hallo?«

Stille.

»Wer da?« fragte ich.

Doch ich wußte bereits Bescheid.

»Es ist mal wieder soweit«, meldete sich der Mörder schließlich.

Und ich wußte, es würde alles sein wie gehabt.

9

»Ich habe Ihren Artikel gelesen«, begann er, »den über die Reaktion der Leute. Vor allem diese Szene in dem Waffengeschäft hat mir gut gefallen. Ich würde nur zu gern wissen, wie viele Leute sich vorher selbst über den Haufen knallen, bevor sie gelernt haben, mit einer Schußwaffe umzugehen. Das ist auch etwas, was ich in Übersee gelernt habe; manchmal wurde die Angst so übermächtig, daß sie sogar den natürlichen Widerstand, sich selbst Schmerz zuzufügen, überwand. Das war in einem Basislager, einem dieser staubigen, drückend heißen und auch sonst höchst unangenehmen Aufenthaltsorte, wo wir lediglich herumsaßen und auf unseren nächsten Einsatz im Dschungel warteten, wo es freilich noch bei weitem schlimmer war. In so einem Lager schien alles in Zeitlupe abzulaufen; jede Handlung, jeder Handgriff schien doppelt so lange wie gewöhnlich zu dauern; so intensiv war die Hitze. Ich war damals ständig klatschnaß von Schweiß.

Jedenfalls herrschte in diesen Lagern immer eine für den Kriegszustand ungewöhnliche Ruhe; außer gelegentlichen Stimmen oder dem Knattern ein- und ausfliegender Hubschrauber war so gut wie nichts zu hören. Doch in regelmäßigen Abständen ertönte dann doch ein heftigeres, abrupteres und vor allem vertrauteres Geräusch – ein einzelner Schuß aus einer M-sechzehn. Und darauf folgten unweigerlich aufgeregte Rufe nach einem Sanitäter, vermischt mit vereinzelten Schmerzensschreien. Und wenn man dann nachsehen ging, fand man unweigerlich einen stöhnenden Verletzten vor, der sich in den Fuß geschossen hatte. Er lag auf seinem Feldbett, umgeben von verschiedenen Lappen und Lumpen und eingehüllt in den Geruch von Reinigungsflüssigkeit. Und seine ersten Worte würden unverändert lauten: ›Ich habe gerade diese Scheißknarre gereinigt, und dabei ist sie losgegangen.‹ Und dann wurde er mit einem Hubschrauber rausgeschafft. Natürlich wußte jeder, was wirklich los war. Allerdings scherte sich auch niemand wirklich darum. Na ja, zumindest traf das auf mich zu. Ich schloß nur die Augen, lauschte den Geräuschen im Lager und schlief. Ich bekam nie solche Angst.«

Während er sprach, gab ich Christine mit verzweifelten Gesten zu verstehen, sie solle mir Papier und Bleistift bringen, damit ich mir Notizen machen konnte. Sie nickte mir mit angespanntem Ge-

sicht zu. Und im nächsten Augenblick war sie mit einem Schreib-
block und einem Kugelschreiber wieder an meiner Seite. Ich
schrieb auf die erste Seite:

DER MÖRDER

Dann unterstrich ich die Worte dreimal und hielt ihr das Blatt unter die Nase. Unwillkürlich fuhr ihre Hand an ihre Lippen, und
gleichzeitig sah ich, wie ihr Tränen in die Augen traten. Darauf
stand sie auf und setzte sich mir gegenüber an den Eßtisch, von wo
sie mich, wie sie mir später erzählte, das ganze Gespräch über aufmerksam beobachtete; meine Aufmerksamkeit galt nämlich inzwischen nur noch dem Telefon und dem leeren Papier vor mir. Doch
während der Mörder weitersprach, füllten sich die Seiten nach
und nach mit seinen Worten.

»Wie gesagt, ich habe Ihren Artikel mit großem Interesse gelesen. Was sich die Leute mit einem Mal für Gedanken und Sorgen
machen. Allein der Gedanke, welche intellektuelle Energie auf die
simple Angst vor dem Unbekannten, dem nicht zu Bewältigenden
vergeudet wird. Sicher denken sämtliche Amateurpsychologen
und -verbrechensexperten, dies würde mir ein Gefühl der Macht
verleihen. Und ich muß zugeben«, er lachte, »daß sie damit durchaus recht haben. Das ist tatsächlich der Fall. Ich genieße dieses Gefühl.« Plötzlich schlich sich in seine Stimme ein schneidender Unterton ein. »Sie verachten mich, diese ganze Bagage – diese schnie-
ken Vorstadttypen, die nun plötzlich wie die Verrückten Waffen
kaufen, ohne daß sie damit umzugehen wüßten, die Leute auf der
Straße, mit denen Sie gesprochen haben; plötzlich geben sie alle
die gleichen Klischees von sich, wenn sie von ihrer Angst erzählen, daß ihre abgesicherten, kleinen Leben plötzlich doch bedroht
werden könnten. Nur schade, daß es mir nicht möglich ist, sie alle
zu kriegen, alle zu töten . . .« Er stockte. »So muß ich mich eben
mit dem zufriedengeben, was im Bereich der Möglichkeiten liegt,
nicht wahr? Trotzdem möchte ich, daß alle diese Leute, die bisher
glaubten, sie könnten sich in ihrer trügerischen Sicherheit wiegen,
diese allerschlimmste Sorte von Angst zu spüren bekommen –
diese ganz spezielle Sorte Angst, wenn man genau weiß, daß man
nicht das geringste dagegen tun kann. Ich nenne das die Angst in
ihrer reinsten Form. Und ich möchte, daß sie mich als ein Krebsge-

schwür in den Eingeweiden der Gesellschaft betrachten, das ihnen ihre Lebensgrundlage zerfrißt.«

An dieser Stelle holte er tief Atem.

»Ich hasse sie alle. Doch mir fehlen die Worte, um Ihnen das Ausmaß meines Hasses zu schildern.«

Ich konnte ganz deutlich seinen Atem hören; ähnlich dem eines Läufers, der etwa die Hälfte der Strecke zurückgelegt hat, klang er angestrengt, aber stetig und regelmäßig.

»Sie haben die Möglichkeit, über die Zeitung die Öffentlichkeit zu erreichen. Teilen Sie das also den Leuten mit!«

»Und was ist, wenn wir nicht mehr länger mitmachen?« fragte ich zurück. »Was ist, wenn wir plötzlich nicht mehr über Sie schreiben?«

Darauf trat erneut eine Pause ein.

»In diesem Fall kann ich mir gut vorstellen, daß die Fernsehstationen nichts lieber täten, als zum Beispiel meine Stimme auszustrahlen.« Er lachte. »Ich halte jedoch mehr davon, meine Gedanken schwarz auf weiß in der Tageszeitung vor mir stehen zu sehen. Auf diese Weise bekommen sie mehr Substanz. Die gedruckten Worte starren einen den ganzen Tag aus der Zeitung entgegen, während eine Fernsehsendung vielleicht im Augenblick eine stärkere Wirkung hat, die dann jedoch auch um so rascher wieder verfliegt. Aus eben diesem Grund lege ich gesonderten Wert auf Ihre Mitarbeit, was nicht heißen soll, daß Sie für mich unverzichtbar wären.

Überdies wage ich zu bezweifeln, daß Ihre Zeitung oder sonst irgendein Blatt freiwillig darauf verzichten würde, über einen derart aufsehenerregenden Fall zu berichten, wie sehr ihr daraus auch der Vorwurf der Mittäterschaft erwachsen könnte.«

Ich nahm das Dunkel hinter dem Küchenfenster ganz deutlich wahr. Unser Telefon war ein Wandapparat mit einer langen Schnur. Ich ließ Papier und Kugelschreiber für einen Moment im Stich und trat an die Spüle, um meine Gedanken etwas zu sammeln. Zwischen den Zweigen hindurch konnte ich die blasse Scheibe des Monds erkennen; der Baum schien in schwachem Licht zu erstrahlen.

»Mir kam übrigens ein komischer Gedanke«, fuhr der Mörder fort, »als ich Ihre letzten Berichte las. Ich fand mich dadurch an meine eigene Kindheit zurückerinnert, und zwar vor allem durch Ihre Beschreibung dieser Mütter auf dem Spielplatz. Als ich klein war, ging meine Mutter auch öfter mit mir zum Spielen. Wir lebten damals in einem kleinen Ort, und ich kann mich noch gut erinnern, wie sich die Kinder an den Schaukeln ablösten, wie sie ihre kleinen Beine so rasch und kräftig wie möglich vor und zurück schwangen. Ich war auch eines von ihnen, und in meiner Erinnerung konnte ich mich selbst sehen, wie ich mit zunehmendem Schwung immer höher und höher schaukelte. Ich konnte meine Hände sehen und meine weißen Finger, die sich um die Halteketten klammerten. Und wenn ich dann den höchsten Punkt meiner Bahn erreicht hatte, warf ich den Kopf in den Nacken und starrte für einen Moment in den Himmel hinauf, als flöge ich. Und wenn die Schaukel dann wieder zurückschwang und der Erde entgegensank, schloß ich die Augen und genoß das Gefühl der Schwerelosigkeit, oder wie ich mir eben Schwerelosigkeit vorstelle. Und dieses selbe Gefühl verspüre ich auch manchmal mit meiner Fünfundvierziger, wenn ich sie auf den Hinterkopf eines Menschen richte. Zum ersten Mal war das in Vietnam so. Und nun auch hier in der Heimat. Genau dasselbe Gefühl wie damals als Kind, dieser angenehme Schwindel, von dieser Erde losgelöst zu sein. Haben Sie auch schon einmal etwas Ähnliches verspürt?

Ich wußte nicht, was ich darauf erwidern sollte, und sagte schließlich das erste, was mir in den Sinn kam.

»Mit einer Frau vielleicht, manchmal . . .«

Er lachte.

»Klar, warum nicht mit einer Frau? Das Gefühl, loszulassen, zu schweben. Nicht übel, wirklich nicht übel. Sind Sie sich darüber im klaren, Anderson«, und seine Stimme wechselte abrupt von ihrer vorherigen Jovialität zu einem Tonfall größerer Betroffenheit und Dringlichkeit, »daß ich zum ersten Mal während meiner Militärzeit mit einer Frau zusammen war? Erst mit neunzehn Jahren, als Soldat und voll ausgebildeter Killer, hatte ich mein erstes Erlebnis mit einer Frau. Als ich noch klein war und wir noch auf der Farm lebten, beobachtete ich die Tiere nicht ohne eine gewisse Faszination bei der Paarung; ich beneidete sie um das Fehlen jeglicher Scham, um ihre Fähigkeit, sich ganz von ihren Instinkten leiten zu leiten. Als ich noch sehr klein war, lebte in der Nachbarschaft ein Mädchen, und wir spielten oft zusammen in einem kleinen Gehölz hinter den Häusern. Das war noch in einem Alter, in dem man noch kein Gefühl für Gut und Böse hat.

Jedenfalls war dieses kleine Gehölz mit seinem dichten Unterholz der ideale Spielplatz für uns Kinder; vor den Blicken der Erwachsenen verborgen, konnten wir zwischen den Bäumen und unter den Sträuchern herumkriechen und uns Nester bauen.

Ich weiß noch, daß sie von ihren Eltern nur adoptiert worden war. Die Ringe unter ihren Augen sahen aus wie Make-up, und ich glaubte, sie zu lieben. Und eines Tages wollten wir gemeinsam von zu Hause weglaufen. Ich war sechs und sie sieben, und wir zogen uns zum Spielen immer in dieses Gehölz zurück. Erst spielten wir nur ganz gewöhnliche Spiele, wie sie Kinder eben spielen – Verstecken und was es sonst noch alles gibt. Eines Tages brachte sie dann ihre Puppen mit; es waren einfache, selbstgemachte Stoffpuppen, die sie liebevoll an sich drückte. Sie sagte, daß sie nun unsere Familie wären und daß hier unser Zuhause wäre. Im Sommer lagen wir im verborgenen unter den Bäumen und schmiedeten Pläne, wie wir weglaufen würden, sobald wir etwas älter wären.

Dabei waren wir vollkommen nackt. Ich kann mich noch an jeden Zentimeter ihres Körpers genau erinnern, die tiefbraune Haut an Armen und Beinen, die abrupt in ein zartes Rosa überging, wo ihre Kleidung sonst die Sonnenstrahlen fernhielt. Wir lagen dicht nebeneinander – manchmal umarmten wir uns auch –, und ich kann mich noch genau erinnern, was für ein Gefühl es war, ihren Körper an meinem zu spüren – so warm und zärtlich im Schatten der hohen Bäume und Büsche. Ich konnte mich gar nicht satt sehen an ihrem Körper mit all seinen geheimen Stellen. Ich streichelte sie ganz vorsichtig, um sie nur ja nicht in irgendeiner Weise zu erschrecken. Es war, als berührte ich dabei Licht, und ich kann mich noch gut erinnern, wie ich am ganzen Körper zu zittern und vibrieren begann, wenn ich auf ihre geschlossenen Augen niedersah . . .«

Er verstummte abrupt, und eine Weile drang nur Stille aus der Leitung.

»Und was war dann?« fragte ich.

»Wir wurden von meiner Mutter entdeckt. Ich kann mich an den Moment noch ganz deutlich erinnern. Durch ein ungewöhntes Geräusch im Gebüsch aufgeschreckt, setzten wir uns abrupt auf. Gleichzeitig begann ich hektisch nach meinen Kleidern zu greifen. Meine Mutter kreischte vor Wut, als sie über uns herfiel. Das Mädchen weinte, und ich rannte durch das dornige Gestrüpp davon. Als ich dann spätabends nach Hause zurückkehrte, befahl mir meine Mutter, ich sollte mich ausziehen, um meinem Vater zu zeigen, wie ich auf der Flucht vor ihr meine Haut am ganzen Körper zerkratzt und zerschunden hatte.«

»Und dann?«

»Natürlich bekam ich Prügel.« Seine Stimme klang, als zuckte er dabei mit den Achseln. »Und meine kleine Freundin auch. Außerdem taten sich die beiden Familien zusammen, um das Unterholz zu lichten und ein paar Bäume zu fällen. ›Das gibt gutes Brennholz‹, sagte mein Vater, während er mit der Axt ausholte und sie auf den Stamm einer Birke niedersausen ließ. Die Familie des Mädchens zog dann kurz darauf fort. Den Grund hierfür sollte ich nie erfahren. Vielleicht hatte ihr Vater irgendwo eine Stelle angeboten bekommen oder sonst etwas in der Art.«

»Und haben Sie es auch später nicht herausgefunden?«

»Nein, ich habe den Grund nie erfahren – obwohl ich sie geliebt habe.«

In dem darauf eintretenden Schweigen überstürzten sich die Gedanken in meinem Kopf. Ich vergegenwärtigte mir die plötzlichen Stimmungsumschwünge des Mörders von einer umgänglichen Freundlichkeit zu tief im Innern schwelendem Haß und düsterem Groll. Wenn er dagegen über seine Kindheit sprach, überkam seine Stimme unweigerlich etwas Sanftes, Zartes. Fast schien es, als ließe sich sein Groll besänftigen, wenn er von seinen Kindheitserinnerungen erzählte.

»Und dann, kurz nachdem die Eltern des Mädchens fortgezogen waren, bekam meine Mutter eines Tages einen Erstickungsanfall. Es war an diesem Tag schrecklich heiß, ähnlich wie hier im Augenblick, wenn die Hitze alles andere auszulöschen scheint. Mein Vater war nicht zu Hause; wahrscheinlich war er in der Schule. Er hatte sein Mittagessen immer dabei und kam erst am späten Nachmittag wieder zurück.

Meine Mutter und ich waren also allein zu Hause. Die Hitze war unerträglich. Wir hatten sämtliche Fenster aufgerissen, aber kein Lüftchen regte sich. Es war Mittag und Essenszeit, als meine Mutter von dem Sofa aufstand, auf dem sie gelegen hatte. Sie hatte eines dieser altmodischen Schürzenkleider aus einem bunt geblümten Stoff an.

Schon als sie auf dem Sofa gelegen war, hatte sie ständig über die Hitze geklagt; sie hatte ein Glas Wasser neben sich stehen, in das sie hin und wieder ein Taschentuch tauchte, um es sich dann auf die Augen zu legen. In der Ferne konnte ich von der ein paar Meilen entfernten Bahnstation das Pfeifen des Mittagszugs hören. Das Geräusch hing, lange nachhallend, in der Luft. Meine Mutter hatte ihr Schürzenkleid aufgeknöpft. Ihre Haut war knallrot; vermutlich hatte sie eine Art Hitzeallergie. Ich beobachtete, wie sich ihre Brust, nach Luft ringend, hob und senkte. Zwischen ihren Brüsten formten sich kleine Schweißbäche, die auf ihren Bauch hinunterrannen. Als sie das Pfeifen des Zugs hörte, schwang sie ihre Beine vom Sofa und setzte sich auf; dabei schwankte sie allerdings etwas, als wäre sie leicht benommen. Sie tauchte erneut das Taschentuch in das Glas Wasser und drückte es dann über sich aus, so daß sich das Wasser mit ihrem Schweiß vermengte und in ihren Schoß hinablief.

Und als sie dann aufstand, sah sie mich ganz eigenartig an und stöhnte: ›Mein Gott. Wenn wir nur irgendwo leben würden, wo sich wenigstens hin und wieder ein Lüftchen regt. Zum Beispiel an einem See oder im Gebirge. Ich kann mir nicht vorstellen, daß diese Hitze je ein Ende nimmt!‹ Sie warf ihren Kopf herum, als forschte sie nach einem Lufthauch. Ich blieb auf meinem Stuhl sitzen und beobachtete sie. ›Hast du auch in der Zwischenzeit nichts angestellt?‹ wandte sie sich dann an mich. Sie redete noch eine Weile wie auf ein kleines Kind auf mich ein, obwohl sie wußte, daß ich dafür eigentlich schon zu alt war, bis sie sich schließlich mühsam in die Küche schleppte. ›Ich mache uns eine Kleinigkeit zu essen‹, sagte sie, und ich folgte ihr.

Dort war es natürlich genau so heiß und drückend, und sie ließ sich schwer auf den Küchentisch niedersinken. ›Komm zu deiner Mami‹, forderte sie mich dann auf, ›und streichle mir die Stirn.‹ Sie schloß die Augen und ließ ihren Kopf nach hinten sinken, worauf ich ihr behutsam über die Stirn strich. Sie murmelte etwas vor sich hin, und dann sah ich, wie sich ein Lächeln über ihre Lippen breitete. Und auch von ihrem Körper wich plötzlich diese Anspannung. Nach einer Weile schlug sie die Augen wieder auf und sah mich an. ›Du wirst bestimmt ein besserer Junge werden‹, flüsterte sie, ›und dann wirst du für immer mir gehören.‹ Für immer. Welch ein bedeutungsloses Wort.

Schließlich stand sie auf und trat an den kleinen Eisschrank.

Vom Abend zuvor war noch etwas Rindfleisch übrig. Davon schnitt sie zwei Scheiben ab – eine für sie und eine für mich – und legte sie auf zwei Teller. Sie stopfte sich riesige Stücke von dem kalten Braten in den Mund und schlang sie hastig hinunter.

Plötzlich hielt sie mit dem Kauen inne, und ich kann mich noch genau an den Wandel erinnern, der sich plötzlich in ihrem Gesicht vollzog; sie nahm unvermittelt einen verblüfften, überraschten Ausdruck an. Außerdem gab sie ein schrilles Geräusch von sich, halb Gurgeln, halb Schrei, und dann wurde ihr Gesicht so weiß, wie ich es nie zuvor gesehen hatte. Ihr Atem ging in kurzen, pfeifenden Stößen, und dann merkte ich, daß ihr ein Stück Fleisch im Hals steckengeblieben war. Sie streckte ihre Arme wie die Flügel eines Vogels nach hinten und versuchte, sich auf den Rücken zu klopfen, um den Brocken Fleisch loszubekommen. Sie gab mir mit verzweifelten Gesten zu verstehen, ich solle ihr helfen, und versuchte gleichzeitig, mit ihren Händen ihre Speiseröhre hinabzufassen. Ich saß jedoch wie angewurzelt auf meinem Stuhl.

Schließlich sprang sie, während ich sie weiter beobachtete, hoch und schleuderte sich mühsam würgend gegen die Wand. Erst als sie zu Boden sank, erhob ich mich von meinem Platz und näherte mich ihr. Ich schlug ihr mit der Faust auf den Rücken, und als ihr Atem heftiger ging, schlug ich noch einmal zu. Ich hieb so lange auf ihren Rücken ein, bis ich merkte, daß sie keuchend nach Luft rang. Der Fleischbrocken hatte sich endlich gelöst. Meine Augen waren geschlossen. Meine Mutter drehte sich auf den Rücken, und dabei glitt ihr Schürzenkleid bis auf die Hüfte herauf.

Ich kniete neben ihr, mein Blick auf ihr Gesicht gerichtet, damit ich nicht ihren entblößten Körper ansehen mußte. Sie atmete in tiefen, langsamen Zügen ein. Nach einer Weile schlug sie die Augen auf und streichelte mich an der Wange. ›Danke‹, flüsterte sie, noch etwas außer Atem. Vermutlich dachte sie, mein Klopfen hätte geholfen, obwohl ich mir dessen heute nicht mehr so sicher bin. Wer weiß? Jedenfalls schlang sie dann ihre Arme um mich und preßte mich ganz fest an sich. Und nun hatte ich plötzlich ein Gefühl, als müßte ich ersticken. Ich spürte den Schweiß auf ihrer Haut, schmeckte ihn mit meinen Lippen. Ich kam mir vor wie in einem Raum, in dem das Licht gelöscht wurde, bevor ich mich auf die Dunkelheit eingestellt hatte. Ich schloß die Augen und lauschte ihrem Herzschlag. Wenn die Artillerie nachts manchmal ihre Richtgranaten abfeuerte und die Dinger pfeifend über unsere Köpfe hinwegpfiffen, um in tausend Metern Entfernung hochzugehen, erzitterte die Erde unter unseren Füßen. Und dieses Geräusch erinnerte mich an den Herzschlag meiner Mutter.«

Mir wurde bewußt, daß ich am ganzen Körper in Schweiß ausgebrochen war. Der Hörer klebte unangenehm an meinem Ohr. »Von wo rufen Sie eigentlich an?« fragte ich.

Nach kurzem Schweigen lachte er. »Aus einer Zelle. Wissen Sie eigentlich, wie viele Telefonzellen es in dieser Stadt gibt? Hunderte, vermutlich sogar Tausende. Jedenfalls fehlt es nicht an ruhigen Orten, von denen aus man ungestört telefonieren kann. Selbstverständlich könnte ich Ihnen auch was vormachen. Ich könnte natürlich auch bei mir zu Hause sein, auf dem Bett liegen und zu den mir nur zu vertrauten Rissen in der Decke hochstarren, während ich gerade mit Ihnen rede. Hören Sie«, fuhr er nach einer Weile fort, »wie still es hier ist? Sie könnten also auch anhand des Geräuschhintergrunds keinerlei Rückschlüsse auf den Ort, von dem ich anrufe, ziehen.«

»Weshalb haben Sie mich diesmal in meiner Wohnung angerufen?«

»Es war mir einfach ein Bedürfnis«, entgegnete er. »Ich wollte, daß Sie sich im klaren darüber sind, daß ich weiß, wo Sie wohnen. Und daß ich an Sie gedacht habe. Daß mich diese Bedürfnisse zu den unmöglichsten Zeiten überkommen.«

»Was für Bedürfnisse?«

»Die zwei, die Sie betreffen. Das Bedürfnis zu töten und das Bedürfnis zu reden.«

Darauf wußte ich nichts zu erwidern. Ich hatte plötzlich den Eindruck, daß die Worte nicht durch die Leitung kamen, sondern unmittelbar mit heißem Atem in mein Ohr geflüstert wurden.

»Ich war neunzehn«, fuhr er dann fort, »als ich zum ersten Mal mit einer Frau zusammen war und einen Menschen tötete. Die Frau war eine Prostituierte; nein, ich glaube, die Bezeichnung Nutte wäre zutreffender. Der Mann, den ich tötete, war noch kaum ein Mann, eher ein Junge, kaum älter als ich. Sie ging in irgendeinem miesen, kleinen Kaff in der Nähe von Fort Bragg auf den Strich. Dort habe ich nämlich meine Grundausbildung gemacht. Wir haben übrigens erst ganz am Ende die Erlaubnis erhalten, in die Stadt zu gehen und uns dort zu vergnügen. Wie alles in der Army verlief auch das in streng geregelten Bahnen; wir wurden wie ein Schwarm aufgeregter Teenager, die wir ja auch waren, in einem Bus dorthin gekarrt.

Unserer Entlassung ging noch eine Handlung voraus, deren mehr als augenfälliger Symbolcharakter den Idioten, die sich dieses Ritual ausgedacht hatten, vermutlich nie zu Bewußtsein gekommen ist. Jedenfalls mußten wir uns, sozusagen als Abschlußprüfung, einer Schießübung mit der M-sechzehn unterziehen. Wir sollten also erst mal lernen, zumindest eine Zielscheibe zu treffen, bevor wir damit auf die Menschheit losgelassen wurden.«

Ich konnte ihn ganz deutlich grinsen sehen, während er dies sagte.

»Ich kann mich noch gut an die Gesichter derjenigen erinnern, die damit so ihre Probleme hatten; wie sie den Kolben gegen ihre Wangen preßten und mit einem Stoßgebet auf den Lippen, wenigstens etwas zu treffen, angestrengt ihr Ziel anvisierten. Ich hatte damit keinerlei Schwierigkeiten. Mein Vater hat mir schon von klein auf den Umgang mit einer Waffe beigebracht. Er hatte eine alte Zweiundzwanziger, eine Remington. Samstags machten wir dann immer regelmäßige Schießübungen. Wenn ich also auf dem Schießstand beim Militär auf das Kommando zum Feuern wartete, fühlte ich mich in meine Jugend zurückversetzt, als ich auf eine durchlöcherte Zielscheibe geschossen hatte, die wir irgendwo auf dem Feld an einem alten Brett befestigt hatten. Ich habe übrigens graue Augen. Es heißt doch, daß Leute mit grauen Augen die besten Schützen sind, wie zum Beispiel Daniel Boone oder Sergeant Alvin York.«

Graue Augen, notierte ich mir hastig. Für die Polizei.

»Es war komisch: Die Eindrücke waren sich so ähnlich – damals, auf dem Schießstand während der abschließenden Schießübung, und dann Monate später, als ich mein erstes lebendes Opfer anvisierte. Er rannte, vielleicht dreißig Meter von mir entfernt, am Rand eines Reisfelds entlang davon; sein schwarzes Hemd hob sich ganz deutlich gegen die Bäume im Hintergrund ab. Er muß noch sehr jung gewesen sein, kaum ausgebildet; sonst wäre er sicher nicht ohne jede Deckung davongerannt. Ich dachte an die nachmittäglichen Schießübungen mit meinem Vater zurück, an seinen schroffen Befehlston: ›Drücken! Verdammt noch mal! Nicht ziehen!‹ Und dann drückte ich den Abzug – nur einmal –, und als ich aufsah, stürzte die Gestalt vor mir bereits taumelnd zu Boden, während meine Kameraden um mich herum in lautes Triumphgeschrei ausbrachen. Jedenfalls kam ich auf dem Schieß-stand bestens zurecht. Ich bekam sogar schon während der Ausbil-dung eine Auszeichnung wegen meiner hervorragenden Leistun-gen beim Schießen. An einem Freitagabend – es wurde allmählich dunkel, wir alle hatten unsere besten Sachen angelegt und unsere Käppis verwegen in die Stirn geschoben – wurden wir dann in ein paar olivgrüne Busse verladen und in die Stadt gekarrt.

Es gab da eine Bar; sie hieß Friendly Spot. Sie hatten dort eine Musikbox und einen Billardtisch mit einer häßlichen genähten Wunde in der Mitte, wo der Filz mal gerissen war. Auf dem Tisch lag nur eine Kugel; eine Queue war nirgendwo zu sehen. Ich kann mich noch erinnern, daß die Musikbox gerade ›Sympathy for the Devil‹ von den Stones spielte, als ich in die Bar trat. Es war dort so dunkel, daß sich meine Augen erst nach ein paar Minuten voll-ends an das spärliche Licht gewöhnt hatten. Der Barkeeper war ein Mordsbrocken von einem Mannsbild – Sie wissen schon, der Typ, der seine Zigaretten im hochgerollten Ärmel seines T-Shirts stek-ken hat. Er hatte einen Bart. Redete nicht viel. Seine Sprache war das Scheppern der Registrierkasse. Die Mädels saßen an der Bar, und als wir hereinkamen, glitten sie wie auf ein geheimes Kom-mando von ihren Barhockern, um auf uns zuzukommen, ihre Arme um uns zu legen und uns auf einen Barhocker oder eine der Nischen im hinteren Teil des Lokals zuzulotsen. Wir waren zu fünft; wir bestellten was zu trinken und hatten eine Menge Spaß. Sie war blond, weiß ich noch, und ich mußte immer wieder auf die Stelle am Hals starren, wo ihre Haut starke Falten bildete. Auch ihre Brüste wirkten schlaff, als wären sie schon von zu vielen Hän-den geknetet worden. Sie machte einen ziemlich alten Eindruck.«

Er schwieg eine Weile.

»Und dann?«

Er lachte. »Was denken Sie?« Seine Stimme hatte unvermittelt wieder einen bedrohlichen Unterton angenommen.

»Ich weiß nicht.«

»Lassen Sie doch Ihre Fantasie spielen!«

Darauf wurde es wieder eine Weile still.

»Warum erzählen Sie mir das alles eigentlich?« fragte ich schließlich.

»Ich möchte, daß Sie diese Dinge wissen.«

»Warum?«

»Ich möchte, daß alle wissen, womit sie es zu tun haben.«

»Haben Sie denn keine Angst, Sie könnten mir etwas erzählen, aufgrund dessen die Polizei Sie finden könnte?«

»Nein.«

»Nein?«

»Wo liegt schon die Grenze zwischen Fiktion und Wirklichkeit«, entgegnete er. »Wie sollte das irgend jemand feststellen können?«

»Angenommen, Sie werden gefaßt ...«

»Das wird nicht der Fall sein.«

»Weshalb nicht?«

»Weil sie dazu nicht schlau genug sind.«

»Vielleicht unterschätzen Sie die Polizei etwas?«

»Das wage ich zu bezweifeln. Und falls ich dies doch tun sollte, bin wohl ich der Dumme, finden Sie nicht auch?«

»Aber beunruhigt Sie diese Vorstellung denn nicht?«

»Nein.«

»Und warum nicht?«

»Weil ich bereits tot bin.«

Seinen letzten Satz kritzelte ich wörtlich auf den Block vor mir. Als ich aufsah, wurde mir zum ersten Mal wieder bewußt, daß Christine wie gebannt auf mich und das Telefon starrte. Ich drehte das Geschriebene zu ihr herum, worauf sich ihre Augen vor Schreck weiteten.

»Wie soll ich das verstehen?« fragte ich.

»Ich fühle mich wie der Geist eines eben Verstorbenen, wie eine Krankheit ohne Substanz. Mein Inneres ist kalt, wie von einem erloschenen Feuer verkohlt. Aus mir ist jedes Leben gewichen. Bis auf den Haß. Aber das ist bereits wie der Tod.«

»Das verstehe ich nicht ganz.«

»Das hätte ich auch gar nicht erwartet«, erwiderte er. »Zumindest noch nicht jetzt. Später werden Sie mich vielleicht verstehen können.«

Ich wurde ärgerlich. »Hören Sie, verdammt noch mal, Sie spielen schon die ganze Zeit mit mir; Sie erzählen mir von Ihren Kindheitserinnerungen, Ihren Kriegserlebnissen. Wozu das alles? Was wollen Sie damit unter Beweis stellen? Weshalb tun Sie das alles?«

»Ich erinnere mich an einen bestimmten Moment im Dschungel.« Seine Stimme war mit einem Mal wieder streng und unerbittlich geworden. »Ich befand mich gerade mit meiner Abteilung, ein paar Meilen vom Lager entfernt, auf einem Erkundungsgang; wir waren ein halbes Dutzend und kämpften uns mühsam durch das Unterholz voran. Ich ging an der Spitze; es gab nichts, was die anderen mehr gehaßt hätten, aber mir machte es sogar Spaß. Wenn man als erster ging, war die Gefahr natürlich besonders groß, daß man auf eine Mine trat oder aus einem Hinterhalt unter Beschuß genommen wurde. Und vor allem vor den Minen hatten alle schreckliche Angst – mehr noch als vor dem Feind. Man konnte nicht einen Schritt vor den anderen setzen, ohne mit dem Tod rechnen zu müssen. Ein Minentyp explodierte einfach nur, wenn man dagegenstieß, und riß einem den Fuß weg. Aber das war noch nicht mal weiter schlimm, denn es gab noch einen anderen Minentyp, den wir wirklich alle haßten. Diese Dinger gaben erst nur einen kleinen Knall von sich, und dann legten sie erst richtig los. Dieser Minentyp war nämlich mit zwei Ladungen ausgestattet; die erste ging los, wenn man sie irgendwie berührte, und katapultierte lediglich die eigentliche Ladung vom Boden hoch – bis etwa in Hüfthöhe. Und wenn die dann explodierte . . .« Er stieß einen leichten Pfiff aus. »Dann war man aber geliefert. Knie, Oberschenkel, Eier, Pimmel, Bauch. Genau die empfindlichsten Stellen, die ein Mensch hat. Manchmal war der arme Teufel, der auf so ein Ding getreten war, schon tot, bevor wir ihn erreicht hatten, aber nicht selten hockte der Betroffene, seine untere Hälfte zu Hackfleisch verarbeitet, noch bei vollem Bewußtsein auf dem Dschungelboden und starrte völlig entgeistert an sich hinab, wo nun nur noch Ströme von Blut flossen, wo sich früher seine Genitalien befunden hatten.

Trotzdem ging ich gern an der Spitze. Irgendwie genoß ich das damit verbundene Risiko. Und als ich dann eines Tages, ohne das Ding zu sehen, über einen Stolperdraht hinwegging und einfach weitertrampelte, den Blick unverwandt in den grauen Himmel gerichtet, wurde mir klar, daß mir nichts passieren konnte. Der Mann hinter mir hatte nicht so viel Glück. Ich hörte einen kurzen Knall, und ohne mich umzudrehen, wußte ich, was passiert war.

Er war noch sehr jung und erst seit ein paar Wochen im Ladendesinnern im Einsatz; jedenfalls noch nicht lange genug, als daß sein Tarnanzug bereits eine gewisse Patina hätte ansetzen können. Er stieß einen leisen Schrei aus und sank zu Boden. Er sah aus wie jemand, der sich einen Teller voll Spaghetti mit Tomatensoße in den Schoß gekippt hat. Der Sanitäter war bereits neben ihm, während der Funker unverzüglich einen Hubschrauber anforderte, um den Mann rauszuholen. Der junge Bursche sah zu mir auf und sagte: ›Mich hat's erwischt‹, worauf ich nickte. Und als er sagte: ›Ich werde sterben‹, nickte ich ebenfalls. Darauf fing er zu schreien an, so daß ihm der Sanitäter schleunigst eine Morphiumspritze verpaßte. Ich weiß noch gut, wie unser Sergeant gar nicht mehr zu schimpfen und zu fluchen aufhören konnte. Der Knall der Explosion hatte alle Vögel in der Umgebung auffliegen und durch den Dschungel davonstieben lassen. Ich saß einfach nur da und wartete – zehn Minuten vielleicht; vielleicht auch weniger. Man konnte richtig beobachten, wie das Leben aus diesem jungen Burschen wich. Je hektischer der Sanitäter agierte, desto lebloser wurde der Verwundete. Wenig später starb er, als das Geräusch des herannahenden Hubschraubers den Dschungel zu erfüllen begann. Das Geräusch der auffliegenden Vögel und das des Hubschraubers unterschied sich kaum voneinander. Der Sanitäter hieb indessen laut schreiend auf den Brustkasten des Jungen ein, um sein Herz nicht zum Stillstand kommen zu lassen. Das war an einem ganz gewöhnlichen Tag des Jahres – einem von dreihundertfünfundsechzig.«

Er verstummte kurz, um jedoch gleich wieder fortzufahren.

»Aber jetzt lassen Sie mich Ihnen von dem alten Ehepaar erzählen. Das interessiert Sie doch sicher.«

»Ja.«

»Also gut«, setzte er an. »Es war schon eigenartig.«

»Wieso ausgerechnet diese beiden? Was haben diese Leute Ihnen denn getan?«

»Sie scheinen noch immer nicht zu verstehen«, wies er mich leicht gereizt zurecht. »Darum geht es doch gerade – daß mir keines der Opfer auch nur das geringste getan hat. Sie alle sind vollkommen unschuldig. Ist es das, was Sie hören wollen? Mir ist absolut klar, daß sie unschuldig sind! Darum geht es doch.«

»Warum das Blut? Alles war damit verschmiert.«

»Um das Grauen zu verstärken.«

Das notierte ich mir. »Na gut, wenn diese Morde symbolischen Charakter haben, warum erklären Sie dann nicht, was sie symbolisieren sollen?« drang ich auf ihn ein. »Ich verstehe einfach nicht, was Sie damit bezwecken wollen.«

»Das werden Sie schon noch«, entgegnete er ruhig. »Ein junges Mädchen. Ein altes Ehepaar. Sie sollten sich einmal vergegenwärtigen, wer die Opfer sind. Ich habe Ihnen doch schon gesagt, daß es sich dabei um eine Wiederholung handelt. Es gab da einen bestimmten Moment in Vietnam, ein ganz bestimmtes Ereignis. Und das spiele ich hier noch einmal nach. Können Sie sich noch an das Frühjahr 1971 erinnern, an diese Demonstration der Weathermen in Washington? Sie rannten damals durch die Straßen, warfen mit Mülltonnen und dem ganzen Abfall um sich, schrien wüste Verwünschungen hinaus und versuchten den reibungslosen Ablauf des täglichen Lebens zu stören. Sie wollten damit zum Ausdruck bringen, daß sich die amerikanische Bevölkerung nicht wirklich mit dem Krieg auseinandersetzte und keine annähernde Vorstellung von den Greueln hatte, die in Vietnam geschahen. Wie hätten die Amerikaner für die nachhaltigen Eingriffe in den Ablauf des normalen Alltags in Vietnam Verständnis aufbringen sollen, wenn sie nicht am eigenen Leib verspürt hatten, was das bedeutete? Zweck dieser Demonstration war es, ›den Krieg in die Heimat zu tragen‹, durch einen Akt symbolischer Wiederholung das allgemeine Verständnis zu wecken. Ich war gerade aus Vietnam zurück und beobachtete das alles sehr genau. Allerdings mußte ich feststellen, daß die Demonstranten mit ihren Bemühungen nicht das geringste erreichten. Die Allgemeinheit betrachtete das Ganze als ein Ärgernis und keineswegs als einen symbolischen Akt. Tja, den Weathermen fehlte es eben an meiner Entschlossenheit. Was ich tue, können die Leute nicht einfach ignorieren.«

»Aber der Krieg ist doch schon längst vorbei«, machte ich geltend. »Aus, Ende, Amen. Ein Schlamassel, mit dem ein für allemal Schluß ist. In diesem Punkt sind wir uns doch alle einig.«

»Für mich wird er nie zu Ende sein.« Diese Worte kamen sehr überlegt und bedächtig aus dem Hörer. »Ich bin Nacht für Nacht, wenn ich schlafe, Tag für Tag, wenn ich aufwache, damit konfrontiert. Manchmal schaue ich in die Sonne hoch, und dann denke ich, ich wäre wieder in Vietnam und nicht hier. Für mich wird es nie vorüber sein.«

Als er darauf eine Weile nichts mehr sagte, fragte ich: »Und was ist jetzt mit diesen alten Leuten?«

»Meinen Sie Mama-san und Papa-san?« Er lachte.

»Hören Sie«, begann ich nun mit aller mir zu Gebote stehenden Eindringlichkeit, während meine Blicke unverwandt auf Christine gerichtet waren, die mich das ganze Gespräch hindurch wie gebannt anstarrte. »Sie brauchen Hilfe. Es gibt verschiedene Einrichtungen, die ausschließlich dem Zweck dienen, den Männern, die im Krieg bleibende Schäden davongetragen haben, dabei zu helfen, sich wieder in die Gesellschaft einzugliedern. Ich erkläre mich gerne bereit, Ihnen . . .«

Diesem Vorschlag mangelte es eindeutig an Überzeugungskraft, so daß mich seine Reaktion keineswegs überraschte.

»Lassen Sie mich bloß mit diesem ganzen Quatsch in Frieden! Haben Sie vielleicht schon mal eine dieser Einrichtungen, wie Sie es nennen, von innen gesehen? Haben Sie schon mal an einem dieser Rehabilitationsprogramme teilgenommen? Wohl kaum. Haben Sie auch nur die leiseste Ahnung, wie es in so einer Klinik für Veteranen zugeht? Gut, dann werde ich Ihnen das mal sagen. Nichts als kalte, steril grüne Wände. Schon vom Hinsehen könnte man Schüttelfrost bekommen. Manchmal bildete ich mir ein, an diesen grünen Wänden die Narben erkennen zu können, welche die Schreie all derer hinterlassen hatten, die diese entsetzlichen Korridore hinuntergeführt worden waren. Reihe um Reihe von Betten und Nachtkästchen, überquellend von Zigarettenstummeln und Asche und Abfall und leichthin abgeschobenen Menschen. Ich war in so einer Einrichtung; ich weiß, wovon ich rede. Und auf keinen Fall will ich noch einmal dorthin zurück. Sie halten mich für verrückt – machen Sie mir nichts vor, ich weiß genau, daß Sie das denken. Ich habe doch in einem Ihrer Artikel die Aussagen dieses Psychiaters gelesen. Wie verständnisvolle Worte er doch für mich übrig hatte. Als krank werde ich dort bezeichnet, psychisch gestört und wie all diese hirnlosen Begriffe einer ohnmächtigen Zunft noch lauten mögen. Na gut, dann bin ich eben krank und gestört, aber trotzdem bin ich immer noch um einiges lebendiger und energiegeladener als alle diese Schwachköpfe zusammen.« Er atmete mit einem langgezogenen, pfeifenden Geräusch ein. »Und bevor ich diese Sache zu Ende gebracht habe, werden noch eine Menge Leute wünschen, sich vor mir in Sicherheit wähnen zu können. Ich bin nicht verrückt! Verdammt noch mal! Die ganze Welt ist verrückt! Die Leute laufen durch die Gegend, als ob nichts wäre. Sie sind nicht in der Lage, über ihre begrenzte, kleine Welt hinauszusehen. Und das kann man von mir nicht behaupten! Ich bin der einzige Mensch auf der ganzen Welt, der nicht verrückt ist.« Seine Stimme beruhigte sich langsam wieder. »Ich bin der einzige Mensch, der begriffen zu haben scheint, daß auf jede Aktion eine Gegenreaktion folgt. Die Gesellschaft hat mich nach Übersee geschickt, um zu morden, und nun, da ich zurück bin, tue ich als Gegenreaktion genau das, wozu ich die ganze Zeit ausgebildet worden bin.«

An diesem Punkt hielt er kurz inne, um Atem zu schöpfen. »Wie ist das mit Ihnen?« fragte er schließlich.

»Wie meinen Sie das?«

»Waren Sie auch in Vietnam? Wir dürften doch etwa im gleichen Alter sein. Für Sie muß sich auf jeden Fall dasselbe Problem gestellt haben. Waren Sie drüben?«

»Nein«, antwortete ich. »Ich war nicht drüben.«

»Warum nicht?«

Mir schossen eine Reihe von Antworten durch den Kopf, Gespräche mit meinem Vater oder mit meinen Kommilitonen auf dem College. Ich hatte mir damals die Haare wachsen lassen, Jeans getragen und mich mit Peace-Zeichen ausstaffiert; ich hatte an Demonstrationen teilgenommen. Inzwischen schien das alles endlos weit zurückzuliegen. Ich hielt es für das beste, ihm zu erzählen, daß ich wegen des Studiums zurückgestellt worden war und dann nach Kanada geflohen war, weil ich nicht bereit gewesen war, in einem absolut unmoralischen Krieg zu kämpfen. Genau das wollte er vermutlich auch hören.

Aber statt dessen sagte ich: »Weil ich Angst hatte.«

»Wovor?«

»Das kann ich nicht mit Sicherheit sagen. Ich hatte Angst, andere zu töten und selbst getötet zu werden.«

»Aber es war doch unser Krieg.« Seine Stimme war ganz ruhig.

»Ich weiß.«

»Im Ersten Weltkrieg, im Zweiten und selbst noch in Korea war die Sache klar«, fuhr der Mörder fort, ohne meine Antwort abzuwarten. »Aber als wir dann diesen Krieg aufgehängt bekamen, war der Sachverhalt schon um einiges komplizierter.«

»Woher hätten wir das ahnen sollen?«

»Natürlich. Wie hätte jemand das ahnen können? Ich bin eben

eingerückt, wie mein Vater und vor ihm mein Großvater. So war das nun eben mal. Mein Gott! Wie sie sich doch getäuscht haben.«

»Ihr Vater und Ihr Großvater?« fragte ich verblüfft.

»Ja. Nicht, daß wir eine Familie von Soldaten gewesen wären. Keineswegs. Es gehörte nur einfach dazu. Und dann war eben ich an der Reihe einzurücken.«

Ich mußte an meinen Vater denken, wie er damals, mühsam seine Fassung wahrend, im Raum auf und ab geschritten war. »Nach Kanada? Hast du dir das auch reiflich überlegt? Ich weiß selbstverständlich, daß dieser Krieg nicht vertretbar ist, aber ist dir auch klar, was du damit aufs Spiel setzt?«

»Für mich war es dasselbe«, antwortete ich.

»Aber Sie sind nicht eingerückt?«

»Nein.«

»Haben Sie demonstriert?«

»Ja. Alle haben das. Es war ja auch nicht groß was dabei.«

»Schon möglich.«

Darauf schwiegen wir beide für einen Augenblick, bis er weitersprach: »Sehen Sie? Wir beide haben mehr gemeinsam, als Sie vielleicht denken.«

Der ausdruckslose Ton seiner Stimme brachte meine Gedanken zum Stillstand. Ich sah plötzlich wieder den alten Mann und die alte Frau vor mir.

»Erzählen Sie mir doch über die Morde«, forderte ich ihn auf.

»Es war ganz einfach; oder wie Sie es nennen: Es war nichts dabei.« Er lachte über seine Anspielung auf meine Redeweise von vorhin. »Sie gingen regelmäßig jeden Abend ein wenig spazieren. Ich hatte sie schon ein paar Tage beobachtet; sie gingen immer die selbe Strecke, blieben immer an denselben Stellen stehen, um etwas zu verschnaufen. Sie gingen Arm in Arm. Das gefiel mir. Es gibt nicht viele Leute, die ihre Zuneigung so unverhohlen zeigen, wie diese beiden das taten.«

»Das verstehe ich nicht . . .«

Doch er sprach weiter, bevor ich den Satz zu Ende hatte. »An besagtem Abend folgte ich ihnen einfach bis zu ihrem Haus. Sie bemerkten mich erst, als sie schon in der offenen Tür standen. Die Straße war völlig verlassen, und sie waren zu schockiert und verängstigt, um auch nur einen Schrei auszustoßen. Ich sagte irgend etwas Bedrohliches wie: ›Ein Laut, und ich schieße.‹ Dann legte ich der Frau meine Hand auf den Mund und drängte die beiden ins Wohnzimmer, nachdem ich hinter mir die Eingangstür zugeworfen hatte. So einfach war alles. Plötzlich war es vollkommen still und ruhig, als hätte ich durch das Zuschlagen der Haustür wie mit einem Messer jegliche Verbindung zur Außenwelt abgeschnitten, so daß nur noch ich und die beiden übrig waren.

Ich furchtelte kurz mit meiner Fünfundvierziger durch die Luft. Entsetzt stellte sich der Mann vor seine Frau und sagte: ›Nehmen Sie um Himmels willen, was Sie wollen, junger Mann, aber hören Sie auf, uns so Angst zu machen!‹ Und dann warf er sich in die Brust, so weit davon noch etwas übrig war. ›Ich habe schon härtere Brocken als Sie gesehen‹, sagte er. Ich grinste ihn an und gab ihnen zu verstehen, sie sollten sich auf die Couch im Wohnzimmer setzen. Ich ließ mich in einen Sessel plumpsen, und, die Pistole auf die beiden gerichtet, fragte ich ihn: ›Ach ja? Und wo?‹, worauf der alte Mann mit einem leichten Schauder antwortete: ›In Auschwitz.‹ Gleichzeitig hob er seinen Arm, so daß die Manschette seines Hemds über sein knöchernes Handgelenk zurückrutschte und den Blick auf eine tätowierte Nummer freigab.

Ich war, um es milde auszudrücken, von den Socken. Ich konnte mein Glück gar nicht fassen. ›Erzählen Sie mir doch darüber‹, forderte ich den Mann daraufhin auf. Er nahm die Hand seiner Frau in die seine – sie hatte bis dahin kein einziges Wort gesprochen, sondern hatte nur mit leicht glasigen Augen gerade vor sich hin gestarrt – und sagte: ›Was sollte es darüber schon viel zu erzählen geben? Haben Sie Fotos von diesen Lagern gesehen?‹ Ich nickte. ›Wir wurden massenweise eingeliefert, und nur die wenigsten von uns überlebten diese Hölle. Was gäbe es dazu sonst noch zu sagen? Wer denkt schon gern an diese Dinge zurück? Jedenfalls können Sie mir keine Angst einjagen, junger Mann, nicht einmal mit diesem großen Ding da.‹ Von diesem Zeitpunkt an hatte ich ihn regelrecht ins Herz geschlossen. Wem hätte es in diesem Punkt auch anders gehen können? Nach einer Weile fuhr er fort: ›Wollen Sie uns nun berauben – oder was? Wenn Sie glauben, wir wären reich, täuschen Sie sich; wir würden sonst bestimmt nicht hier wohnen.‹ Ich schüttelte den Kopf. ›Aufs Geld haben Sie es also nicht abgesehen‹, redete er weiter. ›Was bliebe dann noch? Mord? Wozu? Vergewaltigung? Dafür sind wir zu alt. Was gäbe es sonst noch für Gründe?‹

Er bekam jedoch keine Antwort auf seine Fragen. Aufrecht auf der Couch sitzend, sah er mich die ganze Zeit unverwandt an. Dieser Mann hat wirklich Courage bewiesen. Seinen einen Arm hatte er um seine Frau gelegt, wie ein Vogel, der mit seinem Flügel ein Junges schützt. Und er hielt ihr die Hand. Ich bemerkte, daß seine Blicke sich auf die Waffe in meiner Hand richteten. ›Ist das eine Fünfundvierziger?‹ fragte er lächelnd, und ich nickte. ›Jetzt fange ich an zu begreifen‹, seufzte er dann.

Nun wandte er sich seiner Frau zu. Er sprach so leise, daß ich kaum verstehen konnte, was er sagte. ›Ruth, du weißt, daß ich dich immer geliebt habe. Aber nun geht es mit uns zu Ende. Dieser Mann ist der Mörder dieses jungen Mädchens. Du hast doch auch in der Zeitung über ihn gelesen. Er wird jetzt uns töten.‹ Als er das sagte, krampfte sich ihr ganzer Körper zusammen, und ihre Augen standen vor Angst weit offen. Sie erinnerte mich ein wenig an bestimmte Tiere – etwa an einen Hund oder ein Kaninchen. Aber er sollte sie rasch beruhigen, indem er tröstend auf sie einredete: ›Wir sind doch schon alt. Wovor sollten wir Angst haben? Eigentlich besteht dazu doch wirklich kein Grund.‹ Seine Stimme war wunderbar – leise, tröstlich, fast hypnotisch. Ich konnte genau beobachten, welche Wirkung sie auf seine Frau ausübte. Ihre Anspannung schien fast sichtbar von ihr zu weichen, während sie näher an ihn heranrückte. Als sie dann die Augen schloß und nickte, wandte er sich wieder mir zu. ›Gut, dann kommen Sie zur Sache!‹

Ich bat ihn, mir über sein Leben zu erzählen. Aber er zuckte nur mit den Achseln. ›Was soll es da schon groß zu erzählen geben? Wir wurden geboren. Wir lernten uns kennen und verliebten uns ineinander. Wir haben überlebt. Wir haben gelebt. Und nun werden wir sterben.‹ Ich schüttelte den Kopf. ›Ich würde trotzdem gern mehr über Sie wissen‹, bat ich ihn. An diesem Punkt öffnete die Frau die Augen und versetzte ihm einen leichten Rippenstoß. ›Erzähl doch ein wenig‹, forderte sie ihn auf. ›Ich würde es auch noch mal gern hören.‹ Daraufhin warf ihr der alte Mann einen lächelnden Blick zu und begann mir ihre Lebensgeschichte zu erzählen. Wir müssen mindestens – ich weiß nicht mehr – zwei, drei, vielleicht auch vier Stunden so gesessen haben. Die Zeit vergeht bei solchen Geschichten ja immer wie im Fluge.

Wußten Sie eigentlich, daß nach dem Zweiten Weltkrieg die Überlebenden der KZs von den Engländern und Amerikanern in neue Konzentrationslager gesteckt wurden? Nur hießen sie Umsiedlungslager. Und die Vereinigten Staaten – ganz richtig, wir, Sie und ich, unsere Väter – ließen aufgrund einer scharfen Einwanderungskontingentierung nur die wenigsten dieser sogenannten ›Umsiedler‹ ins Land. Das alles habe ich an jenem Abend zum ersten Mal gehört. Der alte Mann erzählte, wie er zu den wenigen Glücklichen gehörte, die eine Einwanderungsgenehmigung erhielten. Der Grund hierfür war, daß ein Cousin, den er seit seiner Kindheit nicht mehr gesehen hatte, amerikanischer Staatsbürger geworden war. Und dieser Cousin hat für ihn gebürgt. Er erzählte, daß es am Tag seiner Ankunft im Hafen von New York brutal kalt war; alles war vereist. Trotzdem nahm er seinen Mantel ab und atmete die kälteklirrende Luft ein. Er sagte, er hätte sie richtig schmecken können und er sei leicht betäubt davon worden.

Ich glaube, daß sie kein schlechtes Leben hatten; allerdings nichts Außergewöhnliches. Seine Söhne haben es zu mehr gebracht als er selbst, was ihn mit großer Befriedigung zu erfüllen schien. Sogar seine Enkel hatte er noch heranwachsen gesehen. Er erzählte, daß er sein ganzes Leben lang hart gearbeitet hatte; aber die Arbeit hätte ihm fast immer Spaß gemacht. Anfertigung und Verkauf von Herrenbekleidung, ein ehrbares Gewerbe. Die Leute einkleiden, hatte er es genannt. Er sagte, daß er immer größten Wert auf Qualität gelegt hätte – gute, strapazierfähige Stoffe und einfache, aber geschmackvolle Schnitte. Wenn jemand bei ihm einen Anzug kaufte, konnte er gewiß sein, daß er lange halten würde. Darauf wandte er sich seiner Frau zu und sagte: ›Genau wie wir. Wir haben auch lange gehalten.‹ Statt einer Antwort schmiegte sie ihre Wange gegen seine Schulter und schloß lächelnd die Augen. Wissen Sie, man konnte den beiden richtig ansehen, daß sie sich noch immer liebten, und in diesem Augenblick sicher nicht weniger intensiv als in irgendeinem anderen Moment der langen Jahre zuvor. ›Wie haben Sie beide sich kennengelernt?‹ fragte ich ihn dann. Statt seiner antwortete mir diesmal jedoch die Frau: ›Auf ganz altmodische Weise, durch einen Heiratsvermittler.‹ Sie erzählte eine Weile über die Zeit ihrer ersten Bekanntschaft und ihrer Heirat. Durch die Lageraufenthalte verloren sie einander aus den Augen. Es dauerte sechs Monate, bis sie ihn nach ihrer Freilassung schließlich aufspürte. Sie sagte, daß sie die ganze Zeit gewußt hätte, daß er nicht tot sein konnte; dazu waren sie beide einfach zu sehr voller Leben gewesen. Sie lächelte, während sie sprach, und kuschelte sich immer wieder an ihren Mann oder streichelte ihn zärtlich. Schließlich sah sie mich eindringlich an und sagte: ›Sie müssen sich furchtbar elend fühlen, so etwas Schreckliches zu tun.‹ Und wissen Sie was? Ich mußte ihr vollkommen recht geben. Ich spürte, wie mir Tränen in die Augen traten, als ich als Antwort darauf nickte. ›Es ist entsetzlich‹, gestand ich den beiden, worauf sie verständnisvoll nickten. Sie erkundigten sich nach meiner Mutter und meinem Vater. Deshalb erzählte ich ihnen ein wenig über meine Kindheit – nicht viel, wissen Sie, nur um ihr Interesse nicht erlahmen zu lassen. Ich erzählte von der Farm und von den Veränderungen, die unser Umzug in die Stadt mit sich brachte.

Es war wirklich erstaunlich. Mit jeder Sekunde, jeder Minute, die verstrich, rückte ihr Tod näher, und gleichzeitig kamen wir uns menschlich näher, so daß aus unserer flüchtigen Bekanntschaft fast so etwas wie Freundschaft wurde. Mit dem Mädchen war es genauso. Ich habe das Gefühl, als könnte ich einen Menschen nur durch den Tod wirklich kennenlernen. Erst dann fallen all die Masken, all die Rollen, die man im Leben spielt, plötzlich von einem ab. Das ist ein Zustand von geradezu vollkommener Reinheit.

Darauf weinten wir alle drei. Schließlich wischte ich mir die Tränen aus den Augen und dankte ihnen dafür, daß sie ihre Erinnerungen mit mir geteilt hatten. Und dann breitete sich wieder die Angst über das Gesicht der Frau. Eine Strähne ihres nach hinten gebundenen Haars hatte sich gelöst. Sie schüttelte sie sich aus den Augen. ›Wollen Sie uns immer noch . . .‹, setzte sie an, doch ich gebot ihr Schweigen. ›Es bleibt alles beim alten‹, versicherte ich ihr. ›Haben Sie keine Angst.‹ Mit einem leisen Zittern drückte sie sich darauf enger an ihren Mann, der mich fragend ansah. ›Wollen Sie uns fesseln? Oder was?‹ Nun holte ich das Seil aus meiner Tasche.«

Ich unterbrach seine Erzählung: «Wie haben Sie sie dazu gebracht, sich nackt auszuziehen?«

»Ganz einfach«, erwiderte er. »Ich sagte ihnen, es wäre genauso, als würden sie schlafen gehen.

Sie mußte ihrem Mann aus dem Hemd helfen. Dabei wandte sie sich kurz mir zu und zuckte mit den Achseln. ›Arthritis.‹ Dann stieg er aus seiner Hose, streifte seine Unterhose ab und stand schließlich nackt vor mir.

Er machte keinerlei Anstalten, seine Blöße zu bedecken. Ich muß wirklich zugeben, daß er nicht einen Augenblick seine Würde verlor. Dann half er seiner Frau aus ihrer Bluse und ihrem Rock. Sie zögerte erst einen Moment, bevor sie sich ihr Leibchen über den Kopf zog. Strümpfe, Spitzenunterwäsche – alles lag in einem Haufen auf dem Boden. Sie sah eine Weile nachdenklich auf den Stapel Kleider, bis sie sie schließlich behutsam vom Boden hochhob und ordentlich auf die Couch legte. Die Macht der Gewohnheit, nehme ich an. Der alte Mann beobachtete sie dabei halb lächelnd. Ich hatte noch nie zuvor zwei ältere Menschen nackt gesehen. Der Penis des alten Mannes war klein und verschrumpelt, und er hatte graues Schamhaar – wie sie. Ihre Brüste waren erschlafft, und sie hatte dunkelbraune Brustwarzen. Ihre Brustkörbe waren eingesunken. Der alte Mann atmete tief ein und sah mich unverwandt an. ›Würden Sie sich bitte etwas beeilen?‹ Darauf deutete ich auf die Mitte des Raums, wo sie sich unverzüglich niederknieten.

Rasch fesselte ich ihnen dann die Hände. Eigentlich wäre das gar nicht nötig gewesen, aber ich befürchtete doch, daß einen von ihnen nach dem ersten Schuß Panik befallen könnte. Sie wirkten sehr gefaßt, obwohl ich sehen konnte, daß die Schultern der Frau ein krampfartiges Zucken befallen hatte. ›Ich bin als erster an der Reihe‹, erklärte der alte Mann. ›Aber lassen Sie uns gemeinsam sterben.‹ Ich kam mir wie in einem Traum vor. Sie leisteten mir nicht den geringsten Widerstand – ganz im Gegenteil. Ihre Stimmen waren ganz gefaßt. Es war, als begingen sie Selbstmord und ich leistete ihnen dabei lediglich Hilfestellung. ›Wenn Sie sich noch etwas zu sagen haben‹, erklärte ich, ›dann sagen Sie es sich jetzt.‹ Sie steckten ihre Köpfe zusammen und küßten sich mit einem leisen Lächeln. ›Sonst gibt es nichts mehr zu sagen‹, nickte mir der alte Mann schließlich zu.

Sie schlossen die Augen, und ich nahm ein Kissen von der Couch. Es war, als stünde ich außerhalb meiner selbst und könnte mir dabei zusehen, während ich die Hinrichtung vollzog. Ich drückte dem alten Mann das Kissen gegen den Hinterkopf und warf einen kurzen Blick auf die Fünfundvierziger. Ich konnte meinen Zeigefinger den Abzug zurückdrücken sehen. Jedes Stückchen, jeder Millimeter, den sich der Abzug bewegte, dauerte Sekunden, ja Minuten. Und dann ein lautes Krachen, gefolgt von dem vertrauten Zucken, das von meiner Handfläche meinen ganzen Arm hochlief. Meine Finger fühlten sich prickelnd, taub an. Der alte Mann stürzte vornüber. Die Frau knirschte mit den Zähnen. Und dann, glaube ich, sprach sie ein Gebet; jedenfalls bewegten sich ihre Lippen ganz leicht. Der alte Mann hatte auf dem Boden noch nicht zu zucken aufgehört, als ich schon hinter ihr war. Diesmal liefen alle meine Bewegungen wie in einer Zeitrafferaufnahme beschleunigt ab. Das Kissen drückte gegen ihren Hinterkopf, der Lauf der Fünfundvierziger hob sich, und im nächsten Augenblick stürzte auch sie unter dem ohrenbetäubenden Krachen des Schusses nach vorn.

Und dann muß ich wohl durchgedreht haben. Ich stürzte in die Küche, wo ich einen Schwamm fand. Ich tauchte ihn in das Blut, das sich über den Boden ausgebreitet hatte, und schrieb damit die Nummern auf den Spiegel. Ich weiß nicht, wie lange ich dann noch im Haus blieb. Fünf Minuten? Vielleicht auch eine Stunde. Ich tanzte um die Leichen, bis es so dunkel im Zimmer wurde, daß ich kaum mehr etwas sehen konnte. Dann verließ ich das Haus; die Tür ließ ich ein Stück offenstehen. Meine Kleidung über und über mit Blut verschmiert, ging ich die Straße hinunter zu meinem Wagen. Niemand trat aus einem der Häuser in der Nachbarschaft, niemand war auf der Straße unterwegs, niemand fuhr im Auto vorbei. Ich trug die Fünfundvierziger ganz offen in meiner Hand, und die Nacht stand einfach still, während ich mich davonmachte.«

Er schwieg.

»Sie waren absolut unschuldig«, fuhr er schließlich fort.

Ich war mit meinen Kräften vollkommen am Ende und ließ sein Schweigen widerstandslos aus der Leitung kriechen, bis der ganze Raum davon erfüllt war. Meine Augen starrten blicklos auf die verschwommenen Notizen, die ich auf den Block vor mir gekritzelt hatte. Meine eigene Handschrift kam mir mit einem Mal unbekannt, fremd vor.

»Mir geht es«, sprach der Mörder nach langem Schweigen weiter, »wie einem Verdurstenden nach dem ersten Schluck frischen Wassers. Sie werden in Bälde wieder von mir hören. Vielleicht hier, vielleicht in der Redaktion. Je nachdem. Wie gesagt, je nachdem.« Und dann hängte er auf.

10

Und dann begann Christine zu tanzen.

Sie behauptete, das wäre ihre Methode, um die durch die Angst angestaute Energie wieder freizusetzen. Ich fand sie dann immer am nächsten Morgen auf dem Boden des Wohnzimmers liegend; schlafend, ein Kissen an sich gekuschelt. Meistens legte sie dazu etwas von Miles Davis oder Keith Jarrett auf. Manchmal spielte sie jedoch auch ein klassisches Streichquartett, und zwar mit so geringer Lautstärke, daß der Rhythmus eher nur noch zu erahnen als zu hören war. Sie tanzte nackt, ließ ihren Bademantel von ihren Schultern auf den Holzboden gleiten und bog ihren Körper der Musik entgegen. Ich glaube, daß sich für sie dabei die Musik mit den nächtlichen Geräuschen der Zikaden und dem fernen Rauschen des Verkehrs vermischte. Sie tanzte so lange, bis die Erschöpfung sie zu Boden sinken ließ, um dann, in sich zusammengerollt, tief und fest bis in den Morgen hinein zu schlafen.

An den darauffolgenden Morgen wiesen ihre Augen keinerlei Spuren ihrer nächtlichen Aktivitäten auf; auch ihre Stimme war ganz klar. Sie trat ihren Dienst in der Klinik an, als wäre nichts geschehen – drei Tage die Woche im Operationssaal, zwei Tage auf Station. Dabei zogen alle Arten von Krebs an ihr vorbei – Krebs, der das Blut befallen hatte; Krebs, der ein Organ zerfraß; Krebs, der sich langsam wieder zurückbildete; Krebs, der bis dahin unbemerkt, wild wucherte. Sie sprach oft über die Fälle auf ihrer Station – über ihren Zustand und ihre Heilungsaussichten. Was den Mörder betraf, beschränkten sich ihre Äußerungen zu diesem Thema auf die Feststellung, daß er, nachdem er unsere Telefonnummer hatte, wohl auch wissen mußte, wo wir wohnten. Als die Polizei einen Techniker vorbeischickte, um an meinem Telefon ein Aufnahmegerät anzuschließen, nahm sie dies mit einer Art unbeteiligter Angst zur Kenntnis, wobei ihre Miene denselben Ausdruck der Besorgnis widerspiegelte, den sie vermutlich aufsetzte, wenn sie am Morgen an das Bett eines Patienten trat und eine Verschlechterung seines Zustands feststellen mußte.

Was mich selbst betraf, ertappte ich mich dabei, wie ich die Leute auf der Straße eindringlich beobachtete.

Ich teilte die Passanten in zwei Kategorien ein – in potentielle Opfer und in potentielle Mörder. Bei jedem, der mir entgegenkam, stellte ich mir die Frage: Wer bist du? Was denkst du? Bist du der nächste? Oder bist du ER? Oft hielt ich aufs Geratewohl jemanden an, stellte mich vor und zückte mein Notizbuch, um dem Betreffenden ein paar Fragen zu stellen. Die meisten der Befragten weigerten sich, ihre Namen anzugeben, als fürchteten sie, der Mörder könnte sie ausfindig machen und sie dafür bestrafen, daß sie ihre Ängste geäußert hatten. Wenn ich mich in Begleitung Porters befand, wandten sie unweigerlich ihre Gesichter ab, so daß der Fotograf enttäuscht seine Kamera wieder sinken ließ. Die Kommentare begannen zusehends ähnlicher zu klingen – endlose Variationen zu dem ständig wiederkehrenden Thema von Angst, Wut und Hilflosigkeit. Mehr und mehr Stimmen wurden laut, die der Polizei Vorhaltungen machten, daß sie den Mörder noch immer nicht gefaßt hatte. In der Sprechweise der Befragten machte sich eine ungewohnte, zurückhaltende Wachsamkeit bemerkbar, wie ich auch feststellen mußte, daß die meisten rasch den Blick abwandten, wenn ich sie ansah.

Ich machte es mir zur Gewohnheit, abends nach Einbruch der Dunkelheit durch die Straßen zu fahren, um festzustellen, was sich geändert hatte und was gleich geblieben war. In den Vororten und reinen Wohngegenden war eine stärkere Zurückgezogenheit zu bemerken – die Häuser schienen sich in einen Schutzmantel aus Dunkelheit zu hüllen. Auf den sommerlichen Straßen hielten sich weniger Kinder auf; in der zunehmenden Augusthitze ertönte immer seltener das fröhliche Gelächter oder das aufgeregte Geschnatter spielender Jungen und Mädchen. Alles um mich herum schien sich auf dem Rückzug zu befinden; die Leute verließen ihre Häuser nur, wenn es unbedingt nötig war.

Es gab selbstverständlich auch Ausnahmen. Die Saufbrüder und Penner, die sich Miamis Innenstadt zum Domizil auserkoren haben, trieben sich immer noch unvermindert auf den Straßen herum. Ich sprach mit ein paar von ihnen, doch schien sie das alles herzlich wenig zu berühren oder zu interessieren. Ein von Schmutz starrender alter Mann sah erstaunt zu mir auf und sagte: »Weshalb sollte er einen von uns umbringen? Was könnte er damit schon bezwecken? Wir sterben doch sowieso.« Als seine Gefährten sahen, daß ich mir Notizen machte, stießen sie spöttisch anerkennende Pfiffe aus und schrien mir wüste Obszonitäten zu. Noch am selben Abend schrieb ich einen Artikel über die Stadtstreicher und ihre offensichtliche Unbesorgtheit. Porter hatte ein paar hervorragende Aufnahmen gemacht, so daß Nolan sich in vollster Zufriedenheit über den Artikel äußerte. »Großartig, einfach großartig«, bemerkte er anerkennend.

Nach dem letzten Anruf des Mörders hatte die Zeit nicht mehr ausgereicht, um darüber noch in der nächsten Ausgabe zu berichten; als er aufgehängt hatte und ich aufgeschaut hatte und mir zum ersten Mal wieder der Anwesenheit Christines bewußt geworden war, war es kurz vor ein Uhr früh gewesen. Zu diesem Zeitpunkt lief die Morgenausgabe bereits durch die Presse, um, im Keller gestapelt, der Auslieferung entgegenzuharren.

»Wir werden die Story eben erst morgen bringen«, vertröstete mich Nolan, den ich zu Hause aus dem Schlaf geklingelt hatte. Er war sofort hellwach. »Sparen wir uns die Sache lieber für die nächste Ausgabe auf, damit wir auch anständig darüber berichten können, finden Sie nicht auch?« Dem war nichts entgegenzusetzen. »Aber nun kommt es vor allem darauf an, daß das Fernsehen und die *Post* nicht Wind von der Sache bekommen.« Er dachte kurz nach. »Die Polizei müssen wir allerdings benachrichtigen. So war es nun mal abgemacht. Machen Sie ihnen aber noch mal in aller Deutlichkeit klar, daß auch sie sich an die Abmachungen halten. Das ist unsere Story – und das soll sie auch bleiben.« Er hielt kurz inne. »Haben Sie sich umfangreiche Notizen gemacht?« Ich zählte die Blätter, die ich vollgekritzelt hatte. »Gut«, schärfte mir Nolan ein. »Rücken Sie diese Aufzeichnungen auf keinen Fall heraus. Sie können Ihnen Fragen stellen, Ihre Aussage zu Protokoll nehmen und was sonst noch – aber Ihre Aufzeichnungen rücken Sie auf keinen Fall heraus. Was hat er übrigens diesmal wieder erzählt?«

»Er hat gesagt, daß er das Bedürfnis zu töten hat und das Bedürfnis zu reden.«

»Nicht zu fassen. Das klingt ja schon fast wie die Schlagzeile. Was weiter?«

»Er hat viel über sein Leben erzählt – alle möglichen Episoden. Weshalb er mir das alles eigentlich erzählt, begreife ich allerdings noch nicht so recht. Und schließlich hat er mir noch geschildert, wie er das alte Ehepaar umgebracht hat.«

»In allen Details?«

»Ja.«

»Mein Gott«, hauchte Nolan. »Was für eine Story.«

Christine wollte mich zur Polizei begleiten. Sie erklärte, sie hätte Angst, allein zu sein, da sie das Gefühl hätte, der Mörder wäre irgendwo in unserer unmittelbaren Nähe. Ich versuchte sie davon abzubringen, indem ich ihr sagte, das Ganze würde sie nur fürchterlich langweilen; und außerdem hätte sie doch am Morgen Dienst. Ich wartete noch, bis sie sich bettfertig gemacht hatte; sie streifte ihre Kleider ab und ließ sie auf den Boden fallen. Bei dem Gedanken an ihre Nacktheit drängte sich für einen Augenblick die Erinnerung an das alte Ehepaar dazwischen, um sich jedoch ebenso rasch, wie sie gekommen war, wieder zu verflüchtigen. Ich zog das dünne Laken, unter das Christine geschlüpft war, zurück und legte meine Hände an ihre Brüste. Sie schloß die Augen und drehte sich zu mir herum. Nachdem ich kurz ihren Nacken massiert hatte, streckte ich meine Hand nach dem Lichtschalter aus und löschte das Licht. »Wenn du nur auch ins Bett kommen und neben mir liegen könntest«, flüsterte sie. »Ich weiß nicht, ob ich schlafen kann.«

»Jetzt stell dich nicht so an«, erwiderte ich aus dem Dunkel. Ich würde die Tür fest verriegeln. Außerdem würde ich in wenigen Stunden wieder zurück sein. In dem schwachen Licht, das durch das Fenster von draußen hereindrang, konnte ich ganz schwach die Umrisse ihres Körpers erkennen. Ich wunderte mich, daß ich nicht stärker erregt war, um dann jedoch, ohne mir länger darüber Gedanken zu machen, aus dem Schlafzimmer in den Wohnraum zu gehen und die Tür leise hinter mir zu schließen. Meine Blicke durchwanderten auf der Suche nach meinen Notizen den Raum.

Martinez erwartete mich in der Eingangshalle des Polizeihauptquartiers. Er trug einen Anzug, aber keine Krawatte, und sein Hemd stand so weit offen, daß man seine behaarte Brust sehen konnte. Er grinste mir schon entgegen, als ich durch die Eingangstür kam. »Eine Stewardeß«, erklärte er statt einer Begrüßung lakonisch.

»Was ist mit der Stewardeß?« fragte ich irritiert, während wir uns die Hand schüttelten.

»Sie arbeitet bei der National Airlines. Blond. Etwa dreiundzwanzig. Sie hat mir das Fliegen beigebracht.« Er konnte gar nicht mehr zu grinsen aufhören.

»Das tut mir aber leid.«

»Erst die Arbeit, dann das Vergnügen«, erwiderte der Detektiv achselzuckend. »Abgesehen davon hätte ich Wilson unter keinen Umständen Ihre Telefonnummer geben sollen. Er ist ja sicher froh, wenn er mitten in der Nacht aus seinem warmen Bett kriechen kann.«

Wir stiegen zusammen mit zwei uniformierten Polizisten in den Lift. Sie starrten mich kurz argwöhnisch an, um sich dann weiter über eine Schlägerei zu unterhalten, die sie früher an diesem Abend zu beendigen versucht hatten; der eine von ihnen klagte über einen gezerrten Rückenmuskel, ohne daß sein Kollege ihn deswegen jedoch sonderlich bemitleidet hätte. »Hier lang, bitte«, sagte Martinez, als sich im dritten Stock die Lifttüren öffneten. Für einen Augenblick blendete mich das grelle Licht, und ich kniff die Augen zusammen. Das Büro der Mordkommission war ein großer Raum, der durch Dutzende von Trennwänden, die nicht bis zur Decke reichten, in kleinere Abteile untergliedert war. In jedem von diesen standen, Rücken an Rücken, zwei Schreibtische mit einem Stuhl und einem Telefon. Die Schreibtische waren aus grauem Metall und machten nicht gerade den neuesten Eindruck.

Die anwesenden Detektive standen in den Türen ihrer Abteile und starrten Martinez und mir hinterher, während wir den Mittelgang hinunterschritten. Ihre Anzüge und Krawatten wirkten in dieser trostlosen Umgebung etwas fehl am Platz. In einem der kleinen Büroabteile sah ich einen Schwarzen sitzen; man hatte ihm am Rücken Handschellen angelegt. Sein Gesicht war zu einem verächtlichen Grinsen verzerrt, während er einem Detektiv zuhörte. Dann ließ ich meine Blicke über die in fahlem Einheitsgrün gestrichenen Wände gleiten, die unter dem kalten Neonlicht noch trostloser wirkten. Sie waren mit zahllosen Steckbriefen und Fotos aus der Verbrecherkartei behängt; außerdem fielen mir ein Dienstplan und ein großer Zettel auf, auf den jemand von Hand geschrieben hatte: Alle, die der Nummernmörder-Abteilung zugeteilt sind, *müssen* sich täglich bei Sgt. Wilson oder beim diensthabenden Beamten melden. Ich folgte Martinez weiter den Gang hinunter.

Vor der Tür eines Büros blieb ich kurz stehen. Ein paar Fotos vom Schauplatz eines Mordes, die wild verstreut auf dem Schreibtisch herumlagen, hatten meine Aufmerksamkeit auf sich gelenkt. Ich konnte eine blutüberströmte Leiche erkennen, die zusammengequetscht im Kofferraum eines Wagens lag. Auch Martinez blieb stehen, als er mich auf die Fotos starren sah. Er trat in das Büro und nahm eines der Fotos vom Schreibtisch. »Na, haben Sie schon mal gesehen, wie man aussieht, wenn man aus nächster Nähe mit einer Schrotflinte eine verpaßt bekommt? Nicht sonderlich appetitlich, was? Hier handelt es sich um einen Bandenkrieg. Sie haben in Ihrem Blatt darüber nur eine kurze Notiz im Lokalteil gebracht. Aber wie Sie sehen, ruht das Verbrechen keineswegs, auch wenn so ein Irrer die Stadt in Atem hält. Wir haben auch sonst noch genügend zu tun.«

Ich sah mir das Foto an. Das Gesicht des Opfers, blutüberströmt, war zu einer Maske des Grauens erstarrt, die Augen nach oben verdreht, der Mund weit aufgerissen. Der Mann war in die Brust geschossen worden, die nur noch eine undefinierbare Masse aus Blut und Innereien war. Ich schloß die Augen und gab Martinez das Foto zurück. Für einen Augenblick überkam mich ein leichtes Gefühl des Schwindels. »Haben Sie schon jemanden festgenommen? fragte ich.

»Das kann nur noch eine Frage der Zeit sein. Wir haben den Burschen, der den Fluchtwagen gefahren hat, eingelocht, und es kann nicht mehr lange dauern, bis er zu singen anfängt. Er scheint nicht sonderlich scharf darauf zu sein, für den Killer den Kopf hinzuhalten.«

Wir kamen an einem Büro vorbei, dessen Tür geschlossen, aber mit einem kleinen Sichtfenster versehen war. Martinez warf einen kurzen Blick hindurch. »Ah«, bemerkte er dazu, »da drinnen ist gerade jemand bei der Beichte.« Ich warf ebenfalls einen Blick durch das Fenster. Ein Schwarzer saß rauchend vor einem Schreibtisch. Von den zwei Detektiven, die ebenfalls in dem Raum waren, machte sich einer auf einem Block Notizen. In einer Ecke saß ein Mann mit einem Stenographiergerät. Seine Finger huschten behende über die Tastatur, während er Wort für Wort festhielt. »Er hat seine Frau umgebracht«, erklärte mir Martinez dazu. »Sie hatte angefangen, sich ihm gegenüber etwas zu viel herauszunehmen, so daß er es schließlich an der Zeit fand, ihr zu zeigen, wer der Herr im Haus ist. Er hat sie regelrecht zu Brei geschlagen.« Wir wanderten weiter den Gang hinunter, bis ich schließlich Wilson vor einem der Büros stehen sah.

»Danke für Ihren Anruf«, begrüßte er mich. »Waren Sie eigentlich schon mal hier?«

»Nein.«

»Na ja, da dürften Sie auch kaum viel versäumt haben.«

Ich schüttelte den Kopf.

»Was halten Sie davon? Erst gehen Sie mit uns gemeinsam durch, was der Mörder alles erzählt hat, und wenn unser Stenograph dann nebenan fertig ist, kann er uns ein wenig Gesellschaft leisten, und wir nehmen das Ganze zu Protokoll. Vieles fällt einem oft erst beim zweiten Erzählen ein. Haben Sie sich Notizen gemacht?«

Ich zögerte kurz. »Ja, aber ich brauche sie für meinen Artikel.«

Wilson sah mich unverwandt an. »Wie wär's mit einer Kopie?«

Ich zuckte mit den Achseln. »Warum nicht?« Unwillkürlich mußte ich dabei an das denken, was Christine gesagt hatte. Auch ich war ein Bürger dieser Stadt; und ich hatte dem Mörder nicht versprochen, nicht mit der Polizei zusammenzuarbeiten. »Aber vergessen Sie bitte unsere Abmachung nicht«, hielt ich Wilson vor. »Daß mir niemand etwas von der Sache erfährt. Ich habe jedenfalls keine Lust, mir von der Konkurrenz die Türen einrennen zu lassen, bevor unsere Zeitung über den neuerlichen Anruf berichtet hat.«

»Natürlich«, nickte Wilson. »Das kann ich gut verstehen.« In plötzlicher Verbitterung fügte er jedoch noch hinzu: »Offensichtlich sieht jeder zu, Profit aus dieser Sache zu schlagen, so gut es geht.«

»Was hätten Sie anderes erwartet?« entgegnete ich.

»Wen kümmert es auch schon?« Er drehte sich um und trat in das Büro. Martinez und ich folgten ihm und nahmen schweigend Platz. Meine Blicke durchwanderten den Raum und blieben schließlich auf einer Tafel haften, auf der eine Reihe von Namen stand. Wilson folgte meinen Blicken. »Wie viele Leute, glauben Sie, beschäftigen sich im Augenblick ausschließlich mit diesem Fall? Dreißig Detektive. Das sind mehr als ein Drittel unserer Leute.« Er stand auf und trat an die Tafel. »Sie haben davon absolut nichts gesehen.« Er blickte mich eindringlich an. »Falls auch nur das geringste davon an die Öffentlichkeit dringt, kann ich meinen Hut nehmen.« Martinez stand ebenfalls auf und schloß die Tür. »Eigentlich weiß ich gar nicht, weshalb ich Ihnen überhaupt helfe.« Wilson fuhr sich, während er dies sagte, mit der Hand durch sein kurzgeschnittenes Haar.

Die Namen auf der Tafel waren auf vier Spalten verteilt, die folgende Überschriften trugen:
MILITÄR-VIETNAM, PSYCHIATRISCHE KLINIKEN, ABTEILUNG SEXUALDELIKTE, STRASSENÜBERWACHUNG.

Daneben waren unter drei anderen Spalten weitere Namen aufgeführt – BALLISTIK, GRAPHOLOGIE, STIMME. Über der Tafel hingen mehrere starke Vergrößerungen von den Geschoßfragmenten, die aus den Körpern der Ermordeten entfernt worden waren. Bestimmte Details auf den Fotos waren mit Rotstift gekennzeichnet.

»Wie Sie sehen«, fuhr Wilson fort, »decken wir sämtliche Gebiete ab. Jedes dieser Teams beschäftigt sich rund um die Uhr mit den hier aufgeführten Detailfragen. Zum Beispiel überprüfen wir sämtliche psychiatrischen Kliniken in Ohio, Chikago und Florida. Wir nehmen an, daß die Eltern des Mörders damals nach Chikago gezogen sind; aber, wie gesagt, das ist nur eine Vermutung. Wir überprüfen sämtliche Einziehungslisten, die Einschreibungsunterlagen der Schulen und was sonst noch alles dazugehört – vielleicht bekommen wir auf diese Weise irgendeinen Anhaltspunkt.«

»Und kommen Sie dabei irgendwie weiter?«

Wilson wandte sich ab. »Tja, das ist so eine Entweder-Oder-Geschichte. Wir kennen die Tatwaffe; wir lassen sämtliche Verkaufsstellen für Munition überprüfen und verschiedenes mehr in dieser Art. Wir stellen endlose Listen zusammen; wir versuchen wirklich alles in unserer Macht Stehende. Aber das alles nützt uns selbstverständlich herzlich wenig, solange wir mit keinem passablen Tatverdächtigen aufwarten können. Und in dieser Hinsicht tappen wir nach wie vor noch völlig im dunkeln. Wir haben nicht einen Namen, nicht eine Person, die dafür in Frage käme.«

Ich warf einen kurzen Blick auf meine Notizen. »Er hat behauptet, graue Augen zu haben.«

In Wilsons Gesicht vollzog sich eine rasche Wandlung. Mit einem Mal starrte er mich aufmerksam an. Martinez holte ein Notizbuch aus seiner Tasche. »Das hat er tatsächlich gesagt?« wollte Wilson wissen.

»Ja, er hat erzählt, er wäre ein guter Schütze und er hätte graue Augen – wie Daniel Boone.«

Wilson nickte. »Damit läßt sich bestimmt etwas anfangen. Vor allem wenn wir die Army-Unterlagen durchgehen.«

Ich überflog weiter meine Aufzeichnungen. »Außerdem hat er gesagt, daß er ab 1971 nicht mehr bei der Army war. Weiter hat er behauptet, in einer Klinik für Veteranen gewesen zu sein.«

»Das hat er Ihnen gesagt?« Wilson wurde ganz aufgeregt. »Nicht übel, wirklich nicht übel.«

»Damit läßt sich in jedem Fall etwas anfangen«, bemerkte Martinez mit demselben Grinsen, mit dem er mir von seiner Stewardeß erzählt hatte.

Ich reichte ihm meine Notizen. »Fertigen Sie davon erst mal Kopien an, und dann gehen wir sie Zeile für Zeile durch. Mal sehen, an wieviel ich mich dabei noch erinnern kann. Er hat ziemlich schnell gesprochen. Wir werden eben sehen müssen.«

Wilson legte mir seine Hand auf die Schulter. »Sie brauchen sich keine Sorgen zu machen«, versicherte er mir. »Nichts von alldem wird an irgendeine der anderen Zeitungen durchdringen.«

Ich dachte an die Stimme des Mörders, an seine Erinnerungen, seine Arroganz. Gleichzeitig spürte ich, wie sich in meinem Innern das Gleichgewicht zwischen ihm und der Polizei verlagerte, und zwar zugunsten der Polizei.

Anstatt eines Gefühls der Erleichterung stieg jedoch fast so etwas wie Ekel in mir hoch. Warum, wußte ich nicht so recht.

Die Story wurde dann am nächsten Tag wieder ein durchschlagender Erfolg.

Es wurde bereits Tag, als Martinez mich schließlich zum Eingang hinunterbrachte. »Sehen Sie zu, daß Sie den Burschen weiter am Reden halten«, schärfte er mir noch einmal ein. »Vielleicht ergibt sich daraus doch noch irgendein Anhaltspunkt.« Er schüttelte mir die Hand. Als ich an dem Gebäude hochsah, starrten mir die Fenster wie die blicklosen Augen des Ermordeten auf dem Foto entgegen. Martinez wandte sich zum Gehen und winkte mir im Eingang noch einmal kurz zu, während ich auf meinen Wagen zuschritt. Ich fühlte mich leicht benommen im Kopf, was ich auf die schlaflose Nacht zurückführte. Die Morgensonne löste sich mehr und mehr vom Horizont, und ich spürte, wie die Luft sich langsam mit der Hitze des Tages aufzuladen begann.

Ich schloß die Augen, als ich mich auf den Stuhl an meinem Schreibtisch in der Redaktion sinken ließ. Diesem Moment haftete eine sinnliche Vertrautheit an, als schlüpfte ich neben einem vertrauten Körper unter die Decke; die Vertiefungen und Wölbungen meines eigenen Fleisches waren mir zutiefst vertraut, bekannt. Meine Finger betasteten die Tastatur der Schreibmaschine; sie drückten die Tasten nicht nieder, sondern befühlten sie nur.

Nolan trat auf mich zu. »Na, wie war's bei der Polizei?«

»Sie fanden, daß ich diesmal eine große Hilfe war«, antwortete ich. »Er hat mir verschiedenes erzählt, was zu seiner Identifizierung beitragen könnte.«

»Und wie fühlen Sie sich dabei?«

»Es geht, würde ich sagen. Allerdings habe ich das Gefühl, als täte ich etwas, was ich eigentlich nicht tun sollte.«

»Warum?« wollte Nolan wissen. »Wir tauschen doch ständig mit der Polizei Informationen aus. Und worin sollten wir uns von all den anderen Bürgern dieser Stadt unterscheiden? Ist es nicht Ihre oder meine Pflicht, alles dafür zu tun, einen Verbrecher seiner gerechten Strafe zuzuführen, wenn wir Zeuge eines Verbrechens geworden sind? Wieso sollte das in unserem Fall anders sein?«

»Ich weiß auch nicht«, erwiderte ich. »Jedenfalls habe ich ein etwas eigenartiges Gefühl dabei.«

Nolan lachte. »Die typische Reporterkrankheit – Sie bringen es einfach nicht über sich, eine Information rauszurücken, wenn es sich dabei nicht gerade um eine Zeitungsmeldung handelt.« Er griff nach meinen Aufzeichnungen und überflog sie flüchtig. »Er muß ja eine Menge erzählt haben.« Ich nickte. »Na gut«, fuhr Nolan fort. »Schreiben Sie alles zusammen, und dann gehen Sie erst mal nach Hause und schlafen sich ordentlich aus. Falls es irgendwelche Probleme geben sollte, rufe ich Sie heute abend noch an.«

Das Schreiben des Artikels bereitete mir keinerlei Schwierigkeiten. Ich bezog mich im wesentlichen auf die Äußerungen des Mörders. Die sensationellsten Aussagen brachte ich gleich zu Beginn – die Bemerkung über seine zwei Bedürfnisse und seine Schilderung des Mordes an den zwei alten Leuten. Ich schrieb, daß seine Stimme das ganze Gespräch hindurch enthusiastisch geklungen hatte, ohne daß ich auf die abrupten Stimmungsumschwünge eingegangen wäre, seinen plötzlichen Ärger. Ebenso ließ ich den größten Teil seiner Ausführungen über seine Vergangenheit aus dem Spiel, indem ich sie lediglich kurz und in groben Zügen paraphrasierte.

Fast schien es mir, als wollte ich mich schützend vor diese sehr privaten Erinnerungen des Mörders stellen, als widerstrebte es mir, sie vorbehaltlos der Öffentlichkeit preiszugeben.

Nolan überflog die Seiten, die ich ihm reichte. Der Artikel war ziemlich lang, aber ich wußte, daß nichts daran auszusetzen sein würde. Nolans Stift zuckte über die Zeilen hinnweg, stellte gelegentlich einen Satz um oder setzte einen treffenderen Ausdruck ein. »Gut«, nickte Nolan schließlich. »Das dürfte einigen Leuten da draußen die Augen etwas öffnen. Aber jetzt legen Sie sich erst mal schlafen. Wir können uns ja später noch unterhalten.«

Doch später gab es nicht mehr viel zu sagen. Der Artikel war bereits fertig redigiert und gesetzt. Wieder einmal erstreckte sich die riesige Schlagzeile über die ganze Breite der ersten Seite: NUMMERNMÖRDER RUFT ERNEUT AN; ER ERKLÄRT: »MICH ÜBERKOMMT VERLANGEN.«

Darunter stand mein Name, und dann begann der eigentliche Text:

Der von der Polizei als ›Nummernmörder‹ bezeichnete Mann hat erneut obengenannten Reporter des ›Journal‹ angerufen, um ihm die schauerlichen Einzelheiten des jüngsten Mordes an dem alten Ehepaar vom Miami Beach zu schildern.

Ira und Ruth Stein, erklärte der Mörder in vollkommen neutralem Ton, wären »vollkommen unschuldig« gewesen. Auch diesmal kündigte der Mörder weitere Morde an. Seinen eigenen Aussagen zufolge durchlebt er dadurch noch einmal von neuem einen von ihm noch nicht näher spezifizierten Akt der Gewalt, der sich während seiner Militärzeit in Vietnam zugetragen hat.

Die Polizei hat in der Zwischenzeit verstärkte Anstrengungen unternommen, den Mörder zu identifizieren und zu fassen.

Den Rest des Textes überflogen meine Augen nur noch, so daß die Worte vor mir zu einer unstrukturierten, grauen Masse zu verschwimmen schienen. Gleichzeitig stieg das angenehm warme Gefühl der Genugtuung in mir auf, meine Worte an so exponierter Stelle vorzufinden. Er und ich, dachte ich. Das hatte er doch gesagt. Gemeinsam würden wir diese Story weiterspinnen. Ich fragte mich jedoch, ob ich ihn vielleicht irgendwann ebenso sehr brauchen würde, wie er mich brauchte.

An einem der Tage nach dem letzten Anruf und nach der Veröffentlichung des darauf bezugnehmenden Artikels suchte ich noch einmal den Psychiater auf, um ihn zu fragen, ob er inzwischen aufgrund irgendwelcher neuer Aspekte des Falls zu deutlicher umrissenen Einsichten hinsichtlich des Charakters des Mörders gelangt wäre. Er schien erfreut, mich zu sehen. Nach einem herzlichen Händedruck bat er mich, in dem Sessel vor seinem Schreibtisch Platz zu nehmen, und steckte sich dann erst noch eine Pfeife an, bevor er sich in seinem Stuhl weit nach hinten kippen ließ, um dann in dem etwas prekären Gleichgewicht dieser Stellung zu verharren. Das Sonnenlicht des späten Nachmittags fiel schräg in den Raum. »Ich habe alle Ihre Artikel mit großem Interesse gelesen«, begann er. »Meinen Glückwunsch. Ich finde sie wirklich sehr gelungen.«

Ich nickte dankend.

»Was führt Sie also erneut zu mir?« fuhr er dann fort. »Oh, Sie brauchen diese Frage keineswegs zu beantworten, ich weiß. Sie erwarten sich einen neuerlichen Einblick in die Seele dieses Menschen.« Er lachte.

»Eigentlich wollte ich Sie nur nach Ihrem Eindruck fragen«, entgegnete ich. »Vielleicht ist Ihnen irgendeine Idee gekommen. Vielleicht ist Ihnen etwas eingefallen, was ich den Mörder fragen könnte – etwas, wodurch ich ihm weitere Informationen über seine Person entlocken könnte.«

»Tja.« Der Doktor ließ eine dünne Rauchfahne zwischen seinen Lippen entweichen. »Ich muß gestehen, daß ich mir keine spezifische Frage vorstellen kann, mit der Sie die Bombe sozusagen zum Explodieren bringen könnten. Dieser plötzliche große Durchbruch – so etwas ist eine reine Wunschvorstellung. Die große Offenbarung *der* Wahrheit, und das inmitten einer Welt von Lügen.« Er schüttelte den Kopf. »Es wäre schön, wenn es so wäre. Aber leider gibt es das bislang nur in Hollywood, in der großen Traumfabrik. Nein.« Er sog an seiner Pfeife. »Selbst wenn es zu so einer plötzlichen Offenbarung, einer augenblicklichen Katharsis kommt, muß man in der Regel mit einem ebenso raschen wie durchgängigen Rückfall in die alten, gestörten Verhaltensmuster rechnen. Solche Entwicklungen nehmen ausnahmslos sehr viel Zeit in Anspruch. Natürlich gibt es auch Tage der großen Fortschritte – verstehen Sie mich nicht falsch –, aber insgesamt ist der

Prozeß der Heilung ein sehr langwieriger und mühsamer.« Er machte eine kurze Pause. »Doch was Ihre Artikel betrifft – ich denke dabei vor allem an den letzten, in dem der Mord an dem alten Ehepaar geschildert wird –, scheinen Sie allmählich mehr Informationen über diesen Mann zu bekommen, als Sie verwenden können.«

»Ich verstehe den Kerl einfach nicht«, gestand ich. »Ständig wechselt er sprunghaft zwischen irgendwelchen Kriegserlebnissen, Jugenderinnerungen und Schilderungen seiner Eltern hin und her. Für mich ist das alles ein unentwirrbares Chaos.«

»Sie hätten wohl lieber einen vollkommen ruhigen, überlegten und vor allem auch hilfreichen Gesprächspartner? Nur begehen solche Leute in der Regel nicht reihenweise absolut willkürliche Morde. Und schon gar nicht klemmen sie sich hinters Telefon, um sich der Presse, der Polizei und letztendlich der gesamten Öffentlichkeit gegenüber des langen und breiten über ihre Beweggründe zu äußern.«

»Tja«, entgegnete ich lachend, während der Doktor amüsiert schmunzelte, »damit hätten Sie den Sachverhalt wohl ziemlich treffend resümiert.«

Nachdenklich drehte sich der Doktor eine Weile auf seinem Stuhl hin und her, um plötzlich abrupt innezuhalten und sich mir zuzuwenden. »Ich glaube nicht, daß sich an der Grundsituation viel geändert hat, seit wir das erste Mal miteinander gesprochen haben. Der Mörder betrachtet sich als unangreifbar, während er gleichzeitig vereinzelte Details einfließen läßt, die zu seiner Identifizierung beitragen könnten. Ein Teil von ihm möchte ganz offensichtlich gefaßt werden; und ein Teil von ihm genießt es einfach, mit der ganzen Welt sein Spiel zu treiben. Er vermischt diese beiden widersprüchlichen Aspekte in seinen Gesprächen mit Ihnen deshalb, weil er sie für sich selbst nicht richtig unterscheiden kann. Die Gründe für die Befriedigung, die er aus seinen Morden zieht, sind hauptsächlich in seiner Kindheit zu suchen. Die offenkundigen Avancen von seiten der Mutter, wenn nicht sogar noch Schlimmeres; auf der anderen Seite ein Vater, der den Jungen ständig schlägt und gleichzeitig sehr hohe Anforderungen an ihn stellt. Ein Gefühl der Isolation, der Entfremdung. Er wächst heran, ohne seine Wut unter Kontrolle zu bekommen. Dann wird er zum Militär eingezogen – zumindest behauptet er das – und im Töten unterwiesen. An einer Stelle äußert er sich doch etwa folgendermaßen: ›Ich war schon vorher ein guter Schütze‹, was man durchaus auch so übersetzten könnte: ›Ich war schon vorher ein Mörder.‹ An diesem Punkt stellt sich mir allerdings die Frage: Wir haben es doch hier mit einem hochintelligenten jungen Mann zu tun. War er denn wirklich in Vietnam? Oder bedient er sich nur einer Art Kollektivschuld, die unverkennbar auf unserem Land lastet, um die Gefühle, die er bereits vorher hatte, zu verschleiern; ich meine damit, daß seine Mordlust schon lange vorher in ihn eingepflanzt war.«

»Aber seine Schilderungen klingen doch absolut überzeugend«, unterbrach ich den Doktor. »Er scheint doch wirklich zu wissen, wovon er redet . . .«

»Mir erscheint das fast ein wenig zu augenfällig«, warf der Doktor ein.

»Das verstehe ich nicht.«

»Dabei handelt es sich lediglich um eine Vermutung meinerseits – eine Theorie. Und es ist keineswegs ausgeschlossen, daß ich mich gründlich täusche. Aber wir müssen uns hier nun einmal vorwiegend auf Vermutungen stützen. Es kann und darf nicht Aufgabe der Psychiatrie sein, Entwicklungen und Ereignisse vorherzusagen.«

»Aber dennoch nimmt die Vergangenheit die Funktion einer Art von Prolog ein, aus dem sich zumindest gewisse Schlüsse auf das Kommende ziehen lassen.«

Der Doktor lachte. »Sie haben den Nagel auf den Kopf getroffen. Doch gehen wir einmal davon aus, daß er die Wahrheit sagt«, fuhr er dann wieder in nachdenklichem Ton fort. »Angenommen, dieses einschneidende Ereignis in Vietnam hat tatsächlich stattgefunden – ich möchte Sie jedoch noch einmal warnen: Was für eine psychotische Persönlichkeit die Wahrheit ist, ist nicht unbedingt auch für einen Journalisten die Wahrheit. Dieser Vorfall in Vietnam ist meiner Meinung nach in engstem Zusammenhang mit einem Kindheitserlebnis zu sehen.« Er kam meinen Einwänden mit einer abwinkenden Geste zuvor. »Ich weiß, ich weiß, als Journalist wollen Sie selbstverständlich nichts von Latenz, Analphasen und all den anderen Kindheitserlebnissen wissen, die innerhalb meines Fachs eine Schlüsselposition einnehmen. Trotzdem könnte es sich als durchaus nützlich erweisen, diesen Aspekt immer etwas im Auge zu behalten.«

Er schwieg und drehte sich auf seinem Stuhl herum, so daß er aus dem Fenster sehen konnte.

»Für den Mörder ist das alles ein Spiel, nehme ich an. Ich glaube immer noch, daß er nicht gefaßt werden wird, wie viele Hinweise er auch in die Gespräche mit Ihnen einfließen lassen mag.«

»Immer noch pessimistisch«, bemerkte ich.

Er lachte. »Das liegt nun mal in der Natur der Sache.«

Schließlich fragte ich ihn noch um seine Meinung zu den Reaktionen in der Bevölkerung – die Besorgnis, die Angst und zum Teil auch die ohnmächtige Wut.

»Ich glaube nicht, daß die Angst der Leute vor diesem Mann so schnell nachlassen wird. Ob sich bereits irgendwelche hysterischen Symptome zeigen . . . wer weiß? Ein Kollege hat mir erzählt, daß er einen Patienten hat, der über gar nichts anderes mehr reden kann. Das dürfte jedoch eher die Ausnahme als die Regel sein. Und vor allem dürfen Sie keinesfalls die Fähigkeit des Menschen unterschätzen, das zu ignorieren, was ihnen unmittelbar in die Augen springt. Haben Sie Poe gelesen?«

Ich nickte.

»Ich denke dabei vor allem an seine Erzählung ›Die Maske des Roten Todes‹. Die Leute tanzen gerade, als der Tod in den Ballsaal tritt; ich finde das sehr passend.« Er stand auf und ging ans Fenster. »Miami ist eine Stadt, die von vielem verschont ist. Wir haben hier die Sonne, das Meer, den Strand, Tennis, Jachten – all die Attribute des angenehmen Lebens. Wir sind eine Stadt, die von den Menschen profitiert, die für eine Weile ihren widrigen Lebensumständen zu entfliehen versuchen. Wir kennen hier keinen Winter. Und wann wurden wir das letzte Mal von einem Hurrikan heimgesucht? Irgendwann um neunzehnhundertsiebenunddreißig herum. Jedenfalls kann sich kein Mensch mehr daran erinnern. Dies ist ein Ort, an dem einen der Tod dieser alten Leute weniger unmittelbar betrifft; unter der warmen Sonne und dem strahlend blauen Himmel fällt es einem nun einmal schwerer zu glauben, daß sich mitten unter uns etwas inhärent Böses herumtreibt. Verstehen Sie mich bitte nicht falsch – natürlich begegnen Sie auf Schritt und Tritt der Angst. Sie zücken Ihr Notizbuch und rufen den Leuten die schrecklichen Ereignisse damit ins Gedächtnis zurück. Doch begreifen wir tatsächlich, was sich im Augenblick hier mitten unter uns tut? Ich weiß es jedenfalls nicht.«

Seine Stimme wurde zunehmend leiser. Schließlich drehte er sich nach mir um und sah mich an.

»Ich muß wohl langsam alt werden. Es scheint, als könnte ich gar nicht mehr aufhören zu reden. Ich verbringe so viel Zeit damit, anderen Menschen zuzuhören, daß ich offensichtlich nicht mehr an mich halten kann, wenn ich mal Gelegenheit finde, selbst etwas zu sagen. Sie müssen entschuldigen.« Wir schüttelten uns zum Abschied die Hände. »Ich stehe jederzeit zu Ihrer Verfügung, wenn ich Ihnen in irgendeiner Weise behilflich sein kann. Mich interessiert dieser Fall sehr.« Damit brachte er mich an die Tür.

Fast zwei Wochen lang hatte ich nichts mehr vom Mörder gehört.

Die Zeit schien unendlich langsam zu verstreichen. Ich war so fest davon überzeugt, daß er neuerlich zuschlagen würde, daß jede einzelne Sekunde unerträglich lang erschien. Mühsam schleppte sich Miami durch den August, die Gangart der Stadt war von der Hitze diktiert; aufreizend, träge. Ein Mann wurde im Verlauf einer Auseinandersetzung über einen verbeulten Kotflügel erschossen; der Schütze stand, in Tränen aufgelöst, neben den verbeulten Autos, während das Opfer auf dem Boden in seinem eigenen Blut erstickte. Es kam zu einer Reihe von Überfällen auf verschiedene Geschäfte, von denen zwei damit endeten, daß die jugendlichen Banditen von einem Polizeisonderkommando unter heftigen Beschuß und festgenommen wurden. Es kam zu einem Skandal in der Stadtverwaltung; ein Buchhalter entdeckte das Fehlen einer beträchtlichen Summe in einem der Haushaltsbudgets, worauf die Staatsanwaltschaft die Unterlagen des Bürgermeisters und zweier leitender Beamter einziehen ließ. Ich bearbeitete jedoch keinen dieser Fälle, da mich Nolan die meiste Zeit in der Redaktion zurückbehielt.

Ich schrieb währenddessen einen längeren Artikel über die Ermittlungen der Polizei, und hier wiederum insbesondere über die Nachforschungen, welche diese in den Archiven der Army in Fort Bragg in North Carolina und im Pentagon in Washington anstellte. Eines Abends fuhr ich in einer Polizeistreife durch die Gegend, wo der erste Mord stattgefunden hatte, und unterhielt mich mit den beiden Polizisten über die unmerkliche Veränderung, die sich dort vollzogen hatte. Anfänglich waren abends weniger Erwachsene auf der Straße zu sehen gewesen; dann nahm auch die Zahl der Jugendlichen allmählich ab. Überhaupt war es merklich ruhiger geworden auf den Straßen. Die beiden Polizisten sprachen sehr aufgebracht über den Mörder; beide äußerten den Wunsch, ihm irgendwann einmal zu begegnen – und dann würden sie es diesem Kerl schon zeigen. Beide waren noch jung und beide waren in Vietnam gewesen. Sicher wäre es dort ganz schön schlimm gewesen, erklärte der eine von ihnen, aber nun wären sie doch wieder zurück in der Heimat, und außerdem wäre inzwischen längst alles vorbei. Dabei wiederholte er immer und immer wieder das Wort »vorbei«. Sein Partner stimmte ihm voll zu und lenkte, hin und wieder ein bestätigendes Brummen von sich gebend, die Funkstreife durch die verlassenen nächtlichen Straßen, vorbei an den endlosen Reihen von Häusern, von denen jedes verschlossen und unnahbar wirkte.

Während dieser zwei Wochen sprach ich mindestens einmal täglich mit Wilson und Martinez, ob sich vielleicht aus ihren Nachforschungen neue Anhaltspunkte für einen weiteren Artikel ergeben hatten. Sie erwiesen sich mir gegenüber als sehr hilfsbereit und aufgeschlossen; unter anderem gestatteten sie mir Einblick in die Ergebnisse ihrer ballistischen Untersuchungen und der Nachforschungen in Waffenhandlungen, die Fünfundvierziger-Munition führten. Hinsichtlich der Nachforschungen in den Armeearchiven zeigten sie sich etwas zurückhaltender, weshalb ich annahm, daß sie vielleicht schon irgendeine Spur verfolgten oder sogar schon ein paar Namen hatten, die sie mir jedoch nicht nennen wollten. Als ich Nolan davon erzählte, übte er etwas Druck auf seine Informationsquelle, diesen Lieutenant von der Mordkommission, aus, um Näheres darüber in Erfahrung zu bringen. Der Lieutenant konnte ihm jedoch nur mitteilen, daß sie Fortschritte machten, ohne jedoch bislang mit konkreten Ergebnissen aufwarten zu können. Meinen Argwohn konnte er damit jedoch nicht ausmerzen.

Daraufhin änderte Nolan seine Taktik. Er schlug mir vor, die Polizei bis auf weiteres aus dem Spiel zu lassen und statt dessen anhand der Tonbandaufnahmen und der Aufzeichnungen, die ich mir von unseren Gesprächen gemacht hatte, ein Persönlichkeitsbild des Mörders zu entwerfen und dieses zum Gegenstand eines größeren Artikels zu machen. Als sich gegen Ende der zweiten Woche meine Arbeiten an diesem Projekt ihrem Abschluß näherten, rief mich der Chefredakteur zu sich, um mich zu fragen, ob meiner Meinung nach der Mörder die Stadt vielleicht verlassen hatte.

In diesem Zusammenhang verlieh er auch seinen Befürchtungen Ausdruck, unsere Zeitung könnte die Stimmung der allgemeinen Angst unnötigerweise weiter schüren, indem sie Tag für Tag neue Berichte über den Mörder und den Stand der polizeilichen Ermittlungen veröffentlichte. Stellen wir die Berichterstattung also vorläufig ein, schlug er vor, bis wir ganz sicher sind, daß dieser Mensch auch tatsächlich noch immer unter uns ist. Er stand am Fenster seines Büros und hatte mir den Rücken zugekehrt, als er dies sagte, so daß ich Mühe hatte, seine Worte zu verstehen. Der Chefredakteur war ein Mann, der auf seine Erscheinung hielt und stets maßgeschneiderte Anzüge trug. Gleichzeitig hatte er jedoch auch immer seine Hemdsärmel hochgekrempelt, und seine Hände wiesen oft deutliche Spuren von Druckerschwärze auf.

Auch Nolan nahm an dieser Besprechung teil, und ich sah, wie er zustimmend nickte. Gleichzeitig erklärte Nolan jedoch, daß er innerlich hin- und hergerissen wäre zwischen zwei Möglichkeiten: Einerseits war nicht auszuschließen, daß wir durch die Veröffentlichung weiterer Berichte zu diesem Thema neuerliche Bluttaten verhindern konnten; umgekehrt bestand jedoch auch die Möglichkeit, daß der Mörder auf das Ausbleiben weiterer Berichte mit vermehrter Gewalttätigkeit reagierte. Jedes Mal, wenn das Interesse an ihm erlahmt war, hatte er wieder zugeschlagen; oder zumindest hatte er damit gedroht. Auch der Chefredakteur fand die Zeitung dadurch in eine schwierige Lage manövriert, wenn es auch unmöglich angehen könnte, künftige Entscheidungen in dieser Richtung von den möglichen Reaktionen eines Irren abhängig zu machen. Na gut, meinte Nolan schließlich, dann warten wir einfach mal ab.

Was mich betraf, glaubte ich nicht daran, daß sich der Mörder aus der Stadt zurückgezogen hatte. Wenn er für mich auch nicht greifbar war, konnte ich doch seine Nähe spüren.

Das Persönlichkeitsbild war in Form einzelner Stichpunkte abgefaßt, die nicht für die Veröffentlichung gedacht waren, sondern, wie Nolan es ausdrückte, lediglich dem Zweck dienen sollten, ein ungefähres Bild des Mörders zu entwerfen. Ich schrieb:

Einzelkind.
Geschlagen.
Gedemütigt.
Sexuell mißbraucht?

Ich ging in die Bibliothek, die von der Nachrichtenredaktion abging, und holte mir dort einen Atlas und ein Lexikon. Ich schlug eine Karte von Ohio auf. Meine Blicke wanderten entlang der roten und schwarzen Linien, welche die Straßen markierten, die kreuz und quer durch das Land verliefen, um hin und wieder den Blick auf einem der runden Punkte ruhen zu lassen, welche die kleineren Städte und Ortschaften bezeichneten. Ich folgte den Schlangenlinien des Ohio River und versuchte mir die flachen Felder vorzustellen, die sich entlang seiner Ufer erstreckten.

Zufällig kam gerade Porter vorbei. Er sah mir über die Schulter und fragte: »Waren Sie schon mal da?« Ich schüttelte den Kopf. »Im Winter wird es dort verdammt kalt, im Sommer heiß. Und stockkonservativ sind sie dort. Ich habe an der Kent State University studiert, als die Nationalgarde die Studenten erschossen hat. Es war ein herrlicher, sonniger Tag. Eigentlich erweckte das Ganze eher den Anschein einer Übung. Spruchbänder schwingend und ihre Slogans schreiend, kamen die Studenten angerückt, wie das bei einer Demonstration eben so üblich ist. Und dann plötzlich dieser Moment panischen Entsetzens, nachdem die Salve losgegangen war. Ich hatte keine Ahnung, was eigentlich passiert war. Es war, als müßte sich die Feststellung, daß die Nationalgarde in die Menge gefeuert hatte, erst mühsam Eingang in mein Wachbewußtsein verschaffen. Urplötzlich ertönte ein Schreien oder eigentlich eher ein Geheul, und dann wurde mir schlagartig bewußt, was geschehen war, ohne daß ich sah, was passierte. Natürlich stürzte auch ich Hals über Kopf davon – wie alle anderen. Ich rannte an einem der Toten vorbei, und ich kann mich heute noch an den Anblick des roten Blutes auf dem schwarzen Asphalt erinnern. Im Zentrum des Campus steht übrigens eine moderne Plastik – so ein abstraktes Ding aus Stahl, der wie Bronze aussieht. Und diese Plastik ist an einer Ecke von einer Kugel durchschlagen worden – einfach nur ein rundes, kleines Loch. Sie wissen schon, wo man gerade seinen Finger durchstecken kann – völlig rund.«

Ich kehrte an meinen Schreibtisch zurück und schrieb weiter:

Die Stadt.
Die Army.
Der Krieg.
Der Zwischenfall.

Doch worin bestand dieser Zwischenfall. Während meiner Studentenzeit hatten wir im Büro der Collegezeitung das berühmte Foto von Mylai 4 als riesiges Poster hängen gehabt. Inmitten großer Flächen von Grün und Gelb war in der Mitte das Durcheinander von blutüberströmten Leichen zu sehen gewesen. Noch eine Reihe anderer Fotos fielen mir in diesem Zusammenhang ein – das nackte Mädchen, das mit vor Entsetzen weit aufgerissenem Mund auf der Flucht vor den Napalmexplosionen im Hintergrund direkt auf die Kamera zurannte; oder das nackte Antlitz des Todes im Gesicht des Vietkong in eben der Millionstelsekunde, in der sein Gehirn von der Kugel aus dem Revolver des Polizeichefs zerfetzt wird. Um welchen Zwischenfall handelte es sich hier? Was hatte der Mörder getan?

Ich schrieb:

Alter: zwischen fünfundzwanzig und dreißig.
Aufenthalt in einer Klinik für Veteranen.
Graue Augen.

Ich fragte mich, ob seine Angaben wohl richtig waren, ob er die Wahrheit sagte. Was war Tatsache, was war Fiktion?

Ich kam gerade aus der Dusche, als das Telefon klingelte. Ich hörte Christine abnehmen. Rasch griff ich nach dem Badetuch und trocknete mich hastig ab. Im nächsten Moment klopfte es an die Badezimmertür – ein schüchternes Geräusch, das sich im Dampf verbergen zu wollen schien. »Er ist es«, hörte ich Christines Stimme durch die Tür. »Ich bin mir ganz sicher. Erst hat er gezögert, als ich drang, aber dann hat er nach dir gefragt. Er wartet.«

Ich schlüpfte rasch in meinen Bademantel und trocknete mir kurz den Kopf ab. Mein Rücken fühlte sich noch naß an, als ich nach dem Hörer griff.

»Das war eben wohl Ihre Freundin«, sagte die Stimme. »Sie macht einen sympathischen Eindruck.«

»Wo haben Sie die ganze Zeit gesteckt? Inzwischen sind schon fast zwei Wochen verstrichen.«

»Ach, wo soll ich schon gewesen sein? Nur hier in der Stadt.« Ich wartete, daß er sich dazu noch näher äußerte, aber er schwieg eine Weile, bis er schließlich fortfuhr: »Sagen Sie der Polizei, sie sollen ruhig weiter in den Armeearchiven wühlen; es wird sich bestimmt lohnen. Sie wissen zum Beispiel von meinen grauen Augen. Was sonst noch? Ach ja – daß ich ein guter Schütze bin. Ich habe doch eine Auszeichnung bekommen. Sagen Sie ihnen, sie sollen dem etwas auf den Grund gehen. Dadurch dürfte sich der Kreis der möglichen Tatverdächtigen wesentlich verengen. Unermüdlicher Fleiß wird immer belohnt; sagen Sie ihnen das.«

Er zögerte erneut.

»Allerdings wird es sie nicht weiterbringen.«

Wieder eine Pause.

»Sie werden mich nicht fassen – ganz gleich, wie viele Hinweise ich ihnen auch gebe.«

Schweigen.

»Sie können es sicher schon gar nicht mehr erwarten, etwas zu tun zu bekommen«, fuhr er schließlich fort. »Nun, ich hätte da etwas für Sie – Nummer vier.«

»Wo?«

»Im Westen der Stadt, wo die Krome Avenue ganz dicht an die Ausläufer der Everglades herankommt. Eine herrliche Gegend – so ruhig und verlassen. Dort draußen kann man wirklich nachdenken; bis auf die Geräusche der Tiere und ein gelegentliches Flugzeug oben am Himmel herrscht dort vollkommene Stille. Fahren Sie von der Stelle, wo Sie vom Expreßway auf die Krome abzweigen müssen, drei Meilen, bis Sie auf der linken Seite einen Feldweg abgehen sehen. Den nehmen Sie und halten dann nach elfhundert Metern an. Als nächstes gehen Sie etwa hundert Meter durch das Unterholz, bis Sie eine Lichtung erreichen. Und jetzt beeilen Sie sich lieber; dort erwartet Sie nämlich eine Überraschung.«

Und im nächsten Augenblick hatte er auch schon aufgehängt.

Es war kurz vor acht Uhr morgens. Ich hörte hinter mir einen Stuhl über den Fußboden kratzen und wußte, daß Christine sich an den Küchentisch gesetzt hatte. »Er hat wieder einen Mord begangen«, flüsterte ich. Sie antwortete nichts. »Du hattest recht; er war's.« Ich starrte auf das Telefon. Ich sollte mich besser beeilen; das hatte der Mörder doch gesagt.

Wilson war sofort am Telefon. Ich stellte ihn mir am anderen Ende der Leitung vor, sein Gesicht bereits wutverzerrt und bis zum Ansatz seines melierten Bürstenschnitts rot angelaufen. »Hat er wieder zugeschlagen?« fragte er, bevor ich noch etwas sagen konnte.

»Draußen, an der Krome Avenue, in Richtung Glades«, antwortete ich. »Er hat gesagt, uns würde dort eine Überraschung erwarten – und natürlich Nummer vier.«

»Wie meinen Sie das – eine Überraschung?«

»Woher soll ich das wissen? Er führt mich genau so an der Nase herum wie Sie.«

»Das ist aber ein ziemlich großes Gebiet«, begann Wilson.

Doch ich unterbrach ihn. »Hier, hören Sie doch selbst.« Ich schaltete das Tonbandgerät ein, das die Polizei an meinem Telefon hatte anschließen lassen, und hielt den Hörer an den Lautsprecher, während ich mein Gespräch mit dem Mörder noch einmal abspielte. Die Worte des Mörders erfüllten den Raum, während ich mich Christine zuwandte. Sie saß da und schüttelte nur den Kopf.

Das Band schien in weniger als einer Sekunde abgelaufen. Ich schaltete das Gerät aus und preßte den Hörer wieder an mein Ohr. »Haben Sie gehört?« fragte ich Wilson.

»So ein Dreckskerl«, zischte der Detektiv.

Ich wartete.

»Ich werde mir diesen Scheißkerl schon noch schnappen – und zwar höchstpersönlich.« Der Tonfall seiner Stimme änderte sich abrupt. »Jedenfalls vielen Dank für den Anruf. Wir sehen uns dann also gleich da draußen.«

Nachdem ich aufgehängt hatte, trat ich hinter Christine, legte ihr meine Hände auf die Schultern und übte sanften Druck auf sie aus; ich wollte ihr ein Gefühl des Zuspruchs vermitteln. Sie berührte mit ihren Fingern meine Hand, ohne jedoch etwas zu sagen; statt dessen schüttelte sie nur weiter den Kopf. Doch ich war in Gedanken wieder bei meinem Telefongespräch mit dem Mörder und dem, was mich dort draußen wohl erwartete. Ich ging ins Schlafzimmer und zog mich an.

Erst nach ein paar Minuten fiel mir ein, daß ich ganz vergessen hatte, Nolan anzurufen und ihm Bescheid zu sagen. Ich stopfte mir das Hemd in die Hose und wählte die Nummer der Nachrichten-redaktion. Während ich darauf wartete, daß Nolan den Hörer ab-nahm, stieg vor mir das Bild des Druckereileiters auf, wie er, kurz zögernd, einen letzten Blick in die riesige Halle mit den Rotati-onsmaschinen warf und dann auf den Knopf drückte, der die gi-gantische Maschinerie unter lautem Dröhnen und Rattern in Be-wegung setzte.

11

Die Überraschung des Mörders sollte sich als ein Akt unvorstell-barer Brutalität herausstellen.

Während er dadurch einerseits die uneingeschränkte Wut und Verbitterung der gesamten Bevölkerung auf sich zog, verstärkte er gleichzeitig auch die allgemeine Grundstimmung der Angst in der Stadt noch weiter. Zum ersten Mal taten die Bewohner Miamis sich nun in Gruppen zusammen und beschlossen im Zuge dieser Zusammenkünfte die Aufstellung einer Art Bürgerwehr. Gleich-zeitig nahm auf nationaler Ebene das Interesse an dem Fall merk-lich zu: Sowohl *Time* wie *Newsweek* brachten ausführliche Artikel über den Nummernmörder und seine Anrufe. Beide Zeitungen brachten ein Foto von mir und zitierten mich ausgiebigst. An die Interviews für die verschiedenen Fernsehgesellschaften hatte ich mich inzwischen schon gewöhnt. Sowohl die *New York Times* wie die *Washington Post* schickten einen ihrer Leute nach Miami, um sich mit mir zu unterhalten und dann ausführlich über den Fall zu berichten. Die *Chicago Tribune* schickte eine Reporterin, die in ei-nem der Hotels am Beach wohnte. Ich zeigte ihr die Stellen, wo die jeweiligen Leichen entdeckt worden waren. Sie schickte mir ein paar Tage später die Ausgabe ihrer Zeitung zu, in der auf der er-sten Seite in einem mehrspaltigen Artikel über die Morde berich-tet wurde. Ich hatte inzwischen angefangen, diese Artikel zu sam-meln – sowohl meine eigenen wie die in anderen Zeitungen er-schienenen – und sie in einer Schublade meines Schreibtisches in einer Akte, die von Tat zu Tag an Umfang zunahm, aufzubewah-ren.

Ich hatte mich also, so gut es ging, durch den dichten Stadtverkehr geschlängelt. Zum Glück kam mir morgens auf meinem Weg zum Expreßway der Hauptverkehrsstrom entgegen, so daß ich gut vorankam. Ich hatte die Fenster heruntergekurbelt, so daß die heiße Luft das Wageninnere ungehemmt durchströmen konnte, während ich viel zu schnell durch die Stadt jagte. Der Straßenbelag reflektierte das Sonnenlicht, so daß ich, eine Hand weiter am Steuer, mit der anderen meine Sonnenbrille aus ihrem Etui fummelte und mir aufsetzte. Dabei bemerkte ich hinter mir einen Wagen, der rasch aufholte. Es war Porter, der seine große Limousine mit enorm überhöhter Geschwindigkeit, willkürlich die Fahrspuren wechselnd, durch den wesentlich langsamer dahingleitenden Normalverkehr lenkte und auch mich schließlich überholte, um mir im Vorbeifahren kurz zuzuwinken. Ich trat ebenfalls aufs Gas, um nicht zurückzufallen.

Wir fuhren beide knapp hundertfünfzig. Die Ausfahrt zur Krome Avenue war bald erreicht, und während wir noch vom Expreßway auf die zweispurige Straße abbogen, sah ich ein grünweißes Polizeiauto an uns vorbeischießen. Jetzt erst wurde mir das Geheul der Sirenen bewußt und die Woge von Fahrzeugen, die sich über die Everglades ergoß. Als ich in die Krome Avenue einbog, sah ich aus dem Sumpf neben der Straße einen Schwarm weißer Reiher auffliegen. In ihren Federn brach sich das Sonnenlicht, als sie sich in den blauen Himmel emporhoben und verschwanden. Hinter uns kam ein Krankenwagen angeschossen; sein Warnlicht zuckte in grellem Rot und Gelb, seine Sirene durchschnitt mit erbarmungsloser Dringlichkeit die Luft. Wir fuhren etwas langsamer, um ihn passieren zu lassen und ihm dann hinterherzujagen. Ich wußte, daß wir gleich da sein mußten, und wenige Augenblicke später sah ich auch schon ein Dutzend meistens ungekennzeichnete Polizeiautos am Straßenrand stehen, ihre Rotlichter in einer aus dem Takt geratenen Symphonie aus zuckenden Lichtern aufleuchtend. Der Krankenwagen bahnte sich, soweit es ging, zwischen den wild geparkten Autos hindurch seinen Weg und blieb dann mit deutlich hörbarem Knirschen seiner Reifen auf dem Kies stehen. Die Hecktür flog auf, und drei Sanitäter in gelben Overalls stürzten mit einer Tragbahre aus dem Fond. Einer trug einen Ärztekoffer bei sich und hatte ein Stethoskop um den Hals hängen. Ich stellte meinen Wagen ebenfalls ab und folgte der Rettungsmannschaft, die von ein paar uniformierten Polizisten durch den Sumpf geführt wurde. »Los, schnell!« rief mir Porter zu und stürmte durch das Gestrüpp davon, wo die vor uns eingetroffenen Polizisten bereits einen schmalen Pfad ausgetrampelt hatten. Während ich ihm hinterherrannte, sah ich gerade noch zwei Laster vom Fernsehen und einen Wagen der *Post* eintreffen.

Der Boden war sumpfig und weich, so daß ich beim Laufen mehrfach stolperte. Die Büsche ringsum schienen ihre Zweige wie Arme nach mir auszustrecken. Zu beiden Seiten des schmalen Pfades, der von der Straße wegführte, erstreckte sich der Sumpf; wir rannten auf dem einzigen Streifen festen Untergrundes weit und breit. Und dann sah ich vor mir eine kleine Insel, eine winzige Fläche festen Bodens, die mit Gras und Unkraut bewachsen war. Dort hatten sich die Polizisten versammelt. Und von dort hörte ich dann plötzlich den ersten Schrei ertönen.

Es war ein schrilles, unartikuliertes Geräusch, Ausdruck der nackten Verzweiflung und des Entsetzens. Ich begriff erst nicht, was es damit eigentlich auf sich hatte – im Gegensatz zu Porter, der sich kurz nach mir umwandte und mich mit weit aufgerissenen Augen anstarrte. Nachdem wir eine kleine Böschung hinaufgeklettert waren, entdeckten uns ein paar Uniformierte und hinderten uns daran weiterzugehen. Porter machte bereits mit dem Teleobjektiv Aufnahmen. »Da!« Er deutete mit der Kamera in eine bestimmte Richtung. Ich folgte dem Objektiv mit meinen Blicken, bis ich, durch das Laub verdeckt, einen bäuchlings auf dem Boden liegenden Körper sah. Über ihm stand ein uniformierter Polizist, als wollte er ihn bewachen. Doch der Blick des Polizisten war auf das Notarztteam und die Gruppe der restlichen Polizisten gerichtet. Ich konnte eine provisorische Hütte erkennen, die inmitten der kleinen Menschengruppe errichtet zu sein schien. Und dann hörte ich noch einmal dieses heulende Schreien, das die Morgenhitze durchdrang. »Mein Gott«, stieß Porter hervor, während er gleichzeitig die Kamera für einen Moment sinken ließ, »das ist ein Kind.«

Während ich die Szene beobachtete, schienen die Polizisten etwas zurückzuweichen, und dann sah ich, wie sie sich gegenseitig auf den Rücken klopften und zum Teil die Hände schüttelten. Als nächstes lösten sich die drei Männer der Rettungsmannschaft von der Gruppe und bewegten sich im Laufschritt auf die Straße zu, während ihnen ein paar Polizisten auf dem schmalen Trampelpfad, der inzwischen von Reportern und Kameraleuten verstellt war, einen schmalen Durchgang freimachten.

Der erste der drei Männer der Rettungsmannschaft hielt das Kind in seinen Armen; er hatte es in eine blaue Decke gehüllt und drückte es fest gegen seine Brust. Er redete lächelnd auf das Kind ein und schirmte es gegen die Blitzlichter und Scheinwerfer der Fernsehkameras ab. »Wie alt ist das Kind?« fragte ich ihn, während er an mir vorbeieilte.

»Vielleicht ein Jahr«, gab er leicht keuchend zur Antwort. »Maximal achtzehn Monate.«

»Ist es verletzt?«

»Es ist ein Mädchen. Bis auf einen leichten Sonnenstich dürfte ihm kaum etwas fehlen.« Er setzte seinen Spießrutenlauf durch die wartenden Presse- und Fernsehleute hindurch fort und redete weiter besänftigend auf das Kind ein.

»Gütiger Gott!« hörte ich Porter hervorstoßen. »Ist das noch zu fassen?«

Zwei Stunden lang ließ uns die Polizei nicht näher an den Tatort heran. Inzwischen stand die Sonne längst hoch am Himmel, und die letzte Kühle des Morgens war unter der sengenden Hitze verflogen. Wie gewohnt, wurde ich von den anderen Reportern mit Fragen bestürmt; ich bestätigte ihnen, daß der Mörder angerufen und mir mitgeteilt hatte, wo das Opfer zu finden sein würde. Nach etwa einer Stunde kam in einem der Fernsehwagen über Funk die Nachricht herein, daß es dem kleinen Mädchen gutzugehen schien und daß es in der pädiatrischen Abteilung einer großen Klinik in der Stadt untergebracht war. Ich erzählte den anderen Reportern, daß der Mörder von einer »Überraschung« gesprochen hatte, womit wohl das Kind gemeint gewesen war. Ich setzte mich neben dem Pfad auf den feuchten Boden und beobachtete das Laborpersonal beim Durchkämmen des Geländes. Gleichzeitig untersuchte ein Polizeiarzt die Leiche. Porter hatte sich mehrfach über die geringe Ausbeute an brauchbaren Aufnahmen beklagt und sprang nun abrupt auf, als die Leiche weggeschafft wurde. Ich kann mich noch erinnern, daß ich dachte, dies wäre nun schon der vierte schwarze Sack, den ich in diesem Sommer zu sehen bekam, und ob es sich dabei wohl um einen der Säcke handelte, in dem schon eines der früheren Opfer weggeschafft worden war.

Schließlich kamen Wilson und Martinez, um die Presse, einschließlich meiner selbst, zu informieren. Sie erklärten, alles deute darauf hin, daß das Kind und das Opfer – eine weiße Frau Ende Zwanzig – etwa einen Tag mit dem Mörder auf der Lichtung verbracht hatten. Es waren Abfälle gefunden worden, die darauf hindeuteten, daß die drei dort mehrere Mahlzeiten zu sich genommen hatten. Den Namen der Frau wollten sie uns nicht nennen. Auf die Frage nach der Todesart nickte Martinez; dem Opfer waren die Hände auf den Rücken gefesselt, der Hinterkopf wies die übliche Schußverletzung auf. Wilson wies darauf hin, daß beim Bau der kleinen Hütte dieselben Knoten verwendet worden waren wie beim Fesseln des Opfers. Sie sollte ganz offensichtlich als Sonnenschutz für das Kind dienen. Dann erklärte er, das wäre vorläufig alles, was er zu sagen hätte. Als sich für einen Moment unsere Blicke trafen, ließen sich für mich aus seinem Gesichtsausdruck keinerlei Rückschlüsse ziehen.

Einer hinter dem anderen wurden die Reporter und Kameraleute dann zum Schauplatz des Verbrechens geführt. Man schärfte uns ein, nichts zu berühren; ansonsten verlief die Führung in allgemeinem Schweigen. Ich konnte deutlich die Blutspuren im Gras sehen, wo die Leiche gelegen hatte. Ein Labortechniker hatte verschiedene Gegenstände mit Etiketten versehen und zu einem kleinen Haufen zusammengetragen; ich konnte darunter mehrere leere Pappbehälter für Hamburger, ein paar Wegwerfflaschen, Windeln und mehrere zusammengeknüllte Zigarettenpackungen erkennen. Bei der Hütte blieb ich kurz stehen. Die Wände waren aus Brettern und Holzresten errichtet, das Dach war aus Gräsern und Palmwedeln geflochten. Zusammengehalten wurde das Ganze durch ein paar Seile, wobei ich mich des Eindrucks nicht erwehren konnte, daß bereits der erste kräftigere Windstoß dieses wacklige Gebilde zum Einstürzen bringen würde.

Dann bestürmten die Presseleute die beiden uniformierten Polizisten, die im Zuge des Einsatzes das Kind gefunden hatten, mit ihren Fragen. Sie waren eigentlich angewiesen worden, das Gelände für die Detektive abzusperren, aber dann hatte einer von ihnen etwas wie ein Weinen gehört, worauf sie durch das Gestrüpp auf die Hütte und das Kind zugeeilt waren. In ihren Mienen spiegelte sich eine Mischung aus Stolz und Wut wider; einerseits freuten sie sich natürlich über die Rettung des Kindes, wohingegen die näheren Umstände dieser Aktion alles andere als erfreulich waren. »Was muß das für ein Mensch sein«, erklärte einer von ihnen, ein blonder junger Mann mit einem üppigen Schnurrbart, »der ein kleines Kind so zurückläßt, nachdem er seine Mutter ermordet hat?«

Und diese Frage stellte sich natürlich jedem der Anwesenden.

Auf die Berichte in den Wochenmagazinen hin rief mein Vater mich wieder an. Ich ging nur noch mit einem gewissen Zögern ans Telefon, wobei meine Vorsicht wohl auf den in letzter Zeit sehr spärlichen Kontakt mit dem Mörder zurückzuführen war. Ich hatte mich zwar in gewisser Weise auf meine Abhängigkeit vom Telefon eingestellt, aber nur zum Teil. Nach wie vor durchzuckte mich eine Welle plötzlicher Erregung, wenn es klingelte, da ich unwillkürlich dachte, es könnte er sein. Und wenn dies dann doch nicht der Fall war, überkam mich mit dem Gefühl der Erleichterung gleichzeitig auch eine unverkennbare Enttäuschung. Mir war bis dahin nicht bewußt geworden, wie oft das Telefon eigentlich klingelte und welch wichtige Rolle es in meinem Leben spielte. »Ich habe das Foto von dir gesehen«, erzählte mein Vater. »Du entwickelst dich langsam zu einer richtigen Berühmtheit.« Als ich darauf nichts erwiderte, fuhr er fort: »Allerdings scheint mir dies eine schreckliche Art, berühmt zu werden. Glaubst du, die Polizei kommt der Festnahme dieses Kerls irgendwie näher?«

Ich gab ihm zu verstehen, daß ich das nicht wußte. Der Mörder schien mit der Polizei sein Spiel zu treiben, indem er ihr versteckte Hinweise auf seine Identität gab, wobei niemand wußte, ob er auch die Wahrheit sagte.

Wir unterhielten uns dann noch eine Weile über die Familie – über die Kanzlei meines Bruders, über das Studium meiner Schwester, über meine Mutter. Sie hatte sich in einer lokalen Klinik unentgeltlich als Hilfskraft zur Verfügung gestellt, erzählte mein Vater; sie arbeitete in der psychiatrischen Abteilung, und ihre Tätigkeit war wohl sehr interessant. Sie machte sich Sorgen um mich, und zwar vor allem wegen der Nähe, die sich mehr und mehr zwischen mir und dem Mörder herauszubilden begann.

»Was heißt hier Nähe?« entgegnete ich. »Ich hänge nur am anderen Ende des Seils, an dem er zieht. Mir bleibt nichts, als lediglich zu reagieren. Er ruft an, ich schreibe. Die Distanz zwischen uns ist nach wie vor unendlich.«

»Nein«, erwiderte mein Vater, und mir wurde schlagartig bewußt, daß er die Besorgnis meiner Mutter teilte. »In diesem Punkt täuschst du dich. Mit jedem Anruf, mit jedem Gespräch kommt ihr euch näher. Euer Abstand verringert sich von Mal zu Mal.«

»Ich habe keine Angst.«

»Das solltest du aber.«

Abstand, Distanz war etwas, das in unserer Familie immer von großer Bedeutung gewesen war, dachte ich.

Mein Vater mußte wohl an ähnliches gedacht haben, da er nach kurzem Schweigen fortfuhr: »Als du noch ein Junge warst, warst du immer sehr still. Dein Bruder und deine Schwester stürzten sich wesentlich schneller in eine Sache, während du immer eher zögernd an die Dinge herangingst. Ich glaube, ich dachte schon immer, daß du Journalist werden würdest. Du verbrachtest so viel Zeit damit zu beobachten.«

»Mir wird schon nichts passieren«, wußte ich darauf nur zu erwidern, doch meine Stimme war wie ein Echo in einem Canyon.

Die Story verdrängte alle anderen Gedanken.

Mehrere Tage lang konnten die Frau und das Kind nicht identifiziert werden. Alle Reporter in Miami litten unter diesem ungelüfteten Geheimnis, unfähig, der ermordeten Frau eine Vergangenheit und damit so etwas wie eine Existenz zu verleihen. Mit jedem Tag wurden wildere Spekulationen angestellt. Wir alle fragten uns, woher sie kam, ob sie in irgendeinem speziellen Zusammenhang mit dem Mörder stand, welche Rolle sie in diesem symbolischen Drama spielte. Seine Geliebte, vermuteten einige; eine Frau, die seine Identität durchschaut hatte; vielleicht eine Schwester des Mörders. Immer neue Erklärungsmöglichkeiten und Zusammenhänge ersinnend, verliehen wir ihrem Tod größeres Gewicht als ihrem Leben.

Ich schrieb, immer und immer wieder, über jedes noch so winzige Detail des Falles, auf das ich stieß. Das Gespräch mit dem Chefredakteur und Nolan war längst vergessen; die Story hatte ein Eigenleben bekommen. Die Schlagzeilen nahmen manische Züge an; in der Zwischenzeit hatten sich Begriffe wie »umfangreiche Menschenjagd« und »unerbittliche Nachforschungen rund um die Uhr« in die Berichterstattung eingeschlichen – all die Schlagworte, wie man sie aus der großstädtischen Verbrechensbekämpfung kannte. Auch in den Bezeichnungen wechselten wir, da wir ihn abwechselnd »Nummernmörder« und »Telefonmörder« nannten. Ungeachtet dessen wußte selbstverständlich jeder, wer damit gemeint war.

Ein Kino hatte ein *double-feature* ins Programm genommen, das sich aus *Bei Anruf Mord* und *Warte, bis es dunkel wird* zusammensetzte. Die Vorstellungen waren ausnahmslos ausverkauft, und ich verbrachte einen Abend damit, mich mit den Kinobesuchern zu unterhalten, die vor der Kasse um Karten für die nächste Vorstellung Schlange standen. »Einfach unglaublich«, erklärte ein junges Mädchen. Sie war blond und klammerte sich in gespielter Angst an den Arm ihres Freundes. »Das alles sieht so fürchterlich nach Hollywood aus, und dennoch ist es tatsächlich passiert.«

Diesen Satz setzte ich an den Anfang eines Artikels.

Einen anderen Abend verbrachte ich damit, durch den Südteil der Stadt zu fahren, vorbei an endlosen Reihen von gepflegten, weiß gestrichenen Mittelstandsbungalows. Begleitet wurde ich dabei jedoch nicht von der Polizei, sondern von Hausbesitzern, die sich zu einer Interessengemeinschaft zusammengeschlossen hatten, deren Zweck unter anderem darin bestand, die betreffende Wohngegend zu patrouillieren. Schon in der ersten Nacht hatten sie einen Einbruch verhindern können, erzählte mir der Fahrer. Sein Begleiter, ein kräftig gebauter Mann mit muskelbepackten Armen und mächtigen Koteletten, drehte sich auf dem Beifahrersitz zu mir um und flüsterte verschwörerisch: »Eigentlich hat uns die Polizei untersagt, Waffen zu tragen, aber . . .« Dabei lüftete er kurz den unteren Saum seines Sweat-Shirts, so daß der perlmuttbesetzte Griff eines kurzläufigen 32er Colt zum Vorschein kam, der in seinem Hosenbund steckte. Er lachte; seine Stimme erfüllte das Wageninnere und drang durch die Fenster in das Dunkel hinaus.

Auch er wurde zu einer Story.

Ich besuchte eine Bürgerversammlung und hörte Redner um Redner dabei zu, wie sie immer wieder die Wirksamkeit der polizeilichen Ermittlungsarbeit in Frage stellten. Die Versammlung wurde in der Turnhalle einer High School abgehalten, und ich hörte an diesem Abend immer wieder die gleichen Worte und Sätze, wie man sie auch von den Leuten auf der Straße, von den Männern der nächtlichen Patrouille und allen sonstigen Befragten zu hören bekam. Eine Frau trat ans Rednerpult und ließ ihren Blick über die Menge schweifen. Ich konnte sehen, wie sich ihr Gesicht in dem Bemühen, ihre Gedanken in Worte zu fassen, verzog. Schließlich begann sie mit der Frage: »Was können wir tun?« Und ich dachte: nichts. Wir können absolut nichts tun. Ich notierte mir ihre Worte, ohne meinen Pessimismus in meinen Bericht einfließen zu lassen.

Auch die Lokalpolitiker hatten ihre großen Auftritte. Sie hielten endlose Pressekonferenzen ab und demonstrierten auf gewohnte Weise ihre Betroffenheit, indem sie mit der Polizei durch die Stadt fuhren oder bewaffnet zu den Sitzungen in der City Hall erschienen.

Und nicht zuletzt war da noch meine Beteiligung an der ganzen Geschichte.

Auf einer anderen Bürgerversammlung sprach eine kleine, kaum einen Meter fünfzig große Frau mit einer schrillen Stimme, die mit ihrer Penetranz und Reichweite ihre mangelnde Körpergröße bei weitem wettmachte. Die Falten auf ihrer Stirn schienen mit dem Lineal gezogen. Als ich ihr eine Frage stellte, starrte sie mich mit offenem Mund an, während sie gleichzeitig ihr Gedächtnis abfragte, woher sie mich kannte. Schließlich stieß sie hervor: »Sie haben mit ihm gesprochen!« Als ich nickte, fuhr sie fort: »Und Sie sind derjenige, den er immer anruft!« Mir blieb nichts anderes übrig, als neuerlich zu nicken. Ihre Stimme erhob sich über den allgemeinen Lärm im Versammlungssaal, so daß sich plötzlich eine immer größer werdende Menge von Neugierigen um uns versammelte. Porter mußte irgendwo in meiner Nähe sein; jedenfalls konnte ich das Klicken seiner Kamera hören. »Warum sagen Sie ihm nicht, er soll damit Schluß machen!« ließ die Frau nicht locker. »Warum bringen Sie ihn nicht dazu, damit aufzuhören!« Ihre Stimme glich mehr und mehr einem schrillen Kreischen, das jedoch der Sympathie der Umstehenden gewiß sein konnte.

»Das habe ich doch versucht«, erklärte ich.

»Dann versuchen Sie es weiter!« kreischte die Frau. »Lassen Sie nicht locker!«

»Und wie stellen Sie sich das vor?« fragte ich sie.

Weinend und vor Zorn am ganzen Körper zitternd, hatte sie sich jedoch von mir abgewandt.

Ein untersetzter Mann schüttelte erbittert seine geballte Faust.

»Sagen Sie ihm, daß wir keine Angst haben. Er soll ruhig kommen; dann wird er schon sehen!«

Das Ganze war so absolut typisch. Welch unterschiedliche Reaktionen die Angst doch bei den beiden Geschlechtern hervorrief: Der Mann reagierte mit wüsten Drohungen und Aggression, während sich die Frau, was sicher realistischer war, ihrem ohnmächtigen Schmerz hingab.

Porter kleidete wenig später in Worte, was ich nur gedacht hatte. »Ich möchte nur ein einziges Mal«, erklärte er grinsend, »einen Mann sehen, der händeringend und mit tränenüberströmtem Gesicht da steht und schreit: ›Was soll ich denn tun? Was soll ich denn tun?‹ Und eine Frau, die einfach aufsteht und einem die Faust ins Gesicht schüttelt und sagt: ›Wäre doch gelacht, wenn ich mit diesem Dreckskerl nicht fertig würde. Soll er doch nur mal kommen!‹« Er lachte und machte weiter seine Fotos von der Versammlung.

Als ich in jener Nacht über die Schreibmaschine gebeugt saß, gingen mir immer wieder die Worte dieser Frau durch den Kopf. ›Versuchen Sie es weiter! Lassen Sie nicht locker!‹ Aber was hätte ich denn tun sollen? Ich schlug mir diesen Gedanken also aus dem Kopf und begann den Artikel für den nächsten Tag zu schreiben.

Ein paar Abende später – ich schickte mich gerade an, die Redaktion zu verlassen – rief Wilson an, um mir mitzuteilen: »Ich habe da etwas, was Sie interessieren dürfte.« Als ich in die Nacht hinaustrat, schien das Dunkel, durchwirkt von unzähligen zarten Lufthauchen, zu leuchten. Ich hatte das Gefühl, nur meine Hand ausstrecken zu müssen, um die Nacht betasten, die Luft wie eine Flüssigkeit mit vollen Händen schöpfen zu können. Ich fuhr durch die Innenstadt; die Scheinwerfer meines Wagens vermengten sich mit den Lichtern der Stadt, schnitten einen leuchtenden Kegel aus dem dunklen Nachthimmel. Wilson erwartete mich am Eingang des Polizeihauptquartiers. »Kommen Sie«, nahm er mich in Empfang. »Und tun Sie mal was zur Erweiterung Ihres Horizonts.« Er lachte über sein Klischee und geleitete mich ins Innere des Gebäudes. Das grelle Neonlicht schmerzte für einen Moment in meinen Augen, so daß ich sie kurz zusammenkniff, während wir auf den Lift zutraten. Ich spürte, wie mir die Polizisten in der Eingangshalle mit ihren Blicken folgten.

Wir fuhren zum dritten Stock hoch, wo sich das Büro der Mordkommission befand, doch anstatt dort einzutreten, ging Wilson einen schmalen Korridor hinunter. Die Wände waren hier weiß gestrichen, und nirgendwo waren irgendwelche Hinweisschilder oder Plakate zu sehen, aus denen ich hätte schließen können, in welchem Teil des Gebäudes wir uns befanden. Mir blieb nichts anderes übrig, als Wilson hinterherzutappen, zumal der Detektiv genau in der Mitte des schmalen Gangs ging, so daß neben ihm kein Platz mehr für mich war. Schließlich blieb er vor einer neutralen, braunen Tür stehen. »Also gut«, wandte er sich mir nun zu. »Sie halten am besten den Mund, bis alles vorüber ist. Unterlassen Sie jegliche abrupte Bewegung, zünden Sie sich keine Zigarette an. Sehen Sie einfach nur zu, kapiert? Hören Sie gut zu und prägen Sie sich alles genau ein.« Darauf öffnete er rasch die Tür, und wir traten in einen kleinen, verdunkelten Raum. Es gab dort nur eine Lichtquelle, die jedoch so stark abgeschirmt war, daß man nur die Umrisse der in dem Raum anwesenden Männer erkennen konnte. Außerdem konnte ich einen Tisch mit einem großen Spulentonbandgerät ausmachen, hinter dem ein Mann saß. Doch meine Aufmerksamkeit wurde rasch von dem Fenster in der Rückwand des Raums angezogen. Es maß etwa einen Meter zwanzig auf zwei Meter fünfzig, und man konnte durch dieses Fenster in einen anschließenden Raum blicken, wo helles Licht brannte. »Das Glas ist nur in einer Richtung durchsichtig«, flüsterte mir Wilson zu. Ich stand neben ihm und beobachtete die Vorgänge in dem anderen Raum.

Dort saß ein junger Mann an einem Tisch. Er hatte langes, braunes Haar, das einen Stich ins Rötliche aufwies, und einen spärlichen Bart. Seine Augen waren von dunklen Rändern umgeben, und er wischte sich das ganze Gespräch hindurch die Nase. Er benutzte dazu den Handrücken, mit dem er sich in einer langsamen, unbewußten Bewegung über sein Gesicht strich. Sein Kopf zuckte beim Sprechen in dem Bemühen, den Blicken der zwei Detektive im Raum zu folgen, nervös von einer Seite zur anderen. Einer von ihnen war Martinez; er hatte den Kragen seines Hemds geöffnet und seine Krawatte ein Stück gelöst. Seine Weste war aufgeknöpft, so daß man sein leeres Holster sehen konnte. Der andere Detektiv, ebenfalls in Hemdsärmeln, saß mit verschränkten Armen in einen Stuhl zurückgelehnt und folgte der Unterhaltung mit skeptischer, wenig freundlicher Miene.

»Also gut, Joey«, sagte Martinez, »gehen wir das Ganze noch einmal von vorne durch.« Er schritt im Raum auf und ab, blieb kurz hinter dem jungen Mann stehen, ging dann jedoch wieder weiter und sah dabei mal zur Decke hoch, mal zu Boden, um dann unvermittelt den jungen Mann am Tisch anzustarren.

»Was wollen Sie eigentlich?« klagte der junge Bursche. »Ich war's. Ich habe sie alle umgebracht. Was wollen Sie denn noch mehr?« Seine Stimme war abgehackt und nervös und klang blechern verzerrt aus dem in der Decke eingebauten Lautsprecher. »Erst das Mädchen, dann das alte Ehepaar und jetzt noch die Frau mit dem Kind. Aber jetzt ist ein für allemal genug.«

»Und deshalb haben Sie sich gestellt?« fragte Martinez.

»Ja.«

»Wo haben Sie Ihre Waffe?«

»Ich habe sie in einen Kanal geworfen.«

»In welchen Kanal?«

»Das weiß ich nicht mehr. Wie sollte ich mich daran noch erinnern?«

»Wann war das?«

»Bevor ich Sie aufgesucht habe.«

»Und nach so kurzer Zeit wollen Sie nicht mehr wissen, was Sie mit der Tatwaffe gemacht haben? Also, ich bitte Sie, Joey.«

»Ich sage Ihnen doch, daß ich es nicht mehr weiß.«

»Wie sind Sie hierher gekommen?«

»Zu Fuß.«

»Von woher?«

»Aus Richtung Uptown.«

»Dort gibt es doch gar keine Kanäle.«

»Da war aber einer.« Die Stimme nahm einen flehentlichen Tonfall an.

»Also gut, Joey, dann erzählen Sie mir, wie das mit dem Mädchen war.«

»Was sollte es dazu schon viel zu sagen geben? Ich habe sie umgebracht.«

»Das hätte ich gern etwas ausführlicher von Ihnen gehört.«

»Na gut«, erklärte der Mann nach kurzem Zögern. »Ich habe sie auch vergewaltigt.«

Martinez schüttelte den Kopf. »Warum haben Sie bei der Zeitung angerufen, Joey?«

»Ich wollte es einfach jemandem erzählen. Ich wollte, daß alle davon erfahren.«

»Und warum?«

»Ich wollte einfach, daß man mir auch mal Beachtung schenkt.«

»Denken Sie, die Leute würden Ihnen Beachtung schenken, wenn Sie jemanden umbringen, Joey?«

»Natürlich.«

»Fühlen Sie sich jetzt gerade beachtet?«

Der Mann zögerte kurz und wischte sich wieder einmal die Nase. »Na, und ob«, lächelte er schließlich die zwei Detektive an. Ich sah, wie Martinez seinem Kollegen zunickte. Dessen Arm schnellte daraufhin explosionsartig über seinen Kopf hoch, um im selben Zug mit der offenen Handfläche ein paar Zentimeter von den Händen des Geständigen auf die Tischplatte zu klatschen. Der kleine Raum hallte von dem dadurch entstehenden Geräusch wider.

»Lügen!« brüllte der Detektiv gleichzeitig. »Nichts als Lügen! Sie stehlen uns nur unsere kostbare Zeit.«

Der Mann zuckte gegen die Lehne seines Stuhls zurück und riß instinktiv die Hände hoch, um sein Gesicht zu schützen.

»Nein!« schrie er zurück. »Ich war es wirklich. Ganz bestimmt!«

»Lügen, nichts als Lügen!« wiederholte der Detektiv. Martinez hatte sich währenddessen in den hinteren Teil des Raums zurückgezogen, wo er sich, gegen die Wand gelehnt, eine Zigarette ansteckte, als ginge ihn das alles nicht das geringste an. Der andere Detektiv sprang nun von seinem Stuhl auf, stürzte auf den Geständigen zu und blieb unmittelbar über ihm stehen. Der Mann schien vor Angst auf seinem Stuhl zusammenzuschrumpfen, als der Detektiv sich über ihn beugte. »Sie haben wohl nichts Besseres zu tun, als hier anzutanzen und uns diesen Unsinn aufzutischen. Nichts anderes ist es nämlich! Unsinn!« Der Detektiv hob die Hand. »Am liebsten würde ich . . .« Doch er hielt in der Bewegung inne. Darauf trat wieder Stille ein. Der Detektiv trat hinter den Geständigen, worauf dieser sich auf seinem Stuhl herumdrehte, um den Detektiv im Auge zu behalten. Plötzlich schoß der Kopf des Detektivs nach vorn, so daß sein Mund nur wenige Zentimeter vom Ohr des Geständigen entfernt war. »Verdammter Lügner!« brüllte er mit voller Lautstärke. Der Mann zuckte zusammen, als wäre er geschlagen worden. Als nächstes packte der Detektiv die Rückenlehne des Stuhls und riß so heftig daran, daß der Mann fast zu Boden gestürzt wäre. Nun beobachtete ich, wie Martinez einen tiefen Zug von seiner Zigarette nahm und gleichzeitig dem anderen Detektiv ein kurzes Handzeichen gab. Dieser nickte, beugte sich neuerlich vor, um ein zweites Mal »Verdammter Lügner!« in das Ohr des Geständigen zu brüllen, und zog sich dann zurück, so daß dieser ihn nicht mehr sehen konnte.

»Also, Joey«, schaltete sich nun Martinez wieder ruhig ein. »Warum versuchen wir es nicht noch mal von vorn?«

Der Mann hatte heftig zu schluchzen begonnen, und Martinez wartete, bis das Schniefen nachließ.

»Es tut mir leid«, stieß der Geständige schließlich hervor. »Ich habe das nicht so gemeint.«

Martinez stand auf und streckte sich. Dann holte er eine Zigarette aus seiner Tasche, zündete sie an und reichte sie dem jungen Mann.

»Kann ich heute nacht trotzdem noch im Gefängnis bleiben?« fragte der junge Mann und sog gierig an der Zigarette. Martinez begann zu lachen, und einen Augenblick später fiel auch der andere Detektiv mit ein. Schließlich folgte sogar der Geständige, wenn auch zögernd, ihrem Beispiel, wobei er dem zweiten Detektiv immer wieder vorsichtige Blicke zuwarf.

Wilson berührte mich am Arm. »Gehen wir!«

Als wir draußen auf dem Flur Martinez trafen, sagte ich: »Tolle Show!«

Martinez grinste. »Trotzdem geht mir dieses Theater langsam, aber sicher auf die Nerven. Das ist in dieser Woche nun schon der fünfte, der bei uns reingeschneit kommt und behauptet, er wäre es gewesen. Manchmal brauchen wir mehrere Stunden, diese Kerle vom Gegenteil zu überzeugen, obwohl wir von Anfang an wissen, daß sie nie der Mörder sein können. Erstens sind sie nicht der Typ dafür, und zweitens unterlaufen ihnen schon nach kürzester Zeit die gröbsten Fehler, wenn sie den Tathergang schildern sollen, ganz zu schweigen davon, daß bis jetzt nicht einer von diesen Heinis mit einer Tatwaffe aufwarten konnte.«

Die zwei Detektive begleiteten mich zum Ausgang. Nach der Enge des kleinen, verdunkelten Raumes übte es eine enorm erleichternde Wirkung auf mich aus, in den Nachthimmel emporzublicken. Ich fragte die Detektive, wie sie mit ihrer Überprüfung der Armeearchive vorankämen. »Leider sind diese Daten noch nicht im Computer gespeichert«, erklärte Martinez. »Unsere Leute müssen also jede Akte einzeln durchgehen. Sie können sich denken, wie zeitraubend das ist.«

Wilson sah mich eindringlich an. »Hat er nicht wieder angerufen?«

»Nein.« Ich schüttelte den Kopf. »Was müßten Sie zum Beispiel noch wissen?«

»Wenn Sie herausfinden könnten, welchen Dienstgrad er hatte oder wann er genau gedient hat, wäre uns das eine große Hilfe.«

»Ich kann's ja zumindest mal versuchen.« Das schien ich in letzter Zeit des öfteren zu versprechen. Die Detektive gingen in das Gebäude zurück, und ich fuhr in die Redaktion. Meine Schilderung des falschen Geständnisses wurde zu einem weiteren Artikel. Er gefiel Nolan, und offensichtlich teilte man seine Ansicht auch in der Redaktionssitzung, da er immerhin auf der ersten Seite gedruckt wurde.

Christine schlief nur noch mit mir, wenn ich den Hörer abgenommen hatte. Sie meinte, allein die Vorstellung, der Mörder könnte uns anrufen, während wir uns, wie sie es ausdrückte, ganz nahe waren, wäre ihr unerträglich. Ich kam ihrem Wunsch mit einem Achselzucken nach, aber nachher stand ich noch einmal auf, um den Hörer auf die Gabel zurückzulegen und mich währenddessen zu fragen, ob ich in der Zwischenzeit eine Chance verpaßt hatte, mit ihm in Verbindung zu treten. »Kannst du an nichts anderes mehr denken?« meinte Christine dazu.

»Du verstehst das einfach nicht«, verteidigte ich mich. »Eine Story wie diese läßt einem gar keine andere Wahl. Und das liegt keineswegs nur an mir. Jedem anderen Reporter ginge es genauso.«

Sie schüttelte den Kopf. »Das glaube ich nicht.«

Ich trat ans Fenster und starrte nach draußen. Gleichzeitig stieg eine Erinnerung in mir auf: Ich war plötzlich elf Jahre alt und starrte durch das Fenster meines Zimmers im ersten Stock auf den Garten hinunter, wo die anderen – mein Vater, meine Mutter, mein Bruder und meine Schwester – um einen Gartentisch saßen. Mein Bruder und mein Vater standen auf und begannen sich einen

Ball zuzuwerfen, während meine Schwester auf der Bank näher an meine Mutter heranrutschte. Einen Augenblick starrte ich noch aus dem Fenster, und dann überstürzten sich die Ereignisse. Meine Hand ballte sich zu einer Faust zusammen, und dann hörte ich das Geräusch, ein splitterndes Krachen. Blut strömte über meinen Handrücken, und das Fenstersims war von Glassplittern übersät. Mit einem leisen Aufschrei wirbelte ich herum, um ins Bad zu stürzen, wo ich meine Hand in kaltes Wasser tauchte und gleichzeitig beobachtete, wie sich das Waschbecken erst rosa und dann dunkelrot färbte. Nach einer Weile schien der Schmerz nachzulassen, und ich wickelte meine Hand in ein Handtuch. Wenige Augenblicke später hörte das Bluten auf, und ich konnte einen tiefen Schnitt quer über meine Knöchel und eine noch tiefere Wunde an meinem Zeigefinger sehen. Ich wickelte mir das Handtuch fest um die Hand und kehrte in mein Zimmer zurück. Ich sah nicht nach draußen, ob die anderen das Geräuch des zersplitternden Fensters gehört hatten, und ich sah auch nicht auf, als mein Vater eine Stunde später seinen Kopf zur Tür hereinstreckte, einen kurzen Blick auf das zerbrochene Fenster warf und sich dann auf mein Bett setzte. Ich erinnere mich noch genau an das Gefühl, als seine Hand, kühl wie ein Eisbeutel, auf meiner Stirn lag.

Christine bemerkte meinen Gesichtsausdruck, glitt aus dem Bett und schlang ihre Arme um mich. Ihr Kopf sank auf meine Schulter nieder, und dann spürte ich, wie ihre Hand sich zärtlich zu meinem Nacken hochtastete – fast, als wäre ich wieder dieser kleine Junge.

Es war am frühen Abend, eine Woche nach dem vierten Mord, als Wilson mich anrief. Im Hintergrund konnte ich Stimmen und das Geräusch einer Registrierkasse hören. »Hier Wilson«, meldete sich der Detektiv. »Wir wissen, wer sie ist.«

»Wer?« Ich griff nach Bleistift und Papier.

»Wenn Sie das wissen wollen, müssen Sie schon hierher kommen. Oder Sie warten auf die offizielle Pressemitteilung, die irgendwann heute abend noch rausgehen wird.«

Er war in einer Bar mit dem schönen Namen *Das Alibi,* die sich in einem Hotel gegenüber dem Strafgerichtshof befand. Ich kannte das Lokal; es war dunkel wie die meisten Bars, und den einzigen Wandschmuck bildeten die Flaschenreihen hinter der Pseudo-Mahagoni-Theke. Entlang der Wände waren kleine Nischen mit Tischen angebracht, an denen man sich ungestört unterhalten konnte und von Damen in kurzen Röcken und Netzstrümpfen bedient wurde. Die Bar wurde vor allem von Detektiven, Verteidigern und Statsanwälten frequentiert, und da hier die vor Gericht geltenden Regeln außer Kraft gesetzt waren, wurde hier so manches Geschäft ausgehandelt. Jedenfalls war es im Alibi immer voll und laut.

Ich entdeckte Wilson in einer Nische in der Ecke. Neben ihm hatte es sich Martinez, die Beine weit von sich gestreckt, bequem gemacht. »Was trinken Sie?« begrüßte mich der Detektiv. Ich bestellt ein Bier und sah die beiden an, abwartend.

»Tja«, seufzte Martinez und richtete sich etwas auf. »So ist das also.« Ich bemerkte, wie Wilsons Blicke der Hand seines jungen Kollegen folgten, als sie in die Innentasche seines Jacketts fuhr und ein Blatt Papier daraus hervorholte. Er schob mir den Zettel über den Tisch zu, und dann blieben die Blicke der beiden auf mir haften, während ich las, was darauf geschrieben stand.

Unter der Überschrift PRESSEMITTEILUNG und dem Stempel der Justizbehörde las ich:

Das vierte Opfer im Nummernmörder-Fall konnte identifiziert werden als: Susan Kemp, 29, wohnhaft in Gebäude G des Wohnblocks Fontainebleau Park 110. Das Kind wurde identifiziert als ihre Tochter Jennifer; Alter 21 Monate. Das Kind, dessen Gesundheitszustand zufriedenstellend ist, ist bis auf weiteres im Jackson Memorial Hospital untergebracht. Die Ermittlungen werden fortgeführt.

»Sonderlich viel ist das ja nicht gerade«, erklärte ich schließlich. »Wie konnte die Ermordete identifiziert werden, und wie ist sie in die Gewalt des Mörders geraten?«

»Eigentlich hatten wir gehofft«, entgegnete Martinez langsam, »daß in der Zwischenzeit Sie uns darüber nähere Aufschlüsse verschaffen könnten.«

»Wieso ruft dieser Mistkerl nicht an?« fuhr Wilson auf und nahm einen kräftigen Schluck von seinem Bier.

Ich zuckte mit den Achseln. Nach einem kurzen Blick auf Wilson fuhr Martinez fort: »Wir wissen nicht, weshalb seine Wahl ausgerechnet auf diese Frau fiel und wie er sie in seine Gewalt gebracht hat. Offensichtlich sind sie mit einem Wagen in die Glades rausgefahren. Und nach den Abfällen zu schließen, die sie dort hinterlassen haben, dürften sie sich eine ganze Weile dort draußen aufgehalten haben – vermutlich sogar über Nacht. Aber was das Motiv angeht?« Er zuckte mit den Achseln.

»Wie haben Sie sie identifiziert?«

Wieder warf Martinez seinem Kollegen einen kurzen Blick zu. Dieser nickte und nahm einen weiteren Schluck. »Sie hatte keinen Personalausweis bei sich, keine Scheckkarte, keinen Führerschein – nichts. Und die Kleine natürlich auch nicht. Nun hat allerdings heute morgen eine Frau bei uns angerufen. Sie lebt in diesem neuen Wohnblock da draußen. Und sie meinte, die Personenbeschreibung der Ermordeten träfe genau auf ihre Wohnungsnachbarin zu; sie hätte sie schon längere Zeit nicht mehr gesehen und mache sich Sorgen. Wir sind also losgefahren, um den Hinweis zu überprüfen – reine Routinesache, aber wir sind zu so was ja nun mal verpflichtet. Der Hausmeister hat uns die Wohnung aufgesperrt; er schien sich übrigens auch schon Gedanken gemacht zu haben. Und als wir dann in die Wohnung treten, hängt gleich an der Wand ein Foto von der Frau und dem Kind. Es war etwa vor einem Monat aufgenommen worden. Hinsichtlich der Identität bestanden keinerlei Zweifel.«

»Wer ist sie?«

Martinez ließ sich wieder in seinen Sitz zurücksinken und hielt sich sein Glas gegen die Stirn. »Niemand Besonderes. Eine Lehrerin, eben geschieden, die sich den Sommer über beurlauben hat lassen, um dann nach den Ferien wieder zu unterrichten. Sie sollte eine vierte Klasse bekommen.«

»Und der geschiedene Ehemann?«

»Ein Geschäftsmann aus Tampa. Er ist heute nachmittag mit dem Flugzeug hier angekommen, um die Leiche zu identifizieren. Er wird sich auch des Kindes annehmen, wenn er erst mal den Schock überwunden hat.«

»Wo ist er jetzt?«

Bevor Martinez noch etwas erwidern konnte, hatte Wilson bereits abwehrend die Hand gehoben. »Finden Sie nicht, der arme Teufel hat heute schon genügend durchgemacht?«

»Vielleicht möchte er etwas dazu sagen«, hielt ich dem entgegen. »In der Regel ist es doch so.«

Wilson lehnte seinen Kopf gegen die Wand der Nische zurück

und schloß die Augen. »Was halten Sie davon?« schlug er schließlich vor. »Ich gebe ihm Ihre Telefonnummer, und dann kann er selbst entscheiden, ob er sich mit Ihnen unterhalten will.«

Dagegen war nichts einzuwenden. Wahrscheinlich hatte er sich sowieso in dem Hotel, zu dem die Bar gehörte, ein Zimmer genommen. Jedenfalls wäre das ohne weiteres in Erfahrung zu bringen gewesen.

»Und Sie haben nach wie vor keine Ahnung, wie es dem Mörder gelungen ist, sie in seine Gewalt zu bringen?«

»Nicht die geringste.« Martinez schüttelte den Kopf. »In dem Wohnblock ist niemandem etwas Ungewöhnliches oder Verdächtiges aufgefallen. Keine Fremden, die sich irgendwie auffällig benommen haben. Nichts.«

»Und was hat die Überprüfung der Armee-Archive ergeben?«

»Wir haben uns den Zeitraum zwischen 1963 und 1973 vorgenommen. Ausgehend von den Angaben, die uns bisher zur Verfügung stehen, kommen einige tausend Personen in Frage, die wir noch in Hinblick auf ihre ungewöhnliche Augenfarbe überprüfen müssen – und dann müssen wir noch ihre Adressen in Erfahrung bringen. Das Ganze wird eine Ewigkeit dauern.« Er klang hörbar niedergeschlagen. »Es ist jedenfalls wahrscheinlicher, daß eines Tages jemand per Zufall auf den Mörder aufmerksam wird; es sei denn, er gibt Ihnen noch ein paar weitere Hinweise.«

»Der Psychiater, mit dem ich über den Fall gesprochen habe, ist der Meinung, daß er uns weiter irgendwelche Anhaltspunkte liefern wird. Für den Mörder erhöht es den Reiz an der Sache, wenn er auf diese Weise mit uns sein Spiel treiben kann.«

Wilson schloß die Augen. »Genau das ist es, was mir so auf die Nerven geht.« Er schlug die Augen wieder auf und starrte mich über den Tisch hinweg an. »Soll ich Ihnen mal was sagen? Ich habe mich heute dazu durchgerungen, meine Frau mit den Kindern zu den Großeltern zu schicken; sie leben in Minnesota. Ich hoffe wohl doch, daß das weit genug von hier entfernt ist.« Er gab ein schnaubendes Lachen von sich. »Solche Sorgen hat Martinez zum Glück nicht. Bei der Unmenge seiner Freundinnen kommt es auf eine mehr oder weniger nicht an.«

Martinez lächelte. Aber er lachte nicht.

Wilson redete indessen weiter und machte nur eine kurze Pause, um bei unserer Bedienung ein neues Bier zu bestellen, indem er kurz sein leeres Glas hob. »Wir sind ständig unterwegs, um uns umzuhören. Wir sprechen mit unseren Informanten und mit sonst jedem, der in dieser Richtung etwas wissen könnte. Ich kann Ihnen sagen, ich habe während der letzten drei Wochen mehr Leuten auf den Zahn gefühlt als die ganzen letzten Jahre. Kein Mensch weiß etwas. Und die Junkies in Liberty City haben genausoviel Angst wie die Mütter in Kendall.«

»Wir bekommen natürlich jede Menge Anrufe«, fiel nun Martinez ein. »Täglich; kurz nach Erscheinen des *Journal* sogar stündlich. Da ist jemand, dem an seinem Nachbarn etwas verdächtig erscheint. Ein anderer meint im Haus seines Schwagers eine Fünfundvierziger bemerkt zu haben. Wir nehmen diese Hinweise zur Kenntnis und überprüfen jeden einzelnen von ihnen. Ganz gleich, wie verrückt oder belanglos ein solcher Tip auch sein mag. Und dennoch sind wir bisher noch nicht einen Schritt weitergekommen.«

»Das kann nicht ewig so bleiben«, versuchte ich ihm Mut zuzusprechen.

»Klar«, schnaubte Martinez verächtlich. »Vielleicht kippt uns dieser Scheißkerl die nächste Leiche direkt vor die Tür. Dann wissen wir zumindest mal als erste Bescheid.«

Wilson sah auf. Sein Blick blieb auf einem Mann haften, der mit einem Glas in der Hand auf uns zukam. »Das hat uns gerade noch gefehlt«, stöhnte er leise.

Der Mann trat näher, um dann jedoch kurz zu zögern. Er starrte auf die zwei Detektive, ohne mir irgendwelche Beachtung zu schenken. Ich beobachtete, wie er das Glas an seine Lippen hob und, ohne seinen Blick von den beiden Polizisten abzuwenden, seinen Inhalt mit einem Zug hinunterkippte. Seine Stimme klang etwas unstet. »Aha, die Herren sind wohl außerdienstlich hier, wie? Na ja, nach Dienstschluß genehmigt sich schließlich jeder lieber einen Drink, als einen Mörder zu jagen.«

Martinez stand auf und zog vom Nebentisch einen Stuhl heran. »Bitte, setzen Sie sich doch, Mr. Kemp!«

Ich holte mein Notizbuch wieder heraus.

»Ich habe keine Lust, mit Ihnen an einem Tisch zu sitzen.« Dennoch ließ der Mann sich auf den Stuhl niedersinken.

»Mr. Kemp«, stellte mich Martinez vor, »das ist Malcolm Anderson; er arbeitet als Reporter für das *Journal*.« Ich nickte, als Kemp mich zum ersten Mal zu registrieren schien.

»Sie sind also derjenige, der immer mit diesem Kerl spricht?«

»Ja, das ist richtig. War die Tote Ihre Frau?«

»Ja.« Kemp trug einen konservativen blauen Anzug, der schlaff an ihm herabhing, als hätte er im Verlauf der letzten Stunden enorm an Gewicht verloren.

»Das tut mir leid«, sagte ich.

»Das tut es Ihnen nicht.« Der Mann stierte mich an. »Und das gilt auch für diese beiden da . . .« Ich wollte etwas dagegen einwenden, aber er winkte mit einer halb betrunkenen, fahrigen Geste ab. »Machen Sie sich nichts draus! Ich meine, was geht Sie das schon an – Sie oder sonst irgend jemanden?« In seinen Augenwinkeln bildeten sich Tränen. »Es ist schon verrückt: Vor zwei Monaten, als die Scheidung noch lief, haben wir uns ständig angebrüllt. Wir sind uns wegen jeder Kleinigkeit in die Wolle geraten – die Aufteilung unseres Besitzes, des Hauses, des Wagens. Und dann war da natürlich noch die Kleine. Ich muß Susan damals sicher unzählige Male den Tod gewünscht haben. Und jetzt, wo sie tot ist . . .«

Er sah mich einen Moment mit feuchten Augen an, um dann seinen Blick zu den beiden Detektiven weiterwandern zu lassen. »Für Sie ist sie bestimmt nur eine weitere Leiche – eine unter vielen. Sie bekommen sie ja sicher zu Hunderten zu sehen, oder habe ich etwa nicht recht?«

»Mr. Kemp«, schaltete sich nun Martinez ein, aber auch ihn brachte dieselbe Handbewegung zum Schweigen. »Regen Sie sich über mein Benehmen bitte nicht auf!« Kemp schüttelte fahrig den Kopf. »Sie war niemand Besonderer. Kein Grund, sich groß Gedanken zu machen. Einfach nur ein weiterer Mord. Wenn Sie mal nicht mehr so viel anderes am Hals haben, werden Sie diesen Kerl vielleicht sogar fassen. Aber ich weiß selbstverständlich, daß Sie Wichtigeres zu tun haben.« Er stand abrupt auf und stieß dabei seinen Stuhl um, so daß er laut scheppernd auf den Boden schlug. In der Bar wurde es plötzlich totenstill, und aller Augen waren auf unseren Tisch gerichtet. »Nein, bleiben Sie doch sitzen!« schrie Kemp, als Martinez aufstehen wollte. »Überanstrengen Sie sich nicht. Stellen Sie weiter Ihre Ermittlungen an, schreiben Sie weiter Ihre Artikelchen . . .« Er sah wieder mich an. »Das alles hat nicht das geringste zu bedeuten. Nichts hat irgend etwas zu bedeuten.« Dann drehte er sich ruckartig um und starrte, etwas wacklig auf den Beinen, die anderen Gäste in der Bar an, die ihn mit neugierigen Blicken bedachten. »Ihr könnt mich alle am Arsch lecken! Und zwar jeder einzeln.« Niemand rührte sich. Für einen Moment schienen seine Worte in der Luft hängenzubleiben. Dann ballte Kemp seine Hand zur Faust und hieb damit auf die Luft ein. Nach einer Weile hielt er abrupt inne, sah verwirrt um sich und rannte schließlich, den Kopf in seine Hände vergraben, aus dem Lokal.

Unter der gedämpften Barbeleuchtung notierte ich mir hastig seine Worte, seinen Gesichtsausdruck, seine Bewegungen. Wilson sah mir dabei zu. »Haben Sie alles?« fragte er schließlich sarkastisch.

Ich sah ihn kurz an, bevor ich antwortete: »Aber darum geht es doch.«

Ich schickte mich zum Gehen an. Wilson ließ mich nicht eine Sekunde aus den Augen, und als sich unsere Blicke kurz trafen, schien es mir, als arbeitete es in ihm sehr nachhaltig. Und schließlich sagte er: »Locken Sie ihn in eine Falle!«

Auch Martinez sah mich unverwandt an. »Ja, stellen Sie ihm eine Falle!«

»Ich werde mir diesen Vorschlag mal durch den Kopf gehen lassen.« Ich drehte mich um und verließ die Bar. Ich trat in den Abend hinaus; der blauschwarze Himmel war wolkenlos. Ich holte tief Luft, spürte die letzten Überreste der Tageshitze in meinen Lungen, wie sie die abgestandene, klimatisierte Luft der Bar verdrängten. Als ich mir noch einmal die letzten Worte der beiden Detektive durch den Kopf gehen ließ, überkam mich ein leichtes Schwindelgefühl. Ihre Worte vermischten sich mit denen meines Vaters und denen Christines. Ich sah plötzlich wieder den Mann der Ermordeten vor mir, wie er in seinem Schmerz leicht wankend auf die Leere in der Bar eingeschlagen hatte, die er mit seiner eigenen Hilflosigkeit verwechselt hatte.

12

Es war bereits ziemlich spät, als ich an jenem Abend in die Redaktion zurückkehrte. Durch den Boden konnte ich das leichte Vibrieren der Maschinen aus der Druckerei herauf spüren. Die Morgenausgabe wurde bereits durch das Labyrinth aus Sortier- und Packmaschinen geschleust. Es war, als ergriffe dieses gedämpfte, doch allgegenwärtige Vibrieren über meine Beine von meinem ganzen Körper Besitz, so daß ich mir wie ein Teil einer gigantischen Maschinerie vorkam, als ich mich schließlich an meiner Schreibmaschine an die Arbeit machte.

Zuvor hatte ich mich noch mit Porter vor der Wohnung der ermordeten Frau getroffen. Wir sprachen mit verschiedenen Mitbewohnern, die ausnahmslos einen äußerst resignierten Eindruck machten, ihre Mienen und Stimmen von einer allgemeinen Verdrossenheit geprägt. Sie hatten im Verlauf des Tages bereits die Polizei anrücken gesehen, und dann hatten die Detektive sie mit den gleichen Fragen gelöchert, mit denen ich sie nun noch einmal behelligte. Sie wußten, daß die Frau dem Nummernmörder zum Opfer gefallen war; dennoch gaben sie sich alle Mühe, die Bedrohung zu ignorieren, die mit einem Mal ganz nahe an sie herangetreten war.

Eine nette, sympathische Frau, lautete der Grundtenor der Stimmen. Immer hatte sie ein freundliches Lächeln parat, grüßte jeden. Dennoch lebte sie mit ihrem Kind eher zurückgezogen; jedenfalls konnte ich in dem Wohnblock niemanden finden, der enger mit der Ermordeten befreundet gewesen war. Wie sah es mit Besuchern aus? erkundigte ich mich. Sie bekam so gut wie nie Besuch, gab mir ihre Wohnungsnachbarin Auskunft, eine Frau mittleren Alters, die sich ihr Haar mit einem roten Tuch zusammengebunden hatte. Ihr Mann spähte über ihre Schulter auf den Flur hinaus, auf den beide nur höchst ungern hinaustreten zu wollen schienen, als hätten sie Angst, den sicheren Hort ihrer Wohnung zu verlassen. Sie war sehr ruhig, erklärte der Mann; lebte zurückgezogen.

In dem Wissen, daß sie in meinem Artikel eine wesentliche Rolle spielen würden, notierte ich mir seine Worte. Ich kam mir vor, als vollführte ich ein höfisches Tanzritual mit all seinen genau festgelegten Verbeugungen, Drehungen und Wendungen. Ich klopfte an Türen, hielt die Aussagen der Befragten fest. Ich wußte schon im voraus, was die Nachbarn sagen würden; eigentlich hätte ich mir ihre Äußerungen selbst ausdenken können. Aber diese Prozedur gehörte nun einmal zum Ritual der Berichterstattung über einen Mord. Die Reporter befragen immer wieder von neuem die Nachbarn, und diese behaupten ihrerseits mit steter Regelmäßigkeit, daß die Opfer ruhig und zurückgezogen lebten. Und das bringen die Reporter dann in ihren Artikeln.

Porter hinter mir machte ein paar Aufnahmen. Seine Flüche über die schlechten Lichtbedingungen unterbrachen immer wieder das grelle Aufzucken seines Elektronenblitzes – ein weiterer Bestandteil dieses Menuetts. Es war nicht sonderlich schwierig, den Hausmeister ausfindig zu machen. Bereits ein älterer Mann, ging er langsam, bedächtig vor uns her und fuhr sich immer wieder mit der Hand über den Kopf, um sich eine Strähne seines grauen Haars aus dem Gesicht zu streichen. Er wußte zu berichten, daß die Frau immer pünktlich die Miete bezahlt hatte und sich kaum einmal mit einer Beschwerde an ihn gewandt hatte. Nur einmal war ihre Toilette verstopft gewesen. Als er sie reparierte, hatte sie ihm ein paar Fotos von ihrer Familie, die an der Westküste lebte, gezeigt. Ihm war nie aufgefallen, daß sie irgendwelche Männerbesuche gehabt hatte.

Erst weigerte er sich, uns in ihre Wohnung zu lassen, aber nach einigem Hin und Her tat dann ein Zwanzigdollarschein doch die gewünschte Wirkung. »Aber nur fünf Minuten – und keine Sekunde länger!« Er ließ den Schein diskret in der Brusttasche seines Hemds verschwinden. »Sehen Sie sich kurz um, und vor allem – rühren Sie nichts an!«

Nachdem er sich vergewissert hatte, daß niemand von den anderen Bewohnern uns sehen konnte, schloß er die Wohnungstür auf. Wir waren wie Diebe, die ein paar Details, etwas Substanz stehlen wollten, um der Ermordeten in dem Artikel eine Spur von Leben verleihen zu können. Wir hatten die Wohnung kaum betreten, als ich schon das Klicken von Porters Kamera hörte. An einer Wand hingen mehrere Fotos von der Frau und ihrem Kind. Sie machten einen sehr professionellen Eindruck. Auf einem stand sie unter einem Baum, auf einem anderen wiegte sie das Kind in ihrem Arm. Auf ein paar kleineren Bildern war nur das Mädchen abgebildet, wie es nackt und auf allen vieren über den Boden krabbelte. Auf einem Familienfoto entdeckte ich den Ehemann; bei den anderen

Personen handelte es sich vermutlich um Verwandte. Jedenfalls starrten sie alle lächelnd in die Kamera. Ich wandte mich von den Fotos ab und ließ meine Blicke durch die Wohnung wandern. In den beiden winzigen Schlafräumen herrschte peinliche Ordnung, beide waren mit viel Spitzen und in zarten Pastelltönen eingerichtet – eine typische Frauenwohnung, dachte ich.

Über dem Kinderbett hing ein Mobile mit kleinen Plastiktieren – lächelnden Löwen und Elefanten. Neben dem Bett der Frau lag ein Taschenbuch aufgeschlagen, ein Bestseller über die optimale Ausschöpfung der persönlichen Möglichkeiten. Ich notierte mir den Titel und griff dann nach dem Buch, um den Klappentext zu lesen. Gehen Sie an jeden Tag heran, als wäre er eine neue Herausforderung, stand dort als Motto zu lesen. Auch das notierte ich mir.

Der alte Mann wurde langsam nervös und drängte darauf, die Wohnung wieder zu verlassen. Ich wanderte weiter in die Küche. Babynahrung und Hüttenkäse im Kühlschrank, Tiefkühlkost im Gefrierfach. An die Kühlschranktür war ein Diätplan geklebt. Im Wohnzimmer stand eine Stereoanlage mit Kassetten und Platten, die ich kurz durchsah; es waren hauptsächlich Aufnahmen aus den späten sechziger Jahren. Westcoast Sound, Rock and Roll. Alles war ordentlich aufgeräumt. Die Einrichtung war modern; allerdings waren die meisten Möbel billige Kopien von Klassikern, wie man sie in Großkaufhäusern kaufen kann.

Der Hausmeister stand in der Tür und versuchte uns mit fuchtelnden Handbewegungen aus der Wohnung zu scheuchen. Ich nickte und trat auf den Flur hinaus.

»Nicht gerade einfach zu fotografieren«, klagte Porter hinter mir. »Aber ich habe von jedem Raum ein paar Fotos gemacht; irgendeines wird sich schon verwenden lassen.« Der Hausmeister wollte wissen, ob wir nun endlich fertig wären. Er schien ziemlich wütend. Ich versicherte ihm jedoch, daß ihm das Schlimmste erst noch bevorstünde, da unmittelbar nach Veröffentlichung der offiziellen Pressemitteilung die Fernsehleute anrücken würden, um noch einen Bericht in der Spätausgabe der Nachrichten unterzubringen. Ich hatte noch nicht ausgeredet, als ich den ersten Aufnahmewagen in den Parkplatz biegen sah.

Wir schickten uns zum Gehen an. Bevor wir unseren Wagen erreichten, wandte sich mir Porter kopfschüttelnd zu. »Ist Ihnen eigentlich schon aufgefallen, daß alle Opfer irgendwie so völlig normal sind; ich meine, an ihnen ist so gar nichts Ungewöhnliches oder Auffälliges – wenn man vielleicht mal von den Personen absieht, die sie näher gekannt haben.« Er schloß die Tür auf und glitt hinters Steuer. Als er die Wagentür hinter sich zuwarf, schnitt das Geräusch seinen Gedanken ab wie ein Messer.

Nun wurde mir auch klar, weshalb der Mörder so lange nicht angerufen hatte. Er stellte uns sozusagen auf die Probe. Offensichtlich wollte er sehen, wie lange die Polizei brauchen würde, die Frau zu identifizieren.

Als ich an jenem Abend in die Redaktion zurückkehrte, war der Termin für die Abgabe der Artikel für die Morgenausgabe bedrohlich nahegerückt. Jedenfalls blieb mir nicht mehr genügend Zeit, um noch lange an meinem Bericht herumzufeilen. Seite um Seite zog ich in die Schreibmaschine ein, um die Blätter dann vollgeschrieben auf dem Schreibtisch abzulegen. Nolan war noch da und speiste die fertigen Seiten sofort in den Computer ein. Außer daß er mich gelegentlich zur Eile antrieb, sagte er kaum etwas.

Das jüngste Opfer des sogenannten Nummernmörders konnte von der Polizei als eine neunundzwanzig Jahre alte, geschiedene Frau identifiziert werden, die in einem Wohnblock im Westen der Stadt gelebt hat.

Bekannte und Nachbarn beschrieben Susan Kemp als eine nette und sympathische junge Frau, die sehr zurückgezogen lebte. Sie widmete sich vor allem der Erziehung ihrer einundzwanzig Monate alten Tochter Jennifer.

Der Ex-Ehemann des Opfers, der Geschäftsmann Martin Kemp aus Tampa, ist gestern in Miami eingetroffen, um sich seiner Tochter anzunehmen und die Leiche der Ermordeten zu identifizieren.

Die Polizei ermittelt weiterhin, wie es dem Mörder gelingen konnte, Mrs. Kemp in seine Gewalt zu bringen, und welche Motive seiner Tat zugrunde lagen. Im Gegensatz zu ähnlichen früheren Fällen hat der Täter bisher nicht angerufen, um eine Erklärung über die Hintergründe seiner Tat abzugeben.

Der Artikel schrieb sich mehr oder weniger von selbst. Nach einer kurzen Schilderung der Wohnung und der Fotos an der Wand flocht ich verschiedene Aussagen des Ehemanns und der Wohnungsnachbarn ein. Im Mittelteil schilderte ich dann in zwei Abschnitten den verzweifelten Schmerz von Mr. Kemp, um danach erneut auf die vergeblichen Bemühungen der Polizei einzugehen. In diesem Zusammenhang zitierte ich auch Wilson, ohne ihn jedoch namentlich aufzuführen; zudem ließ ich auch seine etwas drastischeren Ausdrücke weg. Den anschließenden letzten Abschnitt des Artikels widmete ich dann dem aufgeschlagenen Buch auf dem Nachttisch der Ermordeten.

Ich spürte, wie mir Nolan über die Schulter blickte, während die letzten Sätze auf das Papier hüpften. Und als ich mich dann zu ihm umdrehte, während ich die letzte Seite aus der Schreibmaschine nahm, sah ich ihn bedächtig nicken. Offensichtlich war er mit dem Ergebnis zufrieden. Dann legte er die letzte Seite in den Computer ein und drückte auf ein paar Tasten, so daß der Text sofort satzfertig in die Druckerei weitergeleitet wurde. Schließlich hob er die Hand und salutierte in einer spöttischen Geste, um einen lächelnden Blick auf die Wanduhr zu werfen. »Das dürfte gerade noch reichen«, bemerkte er mit einem Achselzucken.

Darauf kam er wieder an meinen Schreibtisch und legte mir die Hand auf die Schulter. »Fahren Sie jetzt lieber mal nach Hause und sehen Sie zu, daß Sie etwas schlafen können. Sie haben jetzt dringend Ruhe nötig.«

Ich mußte unwillkürlich an meinen Vater denken, als ich noch ziemlich klein war – vielleicht zehn oder elf. Manchmal spielte er mit mir Tennis. Ich fing damals gerade erst an, während er trotz seiner nicht gerade sportlichen Figur hervorragend spielte. Er setzte die Bälle sehr plaziert und jagte mich so lange unerbittlich über den Platz, bis mir schließlich ein Fehler unterlief. Und dann zog er mich unweigerlich damit auf: »Na, du brauchst wohl eine kleine Verschnaufpause?«

Ich sah zu Nolan auf und schüttelte den Kopf. »Er wird jetzt bestimmt bald anrufen. Wahrscheinlich schon morgen; vielleicht auch erst übermorgen. Jedenfalls wird er sich sicher sofort melden, sobald er den Artikel gelesen hat.«

»Und wo, glauben Sie, wird er anrufen? Hier oder in Ihrer Wohnung?«

»Keine Ahnung. Aber macht das denn einen Unterschied?«

»Nein, eigentlich nicht.« Nolan schüttelte den Kopf. »Trotzdem sollten Sie jetzt lieber ein bißchen schlafen.«

Gemeinsam verließen wir das Redaktionsgebäude, um nach Hause zu fahren.

Ich hatte mich getäuscht. Es machte einen Unterschied.

Zu diesem Zeitpunkt wußte ich noch nicht, daß Martinez und Wilson von einem befreundeten Richter, einem ehemaligen Polizeibeamten, eine Genehmigung erhalten hatten, mein Privattelefon zu überwachen. Ebensowenig wußte ich, daß die Telefongesellschaft eine etwas zeitraubende, aber ansonsten absolut zuverlässige Methode entwickelt hatte, mit Hilfe eines Computersystems, das an ihre zentrale Schaltstelle angeschlossen war, sämtliche bei mir eingehenden Anrufe auf ihre Herkunft zu überprüfen. Dieser Sachverhalt wurde mir von Martinez dann später dargelegt, als er mich in verschiedene Vorgänge einweihte, die sich ohne mein Wissen zugetragen hatten. Törichterweise war ich davon ausgegangen, daß es automatisch auch auf mein Privattelefon zuträfe, als die beiden Detektive damals erklärt hatten, die in der Redaktion eingehenden Anrufe ließen sich nicht auf ihre Herkunft überprüfen. Mir war der Detektiv in dem blauen Overall nicht aufgefallen, der hinter mir die Vorhalle des Hauses, in dem ich wohnte, betrat, um sich dann in den Keller zu begeben, wo der Schaltkasten für die Telefonanschlüsse im Haus angebracht war. Er hörte dort mein Telefon ab und stand zugleich in direktem Kontakt mit der Polizei. Ein zweiter Techniker war in der Schaltzentrale der Telefongesellschaft stationiert; er war für den Computer zuständig, der bei einem Anruf die in Frage kommenden Anschlüsse in das System eingab, bis er schließlich auf den richtigen stieß. Dann mußte der Computer nur noch sämtliche nicht besetzten Anschlüsse innerhalb der entsprechenden Schaltung durchgehen, bis der richtige ermittelt werden konnte. Bei einem Test hatte diese Prozedur, wie Martinez mir später versicherte, knapp zehn Minuten gedauert.

Wenn wir abends gemeinsam zu Hause waren, weigerte sich Christine grundsätzlich, ans Telefon zu gehen. Sie wollte nicht, daß der Mörder wußte, daß sie bei mir war; sie wollte überhaupt nicht, daß er irgend etwas wußte. Das war für sie die einzige Möglichkeit, die

Anwesenheit des Telefons überhaupt zu erdulden. Mehrere Male hatte ich sie sogar dabei ertappt, daß sie einfach den Hörer neben die Gabel gelegt hatte.

Am Abend nach dem Erscheinen des letzten Artikels rief er schließlich an. Ich sah Christine kein einziges Mal an; wie beim letzten Mal saß sie am Küchentisch und beobachtete mich. Die langen Pausen, während ich nichts sagte, versuchte sie mit ihrer Phantasie aufzufüllen. Es war kurz vor Mitternacht, als das Telefon klingelte. Bereits die Dringlichkeit des Geräuschs schien keinen Zweifel an der Identität des Anrufers zu lassen. Ich schaltete das Tonbandgerät ein und nahm den Hörer von der Gabel. »Sei vorsichtig!« flüsterte Christine, während ich den Hörer an mein Ohr hob.

»Ja?« meldete ich mich.

»Ich bin's«, drang die mir inzwischen vertraute Stimme aus der Leitung. »Sie haben bestimmt auf meinen Anruf gewartet?«

»Ich wußte, daß Sie sich wieder melden würden.«

»Ja.« Seine Stimme klang etwas abwesend, als dächte er beim Sprechen angestrengt nach. »Das habe ich mir gedacht. Sie war also geschieden. Mir hat sie erzählt, ihr Mann würde gleich nach Hause kommen und sie müßte rechtzeitig zurück sein. Sie reagierte die ganze Zeit über ziemlich hysterisch; nur wenn das Kind zu schreien begann, kam sie wieder etwas zur Besinnung.«

Der Detektiv, der im Keller den Anschluß überwachte, zuckte unwillkürlich zusammen. Er spürte, wie ihm unvermittelt heiß wurde. Doch nachdem er wenige Augenblicke gelauscht hatte, wählte er ohne Zögern die Nummer des Polizeihauptquartiers. Er war ein junger Mann, und in seiner Aufregung verwählte er sich. Fluchend tippte er schließlich die richtige Nummer in den kleinen Abhörapparat ein. Später äußerte er dazu, daß er die Dunkelheit des Kellers bedrückender empfunden hatte als die Nacht. Nach dem zweiten Läuten meldete sich einer der Detektive. »Er ist es«, flüsterte der Mann im Keller in den Hörer. »Er hat gerade angerufen!« Und dann hörte er angespannt zu, wie sich der Mörder langsam sammelte und weitersprach.

»Es war gar nicht so einfach, sie in meine Gewalt zu bringen.«
Seine Stimme klang ruhig und gefaßt. Diesmal verzichtete er ganz
auf seine Späße und ironischen Bemerkungen. Ich schrieb mit, so
gut es ging.

»Ich mußte sie mehrere Tage beobachten, bis ich ihren Tagesab-
lauf zu begreifen begann. Sie war sehr sauber und ordentlich und
zudem ein ziemliches Gewohnheitstier; Sie wissen schon, dieser
Typ, bei dem alles nach einem gewissen Schema abläuft. Sie ging
zum Beispiel jeden Nachmittag mit dem Kind spazieren. Sie verließ das Haus und ging dann nach rechts, in Richtung der Tennis-
plätze. Dort lag ich auf der Lauer. Ich tat so, als reparierte ich meinen Wagen, der am Gehsteig geparkt stand. Ich hatte die Kühlerhaube hochgeklappt und den Kofferraum geöffnet. Es war extrem
hell, so daß ich mir fast vorkam, als wäre die Sonne wie ein Scheinwerfer auf einer Bühne genau auf mich gerichtet, um mich und
jede meiner Bewegungen in grelles Licht zu tauchen. Sie kam näher. Ich sah mich kurz nach allen Richtungen um. Es war niemand
zu sehen. Ich griff nach der Automatik. Sie kam weiter näher. Ich
konnte die Anspannung in meinem Mund, meinen Lippen spüren; mein Atem ging vor Aufregung immer rascher. Ich bin bisher
nämlich noch nie am hellichten Tag zur Tat geschritten, müssen
Sie wissen. Und dann hatte sie mich erreicht; sie lächelte freundlich, als sie mich über den Motor gebeugt stehen sah.«

Er stockte. Doch ich brach das Schweigen nicht mit einer Frage.

Der Spezialist in der Schaltzentrale machte sich daran, die ersten
drei Nummern der verschiedenen Bezirke von Miami in den Computer einzugeben. Auch er war ins Schwitzen geraten, während er
beobachtete, wie die eingegebenen Daten verarbeitet wurden.
Nach kurzer Zeit stellten sich die Zahlengruppen als nicht zutreff-
end heraus. Der Techniker fütterte den Computer mit neuen Zahlen. Währenddessen warteten Wilson und Martinez auf dem Parkplatz vor dem Polizeigebäude. Der Motor ihres Streifenwagens
tuckerte im Leerlauf leise vor sich hin; die Klimaanlage lief auf
vollen Touren. Sie warteten darauf, daß ihnen über Funk eine
Adresse durchgegeben wurde.

»Sie hat nicht das leiseste Geräusch von sich gegeben, als sie die Automatik sah. Sie riß zwar ihre Hand an ihren Mund, als wollte sie einen Schrei unterdrücken, aber ansonsten bewahrte sie Ruhe. Ich forderte sie auf, mit der Kleinen in den Wagen zu steigen. Sie schien wie benommen, so daß ich meine Aufforderung wiederholen mußte. Ich mußte jedoch in keiner Weise handgreiflich werden; das war wirklich eigenartig. Jedenfalls begriff sie nun. Sie hob ihre Tochter aus dem Kinderwagen und setzte sich in den Wagen. Ich klappte den Kinderwagen zusammen und warf ihn zu den Lebensmittelvorräten, die ich bereits besorgt hatte, in den Kofferraum. Die Automatik behielt ich währenddessen unablässig in der Hand, so daß sie sie sehen konnte. Und dann fuhren wir drei los, als ob nichts geschehen wäre.«

Darauf trat wieder eine Pause ein.

»Warum ausgerechnet diese Frau?« fragte ich schließlich.

»Weil sie ein Kind hatte«, antwortete er. »Ich wollte diesmal eine Mutter mit einem Kind.«

Er schwieg neuerlich eine Weile, während ich die Augen schloß.

»Es gibt da ein bekanntes Foto«, fuhr er fort. »Es wurde zu Beginn des Zweiten Weltkriegs aufgenommen. In Hongkong, glaube ich. Nein, es war in Schanghai – als die Stadt von den Japanern bombardiert wurde. Auf dem Foto ist ein vor Schmutz starrendes kleines Kind zu sehen, das mit weit aufgerissenem Mund und Tränen in den Augen nach seiner Mutter schreit. Im Hintergrund ist nichts zu sehen außer den brennenden Trümmern eingestürzter Häuser – das Zerstörungswerk der Bomben. Ich weiß noch, wie ich dieses Foto ansah und mich fragte: Wo ist wohl die Mutter? Und was wird wohl aus dem Kind werden? Vermutlich haben beide den Tod gefunden. Die Kinder sterben, glaube ich, immer.

Wissen Sie, diese Frau, diese Mrs. Kemp – ich kannte übrigens selbst ihren Namen nicht, bis ich Ihren Artikel gelesen hatte –, war nicht die erste Mutter, die ich getötet habe. Da war noch eine andere, die ihr kleines Kind genauso im Arm gehalten hatte – beschützend, obwohl sie selbst Angst hatte. Das war in Vietnam. Ich habe Ihnen doch von diesem besonderen Vorfall erzählt; und sie war daran wesentlich beteiligt.«

An diesem Punkt seiner Erzählung atmete er heftig ein – ein ruckartiges, heiseres Geräusch.

Der Techniker in der Schaltzentrale fluchte inzwischen leise vor sich hin. Bei dem Probeversuch am Tag zuvor war alles wesentlich schneller gegangen. »Wo sind wir gerade?« schrie er einem Techniker zu, der vor einer Reihe von Bildschirmen saß, auf dem endlose Zahlenfolgen in den typischen grünen Computerziffern aufleuchteten.

»Key Biscayne«, antwortete der Techniker. »Siebenhundertfünfundsechzig Anschlüsse.« Seine Finger tippten verschiedene Nummern ein, Und dann richtete er sich plötzlich auf seinem Stuhl auf und wandte sich dem Detektiv zu. »Ich habe ihn!« stieß er aufgeregt hervor. »Er ist draußen auf dem Key.«

Der Detektiv griff nach dem Telefon und verständigte Martinez und Wilson.

»Wir haben uns nicht unterhalten«, erzählte der Mörder weiter. »Sie war zu durcheinander. Sie fragte mich nur immer wieder: ›Was werden Sie jetzt tun? Wollen Sie uns umbringen?‹ Ich glaube, daß sie dachte, ich würde sie vergewaltigen. Ich versuchte sie vom Gegenteil zu überzeugen, aber sie wollte nicht auf mich hören, und schließlich ging die Sonne unter. Ich konnte sie dazu bringen, etwas zu essen, die Kleine zu füttern und ihr die Windeln zu wechseln. Ich hatte für das Kind die Hütte gebaut, in der es nach einer Weile einschlief. Seine Mutter starrte mich jedoch nur unverwandt durch das Dunkel an. Im schwachen Schein des Mondlichts schien ihr Gesicht vor Angst anzuschwellen. Schließlich gab ich es auf, mit ihr ins Gespräch zu kommen. Wieso auch? Ich hatte ihr die Hände auf den Rücken gefesselt; sie hatte keine Chance zu entfliehen. Ich sagte ihr, sie sollte zu schlafen versuchen, und brachte sie auch dazu, sich von ihrer kleinen Tochter zu trennen. Sie war furchtbar nervös. Aber die Angst zehrt auf die Dauer sehr an den Kräften eines Menschen, so daß sie schließlich gegen Morgen vor Erschöpfung doch einschlief. Ich wartete, bis ich sicher war, daß sie nichts mehr spüren würde. Das Kind ist von dem Schuß nicht einmal aufgewacht; es hat einfach weitergeschlafen. Die Vögel in der Umgebung sind allerdings verschreckt aufgeflogen. Es waren vor allem Reiher und Möwen, denn ich konnte ihr weißes Gefieder sehen.«

Er machte eine Pause. »Das wär's für heute«, fuhr er schließlich fort. »Ich bin müde.«

»Halt!« fuhr ich auf. »Hängen Sie noch nicht auf!«

»Was?« entgegnete er überrascht. »Ich werde Sie später wieder anrufen.«

»Ich würde mich gern mit Ihnen treffen«, schlug ich vor. »Unter vier Augen.«

Stille. Ich hörte nur, wie Christine deutlich hörbar einatmete und dann flüsterte: »Nein!«

»Machen Sie sich doch nicht lächerlich.« Der Mörder lachte kurz auf und hängte ein. Ich sah Christine an; doch sie hatte sich abgewandt und weinte. Ich wollte ihr alles erklären – daß dies unsere einzige Chance war. Aber ich fand nicht die passenden Worte, so daß ich nur stumm dasaß und spürte, wie die Distanz zwischen uns größer wurde.

Der Detektiv im Keller warf einen kurzen Blick auf seine Uhr und stieß einen leisen Fluch aus. »Scheiße! Nur acht Minuten.«

Martinez und Wilson rasten durch die Nacht. Auf ihrem Weg durch die Stadt überfuhren sie mindestens ein Dutzend Rotlichter. Martinez, der am Steuer saß, erzählte mir später, wie aufgeregt er war. Nun war der entscheidende Augenblick gekommen. Wilson checkte währenddessen seinen Revolver durch, ohne sich des Zugs der Fliehkraft bewußt zu werden, wenn der Wagen um eine Kurve jaulte. Das Motorengeräusch wurde lauter, als sie an der Mautstelle vorbei auf die Brücke schossen. Das Mondlicht spiegelte sich auf dem Wasser der Bucht, und hinter ihnen leuchteten die Lichter der großen Wohnblocks am Strand wie Leuchtbojen auf. Martinez beschleunigte auf hundertvierzig, dann hundertfünfzig, und das Pfeifen des Fahrtwinds nahm stetig zu, während sie an den menschenleeren Stränden entlang über die Brücke jagten.

In der Schaltzentrale der Telefongesellschaft wischte sich der Detektiv den Schweiß aus dem Gesicht. »Er hat eingehängt«, erklärte er. »Wo war er?«

Der Techniker beugte sich über den Bildschirm, während der Computer seine letzten Berechnungen anstellte. Er stieß einen verhaltenen Triumphschrei aus und ballte die Hand zur Faust. »Geschafft!« Er tippte die Nummer in den Computer ein und beobachtete dann, wie auf dem Schirm eine Adresse aufleuchtete. »Die Telefonzelle an der Touristeninformation!«

Der Detektiv brüllte die Adresse ins Telefon und sank dann in seinen Stuhl zurück. »Jetzt haben wir ihn!«

Die Stimme im Funk klang blechern, körperlos. Sie gab den zwei Detektiven den Standort durch und rief dann sämtliche verfügbaren Streifen in das Gebiet im Umkreis des Touristenpavillons. Fluchend trat Martinez auf die Bremse und riß den Wagen mit laut quietschenden Reifen um hundertachtzig Grad herum, so daß das Lenkrad unter seinem Zugriff zu bocken begann. »Verdammter Mist«, fluchte Wilson, »wir sind schon dran vorbei.« Im nächsten Augenblick rasten die beiden Detektive wieder in der Gegenrichtung davon.

Der Touristenpavillon war ein kleines Häuschen, das nur aus einem einzigen Raum mit einem Fenster bestand; dahiner erteilte ein Angestellter des Fremdenverkehrsamts Touristen Auskunft. Der Pavillon war nur während der Wintersaison besetzt. Dahinter stand, von der Straße etwa dreißig Meter entfernt und von Palmen und Farnen umgeben, eine Telefonzelle, also ein sehr abgeschiedener Ort.

Inzwischen hallte das ganze Gebiet vom Heulen der Sirenen wider. Als erste trafen Martinez und Wilson an Ort und Stelle ein. Ihr Wagen kam zu einem schliddernden Halt. Martinez erzählte später, daß er seine Waffe bereits gezogen hatte, als er aus dem Wagen glitt und geduckt in Deckung ging. Wilson rannte mit gezückter Waffe auf die Telefonzelle zu.

Sie war leer.

»Verdammt, die Brücke«, schrie Wilson, während er wieder zum Wagen zurückhastete. Er riß das Mikrofon aus der Halterung und gab über Funk durch, die Brücke hochziehen zu lassen, damit niemand mehr den Key verlassen konnte. Inzwischen waren am Pavillon ein halbes Dutzend Polizeiautos eingetroffen; ihre Lichter warfen rote und blaue Lichtbänder in das Dunkel zwischen den Palmen und Sträuchern.

Die Polizisten sprangen wieder in ihre Wagen und fuhren im Konvoi zur Brücke zurück, die etwa fünf Kilometer entfernt war. Martinez konnte bereits das steil in den Himmel aufsteigende Brückenteil sehen, als sie unter dem Schatten der Bäume hervor in das Mondlicht hinausschossen. An der Schranke warteten bereits vier Autos. Mit gezogener Waffe stiegen die zwei Detektive aus ihrem Wagen und schritten langsam die Reihe der wartenden Autos ab, um an jedem kurz stehenzubleiben und einen Blick auf die Insassen zu werfen.

Im ersten Wagen, einem Station Wagon, saß eine Familie – ein Mann, seine Frau und zwei Kinder, die auf dem Rücksitz unter einer Decke schliefen. Der Mann kurbelte das Fenster herunter. »Was ist denn hier los?« wollte er wissen. »Wir waren zu Besuch bei Freunden.« Ohne etwas zu antworten, gingen die Detektive weiter die Reihe der wartenden Autos entlang, Martinez auf der Fahrerseite, Wilson auf der Beifahrerseite.

Im nächsten Wagen, einem Käfer, saßen zwei junge Burschen. Wortlos starrten sie verängstigt auf die Waffen der Detektive. Hinter sich hörte Martinez das Geräusch sich öffnender und wieder schließender Wagentüren, während die anderen Polizisten die Insassen der Fahrzeuge zum Aussteigen aufforderten. Gleichzeitig beobachtete er aus dem Augenwinkel, wie Wilson auf der anderen Wagenseite im gleichen Rhythmus und auf gleicher Höhe neben ihm herging.

Im dritten Wagen saß ein altes Ehepaar, dem die Detektive keine weitere Beachtung schenkten. Die Frau schnappte entsetzt nach Luft, als sie die Schußwaffe sah. Später erzählte mir Martinez, daß das Adrenalin wie die Brandung in seinen Ohren rauschte, stet und gleichmäßig pulsierend. Er spürte, wie es ihm unter dem Hemdkragen heiß wurde; in diesem Moment drohte er vor innerer Anspannung fast zu zerspringen.

In dem vordersten Wagen der Reihe waren nur die Umrisse einer einzigen Person zu erkennen. Die Gestalt hinter dem Steuer blickte geradeaus nach vorn. Martinez spürte, wie sich die Muskeln seiner Hand anspannten und sich wie in einem Krampf um den Griff seines Dienstrevolvers krallten. Unwillkürlich mußte er an die kleine Automatik denken, die er für den Notfall unter dem Hosenbein an seinem rechten Unterschenkel befestigt hatte. Er überlegte, ob er die Waffe entsichert hatte. Aber es fiel ihm beim besten Willen nicht mehr ein. Er und Wilson schritten weiter auf die Spitze der Reihe von wartenden Autos zu; sie bewegten sich behutsam, fast bedächtig, immer noch völlig synchron; vorsichtig Schritt vor Schritt setzend, als gingen sie auf Eis. Wenige Meter von der Tür des vordersten Wagens entfernt, blieb Martinez schließlich stehen. »Sie!« brüllte er. »Im vordersten Wagen! Polizei! Aussteigen! Und halten Sie die Hände von sich gestreckt!«

Und dann kam ein Augenblick, in dem Martinez der Atem stockte. Er beobachtete, wie die Gestalt langsam aus dem Wagen stieg. Der Detektiv konnte das magnetische Feld spüren, das von der Waffe seines Partners ausströmte, während ihr Lauf wie gebannt den Bewegungen des Hinterkopfs des Fahrers folgte. Auch Martinez starrte wie gebannt, seinen Revolver schußbereit erhoben, auf die Wagentür, als diese sich langsam öffnete. Und dann erschien erst ein Bein, gefolgt vom Oberkörper des Fahrers, in der Öffnung. Der Detektiv kniff die Augen zusammen; der Mond und die Lichter der Stadt, die über die Bucht herüberblinkten, blendeten ihn mit einem Mal. Schweiß rann ihm in die Augen, und er blinzelte krampfhaft, um wieder klar sehen zu können. In seiner Linken hielt er eine Taschenlampe, und als die Gestalt sich ihm zuwandte, schrie er: »Halt! Keine Bewegung!« und knipste die Taschenlampe an. Ihr Lichtschein durchschnitt die Dunkelheit zwischen ihnen und fuhr dem Fahrer wie ein Schlag ins Gesicht. Und während er noch die Hand des Fahrers zu seinen Augen hochzukken sah, hörte er auch schon Wilson wütend schreien: »Verdammte Scheiße! Scheiße, Scheiße, Scheiße!«

Der Fahrer war eine Frau; im Schein der Taschenlampe leuchtete ihr blondes Haar auf. Martinez wandte sich ab – Wilson setzte währenddessen bereits zu einer Entschuldigung an – und trat auf das Brückengeländer zu. Er erzählte mir später, daß er, von der enormen Anspannung noch ganz wacklig auf den Beinen und leicht benommen, aufs Wasser hinaussah und dem leisen Plätschern der Dünung gegen die Brückenpfeiler lauschte. Das Geräusch hallte wie hämisches Gelächter in seinen Ohren wider – das belustigte Kichern des Mörders, der ihnen entkommen war und sich in der nächtlichen Stadt weiter auf freiem Fuß befand.

13

Nolan hörte sich die letzte Bandaufnahme aufmerksam an. Er stand über das Tonbandgerät gebeugt und stützte sich mit den Ellbogen auf dem Tisch auf. Seine Blicke folgten dem Kreisen der Spulen, und zweimal notierte er sich kurz etwas auf ein Blatt Papier. Als das Band zu Ende war, richtete er sich auf und schaute zu mir herüber. Er sah mir einen Moment in die Augen, bevor er sagte: »Nun, Sie haben es zumindest versucht.«

»Na ja.« Ich zuckte mit den Achseln.

»Mir macht dieser neue Ton Sorgen«, fuhr Nolan fort. »Irgend etwas ist anders geworden. Er klingt plötzlich so gehetzt, unruhig. Im Gegensatz zu früher hatte er es diesmal ziemlich eilig. Wieso ist er plötzlich so kurz angebunden? Warum erzählt er plötzlich nicht mehr so ausführlich über die näheren Umstände und die Hintergründe der Tat? Ich würde den Grund hierfür nur zu gern wissen.«

Er spulte das Band zurück, und zum zweiten Mal erfüllte die Stimme des Mörders den kleinen Raum. »Er klingt plötzlich so nervös«, bemerkte Nolan völlig zu Recht. »Wo ist seine alte Selbstsicherheit geblieben?«

». . . Ich mußte sie mehrere Tage beobachten . . .«

»Er hat ihr aufgelauert«, meinte Nolan dazu. »Es war keine spontane Tat.«

». . . so daß ich mir fast vorkam, als wäre die Sonne wie ein Scheinwerfer auf einer Bühne . . .«

»Demnach muß er doch Angst gehabt haben – Angst, gesehen zu werden.«

». . . Auf dem Foto ist ein kleines, von Schmutz starrendes Kind zu sehen . . .«

»Da hätten wir's.« Nolan sah mich eindringlich an. »Er bringt dieses Foto in Zusammenhang mit einer persönlichen Erinnerung.«

». . . von diesem besonderen Vorfall erzählt; und sie war daran wesentlich beteiligt . . .«

»Sehen Sie, er bringt in seiner Erinnerung dieses Foto mit diesem Erlebnis in Zusammenhang.«

». . . Machen Sie sich doch nicht lächerlich.« Vom Tonband ertönte noch das kurze Lachen des Mörders, gefolgt von dem leisen Klicken, als er den Hörer aufgelegt hatte.

Unruhig schritt Nolan im Raum auf und ab. Er rieb sich nachdenklich die Stirn und blieb hin und wieder stehen, um seine Blicke über die Kopien der verschiedenen Artikel wandern zu lassen, die ich bis dahin über den Fall geschrieben hatte; sie waren mit Stecknadeln an der Wand befestigt. »Wenn mich nicht alles täuscht, vollzieht sich in ihm im Augenblick eine entscheidende

Veränderung«, setzte Nolan schließlich an. »Und ganz sicher hat das nichts Gutes zu bedeuten. Nehmen wir nur mal an, wir haben es hier mit einer Art von Persönlichkeitsspaltung zu tun. Vielleicht gewinnt plötzlich ein anderer Aspekt seiner Persönlichkeit die Oberhand. Haben Sie darüber mit Ihrem Freund, dem Psychiater, eigentlich auch gesprochen?«

Ich schüttelte den Kopf. »Ich glaube, daß er anhand der Bänder, die ich ihm vorgespielt habe, keinerlei Anzeichen von Persönlichkeitsspaltung feststellen konnte. Aber wie sollte er so etwas auch beurteilen können – ich meine, solange das Persönlichkeitsbild, das sich in diesen Anrufen widerspiegelt, in sich stimmig war. Jedenfalls hat er ihn als hochgradig psychopathisch bezeichnet – den geborenen Mörder.« Nolan sah mich an, diesmal ausdrücklich in seiner Funktion als Redakteur. »Also gut«, sagte ich in Erwiderung auf diese stumme Aufforderung. »Ich werde ihn bei Gelegenheit anrufen und ihm den Sachverhalt darlegen.«

Am Nachmittag spielte ich dem Psychiater dann das Band übers Telefon ab. Wie immer schwieg er erst eine Weile, um nachzudenken. »Interessant«, begann er schließlich. »Stellen Sie sich nur mal den Konflikt im Innern des Mörders vor; während er einerseits die Mutter tötet, läßt er das Kind am Leben. Ob das wohl als eine symbolische Ermordung seiner Mutter zu verstehen ist?«

»Nolan meint, der Mörder leidet an einer Art von Persönlichkeitsspaltung, und nun greift plötzlich ein anderer Aspekt seiner Persönlichkeit auf das bisher vorherrschende Element über, das ihn diese Morde begehen hat lassen. Was halten Sie von dieser Deutung?« Auch diesmal ließ sich der Doktor mit seiner Antwort Zeit. Ich stellte mir vor, wie sich der Rauch aus seiner Pfeife zur Decke emporkringelte.

»Diese Möglichkeit halte ich zumindest nicht für ausgeschlossen«, erwiderte er schließlich. »Leider wissen wir über diese spezielle Störung ansonsten zu wenig.«

»Halten Sie diese Möglichkeit für wahrscheinlich?« fragte ich.

»Nein, aber gleichzeitig auch nicht für unwahrscheinlich. Im Grunde genommen ist das gar keine so schlechte Idee. Aber Genaueres ließe sich dazu erst sagen, falls der Mörder innerhalb einer klinisch überschaubaren Situation verschiedene Persönlichkeitsbilder an den Tag legen würde. Jedenfalls halte ich diese Möglichkeit nicht für ausgeschlossen. Mir fällt zwar aus dem Stegreif kein Fall aus der psychologischen Literatur ein, wo ein Teil einer Person mörderisch veranlagt gewesen wäre, der andere nicht. Aber möglich ist so etwas trotzdem. Ein psychopathisches Element, ein selbstmörderisches, ein mörderisches. Und alle diese verschiedenen Elemente befinden sich in ständigem Widerstreit miteinander. Man könnte denken, daß so etwas zu einem fürchterlichen Knall führen müßte – allerdings ist in so einem Fall die Sachlage enorm kompliziert. Sagen Sie diesem Redakteur jedenfalls, daß ich seine Theorie für durchaus plausibel halte, daß sie aber unter den gegebenen Umständen unmöglich auf ihre Stichhaltigkeit hin zu überprüfen ist.«

»Was halten Sie von seinem letzten Anruf?« fragte ich. »Finden Sie nicht auch, daß er irgendwie verändert klingt?«

»Nein, den Eindruck habe ich eigentlich nicht. Er mag vielleicht etwas enttäuscht klingen, aber nicht grundsätzlich verändert. Vermutlich hat der letzte Mord seinen Erwartungen nicht ganz entsprochen. Er scheint diesmal eine nicht ganz so glückliche Wahl getroffen zu haben, da es ihm offensichtlich nicht gelungen ist, einen gewissen menschlichen Kontakt zu seinem Opfer herzustellen. Und das muß für ihn ziemlich enttäuschend gewesen sein.«

»Irgendwelche Prognosen?«

Er lachte. »Meinen Sie, ich sollte meine Kristallkugel zu Rate ziehen?« Doch seine Stimme wurde rasch wieder ernst. »Eines wissen wir inzwischen zumindest. Dieses traumatische Kriegserlebnis, das er seinen Aussagen zufolge immer wieder von neuem widerholt, hatte etwas mit einer Mutter und ihrem Kind zu tun. Aus psychologischer Sicht ist das eine Konstellation von höchst brisantem Charakter. Und noch etwas – ich an Ihrer Stelle wäre sehr vorsichtig, was diesen Vorschlag, sich zu treffen, anbelangt.«

»Glauben Sie, er könnte mir etwas antun?«

»Warum nicht?«

Doch ich schenkte seinen Worten keine Beachtung.

Eines Tages fuhr ich ins Krankenhaus, um mir in der Kinderabteilung die Tochter der Ermordeten anzusehen. Einen Moment zog ich bereits in Erwägung, erst noch kurz bei Christine vorbeizuschauen; aber dann wurde mir bewußt, daß sie vermutlich gerade im Operationssaal war. Ich hatte sie in der Klinik noch nie besucht. Ich hielt es für besser, mir ihre Eindrücke von ihr selbst übermitteln zu lassen, als mir meine eigenen zu bilden. Die Stationsschwester zeigte sich erst widerstrebend, aber offensichtlich sagte ihr mein Name etwas, als ich ihr meinen Presseausweis zeigte, so daß sie schließlich zu der Überzeugung gelangte, daß es nicht schaden konnte, wenn sie mich durch ein Fenster einen Blick in die Station werfen ließ. Ich folgte ihr einen weißgestrichenen Flur hinunter, von dessen Wänden das Klicken ihrer Absätze scharf widerhallte. Die Schwester führte mich auf ein Fenster zu und deutete in den dahinterliegenden Raum. »Dort, im zweiten Bettchen. Das ist sie.« Ich sah durch die Sichtscheibe in einen Raum, der mit Kinderbetten vollgestellt war. »Sie ist jetzt mehr oder weniger über den Berg. Vermutlich kann sie in ein paar Tagen schon nach Hause.« Ich beobachtete das kleine Mädchen eine Weile. Es lag, die Beine angezogen, auf der Seite und nuckelte an einem Schnuller. Mir war nicht recht klar, wonach ich eigentlich suchte oder was ich zu sehen erwartete. Vielleicht einen angstvollen Blick, eine kurze Erinnerung an die Sonne, den Sumpf und die glühende Nachmittagshitze. Ich wandte mich vom Fenster ab und dankte der Schwester.

»Man sieht ihr nichts von dem Schrecklichen an, das sie durchgemacht hat«, meinte die Schwester. »Sie ist genau wie all die anderen Kinder auch; sie weint wie sie, und auch sonst ist nichts Auffälliges an ihrem Verhalten zu bemerken. Ob sich die Folgen wohl später einmal bemerkbar machen werden?« Wir gingen eine Weile schweigend weiter, bis sie mich unvermutet fragte: »Warum hat dieser Mensch das getan? Ich meine, was für Gründe kann er für seine Tat gehabt haben?«

Ich zuckte mit den Achseln. »Verbitterung vielleicht. Oder besondere Verletzlichkeit. Herzlosigkeit. Ich weiß es auch nicht.« Die Schwester war jung, ihr dunkles Haar unfairerweise zum größten Teil unter ihrem Häubchen verborgen. Sie lächelte mir nach, als ich mich von ihr verabschiedete und die Lifttür sich mit einem abrupten, metallischen Geräusch hinter mir schloß.

Ich ließ mir noch einmal durch den Kopf gehen, was ich eben gesagt hatte. Rationale Gründe für das Vorgehen des Mörders anführen zu wollen war einfach absurd. Seine Grunde existierten auf einer völlig anderen Ebene, in einer anderen Welt und Zeit; sie waren erschreckend und sie waren unvorstellbar – das war das Entscheidende.

Ich fragte mich auch, warum ich es nicht schaffte, den Mörder zu hassen, wie das all die anderen Menschen taten, die ich interviewt hatte, deren Worte meine Finger in die Spalten der Zeitung getippt hatten.

Am Nachmittag kam Porter an meinem Schreibtisch vorbei. Er hielt eine Kamera in der Hand und nahm mit der anderen ein Objektiv nach dem anderen von einem Riemen, der um seinen Hals hing, um sie probeweise in den Verschluß einzusetzen. Nachdem er alle durch hatte, hob er die Kamera und spähte hindurch, die Linse auf die Nachrichtenredaktion gerichtet. »Wissen Sie, was ich gestern abend gemacht habe?« begann er; und ohne mein verneinendes Kopfschütteln abzuwarten, fuhr er im gleichen Zug fort: »Ich war mit den Detektiven am Schauplatz eines, wie sie es nennen, ›Familiendramas‹. Das war in diesem Arbeiterviertel in Carol City; Sie wissen schon, wo hauptsächlich Schwarze wohnen, die sich ihr Geld bei der Müllabfuhr verdienen. Als ich dort ankam, standen sicher schon an die vier, fünf Streifenwagen vor dem Haus.

Offensichtlich hat so ein Kerl auf dem Nachhauseweg noch kurz in einem Billardsalon haltgemacht und bei dieser Gelegenheit auch gleich den größten Teil seines eben eingestrichenen Wochenlohns auf den Kopf gehauen. Und dabei waren doch gerade am Monatsende eine ganze Reihe von Rechnungen fällig, von der Miete ganz zu schweigen. Seine Frau war darüber also, wie nicht anders zu erwarten, keineswegs erfreut, so daß schon mal das eine oder andere laute Wort zwischen den beiden fiel. Jedenfalls bekamen die Nachbarn binnen kurzem jedes Wort mit, das zwischen den beiden gesprochen wurde. Nach einer Weile wird es der Frau zu bunt, und sie versetzt ihrem Alten eine schallende Ohrfeige. Das wiederum läßt er sich natürlich nicht bieten und zahlt es ihr nun seinerseits ordentlich heim.

Langsam findet er daran sogar Spaß und prügelt immer weiter auf sie ein. Sie tritt den Rückzug an, der jedoch mit einem Mal von der Spüle in der Küche gebremst wird.

Doch ihr Männe kommt jetzt erst so richtig in Fahrt, weshalb sie nach dem ersten besten Gegenstand greift, der ihr gerade zwischen die Finger kommt. Das war nun ausgerechnet ein großes Tranchiermesser, und mit dem teilt sie nun ordentlich aus. Sie erwischt ihren Mann seitlich am Hals, genau an der Halsschlagader, und im nächsten Augenblick sackt er auch schon zu ihren Füßen auf den Fußboden.

Sie steht nur heulend und kreischend da, bis schließlich die Nachbarn anrücken und die Polizei verständigen. Der arme Teufel muß binnen weniger Sekunden verblutet sein. Die Polizei rückt also an, nimmt gleich ihr Geständnis zu Protokoll und erhebt Anklage wegen Mordes gegen die Frau. Und ehe sie sich's versieht, wandert sie auch schon ab ins Frauengefängnis. Ich habe ein tolles Foto geschossen, als die Polizisten die Frau aus dem Haus brachten. Sie hatte diesen völlig verwirrten und perplexen Gesichtsausdruck, und als sie die Frau auf den Rücksitz eines Streifenwagens setzten, fing sie an, um Hilfe zu rufen. Und wissen Sie, nach wem sie gerufen hat? Nach ihrem Mann, den sie eben umgebracht hatte.«

Er sah mich über meinen Schreibtisch hinweg an, zog dann einen Hemdzipfel heraus und wischte damit die Linse des Objektivs sauber. »Ich habe einen der Polizisten gefragt, wie viele Morde es in letzter Zeit so gegeben hat – nicht gerechnet natürlich unseren Freund.« Er hob die Kamera an seine Augen und schaute durch den Sucher. »Er sah mich nur an und sagte: ›Ach, das übliche. In der Regel muß jede Nacht irgend jemand dranglauben. Wir werden deshalb noch lange nicht arbeitslos.‹ Und dann schoß mir plötzlich ein Gedanke durch den Kopf. Es ist doch wirklich vollkommen egal – wirklich vollkommen egal. Sie brauchen unseren Mörder doch gar nicht zu fassen.«

Er schwieg eine Weile, worauf ich ihn fragte: »Das verstehe ich nicht ganz.«

»Angenommen, wir würden unseren Nummernmörder einfach ignorieren«, fuhr der Fotograf darauf fort. »An der jährlichen Mordstatistik würde das nicht das geringste ändern. Ich meine, in der Stadt würden sich genauso viele Morde ereignen wie eh und je – ganz ungeachtet dessen, was unser Mörder tut. In Wirklichkeit ist er nichts weiter als eine Ziffer in einer Statistik. Eben eine Verzweiflungstat mehr inmitten Hunderter ähnlicher Verbrechen. Der Mann dieser Frau ist nicht mehr und nicht weniger tot als irgendeines der Opfer des Nummernmörders. Und genauso wird es mit dem armen Teufel sein, der heute nacht – laut Statistik – das Zeitliche segnen wird. Dieser Bursche unterscheidet sich in nichts von den anderen Mördern; nur geht er mit größerer Ausdauer ans Werk.«

Porter ließ die Kamera sinken und lachte. »Sehen Sie, wie abgebrüht wir inzwischen schon sind?«

Doch ich hatte für diese Art von Humor nicht das geringste übrig.

Seine Geschichte brachte mich jedoch auf eine Idee. Noch am selben Abend fuhr ich mit zwei Detektiven der Mordkommission zum Schauplatz eines Mordes, der sich in einer Bar im Ghetto zugetragen hatte. Der Tote lag auf dem Rücken; aus seiner Brust ragte ein kleines Stück der Klinge und der Griff eines Stiletts. In der Blutlache auf dem Boden der Bar brach sich das Licht einer Neon-Bierreklame im Fenster. Im Rückteil des Lokals hörte ich das Klicken von Billardkugeln; ohne dem Tod zu ihren Füßen Beachtung zu schenken, spielten zwei Gäste ungerührt weiter.

In einer Ecke fiel mir der Ausdruck komprimierter Wut im Gesicht einer Prostituierten auf, welche die Detektive und einen Arzt bei ihrer Arbeit beobachtete. Der Tatverdächtige saß bereits in Handschellen im Fond eines Streifenwagens und starrte auf die Menge von nur mäßig interessierten Schaulustigen hinaus, die sich vor der Bar versammelt hatten.

All das schilderte ich in meinem Artikel und zählte in diesem Zusammenhang auch sämtliche Morde auf, die sich in der Stadt ereignet hatten, seit der Nummernmörder zum ersten Mal zugeschlagen hatte. Der Artikel wurde unter der Überschrift DIE ROUTINE DER GEWALT. »NORMALE« MORDE GEHEN WEITER auf der ersten Seite gedruckt. Es war ein Tag, an dem wenig los war, so daß ich ungewöhnlich viel Platz zur Verfügung gestellt bekam.

Als ich Porter nach Erscheinen des Artikels zum ersten Mal sah, grinste er mir zu und reckte zum Gruß seinen Daumen hoch. Der Chefredakteur ließ mir einen Zettel folgenden Inhalts zukommen: Guter Artikel; rückt das Ganze ins rechte Licht.

Allerdings fragte ich mich, ob diese beiden Männer auch dann noch weiter Billard gespielt hätten, wenn der Nummernmörder den toten Mann auf dem Boden der Bar auf dem Gewissen gehabt hätte.

Porter hatte das Foto herausgesucht, auf das der Mörder ange-spielt hatte. Ich saß an meinem Schreibtisch und starrte es den gan-zen Nachmittag hindurch immer wieder an. Ich versetzte mich zeitweise so intensiv in die dargestellte Situation, daß ich die Ex-plosionen der Bomben tatsächlich zu hören und spüren glaubte. Unwillkürlich mußte ich dabei auch an meinen Vater denken. Wie viele Kinder wohl im Gefolge seines Bombers verzweifelt nach ih-ren Müttern geschrien hatten? Ich sah meinen Vater vor mir, wie er, über das Bombenzielgerät in der Nase einer B-52 gebeugt, auf – was? – hinuntergeblickt hatte – auf die Häuser einer Stadt? Auf ei-nen Bahnhof? Eine Fabrik? Für ihn waren es nur substanzlose Um-risse, wie auf ein Blatt Papier gezeichnet. Er las vor seinem Ab-wurfplan die Koordinaten ab, sah aus luftiger Höhe auf die un-wirkliche Spielzeugwelt hinab und öffnete dann, wenn der richtige Zeitpunkt gekommen war, den Bombenschacht. Der Bomber würde durch das ringsum explodierende Flakfeuer ordentlich durchgeschüttelt werden, um sich dann jedoch, fort von den auf-zuckenden Lichtblitzen, dem Rauch und dem Zerstörungswerk der Bomben, rasch in den Himmel hinaufzuschwingen und in den Wolken zu verschwinden.

Er hatte seine meisten Einsätze von Nordafrika aus geflogen. Ich versuchte mir seine Gefühle vorzustellen, wenn er, unterwegs nach Sizilien und Italien, in diesem Nichts zwischen dem Blau des Mittelmeers unter ihm und dem Blau des Himmels über ihm zu schweben schien. Vermutlich wurde er nicht selten von Grauen gepackt, wenn die Erde selbst wütend ihre Finger nach ihm auszu-strecken schien und die Luft ringsum vom Krachen explodieren-der Granaten erzitterte. Mein Vater sprach kaum einmal über den Krieg. Lieber erzählte er von der Rückkehr, von den stürmischen Empfängen und von den Paraden, von der überschäumenden Be-geisterung über den Erfolg, bevor sich dann wieder der Alltags-trott und die lähmende Routine breitmachten. Er hatte dies einmal als eine ungestüme Zeit bezeichnet, eine Zeit beseelter Trunken-heit und Begeisterung. Er sonnte sich in dem bloßen Wissen, daß er mit heiler Haut davongekommen war, daß keines seiner Organe und Glieder einen Schaden davongetragen zu haben schien. Für ihn muß es wohl so gewesen sein, als könnte er plötzlich das Blut durch das verzweigte Netz von Adern in seinem Körper strömen spüren. Und so ging er dann seinen Bruder besuchen, der immer noch im Krankenhaus lag und mit dem Verlust seines Auges fertig zu werden versuchte.

Ich hob meine Hand und verdeckte damit mein rechtes Auge. Nun beobachtete ich also mit nur einem Auge das Treiben in der Redaktion. Ich mußte den Kopf verdrehen, um alles mitzubekommen – die Reporter an ihren Telefonen, die Redakteure hinter ihren Computern. Und dann versuchte ich mir vorzustellen, wie mein Onkel auf das Geräusch der sich öffnenden Tür seines Krankenzimmers hin seinen Kopf herumgedreht und sich dann mit dem ganzen Körper auf die Seite gewälzt hatte, um meinen Vater besser sehen zu können.

Für einen Augenblick verstummte das hektische Stimmengewirr um mich herum, und ich sah nur noch die beiden Männer vor mir, wie sie sich gegenseitig anstarrten.

Was hatten die beiden sich wohl zu sagen gehabt? Der eine unversehrt, der andere zeit seines Lebens ein Krüppel.

Als ich noch ein kleiner Junge war – mein Bruder war älter, meine Schwester jünger als ich –, schlichtete Vater unsere Auseinandersetzungen in einer Art Gerichtsverfahren. Jeder von uns bekam ein paar Minuten Zeit, seinen Standpunkt zu vertreten. Bei diesen Gelegenheiten ergossen sich die Worte wie ein nie abreißender, jedoch präzise alle Einzelheiten aufführender Schwall aus dem Mund meines Bruders, während meine Schwester mit tränenerstickter Stimme bei der genau umgekehrten und gerade deshalb vielleicht auch um so erfolgreicheren Taktik Zuflucht suchte, indem sie durch den Raum auf meinen Vater zustürzte und sich ihm in die Arme warf. Und ich – mein Denkvermögen war von blinder Wut blockiert – stand mir und meinen Ausführungen nur selbst im Wege, so daß ich statt Argumenten und Erklärungen nichts als ein hilfloses Gestammel und Gestottere hervorbrachte – und somit unweigerlich als Verlierer aus diesen »Verhandlungen« hervorging. Mein Vater indessen saß hinter seinem Schreibtisch, einen Bleistift in seiner Hand, mit dem er mechanisch auf den Notizblock vor sich klopfte, und gab uns dann seinen Urteilsspruch und dessen Begründung bekannt. Er war keineswegs streng und unerbittlich und schon gar nicht ungerecht. Aber er war nun einmal ein Mensch, der viel auf bestimmte Formen und Regeln hielt. Mir erschien es immer, als kämen seine Entscheidungen von oben auf uns herab – unantastbar, präzise und ebenso hochexplosiv wie die Bomben, die er aus der Nase einer B-52, nur durch dünnes Plexiglas von dem Grauen tief unter ihm getrennt, per Knopfdruck auf die Welt unter ihm hinabregnen hatte lassen.

Da meine Stimme mich so sehr im Stich gelassen hatte, war ich dazu übergegangen, die Stimmen anderer Menschen zu Papier zu bringen . . .

Und dann klingelte das Telefon.

Der Lärmpegel in der Nachrichtenredaktion schien abrupt anzusteigen, als hätte ihn jemand wie ein Radio lauter gedreht. Ich streckte meine Hand aus und drückte auf die Aufnahmetaste des Tonbandgeräts. Meine Hand vollführte dieses Manöver bereits vollkommen automatisch, als gehörte sie nicht zu mir, sondern zu einer anderen Person. Ich spürte das kühle Plastik des Hörers in meiner Handfläche, als ich diesen langsam an mein Ohr führte. Ich wartete auf die Stimme.

Er sprach ohne Eile und in kühlem Ton, aus dem jegliche Vertraulichkeit gewichen war. Er stellte sich auch nicht vor. Einen Augenblick drang Schweigen aus der Leitung, doch dann begann er sofort mit ausdrucksloser, neutraler Stimme zu sprechen.

»Ich habe über Sie nachgedacht.«

»Und zu welchem Ergebnis sind Sie dabei gekommen?«

Darauf ging er nicht ein, sondern verfiel statt dessen wieder in Schweigen.

»Aus meiner Zeit in Vietnam«, fuhr er schließlich fort, »ist mir ein Erlebnis nachhaltig in Erinnerung geblieben. Ich hatte mich damals freiwillig für eine LURP gemeldet, wie das bei der Army damals hieß; das waren Aufklärungspatrouillen, die sich sehr weit in feindliches Gebiet vorwagten. So eine Patrouille setzte sich zusammen aus mir, einem zweiten Schützen und einem Funker. Wir kämpften uns also mutterseelenallein mit der schleppenden Langsamkeit, wie sie die üppige Dschungelvegetation erfordert, durch den Urwald voran. Die Luftfeuchtigkeit war so extrem hoch, daß man das Gefühl hatte, spüren zu können, wie sich die Luft an der Haut der Arme rieb, wenn man sich mit der Machete einen Weg durch das Gewirr aus Schlingpflanzen und Strauchwerk bahnte. Wir troffen von Schweiß – fast so, als wären wir eben in einen Platzregen geraten; und ringsum dampfte der Dschungel vor Feuchtigkeit und Hitze.

Ich genoß dieses Gefühl, ganz auf mich allein gestellt zu sein – oder zumindest: fast auf mich allein. Das Funkgerät war mehr oder weniger die einzige Verbindung mit der Etappe; alles hing von diesem Kasten ab. Und natürlich war auf dieses Ding nie so ganz Verlaß. Ich jedenfalls kann mir nichts Aufregenderes, nichts Sinnlicheres vorstellen, als in einem fernen Land durch unbekanntes, gefährliches Gelände zu marschieren. Ich konnte die Angst und die Aufregung am ganzen Körper verspüren. Und immer wieder stieg der Gedanke in mir hoch: ›Wenn du hier draußen stirbst, wird dich kein Mensch je finden. Es ist, als verschwände man einfach so aus dem Leben, ohne irgendeine Spur zu hinterlassen.‹ So weit sollte es allerdings nie kommen, wenn es auch hin und wieder ganz schön brenzlig wurde.

Einmal . . . wir bahnten uns wieder einmal einen Weg durch das Dickicht des Dschungels; wir kamen so langsam vorwärts, daß ich manchmal dachte, der Urwald würde hinter uns gleich wieder hochwuchern und uns von allen Seiten einschließen. Und nun kam eine Patrouille des Vietkong aus der anderen Richtung direkt auf uns zu; sie waren offensichtlich wie wir vollauf damit beschäftigt, sich Schritt für Schritt durch die üppige Vegetation vorzukämpfen, und achteten nur auf die Schlingpflanzen und Ranken, die sich ständig an einem festklammerten. Jedenfalls stießen die beiden Patrouillen direkt aufeinander.

Ich ging an der Spitze und hörte plötzlich das Hacken und Rascheln, das sich auf uns zubewegte. Ich blieb wohl zum gleichen Zeitpunkt stehen, zu dem auch der Vietkong Lunte roch. Dann trat erst einmal einen sehr, sehr langen Augenblick Stille ein, und dann riß ich auch schon mein Gewehr hoch und ließ eine Salve in ihre Richtung los. Der Funker und der andere Schütze schlossen sich mir an. Und im selben Augenblick flog auch der Dschungel um uns unter dem Feuer ihrer AK-47s – daran kann ich mich wegen ihres typichen Geräuschs noch genau erinnern – in Fetzen. Wie auf ein Kommando muß alle plötzliche Panik überfallen haben; erst diese Stille, und im nächsten Augenblick war ringsum die Hölle los.

Und dann kam dieser höchst seltsame Moment, als alles aufhörte. Mit einem Augenblick trat wieder vollkommene Stille ein.

Alle hatten ihre Waffen auf volle Automatik gestellt, so daß jeder im Handumdrehen sein Magazin leergeschossen hatte. Und dann durchdrang plötzlich dieses perverse Klicken die Stille. Ich sah an mir hinunter und merkte, daß ich dieses Geräusch genauso hervorrief wie die anderen auch. Jeder wechselte, so schnell es ging, das leer geschossene Magazin aus. Klick, klick, ein Magazin schnellte heraus. Klick, klick, ein neues Magazin wurde eingelegt. Und dann mußte ich einfach lachen. So viel Angst, in einer winzigen Sekunde vergeudet, so viel mörderische Impulse. Mein schallendes Gelächter durchdrang die Stille des Dschungels. Die anderen beiden starrten mich fassungslos an, worauf ich ihnen ein Handzeichen gab. Wir zogen uns über die Schneise, die wir in das Unterholz gehauen hatten, zurück. Ich nehme an, daß die Vietkong dasselbe taten; offensichtlich war auch ihnen der Wahnsinn unseres zufälligen Aufeinandertreffens zu Bewußtsein gekommen. Ich mußte einfach lachen.

Und ganz ähnlich geht es mir auch jetzt gerade. Es klingt selbstverständlich sehr nach einem abgegriffenen Klischee, wenn ich Ihnen sage, die Stadt ist für mich wie der Dschungel; dennoch ist es so. Ich sehe mich als jemanden, der durch die Stadt schleicht, wie ich mich damals durch den Dschungel vorgekämpft habe. Ich fühle mich auf Patrouille, unterwegs in einem bedrohlichen, fremden Land. Wie Sie gehe ich durch die Straßen dieser Stadt und sehe den Entgegenkommenden in die Augen – und alle wenden ihren Blick ab.

Eines Abends ging ich zu einer dieser Bürgerversammlungen. Sie wissen ja selbst, wie es dort zugeht; Sie waren ja selbst auf so einer Versammlung. Ich habe alle Ihre Artikel gelesen – jeden von ihnen, Wort für Wort. Ich bin also zu einer solchen Versammlung gegangen; sie fand in der Turnhalle einer Schule statt – der typische Ort für solche Treffen. Und die Beleuchtung dort, die bunten Fähnchen und Wimpel mit den Schulfarben – all das hat etwas Vertrautes für mich. Ich mischte mich einfach unter die Leute, die in das Schulgebäude strömten, und nahm inmitten der anderen Platz, einfach nur ein weiteres besorgtes Gesicht, beunruhigt und leicht verängstigt.

Neben mir saß ein Mann mit seiner Frau. Sie war ziemlich dick und vor Anstrengung, sich in einen für ein Kind bestimmten Stuhl zwängen zu müssen, puterrot im Gesicht. Seine Stirn hatte sich in verbitterte Falten gelegt, während er nach vorn auf das Podest starrte. Ich beobachtete, wie seine Hände sich zu Fäusten ballten,

um sich kurz wieder zu entspannen und dann erneut zusammen-
zukrampfen. Irgendwann wandte er sich unvermittelt mir zu und
stieß aufgebracht hervor: ›Das geht nun einfach schon zu lange so.
Was zum Teufel ist eigentlich mit unserer Polizei los?‹ Ich erwiderte mit einem weisen Nicken: ›Ich nehme doch wohl an, daß sie
nicht alles tun, was sie tun sollten.‹ Und der Kopf meines Nachbarn ging zustimmend auf und ab. ›Das stimmt‹, zischte er leise.
›Das stimmt allerdings.‹ Und das murmelte er dann noch eine
ganze Weile vor sich hin.

Der Saal hatte sich inzwischen fast bis auf den letzten Platz gefüllt, und dann trat ein Mann auf die Rednerbühne. Er blinzelte
kurz gegen das grelle Scheinwerferlicht an, um sich dann vorzustellen. Ein Politiker. Er dankte allen für ihr Kommen und äußerte
sich dann kurz über die Bemühungen der Polizei. Er sprach ihr jedenfalls sein Vertrauen aus. Dann stellte er einen Polizisten in
Uniform vor; diesen Typ kenne ich von der Army her noch sehr
gut – einer von diesen Burschen, die dafür bestimmt sind, Informationen weiterzugeben, ohne daß sie selbst ein Wort von dem
verstünden, was sie faseln.

Der Uniformierte stand also, auf den Fersen wippend, vorne auf
dem Podium und ließ seine Blicke über die Zuhörer wandern. In
einer kurzen Rede wies er darauf hin, wie viele Polizisten und Detektive rund um die Uhr im Dienst waren – in etwa derselbe Kram,
den Sie schon in Ihren Artikeln gebracht haben. Mein Nachbar
murmelte nur immer wieder: ›Blödsinn. Alles Blödsinn. Komm
doch endlich zur Sache.‹ Diesen Gefallen sollte ihm der Polizist allerdings nicht tun. Er schloß seine Ausführungen mit den Worten:
›Ich weiß, es klingt nicht sehr überzeugend, aber ich möchte Ihnen
trotzdem versichern, daß die Polizei alles in ihrer Macht Stehende
unternimmt. Jeder noch so unbedeutende Hinweis oder Anhaltspunkt wird überprüft. Außerdem gehen ganze Teams von unseren
Leuten die Armeearchive im Pentagon durch.‹

Darauf erbot er sich, Fragen aus dem Publikum zu beantworten,
wobei er jedoch gleich zu Beginn vorausschickte, daß es ihm nicht
möglich sein würde, dabei zu sehr ins Detail zu gehen. Ich beobachtete, wie die Leute unruhig auf ihren Stühlen herumrutschten.
Und dann standen sie einer nach dem anderen auf und begannen
ihre Fragen zu stellen. Rechnete die Polizei mit einer baldigen Festnahme? Wie weit war man mit der Überprüfung der Archive vor-

angeschritten? Weshalb schien die Polizei zu vollkommener Tatenlosigkeit verdammt, bis plötzlich wieder ein neues Opfer entdeckt wurde? Sie hätten Ihre Freude daran gehabt; die Fragen waren wirklich gut, sehr direkt und auf den Punkt. Der Uniformierte wand sich regelrecht im Scheinwerferlicht und mußte seine Augen beschatten, um die Frager erkennen zu können.

Seine Antworten waren alles andere als befriedigend, und je weniger er zu sagen hatte, desto aufgebrachter wurden die Leute. Es wirkte regelrecht ansteckend; je mehr der Polizist den verbalen Attacken dieser sonst so gehetzten Mittelstandsmütter und -väter auszuweichen versuchte, desto ausfallender wurden immer mehr von ihnen. Immer häufiger wurden die Fragen und Vorwürfe nur noch im Sitzen nach vorn gebrüllt; kein Mensch stand mehr auf, um höflich seine Frage vorzubringen. Bald pfiffen die ersten Schimpfworte durch den Saal, um wie Granaten unter den Zuhörern zu explodieren und die Stimmung nur noch mehr anzuheizen.

Mein Nachbar brüllte mit verzerrtem Gesicht nach vorn: ›Warum sind nachts keine zusätzlichen Streifen unterwegs?‹ Und als der Polizist damit anfing, von Personalmangel zu erzählen, wurde er einfach niedergebrüllt. Schließlich konnte ich mich nicht mehr beherrschen; ich mußte auch mitmachen. Es war, als hörte ich meine Stimme von einem anderen Standpunkt aus – wie eine Bandaufnahme. ›Wir würden zum Beispiel gerne wissen‹, brüllte ich über die Köpfe meiner Vorderleute hinweg, ›wie es angeht, daß ein einziger Mann mehr oder weniger eine ganze Stadt in Schach halten kann. Und die Polizei kann trotz all der Steuergelder, die wir für sie aufbringen, nicht das geringste dagegen tun.‹

Plötzlich wurde alles rings um mich herum still. Mein Nachbar schlug mir aufs Knie. ›Ganz recht. Das ist der springende Punkt.‹ Er grinste mir zustimmend zu, und ich lächelte zurück. Der Polizist auf dem Podium wandte sich mir zu. ›Dazu kann ich nur sagen‹, erklärte er, ›daß wir unser Bestes versuchen.‹ Der Rest seiner Antwort ging jedoch in den wütenden Rufen der Versammlung unter.

Damit fand die Veranstaltung ihr Ende, und alle standen auf und strebten dem Ausgang zu. Dabei verlor ich meinen Nachbarn aus den Augen. Draußen schien alles plötzlich so anders; es war zwar nicht kühler als in der Halle, aber die Luft war weniger drükkend. Ich verspürte einen leichten Lufthauch, als spülte mich die Dunkelheit von der Menge fort, und ich war wieder allein. Auf dem Weg zu meinem Wagen sah ich dann die beiden Polizisten. Sie standen gegen ihre Funkstreife gelehnt und ließen ihre Blicke über die sich langsam zerstreuende Menge gleiten. Einen Augenblick fühlte ich mich versucht, kehrtzumachen und, so schnell ich konnte, in der entgegengesetzten Richtung davonzulaufen. Aber dann befand ich mich plötzlich wieder außerhalb meiner selbst; ich konnte meine Handlungen wie ein Außenstehender beobachten. Es war wie damals in Vietnam, als ich an der Spitze der Patrouille ging; ich hatte ein sehr intensives Gefühl der Verwundbarkeit, des Ausgeliefertseins. Jedenfalls ging ich an den zwei Polizisten vorbei; ich glaube, sie haben mich nicht einmal bemerkt. Und dann war mir klar, daß ich vollkommen frei war – und unsichtbar.«

Nach kurzem Zögern fuhr er fort.

»Als ich dann in meinen Wagen stieg, konnte ich mich nicht mehr länger beherrschen. Ich konnte mich vor Lachen gar nicht mehr halten. Ich kurbelte sämtliche Fenster hoch, damit man mich draußen nicht hören konnte. Mir kamen die Tränen vor Lachen, und es dauerte nicht lange, bis ich kaum mehr Luft bekam.«

Er schwieg erneut.

»Sie werden mich nie fassen«, fuhr er schließlich fort. »Zumindest nicht, solange ich das nicht will.«

An dieser Stelle unterbrach ich ihn. »Wie lange wollen Sie dieses Spiel noch weitertreiben?«

»Sie meinen die Morde? Ach, nicht mehr allzu lange.«

»Und wie lange ist das noch?«

»Nicht mehr lange eben. Seien Sie doch nicht so ungeduldig.«

»Und was dann?«

Er dachte einen Moment nach. »Vielleicht ziehe ich dann in eine andere Stadt, lege mir eine neue Identität zu, fange ein neues Leben an. Oder«, er machte eine kurze Pause, um das nun Folgende besonders hervorzuheben, »ich mache so weiter wie bisher.«

»Also weitere Morde?«

»Wenn Sie es so nennen wollen. Oder auch Erinnerungshilfen. Meine Art von Vergangenheitsbewältigung.«

»Irgendwann wird die Polizei Sie fassen.«

»Das glaube ich nicht. Und wenn – was wäre dann schon? Das

gäbe vielleicht einen Prozeß. Für Sie wäre das bestimmt großartig.«
Er schien erneut in Nachdenken zu verfallen. »Allerdings bezweifle ich, daß es dazu kommen wird. Eher glaube ich, daß ich
einfach in dem allgemeinen Durcheinander untergehen werde; ich
werde wie einer dieser Vermißten sein, deren Leichen irgendwo
im vietnamesischen Dschungel verfaulen, wo niemand sie je finden, geschweige denn riechen wird. Das heißt allerdings nicht,
daß sie deshalb auch vergessen sind.«

Er lachte. »Verschwunden, aber nicht vergessen.«

Ich schnappte nach Luft, während ich dem freudlosen Lachen
lauschte, das aus dem Hörer drang. »Wieso müssen wir uns immer
nur übers Telefon unterhalten?« kam ich erneut auf meinen Vorschlag von neulich zurück. »Wieso treffen wir uns nicht mal unter
vier Augen?«

Sein Lachen erstarb schlagartig.

»Wozu?« fragte er. »Damit Sie mich in eine Falle locken können?«

»Nein, das würde ich nie im Leben tun«, log ich. »Wir würden
das nur zwischen uns beiden ausmachen.«

»Das glaube ich nicht«, entgegnete er. »Ich halte das für absolut
ausgeschlossen.«

Darauf schwiegen wir beide. Nach einer Weile fuhr er in demselben persönlichen Ton fort.

»Woher wollen Sie eigentlich wissen, daß wir uns nicht schon
einmal begegnet sind?«

Ich mußte husten, ohne darauf etwas erwidern zu können.

»Zum Beispiel irgendwo auf der Straße. Oder in einem Lift? Haben Sie nicht schon des öfteren mal gestutzt und die Person neben
sich prüfend angesehen und sich gefragt: ›Ist er das vielleicht?‹ Haben Sie sich nicht schon mal auf dem Sitz Ihres Wagens herumgedreht, als Sie sich an einer Ampel beobachtet glaubten, um dann
festzustellen, daß der Fahrer des Wagens neben dem Ihren Sie
neugierig in Augenschein nahm? Ein Augenblick sehr unmittelbaren, fast körperlichen Kontakts. Und dann schaltet die Ampel auf
Grün, und Sie beide fahren weiter, als ob nichts geschehen wäre.
Bei einer solchen Gelegenheit könnte doch ich der Betreffende gewesen sein. Denken Sie nur an all die kaum merklichen Signale,
die ich Ihnen gegeben haben könnte – ein Nicken des Kopfes, ein
besonderer Blick, eine kurze Handbewegung. Irgendeine unbe-

deutende, aber doch sehr intime Interaktion zwischen uns beiden, die Sie hätte wissen lassen können: Das muß er sein. Wir sind uns so nahe, Sie und ich, und dennoch können Sie mich nicht erkennen. Sie stolpern blind durch die Gegend, strecken Ihre Arme ausgestreckt von sich, um nicht gegen eine Wand zu rennen. Und währenddessen bin ich ganz dicht neben Ihnen.«

Er sog mit einem leisen Zischen den Atem ein.

»Ich glaube Ihnen nicht«, erwiderte ich.

Ich konnte ihn förmlich mit den Achseln zucken hören.

»Glauben Sie meinetwegen, was Sie wollen. Aber vergessen Sie eines nicht: Wahrheit und Lüge lassen sich oft nicht unterscheiden – Fiktion und Wirklichkeit sind oft nur durch eine hauchdünne Linie voneinander getrennt.«

Darauf trat erneut Stille ein. Ich spürte, wie sich die Geräusche der Nachrichtenredaktion um mich herum plötzlich wieder in mein Bewußtsein schoben, als verblaßte die Gegenwart des Mörders langsam, während die restliche Welt allmählich wieder zum Leben erwachte.

»Ich sehe völlig durchschnittlich aus«, fuhr der Mörder schließlich fort. »Knapp eins achtzig groß, etwa fünfundsiebzig Kilo schwer. Ich habe braunes Haar – wie Sie. Sagen Sie das der Polizei. Vielleicht wird sie das weiterbringen.«

»Wie kommen Sie darauf, ich würde das der Polizei sagen?«

»Machen Sie mir doch nichts vor«, erwiderte er. »Sie hören Ihr Telefon ab. Sie bekommen die Tonbandaufnahmen, die Sie von unseren Gesprächen machen. Sie beschatten Sie. Sie sprechen mit Ihnen, tauschen Informationen aus. In gewisser Weise sind Sie Verbündete. Vielleicht sollten Sie größeren Wert auf Ihre Unabhängigkeit legen.« Er atmete ein, bevor er weitersprach. »Sie sehen nun selbst, wie viel ich weiß. Ich könnte überall sein. Ich könnte jede x-beliebige Person in Ihrer Umgebung sein. Versuchen Sie also bitte nicht, mir etwas vorzumachen.«

»Warum tun Sie das eigentlich?« war das einzige, was mir als Antwort darauf einfiel. Er ging jedoch nicht weiter auf meine Frage ein.

»Wiedersehen, Anderson. Sie werden bald wieder von mir hören.«

Ein Klicken, und er hatte eingehängt.

14

Gegen Ende August jenes Jahres wurde die gesamte Karibik von schweren Stürmen heimgesucht, die unberechenbar über die einzelnen Inseln hereinbrachen und sich in orkanartigen Böen und heftigen Regenfällen entluden. Miami hingegen schien immun gegen ihr Walten; die Stürme, die sich bedrohlich dem Festland näherten, drehten im letzten Augenblick auf den Atlantik ab, wo sie weit draußen in der unermeßlichen Weite des Ozeans erstarben. In der Stadt lag die Hitze wie eine Maske über allen Dingen; sie verbarg alle inneren Wesenszüge.

Die jüngsten Äußerungen des Mörders hatten die Stimmung weiter angeheizt; die Vorstellung, daß er vollkommen ungestört zwischen ihnen einhergehen konnte, ließ die Bewohner der Stadt sich noch mehr in sich zurückziehen. Trafen sich auf der Straße die Blicke Unbekannter, wandten beider Augen sich voneinander ab; man wahrte weiterhin Distanz; sie gehörte inzwischen bereits zum täglichen Leben. Darüber hinaus machte sich eine allgemeine Nervosität bemerkbar, als wäre menschlicher Kontakt etwas Gefährliches. Ich beobachtete eine Frau, die versehentlich einen jungen Mann anstieß, während beide an einer Fußgängerampel auf Grün warteten. Und im gleichen Augenblick sprangen beide auch schon erschreckt zurück, um sich gleich darauf wütende Blicke zuzuwerfen. Schließlich überquerten sie beide die Kreuzung, ohne sich noch weitere Beachtung zu schenken.

Mir stand endlos Stoff für einen Artikel zur Verfügung. Ich berichtete unter anderem darüber, daß die Polizei anhand der Armeearchive eine Liste von zweihundertfünfzig Personen erstellt hatte und nun unter diesen den Mörder ausfindig zu machen versuchte. Martinez mußte lachen, als er mich darüber in Kenntnis setzte. »Als ob er sich hier unter seinem richtigen Namen herumtreiben würde. Daß er nicht auf den Kopf gefallen ist, hat dieser Bursche doch in der Zwischenzeit zur Genüge bewiesen.«

Die *Post,* unser Konkurrenzblatt, hatte doch tatsächlich ein bekanntes Medium aus New York einfliegen lassen, das den Mörder aufzuspüren versuchen sollte. Der Hellseher suchte die Schauplätze der einzelnen Morde auf, stöberte dort bedeutungsvoll herum, sog prüfend die Luft ein und bezeichnete die Ausstrahlungen als äußerst intensiv. Darauf prophezeite er, daß der Mörder nie gefaßt, sondern in einem aufsehenerregenden Unfall ums Leben kommen würde. Ich konnte mich nicht ganz des Eindrucks erwehren, daß dies nicht unbedingt im Sinn der *Post* war. Nolan riß den Bericht heraus und befestigte ihn am Schwarzen Brett. Darunter schrieb er: »Warum können wir nicht etwas Ähnliches bringen?« Unter den Kollegen wurde dies mit allgemeiner Erheiterung aufgenommen. Es wurden Vorschläge laut, man sollte es doch mit einem Wünschelrutengänger, eine spiritistischen Sitzung oder ähnlichem versuchen. Christine fand das jedoch gar nicht lustig. Statt dessen machte sie mich darauf aufmerksam, daß wir in Bälde mit einem weiteren Mord zu rechnen hätten.

»Was willst du in der Zwischenzeit unternehmen?« fragte sie.

»Keine Ahnung«, erwiderte ich. »Vermutlich warten – wie alle anderen auch.«

Ihre Stirn legte sich in Falten. »Ich hasse dieses ewige Warten.«

»Das liegt nun mal in der Natur der Sache.«

»Trotzdem ist es mir zuwider. Außerdem glaube ich, daß der Mörder das zu ändern gedenkt.«

Statt einer Antwort schnaubte ich nur abschätzig. Wir unterhielten uns darauf auch nicht mehr weiter über dieses Thema, aber wie sich herausstellte, sollte Christine recht behalten.

Eines Abends rief Martinez in der Redaktion an, worauf Nolan und ich uns in einer Bar mit ihm verabredeten. Er saß am Tresen, ein leeres Glas vor sich. Nachdem er kurz auf die freien Hocker neben ihm gedeutet und dem Barkeeper gewinkt hatte, rieb er sich heftig die Augen und fuhr sich dann mit den Fingern durch sein schwarzes Haar. Seine Stimme klang müde und schwach; sie übertönte kaum das Geklimper der Gläser und das leise Gemurmel der anderen Gäste in der Bar. Ich fragte mich, wo wohl Wilson steckte. »Wir müssen unbedingt etwas mehr aus diesem Kerl herausbekommen«, begann er. »Wir brauchen dringend irgendwelche Anhaltspunkte.« Er nahm einen kräftigen Schluck von dem Glas Scotch, das der Barkeeper vor ihm abgestellt hatte. »Wenn Sie mich fragen, sind wir noch keinen Schritt weitergekommen als am Anfang.«

Nolan sah ihn mit seinem wachsamen Redakteursblick über den Rand seines Glases Bier hinweg an. »Was ist mit dieser Namenliste von der Army?« fragte er den Detektiv.

»Er steht sicher nicht drauf«, entgegnete Martinez. »Dieser Bursche hat einfach viel zuviel Spaß an diesem Spiel. Er schiebt uns Informationen unter, die uns eher noch mehr in die Irre leiten, statt uns weiterzubringen.«

»Aber der Psychiater hat doch gesagt . . .«, warf ich ein.

»Was weiß der denn schon«, schnitt mir Martinez das Wort ab. »Dieser Psychiater stellt doch auch nur seine Vermutungen an – genauso wie alle anderen auch. Lassen Sie mich Ihnen mal ein Beispiel geben. Wir haben Wochen damit verbracht, die Archive der Army im Pentagon und in Fort Bragg durchzugehen. Wir haben sogar ein paar Leute nach Ohio geschickt, um sich die Personalakten der dortigen Einziehungsbehörde anzusehen. Währenddessen wurde ich aber die ganze Zeit das Gefühl nicht los, daß das alles Blödsinn ist. Und soll ich Ihnen mal sagen, warum? Wegen der Tatwaffe. Dieser Bursche versteht wirklich mit dieser Fünfundvierziger umzugehen. Ich will damit sagen, er weiß genau, wie er den Lauf ansetzen muß, damit die Kugel dem Opfer nicht den ganzen Kopf wegreißt. Daraus schließe ich, daß er für so etwas ausgebildet wurde. Demnach muß er es also zum Offizier gebracht haben, oder, was ich für wahrscheinlicher halte, er war bei der Militärpolizei, weil die nämlich auch im Gebrauch von Handfeuerwaffen ausgebildet werden. Die normalen Soldaten werden nur am Gewehr ausgebildet. Andrerseits ist bei den Marines der Umgang mit der Fünfundvierziger an der Tagesordnung. Sie müssen sich sogar einer Schießprüfung mit dieser Waffe unterziehen. Begreifen Sie langsam, worauf ich hinauswill? Falls er an den Kampfhandlungen, die er Ihnen so ausführlich schildert, teilgenommen hat und gleichzeitig an einer Fünfundvierziger ausgebildet worden ist, tja, dann muß er wohl oder übel einer anderen Truppengattung angehört haben, als wir bisher angenommen haben. Dabei handelt es sich selbstverständlich nur um eine Vermutung meinerseits, wohlgemerkt. Trotzdem stimmt mich das Ganze nachdenklich. Unsere Ermittlungen stützen sich doch ausschließlich auf irgendwelche Phantastereien, Halbwahrheiten und möglicherweise auch ausgemachte Lügen, denen vielleicht ein Schuß eigener Erfahrungen beigemengt ist.«

»Das soll also nichts anderes heißen, als daß Sie in dieser Sache noch keinen Schritt weitergekommen sind«, warf Nolan ein.

»Ganz richtig«, nickte Martinez. »Zumindest bin ich dieser Meinung.« Er zögerte kurz, um dann fortzufahren: »Ich habe Sie vorhin selbstverständlich nicht angerufen, um morgen in der Zeitung lesen zu können, daß wir von der Polizei nichts weiter als ein Haufen Versager sind. Aber ich wollte trotzdem, daß Sie über den Ernst der Lage im Bilde sind.«

»Vielversprechend hört sich das ja nun wirklich nicht an«, stimmte ihm Nolan zu.

»Etwas Deprimierenderes können Sie sich nicht vorstellen«, seufzte der Detektiv. Er trank sein Glas leer und winkte dem Barkeeper, ein neues zu bringen. »Morgen werde ich mit Wilson nach Ohio fahren – nur für einen Tag. Dort werden wir ein paar Namen überprüfen. Wir werden am Abend wieder zurück sein – unverrichteter Dinge.«

»Und was denkt Wilson über diese Sache?« wollte ich wissen.

Lächelnd sah Martinez auf sein frisches Glas nieder. »Wilson ist schon eine Marke für sich. Wissen Sie, als ich zum ersten Mal mit ihm zusammengearbeitet habe, dachte ich, wir würden es – bestenfalls – achtundvierzig Stunden miteinander aushalten. Daraus sind inzwischen fast sechs Monate geworden. Er ist wirklich verrückt, wissen Sie. Es heißt immer, daß ein Polizist nicht mehr an seine Arbeit denken soll, wenn er nach Dienstschluß nach Hause geht. Das ist selbstverständlich kompletter Blödsinn. Wie sollte man auch so plötzlich einfach abschalten können, zumal man laut Dienstvorschrift ständig eine Waffe bei sich tragen soll. Können Sie mir vielleicht sagen, wie jemand einfach abschalten soll, während er gleichzeitig mit einer Knarre am Unterschenkel durch die Gegend läuft? Wilson jedenfalls kommt seit diesem ersten Mord keinen Augenblick mehr zur Ruhe; er denkt nur noch an diesen Kerl und wie er ihn schnappen könnte. Zuerst einmal hat ihn das erste Opfer ganz stark an seine eigene Tochter erinnert. Und zweitens ist es ihm ein ständiger Dorn im Auge, wie dieser Kerl Sie immer anruft. Polizist zu sein heißt, Bescheid zu wissen. Zumindest bin ich deshalb zur Mordkommission gegangen; und auf Wilson trifft das genauso zu. Uns macht es eben Spaß, einer Sache auf den Grund zu gehen, durch das richtige Zusammenfügen einzelner Fakten zum richtigen Ergebnis zu gelangen.

Und nun warten wir ständig darauf, daß dieser Kerl Sie wieder anruft. Mehr können wir praktisch nicht tun, und das nagt ganz schön an uns. Wilson trifft es wiederum ganz besonders. Wußten

Sie eigentlich, daß er seinen Neffen im Krieg verloren hat? Der Junge war gerade neunzehn. Wie sein Onkel wollte er zur Polizei gehen. Wilsons Bruder ist schon vor einiger Zeit gestorben – irgendwas mit dem Herz, glaube ich –, und Wilson war seitdem mehr oder weniger so etwas wie ein Vater für den Jungen. Diese jungen Burschen wurden frisch von der High School weg eingezogen, um sich dann in Vietnam zusammenschießen zu lassen. Sein Neffe ist, glaube ich, durch eine Mine umgekommen. Jedenfalls glaube ich, daß Wilson diesen Kerl umbringt, falls er ihn zwischen die Finger kriegen sollte. Er geht so gut wie gar nicht mehr nach Hause, legt sich nur hin und wieder für ein paar Stunden auf einem Feldbett in der Ecke schlafen. Er duscht und rasiert sich drüben im Gefängnis. Bei mir ist das etwas anders. Hin und wieder muß ich einfach weg von allem. Dann fahre ich in meine Wohnung, höre etwas Musik, vergesse das Ganze für eine Weile. Aber Wilson kann keine Sekunde mehr abschalten.«

»Und wie soll das alles Ihrer Meinung nach weitergehen?« fragte Nolan.

Martinez lachte. »Vielleicht haben wir Glück. Vielleicht bekommt er eines Tages doch genug. Nehmen Sie doch zum Beispiel nur, wie er diese Mrs. Kemp in seine Gewalt gebracht hat. Es könnte doch zufällig gerade jemand aus dem Fenster geschaut und sich die Wagennummer gemerkt haben – oder irgend etwas in der Art.«

»Ein ähnliches Gespräch hatten wir, glaube ich, schon vor ein paar Wochen«, warf ich ein. »Damals haben Sie genau das gleiche gesagt.«

»Daran sehen Sie eben«, entgegnete Martinez, »wie dicht wir davor stehen, diesen Kerl endlich zu fassen.«

Wir traten aus der Bar in die Nacht hinaus. Nolan und ich gingen noch ein Stück gemeinsam zu unseren Wagen und ließen die Gerüche und Geräusche der Bar, das leise Klimpern der Gläser zusammen mit dem Detektiv zurück. Nach einer Weile blieb Nolan stehen und fragte mich nach meiner Meinung.

Ich zuckte mit den Achseln. »Wenn ich nur wüßte, woran ich nun glauben soll.«

Nolan nickte, und wir gingen ein paar Schritte weiter. »Sollen wir diese Story bringen?« fragte ich schließlich.

»Welche?« fragte Nolan.

»Na, was Martinez eben erzählt hat. Daß die Polizei der Lösung des Falls noch keinen Schritt näher gekommen ist. Das gäbe doch eine Mordsstory.«

»Ich weiß«, nickte Nolan nachdenklich, um jedoch erst weiterzusprechen, nachdem wir einen halben Block weitergegangen waren. »Nein, ich würde vorschlagen, damit lieber noch zu warten.«

»Warum?«

»Stellen Sie sich doch nur mal vor, welche Wirkung diese Nachricht auf die Öffentlichkeit hätte.«

»Keine erfreuliche«, gestand ich zu. »Noch mehr Selbsthilfeorganisationen. Noch mehr Waffenkäufe. Noch mehr Angst.«

»Genau das denke ich auch. Warten wir also lieber noch damit, bis sie zumindest diese Liste von Namen durchhaben. Gleichzeitig sollten wir uns vielleicht schon mal überlegen, wie wir das Ganze etwas abschwächen und irgendwelche mildernden Umstände anführen können, wenn es wirklich so weit kommen sollte.«

Darauf gingen wir schweigend weiter.

Nach einer Weile fügte Nolan hinzu: »Wir sind schließlich diejenigen, auf die es ankommt. Keinen Menschen interessiert, was die im Fernsehen erzählen – oder auch, was in der *Post* steht. Der Mörder ruft nun mal uns an oder Sie, genauer gesagt. Wir sind diejenigen, die zutiefst in diese Sache verwickelt sind, weshalb das, was wir schreiben, wesentlich mehr Gewicht hat. Wenn wir also behaupten, die Polizei besteht nur aus kompletten Versagern, werden das alle glauben. Und wenn wir schreiben, daß sie ihr Bestes tun, glauben sie das genauso. Wir sind nun mal – so komisch es auch klingen mag – das Sprachrohr des Mörders. Wenn wir den Leuten sagen, sie sollen alle in Panik ausbrechen, dann werden sie wohl oder übel genau das tun. Wissen Sie eigentlich, daß wir in den letzten Wochen zehn Prozent mehr Abonnenten bekommen haben, obwohl wir unsere Kapazität längst ausgeschöpft geglaubt haben? Und an den Tagen, an denen auf der ersten Seite einer Ihrer Artikel über den Fall steht, steigt der Straßenverkauf um fünfzehntausend Stück. Einer Umfrage zufolge haben die meisten Leute, die sich auf der Straße eine Zeitung kaufen, bereits zu Hause ein Abonnement. Sie können es nur nicht bis zum nächsten Morgen erwarten, wenn die Zeitung ausgeliefert wird; sie wollen Ihre Artikel auf der Stelle lesen.« Nolan grinste. »Man könnte fast denken, der Mörder ist in der Werbeabteilung angestellt. Jedenfalls dürften unsere Werbefritzen so ziemlich die einzigen sein, die einen Narren an diesem Kerl gefressen haben.

Folglich müssen wir sehr vorsichtig mit unseren Äußerungen sein. Aller Augen sind auf uns gerichtet – oder besser: auf Sie. Unsere Umfragen haben übrigens noch ein interessantes Ergebnis zutage gefördert. Sie wissen doch sicher selbst, daß in der Regel kein Mensch liest, wer einen Artikel verfaßt hat. Nun hat man im Zug dieser Umfrage unsere Leser gefragt, ob ihnen Ihr Name etwas sagt. Und tatsächlich kannten eine Menge Leute Ihren Namen, und sie wußten auch, daß die Artikel von Ihnen stammen. Der Ruhm mag ja eine vergängliche Sache sein, aber im Moment ist er Ihnen zumindest gewiß.«

Darauf gingen wir wieder schweigend weiter. In der Ferne hörte ich eine Sirene, und dann starrte ich an dem riesigen Redaktionsgebäude des *Journal* hoch, das sich an der Strandpromenade, die Fenster des Büros noch hell erleuchtet, in den Nachthimmel erhob.

»Sie sehen also selbst: Wir müssen uns absolut im klaren darüber sein, was wir schreiben. Ich weiß natürlich, daß wir uns unserer Verantwortung immer bewußt sind. Aber in diesem Fall zählen die Leute wirklich auf uns – und ich glaube, sogar mehr, als wir uns das vorstellen können.«

Auf dem Parkplatz blieben wir stehen. »Eine saubere Art, berühmt zu werden«, seufzte ich.

Nolan grinste. »Aber Sie wollen es doch nicht anders. Inzwischen hängen Sie an dieser Story doch mit jeder Faser Ihres Wesens. Und uns anderen geht es keineswegs anders. Wir hängen eben richtig an so einer Story; sie ist ja fast wie etwas Lebendiges – glitschig, pulsierend von Leben, jedenfalls schwer zu fassen und auch schwer zu halten. Vielleicht hängen wir auch gerade deshalb so daran.«

In gegenseitigem Einverständnis schüttelten wir uns zum Abschied die Hände.

Am nächsten Morgen bekam ich den Brief.

Er war einfach drauflosgetippt. Das Farbband der Maschine muß schon sehr stark abgenutzt gewesen sein, da sich die einzelnen Buchstaben nur ganz schwach vom Weiß des Papiers abhoben. Ich befühlte den Umschlag kurz, bevor ich ihn öffnete; der

Brief war mit der Morgenpost in die Redaktion gekommen. Auf dem Kuvert standen nur mein Name und die Adresse des *Journal*. Kein Absender. Ich öffnete den Brief und begann zu lesen:

Lieber Mr. Anderson,
mit Interesse habe ich Ihre zahlreichen Artikel über die jüngste Welle von Morden gelesen, die über Miami hereingebrochen ist.

Doch erst nach dem letzten Mord wurde mir bewußt, daß das Schema, das der Mörder seinen eigenen Aussagen zufolge seinen Greueltaten zugrunde legt, die Wiederholung eines Vorfalls darstellt, den ich während meiner Militärzeit in Vietnam selbst erlebt habe. Der Umstand, daß dieser Mann die Mutter getötet, ihr Kind aber verschont hat, ließ mich zu der Überzeugung gelangen, daß ich Zeuge des Vorfalls geworden bin, den der Mörder, wie er selbst mehrfach betont, immer wieder von neuem in Szene zu setzen bestrebt ist.

Ich bin nur gewillt, unter vier Augen mit Ihnen zu sprechen. Keine Polizei, keine Fotografen und auch sonst keine Begleiter. Falls ich eine weitere Person in Ihrer Begleitung sehen sollte, werde ich alles leugnen.

Sie können mich an dem Tag, an dem Sie diesen Brief erhalten haben, um dreizehn Uhr in der 671 NW 13th Avenue, Apartment 5 antreffen.

Der Brief war nicht unterzeichnet.

Ich fuhr durch das Ghetto, Häuserzeile um Häuserzeile aus halbverfallenen Holzbauten und heruntergekommenen zweistökkigen Wohnblocks. Auf den Gehsteigen tummelten sich die Verlierer und die Benachteiligten der Nation – ausgemergelte Schwarze mit Furchen in ihren Gesichtern, wie Narben des Alters; Heimat- und Obdachlose in schäbiger Kleidung, von der Zeit wie mit einem Grauschleier überzogen. Mit blicklosen Augen lehnten sie gegen die weißgekalkten Wände der Häuser. Die Sonne stach durch die stehende Hitze der Stadt herab; der Himmel erstrahlte in demselben lebendigen Hellblau, mit dem er sich auch über die von Luxusjachten und Motorbooten durchkreuzte Bay spannte. Es war eine öde Welt, von dem grellen Licht unbarmherzig ausgeleuchtet. Ich spürte die forschenden Blicke, die mir im Vorübergehen folgten.

An dem Haus, das ich suchte, hing ein Schild: Möblierte Zimmer. Tage-, wochen-, monateweise zu vermieten. Ein typisches Downtown-Haus, das jedoch im Gegensatz zu dem sonstigen

Weiß in einem blassen Rotton gestrichen war. Außerdem war es mit seinen drei Stockwerken das höchste Haus des ganzen Blocks. An der Seitenwand war eine steile Stahlsprossentreppe angebracht, über die man die einzelnen Stockwerke erreichte, von denen jedes zwei Wohnungen beherbergte. Ich zögerte kurz am Fuß der Treppe und holte erst einmal tief Luft; gleichzeitig wappnete ich mich gegen die Blicke der Bewohner des Hauses, die auf die Straße getreten waren und mich neugierig beobachteten. Vermutlich hielten sie mich für einen Gerichtsvollzieher oder einen Detektiv. Doch keiner von ihnen sagte ein Wort, als ich langsam die Stufen hochstieg.

Apartment 5 befand sich im obersten Stockwerk. Kein Namensschild, kein Briefkasten, nur die Zahl fünf, die auf die alte Holztür gepinselt war. Neben dem Schloß war ein großes Stück Holz abgesplittert – vermutlich ein Andenken an einen fehlgeschlagenen Einbruchsversuch. Ich klopfte einmal und dann nach kurzem Warten viermal. Die harten Klopfgeräusche hallten in der heißen Luft lange nach.

Und dann ging die Tür einen Spaltbreit auf. Zwar konnte ich nicht ins Innere sehen, aber ich spürte, wie ich von oben bis unten eingehend gemustert wurde. Eine gedämpfte Stimme drang hinter der Tür hervor: »Sind Sie allein?« Das bejahte ich.

Es dauerte eine Weile, bis ich mich an das Dunkel gewöhnt hatte. »Schön, daß Sie gekommen sind«, begrüßte mich die Stimme. »Ich weiß nicht, was ich getan hätte, wenn Sie meiner Aufforderung nicht nachgekommen wären.« Ich senkte meinen Blick, und erst jetzt merkte ich, daß die Stimme von einem Mann in einem Rollstuhl kam.

Auf mein Nicken hin wirbelte der Mann im Rollstuhl abrupt herum, so daß er sich für einen Augenblick um seine eigene Achse zu drehen schien, und fuhr dann tiefer in seine Wohnung hinein. Gedämpftes Licht, das durch ein kleines Fenster in den Raum fiel, warf deutliche Schatten und brach sich an den Speichen und dem verchromten Stahlrahmen des Rollstuhls. »Kommen Sie«, forderte mich mein Gastgeber auf und deutete mit einer Hand auf einen Stuhl, der am Küchentisch stand. Es gab kaum Möbel in der Wohnung – eine alte Couch, einen Tisch mit einer Wachstuchdecke, einen Herd, einen kleinen Kühlschrank und ein paar über den Raum verteilte Stühle. Sämtliche ebenen Flächen waren mit Aschenbechern vollgestellt, die von Zigarettenstummeln überquollen. Außerdem lagen noch ein paar Zeitschriften – *Times, Newsweek, Playboy* – herum. Auf dem Boden lag ein Stapel Zeitungen. Von der obersten stach mir die Schlagzeile meines letzten Artikels entgegen. Ich konnte erkennen, daß verschiedene Abschnitte mit rotem Filzstift umrandet waren. Ich nahm Platz und holte Notizblock und Tonbandgerät heraus. Der Mann im Rollstuhl sah mein Arbeitsgerät prüfend an.

Er trug eine große, gelbgetönte Pilotenbrille und hatte sich sein blondsträhniges Haar aus der Stirn und hinter die Ohren gekämmt. Er schien gerade dabei, sich einen Bart stehen zu lassen. Wobei seine Stoppeln unter dem Gelb seiner Sonnenbrille dunkler erschienen. Seine langen Arme waren muskelbepackt. Er trug ein graues T-Shirt und Jeans und hatte sich ein weißes Laken über seine Beine geworfen. Eine Gesichtshälfte schien ziemlich stark geschwollen; als er meinen Blick bemerkte, beruhigte er mich: »Keine Sorge. Nur eine Zahnwurzeleiterung. Ich habe morgen in der Klinik einen Termin: dann werden sie mir den Zahn ziehen. Für uns Veteranen wird ja wirklich gut gesorgt.« Seine Blicke fielen wieder auf mein Tonbandgerät. »Wollen Sie damit unsere Unterhaltung aufnehmen?« Von der Schwellung hatte er mit dem Sprechen etwas Mühe.

»Wenn Sie nichts dagegen haben«, erwiderte ich.

Er zuckte mit den Achseln. »Meinetwegen.« Darauf schwieg er eine Weile, um schließlich fortzufahren: »Wissen Sie, ich habe so lange darüber nachgedacht, ob Sie mich wohl besuchen kommen würden, daß ich jetzt gar nicht mehr weiß, was ich sagen soll.«

»Warum fangen wir nicht einfach damit an, daß Sie mir Ihren Namen nennen?« Ich drückte auf die Aufnahmetaste.

»Ich weiß noch gar nicht so recht, ob ich das tun soll. Sie müssen mir erst versprechen, ihn nicht zu veröffentlichen.«

»Warum?«

»Weil ich diesen Burschen, den Mörder, kenne. Und ich kann mir nicht vorstellen, daß er auch nur einen Augenblick zögern würde, mich aus dem Weg zu räumen.« Er lachte. »Na ja, viel gibt es da sowieso nicht mehr zu beseitigen.« Er deutete auf seine Beine. »Aber man hängt eben nun mal am Leben, wie wenig einem davon auch noch geblieben sein mag.«

Ich dachte kurz nach. Wie hatte er sich seine Verwundung zugezogen? Sollte er mir erst seine Geschichte erzählen und dann seinen Namen nennen. »Also gut, lassen wir das mit Ihrem Namen. Aber ich muß Ihnen jetzt schon sagen, daß die Polizei ganz sicher darauf dringen wird, mit Ihnen zu sprechen.«

»Das möchte ich mir erst noch mal in Ruhe durch den Kopf gehen lassen«, entgegnete er. »Aber jetzt lassen Sie mich Ihnen erst mal erzählen, was ich weiß.« Er zögerte neuerlich. »Ich nehme nicht an, daß bei dieser Sache finanziell was rausspringen könnte; Sie wissen schon, wegen Spesen vielleicht – oder so?« Ich schüttelte den Kopf. »Na ja, das habe ich mir schon gedacht. Aber fragen kostet zumindest nichts. So berauschend sind die Zahlungen, die Vater Staat leistet, nun wirklich nicht. Sie sehen ja selbst – eine Traumwohnung ist das hier nicht gerade.«

Ich nickte. »Wie ist das passiert?« Ich senkte meinen Blick kurz auf seine Beine. »Ich meine, natürlich nur, wenn es Ihnen nichts ausmacht.«

Er schüttelte energisch den Kopf. »Inzwischen macht mir das kaum mehr etwas aus.« Er rieb sich mit der Hand das Kinn, so daß man das Kratzen seiner Bartstoppeln hören konnte.

Und dann begann er zu sprechen. Erst klangen seine Worte, für das Tonbandgerät bestimmt, etwas gezwungen und unnatürlich. »Mein Name ist Mike Hilson. Ehemaliges Mitglied von Sondereinheit vier der US-Army. Im Januar bekam ich in der Nähe eines kleinen Kaffs auf der Halbinsel Batangan – ich kann mich nicht mal mehr an seinen Namen erinnern – ein paar Granatsplitter ab. Mein Gott, war das eine gottverlassene Gegend. Der Arsch der Welt. Und wissen Sie, was das schlimmste war? Ich stand damals kurz vor der Versetzung zur Etappe. Nach neun Monaten im Landesinnern sollte ich von meiner Kampfeinheit freigestellt werden und irgendeinen Schreibstubenjob in Saigon oder Da Nang oder sonstwo bekommen. Sie wissen schon, so eine richtig geruhsame, geregelte Tätigkeit. Na ja, und dann werden wir eines Nachts unter massivem Beschuß genommen. Ich wache auf und höre nur noch Schreien: ›Achtung! Alle Mann in Deckung!‹ Und im nächsten Augenblick – wamm! – schlagen auch schon die ersten Granatwerferladungen ein, und alle versuchen sich irgendwie in Deckung zu bringen. Nur ich nicht.

Ich liege bäuchlings auf dem Boden und wundere mich noch, warum ich mich nicht bewegen kann und woher dieses komische taube Gefühl in meinem Rücken kommt. Und dann wird mir plötzlich schwindlig, und alles dreht sich im Kreis – wie wenn man mal einen über den Durst getrunken hat, und dann dieser Augenblick, bevor man endgültig hinüber ist. Tja, und das war's auch schon. Im Lazarett haben sie mir dann einen Klumpen Metall rausoperiert und mich zurück in die Heimat geschafft. Das einzige Problem war, daß ich meine Beine nicht mehr bewegen konnte. Und auch sonst war da unten Sense. Ich bin dann drei Jahre in einer Klinik für Veteranen gewesen, und dann konnten sie mich dort nicht mehr länger behalten.« Seine Blicke wanderten durch den Raum, glitten über kahle, zernarbte Wände und abgenutztes Mobiliar. »Nicht gerade gemütlich, finden Sie nicht auch? Trotzdem kann ich Ihnen sagen, daß mir das hier trotz allem wesentlich lieber ist als diese Gelähmtenstationen. Ich habe eine Krankenschwester, die jeden Nachmittag hier vorbeikommt und mir mit dem Nötigsten hilft. Ich komme hier schon auch mal raus, wissen Sie; das Krankenhaus ist nicht weit von hier. Ich fahre fast jeden Tag mal rüber. Die Schwester erledigt die Einkäufe, räumt hier ab und zu auf und was eben sonst noch so anfällt.«

Sein Arm machte eine weit ausholende Bewegung durch den Raum.

»Stammen Sie eigentlich aus Miami?«

»Ja. Meine Eltern sind allerdings vor einem Jahr bei einem Autounfall oben im Norden beide ums Leben gekommen. Ansonsten habe ich nur noch eine Schwester; sie lebt in Orlando.«

»Aber jetzt erzählen Sie mir über den Mörder«, kam ich auf das eigentliche Thema zu sprechen.

Er lachte. »Seinen richtigen Namen weiß ich leider nicht. Das war auch so etwas beim Militär; jeder hatte einen Spitznamen. Mich nannten sie zum Beispiel Slick, weil ich das Haar wie in der High School glatt nach hinten frisiert hatte. Jeder hatte in unserem Zug einen anderen Namen. Es war fast, als wollte keiner den Namen, unter dem er geboren war, in den Schmutz ziehen – Sie wissen schon, durch den Krieg und das Morden.«

Er ließ seinen Arm sinken und trommelte mit den Fingern gegen das Rad seines Rollstuhls. Dann erzählte er vom Krieg und seinem Zug. Hin und wieder klopfte er mit seinen Fingern nervös gegen den Rollstuhl, um die besondere Bedeutung mancher Erinnerungen deutlicher hervorzuheben. Manchmal schaukelte er auch in seinem Rollstuhl vor und zurück, indem er die Vorderräder vom Boden hob und unter seinen Beinen ein paarmal rotieren ließ, als wollte er seine Gedanken ordnen.

»Da war zum Beispiel ein Nigger aus Arkansas, den wir Big Black nannten; oder ein Typ aus der Bronx in New York – der hieß Streets. Wieder ein anderer, den sie direkt von einer dieser noblen Schulen in Boston eingezogen hatten, bekam den Spitznamen College verpaßt. Sie wissen, was ich meine? Bei der Army hat man doch an jedem Hemd sein Namensschild; sogar am Kampfanzug muß so ein Ding dran sein. Hilson stand auf meinem. Trotzdem glaube ich nicht, daß mich jemals jemand – mit Ausnahme vielleicht einiger Offiziere – bei meinem richtigen Namen genannt hat. Und wenn irgend so ein Heini nicht mal wußte, daß ich Slick hieß, dann fiel ihm schon irgendein Schimpfwort ein, daß er mir an den Kopf knallen konnte. Und diese Methode hat ihre Wirkung ja auch nie verfehlt.«

Er nahm aus einem Päckchen, das vor ihm lag, eine Zigarette heraus und steckte sie sich an.

»Sie müssen verstehen, daß das damals, so um 1970 herum, eine absolut verrückte Zeit war. Irgendwie kriege ich das meiste noch immer nicht so recht zusammen, obwohl ich inzwischen, weiß Gott, genügend Zeit zum Nachdenken habe. Zumal ich eigentlich die ganze Zeit nichts anderes tue, als hier herumzusitzen und nachzudenken. Das hier hat mir großzügigerweise die Army zur Verfügung gestellt.« Er deutete auf den Rollstuhl. »Was soll ich mich also beklagen?«

Er blies den Rauch in Ringen zur Decke hoch. Ich folgte ihnen mit den Blicken, während sie durch die stehende Luft gemächlich nach oben schwebten.

»Waren Sie auch drüben?« fragte er mich dann.

In mir stieg ein Wust von Bildern aus jenen Jahren hoch – High School, College, Graduate School; das Gespräch mit meinem Vater; die Frage, ob ich mich drücken sollte oder nicht; die Aufforderung, zur Musterung zu erscheinen, bei der ich dann als volltauglich eingestuft worden war; die Wut meines Vaters über mein Versäumnis, einen Antrag auf Zurückstellung einzureichen. »Wie konntest du das vergessen?« fragte er wütend. Ich antwortete nicht auf seine Frage. Ich hatte es nicht vergessen. Ich hatte die Antragsformulare monatelang auf meinem Schreibtisch liegen gehabt; ich hätte nur meinen Namen, meine Erfassungsnummer, meinen Studienplan und meine Adresse einzutragen und das Ganze mit der Post an die zuständigen Stellen zu schicken brauchen, und für mich wäre damit alles erledigt gewesen. Aber ich nahm die Formulare nur hin und wieder vom Schreibtisch und fragte mich, während ich sie nachdenklich betrachtete, warum ich sie nicht auszufüllen gewillt war. Fast war es, als wollte ich die wirkliche Welt außerhalb des College herausfordern und ihr entgegenschleudern: Kommt und holt mich doch! Und das hatten sie dann auch versucht.

Dennoch konnte ich meinen Kopf problemlos aus der Schlinge ziehen. Die Einziehungsberatungsstelle an unserem College paukte mich wieder heraus. Ich brauchte nur während des problematischen Semesters meinen Musterungstermin immer wieder hinausschieben. Einmal hatte ich einen Termin auch nur verschlafen. Und dann wurde meine Zurückstellung wieder genehmigt. So simpel war das letztlich.

Während ich nun in dieser kleinen Wohnung saß, gingen mir all die verschiedenen Aspekte des Krieges durch den Kopf, die in meinem Leben von Bedeutung gewesen waren. Zum Beispiel las ich täglich die neuesten Meldungen auf der ersten Seite der Zeitung; ich starrte auf die grobkörnigen Schwarzweißfotos der gesichtslosen Männer in ihren Helmen und Kampfanzügen, wie sie durch fremdes Territorium streiften. Ich nahm an Demonstrationen teil, verteilte Flugblätter, erhob – zusammen mit meiner geballten Faust – bei Dutzenden von Protestkundgebungen meine Stimme, um den unzähligen Rednern meine Zustimmung zu bekunden. Aber eigentlich war mir gar nicht richtig bewußt, was ich tat.

Während meines letzten Jahres im College wohnte im Zimmer neben meinem ein Veteran, ein großer, kräftiger Bursche, dem sein üppiges, schwarzes Haar in wilden Locken über Ohren und Schultern fiel. Er hinkte und mußte am Stock gehen – die Folgen einer Fußverletzung. An der Wand seines Zimmers hatte er ein Foto von sich hängen, das von einem *Life*-Fotografen aufgenommen worden war – in Farbe. Mit verzerrtem Gesicht saß er im Mittelpunkt des Fotos; seine Hände faßten nach seinen Füßen, und aus seinem Stiefel quoll ein dicker Schwall Blut. Der Fotograf hatte die Szene in der Art eines Stillebens eingefangen; ein Sanitäter hechtete gerade über ein paar Sandsäcke; ein anderer streckte seine Hand aus. Im Hintergrund war eine Explosion zu sehen, die Schlamm und Steine in die Luft wirbelte. Alle schienen von demselben Schmutz und Grauen befallen.

Mein Zimmernachbar nahm nicht an Demonstrationen teil, ebensowenig besuchte er Kundgebungen und Versammlungen. Er weigerte sich kategorisch, über den Krieg zu sprechen, und knallte den Campus-Aktivisten, die ihn für ihre Sache zu gewinnen versuchten, unweigerlich jedesmal von neuem die Tür vor der Nase zu. »Ihr begreift das einfach nicht«, erklärte er kurz und bündig und wies sie aus seinem Zimmer. Als ich ihn einmal nach seinen Gründen fragte, schüttelte er nur den Kopf.

Eines Morgens, kurz nach meinem Abschluß, sah ich in der Zeitung ein Bild von ihm. Vor dem Kongreßgebäude war eine Gruppe von Veteranen aufmarschiert – eine unordentliche Marschreihe von Soldaten in ihren alten Kampfanzügen, die sich ziemlich außer Tritt durch die Straßen Washingtons bewegten. Sie gaben ihre Auszeichnungen zurück. Das Funkfoto zeigte meinen ehemaligen Zimmernachbarn, wie er an der Umzäunung stand und seinen Orden auf die Stufen vor dem Kongreßgebäude schleuderte. Der Bildunterschrift zufolge handelte es sich dabei um einen Silver Star, die zweithöchste Tapferkeitsauszeichnung, die in den Vereinigten Staaten verliehen wird. Ich hätte gern gewußt, welche Tat ihm diese Auszeichnung eingetragen hatte. Es war, als gäbe es für ihn – und die anderen – zwei voneinander vollkommen verschiedene Leben: die Heimat mit ihrem normalen, geregelten Leben, ihren Cheeseburgern und schnellen Autos; und auf der anderen Seite den Krieg. Ich sah meinen Zimmernachbarn nie wieder; allerdings entnahm ich der Collegezeitung, daß er ein Medizinstudium abgeschlossen hatte.

»Nein«, antwortete ich. »Ich bin nicht eingezogen worden.«

»Student, was?« grinste der Mann im Rollstuhl. »Sie sind sicher zurückgestellt worden.«

»Ja.«

Er mußte lachen, bis sein Gelächter in ein Husten überging. »Das hätten Sie sich unter keinen Umständen entgehen lassen sollen.« Er grinste mich an. »Diese Erfahrung ist wirklich eine Sache für sich.«

»Ich weiß.«

Er schüttelte den Kopf. »Nein, das tun Sie nicht. Sie hätten dabeisein müssen. Das ist doch das Problem. Keiner von denen, die nicht wirklich dabeigewesen sind, wird das je verstehen können.«

»Dann erzählen Sie mir doch darüber.« Dieser Satz bildet sozusagen meine Existenzgrundlage.

Er mußte neuerlich husten. »Also gut«, begann er. »Machen Sie sich's schon mal bequem. Ich habe da eine Kriegsgeschichte für Sie.«

In diesem Moment hörte ich vom Flur Stimmen hereindringen, Schritte auf dem Betonboden. Der Mann im Rollstuhl zuckte in Richtung des Geräusches herum; die Knöchel seiner Hände, die sich krampfhaft um die Armstützen des Rollstuhls gekrallt hatten, traten von der plötzlichen Anspannung weiß hervor. Eine Stimme rief: »Untersteh dich, du Dreckskerl!« Darauf folgte das Geräusch laufender Füße. Sichtlich erleichtert, entspannte sich der Mann im Rollstuhl wieder. Er strich das Laken über seinen Beinen glatt. »Manchmal versuchen die jungen Burschen aus der Nachbarschaft, irgendwo einzubrechen. Diese miesen kleinen Wichser. Eigentlich sollte ich mir eine Kanone zulegen und ein paar von ihnen abknallen. Dann würden sie es vielleicht bleiben lassen. Wie Sie sehen, ist das hier nicht gerade die ideale Nachbarschaft, aber mir macht das weiter nichts aus.«

Seine Blicke folgten meinem Stift, um nach einer Weile zu meinem Tonbandgerät weiterzuwandern. »Wie gesagt«, fuhr er schließlich fort, »wir kannten uns alle nur beim Spitznamen, und der Typ, der meiner Meinung nach diese Morde begangen hat, hieß Nachtauge, weil er nachts nie schlafen zu wollen schien. Während wir draußen an der Verteidigungslinie Wache hielten und mühsam versuchten, unsere Augen offenzuhalten, während wir gleichzeitig vor Schiß – wegen der Dunkelheit – fast in die Hosen machten, kam dieser Typ einfach angeschlichen – immer hellwach – und starrte über den Draht in den Dschungel hinaus, als könnte er sehen wie bei Tageslicht. Er schlief immer nur am frühen Abend, nachdem die Sonne untergegangen war, ein paar Stunden; und morgens, wenn es langsam tagte, verkroch er sich in sein Loch, wickelte sich in seinen Poncho und machte noch mal ein kurzes Nickerchen. Er schien einfach weniger Schlaf zu brauchen als die anderen.

Na ja, er war also zur gleichen Zeit wie ich dort drüben. Das heißt, sogar länger als ich, wobei ich gehört habe, daß er ziemlich eigenartig wurde – beziehungsweise noch eigenartiger –, nachdem es mich erwischt hatte. Angeblich wurde er von Sektion acht in eine psychiatrische Klinik eingeliefert. Mich würde das jedenfalls nicht wundern; sehen Sie doch nur, wie er sich jetzt wieder aufführt. Ich glaube nicht, daß ich ihn mal stoned oder besoffen oder sonst irgendwas gesehen habe. Der hat nur Soldat gespielt. Man konnte ihm richtig ansehen, daß es ihm Spaß machte, andere umzubringen. Viel geredet hat er auch nicht gerade. Und er ging immer am liebsten an der Spitze; auf diese Weise hat er von den anderen nichts gesehen und gehört. Er war einfach ein sehr stiller und sehr eigenartiger Bursche. Ich kann mir nicht vorstellen, daß es unser Zug allzu lange mit ihm ausgehalten hätte, wenn damals nicht sowieso alle einen leichten Schlag gehabt hätten. Da waren vielleicht ausgeflippte Typen dabei, kann ich Ihnen sagen.«

»Und seinen wirklichen Namen wissen Sie also nicht?«

»Nein, das habe ich Ihnen doch schon gesagt.«

»Welcher Einheit gehörten Sie an. Und wer war Ihr Einheitsführer?«

»Ein gewisser Lieutenant O'Shaughnessy; Peter mit Vornamen. Wie könnte jemand so einen Namen auch vergessen. Und er hatte auch tatsächlich rotes Haar. Wir gehörten zur dreihundertzweiundfünfzigsten Feldinfanteriekompanie der American Division.«

»Und wo . . .«

»Da habe ich Ihnen doch schon gesagt, Mann. Auf der Halbinsel Batangan.«

»Natürlich«, nickte ich. »Ich wollte mich nur noch mal vergewissern.«

Lächelnd begann er wieder, gegen den Rollstuhl zu trommeln. »Sehr gut. Es soll schließlich alles seine Ordnung haben – vor allem, wenn es sich um eine so ernste Angelegenheit handelt.«

»Können Sie sich noch an die Namen irgendwelcher anderer Kameraden erinnern?«

»Nein. Wie gesagt, ich kannte alle nur beim Spitznamen. Schon komisch, finden Sie nicht auch?«

Ich zuckte mit den Achseln. »Wo hat dieser Kerl den Umgang mit einer Handfeuerwaffe gelernt?«

Der Mann im Rollstuhl stieß laut hörbar den Atem aus. »Meine Güte, woher soll ich das wissen? Allerdings weiß ich noch, daß er damals so eine Kanone hatte – eine von diesen riesigen Fünfundvierzigern, wie er sie ja auch hier verwendet. Vermutlich hat er sich die in Saigon auf dem Schwarzmarkt zugelegt. Aber er war sicher nicht der einzige, der damals mit so einem Ding rumlief. Manchmal, wenn wir gerade nicht in dem Scheißsumpf oder im Dschungel unterwegs waren, hat er sich nachmittags irgendwo draußen an der Verteidigungslinie hingesetzt und angefangen, mit seiner Kanone durch die Gegend zu ballern. Er hat auf alles geschossen – auf Kokosnüsse, Vögel und was weiß ich noch alles.«

»Hat ihn denn niemand darauf angesprochen, warum er das gemacht hat?«

»Nein. Er war eben, wie gesagt, etwas eigenartig. Neben der Kappe. Deshalb haben ihn auch alle, sogar der Einheitsführer, in Ruhe gelassen. Warum auch nicht? Schließlich hat er niemandem etwas getan. Außerdem hat dieser Irre sich für alle möglichen unangenehmen Aufträge, die sonst keiner wollte, freiwillig gemeldet, wie zum Beispiel die Erkundungsgänge in unbekanntes Territorium. Mich hätten sie damit jagen können, kann ich Ihnen sagen. Ich hatte nicht die geringste Lust, mich von so einer Scheißmine in die Luft jagen zu lassen. Solange Nachtauge also diese Aufträge übernahm und sich für die Nachtschicht einteilen ließ, hat keiner sich einen Dreck um seine Macken gekümmert und was sonst noch in seinem Kopf vor sich gegangen sein mag.«

»Und was später aus ihm geworden ist, wissen Sie nicht?«

»Mir sind nur ein paar Gerüchte zu Ohren gekommen – daß er durchgedreht und wie ein Irrer gebrüllt und um sich geschossen hätte. Jemand hat erzählt, daß er ein paar vietnamesische Bauern abgeknallt und dann zu lachen angefangen und nicht wieder aufgehört hätte, bis sie ihn dann abholen kamen. Vermutlich wurde die ganze Geschichte totgeschwiegen. Sie können sich ja selbst denken, wie das ist. Helden wie mich, die im Schlaf ein paar Granatsplitter abbekommen, hängt die Army nun mal lieber an die große Glocke als die armen Teufel, die plötzlich überschnappen und schleunigst nach Hause gebracht und in eine Klapsmühle eingeliefert werden müssen; wenn Sie verstehen, was ich meine.«

Ich nickte, während der Mann im Rollstuhl immer wieder vor sich hin murmelte: »Verrückt, Mann, wirklich verrückt.«

»Und was war mit diesem Vorfall?« wollte ich nun wissen.

Er atmete in einem langen Zug aus, während er gleichzeitig nachdachte.

»Es war damals fürchterlich heiß; daran kann ich mich noch ganz deutlich erinnern. Genau wie jetzt, wissen Sie; so eine richtig stehende Hitze. Kein Lüftchen, das etwas Kühlung gebracht hätte. Wir waren damals für diese verdammten Aufklärungs- und Vernichtungsaktionen eingeteilt; was Übleres können Sie sich nicht vorstellen, Mann.« Er lachte. »Nummer zehn, hieß es damals immer nur. Wir wurden am frühen Morgen in die Hubschrauber verladen und in das Zielgebiet geflogen. Das hätten Sie mal erleben sollen. Die Piloten hatten die Hosen genauso voll wie wir; erst hängt man noch tausend Meter und noch höher in der Luft, und dann taucht man plötzlich auf die Landezone zu. Die Turbinen heulen, und der Ausstiegskanonier ballert mit seinem Ding los, was das Zeug hält, daß der ganze Dschungel ringsum in Fetzen fliegt. Wissen Sie, was das Komischste an ganz Vietnam war? Wir haben die meiste Zeit auf etwas geschossen, was gar nicht da war. Ich meine, beim Landen hat einfach jeder seine Kanone leergeschossen – auf einen imaginären Feind, von dem wir dachten, daß er sich irgendwo unter den Bäumen versteckt hielt. Und nachts feuerte die Artillerie über unsere Köpfe hinweg ihre Probeschüsse ab, um sich schon mal einzuschießen, falls wir in der Dunkelheit angegriffen werden sollten. Und dabei hat sich nie mal was gerührt – oder zumindest fast nie.

Als wir also an diesem Tag runtergingen, wurde unser Feuer nicht erwidert, was den Hubschrauberpiloten nur recht war; sie sind dann auch gleich wieder abgezogen. Wir sollten uns in zwei Gruppen aufteilen, das in Frage kommende Gebiet gründlich durchkämmen und uns schließlich in einem Dorf, das auf der Karte eingezeichnet war, wieder treffen. Von dort sollten wir uns durch die Reisfelder zu einer Kompanie vorkämpfen, die uns aus der anderen Richtung entgegenkam. Das hatte sich irgendein Schlauberger im Hauptquartier unserer Division ausgedacht, und auf dem Papier machte das ja auch mordsmäßig was her, aber in der Praxis war das Ganze keinen Pfifferling wert. Unser Einheitsführer war also dieser O'Shaughnessy – meine Fresse, das war vielleicht ein Prügel von einem Mannsbild. Der Kerl war bestimmt gut eins neunzig groß und hatte sicher seine zwei Zentner. Wenn der einem was gesagt hat, hat jeder gespurt. Denn der Kerl war nicht nur ein fürchterlicher Brocken, sondern auch ganz schön rabiat. Ich habe mich immer gewundert, daß ihn nicht mal einer während eines Gefechts abgeknallt hat. So viel ich weiß, ist es dazu jedenfalls nie gekommen. Na ja, und ich bin ihm ja auch was schuldig; als es mich erwischt hat, hat er den Hubschrauberpiloten angebrüllt und ihm gedroht, er würde ihn eigenhändig erschießen, wenn er mich nicht sofort rausfliegen würde. Deshalb kann ich mich eigentlich, was ihn betrifft, nicht beklagen.

Wie gesagt, wir wurden also mit O'Shaughnessy mitten auf so einem Reisfeld abgesetzt. Die Hubschrauber traten bereits wieder den Rückflug an. Ich kann mich noch gut an dieses Gefühl des Alleingelassenwerdens erinnern, obwohl man ja immer noch seine Kameraden und all die Waffen und ein Funkgerät um sich herum hatte. Trotzdem hatte ich in diesem Augenblick immer wieder das Gefühl, im Stich gelassen zu werden, allein auf hoher See zu treiben – so in der Art wie Robinson Crusoe. Und eine Hitze war das. Es dauerte keine fünf Sekunden, und wir troffen alle von Schweiß. Ständig rann einem die Soße unter dem Helm hervor und genau in die Augen. Das hat mich völlig fertiggemacht – zum Aus-der-Haut-Fahren. Aber wie wollen Sie sich den Schweiß aus dem Gesicht wischen, wenn Sie in der einen Hand ein Gewehr halten und die andere vielleicht dazu brauchen, sich irgendwo abzustützen. Nicht wenige von unseren Leuten haben allein wegen der Hitze durchzudrehen angefangen; sie haben wie am Spieß zu brüllen begonnen und sich geweigert, auch nur einen Schritt weiterzugehen, obwohl sie bis zum Bauch im Schlamm und im Wasser standen, das außerdem nur so von Blutegeln wimmelte. Die Sonne war mindestens genauso schlimm wie der Vietkong.

O'Shaughnessy hat uns dann in zwei Gruppen aufgeteilt; eine übernahm er, die andere der erste Sergeant. Wir sollten uns im vorgeschriebenen Abstand von etwa fünfhundert Metern vorwärtsbewegen, aber dort drüben hat das ja nie so funktioniert, wie es im Lehrbuch stand. Ich meine, der eine Trupp blieb dann irgendwo in der Scheiße stecken, und der andere war dann schon wesentlich weiter voraus, um dann auf die anderen zu warten. Ein einziges Chaos war das, kann ich Ihnen sagen, absolut irre. An der Front war es auch nicht schlimmer. Und dann sind wir also losgezogen – etwa zwölf Mann waren wir. Und es hat auch nicht lange gedauert, daß wir schon wieder knietief durch die Scheiße gewatet sind; das war ja immer so. Eigentlich erinnere ich mich nur sehr verschwommen an diesen Morgen; er war ja auch genau wie unzählige andere, dieser beschissenen Morgen in Vietnam. Erst als wir uns diesem Dorf näherten, stellten sich die Dinge in einem etwas anderen Licht dar.«

Er verstummte und nutzte die Unterbrechung, um sich eine Zigarette anzuzünden. Hinter den Brillengläsern hervor folgten seine Blicke dem Rauch, der langsam zur Decke hochstieg.

»Wir trafen als erste dort ein; wir waren ja immer schneller als die andere Gruppe. Wir ließen uns am Dorfrand nieder und warteten. Nichts dagegen einzuwenden; ich meine, wir alle konnten gut eine kleine Verschnaufpause vertragen. Ja, und dieser Typ, von dem ich Ihnen erzählt habe, der Irre, der diese Morde begangen hat, war an diesem Tag auch wieder an der Spitze gegangen. Und als wir haltmachten, setzte er sich – auch wie üblich – etwas abseits von den anderen. Er saß also da und beobachtete durch das Dickicht dieses Dorf. Und dann stand er plötzlich auf und kam auf uns zu.

›Ich habe da eben was gesehen‹, hat er gesagt. ›Sah aus wie eine Frau mit einer AK.‹ Wir natürlich sofort nach unseren Waffen gegriffen und schlagartig auf Alarmstufe eins. Sie dürfen nicht vergessen, daß dieser Kerl sogar nachts wie am Tag sehen zu können schien; wir wußten, daß auf ihn Verlaß war. Und ich kann mich auch noch genau an seine Worte erinnern, weil er nämlich direkt vor uns, mit dem Rücken zur Sonne, stand und ich meine Augen abschirmen mußte, um sein Gesicht erkennen zu können.

Jedenfalls gab es dann ein langes Hin und Her, was wir nun tun sollten. Die meisten waren dafür, auf den Lieutenant zu warten, aber der Sergeant hatte sich ja auf Lebenszeit verpflichtet, und ich nehme an, daß er auf eine Art Beförderung oder einen Orden oder sonst irgendeine Scheiße spekuliert hat; jedenfalls hat er erklärt: ›Kommt nicht in Frage.‹ Und ehe wir's uns noch versehen haben, sind wir auch schon ausgeschwärmt und schleichen vorsichtig in dieses Dorf rein; und dann immer schön von einer Hütte zur anderen – wie im Kino. Aber Schiß hatten wir, Mann; wir hatten die Hosen wirklich bis hier oben voll.

Das Dorf – eigentlich ist diese Bezeichnung ja etwas übertrieben – bestand vielleicht aus fünf oder sechs armseligen Hütten;

ein kleiner Pickel auf dem Arsch der Welt. Wir haben also nicht lange gebraucht, um von einem Ende ans andere zu kommen, obwohl wir wirklich vorsichtig vorgegangen sind. Ich meine, die Sache war ja auch tatsächlich nicht zum Spaßen, wenn tatsächlich stimmte, was dieser Kerl gesagt hatte.«

Hilson strich sich mit der Hand durchs Haar und zog an seiner Zigarette. Dann begann er wieder mit den Fingern gegen die Seite des Rollstuhls zu klopfen, als wollte er sich damit selbst antreiben.

»Ich habe diese Geschichte noch nie jemandem erzählt«, fuhr er schließlich fort. »Ich habe nun mal keine Lust, mich wie dieser Calley vor Gericht stellen zu lassen.«

Ich nickte ihm zu. »Selbstverständlich werde ich Ihre Aussage streng vertraulich behandeln.«

»Genau darauf wollte ich hinaus«, nickte er nun seinerseits.

»Am Ende des Dorfs«, fuhr er dann in seiner Erzählung fort, »haben wir haltgemacht und uns gesammelt. Der Sergeant hat ein paar Mann zum Ausgangspunkt zurückgeschickt, um dort auf den anderen Trupp zu warten. War ich vielleicht nervös, Mann; alle waren das. Es muß wohl an der Hitze gelegen haben. Außerdem hatte man uns gesagt, daß in diesem Abschnitt der Vietkong sehr stark vertreten war. Uns war eingeschärft worden, daß wir höchstwahrscheinlich Feindkontakt bekommen würden und damit rechnen mußten, daß praktisch jeder, den wir zu Gesicht bekommen würden, ein Vietkong war. Das Ganze war also eigentlich schon gar nicht mehr anders zu erwarten gewesen.

Ich meine, das haben sie uns immer wieder eingeschärft: Trau keinem Menschen! Auch nicht dem verkalktesten alten Tatterich! Er schießt dich über den Haufen, sobald du ihm den Rücken zukehrst – oder säbelt dir die Eier ab, wenn du ihn anlächelst. Und für die Frauen gilt das gleiche. Wir konnten einfach nie sicher sein, Mann! Nie! Nicht mal, wenn wir einen übergelaufenen Vietkong oder einen von diesen ARVN-Typen dabei hatten. Die ließen auch lieber gleich mal einen kaltmachen, anstatt noch lange Fragen zu stellen. Diese Burschen waren nun wirklich keine große Hilfe. Aber an diesem Tag hatten wir nicht mal einen von denen dabei.

Wir ließen also die Leute aus dem Dorf antreten. Neun waren es insgesamt. Alte Männer und Frauen, und ein paar Kinder. Keine jungen Männer. Und einer von den Alten konnte etwas Englisch.

Ich kann mich noch genau erinnern, wie sein Kopf immer auf und ab ging, als er sagte: ›Kein Vietkong hier. Kein Vietkong.‹ ›Erzähl uns keinen Scheiß, Alter!‹ fuhr ihn der Sergeant an, und dieser Typ – ich meine Nachtauge – erklärt noch einmal in aller Ruhe: ›Ich habe mich bestimmt nicht getäuscht.‹ Währenddessen hat er bereits an seiner Fünfundvierziger rumgefummelt. Er trug sie immer in einem Holster, das er unter der Achselhöhle unter seinem Kampfanzug festgeschnallt hatte. Jetzt hatte er das verdammte Ding jedenfalls draußen und machte ständig daran herum; ich kann jetzt noch das leise Klicken hören, als er sie immer sicherte und entsicherte.

Der Sergeant brüllt nun den Rest von uns an, die Hütten zu durchsuchen, und binnen kurzem hatten wir alles auf den Kopf gestellt. Wir sind dabei natürlich nicht gerade sanft vorgegangen, weil wir alle ganz schön Schiß hatten – und dann noch diese verdammte Hitze. Und wie nicht anders zu erwarten, findet tatsächlich einer von uns in einer der Hütten ein Gewehr; es war irgendwo unterm Dach versteckt. Und jetzt ging uns der Arsch natürlich erst auf Grundeis.

Der Sergeant brüllt von neuem auf diesen Alten ein, der freilich nur weiter seine alte Leier herunterbetet: ›Kein Vietkong hier.‹ Auch als wir ihm die AK unter die Nase halten, läßt er sich davon nicht abbringen. Die anderen Leute aus dem Dorf hatten alle schon schrecklich Angst. Die Kinder fingen an zu heulen, und ein Baby brüllte wie am Spieß. Ich weiß noch, daß ich mich kurz diesem Typen zugewandt habe. ›Hast ja tatsächlich recht gehabt‹, habe ich gesagt, und er hat genickt und gegrinst. Der Sergeant war schon dabei, klein beizugeben, als dieser Typ vortritt und sagt: ›Lassen Sie mich nur machen, Sergeant.‹ Und der hat nur mit den Achseln gezuckt und gesagt: ›Machen Sie, was Sie wollen.‹

Und dann geht der Typ auf ein junges Mädchen zu; sie saß auf dem Boden und war kurz davor, vor Angst in die Hosen zu machen. Er hat sie ziemlich unsanft am Arm gepackt, hochgerissen und vor den Alten gezerrt. Dann hat er den Hahn seiner Fünfundvierziger gespannt und den Alten gefragt: ›Wo Vietkong?‹ Und als der Alte den Kopf schüttelt, drückt er einfach den Abzug.

Mann! Ich kann dieses Klicken heute noch hören, als der Hahn auf die leere Kammer niedersauste, und das zweite Klicken, als die Automatik weitertransportierte. Ich meine, keiner von uns wußte, ob er die Patrone nun absichtlich herausgenommen hatte oder nicht. Und er hat den Alten nur angelächelt und ein zweites Mal gefragt: ›Wo Vietkong?‹ Der Alte hat wieder nur den Kopf geschüttelt.

Und als nächstes kann ich mich nur noch an das Krachen dieser ekligen Fünfundvierziger erinnern. Sie war also geladen gewesen. Und das Mädchen sank vornüber – es hatte ihm den halben Kopf weggerissen – und blieb vor dem Alten liegen. Ich kann mich an diese Szene noch so deutlich erinnern, als gäbe es ein Foto davon. Er hatte ein paar Blutspritzer und Gehirnmasse abbekommen. Und jetzt erst verzog sich das Gesicht des Alten; in diesem Augenblick müssen ihm wohl tausenderlei Dinge durch den Kopf gegangen sein; vor allem war es aber wohl die nackte Angst. Trotzdem schüttelte er nur immer weiter den Kopf und wiederholte immer und immer wieder, wie eine Platte, die hängengeblieben ist: ›Kein Vietkong hier. Kein Vietkong.‹ Der Sergeant starrt Nachtauge an, als wäre er verrückt geworden – was ja vermutlich auch der Fall war. Der hat jedoch kaum mit der Wimper gezuckt und sieht dem Alten mit ungerührter Miene eiskalt in die Augen. Und dann geht er in aller Ruhe auf die anderen Dorfbewohner zu und zerrt ein altes Paar aus der Reihe. Er wirft dem Dorfältesten einen neuerlichen Blick zu. Doch der sagt wieder nur: ›Kein Vietkong.‹ Und dann ein zweimaliges Krachen – peng! peng! – und die beiden Alten sacken tot zu Boden. Ich weiß noch, wie sich ihr Blut mit dem Staub vermischte. Und alle anderen stehen einfach nur herum. Ich meine, wir waren wie gelähmt und sahen tatenlos zu, was um uns herum geschah. Ich glaube, mir ist damals nicht ein einziges Mal auch nur der Gedanke gekommen, ihn zurückzuhalten. Es schien, als wäre er der einzige, der *handelte*. Mir kam das alles vor wie ein völlig verrückter Alptraum.

Nicht daß Sie denken, ich bilde mir darauf auch noch was ein. Keineswegs. Aber Sie müssen einfach verstehen, daß wir an diesem Tag wohl alle etwas neben der Kappe waren. Wegen der Sonne vielleicht. Und dann noch dieser Dschungel und diese Scheißreisfelder. Ich weiß auch nicht. Wenn ich an Vietnam denke, fällt mir als erstes immer gleich die Sonne ein. Jedenfalls müssen wir damals wohl alle nicht ganz zurechnungsfähig gewesen sein.

Deshalb hat ihn vermutlich auch keiner von den anderen zurückgehalten.«

Darauf trat ein Moment des Schweigens ein. Ich beobachtete die Augen hinter der gelbgetönten Brille. Sie waren inzwischen der weißen Decke zugewandt.

»Als nächste packte er eine Mama-san mit ihrem Kind. Niemand rührte sich. Peng! Ein neuerliches Krachen der Fünfundvierziger. Und dann hörte ich ihn leise lachen. Es klang, als wäre er eigentlich gar nicht sauer auf den Dorfältesten, sondern als wollte er einfach noch nicht damit aufhören. Für ihn muß es mehr oder weniger wie ein Spiel gewesen sein. ›Wo Vietkong?‹ fragte er wieder und konnte sich dabei das Lachen nicht verkneifen.

Der Alte gab zwar noch immer keine Antwort, aber das sollte sich im nächsten Augenblick auch schon erübrigen.

Da war plötzlich dieses Geräusch hinter uns. Mann, wenn Sie mal das Geräusch von so einem Granatwerfer gehört haben, dann vergessen Sie das Ihr Leben lang nicht mehr. Hinter uns machte es Wumm!, und eine der Hütten flog in die Luft. Und dieser Kerl hat nur gelacht. Er griff nach seiner M-sechzehn, während wir bereits alle in der Richtung, aus welcher der Lieutenant kommen mußte, in Deckung rannten. Scheiße, und dann wurden wir von den Granatwerfern unter massierten Beschuß genommen. Um uns herum pfiff und krachte es nur noch. Ich ballerte wild drauflos – keine Ahnung, worauf. An eines kann ich mich allerdings noch erinnern. Als ich mich kurz mal umdrehte, sah ich sämtliche Dorfbewohner auf einem Haufen auf dem Boden liegen. Sie waren einfach niedergemäht worden. Mit Ausnahme des Babys. Es hat aus Leibeskräften gebrüllt. Ich konnte es noch eine ganze Weile hören, vielleicht auch nur eine Sekunde. Aber dann wurde der Lärm zu groß.

Wir sammelten uns dann hinter der Lichtung. Ich weiß noch, wie der Funker verzweifelt Unterstützung anforderte. Aber der Lieutenant ließ uns über Funk durchgeben, wir sollten in Richtung auf ihn den Rückzug antreten. Und dann hat er Unterstützung aus der Luft angefordert. So einfach war das, und es war eigentlich jedes Mal das gleiche. Unsere zersprengte Schar zog sich also zurück; wir schossen in unserer Angst noch eine Weile ziellos um uns, und dann dauerte es keine fünf Minuten, wissen Sie, und da war dieses typische, extrem hohe Pfeifen eines Phantom-Jägers, wenn der Pilot ganz tief runtergeht und über einen hinwegschießt. Es waren vier Maschinen. Im Gegenlicht konnte ich nur ihre Silhouetten erkennen. Ihre Tragflächen reflektierten das Sonnenlicht so stark, als wären an ihnen Scheinwerfer angebracht. Sie warfen einfach diese Kanister ab und ließen das ganze Dorf und was sich noch in seiner Nähe befand in Flammen aufgehen.

Jegliche Spuren dessen, was dieser Irre dort angestellt hatte, wurden also ein Raub der Flammen. Mann, ich kann Ihnen sagen, das hat vielleicht gebrannt.«

An dieser Stelle hielt er eine Weile in seiner Erzählung inne; vermutlich ging er dabei noch einmal seinen Erinnerungen an damals nach.

»Wir erstatteten dann über den Vorfall Meldung. O'Shaughnessy ließ uns alle der Reihe nach aufrufen und fragte uns, was wir gesehen, was wir getan hatten. Sogar diesen Irren hat er kommen lassen. Und wissen Sie, was das wirklich Irre daran war? Keiner hat gelogen. Keiner hat dem Einheitsführer etwas anderes erzählt als das, wie es sich tatsächlich zugetragen hat. Und wollen Sie auch wissen, wem der etwas davon gesagt hat? Ganz richtig. Niemandem. Ich weiß noch, wie er rauskam. Ich habe selbst gehört, wie er zu dem Sergeant gesagt hat: ›Scheiß doch drauf. Wen interessiert das schon‹ Und der Sergeant hat nur genickt. Eine Woche später ist er dann nach Saigon versetzt worden. Und mich hat's erwischt. Und das war dann auch schon alles.«

Darauf schwiegen wir beide eine Weile.

»Es wurden keinerlei Nachforschungen angestellt?« fragte ich. Er schüttelte den Kopf.

»Keinerlei schriftliche Aufzeichnungen über den Vorfall?«

Ein neuerliches Kopfschütteln.

»Und der Einheitsführer?«

»Der ist kurz darauf gefallen, soviel ich gehört habe.«

In meinem Kopf überstürzten sich die Gedanken – das Mädchen, das alte Ehepaar, die Frau mit dem Kind. Sie waren alle da.

»Eines hätte ich gerne noch einmal klargestellt. Als Sie sich noch mal umdrehten, waren doch sämtliche Dorfbewohner tot, nicht wahr?«

Der Mann im Rollstuhl sah mich unverwandt an und nickte.

»Wie sind sie umgekommen?«

»Wie meinen Sie das?«

»Na ja, hat dieser Typ sie niedergemäht, oder sind sie einfach Gewehrfeuer zum Opfer gefallen? Oder kamen sie im Feuer der Granatwerfer um?«

»Ist das denn so wichtig? Ich meine, tot ist tot.«

»Und ob das wichtig ist«, erwiderte ich. Wie betäubt von der Vielfalt der Möglichkeiten, überstürzten sich meine Gedanken. Wenn Hilson recht hatte, dann war der Mörder entweder am Ende – oder er stand erst ganz am Anfang. Und ich war der einzige, der sich Klarheit darüber würde verschaffen können. Ich spürte eine seltsame Erregung in mir aufsteigen.

Der Mann im Rollstuhl rieb sich nachdenklich den Bart.

»Ich weiß auch nicht, Mann. Langsam fange ich an zu begreifen, worauf Sie hinauswollen; ich meine, was dieser Typ als nächstes vorhat. Ich fürchte allerdings, daß ich Ihnen in diesem Punkt nicht weiterhelfen kann. Ich kann mich nur noch daran erinnern, daß ich mich sofort flach zu Boden geworfen habe, als die ersten Granaten einschlugen. Und dann bin ich, so schnell es ging, aus dem Schußfeld gerannt. Sie können sich ja selbst vorstellen, daß man in so einer Situation nicht unbedingt sonderlich viel für das übrig hat, was in seiner Umgebung passiert.«

Er dachte neuerlich nach.

»Trotzdem, an die Leichen kann ich mich irgendwie noch genau erinnern; sie lagen alle auf einem Haufen, als hätte jemand mit einer Automatik das Feuer auf sie eröffnet. Allerdings könnte ich nicht mit Sicherheit sagen, wer es war.

Meine Fresse, schließlich fielen die Schüsse von allen Seiten. Wissen Sie, was ich damit sagen will? Es hätte so und so sein können.«

Ich spürte Enttäuschung in mir aufsteigen. Dennoch hatte mich dieses Gespräch in vieler Hinsicht weitergebracht. Wenn die entscheidende Frage auch nach wie vor offen blieb, war ich der Lösung des Rätsels doch um einiges näher gekommen. Ich versuchte mir die auf einem Haufen liegenden Leichen der Dorfbewohner vorzustellen, mit Dreck und Blut verschmiert; aber es ging nicht. Zumindest sah ich sie nicht so intensiv, wie dieser Mann sie gesehen hatte.

»Und daraus werden Sie sich also nun Ihren Reim machen?« Er grinste mich an, so daß seine weißen, ebenmäßigen Zähne zum Vorschein kamen. »Nicht schlecht, was?«

»Allerdings«, erwiderte ich. Ich blickte durch den Rauch, der durch die schräg einfallenden Sonnenstrahlen besonders deutlich hervorgehoben wurde, auf meine Notizen nieder. Da hätten wir's, dachte ich; gewissermaßen der Anfang und das Ende. Ich kam der treibenden Kraft hinter all den Morden zusehends näher. Und dann sah ich in Gedanken bereits die nächste Schlagzeile und die Verteilung der einzelnen Abschnitte auf der ersten Seite vor mir. Ich holte tief Luft und stand auf, um zu gehen.

Der Mann im Rollstuhl fuhr neben mir an die Tür. Wir schüttelten uns die Hände; die seine war naß von Schweiß. Ich stand noch einen Moment in der offenen Tür und warf einen Blick in den Spätnachmittag hinaus. Als ich mich noch einmal umdrehte, fummelte er bereits an der Türkette herum, um die Tür dann jedoch noch einmal einen Spalt zu öffnen. »Ich hoffe doch, daß ich Ihnen etwas weiterhelfen konnte?«

Ich nickte. »Das kann man wohl sagen.«

»Das freut mich.«

Ich hob bereits meine Hand zu einem letzten Gruß, als mir eine entscheidende Frage einfiel, die zu stellen ich bis dahin vollkommen vergessen hatte. »Noch etwas. Gibt es irgend jemanden, der diese Geschichte bestätigen kann?«

Er zuckte mit den Achseln. »Gott vielleicht. Aber ich kann mir nicht vorstellen, daß ihn je groß gekümmert hat, was in Vietnam passiert ist.«

Darauf schloß er die Tür, und ich hörte noch kurz das Klimpern der Türkette.

15

Natürlich kam der Artikel wieder auf die erste Seite.

Wieder einmal füllte die Schlagzeile ihre gesamte Breite aus: AUGENZEUGE ERINNERT SICH AN »VORFALL« MIT DEM MÖRDER. Ich saß noch im Bademantel am Küchentisch, und während ich, nebenbei Kaffee trinkend, das Gedruckte überflog, spürte ich zunehmende Erregung in mir aufsteigen. Ich hatte das Gefühl, als hätte ich es endlich geschafft, an einem Baum zu rütteln, und als brauchte ich nur noch zu warten, bis sich die Erschütterung über den Stamm und die Zweige bis zu den Früchten ausbreitete, so daß diese von selbst aus ihrer luftigen Höhe herabgeplumpst kamen.

Ich war allein zu Hause; Christine war an diesem Tag schon sehr früh gegangen, da bereits für den Morgen eine Operation angesetzt war. Die Zeitung hatte sie mir ungeöffnet auf den Tisch gelegt. Den Abend zuvor hatte sie auf mich gewartet, bis ich von der Redaktion nach Hause kam.

Ich war noch ganz aufgeregt im Wohnzimmer auf und ab geschritten und hatte ihr alles erzählt. Währenddessen war sie mit verschränkten Händen still dagesessen und hatte mir aufmerksam zugehört. Sie hatte nur ganz selten etwas gesagt, so daß ich mich selbst immer wieder unterbrach, mir Fragen stellte und Mutmaßungen anstellte. Es war, als übernähme ich auch ihre Rolle, als versuchte ich den Fragen zuvorzukommen, die sich ihr hätten stellen können.

Ich erzählte ihr auch über meine Schwierigkeiten in der Nachrichtenredaktion, die Druckgenehmigung für den Artikel zu bekommen. Nolan hatte sich die ersten Minuten der Tonbandaufnahme und dann meine Zusammenfassung der ganzen Unterhaltung anhand meiner Aufzeichnungen angehört. Zwar zeigte auch er sich begeistert über das Material, wenn er auch bezüglich der Frage der Bestätigung der Aussagen Bedenken hatte. Ich rief noch rasch die öffentliche Informationsstelle des Pentagon an; allerdings war es bereits zu spät, um mir noch bestätigen lassen zu können, ob sowohl Hilson wie O'Shaughnessy zu besagtem Zeitpunkt in Vietnam gewesen waren.

Nolan war unschlüssig. »Was würden wir schon verlieren, wenn wir noch einen Tag mit der Veröffentlichung warten?«

Ich schüttelte den Kopf. »Die Nachricht verlöre eindeutig an Brisanz. Dieser Mann könnte doch ohne weiteres auch zur Polizei gehen – oder zu einer der Fernsehstationen. Oder er könnte auch einfach von der Bildfläche verschwinden. Nein, wir dürfen auf keinen Fall warten.«

Schließlich einigten wir uns auf einen Kompromiß: Ich sollte die Identität des Informanten nicht preisgeben, aber die an der Operation beteiligte Einheit und den Namen des Einheitsführers nennen. Zudem würde ich durch nichts andeuten, daß der Offizier von dem Vorfall in Kenntnis gesetzt worden war, um nicht an die Möglichkeit einer Vertuschung durch die Army zu rühren.

»Aber keine Sorge«, hatte mir Nolan versichert, »das sparen wir uns für später auf.«

Während ich hinter meiner Schreibmaschine saß, war ich fest davon überzeugt, der Artikel würde den Mörder aus seinem Versteck in der Stadt hervortreiben. Mein Bericht würde ihn bei seinen Mordvorhaben aus dem Takt bringen; nun hatten wir zum ersten Mal ihm etwas voraus. Jetzt würde er etwas von uns wissen wollen – und nicht umgekehrt.

Christine hatte jedoch nur ihren Kopf geschüttelt. »Das alles wird ihn höchstens zu einem überstürzten Vorgehen verleiten; schließlich weiß er jetzt, daß seine Tage gezählt sind.« Als wir später ins Bett gingen, verhielt sie sich zurückhaltend; dennoch erleichterte ich mich in ihr und glitt dann von ihr herunter. Wenige Sekunden später war ich eingeschlafen, während sie sich von mir weg auf die Seite drehte.

Es war Vormittag, als Martinez anrief. »Wir kommen gleich vorbei«, kündigte er mir seinen Besuch an. Mit diesem Anruf hatte ich gerechnet.

Ich erwartete auch, daß der Mörder sich bei mir meldete. Der Morgen war rasch verstrichen. Ich hatte erst die Glückwünsche der anderen Reporter und der Redakteure entgegengenommen. Dann hatte ich noch einmal im Pentagon angerufen, wo man mir eine rasche Bearbeitung meiner Anfrage bezüglich der zwei Namen und der Einheit zusagte. Das Ganze war mehr oder weniger eine Frage der Geduld.

Nolan wollte die Detektive an der Rezeption in Empfang nehmen. Vorher kam er noch kurz an meinen Schreibtisch. Am Abend zuvor hatte er sofort abwehrend die Hand gehoben und den Kopf geschüttelt, als ich ihm von dem Mann im Rollstuhl erzählen wollte. »Ich will nichts davon wissen«, hatte er gesagt. »Vielleicht rücken Ihre Freunde von der Polizei mit einer gerichtlichen Vorladung an, und deshalb möchte ich möglichst nichts darüber wissen. Er ist Ihr Informant; sehen Sie also auch zu, daß Sie sich vor ihn stellen. Die Redaktion steht voll hinter Ihnen. So einfach ist das also – hoffe ich zumindest.« Darauf hatten wir beide gelacht.

Auf meinem Schreibtisch lag eine Ausgabe der heutigen Zeitung. Nolan griff danach und las laut vor: »Vor etwa fünf Jahren wurden an einem sengend heißen Tag in einem vom Vietkong kontrollierten Dorf in Südvietnam neun Männer, Frauen und Kinder von US-Truppen erschossen. Dabei handelt es sich um jenen

›Vorfall‹, welcher nach Aussagen des sogenannten Nummernmörders als Ursache der Welle von Morden anzusehen ist, die in letzter Zeit ganz Miami in Atem gehalten haben – eine Vermutung, die sich auf die Angaben eines heute schwer kriegsbeschädigten Vietnamveteranen stützt, der Zeuge besagten Vorfalls war.«

»Mein Gott«, seufzte Nolan. »Dieser Mann war also Zeuge des Vorfalls. Gewichtige Worte zu Beginn eines Artikels. Es ist, als wäre damit jeglicher Zweifel am Wahrheitsgehalt des Folgenden von vorneherein aus dem Weg geräumt.«

Er übersprang mehrere Abschnitte, um dann neuerlich zu lesen zu beginnen: »›Ich habe Angst‹, erklärte der Zeuge, als er mit der Schilderung der Gewalttaten begann, die er für den Auslöser der jüngsten Welle von Morden in Miami hält. Der Zeuge, dessen Name der Redaktion bekannt ist, konnte sich an die damaligen Ereignisse noch in den lebhaftesten Details erinnern. ›Ich bin beileibe nicht stolz auf das, was wir damals getan haben‹, äußerte er sich zu dem Vorfall.« Nolan hielt inne und sah mich an. »Ich kann mir gut vorstellen, wie es die Detektive gerissen hat, als sie das gelesen haben.« Ich nickte. »Na ja«, fuhr er fort, »Sie dürften ja auch jeden Augenblick hier sein.« Er ließ mich kurz allein, um an das Telefon zu gehen, das auf seinem Schreibtisch klingelte.

Für mich stand bereits ziemlich fest, was aus dem Mann im Rollstuhl werden würde. Nach der Veröffentlichung des Artikels würde ich ihn erneut aufsuchen, und er würde sich schließlich bereit erklären, auch der Polizei Rede und Antwort zu stehen. So war es doch immer. Wenn sich jemand eine Geschichte einmal vom Herzen geredet hatte, dann stellte es für den Betreffenden meistens kein Problem mehr dar, sie hundert- und tausendmal von neuem zu erzählen. Es war, als wäre so eine Geschichte dann plötzlich keine Erinnerung mehr, die wütend gegen die Wände des Gehirns trommelt, um endlich aus ihrem Gefängnis entweichen zu können.

Hilsons Erinnerungen würden uns auf die Namen und Adressen der Männer seiner Einheit stoßen. Zum ersten Mal hatte ich das Gefühl, daß die Berichterstattung über diesen Fall in den gewohnten Bahnen verlief. Es war nun nur noch die sprichwörtliche Frage der Zeit. Die Erinnerungen dieses Invaliden würden den Mörder aus seinem Versteck in die Helle des Tages heraustreiben. Und das, dachte ich, hatte *ich* geschafft. Es war, als schüttelte ich meine Faust gegen all die Ängste meines Lebens – gegen meine Familie, gegen Christine. Angesichts dessen konnte ich mir ein Grinsen nicht verkneifen.

Nolans Stimme riß mich aus meinen Träumen. »Sie sind hier.«

Ich stand auf, und wir wollten ihnen gerade gemeinsam entgegengehen, als das Telefon auf meinem Schreibtisch klingelte.

Ich sah es einen Moment nachdenklich an und warf dann Nolan einen fragenden Blick zu. Der zuckte nur mit den Achseln und sagte: »Ich gehe schon mal voraus.« Also griff ich nach dem Hörer und schaltete gleichzeitig das Tonbandgerät ein. Während ich den Hörer an mein Ohr hob, sah ich noch Nolan hinterher, wie er sich von meinem Schreibtisch entfernte.

Ich denke zurück. Ich versuche mich zu erinnern, aber die Bilder, die in meinem Gedächtnis hochsteigen, sind verschwommen; sie verfließen ineinander; es fehlt ihnen an Konturen. Ich würde gern wissen, wann ich das wenige an Kontrolle, über das ich verfügte, verlor; und ich nehme an, daß es damals war, bei jenem ersten Anruf; ich begann mit einem Mal, mir der Wände des Raums, die mich umfingen, bewußt zu werden, begann den Sog auf dem Grund des Beckens zu spüren, der an meinen Beinen zerrte, mich unter die Oberfläche zu ziehen versuchte.

Der Anruf kam aus der öffentlichen Informationsstelle des Pentagon. Der zuständige Offizier sprach in dem typischen militärisch knappen Tonfall, wie er bei der Army gebräuchlich ist. »Sir!« versicherte er mir, »ich habe die von Ihnen gewünschten Daten persönlich überprüft.«

»Und?«

»Negativ, Sir.«

»Das verstehe ich nicht.« Meine Stirn fühlte sich plötzlich ganz heiß an.

»Wir bewahren sämtliche Unterlagen über jeden einzelnen Mann und jede einzelne Einheit auf. Es ist zwar richtig, daß die von Ihnen erwähnte Einheit in besagtem Gebiet die von Ihnen beschriebenen Erkundungs- und Vernichtungsoperationen durchgeführt hat, aber ich konnte keinerlei Unterlagen über einen PFC Hilson oder einen Lieutenant O'Shaughnessy ausfindig machen, die besagter Einheit angehört haben sollen.«

»Sie waren also nicht bei dieser Einheit?«

»Ganz recht. Darüber hinaus habe ich die Liste derjenigen Männer überprüft, die in besagtem Zeitraum verwundet wurden. Das Ergebnis war auch in diesem Fall negativ.«

»Und zu einem anderen Zeitpunkt?« stotterte ich.

»Das ist selbstverständlich möglich, Sir. Aber ich habe auch die Listen für einige weitere Monate überprüft – mit demselben Ergebnis. Falls die Jahresangabe falsch ist, besteht selbstverständlich die Möglichkeit, daß ich mich täusche. Andrerseits wage ich zu bezweifeln, daß diese Einheit in einem anderen Jahr ebenfalls in diesem Gebiet operiert haben soll. Wie Sie sich sicher noch erinnern können, Sir, wurden die Standorte der einzelnen Einheiten relativ häufig gewechselt.«

»Tja, da kann man wohl nichts machen«, seufzte ich. Mühsam versuchte ich, diese Information zu verdauen. Mir fiel nichts ein, was ich noch weiter hätte fragen sollen.

»Gestatten Sie, daß ich Ihnen eine Frage stelle?« wandte sich der Anrufer nun an mich.

»Tun Sie sich keinen Zwang an.«

»Hat das etwas mit diesen Morden da unten zu tun?«

»Ja, das hat es allerdings.«

»Es tut mir leid«, fuhr er fort, »daß ich Ihnen in diesem Punkt nicht weiterhelfen konnte, Sir. Falls Sie jedoch irgendwelche weiteren Fragen haben sollten, können Sie sich jederzeit gern an mich wenden. Bisher waren wir leider keine allzu große Hilfe – vor allem für die Polizei nicht. Um so mehr würde es mich freuen, wenn ich Ihnen innerhalb meiner begrenzten Möglichkeiten weiter zur Verfügung stehen könnte.«

»Vielen Dank.«

»Nichts zu danken«, erwiderte er und hängte ein.

Ich starrte auf die Zeitung auf meinem Schreibtisch. Eine Lüge, dachte ich, eine einzige Lüge. Tief Luft holend, kämpfte ich gegen einen Anflug von Übelkeit an. Ich erhob mich von meinem Stuhl und wandte mich dem Konferenzzimmer zu. Durch die Glasabtrennung konnte ich die Detektive auf mich warten sehen.

Ich setzte mich neben Nolan und schob ihm einen Zettel mit folgendem Text zu: »Pentagon gibt negativen Bescheid hinsichtlich Hilson und O'Shaughnessy.« Das Wort »negativ« hatte ich dreimal unterstrichen. Nolans Augen weiteten sich, und er sah mich an, als begriffe er die Konsequenzen, die diese Nachricht nach sich zog. Doch ihm blieb keine Zeit mehr, auf die veränderten Umstände zu reagieren und schleunigst den Rückzug anzutreten. Denn Wilson ließ bereits seine offene Handfläche auf die Tischplatte niederklatschen. »Wir haben uns Ihnen gegenüber absolut fair verhalten!« legte er los. »Und jetzt, wo Sie plötzlich einen riesigen Schritt vorwärts machen, lassen Sie uns mit einem Mal links liegen! Eigentlich sollte ich Sie beide wegen Behinderung der behördlichen Ermittlungen verhaften lassen.«

»Hören Sie doch erst mal«, warf ich ein. »Es gibt da ein Problem . . .«

»Und ob da ein kleines Problem ist! Da treibt nun schon seit Wochen ein Mörder sein Unwesen in dieser Stadt, und plötzlich haben Sie einen wichtigen Anhaltspunkt, der zu seiner Auffindung führen könnte – und was ist? Sie halten es nicht mal für nötig, kurz bei uns anzurufen! Mein Gott! Was für eine miese Bande von Heuchlern!« Er sank wie erschöpft in seinen Stuhl zurück. »Ich möchte alles wissen!« legte er schließlich wieder mit unverminderter Heftigkeit los. »Alles! Und unterstehen Sie sich, uns irgend etwas zu verheimlichen! Verdammt noch mal, jetzt können wir diesen Burschen fassen! Noch heute! Wo steckt dieser ›schwer kriegsbeschädigte‹ Veteran? Ich möchte sofort mit diesem Burschen sprechen! Auf der Stelle!«

»Dieser Mann ist als Zeuge von außerordentlicher Bedeutung«, schaltete sich nun Martinez ein. Auch seine Stimme klang merklich angespannt, wenn er sie auch besser unter Kontrolle hatte. »Wenn nötig, können wir spätestens in einer halben Stunde mit einer Vorladung wieder hier auftauchen. Aber ich hoffe doch, daß sich das als unnötig erweisen wird. Wir haben uns bisher Ihnen gegenüber immer anständig verhalten.« Dabei sah er erst mich an, dann Nolan. »Und jetzt erwarten wir dasselbe von Ihnen.«

»Da wäre ein kleines Problem«, begann Nolan.

»Was für ein Problem, verdammt noch mal?« Wilson beugte sich zu mir vor.

Nolan warf mir einen kurzen Blick zu. »Sagen Sie es ihnen!«

Ich zögerte, suchte nach Worten. »Wir haben heute früh im Pentagon angerufen. Es gibt dort keine Akte über den Informanten. Das gleiche trifft auf den Mann zu, den er uns als seinen Kompanieführer genannt hat.«

Wilson sank in seinen Stuhl zurück. »Mein Gott!«

»Könnten Sie uns das vielleicht etwas genauer erklären«, forderte mich Martinez auf.

»Dieser Mann hat mir einen falschen Namen genannt; beziehungsweise eine ganze Reihe falscher Namen. Ich habe keine Ahnung, was an seiner Geschichte sonst noch alles faul war.«

Martinez nickte grimmig. »Sie haben sich also nicht die Mühe gemacht, seine Aussagen auf ihre Richtigkeit hin zu überprüfen.«

»Ich habe es zumindest versucht.«

»Na wunderbar. Was dabei herausgekommen ist, sehen Sie ja selbst.«

Darauf herrschte einen Augenblick drückendes Schweigen im Raum, das Nolan schließlich brach. »Andererseits bedeutet das für uns, daß wir diesem Mann gegenüber keine Verpflichtungen mehr haben. Ich meine, nachdem er uns belogen hat, brauchen wir ihn nicht mehr weiter zu decken.« Er nickte mir zu.

»Schießen Sie schon los!« Martinez zückte sein Notizbuch. Wilson beugte sich weit über den Tisch und starrte mich an.

Ich erzählte also die ganze Geschichte noch einmal von Anfang an. Als ich an den Punkt kam, als ich zu der Wohnung des Mannes im Rollstuhl hochstieg, unterbrach mich Wilson abrupt.

»Moment mal!«

Ich hörte mitten im Satz zu sprechen auf, während Martinez sich mit einem erstaunten Blick seinem Partner zuwandte.

»Dieser Mann war doch an den Rollstuhl gefesselt, ja? Querschnittgelähmt.«

Ich nickte.

»Und im wievielten Stock lag seine Wohnung?«

»Im dritten.«

»Und er hat behauptet, er würde fast jeden Tag in die Klinik gehen?«

»Das hat er gesagt, ja«, erwiderte ich.

Und dann ging alles sehr schnell.

Wilson sank in seinen Stuhl zurück – dabei ließ er mich keine Sekunde aus den Augen – und vergrub sein Gesicht in seinen Händen. Im nächsten Augenblick schnellte er mit dem ganzen Körper ohne Vorwarnung über den Tisch und packte mich mit beiden Händen am Hemd. Ich konnte die Kraft, die von seinen Armen ausging, spüren, als er mich aus meinem Stuhl hochriß und über den Tisch zerrte, so daß mein Gesicht ganz nahe vor seinem war. »Sie blödes Arschloch!« brüllte er los. »Sie beschissenes, blödes Arschloch!« Ich konnte seinen Speichel in meinem Gesicht spüren. »Sie Superidiot!«

»Lassen Sie mich los!« schrie ich zurück. Martinez und Nolan waren von ihren Stühlen hochgesprungen und versuchten uns zu trennen. Für einen Augenblick waren wir alle vier zu einem chaotischen Knäuel verkeilt.

Und dann, ebenso abrupt, ließ Wilson seine Arme sinken. Gleichzeitig plumpsten wir in unsere Stühle zurück. Mit leicht glasigem Blick wiederholte Wilson nur immer und immer wieder: »Scheiße, Scheiße, Scheiße.«

Während Martinez anfing, seinen Partner wild zu schütteln, wandte sich Nolan mir zu. »Alles in Ordnung?« Seine Miene drückte Besorgnis aus. Ich rückte meine Krawatte und meinen Hemdkragen zurecht und nickte. Dann wandten wir uns beide dem Detektiv zu.

»Begreifen Sie denn nicht?« Wilsons Stimme war bar jeden Ausdrucks.

Und dann ging uns allen ein Licht auf.

Nolan stieß deutlich hörbar den Atem aus und sank abrupt auf seinen Stuhl nieder.

Martinez legte beide Hände an die Augen und schüttelte stumm den Kopf.

Und mir wurde übel, als müßte ich mich jeden Augenblick übergeben.

Er war es selbst, schoß es mir durch den Kopf. Das also war das Treffen gewesen, um das ich ihn gebeten hatte.

Andrew Porter manövrierte die große Limousine rücksichtslos durch den dichten Mittagsverkehr. Die Ampel vor uns schaltete gerade von Grün auf Gelb, aber er drückte nur kräftiger aufs Gaspedal und schoß über die Kreuzung, so daß ein paar Fußgänger auf dem Gehsteig unwillkürlich einen Satz nach rückwärts machten. Ich hörte Nolan auf dem Rücksitz einen unterdrückten Fluch ausstoßen. Porter warf einen kurzen Blick in den Rückspiegel. »Sie haben sich nicht abhängen lassen«, bemerkte er mit einem Grinsen. Ich drehte mich um und sah, daß uns Martinez und Wilson in ihrer Zivilstreife dichtauf folgten. Porter bog jaulend um die

Ecke, und plötzlich hatten wir den breiten Boulevard hinter uns gelassen und schossen zwischen den hoch aufragenden Bauten der Innenstadt dahin. Ich sah, wie sich das Sonnenlicht auf dem weißen Dach einer Verkehrsstreife brach, die in einer Nebenstraße scharf bremste und sich dann hinter den zwei Detektiven einordnete.

»Wozu rücken wir eigentlich mit der ganzen Mannschaft an?« lachte Porter. »Ich glaube kaum, daß unser Freund dort noch auf uns wartet.«

Nolan fluchte.

Einen Block von dem Mietshaus entfernt hielten wir am Straßenrand abrupt an. Ich konnte die Reifen der Zivilstreife lautstark aufbegehren hören, als Martinez hinter uns auf die Bremse trat. Wilson war schon aus dem Wagen, bevor er noch richtig zum Stehen gekommen war. »Los, kommen Sie!« rief er uns zu, ohne stehenzubleiben. Wir folgten ihm die Straße hinunter. Auf halbem Weg wandte er sich Nolan zu. »Sie bleiben zurück!« Und mit einem kurzen Nicken in Richtung Porter: »Sie auch!« Währenddessen bezogen die angeforderten Polizisten bereits rings um das Gebäude Stellung, so daß sie von der Wohnung im dritten Stock nicht gesehen werden konnten. Ich beobachtete, wie sich die einzelnen Männer mit gezogenen Waffen zu ihren Posten schlichen. Die Läufe ihrer Flinten und Pistolen blitzten in der Mittagssonne hin und wieder grell auf. Es war wie auf einem Schlachtfeld, und der Befehl zum Angriff konnte mich jeden Augenblick, völlig außer Kontrolle geraten, mit sich fortreißen. »Kommen Sie«, winkte mir Wilson zu, »nur wir drei; die anderen bleiben zurück.« Wir hasteten über den betonierten Vorplatz. Ich spürte die Hitze von dem Zementboden aufsteigen; sie kräuselte sich wie Rauch um meine Füße und Knöchel. Diesmal war niemand von den Bewohnern des Hauses zu sehen, die mich noch bei meinem letzten Besuch so neugierig beäugt hatten. Offensichtlich hatten sie instinktiv gespürt, daß etwas in der Luft lag, und sich in das schützende Dunkel ihrer Wohnungen zurückgezogen.

Langsam stiegen wir die Treppe hoch; jeder Schritt schien mehr Kraft zu kosten.

»Na, jetzt sehen Sie mal selbst, wie das ist, wenn es ernst wird«, zischte mir Wilson zu. »Was ist das für ein Gefühl?«

Ich gab keine Antwort. Martinez sah mich eindringlich an. »Sind

Sie auch sicher, daß Sie noch immer mitmachen wollen?« Trotz meiner Ängste nickte ich. Auf dem Treppenabsatz im dritten Stock blieben die Detektive stehen und entsicherten ihre Waffen.

»Also gut«, flüsterte Wilson. »Es kann losgehen.«

Ich versuchte, im Kopf zu behalten, was sie mir eingeschärft hatten. Ich trat die paar Schritte auf die Wohnungstür zu. Wie am Tag zuvor wurde mein Blick erneut von der tiefen Kerbe neben dem Schloß angezogen. Seitlich gegen die Wand gepreßt, klopfte ich laut gegen die Tür.

Es war nichts zu hören.

Ich klopfte erneut.

Auch diesmal keine Reaktion.

Ich warf den beiden Detektiven einen fragenden Blick zu. Martinez machte mit seiner linken Hand eine Bewegung, als wollte er eine Tür öffnen. Ich legte meine Hand an den Türgriff und drückte ihn nieder.

Die Tür war nicht verschlossen.

Ich stieß sie ganz auf. Ich konnte das Sonnenlicht das höhlenartige Dunkel im Innern der Wohnung durchschneiden sehen. Einen Augenblick lang bildete ich mir ein, eine Bewegung bemerkt zu haben, so daß ich mit trockenem Mund von der Türöffnung zurückschnellte. Nicht das leiseste Geräusch war zu hören.

Ich rief seinen Namen.

Keine Antwort.

Vorsichtig spähte ich um die Ecke. Ich bewegte meinen Kopf so langsam, daß ich dachte, ich brauchte für jeden Millimeter Sekunden, wenn nicht gar Minuten.

Und dann sah ich, wie sich das Sonnenlicht an einem Gegenstand brach, der in der Mitte des Raumes stand. Ich brauchte erst eine Weile, bis mir klar wurde, worum es sich dabei handelte, doch als die Erkenntnis dann mit aller Plötzlichkeit über mich hereinbrach, drehte ich mich herum, um mich erneut mit dem Rücken gegen die Wand zu pressen. Mein Atem ging in schweren, keuchenden Zügen. Ich konnte die heiße Luft in meiner Lunge spüren, als wäre ich ein Ertrinkender, der im letzten Augenblick an die Oberfläche gezogen wurde.

Es war der Rollstuhl. Leer.

Im selben Augenblick drängten sich die beiden Detektive mit gezückten Waffen an mir vorbei in die Wohnung. Ich wußte, daß sie dort niemanden antreffen würden. Dazu hatte ich die Nachricht, die er mir hinterlassen hatte, zu gut verstanden. Ich hörte Wilson leise vor sich hin fluchen. Er erschien wieder in der Tür. »Ist das der Rollstuhl?« fragte er. Ich nickte. »Tja«, erklärte der Detektiv dann, »das ist alles, was er zurückgelassen hat.«

Doch er sollte sich täuschen.

Plötzlich stieß Martinez einen leisen Schrei aus. Ich trat nun ebenfalls in die Wohnung. »Sehen Sie?« Der Detektiv deutete auf die Sitzfläche des Rollstuhls. Dort lag eine Tonbandkassette.

Wilson starrte sie sicher eine Minute lang unverwandt an. »Haben Sie Ihren Kassettenrecorder dabei?« fragte er mich schließlich.

Ich zog das kleine Tonbandgerät aus meiner Jackentasche.

»Also gut«, sagte Wilson, »dann wollen wir mal sehen, was uns dieser Scheißkerl zu sagen hat.« Mit der Spitze seines Bleistifts balancierte er die Kassette vom Sitz des Rollstuhls in das Kassettenfach des Recorders, ohne sie mit den Fingern zu berühren. Ich drückte auf die Abspieltaste. Für einen Augenblick war nur Rauschen zu hören.

Und dann Lachen.

Es hielt unvermindert an und nahm über vielleicht dreißig Sekunden, eine ganze Minute sogar noch an Lautstärke zu, bis es abrupt abbrach, so daß sich im Raum plötzliche Leere ausbreitete. Das Band drehte sich lautlos weiter, bis ich nach einer Weile das Gerät wieder ausschaltete. Ich trat auf den Treppenabsatz hinaus und sah zum Himmel hoch, wo sich die weiße Spur einer sehr hoch fliegenden Militärmaschine gemächlich durch das lichte Blau bewegte. Währenddessen füllte sich der Treppenabsatz langsam mit Polizisten und Laborleuten. Ich hörte Nolans Stimme und das Klicken von Porters Kamera; der Fotograf stand in der offenen Tür und machte mehrere Aufnahmen von dem leeren Rollstuhl. Doch das Stimmengewirr um mich herum verstummte langsam wieder und machte statt dessen diesem alles beherrschenden Gelächter Platz.

Nolan saß vor dem Computerschirm. Seine Hände huschten über die Tastatur, während er mit nachdenklich in Falten gelegter Stirn auf die Worte starrte, die sich weiß von dem grauen Hintergrund abhoben. »Verdammt«, stieß er leise hervor und machte sich daran, einen Satz umzustellen. Eine Reihe von Wörtern verschwand auf ein paar Knopfdrucke hin vom Bildschirm; doch ebenso rasch nahmen ein paar neue ihren Platz ein. »Verdammt!« zischte er noch einmal. Er stieß seinen Stuhl vom Bildschirm zurück. »Wenn ich nur wüßte, wie wir das ausdrücken sollen.« Seine Blicke wanderten durch die Nachrichtenredaktion zum Büro des Chefredakteurs. Mit einem neuerlichen Stirnrunzeln wandte er sich wieder dem Bildschirm zu.

Ich hatte die Polizeiaktion von eben beschrieben und was dabei herausgekommen war. In knappem Journalistenjargon hatte ich geschrieben, daß der Mann im Rollstuhl aller Wahrscheinlichkeit nach kein anderer gewesen war als der Mörder selbst. Gerade um diesen Punkt hatten wir uns erst etwas zu drücken versucht; wir hatten uns alle nur erdenkliche Mühe gegeben, das nur allzu Offensichtliche möglichst zu vertuschen und meine grenzenlose Dummheit irgendwie zu kaschieren. Und genau das machte auch Nolan zu schaffen. »Das Problem ist einfach, daß wir nicht wissen, wieviel von alldem als bare Münze aufzufassen ist. Ich meine, wie können wir schreiben, daß er Ihnen nichts als Lügen aufgetischt hat, wenn wir nicht wissen, wieviel davon tatsächlich der Wahrheit entspricht? Angenommen, lediglich die Namen wären falsch? Wie zum Beispiel dieser O'Shaughnessy. Angenommen, er hat den Namen nur geringfügig abgeändert; wäre doch denkbar, daß der tatsächliche Anführer der Einheit O'Hara oder Malone hieß, oder was weiß ich, was es sonst noch für irische Namen gibt. Das wäre dem Kerl doch durchaus zuzutrauen. Verdammter Mist!«

Er wandte sich wieder dem Bildschirm zu und fügte dem Text ein paar neue Worte hinzu.

»Sie warten immer noch«, machte ich Nolan auf Martinez und Wilson aufmerksam, die im hinteren Teil der Nachrichtenredaktion an einem leeren Schreibtisch saßen und uns keinen Moment aus den Augen ließen. Nachdem sie ihre Befragung des Vermieters und der Wohnungsnachbarn abgeschlossen hatten, waren die Detektive unverzüglich in die Redaktion gekommen. Niemand konnte viel zu der ganzen Sache erzählen, wie es schien. Ein Mann war angekommen und hatte für eine Woche ein Zimmer gemietet. Er hatte in bar bezahlt und war dann nicht wieder gesehen worden. Trug einen Hut und eine dunkle Sonnenbrille. Sprach auch nicht viel. Es handelte sich hier ja auch um die Art von Absteige, wo wenig Fragen gestellt wurden – vor allem, wenn jemand bar bezahlte.

»Ich weiß«, antwortete Nolan. »Sie können ja auch gleich mit ihnen gehen. Und bringen dann das Phantombild hierher, damit wir es gleich mit dem Artikel veröffentlichen können. Ich werde mich in der Zwischenzeit noch etwas um den Text kümmern.«

Ich nickte und beobachtete ihn noch eine Weile, wie er weiter mit den Worten jonglierte. Es berührte mich etwas unangenehm, mitansehen zu müssen, wie jemand anderer sich an meinem Text zu schaffen machte. Dies war der erste Artikel, seit diese Morde ihren Anfang genommen hatten, der dermaßen nachhaltig redigiert worden war. Ich hatte das Gefühl, als entglitte mir die Story plötzlich. Ich wollte etwas einwenden, als ich sah, wie er eine neue Veränderung vornahm, riß mich dann aber doch vom Computerschirm los. Ich winkte den beiden Detektiven zu und griff nach meinem Jackett, das ich über meinen Schreibtischstuhl geworfen hatte.

In diesem Augenblick klingelte das Telefon.

Mein erster Gedanke war: »Nicht schon wieder.« Doch das hartnäckige Läuten ließ mich nicht aus seinen Klauen. Ich sah mich hilfesuchend nach den beiden Detektiven um, die mich jedoch nur mit ausdruckslosen Mienen anstarrten. Ich drückte die Aufnahmetaste und nahm den Hörer ab. »Hallo«, meldete ich mich leise.

Alles, was ich hören konnte, war schallendes Gelächter.

»Sie!« zischte ich in den Hörer. Das Geräusch war laut genug, um jede Bewegung im Raum erstarren zu lassen. Martinez und Wilson eilten auf meinen Schreibtisch zu. Nolan hielt in seiner Arbeit inne.

»Na, wie finden Sie das?« sagte der Mörder, nachdem sein Lachen abrupt erstorben war. »Sie wollten mich doch treffen. Und eine spannende Kriegsgeschichte zu hören bekommen. Nicht zufrieden?«

»Warum haben Sie das getan?« fragte ich.

Er ging jedoch nicht auf meine Frage ein.

»Sehen Sie«, fuhr er fort, »Sie sind auch nicht immun.«

»Verdammt noch mal, warum haben Sie das gemacht?« brüllte ich ins Telefon. »Was soll das alles?«

»Niemand kann sich in Sicherheit wiegen«, entgegnete er ruhig. »Auch Sie nicht, obwohl Sie das bisher dachten. Ein bißchen studieren, demonstrieren, Bier trinken, mit einer netten Mieze ins Bett steigen – so hätten Sie sich das gedacht. Und jetzt stellt sich doch heraus, daß es auch für Sie keine Zurückstellung gibt.«

»Wie meinen Sie das?« Ich war außer mir.

Seine Stimme wurde sehr leise, sehr kalt und sehr ruhig.

»Auch ich studiere – Gewohnheiten, Schemata, feste Verhaltensmuster. Es ist wirklich erstaunlich, wie geordnet und geregelt unser aller Leben doch abläuft.«

»Was wollen Sie eigentlich?« fragte ich, während ich meine Stimme langsam wieder unter Kontrolle bekam.

»Man braucht sich nur einen weißen Kittel überzustreifen, vielleicht noch ein Stethoskop aus seiner Tasche hängen lassen, und schon wird man völlig unsichtbar und kann jeden Dienstplan überprüfen – vor allem einen, der so leicht zugänglich ist.«

Christine, war der erste Gedanke, der mir durch den Kopf zuckte.

»Nehmen wir zum Beispiel mal an, jemand möchte eine bestimmte Person – sagen wir mal, eine Krankenschwester – treffen. Der Betreffende könnte problemlos in Erfahrung bringen, wann sie das Krankenhaus verläßt und über den großen Parkplatz zu der ihr für ihren Wagen zugewiesenen Stelle geht. Und nun einmal angenommen, ihr Wagen würde nicht anspringen. Woher sollte sie wissen, daß einfach ihr Batteriekabel durchschnitten worden ist? Und sagen Sie doch selbst: Würden Sie an ihrer Stelle das Angebot eines jungen Mannes abschlagen, der ihr seine Hilfe anbietet und bei dem es sich ganz offensichtlich um einen Arzt aus der Klinik oder einen Patienten handelt, der zufällig gerade in diesem Moment vorbeikommt? Und wenn er ihr dann anbietet, sie zur nächsten Tankstelle zu bringen? Und was ist, wenn dann die wahre Absicht zum Vorschein kommt, die hinter diesem Angebot steckt?«

»Lassen Sie sie bloß in Ruhe!« brüllte ich wie von Sinnen. »Sie hat niemandem etwas getan!«

»Sehen Sie auf die Uhr«, entgegnete er ruhig. »Es ist bereits geschehen.«

Ohne ein weiteres Wort hatte er aufgehängt, und aus der Leitung drang nur noch ein leises Summen.

Ich sah auf die Uhr an der Wand der Nachrichtenredaktion. Es war fünf Minuten vor vier Uhr. Um diese Zeit war Christine im Krankenhaus fertig.

»Was ist?« bestürmte mich Nolan. »Was hat er gesagt?« Wilson stürzte sich auf das Tonbandgerät und spulte es zurück.

Ich riß den Hörer von der Gabel und wählte hastig die Nummer des Schwesternzimmers. In meiner Aufregung verwählte ich mich und begann fluchend noch einmal von vorn. »Christine!« schrie ich auf die Stimme ein, die den Hörer abnahm.

»Ich glaube, sie ist schon nach Hause«, bekam ich zur Antwort.

»Nein!«

»Tut mir leid«, bestätigte mir die Stimme am anderen Ende der Leitung erneut. »Sie ist nicht mehr in der Klinik.«

»Nein! Verdammt noch mal, halten Sie sie zurück!«

»Wer spricht da bitte?« In die Stimme schlich sich plötzlich Argwohn.

»Lassen Sie ihren Namen über Lautsprecher ausrufen!« Meine Stimme überschlug sich fast. »Sie ist in Gefahr!«

»Tut mir leid«, fuhr die Stimme in dem gefaßten, geschäftsmäßigen Ton einer Krankenschwester fort, die sich nicht so leicht durch irgendwelche Forderungen überrumpeln läßt. »Erst muß ich wissen, wer am Apparat ist.«

»Um Himmels willen, Malcolm Anderson! Ich bin ihr Freund! Sehen Sie zu, daß Sie sie noch zurückhalten können. Bitte!«

»Oh, Mister Anderson. Ich habe Ihre Stimme erst nicht erkannt. Wenn Sie bitte dranbleiben würden, während ich sie ausrufen lasse.«

Ich zerquetschte den Hörer fast zwischen meinen Fingern. Verzweifelt kämpfte ich gegen die Bilder an, die in mir hochstiegen – der Parkplatz, das defekte Kabel, der hilfsbereite junge Mann. Währenddessen konnte ich um mich herum Nolans, Wilsons und Martinez' Stimmen hören, die mich mit ihren Fragen bestürmten. Schließlich kam die Schwester wieder an den Apparat.

»Tut mir leid, Mister Anderson, aber sie meldet sich nicht. Vermutlich hat sie das Krankenhaus bereits verlassen.«

Ich knallte den Hörer auf die Gabel.

Schnell, schnell, war das einzige, was ich noch denken konnte.

Der Nachmittagsverkehr schien seine Fangarme nach mir auszustrecken und mich festhalten zu wollen. Ich wechselte abrupt die Fahrbahnen, fuhr bei Rot über Ampeln, drückte erbarmungslos auf die Hupe und ignorierte die entsetzten Schreie und Flüche von Fußgängern und anderen Verkehrsteilnehmern. Um einen Zusammenstoß zu verhindern, wich ich abrupt zur Seite hin aus und drängte durch dieses Manöver einen anderen Wagen bedrohlich nahe an den Gehsteig. Doch ich achtete kaum darauf. Ich wußte, daß mir die Detektive in ihrem Wagen folgten, ohne mich jedoch darum zu kümmern, wie sie vorankamen. Ich kann mich noch erinnern, wie die Nachmittagssonne die Windschutzscheibe in eine Explosion von Licht tauchte und ich meine Hand schützend vor die Augen hob, als könnte ich dadurch all das Grauen, das sich in mir breitmachte, zurückhalten.

Heftig schleudernd, schoß ich auf den Parkplatz der Klinik. Ein anderer Wagen kam mit quietschenden Reifen vor mir zum Stehen und versperrte mir den Weg. Der Fahrer schüttelte wütend seine geballte Faust nach mir. Ohne ihm Beachtung zu schenken, sprang ich aus dem Wagen und rannte über den Parkplatz. Ich konnte das Klatschen meiner Sohlen auf dem Asphalt hören. Die Hitze schien sich gewaltsam auf mich zu werfen und mich zu Boden zu drücken. Keuchend rannte ich, so schnell ich konnte, zum hinteren Teil des Parkplatzes, wo Christine ihren Wagen abgestellt hatte. Im Hintergrund hörte ich das Geheul von Sirenen näher kommen, untrügliches Kennzeichen der zur Unterstützung heranjagenden Funkstreifen. Das hektische Jaulen hallte immer lauter in meinen Ohren wider und verstärkte meine Ängste nur noch. Inzwischen konnte ich hinter mir die Schritte anderer hören. Ich nahm an, daß es die Detektive waren. Allerdings drehte ich mich nicht um, sondern lief unbeirrt weiter.

Und dann – nichts.

Ich blieb abrupt stehen, stützte mich leicht schwankend an einem anderen Wagen ab. In panischer Hast rasten meine Blicke über den Parkplatz.

Keine Spur von Christine.

Keine Spur von ihrem Wagen.

»Christine!« brüllte ich, noch ganz außer Atem. Mein Schrei verflüchtigte sich in der Hitze – vergeblich.

»Wo?« hörte ich neben mir eine Stimme. Es war Martinez, der mühsam nach Atem rang.

»Hier.«

Der Detektiv hatte seine Waffe gezogen. Seine Blicke folgten den meinen.

»Sie ist nicht mehr da«, stieß ich mit zitternder Stimme hervor.

Martinez wandte sich Wilson zu. Der ältere Detektiv rang mühsam nach Atem und lehnte sich dabei gegen ein geparktes Auto. »Sie ist nicht mehr da.« Er wandte sich wieder mir zu. »Und der Wagen?«

»Auch der Wagen ist weg.« Ich schnappte nach Luft, und währenddessen begann sich langsam ein neuer Gedanke herauszukristallisieren, um dann abrupt in mein Bewußtsein zu schnellen. »Oh, mein Gott!« stieß ich hervor. »Er hat gelogen. Er hat gar nicht auf dem Parkplatz auf sie gewartet. Er wartet zu Hause auf sie!«

Für einen Moment starrte mich Martinez mit weit aufgerissenen Augen entsetzt an. »Scheiße!« entfuhr es dem Detektiv. Wilson holte ein Funksprechgerät aus seiner Jackentasche hervor und begann hineinzusprechen.

Ich rannte zur Einfahrt des Parkplatzes zurück, wo mein Wagen stand; allerdings versperrte ihm eine Funkstreife den Weg. »Fahren Sie schon weg!« brüllte ich. »Fahren Sie Ihre Scheißkiste schon weg!« Der Fahrer der Funkstreife warf mir einen komischen Blick zu, sah dann aber Martinez, der, wild mit den Armen fuchtelnd, hinter mir hergerannt kam. Er sprang neben mir auf den Beifahrersitz. Ich drückte aufs Gas, und der Wagen schoß abrupt nach rückwärts. Das Getriebe begehrte lautstark auf, als ich den Vorwärtsgang einlegte, und im nächsten Augenblick jagten wir auch schon heftig schlingernd, den Wagen kaum unter Kontrolle, auf die Straße hinaus.

Die Mautstelle für den Expreßway passierten wir, ohne anzuhalten. Ich schlängelte mich, so gut es ging, zwischen den einzelnen Wagen hindurch und ließ immer mehr fluchende und heftig auf die Bremse tretende Verkehrsteilnehmer hinter mir zurück. Martinez hatte sich zwar krampfhaft am Türgriff festgeklammert, trieb mich aber trotzdem zu immer größerer Eile an. »Los! Legen Sie noch einen Zahn zu!« spornte er mich immer wieder an. Ich erspähte eine schmale Lücke zwischen zwei Autos und schoß zwischen ihnen hindurch. »Nehmen Sie den Seitenstreifen!« überschrie Martinez den durch die Fenster hereinbrausenden Wind. Ich manövrierte den Wagen auf den Seitenstreifen und schoß ungehindert am restlichen Verkehr vorbei. »Und drücken Sie auf die Hupe!« brüllte Martinez weiter. Das tat ich, worauf wir, ähnlich der Bugwelle eines Bootes, ein langsam verfliegendes, stetes Jaulen hinter uns herzogen.

Wir jagten durch ruhige Vorstadtstraßen, ungeachtet jeglicher Ampeln oder Stoppschilder. Was hinter mir geschah, existierte nicht mehr für mich; ich konzentrierte mich voll auf das, was vor mir lag. »Schneller!« drängte der Detektiv. »Beeilen Sie sich!« Heftig schleudernd brachte ich den Wagen vor dem Haus, in dem meine Wohnung lag, zum Stehen. Es war eine ruhige Straße, und das Quietschen der Reifen durchschnitt die allgemeine Stille ringsum. Ich sprang aus dem Wagen, und dann rannte ich, für einen Moment beinahe das Gleichgewicht verlierend, auf das Haus zu. Mein ganzes Inneres war von panischer Angst erfüllt. Ich konnte Martinez' Schritte dicht hinter mir hören. »Da!« schrie ich.

Es war ihr Wagen.

»Nein!« stieß ich hervor. Gleichzeitig blieb ich abrupt stehen und starrte auf ihr Auto.

Die Kühlerhaube war hochgeklappt.

»Christine!« Mein Magen hatte sich zu einem winzigen Knoten zusammengezogen. »Zu spät«, keuchte ich. »Er hat sie bereits geschnappt.« Auch Martinez, der mich inzwischen eingeholt hatte, starrte wie gebannt auf den Wagen am Straßenrand.

»Verdammte Scheiße!« fluchte er los. »Sind Sie auch ganz sicher?«

Doch im selben Augenblick schoß mir ein anderer Gedanke durch den Kopf. Ich stürzte auf den Eingang des Hauses zu. In mir stieg plötzlich das Bild ihres Körpers auf, verzerrt, im Tod grausam entstellt, auf dem Boden unserer Wohnung liegend. »Im ersten Stock«, schrie ich zu Martinez über die Schulter zurück. Ich nahm zwei, drei Stufen gleichzeitig, das Treppenhaus hallte laut von unseren Schritten wider. Ich warf mich gegen die Wohnungstür. Meine Schulter schlug gleichzeitig mit meiner Hand, die den Türknopf drehte, krachend gegen das Holz. Ich fühlte mich, jeden Gleichgewichtsgefühls beraubt, taumelnd in den Wohnraum fallen. Der Fußboden schoß mir entgegen, und ich streckte meine Arme aus, um meinen Fall zu bremsen. Martinez sprang hinter mir, halb geduckt und mit gezückter Waffe, durch die Türöffnung und schrie mit fast überschnappender Stimme: »Keine Bewegung!«, ohne überhaupt wissen zu können, ob sich jemand in der Wohnung befand.

Und dann erstarrten wir plötzlich beide, als hätte Martinez' Aufforderung uns selbst gegolten.

Sie stand mitten im Raum. Ich sah, wie ihr Gesicht sich zu einer Maske der Verwunderung und des Entsetzens verzerrte. Eine Zeitschrift fiel unter leisem Rascheln der Seiten zu Boden. Draußen erfüllte das Jaulen der Sirenen die überhitzte Luft.

Sie rang für einen Moment nach Atem; ihre Hand zuckte zu ihrem Mund hoch.

»Oh, mein Gott!« stieß sie voller Angst hervor. »Was ist passiert?«

Für einen sehr langen Moment hatte ich das Gefühl zu schweben. Ich war unfähig, eine Reaktion zu zeigen. Martinez' Miene wies Spuren langsamen Begreifens auf. Schließlich schüttelte er langsam, ungläubig den Kopf; sein Arm sank schlaff an seiner Seite herab, der Lauf der Pistole in seiner kaum merklich zitternden Hand auf den Fußboden gerichtet. Ich rollte mich auf den Rücken und lauschte dem Geräusch der näher kommenden Sirenen, gefolgt von lautem Türenschlagen, Schritten auf der Treppe, aufgeregten Stimmen. Und dann vernahm ich auch Christines Stimme, wie sie, tränenerstickt, erneut ihre Frage vorzubringen versuchte. Ich sog die Luft in heftigen Zügen in meine Lunge, versuchte mein wie rasend pochendes Herz zu beruhigen, und dann verflüchtigten sich mit einem Mal all die anderen Geräusche um mich herum, und ich konnte nur noch, in fortwährender Wiederholung, die Worte des Mörders hören:

Es gibt keine Zurückstellung.

16

Am nächsten Morgen zog Christine aus.

Ich sah ihr vom Bett aus zu, wie sie ihre Sachen in einen großen Flechtkoffer packte. Rasch holten ihre Hände einen Gegenstand nach dem anderen aus der Kommode und dem Schrank. Sie sagte kaum etwas, und wenn, dann sprach sie hin und wieder in fragendem Ton mit sich selbst, wo sie den einen oder anderen Gegenstand verlegt haben könnte. Während sie packte, wich sie bewußt meinem Blick aus. Als sie fertig war, stützte sie sich mit ihrem ganzen Körpergewicht auf den Kofferdeckel, um ihn zuzubekommen. Das Schnappen der beiden Verschlüsse durchdrang die Stille zwischen uns. Darauf richtete sie sich auf und stellte den Koffer fest auf den Boden. »Ganz schön schwer«, bemerkte sie dazu und sah mich dabei zum ersten Mal wieder an. Über ihre Lippen breitete sich der Anflug eines Lächelns; nur ihre Mundwinkel bogen sich leicht nach oben. Doch dann schüttelte sie den Kopf, als wollte sie sich des Lächelns entledigen. »Ich muß jetzt gehen«, erklärte sie. »Ich kann einfach nicht mehr länger hier bleiben. Das haben sogar die Detektive gesagt.«

Ich nickte wortlos.

Sie sah auf ihre Uhr. »Würdest du mich bitte zum Flughafen fahren?«

»Natürlich«, entgegnete ich in möglichst neutralem Ton.

In meiner Erinnerung erscheinen diese Stunden damals wie zusammengeschmolzen. Es war, als wäre mit dem letzten Anruf des Mörders eine Startpistole abgefeuert und ein langes Rennen gestartet worden, das über das Krankenhaus zu meiner Wohnung geführt hatte, und dann weiter durch die Nacht bis zum Morgengrauen und dem Moment, als ich ihr hinterherwinkte, während sie durch die Abfertigungsschranke zu ihrem wartenden Flugzeug ging.

In der Wohnung hatte ein fürchterliches Durcheinander geherrscht. Man konnte sich vor Polizisten und Detektiven kaum mehr im Raum bewegen. Christines äußerliche Gefaßtheit war binnen weniger Minuten in sich zusammengebrochen, und noch bevor sie selbst wußte, was eigentlich geschehen war, hatte sie haltlos zu schluchzen und immer wieder vor sich hin zu murmeln begonnen: »Ich wußte doch, daß noch etwas passieren würde. Ich wußte es einfach.« Es dauerte mehrere Minuten, bevor ich in der Lage war, ihr alles zu erklären. Ich setzte mich neben sie, legte ihr meinen Arm um die Schultern und versuchte ihr dabei zu helfen, ihre Fassung langsam wiederzuerlangen. Einen Moment war sie einem hysterischen Anfall nahe und fuhr mich wütend an: »Ich hab's dir doch gesagt! Ich wußte, daß etwas passieren würde.« Ich zuckte vor ihrem plötzlichen Ausbruch zurück, doch im nächsten Augenblick ließ sie auch schon ihren Kopf auf meine Schulter sinken. Ich wunderte mich, daß ich nicht in der Lage war, sie nachhaltiger zu trösten. Doch sie erlangte von Minute zu Minute ihre Fassung wieder, bis sie sich schließlich soweit beruhigt hatte, daß sie mich ruhig aufforderte: »Bitte, erklär mir jetzt alles ganz genau. Ich möchte wissen, was eigentlich passiert ist, damit ich weiß, worauf ich mich gefaßt machen muß.«

»Worauf *wir* uns gefaßt machen müssen«, verbesserte ich sie. Aber sie schüttelte nur den Kopf.

Dann erzählte ich ihr vom Anruf des Mörders und von dem Entführungsplan, den er mir bei dieser Gelegenheit untergeschoben hatte, von der rasenden Fahrt zum Parkplatz der Klinik und schließlich von der zweiten verzweifelten Jagd zu unserer Wohnung. Sie ließ mich vor allem noch einmal die Beschreibung seiner selbst als Arzt wiederholen, und wie er ihr mit ihrem defekten Wagen behilflich sein wollte.

»Aber er war ja tatsächlich da!« entfuhr es ihr unvermittelt.

Martinez und Wilson, die ganz in der Nähe standen, zuckten mit den Köpfen herum. Gleichzeitig wandte Christine sich von mir ab und den beiden Detektiven zu. »Ich habe ihn gesehen. Er hat genauso ausgesehen, wie Malcolm ihn eben beschrieben hat.«

Martinez holte sein Notizbuch aus der Tasche und setzte sich neben sie. »Versuchen Sie sich bitte genau zu erinnern, was Sie gesehen haben.«

Christine holte tief Atem und nickte. Sie lächelte mich kurz an, um dann jedoch unvermittelt zu erschaudern. »Mein Wagen wollte nicht anspringen. Ich habe heute schon etwas früher mit der Arbeit aufgehört – vielleicht gegen Viertel vor vier. Und als ich losfahren wollte, sprang der Wagen einfach nicht an. Der Anlasser hat keinen Mucks von sich gegeben.«

»Genau wie er gesagt hat«, unterbrach ich sie.

Der Detektiv starrte mich eindringlich an, und Christine fuhr fort: »Ich saß also hinterm Steuer und probierte immer wieder den Anlasser, aber nichts rührte sich. Ich redete meinem Auto gut zu, schimpfte mit ihm – Sie kennen das ja vielleicht selbst –, aber es nützte alles nichts. Es sprang einfach nicht an. Und dann war da plötzlich dieser Schatten am Fenster, und jemand beugte sich herab und schaute zu mir herein.«

»Wissen Sie noch, wie er aussah?« fragte Martinez aufgeregt. Auch Wilson war ganz nahe herangetreten.

Christine zögerte kurz. »Nur ungefähr.«

»Beschreiben Sie uns einfach, woran Sie sich noch erinnern können; jede Einzelheit, ganz gleich, wie unbedeutend sie Ihnen auch erscheinen mag.«

»Er wirkte ziemlich groß – etwas über eins achtzig. Und er hatte braunes, etwas längeres Haar – ein Stück über den Kragen. Aber er trug eine von diesen verspiegelten Sonnenbrillen – mit extrem großen Gläsern. Außerdem stand er mit dem Rücken zur Sonne; ich kann mich noch erinnern, daß ich meine Augen abschirmen mußte, um überhaupt etwas erkennen zu können. Er war total von Sonnenlicht umflutet. Und wenn ich doch mal was erkennen konnte, dann meistens nur mein Spiegelbild in seiner Sonnenbrille.«

»Was hat er gesagt?«

»Er fragte mich, was los wäre. Er war genau so gekleidet, wie er das am Telefon geschildert hat. Weißer Kittel, dunkle Hose – und aus der Tasche seines Kittels hing ein Stethoskop. Ich hielt ihn für einen Arzt.«

»Weiter.«

Für einen Augenblick mußte sie ihre Gedanken sammeln. Ich fühlte mich plötzlich ausgeschlossen. Ich wollte sie unterbrechen, irgendeine Bemerkung dazwischenwerfen, irgend etwas.

»Ich drückte auf den Knopf für die Motorhaubenverriegelung und wollte schon aussteigen, aber er sagte, ich sollte sitzen bleiben. Und dann rief er mir hinter der hochgeklappten Motorhaube hervor zu: ›Ich sehe schon, wo der Defekt liegt.‹ Ich merkte, daß er sich irgendwie am Motor zu schaffen machte, und dann rief er: ›Versuchen Sie's jetzt noch mal!‹ Ich drehte den Schlüssel im Zündschloß, und diesmal sprang der Motor an. Dann kann ich mich noch erinnern, daß er die Kühlerhaube zuschlug und zur Seite trat – alles in einer Bewegung.«

»Was hat er gesagt?« platzte ich dazwischen. Der Detektiv nickte tadelnd in Richtung Christine.

»Er sagte: ›Das wär's. Kommen Sie gut nach Hause!‹ Und das war's dann auch schon.« Sie dachte kurz nach. »Nein, er hat noch was gesagt. ›Das Leben ist doch voller Geheimnisse‹, hat er gesagt. Und dann ist er hinter mir verschwunden.«

»Ist Ihnen ein Wagen aufgefallen? Oder haben Sie gesehen, wohin er ging?«

»Nein«, erklärte sie kopfschüttelnd. »Er schien einfach nur in der Sonne zu verschwinden.«

Martinez notierte sich noch ein paar Dinge. Ich konnte seinen Bleistift über das Papier kratzen hören. Das Geräusch irritierte mich mindestens so sehr wie das Quietschen von Kreide auf einer Schiefertafel.

»Was hat er denn eigentlich an meinem Wagen gemacht?« fragte Christine.

»Vermutlich hat er das Batteriekabel abgemacht«, erwiderte der Detektiv. »Genau wie er am Telefon gesagt hat.« Christine erschauderte erneut – ein anhaltendes, unwillkürliches Zucken in ihren Schulterblättern. Sie griff nach meiner Hand und drückte sie. Ich fragte mich, weshalb der Mörder sie hatte laufen lassen. Der Anruf. Es war fünf vor vier gewesen, als ich während des Gesprächs mit ihm auf die Uhr gesehen hatte. Es ist bereits geschehen, hatte er behauptet. Und er hatte recht gehabt.

»Aber warum war die Motorhaube hochgeklappt, als wir hier ankamen?« wollte der Detektiv wissen.

Sie wandte sich wieder ihm zu. »Der Motor ist im Stau heiß geworden. Das war in letzter Zeit öfter so.«

Sie sah mich an. »Du weißt doch noch, daß ich dich erst kürzlich gebeten habe, das zu reparieren?«

Ja, ich hatte es vergessen.

Vom Polizeipräsidium rief ich dann Nolan an, um ihm zu erzählen, was passiert war. Er war bereits dabei, den Artikel umzuarbeiten und den letzten Anruf mit den Drohungen gegen Christine einzubauen. »Ist das vielleicht ein Durcheinander«, stöhnte er, »und die Zeit wird langsam knapp.« Als ich ihm erzählte, was tatsächlich passiert war, platzte er aufgeregt heraus: »Gütiger Gott, das war aber knapp!«

»Ich bin nicht sicher«, entgegnete ich.

»Wie meinen Sie das?«

»Ob es tatsächlich so knapp war. Wer weiß? Ich meine, was hat er eigentlich beabsichtigt? Wollte er Christine in seine Gewalt bringen und hat es sich dann doch anders überlegt? Oder hat er irgend etwas entdeckt, was ihn davon zurückgehalten hat? Oder wollte er mir lediglich einen gehörigen Schrecken einjagen? Wenn letzteres seine Absicht gewesen sein sollte, dann ist ihm das jedenfalls gelungen.«

»Allerdings«, pflichtete mir Nolan bei. »Wie geht es Christine?«

»Sie ist nach Hause, zu ihren Eltern.«

»Wo leben die?«

»In Madison, Wisconsin. Das dürfte weit genug entfernt sein, nehme ich an.«

»Wollen wir's mal hoffen.«

Ich konnte das leise Klicken des Computers hören, als ihm Nolan meine Aufzeichnungen eingab. Ich kam mir ziemlich eigenartig dabei vor, Christines Worte in diesem Zusammenhang zu zitieren, da ich wußte, ihre Äußerungen würden innerhalb des Artikels Erwähnung finden. Nolan drängte immer wieder auf eine detailliertere Beschreibung der Umstände, und es dauerte eine Weile, bis ich mich schließlich breitschlagen ließ.

»Na gut«, erklärte er abschließend. »Ich werde möglichst alles unterzubringen versuchen. Das wird zwar ein ziemliches Durcheinander geben, aber daran läßt sich nun mal nichts ändern. Dann also bis morgen früh. Und nehmen Sie Ihren Hörer ab, wenn Sie nach Hause kommen.« Bevor ich einhängte, fügte er noch rasch hinzu: »Ach, ehe ich's vergesse; der Artikel wird selbstverständlich unter Ihrem Namen erscheinen. Wie üblich.«

Ich schüttelte den Kopf, ohne etwas zu erwidern. Ich brachte es nicht über mich zu sagen, daß ich das nicht wollte, daß ich mit dieser Story und mit dem Mörder nichts mehr zu tun haben wollte. Ich sagte es aber nicht, weil ich es nicht konnte. Es hätte nicht der Wahrheit entsprochen.

Der Abend war schon ziemlich vorangerückt, als der Polizeizeichner schließlich nach meinen Angaben das Phantombild fertiggestellt hatte. Die zwei Detektive saßen stumm dabei, als Christine und ich dem Zeichner mühsam das Gesicht des Mörders zu beschreiben versuchten, während dieser immer wieder neue Veränderungen an den Zügen des Phantombilds vornahm. »Nein, so ganz kommt es noch nicht hin«, erklärte Christine kopfschüttelnd, aber ich konnte eine zunehmende Ähnlichkeit entdecken, je mehr die Wangenpartie, die Augenbrauen und das Kinn auf dem Zeichenblock Gestalt annahmen. Als der Zeichner dann auch noch die Pilotenbrille hinzufügte, fand ich das Porträt schon sehr treffend. Christine zuckte jedoch mit den Achseln. »Ich weiß auch nicht. Außerdem habe ich ihn ja gar nicht richtig gesehen.«

Martinez warf mir einen fragenden Blick zu, den ich mit einem Nicken beantwortete.

»Zumindest ist es ein Anfang«, erklärte der Detektiv. Wilson starrte sicher eine Minute lang auf die Zeichnung, bevor er seine Hand zur Faust ballte und sie gegen die leeren Augen schüttelte, die uns von dem weißen Papier entgegenstarrten.

Schließlich fuhr ich mit einer Kopie des Phantombilds in die Redaktion. Es war schon ziemlich spät, als ich dort ankam, und Nolan war bereits nach Hause gegangen; aber sein Stellvertreter für die Nachtschicht war da. Er warf Christine einen gleichzeitig prüfenden und bewundernden Blick zu, um mir dann das Phantombild aus der Hand zu nehmen und damit auf den Satzcomputer zuzugehen. Er setzte es an Stelle eines Fotos in den Artikel ein, über dem in riesigen, schwarzen Lettern die Überschrift prangte: HAT JEMAND DIESEN MANN GESEHEN? In der Redaktion lag bereits eine frühere druckfertige Ausgabe vor. Obwohl unter der nicht minder auffälligen Überschrift mein Name stand, überflog ich den Text ohne großes Interesse. Die Worte waren nicht mehr länger die meinen.

Christine und ich fuhren schweigend nach Hause. Die Straßen Miamis waren inzwischen fast menschenleer; nun führten hier die Scharen von nächtlichen Herumtreibern jeglicher Couleur das Regiment.

An einer roten Ampel beobachteten wir zwei junge Burschen, die einen alten Mann hänselten. Sie hatten ihm seine Baseballkappe vom Kopf gerissen und warfen sie nun ganz dicht an dem Alten vorbei zwischen sich hin und her, so daß dieser immer wieder vergeblich danach schnappte, bis er schließlich bei einem neuerlichen Versuch, seine Mütze zu fassen zu bekommen, das Gleichgewicht verlor und zu Boden stürzte.

»Warum tun sie das?« wollte Christine wissen. Ich wußte darauf auch keine Antwort.

Der Brustkorb des alten Mannes hob und senkte sich, als er, vor Anstrengung keuchend, auf dem Boden lag. Die zwei jungen Burschen beäugten ihn eine Weile neugierig und warfen ihm dann die Mütze wieder zu. Ohne danach zu greifen, blieb der Alte auf dem Gehsteig liegen.

In diesem Moment hielt neben den beiden Jungen ein Wagen an; das Fenster wurde heruntergekurbelt. Die beiden traten darauf zu, und nach einem kurzen Wortwechsel stieg einer von ihnen auf der anderen Seite ein. Der andere Junge starrte dem sich entfernenden Wagen kurz hinterher und verschwand dann im Dunkel der nächtlichen Straße. Unsere Ampel schaltete auf Grün, und ich fuhr den Zubringer zum Freeway hinauf.

»Was war das denn eben?« fragte Christine.

»Ein Hühnerhabicht, wie sie das bei der Polizei nennen«, klärte ich sie auf. »Ein älterer Homosexueller, der sich einen von den zwei jungen Burschen angelacht hat.« Christine gab einen angewiderten Laut von sich, worauf wir wieder schweigend weiterfuhren.

Als auf dem Flughafen ihr Flug ausgerufen wurde, fuhr sie mir mit der Hand zärtlich über die Wange. »Du bist sicher schrecklich müde«, versuchte sie mich zu trösten. »Es tut mir leid, daß es so kommen mußte.«

Ich zuckte mit den Achseln.

»Wir sind uns in letzter Zeit etwas fremd geworden, findest du nicht auch?«

Ich nickte.

»Rufst du mal an?« fragte ich.

»Sicher.«

»Und wirst du auch wieder zurückkommen?«

Sie zögerte. »Ich weiß nicht.« Darauf trat ein Moment der Stille zwischen uns ein. »Angenommen, er hat es auf dich abgesehen«, fuhr sie dann fort, »hast du denn keine Angst?«

»Ich glaube nicht«, erwiderte ich.

Sie runzelte die Stirn. »Natürlich nicht. Genau das ist das Problem. Du siehst alles. Und trotzdem bist du völlig blind für das, was wirklich passiert.« In ihren Augenwinkeln bildeten sich Tränen. »Es tut mir wirklich leid.« Sie drehte sich um und griff nach ihren Sachen, einer Taschenbuchausgabe von Hemingways Kurzgeschichten, ein paar Zeitschriften und ihrer Handtasche; dann schritt sie rasch und entschlossen auf die Sperre zu. Meine Hand zuckte unwillkürlich hoch, um ihr nachzuwinken; doch schnell besann ich mich eines Besseren und ließ sie wieder sinken. Zudem drehte sie sich sowieso nicht mehr um.

Und dann wandten sich meine Gedanken wieder dem Mörder zu.

Nachmittags, in der Redaktion, holte ich sämtliche Notizen, die ich mir zu dem Fall gemacht hatte, aus meinem Schreibtisch hervor. Ich ging sie alle sorgfältig durch und erstellte eine Liste von möglichen Anhaltpunkten und Details, die für die Identifikation des Mörders von Nutzen hätten sein können. Nach dieser Materialsammlung stellte ich die einzelnen Punkte noch einmal in einer neuen Aufzählung nach ihrer Bedeutsamkeit geordnet zusammen.

Einzelkind, lautete die erste Zeile.

Kindheit auf dem Land in Ohio. Jugend in der Stadt.

Vater rachsüchtig, schwach. Mutter verführerisch, stark.

Militär.

Grausamkeit.

Danach kamen noch eine Reihe weiterer Punkte, bis ich ganz zum Schluß schrieb: Keine Zurückstellung.

Und dann strich ich ein Wort nach dem anderen wieder durch. All die Schilderungen, all die Worte und Sätze, die im Verlauf der letzten Wochen so viele Zeitungsspalten gefüllt hatten, waren absolut bedeutungslos. Sie kamen dem Wesen der Sache keinen Deut näher. Als ich noch einmal auf das Blatt Papier niedersah, fiel mir auf, daß ich ein riesiges Fragezeichen über die ganze Seite gemalt hatte. Ich grinste. »Das trifft den Nagel auf den Kopf«, sagte ich zu mir selbst; gerade leise genug, daß es die anderen nicht hören konnten.

Nach allem, was passiert war, war aus meinem ganzen Geschreibsel nichts anderes herauszulesen, als daß ich absolut nichts wußte. Ich starrte auf das Phantombild des Polizeizeichners und dachte noch einmal über mein Gespräch mit dem Mörder nach. Dabei fiel mir etwas ein, was er schon einmal in einem früheren Zusammenhang geäußert hatte. Wir machen das zwischen uns beiden aus, hatte er damals gesagt. Und nun verstand ich, was er damit gemeint hatte.

Der Inhaber des Waffengeschäfts sah auf, als ich in den Laden trat. Bis auf zwei Männer, die ein paar in einer verschlossenen Glasvitrine aufbewahrte Flinten begutachteten, war niemand im Laden. Der Inhaber lächelte mir zu, und ich sah, daß er das *Journal* las. Er streckte mir die Hand entgegen. »Wissen Sie, ich war gerade dabei, Ihren letzten Artikel zu lesen. Irgendwie konnte ich mich des Gefühls nicht ganz erwehren, daß Sie demnächst hier auftauchen würden. Ich nehme an, Sie wollen sich gegen alle Eventualitäten absichern, falls er es noch einmal versuchen sollte, hm?«

»Ganz richtig«, nickte ich.

Er rieb seine Hände. »Ich bekomme hier nicht allzu viele junge Männer wie Sie zu sehen«, fuhr er fort. »Das heißt, natürlich haben wir eine Menge junger Burschen als Kunden, aber nicht Leute wie Sie. Ich meine, gebildete, intelligente junge Männer, Akademiker. Eigentlich sind sogar die meisten meiner Kunden etwa in Ihrem Alter, aber hauptsächlich handelt es sich dabei um Bauarbeiter, Polizisten oder auch mal einen Feuerwehrmann, der gern auf die Jagd geht. In den Glades gibt es ja schließlich auch genügend Enten – oder auch Rotwild. Seit der jüngsten Welle von Morden kaufen natürlich alle möglichen Leute bei uns ein – aber keine wie Sie.«

Da ich darauf nichts erwiderte, fuhr er fort: »Ich glaube, das hängt irgendwie mit dem Krieg zusammen, wenn Sie verstehen, was ich meine. Die haben nicht viel für Waffen übrig – Handfeuerwaffen, Gewehre, nicht mal eine gute Steinschleuder. Das ist natürlich nur so eine Theorie von mir, damit wir uns nicht falsch verstehen; basierend auf eigenen Beobachtungen. Jedenfalls bekommt man in so einer Waffenhandlung einiges mit.

Diesmal kommen Sie also nicht wegen eines neuen Artikels, hm?« wechselte er plötzlich das Thema. »Was darf es denn sein? Wie wär's zum Beispiel mit einer Dreisiebenundfünfziger Magnum? Habe ich Ihnen nicht sogar schon eine davon gezeigt? Nein? Trotzdem – das wäre im Moment genau das richtige für Sie.«

Ich schüttelte den Kopf.

»Und wie wär's damit?« Er nahm eine Automatik aus einer Vitrine. »Eine Neunmillimeter Automatik. Faßt ein dreizehnschüssiges Magazin, mit Leerhülsenausstoß. Das ist ein besonders zuverlässiges Modell, auf das absolut Verlaß ist – hat man mir zumindest gesagt.«

Ich schüttelte erneut den Kopf. »Ich will so ein Ding, wie er es hat.«

Der Waffenhändler grinste. »Das hätte ich mir eigentlich denken können. Gleiches mit gleichem bekämpfen, dem anderen keinen Vorteil lassen, hm? Mit einem bißchen Glück und einem

Quentchen mehr Intelligenz könnten Sie diesem Kerl sogar ein Stückchen voraus sein. Jedenfalls keine schlechte Idee.« Er bückte sich und holte eine graue Fünfundvierziger aus ihrem Etui. »Da hätten wir zum Beispiel das Grundmodell. Damit bringen Sie diesen Dreckskerl auf der Stelle zum Stehen. Keinerlei überflüssige Mätzchen, kein Schnickschnack, einfach nur die Waffe an sich. Mehr braucht es doch auch gar nicht, oder? Ich meine, diese Waffe dient doch einem ganz spezifischen, begrenzten Zweck, habe ich nicht recht?«

»Doch.«

»Ich kann Ihnen sagen: Wenn man wie ich Tag für Tag hinter so einer Theke steht und den Leuten Waffen verkauft, bekommt man einen Blick für die Menschen. Man lernt dabei regelrecht Gedanken lesen.«

»Gut, die nehme ich.«

»Aber Sie wissen doch sicher von den zweiundsiebzig Stunden – Zeit genug, sich wieder etwas zu beruhigen?«

»Wie bitte?«

»Sie als Reporter müßten das doch wissen. Wenn Sie heute eine Waffe kaufen, können Sie sie nicht einfach gleich mitnehmen. Laut Gesetz darf ich sie Ihnen erst zweiundsiebzig Stunden nach dem Kauf aushändigen. Damit soll verhindert werden, daß Sie sich kurz mal mit einer Knarre eindecken, bloß weil Sie gerade einen Streit mit Ihrer Frau oder Ihrem Nachbarn oder Ihrem Schwager hatten und es ihm nun ordentlich zeigen wollen. Der Gesetzgeber ist jedenfalls der Auffassung, daß in so einem Fall eine kleine Bedenkzeit von drei Tagen nicht schaden könnte.«

»Das ist natürlich ein Problem.«

Er sah mir in die Augen. »Das würde ich auch sagen.« Dann beugte er sich über die Ladentheke, so daß sein Gesicht ganz nah an meinem war. »Aber ich will Ihnen mal was sagen – das bleibt selbstverständlich unter uns. Ich stelle Ihre Quittung auf ein entsprechend früheres Datum aus, so daß Sie die Waffe jetzt gleich mitnehmen können. Das habe ich zwar bisher noch nie getan, aber einmal kann man so was ja mal machen. Außerdem hätte ich bestimmt ein schlechtes Gewissen, wenn Sie dieser Dreckskerl ausgerechnet während dieser dreitägigen Frist umlegen sollte. Betrachten Sie das Ganze also als einen kleinen Freundschaftsdienst, ja?«

»Sie haben mein Wort.« Ich erkannte meine Stimme nicht wieder.

Während er den Betrag in die Ladenkasse eintippte, wog ich die schwere Automatik in meiner Hand. Sie schien meine ganze Faust auszufüllen, jede Pore meiner Haut zu bedecken, und sie fühlte sich gut an, kühl und glatt. Als ich auf die Waffe in meiner Hand hinabblickte, spürte ich ein von ihr ausstrahlendes Gefühl der Erregung über meinen Arm in meinen Körper hochsteigen. Etwas ganz Ähnliches mußte auch der Mörder irgendwann einmal verspürt haben.

»Wir haben uns doch in keiner Weise unverantwortlich verhalten«, erklärte Nolan kopfschüttelnd.

Ich folgte seinen Blicken, wie sie über die einzelnen Schlagzeilen und Fotos in Zusammenhang mit dem Mord wanderten. Er saß hinter seinem Schreibtisch und betrachtete die an einer Pinnwand befestigten Zeitungsausschnitte, in denen wir über den »Nummmernmörder« berichtet hatten.

»Ich verstehe das einfach nicht.« Er ließ sich in seinen Stuhl zurücksinken und rieb sich mit den Fingern die Augen. »Uns kann man doch wirklich nicht den leisesten Vorwurf machen. Sehen Sie sich doch unsere Berichterstattung an – keinerlei reißerische Sensationsmache, keinerlei blutrünstige Volksverhetzung, keinerlei Schüren von Panik oder was auch immer. Ich verstehe einfach nicht, wo wir uns in dieser Sache falsch verhalten haben sollen. Wie sollen wir diesen Kerl ermutigt, ihn zu weiteren Taten angestachelt haben? Wir sind doch wirklich mit der gebotenen Vorsicht an die Sache herangegangen – sicher nicht ohne eine gewisse Aggressivität; aber gleichzeitig haben wir es trotzdem nie an der nötigen Zurückhaltung mangeln lassen. Ich kann mir nicht vorstellen, daß die *Times* oder die *Washington Post* anders über den Fall berichtet hätten. Vielleicht mit der einen Ausnahme, daß man dort vermutlich gleich ein halbes Dutzend Reporter auf den Fall angesetzt hätte. Trotzdem stehe ich zu meiner Entscheidung, Sie allein mit dem Fall betraut zu haben. Auf diese Weise blieb dem Ganzen sozusagen ein Mittelpunkt, ein Schnittpunkt erhalten. Und schließlich hat dieser Kerl nun mal Sie angerufen – und nicht die ganze Redaktion.«

Er dachte kurz nach. »Natürlich hätten wir – wie so manche andere Zeitung – täglich eine neue Schlagzeile mit dem einen Wort MORD! bringen und die Stimmung weiter anheizen können. Aber darauf haben wir wohlweislich verzichtet. Wir haben Ruhe bewahrt. Was mehr an Taktgefühl und ... *Verantwortlichkeit* hätte man von einer Zeitung wie der unsrigen denn noch erwarten können? Niemand kann uns zum Vorwurf machen, diesen Kerl zu weiteren Gewalttaten angestachelt zu haben.«

Nolan rieb sich neuerlich die Augen. Er sprach mehr zu den Zeitungsausschnitten an der Wand als zu mir.

Schließlich gab er einen langen Seufzer von sich. »Ich muß wohl doch langsam alt werden, daß mir das alles so an die Nieren geht.« Zum ersten Mal, seit er zu sprechen begonnen hatte, sah er wieder mich an. »Wissen Sie eigentlich, daß ich meine Frau und die Kinder zu meinem Bruder und meiner Schwägerin nach Kalifornien geschickt habe? Und zwar schon vor zwei Wochen.«

»Warum?«

Er runzelte die Stirn. »Soll das ein Witz sein? Weil ich Angst hatte. Ich stehe schließlich im Telefonbuch. Er hätte genausogut auf die Idee kommen können, *mir* einen ordentlichen Denkzettel zu verpassen – nicht weniger als Christine oder sonst jemandem.

Ich glaube«, fuhr er nach kurzer Pause fort, »wir sind alle in Gefahr.«

Und so begann ich zu warten.

Ob ich zu Hause war oder in der Redaktion – ich starrte unablässig auf das Telefon und versuchte es kraft meines Willens zum Läuten zu bringen, den Kontakt mit dem Mörder herzustellen. Ich glaube nicht, daß ich Angst hatte; jedenfalls nicht wie Nolan oder Wilson, die ihre Familien aus der Stadt geschickt hatten; oder wie Martinez, der es nur noch mit Hilfe des Alkohols oder ständig neuer Mädchen schaffte, sich von seinen Gedanken an den Mörder ablenken zu lassen. Ich versuchte mich voll und ganz auf dieses eine Ziel zu konzentrieren. Ich malte mir in Gedanken das Zusammentreffen mit dem Mörder aus – ganz allein an einem einsamen Ort. Ich konnte die zwei identischen Waffen in unseren Händen hochzucken sehen, konnte das doppelte Krachen hören. In meiner Phantasie war er immer den entscheidenden Bruchteil einer Sekunde langsamer. Ich sah ihn, von der Wucht des Geschosses zurückgeschleudert, mit verzerrtem Körper zu Boden stürzen und dort unter kurzem Erschaudern liegen bleiben. Manchmal sah ich mich selbst als einen dicht unter der Wasseroberfläche entlangtanzenden Köder, tief in mir den tödlichen Haken verborgen. Und ich selbst bereits tot.

Und als sich das Warten hinzog, ging ich dazu über, die Bänder mit den Anrufen des Mörders abzuspielen, den Raum um mich herum vom Klang seiner kalten Stimme widerhallen zu lassen. Ab jetzt würden wir es nur noch zwischen uns allein ausmachen.

Es gab keine Artikel mehr zu schreiben. Ich tat nur noch eines – warten.

Dann kam der Anruf von O'Shaughnessy.

Wie immer durchzuckte mich das erste Läuten des Telefons wie ein Stromstoß, und wie immer dachte ich zuallererst an den Mörder. Ich drückte auf die Aufnahmetaste des Tonbands und nahm den Hörer mit dem Gedanken ab: Jetzt endlich ist es soweit. Die Entscheidung ist da. Es war, als müßte ich lediglich ihn aus der Welt schaffen, um selbst wieder zu ihr Zugang zu finden. Ich sagte nichts, bis sich am anderen Ende der Leitung eine Stimme meldete.

»Hallo? Hallo?« rief sie aufgeregt in den Hörer. Der Zugriff meiner Finger lockerte sich spürbar.

»Ja«, meldete ich mich nun. »Hier Anderson.«

»Mr. Anderson, mein Name ist Peter O'Shaughnessy«, stellte sich der Anrufer vor. »Ehemals Lieutenant der US-Army.«

Für einen Augenblick verschlug es mir die Sprache. Seit meinem Anruf beim Pentagon war ich zu der festen Überzeugung gelangt, daß die Namen erfunden waren.

»Mein Gott«, stieß ich schließlich aufgeregt hervor, »es gibt Sie tatsächlich.«

Er lachte. »Das wollen wir doch mal hoffen.«

»Aber ich verstehe das nicht. Im Pentagon hat man mir doch versichert, es gäbe keinen O'Shaughnessy.«

Er unterbrach mich: »Ich bin auch keineswegs sicher, ob ich der Mann bin, den Sie suchen. Aber diese Übereinstimmung der Namen hat mich doch veranlaßt, mich mit Ihnen in Verbindung zu setzen, um der Sache näher auf den Grund zu gehen.«

»Von wo rufen Sie an?«

»Aus Memphis, Tennessee. Ich bin Anwalt. Ein Freund von mir, der in Miami lebt, hat mir einen Zeitungsausschnitt Ihres Artikels zugeschickt, in dem mein Name erwähnt ist. Ich muß gestehen, daß ich nun schon mehrere Tage hin und her überlege, ob ich Sie nun anrufen soll oder nicht. Meine Neugier hat schließlich doch die Oberhand gewonnen. Es wäre einfach ein zu großer Zufall, zumal ich bezweifle, daß es damals noch einen O'Shaughnessy in der Army gegeben hat. So verbreitet ist dieser Name nun auch wieder nicht.«

»Wo waren Sie denn in Kampfhandlungen verwickelt?«

»Tja«, antwortete er, »das ist doch eigentlich das Komische. Ich bin an sich nie in ein richtiges Feuergefecht geraten – also ganz im Gegensatz zu den Schilderungen dieses Burschen. Wissen Sie, mir war damals auf einem Luftwaffenstützpunkt in der Nähe von Da Nang eine Verwaltungsabteilung unterstellt. Bis auf eine gelegentliche Rakete oder Granatwerfersalve, die sich mal dorthin verirrt hat, bin ich also nie in eine brenzlige Situation geraten. Und dann habe ich natürlich hin und wieder mal unterwegs auf einer Straße eine Mine losgehen gesehen, aber daß ich mal so richtig unter massierten Beschuß genommen worden wäre, wie das vielen von unseren Jungs passiert ist . . .? Das ist mir zum Glück erspart geblieben. Ich hatte einen von diesen typischen Schreibstubenjobs, wo man den ganzen Tag nur mit Formularen zu tun hat. Sie wissen ja, wie das bei der Army ist – alles in dreifacher Ausführung.«

»Sie leiteten also eine Verwaltungseinheit?«

»Ganz richtig. Während der achtzehn Monate, die ich dabei war, sind sicher an die fünfzig bis hundert verschiedene Jungs durch mein Büro geschleust worden. Das waren die unterschiedlichsten Charaktere; aber eines hatten sie alle gemeinsam.«

»Und das wäre?«

»Sie machten diesen Job, weil sie keine Lust hatten, sich abknallen zu lassen.«

»Das verstehe ich nicht.«

»Ganz einfach«, klärte er mich auf. »Bevor die Jungs zu einer Einheit im Landesinnern versetzt wurden, wo es wirklich heiß herging, machte die Army jedem einzelnen ein Angebot. Man konnte sich für ein oder zwei Jahre zusätzlich verpflichten und bekam dafür eine Stelle als Schreibstubenhengst irgendwo in der Etappe – mit Schreibmaschine, massenweise Formularen und täglich einer frisch geplätteten Uniform.«

»Das heißt . . .«

»Das heißt, wir waren alle Drückeberger – Angsthasen, die sich einen geruhsamen – und vor allem ungefährlichen – Posten ergattert hatten.«

Wir sprachen noch fast eine Stunde miteinander. Die Beschreibung, die er von sich gab, stimmte mit der des Mörders überein. Er erzählte mir von seiner Zeit bei der Army, die er hauptsächlich auf dem von Stacheldraht umgebenen Gelände eines Luftwaffenstützpunkts verbracht hatte, und wie er so oft auf die Ströme von Flüchtlingen hinausgestarrt hatte, die daran vorbeigezogen waren. Und immer war es gewesen, als hätte der Stacheldraht seine Gefühle ebenso zuverlässig zurückgehalten wie unwillkommene Eindringlinge von außen. Und oft war es unklar, ob nun die Soldaten eingesperrt oder die Zivilpersonen ausgesperrt waren. Zum ersten Mal seit Tagen machte ich mir wieder ausgiebige Notizen. O'Shaughnessys Stimme schien eine belebende Wirkung auf mich auszuüben.

Mit unverkennbarer Schadenfreude ging mir immer wieder dieser eine Gedanke durch den Kopf: Jetzt habe ich dich!

O'Shaughnessy sprach auch über die Ausflüge in die Stadt, wo er inmitten von Scharen anderer Amerikaner über die einheimischen Lokale hereingebrochen war. Er erzählte von schummrigen Bars, in die kein Sonnenstrahl fiel und in denen das Rotlicht, das die nackte Haut einer namenlosen Tänzerin zurückwarf, die einzige Lichtquelle im Raum war. Und bei diesen Gelegenheiten bekam man so manche Geschichte zu hören – von Morden, Gemetzeln, Grausamkeiten, alle im Namen des Krieges vollbracht; unvorstellbare Greuel, von lallenden, bier- oder scotchbetäubten Zungen einem im Schummerlicht kaum zu erkennenden Zuhörer weitererzählt. »Diese Geschichten bekam man immer wieder zu hören; das ließ sich einfach nicht vermeiden. Die Frontsoldaten betranken sich selbstverständlich, um zu vergessen. Aber so einfach ist das nicht. Irgendwann mußten diese Alpträume irgendwie herauskommen – wie bei einer Art Beichte, wissen Sie? Als ob diese schrecklichen Erlebnisse leichter zu ertragen gewesen wären, wenn man sie einem anderen erzählte.«

Ich sah den Mörder in einer solchen Umgebung, wie er an der Theke den Erzählungen der Frontsoldaten lauschte, ihre Worte auf sich einwirken und sie sich fest in seiner Erinnerung verankern ließ.

»Wissen Sie, was das Verrückteste an der Situation war?« fuhr O'Shaughnessy fort.

»Nein, was?«

»Einerseits bekam man ständig solche Stories zu hören, und gleichzeitig schien das alles so unwirklich, als geschähe es in einer anderen Welt – wie ein Traum, an den man sich nach dem Erwachen noch deutlich erinnern kann. Einerseits irgendwie real, andererseits aber auch gar nicht. Manchmal sitze ich nur rum, und irgend jemand sagt etwas – ein bestimmtes Wort, oder vielleicht ist es auch nur der Tonfall der Stimme –, jedenfalls bringt das dann die Erinnerung an so ein Gespräch zurück. Das ist fast, als würde man sich eines Gespensts in seinem Innern bewußt werden.« Ich spürte, wie der Mann am anderen Ende der Leitung den Kopf schüttelte, während er seine Gedanken von diesen Erinnerungen zu befreien versuchte.

»Aus welchem Grund, glauben Sie, hat Sie das alles so stark berührt?« fragte ich ihn.

Er schwieg eine Weile. »Ich habe Ihnen nicht gesagt, wofür meine Verwaltungsabteilung zuständig war.«

»Und?«

»Wir waren für unsere eigenen Toten zuständig. Namen. Identifizierung. Wir sorgten dafür, daß auch die richtigen persönlichen Dinge mit dem richtigen Sarg zurück in die Heimat gebracht wurden. Unsere Büroräume lagen gleich neben dem Leichenschauhaus, wissen Sie. Nichts als Leichen; einige waren noch zu erkennen, andere . . . tja, zur Unkenntlichkeit entstellt. Das war auch der Grund, weshalb wir in unserer Abteilung diese hohe Personalfluktuation hatten. Es ist nun mal nicht jedermanns Sache, tagaus, tagein mit nichts anderem als Leichen zu tun zu haben. Die Räume waren zwar vollklimatisiert, aber trotzdem wache ich immer noch manchmal morgens auf und habe den unverkennbaren Leichengeruch in der Nase. Mir wird davon auch heute noch speiübel. Und ich weiß auch nicht, was ich dagegen tun sollte, zumal die Ärzte natürlich behaupten, ich bilde mir das nur ein; das alles wäre sowieso nur in meinem Kopf. Wissen Sie, genau das ist das Problem mit dem Krieg. Alles, was damit zu tun hat, spukt einem ständig im Kopf herum.«

Mir fiel nichts ein, was ich darauf hätte erwidern können. Ich stellte mir den Mörder hinter einem Schreibtisch vor, den ganzen

Tag langsam aus- und einatmend – jeder Atemzug von schwachem Leichengeruch durchsetzt.

»Glauben Sie, Sie können damit etwas anfangen?« fragte O'Shaughnessy.

»Mehr, als Sie denken«, antwortete ich.

17

Jetzt habe ich dich, du Dreckskerl.

Erst erzählte ich niemandem von meinem Gespräch mit dem Anwalt aus Tennessee. Statt dessen ließ ich meiner Phantasie freien Lauf. Visionen von der Festnahme des Mörders stiegen in mir hoch; ich hatte plötzlich das Gefühl, als wäre die unüberbrückbare Kluft zwischen mir und dem Mörder mit einem Schlag überwunden, als würden sich seine Lügen von nun an in Luft auflösen. Ich blieb an meinem Schreibtisch und schaukelte gemächlich auf meinem Stuhl. Wer ist nun der Jäger, fragte ich mich, und wer der Gejagte? Im Triumph ballte ich meine Fäuste. Nolan blickte verwundert zu mir herüber. »Was Neues?« wollte er wissen. »Doch nicht etwa zur Abwechslung mal eine gute Nachricht?«

Auf mein Nicken hin schnitt er erst eine Grimasse, die jedoch allmählich die Gestalt eines Lächelns annahm. »Aber bitte nicht wieder so ein Fiasko wie dieses Treffen mit dem Mann im Rollstuhl – und hoffentlich auch nichts Gefährliches.«

Ich schüttelte den Kopf. »Wir haben ihn endgültig.«

Nolan hob lächelnd die Hand. »Bitte keine voreiligen Schlüsse. Mich interessieren nur die Fakten.«

Daraufhin spielte ich ihm die Tonbandaufnahme des Telefongesprächs ab. Die Hand ans Kinn gelegt, ganz leicht mit dem Oberkörper hin und her wippend, hörte er schweigend zu. Dann ließ er sich schwer in seinen Sitz zurücksinken. »Sie könnten sogar recht haben«, stimmte er mir zu, um dann schallend loszulachen. »Soll mich doch der Teufel holen! Das könnte tatsächlich des Rätsels Lösung sein.«

»Ja, bald hat die Jagd ein Ende«, nickte ich.

»Rufen Sie im Pentagon an!«

»Sie haben dort die Namen . . .«

»Und wir werden den Mörder haben.« Wir sahen einander an. »Vielleicht. Was ist, wenn er einen anderen Namen angenommen hat?«

»Halten Sie das für möglich?« fragte ich. »Finden Sie, daß das seine Art wäre?«

Nolan schüttelte den Kopf. »Nein, sicher nicht.«

Wir blickten uns über den Tisch, auf dem das Tonbandgerät stand, an. Von den Wänden starrten die Zeitungsausschnitte herab, die so lange den Verlauf unserer Tage, unserer Leben, all unserer Hochs und Tiefs bestimmt hatten.

»Schnappen wir uns diesen Dreckskerl!« zischte Nolan. »Verdammt noch mal, schnappen Sie ihn sich!«

Der zuständige Offizier im Pentagon antwortete in dem dort üblichen zackig militärischen Umgangston: »Jawohl, Sir. Eine Namenliste. Kein Problem, Sir.« Ich konnte das Kratzen seines Bleistifts hören, als er sich die nötigen Daten notierte. Meine Stimme verstummte. »Jawohl, Sir«, versicherte er mir erneut. »Das dürfte genügen. Um jeglichen Mißverständnissen vorzubeugen – Sie wollen also eine Liste mit den Namen und Adressen all der Personen, die einen Teil ihrer Dienstzeit in Da Nang abgeleistet haben.«

»Ganz richtig.« Darauf gab ich ihm noch einmal die Abteilung und die Nummer der Einheit durch, die mir O'Shaughnessy genannt hatte. Gleichzeitig ersuchte ich den Offizier, die Identität O'Shaughnessys für mich zu überprüfen.

»Verstanden«, erklärte er knapp. »Bis wann benötigen Sie diese Informationen, Sir?«

»So bald wie möglich.«

»Sie müssen mit etwa vierundzwanzig Stunden Wartezeit rechnen«, gab er mir daraufhin zu verstehen. »Aber ich werde persönlich dafür Sorge tragen, daß die Abwicklung so rasch wie möglich vonstatten geht. Sie werden dann von mir hören.«

»Gut«, verabschiedete ich mich. Und dann überkam mich plötzlich eine angenehm entspannte Ruhe, als stünde ich unter keinerlei Zeitdruck mehr. Jetzt habe ich dich, dachte ich; ich bin dir schon ganz dicht auf den Fersen. Ich wünschte mir, der Mörder würde anrufen, daß ich ihm das, in Andeutungen, zu verstehen geben, ihn etwas zum Schwitzen bringen konnte. Er sollte spüren, daß ich ihm dicht auf den Fersen war.

*In der Gewißheit, den Mörder dingfest machen zu können,
kann man schon mal ausspannen, ein Päuschen einlegen.
Der Jäger wartet gelassen und darf sich nebenbei etwas
Warmes gönnen: Fünf Minuten Zeit und heißes Wasser
genügen ja…*

Die kleine, warme Mahlzeit in der Eßterrine. Nur Deckel auf, Heißwasser drauf, umrühren, kurz ziehen lassen und genießen.
Die 5 Minuten Terrine gibt's in vielen leckeren Sorten – guten Appetit!

Am Nachmittag suchte ich in der Mordkommission Martinez und Wilson auf. Als ich ihnen durch das Labyrinth der Büros folgte, schien es, als hätte sich hier seit meinem letzten Besuch nicht das geringste geändert, als fänden immer noch dieselben Verhöre statt, als wiederholten die ewig gleichen müden Stimmen dieselben ewig gleichen Aussagen. Fast schüchtern fielen die Sonnenstrahlen in den Raum und warfen ihre Schatten über den abgetretenen Fußboden und in die staubigen Ecken. Wir begaben uns in das Büro, das für die Ermittlungen in dem Fall »Nummernmörder« eingerichtet worden war. Zusätzlich zu den Listen mit Namen, Orten und Daten zierten nun auch noch mehrere Phantombilder des Mörders die Wände.

»Hat er wieder angerufen?« wollte Wilson wissen.

»Bisher noch nicht.«

»Keine Sorge, er wird sich schon melden«, tröstete mich Martinez. »Bisher hat er das doch immer getan. Wenn ein Mörder mal nach so einem ganz genau festgelegten Schema vorgeht, ist es verdammt schwer für ihn, davon wieder loszukommen. Das gilt in gleicher Weise für einen absoluten Psychopathen – wie diesen Kerl – wie für den coolsten professionellen Killer. Sie gewöhnen sich alle verdammt schnell an ihr selbst geschaffenes System. In dem Augenblick, wo sie sich von diesem Schema lösen, ziehen sie auch keinerlei Befriedigung mehr aus ihren Taten. Das ist wie mit einer Unterschrift, wissen Sie; sie unterliegt zwar gewissen Schwankungen und Abweichungen, aber insgesamt bleibt sie doch immer unverändert. Und dieser Bursche hat es sich nun mal zur Gewohnheit gemacht, Sie anzurufen.«

»Glauben Sie nicht, sein jüngster Anruf könnte sein letzter gewesen sein?«

»Nein. Das ist zwar nur eine Vermutung, aber ich glaube, ihm wird allmählich der Wind aus den Segeln genommen. Vielleicht ist ihm einer unserer Detektive, die sich in der Stadt umhören, gefährlich nahe gekommen; vielleicht bekommt er es langsam doch mit der Angst zu tun. Jedenfalls kann ich mir nicht vorstellen, daß er der Versuchung, wieder mit Ihnen zu sprechen, wird widerstehen können. Das gleiche gilt selbstverständlich auch für seinen Drang zu morden. Dazu haben diese Morde für ihn einfach zu große Bedeutung gewonnen. Meiner Meinung nach kann er nicht mehr ohne sie leben; sein Selbstwertgefühl ließe sich ohne sie nicht mehr aufrechterhalten. Und genau aus diesem Grund werden wir ihn auch schnappen.«

Ich überlegte, ob ich ihm von meinem Telefongespräch mit O'Shaughnessy erzählen sollte. Aber ich sagte mir: Nein, warte damit lieber noch eine Weile.

»Glauben Sie, ich bin in Gefahr?« fragte ich statt dessen.

»Schwer zu sagen«, erwiderte Wilson. »Es kann durchaus sein, daß er Ihnen lediglich einen ordentlichen Schrecken einjagen wollte und nun nichts mehr weiter mit Ihnen vorhat. Genausogut kann das jedoch auch erst der Anfang gewesen sein. Wir müssen jedenfalls davon ausgehen, daß Sie sich in Gefahr befinden.«

»Das klingt nicht sonderlich logisch.«

»Kommen Sie mir bloß nicht mit Logik. Die hat in diesem Zusammenhang nun wirklich nichts mehr zu suchen.« Wilson wandte seinen Blick ab und starrte an die Wand.

»Er hätte mich doch schon hunderte Male problemlos umbringen können«, warf ich ein.

»Das ist aber noch lange keine Garantie«, erklärte Martinez, »daß er es beim hundertundeinten Mal nicht doch tut.«

Ich schüttelte den Kopf. Er ist nicht hinter mir her, dachte ich, sondern ich bin hinter ihm her.

»Sie dürfen nicht außer acht lassen«, fuhr Martinez fort, »daß ihm viel daran gelegen ist, eine persönliche Beziehung zu seinen Opfern herzustellen. Deswegen war er doch auch von dieser Frau mit dem kleinen Kind draußen in den Glades so frustriert. Sie wollte nicht mit ihm reden. Aber wenn sich zwischen ihm und einer anderen Person eine persönliche Beziehung entwickelt hat, dann trifft das doch vor allem auf Sie zu. Warum sollte er Sie nicht umbringen wollen? Stellen Sie sich nur die Schlagzeilen vor, die das gäbe.«

»Ich bin nach wie vor der Überzeugung, daß er mich braucht und es deshalb nicht auf mich abgesehen hat. Das ist nur so ein Gefühl.«

»Na, ich weiß nicht, ob ich mich in diesem Fall so unbedingt auf mein Gefühl verlassen würde«, hielt Wilson aufgebracht entgegen. »Das könnte Sie schnell das Leben kosten. Und bilden Sie sich nicht ein, Sie könnten sich mit diesem Irren auf eine Schießerei einlassen. Wir sind hier nicht mehr im Wilden Westen. Und vor allem versteht dieser Bursche mit seiner Waffe umzugehen.«

»Lassen Sie sich da bloß auf nichts ein«, warnte auch Martinez. »Gegen diesen Kerl hätten Sie nicht die geringste Chance.«

»Wie kommen Sie eigentlich darauf . . .«

»Meine Güte«, unterbrach mich Wilson mit einem theatralischen Stöhnen. »Für wie blöd halten Sie uns eigentlich?«

»Wir wissen von der Fünfundvierziger, die Sie sich erst kürzlich zugelegt haben«, schaltete sich Martinez wieder ein. »Sehen Sie zu, daß Sie dieses Schießeisen schleunigst wieder loswerden, bevor Sie sich noch selbst damit über den Haufen knallen oder sich in den Fuß schießen.«

Als ich darauf nichts erwiderte, setzte Martinez nach: »Schlagen Sie sich das mal gründlich aus dem Kopf!«

»Was haben Sie nun eigentlich als nächstes vor?« fragte ich, um vom Thema abzulenken. »Schon irgendwelche Pläne?«

»Wir werden uns weiter umhören«, erklärte Martinez. »Diesmal können wir den Leuten ja auch noch das Phantombild unter die Nase halten. Irgend etwas wird auf diese Weise sicher herauskommen. Ein Nachbar, der Verdacht geschöpft hat; ein Barkeeper, dem das Gesicht bekannt vorkommt; irgend jemand wird sich an das Gesicht schon erinnern können. Und dann legen wir los. Es wird dann zwar noch ein paar Tage dauern, aber eines Tages wird die Falle dann doch zuschnappen. Das kann jetzt nur noch eine Frage der Zeit sein.«

»Ist das auch schon alles?«

»Ganz richtig. Mehr haben wir dazu nicht zu sagen.«

Ich stellte mir in Gedanken bereits den letzten Artikel vor. Ich konnte die einzelnen Worte vor meinen Augen Gestalt annehmen sehen. Erst die reinen Fakten – die Identität des Mörders, seine Festnahme, vielleicht auch der große *show-down*. Danach würde ich dazu überleiten, wie mich der Anruf O'Shaughnessys und die Informationen aus dem Pentagon auf die Spur des Mörders geführt hatten, gefolgt schließlich von einer dramatischen Schilderung der letzten großen Gegenüberstellung, in der der Mörder schließlich in die Enge getrieben wurde.

Und das würde dann der letzte Artikel sein. Keine Lügen mehr, keine Halbwahrheiten, keine Falschaussagen und keine irreführenden Informationen. Die nackte Wahrheit – Namen, Orte, Fakten, Identitäten. Damit wird alles klargestellt werden, dachte ich.

Ich rief Christine bei ihren Eltern in Madison an. Ihre Mutter zögerte erst, als ich meinen Namen nannte. »Ich weiß nicht, ob sie schon bereit ist, mit Ihnen zu sprechen«, erklärte sie schließlich, »aber ich kann sie ja mal fragen.«

Ich hörte Geräusche im Hintergrund, Stimmen, ohne jedoch einzelne Worte ausmachen zu können. Und dann war plötzlich Christine am Apparat.

»Wie geht es dir?« erkundigte sie sich.

»Gut«, antwortete ich. »Wirst du zurückkommen?«

Stille. Ich konnte ihren Atem hören.

»Warum?«

»Es kann wieder genau wie früher werden.«

»Und der Mörder?«

»Es kann nicht mehr lange dauern.«

»Woher willst du das wissen?«

»Ich habe eine Spur. Ich bin sicher, daß wir ihn bald haben werden.«

»Und wennschon. Wie kommst du darauf, alles könnte so weitergehen wie früher?«

»Christine, dieser Spuk ist nun wirklich bald zu Ende. Das spüre ich.«

»Die Arbeit an dieser Story wird vielleicht zum Abschluß gelangen«, entgegnete sie. »Aber es wird immer wieder eine neue geben.«

»Wieso . . . aber ja, natürlich wird das so sein. Schließlich ist das ja auch mein Beruf . . .«

»Außer deinem Beruf gibt es wohl nichts mehr in deinem Leben? Plötzlich ist da für nichts anderes mehr Platz – und vor allem nicht für mich.«

»Aber ich möchte doch mit dir leben. Ich muß mir eben in Zukunft mehr Zeit für dich nehmen.«

Ich konnte sie krampfhaft nach Luft schnappen hören; Tränen begannen ihre Stimme zu ersticken.

»Mach dir doch nichts vor«, erwiderte sie schließlich. »Du weißt ebenso gut wie ich, Malcolm, daß das einfach nicht wahr ist. Ich brauche dir dazu nur eine Frage zu stellen. Wie würdest du entscheiden, wenn du wählen müßtest – zwischen mir und der Story über diesen Mörder?«

»Das ist nicht fair.«

»Nichts und niemand ist fair. Würdest du dich morgen ins Flugzeug setzen und mich holen kommen?«

»Natürlich.«

»Und warum tust du es nicht?«

»Ich . . .«, setzte ich an, um jedoch gleich wieder zu verstummen.

»Siehst du?«

»Ich werde kommen«, stieß ich hervor. »Ich konnte mir nur nicht vorstellen, daß du mich tatsächlich vor die Wahl stellen würdest.«

Ich spürte, daß sie den Kopf schüttelte. »Nein, tu das bitte nicht. Ich möchte es nicht, weil ich weiß, daß es nichts an der Sache ändern würde. Du würdest dich nur furchtbar elend fühlen. Diese Story ist dir einfach wichtiger als ich. Und das war schon immer so.«

»Aber das stimmt nicht. Sag, was du möchtest. Ich werde alles tun, was du von mir verlangst. Aber ich will, daß du zurückkommst.«

Sie fing sich wieder etwas und lachte sogar ein wenig. »Wenn ich dir nur glauben könnte. Jedenfalls hört es sich wunderbar an.«

»Dann versuche es doch noch mal mit mir.« Gleichzeitig betete ich, daß sie mich nicht bitten würde zu kommen.

Darauf trat ein Moment starker Anspannung ein. Ich konnte das Plastik des Telefonhörers naß von Schweiß in meiner Handfläche spüren.

»Nein«, erklärte sie schließlich. »Ruf wieder an, wenn alles vorbei ist.«

»Gut«, erwiderte ich. »Wenn alles vorbei ist.«

»Falls es das je sein sollte«, fügte sie noch hinzu, und dann hatte sie auch schon aufgehängt.

Es dauerte ziemlich lange, bis am nächsten Tag der Offizier aus dem Pentagon endlich anrief. »Sir! Ich habe die von Ihnen gewünschte Liste zusammengestellt.«

Ich spürte eine plötzliche Welle der Erregung in mir hochsteigen. »Und wie lang ist sie?«

»Etwa einhundertfünfundsiebzig Namen, Sir.«

»Und die Adressen?«

»Stehen dabei, Sir. Allerdings kann ich nicht in jedem Fall für ihre absolute Genauigkeit garantieren. Die Adressen stammen schließlich aus der Zeit, als die betreffenden Männer ihren Militärdienst ableisteten. Daher könnten viele von ihnen heute nicht mehr stimmen. Veteranen wechseln nun mal häufig den Wohnort, ohne die zuständigen Behörden zu verständigen. Daher kann ich für ihre Richtigkeit nicht garantieren, Sir.«

»Aber die Namen . . .«

»Das ist etwas anderes, Sir. Gerade, was diese spezielle Verwaltungseinheit betrifft, haben wir es sehr genau genommen, Sir. Anders wäre das auch gar nicht gegangen. Auf diesem Gebiet durften wir uns keinerlei Schlamperei zuschulden kommen lassen, wenn Sie verstehen, was ich meine, Sir. Jeder einzelne Mann, der auf diesem Sektor tätig war, steht auf der Liste.«

»Und O'Shaughnessy?«

»Lieutenant Peter O'Shaughnessy, Dienstnummer DR eins-sieben-eins-vier-drei-null-sieben. Die Angaben in seiner Akte stimmen mit den von Ihnen genannten Daten überein. Im März 1972 in Ehren entlassen. Gegenwärtiger Wohnort: Memphis, Tennessee.«

Plötzlich fühlte ich mich, als müßte ich auslaufen. Es ist vorbei, dachte ich. Diesmal ist es wirklich vorbei.

»Danke«, sagte ich in den Hörer.

»Es war mir ein Vergnügen, Sir. Die Namenliste wird Ihnen per Nachtkurier zugestellt werden.«

Am nächsten Morgen traf die Liste ein. Sie steckte in einem dicken, braunen Umschlag, den ich schon von weitem aus meinem Postfach in der Redaktion ragen sehen konnte. Ich wog ihn in meiner Hand, fühlte gleichzeitig mit seiner Schwere auch meine Erregung. Er ist hier drinnen, dachte ich, in diesem Umschlag in meiner Hand. Ich wußte, daß er sich nicht die Mühe gemacht hatte, seinen Namen zu ändern, daß er über diese primitive Vorsichtsmaßnahme nur gelacht hätte. Weshalb eine neue Identität annehmen, wenn er doch die alte so gut verschleiert hatte? Und doch auch gleichzeitig nicht alle Zugänge zu ihr verdeckt hatte? Mir fiel ein, was der Psychiater gesagt hatte: Ein Teil seiner Persönlichkeit möchte gefaßt werden. Na gut, das konnte er haben. Er hatte seine eigenen Regeln aufgestellt und sich an sie gehalten – genau wie auch ich das getan hatte. Ich riß den Umschlag auf und ging, ohne mir seinen Inhalt anzusehen, auf Nolans Schreibtisch zu.

Der sah mit gerunzelter Stirn von seinem Computerschirm auf. Und nachdem er mir kurz fragend in die Augen geblickt hatte, fiel ihm der braune Umschlag in meiner Hand auf. Er lächelte.

»Und?«

»Jetzt haben wir es geschafft.«

Ich trat an meinen Schreibtisch und überflog die Namen auf der Liste. An oberster Stelle stand Adams, Andrew S., Dienstnummer AD2985734, Geburtsort: Lexington, Kentucky. Ich blätterte die Liste bis zur letzten Seite durch, wo Zywicki, Richard, Dienstnummer CH1596483, Geburtsort: Chester, Pennsylvania, den Abschluß bildete. Ich warf einen kurzen Blick auf das Telefonbuch in der Ecke meines Schreibtisches. Es kann doch nicht so einfach sein, dachte ich noch, während ich danach griff.

Aber es war so einfach.

Ich starrte auf den Namen vor mir. Mein Finger, der daneben auf dem Papier ruhte, zitterte leicht, als er suchend über die entsprechende Seite im Telefonbuch von Miami fuhr.

Es war der siebenundvierzigste Name auf der Liste.

Dolour, Alan, Dienstnummer MB1269854, Geburtsort, Hardwick, Ohio,

Und daneben, im Telefonbuch, stand: A. Dolour, 224 NE Seventy-Eight Street.

Das muß er sein, dachte ich. Als ich Nolan kurz zuwinkte, kam er rasch auf meinen Schreibtisch zu. Ohne ein Wort deutete ich auf die beiden Namen. Seine Augen weiteten sich einen Moment, und dann nickte er. Jetzt lächelt er nicht mehr, dachte ich; jetzt wird es ernst.

Und dann klingelte das Telefon.

Ich wußte, daß er es sein würde. Die zeitliche Übereinstimmung war zu frappierend, als daß es hätte anders sein können. Irgend etwas in seiner Stimme kam mir verändert vor, eine unverkennbare Dringlichkeit seines Tonfalls, als ränge er nach Atem, als schnürte sich ihm der Brustkorb um seine keuchenden Lungen zusammen.

Ich schaltete das Tonbandgerät ein und nickte Nolan zu. Gleichzeitig deutete ich aufgeregt auf die Nummer neben dem Namen im

Telefonbuch. Nolan nickte und griff nach dem Telefon auf seinem Schreibtisch.

»Ich bin's«, meldete sich der Mörder. »Ich nehme an, Sie haben bereits auf meinen Anruf gewartet.«

»Allerdings.«

»Was haben Sie daraus gelernt?« fragte er dann unvermittelt, so daß ich erst dachte, er spielte auf die Liste vor mir an. »Haben Sie langsam angefangen zu verstehen?« Jetzt erst wurde mir bewußt, daß er damit den Krieg meinte, in den er immer noch verstrickt war.

»Was hätte ich denn begreifen sollen?«

Darauf antwortete er nichts. Als ich kurz zu Nolan hinübersah, starrte er angespannt auf den Hörer in seiner Hand. Und dann griff er hastig nach Papier und Bleistift und schrieb *besetzt* auf einen Zettel.

»Wir alle wurden in diese Sache hineingezogen«, sagte der Mörder schließlich. »Wir alle wurden schuldig. Sie, ich, jeder auf seine Weise.«

»Und was nun?« fragte ich.

»Nichts mehr. Nur Finsternis. Leid. Tod. Zerstörung.«

»Sie wollen immer noch weitermachen?«

Er ging nicht auf meine Frage ein. »Wir sind alle krank. Verpestet.«

»Wollen Sie weiter morden?« brüllte ich ins Telefon.

»Ich werde nie aufhören.«

Ich setzte alles auf eine Karte. »Ich weiß, wer Sie sind.«

Er stockte unwillkürlich, und ich konnte ihn leise den Atem einziehen hören.

»Leben Sie wohl, Anderson. Leben Sie wohl.«

»Ich weiß Bescheid!« brüllte ich in den Hörer. »Verdammt noch mal, ich weiß tatsächlich Bescheid über Sie.«

Er lachte nur.

»Vermißt, Anderson, vermißt. Das heißt nichts anderes, als daß ich zwar verschwunden bin, aber niemand weiß, was tatsächlich aus mir geworden ist.«

Ich wollte eben seinen Namen in den Hörer brüllen, aber er hatte bereits aufgehängt.

Fassungslos starrte ich auf den Hörer, den ich noch eine Weile in meiner Hand hielt. Und dann überstürzten sich die Ereignisse.

Nolan telefonierte mit Martinez und Wilson und erklärte ihnen kurz, was vorgefallen war. Andrew Porter kam aus dem Fotolabor gestürzt, seine Kameras an einem Riemen von seinem Hals baumelnd, seine Fototasche mit den Filmen und Objektiven gegen seine Hüfte schlagend. »Endlich! Jetzt schnappen wir uns ihn!« schrie er aufgeregt. »Los, fahren wir!«

Und im nächsten Augenblick war ich auch schon auf den Beinen. Nolan tauchte neben mir auf, und dann folgten wir Porter nach draußen zum Lift. »Los, schnell!« feuerte er uns an und schrie dann einem Redakteur zu, der gerade den Lift besteigen wollte: »Halt! Lassen Sie uns noch mit!« Ich wurde mitgerissen, als hätte mich eine morgendliche Springflut am Strand erfaßt. »Das kann ich mir nicht entgehen lassen«, stieß Nolan aufgeregt hervor, als wir uns in den Lift drängten. »Fahr schon!« brüllte er auf den Lift ein, während dieser sich langsam in die Tiefe senkte.

Draußen prallte uns die Hitze wie eine Wand entgegen. »Los! Los!« trieben mich Nolan und Porter gleichzeitig an, und ich ließ mich von ihnen mitreißen.

Unter lautem Protest der Reifen und des Motors schoß Porters Wagen ruckartig davon. Wir fuhren auf dem Boulevard in nördlicher Richtung los. Porter schlängelte sich unter kräftigem Einsatz der Hupe durch den trägen Nachmittagsverkehr.

In der Ferne wurde das Jaulen einer Sirene vernehmbar.

»Mann!« stieß Porter zwischen den Zähnen hervor. »Das bringt das Blut ordentlich zum Kochen!«

Ich sah unzählige Gesichter am Straßenrand, die uns verwundert oder verschreckt nachblickten, während wir den Boulevard in nördlicher Richtung hinunterjagten. Manche Passanten blieben sogar stehen, drehten neugierig, erstaunt oder entsetzt die Köpfe herum, um zu sehen, was dieser Aufruhr zu bedeuten hatte. Doch wir rasten, ungeachtet all dessen, weiter. In einiger Entfernung begannen hinter uns die ersten Blaulichter aufzuzucken. Die Polizei, dachte ich, ist auch schon unterwegs.

»Da, da!« schrie Nolan plötzlich.

Mein Blick fiel auf ein Wohnhaus, vor dem mehrere Funk- und Zivilstreifen in wildem Durcheinander am Straßenrand standen. Gleichzeitig hielt ein Sondereinsatzwagen der Polizei, der aus der anderen Richtung kam, mit quietschenden Reifen auf der anderen Straßenseite, und aus seiner Hecktür sprang ein Trupp von Männern in blauen Overalls, unter denen sie kugelsichere Westen trugen. Wie die Infanteriesoldaten damals in Vietnam waren sie mit automatischen Gewehren, M-16s, bewaffnet. »Mein Gott«, stieß Nolan hervor, »das sieht ja aus, als wäre der Dritte Weltkrieg ausgebrochen.«

Porter war bereits aus dem Wagen gesprungen und schoß ähnlich einem Infanteristen, der bei einem Sturmangriff blindlings um sich feuert, im Laufen Fotos. Das Haus war nicht sehr groß; über seine zwei Geschosse waren etwa vier bis fünf Wohnungen verteilt. Mir fiel ein Riß in der Außenmauer auf; und an einer Stelle kam unter dem roten Ziegeldach ein brauner Schmutzstreifen hervor, der, langsam schmäler werdend, fast bis auf den Boden reichte. Kein Rasen. Nur die Straße und ein Fleckchen festgestampfte Erde. Vor dem Eingang waren etwa ein Dutzend Polizisten und Zivilfahnder mit gezückten Waffen zu sehen. Und dann drang die eben eingetroffene Sondereinheit der Polizei in das Gebäude ein. Die Zeit schien mit einem Mal stehenzubleiben.

Und dann war es auch schon vorbei.

Ich spürte, wie ein Aufatmen durch die Anwesenden ging. Die Schußwaffen wurden in ihre Holster zurückgesteckt; die Detektive wandten sich, einer nach dem anderen, von der Eingangstür ab und redeten aufgebracht aufeinander ein.

Zusammen mit Nolan trat ich auf sie zu. Martinez war von Kollegen umringt. Er winkte mich zu sich.

»Ausgeflogen«, erklärte er kurz und bündig.

»Wo ist er hin?« fragte ich.

»Er kann nicht weit sein.«

Wilson kam die Eingangstreppe herunter auf uns zu. »Vielen Dank für den Anruf«, wandte er sich Nolan zu. »Aber wodurch könnte er gewarnt worden sein?«

Ich schwieg erst eine Weile, bis ich schließlich gestand: »Durch mich.« Die zwei Detektive starrten mich ungläubig an. »Ich habe ihm gesagt, daß ich wüßte, wer er ist.«

Martinez stöhnte laut auf, während Wilson sich stumm abwandte.

»Wir hätten ihn problemlos fassen können«, sagte Martinez schließlich. »Das ist Ihnen doch hoffentlich klar.«

Darauf gab ich keine Antwort.

»Na ja«, fuhr er schließlich fort, »trotzdem können wir es Ihnen nicht verbieten, sich mal seine Wohnung anzusehen.« Er drehte sich um und führte uns in das Haus. Im Innern schien es unmerklich kühler zu sein, und für einen Moment hatte ich Schwierigkeiten, in dem plötzlichen Dunkel etwas zu sehen. »Nicht gerade luxuriös«, erklärte Martinez. »Nicht viel besser als diese Klitsche, wo er Sie im Rollstuhl empfangen hat.« Wir stiegen zum Obergeschoß hoch. Vor der offenen Tür einer der Wohnungen stand ein Mitglied des Sonderkommandos und rauchte eine Zigarette. Martinez nickte ihm kurz zu und sagte: »Die Leute vom Labor werden gleich da sein.« Dann wandte er sich wieder uns zu. »Sie wissen ja – nichts berühren; nur anschauen; nichts anfassen.« Und mit einem kurzen Blick auf Porter. »Sehen Sie selbst, was für Ihre Leser von Interesse sein könnte, aber kommen Sie uns nicht in die Quere.« Und dann traten wir durch die Tür.

Die Wohnung war klein und eng. In einer Ecke standen ein kleiner Herd und ein Kühlschrank, in einer anderen ein Bett mit einem einzigen, schmutzigen Laken. In der Wohnung hing ein moderiger, abgestandener Geruch, und überall lagen Kleidungsstücke verstreut. Der Wandapparat war aus seiner Halterung gerissen und lag, die Kabel lose von der Rückseite hängend, auf dem Boden. Doch meine Blicke wurden wie gebannt von einer Wand angezogen.

Er hatte daran eine gigantische Collage angebracht, deren Mittelpunkt das große Poster von dem Massaker in My Lai bildete. Darum gruppierten sich unzählige Fotos unterschiedlicher Größe von Jane Fonda, General Westmoreland, Robert MacNamara, der Chicago Seven, LBJ, Daniel Ellsberg, Ho Chi Minh und anderen. Dazwischen waren Fotos aus alten *Life*-Heften zu sehen: Soldaten, die unter Beschuß durch sumpfiges Gelände oder Reisfelder rannten; Kinder, welche, die Augen entsetzt aufgerissen, durch die Stacheldrahtumzäunung eines Flüchtlingslagers in die Kamera starrten. Auf ein Foto von Nixon und Agnew, die gerade in einer Geste des Triumphs die Arme hochgerissen hatten, hatte er ein totes vietnamesisches Kind geklebt, so daß der Eindruck erweckt wurde, als würde es von den beiden Politikern hochgehoben. Henry Kissinger, in Frack und Fliege, eskortierte eine weibliche Gestalt in einem Abendkleid, die jedoch den Kopf einer verzweifelt blickenden vietnamesischen Frau trug. Die Bildausschnitte breiteten sich vom Fußboden bis zur Decke über die ganze Wand aus und trugen noch zusätzlich zu dem gespenstischen Eindruck bei, den die Wohnung erweckte.

Es dauerte eine Weile, bis ich mich von diesem Anblick losreißen konnte, doch dann entdeckte ich einen Kassettenrecorder, der auf einem kleinen Tisch unter dem einzigen Fenster der Wohnung stand. An der Wand zum Bad hing ein Spiegel, der zersprungen war – seine Mitte ein klaffendes, schwarzes Loch. Über den Boden lagen Spiegelscherben verstreut.

Mein Blick wanderte zum Tisch zurück. Neben dem Kassettenrecorder lag ein Taschenbuch, sein Rücken rissig und abgegriffen. Ich sah genauer hin. *So lebt der Mensch* von André Malraux.

Auch Martinez war das Buch aufgefallen. Vorsichtig nahm er es vom Tisch, nachdem er seine Hand in ein Tuch gehüllt hatte. Er las kurz darin und hielt es dann mir entgegen. Eine Passage ziemlich gegen Schluß des Buches war unterstrichen.

».. . Er hatte viel vom Tod gesehen .. .« Davon also hatte der Mörder sich angesprochen gefühlt. ». . . Er hatte immer gefunden, daß es gut ist, von eigener Hand zu sterben, einen Tod, der mehr dem Leben gleicht. Sterben bedeutet Erleiden, aber sich selbst zu töten heißt Handeln . . .«

Martinez und ich sahen uns wortlos an.

Wilson trat auf uns zu, und Martinez legte das Buch an seinen alten Platz neben den Kassettenrecorder zurück. »Mal sehen, was dieser Dreckskerl diesmal zu sagen hat«, knurrte Wilson und schaltete das Tonband ein.

Erst war eine Weile nur leises Rauschen zu hören.

Und dann das übliche Gelächter.

Schließlich ertönte seine Stimme: »Hallo, Anderson. Hallo, die Herren Detektive.«

Erneutes Gelächter.

»Sie werden mich nie fassen.«

Dann begann das Band plötzlich ziemlich laut zu rauschen, und Wilson wollte es schon abstellen, als plötzlich ein neuartiges Geräusch zu hören war. Der Mörder summte eine Melodie, die ich sofort von den Demonstrationen aus meiner Studentenzeit wiedererkannte.

Und dann begann er mit hoher, gepreßter Stimme zu singen:

. . . Und jetzt eins, zwei, drei
  Wofür kämpfen wir?
. . . Fragt mich nicht; ist mir auch egal
  Es geht nach Vietnam
. . . Und dann fünf, sechs, sieben
  Macht die Türen auf
. . . Interessiert auch keinen mehr
  Weil's uns an den Kragen . . .

Das letzte Wort ging jedoch in dem Krachen der Fünfundvierziger und dem lauten Klirren des zerspringenden Spiegels unter.

»Mein Gott«, stieß Martinez hervor. Wir alle waren auf das Krachen vom Tonband erschrocken aufgesprungen.

»Das Spiel ist aus«, brummte Wilson grimmig. »Wir haben bereits einen Steckbrief für Dolour mit einer genauen Beschreibung. Ein Nachbar hat seinen Wagen gesehen. Ein weißer Plymouth. Spätestens heute abend haben wir uns den Burschen geschnappt. Wo will er sich jetzt noch verstecken?«

Als ich meinen Blick senkte, drehten sich die beiden Spulen der Kassette immer noch. Martinez hatte bereits seine Hand ausgestreckt, um das Gerät auszuschalten, als die Stimme des Mörders – ruhig, stet, fast herausfordernd – zurückkehrte.

»Anderson . . .« Er ließ meinen Namen förmlich auf der Zunge zergehen, sprach jede einzelne Silbe in aller Deutlichkeit aus. »Extra für Sie, Anderson. Noch einen. Haben Sie verstanden? Noch einen.«

Martinez wandte sich ruckartig mir zu. »Was zum Teufel soll das bedeuten?« wollte Nolan wissen. Porters Kamera schwenkte in meine Richtung herum; das Objektiv war wie der Lauf eines Gewehrs auf mich gerichtet, als der Fotograf meine Reaktion auf diese Ankündigung »schoß«.

»Kein Grund zur Besorgnis«, wiegelte Martinez mit ruhiger Stimme jede Panik ab. »Das kann mehr oder weniger alles bedeuten.«

»Glauben Sie, er meint damit mich?« fragte ich.

Martinez zuckte mit den Achseln, während Wilson entgegnete: »Na, und wennschon? Dieser Dreckskerl befindet sich doch jetzt schon so gut wie in unserer Hand. Spätestens heute nachmittag haben wir ihn uns geschnappt. Sie haben also nicht das geringste zu befürchten.« Dann sah er mich unverwandt an, seine Blicke in meinem Gesicht forschend. »So gefällt mir das Ganze schon wesentlich besser«, erklärte er schließlich. »Ist doch etwas anderes, wenn es um Ihren eigenen Kragen geht, oder nicht?«

»Sie brauchen sich wirklich keine Sorgen zu machen«, fiel Martinez ein. »Jetzt haben wir ihn wirklich. Kein Problem.«

Doch er sollte sich täuschen.

18

Die Schlagzeile füllte fast die halbe Seite aus:

»NUMMERNMÖRDER« IDENTIFIZIERT
POLIZEI JAGT DEN MANN.

Ich begann den Bericht mit den entscheidenden Fakten – dem Namen, der Adresse und der Jagd durch die Stadt zur Wohnung des Mörders – und fügte dem eine Schilderung der Wohnung und vor allem der Collage an der Wand des Wohnraums hinzu. Der Artikel wurde durch das Phantombild des Mörders ergänzt sowie durch ein altes Foto, das wir per Funk von Associated Press aus Washington übertragen bekommen hatten. Die Aufnahme stammte aus den Archiven des Pentagon. Des weiteren beschrieb ich das Polizeiaufgebot vor der Wohnung des Mörders, die polizeilichen Maßnahmen zu seiner Ergreifung, den Anruf O'Shaughnessys, die Namenliste aus dem Pentagon. Der Artikel ging im Innenteil der Zeitung weiter, wo er durch Fotos ergänzt wurde, darunter eine vier Spalten einnehmende Weitwinkelaufnahme, in der Porter die gesamte Wohnung eingefangen hatte. Im Hintergrund waren die zahllosen Gestalten der riesigen Wandcollage, ähnlich einer Ansammlung von Gespenstern, zu erkennen.

Nolan war rastlos hinter meinem Schreibtisch auf und ab gegangen und hatte mich, während er mir hin und wieder über die Schulter blickte, immer wieder beim Schreiben angefeuert. »Pakken Sie alles rein – wirklich alles! Machen Sie sich wegen der Länge mal keine Sorgen. Sehen Sie nur zu, daß Sie alles reinpakken. Und weiter so. Weiter so wie bisher.«

Und das tat ich dann auch. Als ich schließlich die letzte Seite mit einem kräftigen Ruck aus der Schreibmaschine riß, fühlte ich ein unvergleichliches Triumphgefühl in mir aufsteigen, das fast sexueller Erregung gleichkam. Unwillkürlich mußte ich an Christine denken, um diesen Gedanken dann jedoch rasch wieder abzutun.

Nolan starrte auf die letzte Seite.

»Das ist es«, stieß er aufgeregt hervor. »Alles da . . . bis auf eines.«

Ich hörte in Gedanken die Stimme des Mörders: noch einen.

»Soll ich . . .?«

»Nein, auf keinen Fall«, schnitt Nolan mir das Wort ab. »Zumal wir ja auch gar nicht mit Sicherheit wissen, was er eigentlich damit meint. Aber Sie sind doch der Experte auf diesem Gebiet. Was denken Sie?«

Ich zuckte mit den Achseln.

»Ganz richtig«, fuhr Nolan fort. »Weshalb sollten wir die Panik noch weiter anheizen, wenn wir gar nicht sicher sind?« Die letzte Seite meines Textes in seiner Hand, entfernte er sich von meinem Schreibtisch.

Doch mir krampfte sich mit einem Mal der Magen zusammen, als hätte jemand die dafür zuständigen Muskeln gepackt und heftig daran gezerrt. Nach Luft schnappend, wippte ich auf meinem Stuhl. Ich spürte, wie mir die Farbe aus dem Gesicht wich. Wie betäubt ließ ich mich schließlich vornüber sinken, so daß mein Kopf auf meinen Knien zu liegen kam.

Ich weiß, was er damit meint, dachte ich.

Er hat es auf mich abgesehen.

Nachdem der Artikel fertig gesetzt war, begleitete mich Nolan zu meinem Wagen hinunter. Das nächtliche Rauschen des Verkehrs verschmolz mit der Dunkelheit. »Alles klar?« fragte er mich zum Abschied. »Heute nacht werden sie ihn bestimmt fassen. Darauf können Sie Gift nehmen.«

Ich fuhr nach Hause, umkreiste dann aber mehrere Male den Block, in dem ich wohnte, um mich gegen alle Eventualitäten abzusichern. Ich konnte nichts Ungewöhnliches feststellen; alles schien an seinem gewohnten Platz. Schließlich blieb ich noch eine Weile in meinem Wagen sitzen und wartete, bis meine Augen sich an die Dunkelheit gewöhnten. Nachtaugen, schoß es mir unwillkürlich durch den Kopf.

Als ich die Wohnung betrat, schaltete ich nicht das Licht ein. Ich glitt mit angehaltenem Atem durch die Tür und blieb dann unmittelbar dahinter stehen, ob ich nicht die Anwesenheit eines anderen, eine dunkle Silhouette in den lichtlosen Räumen erspüren konnte. Als ich abrupt den Atem ausstieß, erfüllte das leise Geräusch die ganze Wohnung und ließ mich erschreckt zusammenzucken. Immer noch im Dunkeln, schlich ich auf die Kommode im Schlafzimmer zu und nahm die Fünfundvierziger aus der obersten Schublade. Ich legte ein Magazin ein und machte die Waffe schußbereit. Dann durchwanderte ich vorsichtig die ganze Wohnung, um in jedem Schrank, hinter jeder verschlossenen Tür nachzusehen. Dies war jedes Mal von neuem ein Wagnis, gefolgt von einem Augenblick totaler Panik und schließlich einer Welle der Erleichterung, bis der ganze Kreislauf von vorne begann. Endlich zufriedengestellt, schaltete ich ein paar Lichter an, die der Dunkelheit kaum etwas anzuhaben vermochten, setzte mich mit Blick zur Tür auf einen Stuhl und wartete.

Ich zuckte heftig zusammen, als das Telefon klingelte.

Mit klopfendem Herzen stand ich neben dem Apparat. Einmal, zweimal, dreimal. Ich ließ es klingeln. Fünf. Sieben. Neun. Bei dreizehn hörte es schließlich auf.

Nur du und ich, dachte ich.

In dieser Nacht fand ich keinen Schlaf.

Als ich am nächsten Morgen in die Redaktion kam, schritt Nolan bereits mit geballten Fäusten zwischen den Schreibtischen auf und ab. »Diese Idioten«, stieß er aufgebracht hervor. »Diese *Idioten*.« Er wandte sich mir zu. »Nichts. Noch nicht eine Spur von dem Kerl. Und jeder verfügbare Polizist in der ganzen Stadt hält Ausschau nach ihm. Da haben sie nun ein Foto – was wollen sie eigentlich noch mehr? Und dazu eine Personenbeschreibung, den Wagen, alles. Soll dieser Kerl vielleicht noch persönlich auf dem nächsten Polizeirevier vorsprechen?«

»Keine Spur von ihm?«

»Absolut nichts.«

Ich spürte erneut Übelkeit in mir aufsteigen.

An besagtem Morgen rief ich auch einen Mr. Raymond Dolour aus Hardwick, Ohio, und seine Frau an. Die ersten drei Male, als ich sie zu erreichen versuchte, war die Leitung belegt. Beim vierten Mal meldete sich eine barsche Stimme. Nachdem ich mich in aller

Behutsamkeit vorgestellt hatte, brachte ich meine Bitte vor. »Mr. Dolour, ich hätte gern wegen Ihres Sohnes mit Ihnen gesprochen.«

»Ich habe keinen Sohn«, war die Antwort darauf; gleichzeitig krachte der Hörer auf die Gabel nieder.

Nolan war hin und her gerissen; auf jeden Fall mußten wir jemanden zu den Eltern schicken. Er wollte wissen, ob ich das selbst übernehmen wollte. »Schließlich ist das Ihre Story«, meinte er dazu. »Andererseits könnte es natürlich sein, daß Sie hier noch dringend gebraucht werden.«

Einen Augenblick zog ich in Erwägung, nach Ohio zu fahren. Auf diese Weise wäre ich zumindest in Sicherheit gewesen. Dort hätte ich nichts zu befürchten gehabt. Ich fühlte mich zwischen zwei Möglichkeiten hin- und hergerissen. Die erste lautete, meine persönliche Sicherheit vornan zu stellen; doch die zweite? Ich wußte nicht, wie ich die Alternative in Worte hätte kleiden sollen. »Nein«, erklärte ich schließlich. »Ich bleibe hier.« Darauf wurde ein anderer Reporter losgeschickt.

Ich brachte es nicht über mich, seinen Bericht zu lesen.

Am Nachmittag ließ der Polizeichef über die drei lokalen Fernsehsender eine Durchsage an den Mörder senden, er solle sich der Polizei stellen, da es nur noch eine Frage der Zeit sei, bis er endgültig gefaßt würde. »Wenn Sie gerade zusehen sollten«, sprach er mit gerunzelter Stirn in die Kameras, »dann hören Sie auf mich und stellen sich. Das ist auch zu Ihrem Besten. Und vor allem – vermeiden Sie weiteres Blutvergießen.«

Nolan konnte sich vor Lachen kaum mehr halten, und auch ich mußte mich ihm anschließen. »Nichts gegen ein gutes Klischee«, prustete Nolan heraus. »Genau wie in einer dieser Verbrechensbekämpfungs-Shows aus den fünfziger Jahren.«

Dennoch, vom Mörder keine Spur.

SUCHE NACH DEM MÖRDER GEHT WEITER; ANSTRENGUNGEN WERDEN VERDOPPELT. »Wo steckt er nur?« schimpfte Nolan. »Dieser Kerl kann sich doch nicht einfach in Luft aufgelöst haben?« Und dann setzte er wieder sein nervöses Auf und Ab durch die Nachrichtenredaktion fort; er hatte sich inzwischen voll und ganz auf die Suche nach dem Mörder konzentriert und sämtliche anderen Aufgaben an Kollegen delegiert. Währenddessen nahmen meine Ahnungen und Befürchtungen langsam konkretere Gestalt an.

Ich fuhr mit Martinez und Wilson in einer Zivilstreife durch die Stadt, um einen Bericht über den Fortgang der polizeilichen Ermittlungen zu schreiben.

Am dritten Tag fand ein Sicherheitsbeamter der University of Miami den weißen Plymouth. Die Nummernschilder waren ausgetauscht worden; auf eine sofortige Überprüfung hin stellte sich heraus, daß sie gestohlen waren. Daraufhin wurde an alle Detektive eine Liste der Wagen durchgegeben, die während der drei Tage seit dem Verschwinden des Mörders als gestohlen gemeldet worden waren. Jeder Busbahnhof, der Flughafen und der Bahnhof wurden überwacht. Zusätzliches Personal wurde angefordert; das bereits verfügbare war weit über die vorgeschriebene Zeit im Einsatz. All dies dokumentierte ich in einem Artikel für die nächste Ausgabe des *Journal*.

In der Stadt selbst schienen die Gerüchte überhand zu nehmen; es hieß, der Mörder hätte die Stadt mit einem Privatflugzeug oder in einem Boot unbemerkt verlassen – und ähnliches mehr. Einmal wurde er in Key West gesehen, dann wieder in Fort Lauderdale. Nicht wenige waren überzeugt, er hätte eine ganze Familie als Geiseln in seine Hand gebracht und wartete nun in aller Ruhe in irgendeinem Häuschen am Stadtrand, bis sich die allgemeine Hektik wieder etwas gelegt hätte, um sich dann unbemerkt davonzustehlen.

Am fünften Tag machte ich all diese Gerüchte zum Gegenstand eines Artikels, der auf der dritten Seite unter der Überschrift erschien: WO IST ER?

»Ganz richtig«, nickte Nolan. »Wo zum Teufel steckt der Kerl nur?«

Wieder einmal mit der Zivilstreife unterwegs, wandte Wilson sich zu mir um. »Haben Sie diese illegale Fünfundvierziger immer noch?«

Ich nickte.

»Gut«, erklärte der Detektiv darauf.

»Warum?« Ich spürte, wie sich mein Magen zusammenkrampfte.

»Ich weiß auch nicht – einfach nur so ein Gefühl.«

»Hör bloß auf mit dem Blödsinn«, fuhr Martinez dazwischen. »Hören Sie nicht auf ihn«, wandte er sich dann mir zu. »Mein Partner hier denkt sowieso nur an sich, wie er heil aus diesem Schlamassel herauskommt. Der hat gar keine Zeit, sich Ihretwegen Gedanken zu machen. Denken Sie bloß nicht, er würde sich um Sie Sorgen machen. Ganz gleich, was er auch Gegenteiliges behaupten mag.« Martinez warf Wilson einen strengen Blick zu, doch der schnaubte nur kurz, ohne weiter etwas zu sagen.

Ich schlief sehr unruhig, wenn überhaupt. Die Fünfundvierziger lag griffbereit neben meinem Bett.

Nicht selten kam es dagegen vor, daß ich im Wohnzimmer, mit Blickrichtung auf die Wohnungstür in einem Sessel sitzend, einnickte. Selbst durch meinen Schlaf schienen die Geräusche der Nacht hindurchzudringen; immer wieder ließ mich das leiseste Geräusch aus dem Schlaf hochschrecken. Ich spürte, wie mein Herz heftig pochte, meine Muskeln zum Zerreißen angespannt waren. Ich wartete.

Die Detektive wurden mit Fortschreiten der vergeblichen Suchaktion zusehends mürrischer und verdrossener; ihre Gereiztheit nahm von Stunde zu Stunde zu. Auch Nolan nahm den Mißerfolg mehr und mehr persönlich, als handelte es sich dabei um einen ausdrücklich gegen ihn gerichteten Affront. Ich verbrachte so viel Zeit wie möglich mit den Detektiven auf ihren Fahrten durch die Straßen der Stadt, bei denen Wilson ständig an seinem Dienstrevolver herumpolierte, während Martinez den Wagen eine andere menschenleere Straße hinuntersteuerte. »Ich werde keine Verstärkung anfordern«, stieß Wilson zwischen den Zähnen hervor. »Der Bursche gehört mir. Dem werde ich es schon ganz allein zeigen.«

Martinez sprach kaum etwas. Einmal wandte er sich jedoch mir zu. »Sie hätten es ihm nicht sagen sollen. Es wäre so einfach gewesen.«

Ich zuckte mit den Achseln. Ich nahm meine Fünfundvierziger immer mit, wenn ich mit meinem eigenen Wagen unterwegs war. Und wenn ich meine Wohnung betrat, tat ich das nur mit entsicherter, mit beiden Händen schußbereit von mir gestreckter Waffe.

Am siebten Tag nach dem Verschwinden des Mörders rief er mich an.

Das Telefon klingelte, und ich vollführte die üblichen Routinehandgriffe – den Druck auf die Aufnahmetaste des Tonbandgeräts und den Griff nach Papier und Bleistift. Dennoch traute ich für einen Moment meinen Ohren nicht, als ich die vertraute Stimme aus dem Hörer dringen hörte.

»Ich hab's Ihnen doch gesagt«, begann er lachend.

Ich kämpfte gegen das Verlangen an, einfach aufzuhängen, zu kneifen.

»Wo . . .«

»Immer mit der Ruhe«, kam er mir zuvor.

»Sie haben keine Chance mehr«, redete ich auf ihn ein. »Warum stellen Sie sich nicht freiwillig?«

Er lachte erneut.

»Es ist soweit, Anderson.«

Ich würgte das eine Wort heraus: »Nein!«

Sein Lachen schien wie ein Echo durch die Leitung zu hallen. »Anderson«, sagte er dann langsam, »viel Glück!«

»Was?« Doch ich sprach nur noch zu dem Summen aus der toten Leitung.

Mir schnürte sich die Kehle zu. Ich wußte nicht, was ich tun sollte. Ich schaltete das Tonbandgerät aus und spähte zu Nolan hinüber. Ich dachte an die Detektive. Ich sah folgende Schlagzeile vor mir: REPORTER ERHÄLT ANRUF DES MÖRDERS. Aber was hatten seine Worte zu bedeuten? Es sollte nun soweit sein? Was? Und er wünschte mir Glück? Ich spürte unbewußt, daß ich einer Panik nahe war. Krampfhaft versuchte ich dagegen anzukämpfen. Nein, er hatte es nicht auf mich abgesehen. Und wenn doch? Wenn die Angelegenheit doch zwischen uns beiden ausgetragen werden sollte – zwischen ihm und mir? Eigentlich konnte es doch gar nicht anders sein. Schwer schluckend nahm ich die Kassette heraus und legte sie in die oberste Schublade meines Schreibtisches.

»Irgendwas Neues?« fragte Nolan nach einer Weile. Ich schüttelte den Kopf.

»Irgendwo muß er doch stecken«, fing er wieder mit seiner alten Leier an.

»Ja, er ist irgendwo in der Stadt«, erwiderte ich. »Irgendwo in unserer Nähe.«

In der darauffolgenden Nacht schien mir die Hitze in der Wohnung besonders drückend, außer Kontrolle geraten. Ich saß in einem Sessel und befingerte die Fünfundvierziger. Das Telefon klingelte. Christine? Meine Hand griff bereits nach dem Hörer, zuckte jedoch wieder zurück. Vielleicht doch nicht. Um Mitternacht döste ich im Halbschlaf vor mich hin. Doch das Geräusch von Schritten draußen auf dem Flur drang durch meinen Dämmerzustand; es dauerte einen Moment, bis ich mich aus meinem Halbschlaf hochgekämpft hatte. Das Geräusch wurde lauter – ein leises Schlurfen, Schritte. Ich war hellwach und starrte unverwandt auf die Tür.

Vor meiner Wohnung stockte das Geräusch.

Das ist er, dachte ich.

Dann trat Stille ein. Keine Bewegung, kein Laut.

Ich atmete leise ein, hielt die Luft an.

Immer noch kein Laut.

Jetzt wird es ernst, dachte ich.

Ich hob die Fünfundvierziger in Augenhöhe und richtete sie auf die Tür. Meine Ohren prickelten vor Anspannung, auch das leiseste Geräusch aufzufangen.

Ich hörte eine Hand sich um den Türgriff legen.

Und dann drückte ich den Abzug.

Das Krachen der Fünfundvierziger war ohrenbetäubend; der Rückstoß schleuderte mich gegen die Lehne des Sessels zurück. In meine Nase drang der stechende Geruch von Kordit und Rauch. Für einen Moment war es, als wäre ich bewußtlos geschlagen worden; meine Reaktionen schienen langsamer, schwerfälliger. Und dann erst ließ der Lärm allmählich nach, so daß auch das Pfeifen in meinen Ohren aufhörte. Ich stürzte quer durch den Raum, mein Blick keine Sekunde von dem gezackten, schwarzen Loch in der Tür abgewandt. Ich packte den Türgriff und riß die Tür auf. Gleichzeitig duckte ich mich und riß die Fünfundvierziger in Feuerposition hoch.

Aber es war nichts zu sehen.

Für einen Augenblick wußte ich nicht, wo mir der Kopf stand. Wo? dachte ich. Wo ist die Leiche? Wo ist er? Ich sah das Einschußloch im Putz der gegenüberliegenden Wand des Flurs. Aber da war doch jemand, sagte ich laut. Ich habe ihn doch gehört. Er war da. Ich wandte mich um und stürzte die Treppe hinunter nach draußen ins Freie. Die nächtliche Straße war menschenleer. »Ich weiß doch, daß Sie hier sind?« brüllte ich in das Dunkel hinaus.

»Wo?« ertönte in diesem Augenblick hinter mir eine Stimme.

Im Herumwirbeln riß ich die Fünfundvierziger hoch. Doch ich drückte nicht den Abzug.

»Mein Gott, was machen Sie denn da? Passen Sie bloß auf!« Es war ein Mitbewohner des Hauses, im Schlafanzug, einen Baseball-schläger in den Händen. Er starrte mich verständnislos an. Ich merkte, wie überall Lichter angingen, Stimmen näher kamen. »Alles in Ordnung?« fragte der Mann. »Fehlt Ihnen auch nichts?«

»Alles in Ordnung«, antwortete ich, ohne meinen Worten zu glauben.

19

Der Brief kam am Tag darauf, dem achten Tag seit dem Verschwinden des Mörders.

Er war auf dasselbe gewöhnliche Briefpapier geschrieben; der Umschlag wies keinen Absender auf. Ich sah mir den Stempel genau an; er war etwas verwischt, so daß man ihm nur entnehmen konnte, daß der Brief in Miami aufgegeben war. Mein Name und meine Adresse waren in Druckbuchstaben auf das Kuvert geschrieben. Ich öffnete es erst, nachdem ich hinter meinem Schreibtisch Platz genommen hatte. Nolan telefonierte gerade; er hatte mir den Rücken zugewandt. Ich machte den Umschlag vorsichtig auf. Der Brief in seinem Innern war in denselben Druckbuchstaben geschrieben wie die Adresse.

ANDERSON:
Hier hätte ich etwas, das Sie in Ihrem nächsten Artikel bringen können.
Zuweilen ist es ebenso angebracht, eine Art von Gefängnis durch eine andere zu ersetzen, wie es angebracht ist, irgend etwas, das tatsächlich existiert, durch etwas zu ersetzen, das nicht existiert.
Lassen Sie sich das mal durch den Kopf gehen. Und dann hätte ich noch eine Nachricht für Sie.
Glauben Sie nicht alles, was Sie sehen.
Haben Sie das kapiert? Und dann noch das Wichtigste.
Ich bin am Leben.
Keine Unterschrift.

Ich weiß nicht, weshalb ich den Brief weder Nolan noch der Polizei zeigte; ich verschloß ihn zusammen mit der letzten Tonbandaufnahme in der obersten Schreibtischschublade. Ich weiß, es klingt seltsam; ich hätte den Brief, ebenso wie die Tonbandaufnahme vom letzten Anruf des Mörders, zum Gegenstand eines Artikels machen können. Dadurch wäre noch einmal in verstärktem Maße die Wichtigkeit der Beziehung zwischen mir und dem Mörder hervorgehoben worden, ein weiteres, vielleicht entscheidendes Detail innerhalb des Bildes, das ich im Verlauf dieses dramatischen Sommers den Lesern des *Journal* entworfen hatte. Ich saß also hinter meinem Schreibtisch, während mir gleichzeitig Dutzende von Gründen durch den Kopf schossen, den Brief Nolan zu zeigen, ihn zu veröffentlichen. Aber dennoch tat ich es nicht.

Ich bin am Leben.

Was war das, was ich nicht glauben sollte?

Die Antwort auf diese Frage sollte noch fünf Tage auf sich warten lassen.

Ich war inzwischen wieder dazu übergegangen, über den Stand der polizeilichen Ermittlungen zu berichten – acht bis zehn Abschnitte, in denen nichts anderes stand, als daß es nichts Neues zu berichten gab. Ich sprach wieder einmal mit dem Psychiater. Ich versuchte, die Angehörigen der einzelnen Mordopfer anzurufen; doch niemand erklärte sich bereit, mit mir zu sprechen. Mir blieben also nur die üblichen Interviews mit Passanten, die ich wahllos aus der Menge herausgriff. Die einzelnen Reaktionen unterschieden sich kaum voneinander: Alle warteten mit wachsender Anspannung auf die Festnahme des Mörders, während sie gleichzeitig ihre Erleichterung kundtaten, daß der Mörder zumindest einen Namen und eine Vergangenheit hatte und daß ein Foto von ihm existierte.

Gleichzeitig trudelten verschiedene Detailinformationen über den Mörder ein. Weder seine Militärakte noch seine alten Schulzeugnisse ließen irgendwelche Besonderheiten oder Eigenheiten erkennen. Er war nie aufgefallen – weder im positiven noch im negativen Sinn; seine Lehrer konnten sich an nichts erinnern. Ich versuchte jemanden ausfindig zu machen, der ihn persönlich gekannt hatte. Ohne Erfolg. Auch die Mitbewohner des Hauses, in dem er gewohnt hatte, konnten mir nicht weiterhelfen. Er hatte sehr zurückgezogen gelebt, war das einzige, was sie mir sagen konnten. Aber gerade dieses Fehlen jeglicher auffallender Details war der wesentliche Inhalt des Artikels; die Befragten, die zugaben, daß sie absolut nichts zur Person des Mörders sagen konnten, erwiesen sich für einen Artikel als ebenso brauchbar und interessant wie diejenigen, die ein paar spärliche Details beisteuern konnten. Jedenfalls kam der Artikel bei der Redaktionssitzung hervorragend an; er wurde in der unteren Hälfte der ersten Seite gebracht.

Nolan nahm den Anruf an seinem Schreibtisch entgegen.

Er schwenkte auf seinem Stuhl hin und her, hob seinen Arm, um meine Aufmerksamkeit auf sich zu lenken, und winkte mich dann zu sich.

Es war inzwischen September geworden; dennoch würde die Hurrikansaison erst in etwas mehr als einem Monat zu Ende gehen. Immer noch schwang die Hitze ihre Knute über der Stadt, die unter ihrem drohenden Zugriff schaudernd zurückwich. Ich schlief nur noch sehr wenig; seit jener Nacht, als ich die Hand an meinem Türgriff gehört hatte, lag ich regelmäßig bis in die frühen Morgenstunden wach, die Fünfundvierziger immer in meiner Nähe. Mir war noch immer nicht klar, was ich nun eigentlich damals draußen auf dem Flur gehört hatte. Martinez und Wilson hatten nur wortlos auf die zerschossene Tür gestarrt und im gleichen Takt den Kopf geschüttelt.

»Ganz schön knapp«, hatte Wilson bei dieser Gelegenheit bemerkt. »Wirklich ganz schön knapp.« Ich hatte nicht ganz verstanden, worauf er damit hinauswollte.

Nolan gab mir mit einer aufgeregten Geste zu verstehen, ich sollte das Gespräch übernehmen, und stellte es mir durch, nachdem ich den Hörer meines Apparats abgenommen hatte.

»Ja?« meldete ich mich.

»Spreche ich mit Mr. Anderson, dem Reporter?« Die Stimme wies einen auffälligen Südstaatenakzent auf.

»Ja, am Apparat.«

»Ich habe einen Brief für Sie«, haspelte der Anrufer aufgeregt hervor. »Ich habe ihn heute morgen in einem meiner Boote gefunden. Er lag direkt auf dem Sitz; man konnte ihn sofort sehen. Verdammte Scheiße, dabei habe ich fast drei Tage nach dem blöden Boot gesucht. Und als ich es dann schließlich gefunden habe, lag dieser blöde Brief drin. Soll ich ihn öffnen?«

»Ja.« Ich sah achselzuckend zu Nolan hinüber, der das Gespräch, angespannt über seinen Schreibtisch gebeugt, an seinem Apparat mitverfolgte.

»So was Blödes«, schimpfte der Anrufer. »Da steht ja kaum was.«

»Und was?«

»Hier steht nur: ›Ich bin hier draußen und warte.‹ Das ist auch schon alles. Keine Unterschrift, nichts. Klingt ja reichlich eigenartig, finde ich.«

Ich starrte zu Nolan hinüber. Er schaute mir voll in die Augen und stand dann auf. Sein Gesicht leuchtete vor Aufregung, als er in einer triumphierenden Geste den Arm hochriß. »Jetzt ist es soweit!« stieß er dann hervor. »Verdammt noch mal, jetzt ist es soweit!«

Nolans geballte Faust schoß durch die Luft.

Die Stadt verschwand hinter uns in einem Dunst aus Hitze und Sonnenlicht. Porter fuhr; Nolan saß auf dem Rücksitz und starrte aus dem Fenster, auf seinen Lippen ein leichtes Lächeln. Ich sah das Band des Highway, das die Sümpfe der Everglades durchschnitt, unter uns hinwegrollen. »Wenn er wollte, könnte er sich hier monatelang versteckt halten«, meinte Porter. »Ich habe mich hier draußen mal bei einer Angeltour verirrt. Ich kann mich noch gut erinnern, wie schnell es hier Nacht wurde, rings um mich herum die Alligatoren im Wasser und auch ein paar Schlangen. Ich dachte wirklich, ich würde hier draußen sterben. Ich war vollkommen allein. Kein Mensch war zu sehen. Und ich dachte tatsächlich, es gäbe keine Zivilisation mehr, ich wäre einfach hier draußen verloren. Als mich die Ranger dann gegen Mitternacht fanden, habe ich am ganzen Körper gezittert, obwohl es bestimmt nicht kalt war. Kein Wunder, daß ihn niemand gefunden hat, wenn er die ganze Zeit hier draußen war.«

»Wir müssen ihn ja auch erst noch finden«, entgegnete Nolan. »Glauben Sie, er legt es auf eine Schießerei an?«

Ich gab keine Antwort. Porter zuckte mit den Achseln. »Schon möglich.« Er beugte sich plötzlich über das Lenkrad und sah nach oben durch die Windschutzscheibe. »Da!« Ein Polizeihubschrauber brauste über uns hinweg; das Knattern seiner Rotoren erfüllte das Innere des Wagens und schüttelte uns am ganzen Körper durch. Porter drückte aufs Gas, so daß der Wagen noch schneller den Highway hinunterbrauste.

Etwa nach einer Stunde bogen wir vom Highway ab und fuhren auf einer zweispurigen Nebenstraße weiter. Die zahlreichen Schlaglöcher und Straßenunebenheiten brachten die schwere Limousine heftig ins Schaukeln. Die Fahrbahn war von Zypressen und Palmen gesäumt, deren Wedel sich über uns breiteten, während wir über die schattengefleckte Straße dahinholperten. Das helle Blau des Himmels, das zwischen den Bäumen durchschien, löste sich in der unermeßlichen Weite weißen Lichts auf. In der Ferne konnte ich einen Falken kreisen sehen. Wie an einem unsichtbaren Faden aufgehängt schwebte er über die Erde, ganz leicht vom Wind hin und her bewegt. Und dann, als wir ihn gerade aus den Augen zu verlieren begannen, schnellten die Flügel des Vogels abrupt nach oben, und im nächsten Augenblick schoß das Tier wie ein Pfeil kerzengerade in die Tiefe, einem eben gesichteten Beutetier entgegen. Ich malte mir den Angriffsschrei des Vogels aus, als er aus der Helle des Himmels im Zwielicht der Schatten unter ihm verschwand.

Wir rasten weiter.

Schließlich näherten wir uns einer Lichtung mit ein paar Hütten, die am Rand des Sumpfes standen; sie waren mit ungelenk von Hand beschrifteten Schildern benagelt, die auf den Verkauf von Bier und Ködern sowie den Verleih von Booten aufmerksam machten. Hinter den Hütten lagen ein paar Ruder- und Propellerboote am Ufer. »Das muß es sein!« meinte Nolan.

Während Porter noch einmal beschleunigte, sahen wir auch bereits die wild durcheinander zuckenden Blaulichter mehrerer Streifenwagen. Als ein zweiter Hubschrauber über uns hinwegknatterte, schien uns die Druckwelle seiner Rotoren in den Boden zu stampfen. Ich duckte mich unwillkürlich.

»Gütiger Gott«, stieß Porter zwischen den Zähnen hervor. »Die sind ja mit einer ganzen Armee angerückt.«

Aus zwei großen blauen Bussen strömten die Männer mehrerer Sondereinsatzkommandos. Die meisten von ihnen überprüften ihre Waffen und ihre Munition. Etwas abseits sah ich den Kombi des Polizeiarztes stehen. Sie rechnen also mit Toten, dachte ich. Wir hatten inzwischen eine Straßensperre erreicht. Porter brachte unseren Wagen unmittelbar davor abrupt zum Stehen. Im nächsten Augenblick griff er nach seinen Kameras und machte sich schußbereit. Nolan sprang aus dem Wagen. Ich rannte ihm hinterher. Die Hitze legte sich wie eine Schlinge um meinen Körper.

Ein weiterer Hubschrauber flog über uns hinweg und wirbelte mächtige Staubwolken auf. Ich legte meine Hand über meine Augen und sah Martinez und Wilson; sie standen unten bei den Booten und sprachen mit einem alten Mann mit wettergegerbtem Gesicht. Der Postbote, dachte ich.

Die zwei Detektive winkten uns zu sich. Als wir sie erreicht hatten, streckte mir Martinez ein Blatt Papier entgegen. Ich sah die mir vertrauten Druckbuchstaben. »Kommt Ihnen die Schrift bekannt vor?« fragte der Detektiv.

»Ja, das ist die seine.«

»Bleiben Sie in unserer Nähe!« forderte er mich dann auf. »Jetzt wird es langsam spannend.«

Zusammen mit dem alten Mann warteten wir in einer der Hütten. Eine altersschwache Klimaanlage wälzte mühsam die Luft um und gab dabei ein gequältes, leises Klappern von sich. Der alte Mann erklärte, er hätte vor einigen Tagen bemerkt, daß eines seiner Boote fehlte; er hatte danach gesucht – ohne Erfolg. Ein paar Tage später war es wieder aufgetaucht – zusammen mit dem Brief, der in einer Plastikhülle auf der Sitzbank gelegen hatte. »Soll mich doch der Teufel holen«, schimpfte der Alte, »wenn ich an der Stelle nicht vorher schon mal nachgesehen habe. Also ich werde aus dem Ganzen einfach nicht klug.«

Er ist in den Dschungel zurück, dachte ich. In den Dschungel, in dem zu kämpfen er früher Angst gehabt hatte.

»Kann man denn in dieser Wildnis auf Dauer überhaupt überleben?« wollte Nolan wissen.

»Na, und ob«, erwiderte der alte Mann. »Wenn es dort auch nicht gerade gemütlich ist.«

Ich wartete. Mir schossen Bilder aus dem Krieg durch den Kopf – Dreck, Sonne, Blut und Tod. Jetzt ist es soweit, dachte ich. Und Nolan sollte meine Gedanken in Worte fassen: »Genau das habe ich erwartet. Jetzt ist es soweit.«

Eine Stunde verstrich. Zwei. Wir warteten weiter. Die Polizisten schwärmten in kleinen Gruppen über das Gelände aus. Ich hörte das Knacken und Rauschen ihrer Funkgeräte, als sie ihre Positionen an die Hubschrauber durchgaben.

Nach einer weiteren halben Stunde hörte ich den Alten verdrießlich brummen: »Den erwischen sie nie.«

Und dann ein plötzlicher Umschwung. Ich hörte einen Polizisten den Männern eines wartenden Sondereinsatzkommandos zurufen: »Das ist er!« Binnen einer Sekunde waren alle auf den Beinen, ihre Waffen im Anschlag. Porter fluchte lauthals vor sich hin: »Verdammter Mist, ich muß mit; ich muß doch ein paar ordentliche Fotos schießen.« Nolan packte mich am Arm; nicht, um mich zurückzuhalten, sondern um sich abzustützen.

Und dann ging plötzlich, wie damals in der Wohnung des Mörders, ein Aufatmen durch die Menge.

»Was ist denn los?« wollte Nolan wissen. Er bekam jedoch keine Antwort.

Ich versuchte aus ein paar Polizisten etwas herauszubekommen, aber sie schüttelten nur ihre Köpfe. Martinez und Wilson waren nirgendwo zu sehen. Das gleiche galt für den Polizeiarzt. Wir warteten weiter, am Rand des Sumpfs. Noch einmal eine halbe Stunde. Die Zeit schien gedehnt wie Leder, rissig, nicht elastisch.

Dann sah ich ein Boot mit zwei uniformierten Polizisten aufs Ufer zukommen. Ihre Overalls waren dunkel von Schweiß und Schlamm. Als sie uns erblickten, steuerten sie das Boot direkt auf uns zu. »Sind Sie Anderson?« rief einer von ihnen, als sie nur noch wenige Meter vom Ufer entfernt waren.

Ich nickte.

»Steigen Sie ein! Die Detektive hätten gern, daß Sie kommen. Die Leiche befindet sich etwa eine halbe Meile von hier im Sumpf.«

»Die Leiche?« fragte Nolan erstaunt.

Der Polizist schenkte ihm keine weitere Beachtung, sondern ließ lediglich den Außenbordmotor wieder an. Ich zwängte mich zu den zwei Polizisten in das kleine Boot; die Metallsitze waren glühend heiß.

»Ich werde nicht recht schlau aus dem Ganzen«, sagte der Polizist, der den Außenborder bediente, als er das Boot wendete. »Er kann unmöglich von der Stelle, wo er das Boot zurückgelassen hat, zu der Stelle geschwommen sein, wo wir ihn gefunden haben.« Er steuerte das kleine Boot an ein paar im Wasser schwimmenden Baumstämmen vorbei. Zu unserer Rechten flog ein Schwarm Silberreiher auf. Ich mußte daran denken, wie mir der Mörder die letzten Stunden mit seinem vierten Opfer geschildert hatte – in diesem Sumpf am Rand der Glades. Hier war es noch wesentlich verlassener, wilder, verborgener. »Sehen Sie doch selbst«, fuhr der Polizist fort. »Können Sie sich vorstellen, daß hier ein Mensch schwimmend durchkommt?

Man braucht sich doch nur ein einziges Mal in diesen Wasserpflanzen zu verheddern, und schon ersäuft man. Oder denken Sie nur an die Schlangen, von denen es hier nur so wimmelt – ganz zu schweigen von den Alligatoren. Sehen Sie, dort drüben!« Ich fuhr herum und sah gerade noch einen etwa zwei Meter langen Alligator durch das Gestrüpp gleiten. »Dem Vieh möchte ich lieber nicht im Dunkeln begegnen, oder etwa Sie?« Porter machte mehrere Fotos.

Hinter einer Biegung der schmalen Fahrrinne, in der wir uns vorwärts bewegten, fiel mein Blick auf eine kleine Insel aus Schlamm und Büschen, die sich aus dem Wasser hob. An ihrem Rand standen mehrere uniformierte Polizisten. In ihrem Mittelpunkt beugten sich Martinez und Wilson neben dem Polizeiarzt über einen auf dem Boden liegenden Gegenstand, den ich jedoch von unserem Boot aus nicht sehen konnte. »Zum Glück hatten wir die Hubschrauber«, erklärte der Polizist. »Vom Wasser aus sehen Sie hier ja nicht mal was, wenn Sie direkt daneben stehen.« Das Boot lief im Schlamm auf Grund. »Da wären wir.« Ich stieg aus und versank mehrere Zentimeter in dem schlammigen Untergrund. Martinez winkte mich zu sich.

Ich roch den Gestank erst, als ich fast direkt über der Leiche stand. Der Wind drehte leicht und hüllte uns in den Geruch ein. Einen Moment dachte ich, ich müßte mich übergeben; doch im nächsten Augenblick fing ich mich wieder, und dann waren wir allein mit dem schrecklich süßlichen Geruch des Todes. Unwillkürlich fühlte ich mich für einen Moment an das Haus am Miami Beach zurückerinnert. Wilson nahm die Wirkung, die der Geruch auf mich hatte, wahr und sagte kurz etwas zu dem Polizeiarzt neben ihm. Die beiden lachten, ohne daß ich den Witz verstanden hätte.

Schließlich ergriff Martinez das Wort. »Sehen Sie sich das mal an!«

Der Polizeiarzt steckte sich eine Pfeife an, ließ mich dabei jedoch keinen Moment aus den Augen.

»Was soll ich mir ansehen?«

»Das da.« Wilson deutete auf den Boden. »Sieht nicht gerade appetitlich aus.«

Ich trat auf die drei Männer zu und senkte meinen Blick zu Boden.

Ich mußte erst eine Weile hinsehen, bis ich erkennen konnte, daß es sich bei dem Etwas auf dem Boden um einen Menschen handelte. Seine Haut war teigig, weiß, aufgedunsen, wie ein Fisch, den man zu lange im Backrohr gelassen hatte. Seine Augen waren geöffnet, aber die Höhlen waren leer; die Augäpfel fehlten. Die Haut schien straff gespannt und war an den Stellen, wo sie aufgeplatzt war, von der Sonne verbrannt. Die untere Gesichtshälfte des Mannes fehlte; wo früher das Kinn war, sprangen ein paar zersplitterte, weiße Knochen vor. Die Schädeldecke war weggeflogen. Mir wurde übel, und ich wandte mich ab.

»Sehen Sie genauer hin!« forderte mich Wilson auf.

Ich holte tief Luft und zwang mich, den Toten anzusehen. Er trug Army-Dschungelboots aus Leinwand und Gummi. Seine Jeans waren wie sein Leben unter der glühenden Sonne verblichen. Auf seiner Brust zogen sich kleine Rinnsale vertrockneten Blutes über sein weißes T-Shirt. »Was soll ich mir denn genauer ansehen?« fragte ich.

Martinez deutete auf einen bestimmten Punkt, und erst jetzt sah ich die Waffe. Für einen Augenblick brach sich das Sonnenlicht in dem grauen Metall der Fünfundvierziger. Die Automatik lag ein paar Zentimeter neben der ausgestreckten Hand des Toten auf dem Boden – halb fallen gelassen, halb im Moment des Todes von sich geschleudert.

»So«, erklärte Wilson schließlich. »Genug gesehen?«

Ich nickte.

»Dann«, setzte er unvermittelt nach, »wer ist der Mann?«

Für einen Moment wußte ich nicht, was ich sagen sollte. Ich schüttelte den Kopf. »Das wissen Sie doch ganz genau«, sagte ich schließlich.

»Ich will es aber von Ihnen hören«, entgegnete Wilson.

Aber ich blieb weiter stumm. Ich senkte meinen Blick erneut auf das von dem Schuß und von der Sonne verwüstete Gesicht. Wer ist dieser Mann, fragte ich mich selbst.

Martinez trat an meine Seite und winkte Nolan zu, sich uns anzuschließen. »Sie müssen ihn identifizieren«, erklärte er, »damit die Sache amtlich ist. Wir brauchen Gewißheit.«

Bevor ich darauf etwas erwidern konnte, platzte Nolan heraus: »Was zum Teufel wollen Sie damit sagen?« Seine Stimme klang wütend; sie trug weit in der Stille, die über den Glades lag. »Hier liegt die Waffe. Haarfarbe. Körpergröße. Was wollen Sie denn noch mehr? Überprüfen Sie seine Fingerabdrücke! Und was ist mit seinem Gebiß? In den Armeeakten muß es doch sicher irgendwelche Aufzeichnungen über eine zahnärztliche Untersuchung geben.« Nun schaltete sich zum ersten Mal der Polizeiarzt in unser Gespräch ein. Er sog nachdenklich an seiner Pfeife und stieß dann mehrere kleine Rauchwolken aus, welche die leichte Brise rasch über das Sumpfgelände davontrug. »Das bringt uns nicht weiter.«

»Was heißt hier: ›Das bringt uns nicht weiter‹?« wollte Nolan gereizt wissen.

»Na gut«, begann der Arzt in ruhigem, belehrenden Tonfall, der besser in einen Hörsaal gepaßt hätte. »Punkt eins: Der Zerfallsprozeß der Haut ist bereits zu weit fortgeschritten, als daß sich noch brauchbare Fingerabdrücke feststellen ließen. Diese Möglichkeit wäre also schon einmal ausgeschlossen. Punkt zwei: die Augenfarbe. In diesem Punkt sind uns leider die Vögel aus dem Sumpf zuvorgekommen, wie Sie selbst sehen können. Punkt drei: Sie sprachen von einem Gebißabdruck. Wunderbar. Die hierfür erforderlichen Unterlagen könnten wir selbstverständlich schnellstens von der Army anfordern. Das Problem ist nur, daß dieser Kerl auch daran gedacht haben muß – es sei denn, er hat einfach Glück gehabt. Jedenfalls hat er die Automatik gegen sein Kinn gerichtet, so daß es ihm den ganzen Unterkiefer weggerissen hat, während die obere Gesichthälfte unversehrt blieb. Sonstige besondere Kennzeichen oder irgendwelche Narben? Das wäre selbstverständlich der nächste Schritt. Allerdings ist in den Unterlagen der Army von nichts Derartigem die Rede. Demnach bleibt uns nur noch eine einzige und letzte Identifikationsmöglichkeit – persönliche Inaugenscheinnahme. Ach ja, die Automatik wird sich mit Sicherheit als die Tatwaffe identifizieren lassen, aber damit ist noch nicht das geringste bewiesen. Ist er es nun wirklich? Er liegt schon seit Tagen hier draußen. Wie lange nun genau, dürfte wohl kaum mehr zu beantworten sein. Ich würde sagen, mindestens drei, aber eher fünf Tage, wenn nicht sogar eine ganze Woche. In diesem Zustand würde ihn aller Wahrscheinlichkeit nach nicht einmal seine Mutter mehr wiedererkennen.«

Der Arzt hob seine Hand, um der nur zu offensichtlichen nächsten Frage zuvorzukommen.

»Natürlich haben wir uns bereits mit ihr in Verbindung gesetzt. Sie hat sich geweigert, die Identifizierung vorzunehmen. Sie hat ihren Sohn seit dem Krieg nicht mehr gesehen. Aber das haben Sie ja bereits selbst in einem Ihrer Artikel geschrieben.«

Er schwieg eine Weile und sah mich dabei an. »Sehen Sie nun das Problem?« Ich mußte an den Brief in meiner Schreibtischschublade denken. Warum hatte ich ihn eingeschlossen, fragte ich mich.

»In diesem Fall haben eine ganze Reihe von Faktoren zu der Beschleunigung des körperlichen Verfallsprozesses beigetragen«, fuhr der Polizeiarzt indessen fort. »Abwechselnd Sonnenschein und Regenfälle. Die Feuchtigkeit. Andrerseits fallen die Niederschläge hier draußen häufig nur strichweise, so daß sich unmöglich feststellen läßt, ob und wieviel es hier während der letzten Tage geregnet hat. Der Zeitpunkt, zu dem der Tod eingetreten ist, läßt sich also unmöglich bestimmen. Es gab da mal einen Mordfall, wo wir wußten, daß die Leiche irgendwo hier draußen liegen muß. Wir haben den Mörder – einen Berufskiller – ziemlich schnell gefaßt. Bis wir dann die Leiche gefunden hatten, war sie bereits zum Skelett abgenagt. Und das binnen einer Woche. Dazu haben selbstverständlich eine Reihe von besonderen Umständen beigetragen.«

Ich bin am Leben, dachte ich. Glauben Sie nicht alles, was Sie sehen.

Wilson fügte hinzu: »Sie sehen also, daß wir Gewißheit haben müssen. Sie sind schließlich derjenige, der ihn am besten gesehen hat – damals in dieser Wohnung. Ist das der Mann, mit dem Sie damals gesprochen haben, der Mann im Rollstuhl?«

Ich zögerte. »Das weiß ich nicht.«

»Dann sehen Sie sich den Kerl an, verdammt noch mal!« platzte Wilson heraus. »Sehen Sie sich sein Gesicht an! Die Nase, die Ohren, die Augenbrauen! Ist das der Mann? Wir müssen das wissen! Und nicht irgendwann, sondern jetzt auf der Stelle! Sofort! Ist er das?«

Ich holte erneut tief Luft und hielt den Atem an, während ich noch einmal die Gesichtszüge des Toten studierte. Nolan packte mich am Arm und zog mich fort, doch ich wandte meinen Blick nicht von dem verwüsteten Gesicht ab. »Die Detektive haben recht«, redete er mir gut zu. »Die Sache ist von größter Wichtigkeit. Schließlich«, flüsterte er mir ins Ohr, »war das von Anfang an Ihre Story. Einzig und allein die Ihre. Deshalb müssen wir sie auch zu Ende bringen. Wenn wir nicht schreiben, daß er es tatsächlich ist, wird kein Mensch je wissen, wie die Geschichte wirklich ausgegangen ist. Es geht hier nicht nur um die Identifizierung des Toten, sondern um die gesamte Öffentlichkeit, die allgemeine Stimmungslage. In diesem Punkt können wir uns nicht die leisesten Zweifel erlauben. Wir dürfen keinerlei Unsicherheit zeigen. Es ist auch vollkommen egal, was irgend jemand anderer sagt; einzig und allein was wir sagen, zählt. Wir sind die einzige Zeitung, der die Leute in diesem Zusammenhang Glauben schenken.« Ich spürte seinen durchdringenden, forschenden Blick. »Sehen Sie noch einmal gut hin«, forderte er mich dann auf. »Wir müssen Gewißheit haben. Ist er das?«

»Ist er es?« Wilson, der über der Leiche stand, schüttelte seine Faust erst in Richtung auf mich, dann auf die leblose Masse auf dem Boden, die langsam mit dem sumpfigen Untergrund und der umgebenden Luft zu verschmelzen schien. »Ist das der Mann?«

Ich ließ meine Blicke von Wilson zu Martinez und dem Arzt wandern. Letzterer holte gerade ein Foto aus seiner Tasche und beugte sich über die Leiche. Nachdem er sie eine Weile eindringlich angestarrt hatte, richtete er sich kopfschüttelnd wieder auf und wandte sich mir zu. Auch Nolans Blicke waren auf mich gerichtet. Porter war immer an meiner Seite; das leise Sirren des automatischen Filmtransports seiner Kamera war fast unablässig zu hören. Doch dann ließ plötzlich auch er seine Kamera sinken und sah mich abwartend an.

»Ist er das?« fragte Nolan noch einmal.

Ich zwang mich, in die Leere der blicklosen Augenhöhlen zu starren.

Ich spürte, wie die Sonne auf meinen Kopf herunterbrannte, sich durch meine Schädeldecke bohrte, wo sich die Bilder und Eindrücke in dem Bemühen um meine Aufmerksamkeit gegenseitig zu verdrängen versuchten. Ich sah wieder das Grinsen des Mörders, mit dem er mich durch den Rauch und die Schatten der verdunkelten Wohnung angesehen hatte, während seine Finger gegen die Armlehne des Rollstuhls trommelten. Ich stelle ihn mir vor, wie er sich zum Fenster von Christines Wagen herabbeugte und sie anstarrte. Und dann zogen die einzelnen Opfer, eines nach dem anderen, an mir vorbei: das junge Mädchen, das alte Ehepaar, die junge Frau mit ihrem weinenden Kind. Ich suchte mit meinen Blicken meine Umgebung ab, das von vereinzelten Bäumen und Sträuchern bestandene Sumpfgelände. Ich dachte an den Krieg, das Leichenschauhaus neben dem Rollfeld. Und schließlich hörte ich die Stimme des Mörders wieder: Das werden wir zwischen uns beiden austragen; nur Sie und ich. Ich dachte an den Brief in meiner Schreibtischschublade. Ist er der Tote? Glauben Sie nicht alles, was Sie sehen. Aber was sah ich nun wirklich?

Mein Verstand hatte auf der Stelle eine Erklärung parat – eine Erinnerung an eine Szene, die ich gemeinsam mit Christine beobachtet hatte. Unwillkürlich mußte ich an die zwei jungen Burschen an einer dieser schlechtbeleuchteten Straßenecken in Miamis Innenstadt denken – ziellos, namenlos, ohne feste Freunde. Einfacher hätte er es sich gar nicht machen können, dachte ich. Er brauchte nur durch die nächtlichen Straßen zu fahren und sich unter all den Strichjungen einen auszusuchen, der ihm in groben Zügen ähnlich sah, dieselbe Größe, denselben Körperbau, dieselbe weit verbreitete braune Haarfarbe hatte. Und dann kurz angehalten, eine rasche Handbewegung, vielleicht ein zur Verdeutlichung gezückter Geldschein, und schon saß sein Opfer, nichtsahnend, nichts befürchtend, in seinem Wagen. Und dann brauchte er nur noch in Richtung Westen zu fahren, in die Everglades hinaus; ein Boot stehlen; zu der kleinen Insel rudern; die Automatik gegen das Kinn des Opfers pressen und den Abzug drücken, sie neben seiner Hand auf den Boden fallen lassen, so daß es nach Selbstmord aussah. Mir fiel wieder das verschwundene Boot ein; der sorgfältig plazierte Brief, um mich auf den Plan zu rufen; der Polizist, der mich zu der kleinen Insel gefahren hatte. Der Kerl kann unmöglich schwimmend dorthin gelangt sein, hatte der Polizist gesagt. Vielleicht waren sie zu zweit zu der Insel hinausgefahren, und einer war dann wieder zurückgekehrt, um mit dem Dunkel zu verschmelzen, sich in einer anderen Stadt niederzulassen, eine neue Identität anzunehmen.

Ich starrte erneut auf den Toten am Boden. War er das? Ich sah näher hin. War das Ganze nur wieder ein neuerliches Täuschungsmanöver, eine neuerliche Lüge, ein neuerlicher Betrug? Durchaus möglich. Inzwischen war alles möglich. Ich stierte die Leiche an.

Nein, dachte ich dann wieder, er ist es doch.

Ich sah noch einmal hin.

Nein, er ist es doch nicht. Der Tote ist ein anderer.

Nein. Ja.

Wer ist es dann?

Nolan stand neben mir. Seine Stimme war leise, aber eindringlich: »Wir müssen Gewißheit haben. Keine Zweifel, kein Wenn und Aber. Die Öffentlichkeit muß Gewißheit haben, muß ein für allemal von diesem Spuk befreit werden. Das heißt: Nun hängt alles von Ihnen ab. Und im Grunde genommen war das ja auch schon von Anfang an der Fall. Ist er es?«

Wilson verlor die Beherrschung. »Jetzt machen Sie endlich!« platzte er heraus. »Ist er es?«

Ich mußte an Christine denken, an meinen Vater und an meinen Onkel in seinem mit einer Flagge drapierten Sarg. Die Sonne schien wie ein Pendel im Wind zu schwingen und sich unerbittlich immer tiefer auf mich herabzusenken.

»Ist er das?« hörte ich eine Stimme, ohne zu wissen, wem sie gehörte.

Und so log ich.

»Ja«, erklärte ich. »Er ist es.«

20

Meine Lüge breitete sich aus, schlug Wurzeln und trieb Blüten. Die Schlagzeile des nächsten Morgens brach über die Stadt herein:

»NUMMERNMÖRDER« BEGEHT SELBSTMORD
LEICHE IN DEN GLADES AUFGEFUNDEN

Einer der Redakteure versicherte mir, daß seit dem Rücktritt Nixons und der Landung auf dem Mond keine so großen Drucktypen mehr verwendet worden wären.

Es war der letzte Artikel. Am Abend zuvor hatte ich mich nach der langen Rückfahrt von den Glades noch einmal hinters Telefon geklemmt. Und dieses Mal hatten die Angehörigen der Opfer sich bereiterklärt, mit mir zu sprechen. Nolan hatte die besten Äußerungen in einem schwarz umrandeten Kästchen gesondert drucken lassen. »Endlich ist es vorbei«, stand dort unter anderem zu lesen. »Endlich können wir wieder aufatmen.«

Aber konnten sie das wirklich?

Während ich all die Eindrücke des vergangenen Tages, all die Äußerungen und Fakten zu einem Artikel zusammenstellte, war ich zu der Überzeugung gelangt, daß meine Zweifel unbegründet waren. Während ich auf die Tastatur meiner Schreibmaschine einhackte, tauchten vor meinem inneren Auge immer wieder die zerschundenen Gesichtszüge des Toten auf, und immer wieder verglich ich sie mit den Ohren, Brauen, Wangen und der Nase jener schemenhaften Gestalt, die ich in dieser dunklen Wohnung aufgesucht hatte. In Gedanken blendete ich die Züge des Toten über das nach meinen Angaben erstellte Phantombild und über das Foto aus den Archiven der Army. Ich biß die Zähne zusammen. Verdammt noch mal, er ist es.

Ich bin am Leben.

Glauben Sie nicht.

In einem unbeobachteten Augenblick holte ich verstohlen den Brief aus meiner Schreibtischschublade. Angestrengt starrte ich auf den Text, als könnte ich den einzelnen Worten damit etwas mehr Klarheit aufzwingen. Eine letzte, große Lüge? Nach so vielen Gesprächen, so vielen Drehungen und Wendungen seiner Phantasie, nach so vielen Überraschungen in seinem Verhalten wußte ich noch immer nicht, was die Wahrheit war. Nolan war vor Begeisterung außer sich gewesen, als er über meine Schulter hinweg die Entstehung des Artikels in der Schreibmaschine beobachtete. »Das haut voll rein!« hatte er triumphierend mit dem letzten fertig beschriebenen Blatt durch die Luft gefuchtelt. »Das nenne ich einen Artikel. In dem steht einfach alles!« Er hatte den fertigen Text persönlich in den Computer eingegeben. Er täuscht sich, dachte ich. Ein Artikel enthält nie die ganze Wahrheit. Dieser Gedanke hinderte mich jedoch nicht daran weiterzumachen, die Lüge in den Artikel hineinzumassieren, sie wie eine Trommel aus jedem Abschnitt, jedem Satz und jedem Wort hervordröhnen zu lassen. Ich war gerade dabei, den Schluß zu formulieren – eine kurze Beschreibung der Mordwaffe, in der sich die Sonne brach –, als ich mir für einen Augenblick den Mörder vorstellte, wie er meine Worte las. Ich konnte ihn lächeln sehen; und dann löste er sich in der Vergessenheit auf, die er sich ausersehen hatte – in aller Öffentlichkeit auf der ersten Seite des *Journal* für tot erklärt.

Ich schüttelte meinen Kopf, um diese Vorstellung zu vertreiben. Nein, redete ich mir ein, der Tote in den Glades ist der Mörder.

Nolan war über seine Computerschirme gebeugt. Er achtete nicht darauf, was um ihn herum geschah. Für eine Weile würde ich unbeobachtet sein. Ich sah mir den Brief noch einmal an.

Nein. Er ist allein in die Glades hinausgefahren, um ganz allein und unentdeckt, umgeben vom Mantel des Geheimnisses, zu sterben – ein letztes großes Verwirrspiel. Das sah ihm ähnlich. Rätselhaft – vor allem am Ende.

Aber.

Dieses eine Wort ließ sich nicht aus meinem Kopf vertreiben. Ich kämpfte verzweifelt gegen den Schwall von Möglichkeiten an, die dieser Gedanke nach sich zog. Schließlich griff ich nach einem Blatt Papier und notierte mir die einzelnen Punkte.

Es ist an der Zeit, hatte er gesagt. Zeit wofür?

Ich bin am Leben. Als er diese Worte geschrieben hatte, war dies mit Sicherheit noch richtig gewesen.

Alles, was Sie sehen. Hatte er denn damit gerechnet, daß ich seine Leiche zu sehen bekommen würde?

Die Nachricht, die er in dem Boot hinterlassen hatte. *Ich warte*. Und er hatte gewartet. Tot.

Oder doch nicht? Wie war das Boot wieder zurück ans Ufer gelangt? Hatte er es selbst von der Insel, auf der die Leiche entdeckt worden war, zurückgeschafft?

Ich hätte laut schreien können. Es gab einfach keine Gewißheit.

Dann durchlief plötzlich ein heftiger Schauder meinen Körper. Ich würde nie Gewißheit haben.

Mein Blick fiel auf das Telefon in der Ecke meines Schreibtisches. Das Verbindungskabel zum Tonbandgerät war um den Hörer gewickelt. Ich dachte: Ruf an, verdammt noch mal! Sag mir die Wahrheit! Wie auch immer sie lauten mag.

Aber der Apparat blieb stumm. Plötzlich, nach so vielen Wochen, gab er keinen Laut mehr von sich.

Christine schrieb:

»Ich komme nicht nach Miami zurück. Was zwischen uns war, ist endgültig vorbei. Das klingt trivial und abgedroschen, findest du nicht auch? Schade, daß ich mich nicht besser ausdrücken kann; vielleicht wäre es zwischen uns gar nicht so weit gekommen, wenn ich dazu besser in der Lage gewesen wäre. Es tut mir leid, daß es so enden mußte. Oder, daß es überhaupt enden mußte. Aber es geht nicht anders.«

Ich packte die wenigen Sachen, die sie vergessen hatte, zu einem Paket zusammen und schickte es an ihre Heimatadresse in Wisconsin.

Nolan schlug vor, wir sollten uns besaufen, nachdem der Artikel in der Setzerei gelandet war. Er rief im Fotolabor an, um Porter Bescheid zu sagen. Dann gingen wir zu dritt in eine Bar in der Nähe. Er meinte, wir könnten uns in aller Ruhe besaufen und dann in die Redaktion zurückgehen, um uns die morgige Ausgabe frisch aus der Presse abzuholen. Die Stimmen in der dunklen Bar überfluteten mich, als wir durch die Tür traten. Fast alle Anwesenden waren Zeitungsleute; fast alle sprachen über den Artikel. Einige wandten sich mir mit einem anerkennenden Nicken kurz zu; andere klopften mir auf die Schulter oder winkten mir zu. Jeder wollte mir einen Drink spendieren. Ich spürte die allgemeine Erleichterung im Raum, als ich aus einer mir entgegengestreckten Hand ein Glas Bier entgegennahm. Ich hob das Glas – eine Geste, die mit lautem Applaus quittiert wurde. Nolan stürzte einen Scotch hinunter und spülte gleich darauf mit einem Glas Bier nach. Dann manövrierte er uns drei an einen Ecktisch, bestellte die nächsten Drinks und ließ sich genüßlich in seinen Sitz zurücksinken. »Was für eine Story«, seufzte er zufrieden. »Das ist vielleicht ein Ding. Was für eine Story. Einfach nicht zu fassen.«

Porter nippte an seinem Glas und senkte langsam seinen Kopf. In seinem Gesicht leuchtete ein zaghaftes Lächeln auf, während er gemächlich den Kopf schüttelte. »Was soll eigentlich so groß daran gewesen sein?«

Nolan sah ihn fragend an.

»Ich meine«, fuhr Porter nachdenklich fort, »ein Mann tötet vier Menschen und ruft in der Redaktion an, um uns Bescheid zu sagen. Was soll daran schon so toll sein?«

»Ich glaube, ich kann Ihnen nicht recht folgen«, meinte Nolan.

Geduldig redete Porter weiter: »Es gibt eine ganze Reihe von Mördern, die wesentlich schlimmer waren. Speck in Chikago ... dieser Amokschütze in Texas ... oder Leopold und Loeb? Vom Verbrechen des Jahrhunderts hat man damals gesprochen. Und war die Lindberghentführung nicht auch eine Weile das Verbrechen des Jahrhunderts?« Er nippte vorsichtig an seinem Glas.

»Worauf wollen Sie eigentlich hinaus?« fragte Nolan.

»Daß es eben auch nur eine Story unter vielen war. Und morgen wird ihr eine neue folgen.«

Nolan dachte kurz nach. »Das ist sicher richtig. Und so ist es auch immer schon gewesen. Das mindert jedoch nicht die Bedeutung des Augenblicks. Genau das macht doch das Wesen des Journalismus aus – eine Feier des Augenblicks. Keine Vergangenheit, keine Zukunft; keine Geschichte, keine Vision. Das Jetzt ist das einzige, was zählt.« Nolan warf den Kopf zurück und lachte. Ein paar von den anderen sahen zu uns herüber, um sich dann jedoch rasch wieder ihren Gläsern zuzuwenden. Nolan deutete mit dem Finger auf Porter. »Trotzdem war es eine Superstory.«

Und nun fiel auch Porter in sein Lachen ein.

»Ganz meiner Meinung.« Er hob sein Glas und prostete Nolan spöttisch zu. »Auch wenn ich mir damit selbst widerspreche.«

Am nächsten Tag schlug mir Nolan vor, ein paar Tage Urlaub zu nehmen. Das hätte ich verdient, meinte er. Er redete mir gut zu, ich sollte nach Wisconsin fliegen und Christine zurückholen. Ich schüttelte den Kopf. »Geben Sie mir eine neue Story«, winkte ich ab. »Ich möchte keinen Urlaub, sondern eine neue Story.«

Statt einer Antwort spürte ich eine Weile nur Nolans forschende Blicke auf meinem Gesicht. »Nur, wenn Sie das wirklich wollen.«

»Ich will es so. Wirklich.«

»Na gut. Oben im Panhandle. In letzter Zeit machen sich doch wieder verstärkte Ku-Klux-Klan-Aktivitäten bemerkbar. Sie verbrennen Kreuze, veranstalten Umzüge und machen den Leuten dort das Leben schwer. Wie wär's mit einem kleinen Bericht darüber?«

»Ich fahre gleich am Montag los«, nickte ich.

»Wie Sie meinen.« Nolan wandte sich wieder seiner Arbeit zu.

Ich ging an meinen Schreibtisch und holte noch einmal den Brief des Mörders aus der Schublade.

Noch einen, hatte er gesagt.

Ich hatte gedacht, damit wäre ich gemeint. War in Wirklichkeit er selbst damit gemeint?

Vermißt.

In meinem Kopf überstürzten sich wieder einmal die unzähligen verschiedenen Möglichkeiten. Doch dann, nachdem ich mich vergewissert hatte, daß niemand mich dabei beobachtete, riß ich den Brief in tausend kleine Stücke und warf sie in den Papierkorb.

Gegen Mittag verließ ich die Redaktion und wanderte durch die Straßen. Im Westen über den Glades braute sich ein Gewitter zusammen, und ich spürte, wie aus dieser Richtung eine stete Brise über die Stadt hinwegblies. Ich rechnete damit, daß es im allerhöchsten Fall zwei Stunden dauern würde, bis ein heftiges Unwetter, begleitet von schweren Regenfällen, über die Stadt hereinbrechen würde. Ich studierte die Gesichter der Passanten, ob sich darin irgendeine Veränderung abzeichnete. Doch ich konnte in ihnen keine Emotion, kein Erinnern entdecken. All das, was bis vor kurzem noch so offensichtlich erschienen war, hatte sich mit einem Mal wieder in Nichts aufgelöst. Hatte ich mir alles nur eingebildet? All die Ängste? Alles, was geschehen war?

Am Wochenende flog ich nach New Jersey, um das Grab meines Onkels aufzusuchen. Der Spätsommer wich mehr und mehr dem Herbst. Der Wechsel der Jahreszeiten machte sich vor allem am Laub der Bäume bemerkbar; die Blätter begannen sich langsam zu verfärben, an den Rändern einzurollen. Auf der Fahrt zum Friedhof – mein Vater saß am Steuer – kurbelte ich das Seitenfenster herunter und spürte den Wind in meinem Gesicht. Er war kühl, ungewohnt, berauschend.

Auf dem Grab lagen frisch gepflückte Blumen. Ich wunderte mich, von wem sie stammten. Mein Vater stand neben mir, den Blick zu Boden gesenkt. Nach einer Weile erklärte er ganz sachlich: »Ich habe es ihm schon vor Jahren klarzumachen versucht. Der Krieg ist vorbei, habe ich zu ihm gesagt. Das Leben geht weiter. Aber für ihn war es schon zu spät. Es gibt einfach Dinge im Leben, die der Verstand nicht mehr verarbeiten kann. Die meisten von uns passen sich an und werden in Gleichgültigkeit alt; aber es gibt auch einige, die ihre Erinnerungen nicht mehr loslassen; sie werden einfach von ihren Erinnerungen erstickt. Wie dein Onkel.«

Er sah mir in die Augen. »Und wie sieht es mit dir aus?«

»Ich hätte gehen sollen«, erwiderte ich.

»Was? Zum Militär? In den Krieg? In dieses gottverlassene, kleine Land? Um dich aus keinem anderen Grund als aus purer Idiotie ins Jenseits befördern zu lassen?« Er war sichtlich aufgebracht. »Du wärst schlimmer geworden als er; stärker verkrüppelt, als irgendeine Kugel dies vermocht hätte.«

Er schwieg eine Weile.

»Es gibt zwei Arten von Verwundungen«, fuhr er schließlich in einem Tonfall fort, in dem ein Hauch von Endgültigkeit mitschwang. »Die einen verheilen irgendwann. Die anderen tun das nie. Du kannst dir selbst aussuchen, welche Sorte dir mehr liegt.«

Darauf fuhren wir wortlos nach Hause zurück.

Seitdem habe ich nichts mehr vom Mörder gehört.

Manchmal, wenn es in der Redaktion gerade nichts zu tun gibt, mache ich mich auf den Weg ins Archiv und lasse mir die Akte mit folgender Aufschrift geben: NUMMERNMÖRDER, Juli-September 1975. Und dann breite ich die Flut von Worten, welche die größte Story meines Lebens kennzeichnen, auf dem Schreibtisch vor mir aus; meine Augen suchen die einzelnen Spalten nach dem letzten entscheidenden Hinweis ab, der mißverstandenen Aussage, dem vergessenen Satz, der mit einem Schlag all die Fragen beantworten würde, die sich noch immer nicht aus meinem Kopf vertreiben haben lassen. Aber der Mantel des Geheimnisses, der diesen Fall umgibt, wird sich wohl nie lüften lassen. Wenn er etwas über den Durst getrunken hat, beliebt Nolan gelegentlich darauf hinzuweisen, daß es reines Glück war, daß der Fall zu einem Abschluß gebracht werden konnte; daß all die Stunden, die wir uns der Sache gewidmet hatten, die die Polizei sich der Lösung des Falls gewidmet hatte, daß all diese Zeit und all die Ängste und Sorgen der Bewohner der Stadt vollkommen nutzlos waren. Unser aller vereinte Anstrengungen hatten nicht im geringsten vermocht, den Mörder aus dem Konzept zu bringen. Dabei frage ich mich allerdings, ob es nicht genau das gewesen war, was der Mörder hatte aufzeigen wollen.

Manchmal fällt mein Blick auf einen Bericht über einen anderen rätselhaften Mord in einer anderen Stadt oder einem anderen Bundesstaat. Und immer stocke ich bei diesen Gelegenheiten einen

Augenblick. Dann steigen wieder die alten Ängste in mir hoch. Ich ertappe mich dabei, wie ich die Gesichtszüge auf dem Foto vor mir mit jenen verwüsteten und halb verwesten vergleiche, in die ich unter der grellen Sonne der Glades geblickt hatte. Und oft, wenn das Telefon auf meinem Schreibtisch klingelt, zögere ich kurz, bevor ich meine Hand nach dem Hörer ausstrecke, während gleichzeitig dieser eine Gedanke meinen Kopf durchzuckt: Ist es nun doch soweit? Wird diesmal die vertraute Stimme kalt aus dem Hörer dringen? Ich bin auch der festen Überzeugung, daß meine Lüge es war, welche die Stadt von eben diesen Ängsten und Zweifeln befreit hat.

Und daraus, muß ich sagen, erwächst mir ein gewisser Trost.

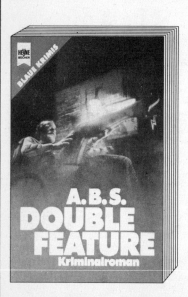